中国科学院科学出版基金资助出版

长江口水域富营养化

Eutrophication in the Changjiang River Estuary and Adjacent Waters

俞志明　沈志良等　著

科学出版社

北京

内 容 简 介

富营养化是当今世界威胁近海生态系统最大的环境问题，我国近海富营养化问题十分严重，其中以长江口水域最为突出。本书是我国第一本系统研究长江口水域富营养化的成果专著，介绍了以俞志明等为代表的研究团队长期从事长江口水域富营养化研究的成果。本书科学阐述了近海富营养化的基本概念，介绍了长江口水域富营养化现状、特点和变化，分析了长江径流、最大浑浊带、上升流和生物过程等对该水域富营养化的影响，建立了该水域富营养化生态耦合模型，提出了该水域富营养化的形成机制及其控制原理与对策。本书以大量的科学调查资料为载体，旨在向读者展示我国近海富营养化最新研究成果和进展，为我国沿海管理、规划和开发提供科学依据，也为世界其他河口富营养化研究提供参考，具有重要的学术和应用价值。

本书主要适合于从事海洋、环境、生态及其他相关学科的科技工作者、大专院校师生阅读，也可供地方决策人员、政府官员、从事海洋环境保护的专业人员，以及对海洋生态与环境保护感兴趣的广大读者阅读和参考。

图书在版编目(CIP)数据

长江口水域富营养化＝Eutrophication in the Changjiang River Estuary and Adjacent Waters/俞志明等著. —北京：科学出版社，2011

ISBN 978-7-03-031722-3

Ⅰ.①长… Ⅱ.①俞… Ⅲ.①长江口-水域-富营养化-研究 Ⅳ.①X522

中国版本图书馆 CIP 数据核字（2011）第 120962 号

责任编辑：李秀伟 李晶晶/责任校对：钟 洋
责任印制：钱玉芬/封面设计：美光制版

科 学 出 版 社 出版
北京东黄城根北街16号
邮政编码：100717
http://www.sciencep.com

双青印刷厂 印刷
科学出版社发行 各地新华书店经销

＊

2011 年 8 月第 一 版 开本：787×1092 1/16
2011 年 8 月第一次印刷 印张：35 1/2 插页：10
印数：1—1 200 字数：815 000

定价：118.00 元
（如有印装质量问题，我社负责调换）

主要著者名单

俞志明　中国科学院海洋研究所

沈志良　中国科学院海洋研究所

陈亚瞿　中国水产科学研究院东海水产研究所

孙　军　天津科技大学

尹宝树　中国科学院海洋研究所

柴　超　青岛农业大学

宋秀贤　中国科学院海洋研究所

赵卫红　中国科学院海洋研究所

序

近半个多世纪以来，随着全球工业化程度的提高、城市化进程的加快和人口的不断增加，近海富营养化问题日显突出，已经成为全球沿海国家普遍存在的生态环境问题。正如联合国海洋污染科学问题专家组（GESAMP）在 2001 年报告中所指出的，"无论是从影响范围还是破坏结果来看，富营养化无疑是目前人类影响海洋最大的环境问题"。

长江是我国最大的河流，每年的入海径流量达 9560 亿 m^3。长江流域，特别是中下游地区是我国工农业生产最发达、经济实力最强的地区之一，高速的经济增长和日益加剧的人类活动给长江河口水域带来了巨大的压力。上海和浙江近岸海域无机氮平均浓度连年超过国家四类海水水质标准，长江口水域溶解无机氮浓度在 40 年里升高了约 4 倍，藻华灾害发生频率和影响面积增加，底层缺氧现象不断加重，成为我国近海富营养化最为严重的水域，已威胁到长江口水域生态环境的可持续发展。

近海富营养化不仅是一个影响人类社会可持续发展的生态环境问题，也是一个涉及许多学科的科学问题，具有明显的学科交叉性和地域特点。特别是长江口水域地处陆-海相互作用的交错带，水文、地形复杂，具有许多独特的理化和生物特征，巨大的径流量、复杂多变的流系、最大浑浊带、高生产力的生物过程等，均对该水域富营养化的形成产生不同影响，导致长江口水域富营养化更加复杂和独特。所以，长江口水域富营养化研究不仅对我国近海生态环境保护、蓝色经济可持续发展具有重要意义，而且对不同学科交叉、综合性学科建设具有重要的推动作用。

正是在上述背景下，俞志明等学者在多年研究的基础上，撰著了《长江口水域富营养化》一书。该书是目前我国第一本有关长江口水域富营养化的综合性专著，也是作者长期从事长江口水域富营养化研究的成果结晶。该书以 40 年来长江口水域富营养化长期演变过程为切入点，通过连续多年的现场调查，从长江径流、最大浑浊带、上升流、生物过程等诸多方面综合研究了长江口水域富营养化的形成机制与特点。书中的一些新发现、新观点和新方法具有很高的学术价值和意义，包括：对近海富营养化的科学定义、最大浑浊带对富营养化形成的缓冲机制、长江口水域富营养化的综合评价方法、长江口水域氮稳定同位素分布特征、营养盐收支模型与通量、上升流区营养盐动力学、低氧区的形成特征和影响因素等。该书尝试建立的长江口水域富营养化生态模型，不仅充分体现了水文、物理、生物、化学等诸学科的交叉和综合，而且提出了以此模型为基础的该水域环境容量、总量控制和预测预警原理与方法，具有新意。该书最后提出的有关长江口水域富营养化控制方法与对策，不仅具有学术意义，而且还具有潜在的应用价值，体现出较高的研究水平。

总之，该书全面论述了长江口水域富营养化现状、长期演变及其形成机制、特点和相应对策，内容系统、成果丰富，具有较高的理论水平和重要的实践意义。该书的出版将进一步促进我国近海富营养化研究的发展，满足我国蓝色经济战略发展的需要。

因此，在该书出版之际，我很高兴为之作序，祝贺该书的出版，也预祝我国近海富营养化研究取得更大的成就。

国际欧亚科学院院士，中国工程院院士

2011 年 2 月 28 日

前　言

海洋富营养化是指"海水中营养物质过度增加，并导致生态系统有机质增多、低氧区形成、藻华暴发等一些异常改变的过程"。通常，海洋富营养化很容易被理解为仅仅指海水中营养物质过多。实际上富营养化（eutrophication）与营养过多（hypernutrification）在科学意义上有明显的不同：前者不仅反映水体中营养物质的水平，同时强调了由于营养物质的增加而引起生态系统的异常改变；而后者则主要是指水体中营养物质的水平，并不包含其是否对生态系统产生影响。简言之，海水中营养过多并不意味着海洋富营养化。

导致海洋富营养化的因素很多，通常可以分为自然因素和人为因素两大类。所谓自然因素主要是指自然界在其发展与演变过程中对海水富营养化产生的各种影响作用，如火山爆发、岩石风化等自然条件下的营养物质输入；人为因素则主要指由于人类活动而导致海水富营养化的各种因素。例如，农业化肥的大量使用、城市化的快速发展、近海养殖业的蓬勃兴起等。仅仅通过自然因素导致水体由贫营养转变成富营养的时间较长，以淡水湖泊为例，该过程通常需要经历数千年的时间才能完成。目前，全球面临的富营养化问题大都不是自然因素造成的，人为因素在其中发挥了决定性的作用。人类活动大大加速了水体的富营养化进程，导致富营养化成为当今世界威胁近海生态系统最大的环境问题，河口水域首当其冲。美国在 20 世纪 90 年代启动了"国家河口富营养化评估"计划，历经 7 年、近 300 多个专家参与，对全美 138 个河口的富营养化状况进行了评估。结果表明，其中 44 个河口水域处于高度富营养化水平，40 个河口水域处于中度富营养化水平。欧盟的奥斯陆-巴黎协作委员会（Oslo and Paris Commissions）也对欧盟 9 个沿海国家富营养化状况进行了调查，2003 年的调查报告指出，在所调查的 167 个沿海水域中，70 个存在"富营养化问题"，28 个存在"潜在富营养化问题"。正如联合国海洋污染科学问题专家组（GESAMP）在 2001 年报告中所指出的，"无论是从影响范围还是破坏结果来看，富营养化无疑是目前人类影响海洋最大的环境问题"。

我国近海富营养化问题也非常严重。进入 21 世纪以来，作为富营养化重要指标之一的近海营养盐浓度，超过国家一类海水水质标准的海域面积较 10 年前增加了近 1 倍。其中，长江口及其邻近海域溶解无机氮平均浓度连年超过四类海水水质标准，藻华灾害发生频率和影响面积居全国近海之首，底层缺氧现象不断加重，长江口水域已成为我国近海富营养化最为严重的水域。该水域是陆-海相互作用的交错带，具有许多独特的理化、生物特征和高生产力功能，生态环境敏感、脆弱，生物多样性和资源对富营养化的响应剧烈。相关调查研究表明，近 10～20 年来长江口水域水生生物物种明显减少，一些国家保护水生生物物种几乎灭绝，经济水产生物产量显著下降，河口生态系统呈现全面衰退的趋势，富营养化已成为该水域最严重的生态环境问题。所以，了解该水域富营养化的状况、揭示其形成机制和特点、提出相应的对策与方法，对该水域的生态环境保护和地区经济的可持续发展具有十分重要的意义。

　　长期以来，我们十分关注长江口水域的生态与环境问题，早在 20 世纪 80 年代就针对该水域的生态环境状况进行了相关的调查与研究。近年来，在国家自然科学基金委员会、中国科学院等部门的支持下，又针对长江口水域富营养化问题进行了专题研究，对该水域富营养化问题有了一些新的认识和了解。这本专著就是我们多年来对长江口水域富营养化问题研究的总结和汇报，较为系统地论述了长江口水域富营养化现状、长期演变及其形成机制、特点和相应对策，以期能够对我国近海富营养化研究有所贡献，为政府相关部门有关近海富营养化的防控与管理提供参考。

　　全书共分七章：第一章对富营养化的概念进行了概述，包括富营养化的定义、成因和危害等，特别是针对目前国际上对富营养化尚无统一的定义，作者从起初人们对富营养化的认识，到现代在概念上的发展，阐述了富营养化定义应包含的三个要素，提出了作者对近海富营养化定义的观点。第二章主要基于历史资料，从长江、长江口门处和长江口邻近海域三个层次介绍了几十年来长江口水域营养盐及其结构的变化，分析了长江口水域浮游植物的长期演变特征和生态系统的响应，阐释了长江口水域富营养化的长期演变特点、过程和规律。第三章通过作者连续多年的季度航次调查，阐述了长江口水域水文、化学和浮游植物的季节变化与规律，阐明了长江口水域富营养化的现状与特点，并根据国内外富营养化评价的理论与方法，构建了长江口水域富营养化评价模型，对该水域的富营养化状况进行了科学的评价。第四章、第五章则根据长江口水域复杂的水文、化学和生物等特点，分别从长江径流、最大浑浊带、上升流、生物过程和湿沉降等方面，阐述了各个关键过程对该水域富营养化形成的影响。第六章分别从该水域对营养盐变化响应的敏感性分析、营养盐 LOICZ 收支模型与通量、低氧区的形成以及氮稳定同位素和磷化氢的分布等角度，分析了该水域富营养化的形成特点，在 POM 和 NPZD 基础上，建立了长江口水域富营养化的生态耦合模型，更深入地阐释了该水域富营养化的形成机制。第七章从长江口水域富营养化的宏观调控和综合整治两个方面，论述了长江口水域富营养化的控制原理与对策，基于滩涂湿地、底栖贝类、大型海藻等方法，提出了一些对该水域富营养化具有调控作用的生态修复方法。

　　由于富营养化是一个涉及水文、化学、生物、地质等多学科的科学问题，本研究具有明显的学科交叉性，更加体现团队合作的特点。所以，本专著也是团队成员互相合作、共同发展的成果结晶，他们分别参与了本书的编写，其名单分别标注于各节之后。除此之外，本成果的取得也得到了许多老一辈专家、同行的指导，得到很多同事、同学的支持，正是他们的默默奉献，才能形成今天的专著。在这里需要特别指出的是，我国著名的河口海岸理论与工程领域奠基人、国际欧亚科学院院士、中国工程院院士陈吉余先生十分关注和支持本研究的进展，在 90 岁高龄之际，还亲自为本书作序，充分体现了老一辈科学家对长江口水域富营养化问题的关注和对年轻一代的鼓励。

　　从海洋富营养化问题的提出至今仅 60 年左右。所以，相对其他学科，海洋富营养化还是一个年轻、充满很多未知的研究领域，人们对海洋富营养化的认识也处在不断发展、不断深入和不断丰富的过程中。所以，本研究对长江口水域富营养化的认识仍然有很多的局限性，可能存在遗漏、不足。希望这些不足和缺憾能够在以后的研究中得以不断地补充和完善，使本书能够成为我国近海富营养化未来研究的重要基石。

　　本书的研究成果得到了国家自然科学基金重点项目（50339040）、中国科学院知识创新工程重要方向项目（KZCX3-SW-232）、国家自然科学基金委员会创新研究群体科学基金（40821004）、国家高技术研究发展计划（2008AA09Z107）以及国家重点基础研究发展计划（2010CB428706）等项目的资助，在此一并表示感谢！

俞志明

2011 年元旦于青岛汇泉湾畔

目 录

序

前言

第一章　富营养化概述 ·· 1
　第一节　富营养化的定义 ·· 1
　第二节　富营养化的成因与危害 ······································ 4
　第三节　近海富营养化的概念与发展 ·································· 12
　第四节　世界主要国家近海富营养化现状 ···························· 18
　第五节　典型河口水域富营养化形成机制与特点 ······················ 30
　参考文献 ·· 40

第二章　长江口水域富营养化的长期演变过程 ·························· 50
　第一节　长江口环境及长期变化特点 ·································· 50
　第二节　长江口水域营养盐长期演变特点 ······························ 63
　第三节　长江口水域生态系统结构特点和演变 ·························· 74
　参考文献 ·· 91

第三章　长江口水域富营养化现状与评价 ······························ 97
　第一节　长江口水域水文环境现状 ···································· 97
　第二节　长江口水域水化学环境现状 ·································· 114
　第三节　长江口水域浮游植物群集组成结构与特点 ······················ 144
　第四节　长江口水域浮游植物生物量及结构特点 ························ 184
　第五节　近海河口水域富营养化主要评价理论和方法 ···················· 204
　第六节　长江口水域富营养化现状评价 ································ 217
　参考文献 ·· 243

第四章　长江营养盐的分布迁移及其对河口水域富营养化的影响 ·········· 248
　第一节　长江营养盐的分布和迁移 ···································· 248
　第二节　长江营养盐的输送通量 ······································ 266
　第三节　长江口高含量氮的主要来源和控制 ···························· 284
　第四节　长江和长江口磷的主要来源和控制 ···························· 295
　参考文献 ·· 304

第五章　长江口水域关键过程及其对富营养化的影响 ···················· 310
　第一节　长江口最大浑浊带磷和硅迁移及其对富营养化的影响 ············ 310
　第二节　长江口上升流区营养盐动力学及其对富营养化的影响 ············ 323
　第三节　长江口水域浮游植物关键过程对富营养化的影响 ················ 336
　第四节　湿沉降对长江口水域富营养化的影响 ·························· 349

参考文献 ·· 361
第六章　长江口水域富营养化的形成机制与生态模型 ·· 369
　第一节　长江口水域对营养盐变化响应的敏感性分析 ·· 369
　第二节　长江口水域氮稳定同位素分布特征及其环境意义 ··· 382
　第三节　长江口水域沉积物中磷化氢及其对富营养化的影响 ··· 410
　第四节　长江口水域低氧区的形成特征和影响因素 ·· 425
　第五节　长江口水域营养盐 LOICZ 收支模型与通量 ·· 438
　第六节　长江口水域富营养化生态模型 ··· 459
　参考文献 ·· 486
第七章　长江口水域富营养化的控制方法与对策 ··· 497
　第一节　河口富营养化的控制原理与方法 ·· 497
　第二节　人工牡蛎礁对长江口生态系统的修复功能 ·· 511
　第三节　长江口湿地在水体富营养化治理中的作用 ·· 522
　第四节　金山城市沙滩人工潟湖水域生态修复工程实例 ·· 530
　参考文献 ·· 544

彩图

Contents

Foreword

Preface

Chapter 1 Eutrophication overview ·· 1

  1.1 Definition of eutrophication ·· 1

  1.2 Causes and hazards of eutrophication ································· 4

  1.3 Concept of coastal eutrophication and its evolution ············ 12

  1.4 Eutrophication status in coastal waters of the major countries ············· 18

  1.5 Characteristics and mechanisms of eutrophication in the typical estuaries ······ 30

  References ··· 40

Chapter 2 Long-term change of eutrophication in the Changjiang River estuary and adjacent waters ··· 50

  2.1 Environment of the Changjiang River estuary and its long-term change
·· 50

  2.2 Long-term change of nutrients in the Changjiang River estuary and adjacent
waters ··· 63

  2.3 Characteristics and evolution of ecosystem structure in the Changjiang
River estuary and adjacent waters ································· 74

  References ··· 91

Chapter 3 Eutrophication status and assessment in the Changjiang River estuary and adjacent waters ··· 97

  3.1 Status of hydrological environment in the Changjiang River estuary and
adjacent waters ··· 97

  3.2 Status of chemical environment in the Changjiang River estuary and adjacent
waters ··· 114

  3.3 Phytoplankton species composition and assemblage structure in the Changjiang
River estuary and adjacent waters ································· 144

  3.4 Phytoplankton biomass and its ecological feature in the Changjiang River
estuary and adjacent waters ··· 184

  3.5 Major assessment theories and methods on the coastal estuary eutrophication ······ 204

  3.6 Assessment on eutrophication in the Changjiang River estuary and adjacent
waters ··· 217

References ·· 243

Chapter 4 Distribution and transport of nutrients in the Changjiang River as well as their effects on eutrophication in the estuary waters ··························· 248

4. 1 Distribution and transport of nutrients in the Changjiang River ············· 248

4. 2 Transport flux of nutrients in the Changjiang River ···························· 266

4. 3 Major sources and control processes of high nitrogen concentration in the Changjiang River estuary ·· 284

4. 4 Major sources and control processes of phosphorus in the Changjiang River and its estuary ·· 295

References ·· 304

Chapter 5 Key processes and their effects on eutrophication in the Changjiang River estuary and adjacent waters ······································· 310

5. 1 Transport of phosphorus and silicone in the maximum turbidity zone and its effect on eutrophication in the Changjiang River estuary and adjacent waters ········· 310

5. 2 Dynamics of nutrients in upwelling area and its effect on eutrophication in the Changjiang River estuary and adjacent waters ························· 323

5. 3 Effect of the key biological processes of phytoplankton on eutrophication in the Changjiang River estuary and adjacent waters ························· 336

5. 4 Effect of wet deposition on eutrophication in the Changjiang River estuary and adjacent waters ·· 349

References ·· 361

Chapter 6 Evolution mechanism and ecological model of eutrophication in the Changjiang River estuary and adjacent waters ······························· 369

6. 1 Analysis on sensitivity of response to the change of nutrients in the Changjiang River estuary and adjacent waters ··· 369

6. 2 Distribution characteristics and its environmental implication of stable nitrogen isotopes in the Changjiang River estuary and adjacent waters ··········· 382

6. 3 Phosphine in sediments and its effect on eutrophication in the Changjiang River estuary and adjacent waters ··· 410

6. 4 Occurrence characteristics and influencing factors of hypoxia in the Changjiang River estuary and adjacent waters ··· 425

6. 5 LOICZ budget model and flux of nutrients in the Changjiang River estuary and adjacent waters ·· 438

6. 6 Ecological model of eutrophication in the Changjiang River estuary and adjacent waters ·· 459

References ·· 486

Chapter 7　Management of eutrophication in the Changjiang River estuary and adjacent
waters ·· 497

7. 1　Principles and methods on estuary eutrophication control ·················· 497

7. 2　Restoration function of artificial oyster reef for the ecosystem of the Changjiang
River estuary ··· 511

7. 3　Function of wetlands on eutrophication control in the Changjiang River
estuary ··· 522

7. 4　A case study: Aquatic ecosystem restoration of an artificial lagoon, Jinshan
city beach ··· 530

References ·· 544

Colour graphs

第一章　富营养化概述

第一节　富营养化的定义

富营养化（eutrophication）一词的英文词根来自于希腊语，其中"eu"表示良好、"trope"表示营养的意思。环境科学意义上的"富营养化"一词最早出现于 1907 年，德国科学家 Weber（1907）用它来描述泥炭沼泽地（peat bogs）的营养状况。他研究发现随着沼泽地营养状况的改变，沼泽植物种类发生了变化：起初是一种高浓度营养元素方能维持的沼泽植物，他称之为富营养性（eutraphent）；随着营养物质的不断消耗，最后出现了一种耐低营养盐浓度的种类，布满了沼泽的表面。为此，他利用泥炭沼泽地所出现的不同植物，将沼泽地的营养状况划分为富营养（eutrophe）、中度营养（mesotrophe）和寡营养（oligotrophe）。1919 年，瑞典科学家 Naumann 在 Weber 研究的基础上，将富营养化的概念扩展到湖泊、溪流等淡水体系。他认为应根据磷、氮和钙的浓度，将水体分为贫营养、中度营养和富营养的不同类型。尽管这一观点较 Weber 对富营养化的认识更加深入和科学，但是他没能给出划分不同营养水平水体的浓度值，仍然沿用 Weber 的方法，从感官上对湖泊水体类型进行了区分：富营养化湖泊的水体会出现高密度的藻类、有浑浊现象；而贫营养湖泊的水体清澈、蔚蓝。实际上这种简单的判定方法一直延续到现在：在缺少其他有效参数的情况下，透明度与水色依然是判断湖泊水体营养状况最简单的因子。

在随后的几十年里，"富营养化"一词越来越多地应用于湖泊、江河等淡水体系，人们围绕湖泊的不同营养类型（Strom，1930；Thienemann，1921）、生物结构与特点（Pennak，1949；Griffiths，1939）、富营养化的形成机制（Hutchinson，1973；Shapiro，1973）等进行了广泛的讨论与研究，"富营养化"一词逐渐成为描述淡水体系营养状况的重要词语。

相对于淡水湖泊，人们对海洋富营养化的认识较晚。富营养化作为海洋环境问题首次引起人们的关注是在 20 世纪 50 年代，美国长岛 Moriches 湾频繁发生藻华，导致牡蛎大量减产。研究人员发现，主要是由于沿岸鸭禽养殖业的迅速发展，导致营养盐的增加所致（Ryther，1954）。尽管在这之后的一段时间里，人们对海洋中的营养盐、藻华等问题给予了一定的关注，但是"富营养化"一词真正出现在海洋环境研究的科学论著中是在 70 年代初，Ryther 和 Dunstan（1971）研究了 Moriches 湾藻华发生的富营养化环境与特点，从氮、磷营养盐结构、分布及其与微藻生长、人类活动的关系等角度，首次阐述了营养盐在近海水域富营养化中的作用，认为单独减少磷的输入不能降低近海水域的富营养化，氮才是控制近海水域微藻生长和富营养化的关键限制因子。

从 20 世纪 70 年代开始，海洋环境中的"富营养化"一词越来越多地出现在不同的期刊与杂志上。人们针对美国最大的河口海湾——切萨皮克湾（Chesapeake Bay）的研究发现，富营养化现象已逐渐成为该水域的重要环境问题，1979 年美国环境保护署举办了"首届河口水域营养盐加富效应"的国际研讨会（Neilson and Cronin，1981）。1985 年欧洲科学家 Rosenberg 发表了一篇具有影响性的文章《富营养化——未来海洋沿岸的烦恼》认为，过去几十年营养盐的陆源输入，已经为欧洲一些国家的沿海奠定了富营养化的基础，富营养化症状最初出现在波罗的海（Baltic Sea），随后慢慢扩展至卡特加特（Kattegat）海峡和贝尔特（Belt）海的瑞典和丹麦沿岸，并将成为欧洲沿海各国未来发展面临的重要问题。90 年代，美国大气海洋局（NOAA）启动了美国"河口富营养化评估"计划，以期对美国各大河口水域富营养化的状况、起因等有一详尽的了解。1999 年该计划初步预测，如果不加控制的话，到 2020 年美国约超过一半的河口富营养化现象将进一步加重（Bricker et al.，1999）。

随着人们对海洋富营养化认识的逐渐深入，世界资源研究所（World Resources Institute）研究发现，至今全球超过 415 个近海水域处于富营养化状态（Selman et al.，2008）。对美国和欧洲的调查显示，美国 78％的近海水域和欧洲大西洋沿岸 65％的近海水域出现了富营养化症状（Bricker et al.，2008；OSPAR，2003a）。正像 2000 年美国国家科学研究委员会（National Research Council，NRC）在其报告中指出的那样，现今"富营养化已成为威胁近海生态系统健康最主要的因素之一"（National Research Council，2000）。

综上所述，人类对富营养化的认识是一个由陆地到水体、由淡水到海洋，不断扩展、不断深入的过程，至今不过 100 多年的历史。特别是对于海洋富营养化的认识历程更短，对富营养化的定义多达十几个，主要从富营养化的原因和效应两方面进行描述，至今没有一个统一的定义，对富营养化的概念和认识在不断地丰富和完善中。

人们对富营养化的认识主要起源于环境的营养状况，所以很多关于海洋富营养化的定义是围绕环境中的营养物质展开的。例如，20 世纪 90 年代初欧盟委员会（European Commission）在城市废水处理导则（UWWT Directive）中将富营养化定义为：由于营养盐（特别是氮和磷）导致的水体加富现象，并引起藻类和其他更高级植物加速生长，对水质和生态平衡产生不良影响（Council Directive 91/271/EEC，1991）。以该定义为基础，又进一步发展出一些其他有关富营养化的定义。例如，在欧盟的硝酸盐导则（EC Nitrates Directive）中将富营养化进一步定义为：由于氮化合物导致的水体加富现象，并引起藻类和其他更高级的植物加速生长，对水质和生态平衡产生不良影响（Council Directive 91/676/EEC，1991），这一定义的提出主要考虑到在某些特殊水域农业氮流失对富营养化的影响占主导作用。与之类似，奥斯巴委员会（OSPAR Commission）在海洋富营养化定义中对"营养盐加富"做了进一步的阐述，指出其"是由于人类活动而导致的营养盐加富现象"（OSPAR，2003b），从而区别于一些因为自然因素产生的富营养化。Jørgensen 和 Richardson（1996）认为导致富营养化可以有人为和自然两种因素，而通常我们所指的主要是那些由于人类活动而产生的富营养化现象。

上述富营养化定义中的营养物质主要针对营养盐，有些学者认为引起海洋富营养化的营养物质不应仅仅是营养盐，还应包括其他物质，所以一些富营养化定义中还包括了有机物的影响（Anonymous，2004）。无论进行何种补充和修订，以上富营养化定义都是围绕环境中的"营养物质加富"展开的。换句话说，上述富营养化定义主要强调了富营养化的起因。这种定义的优点是可操作性、指导性强，直接检测水体中的营养物质即可，有利于从源头上防控富营养化。所以，至今很多专业性的导则中大都使用这类定义。但这类定义在科学上不够严谨，使人们很容易将海洋富营养化仅仅理解为海水中营养物质过多。实际上富营养化（eutrophication）与营养过多（hypernutrification）在科学意义上有明显的不同（Maier et al.，2009）：前者不仅仅反映水体中营养物质的水平，同时强调了由于营养物质的增加而引起的环境效应；而后者则主要是指水体中营养物质的水平，并不包含其是否对生态环境产生影响。因为富营养化是一种由于水体加富后的变化过程，既有"前因"（营养因子），又有"后果"（效应），有些水体营养盐浓度很高，但没出现由此产生的生态环境效应，我们仍不能称之为富营养化，所以海水中营养物质过多并不意味着海洋富营养化。上述定义主要强调营养物质加富，对其效应没有做明确的阐述，仅仅使用"不良影响"、"加速生长"等词汇进行描述，不够明确，特别是"加速生长"一词不够严谨和准确（Andersen et al.，2006）。

除了上述从"起因"上定义富营养化之外，还有一类富营养化定义主要是针对其效应进行的。例如，Gray（1992）、Khan 和 Ansari（2005）等分别从营养盐加富后对水体的直接影响和间接影响等方面对富营养化进行了定义。其中最具代表性的是 1995 年 Nixon 提出的富营养化定义：富营养化是指水域中有机质的积累速度增加。这是至今有关富营养化最为简短的定义，在人们对富营养化传统认识的基础上做了进一步的归纳，更加强调了富营养化的症状——水体中有机质的增加。由于导致水体中有机质增加的因素很多，所以该定义并没有仅仅限定于传统认识的营养盐加富，还隐含着能够导致有机质积累速度增加的一切因素。另外，该定义中的"有机质"也不只局限于浮游的初级生产力，还包括更高级的植物和底栖藻类的初级生产力以及来自于邻近水域、陆地或点源输送的有机质。由此可见，尽管该定义短小，但是对富营养化的描述较其他的定义更加宽泛，所以是目前在学术论文中经常被引用的富营养化定义。但是该定义也存在一定的不足：过分强调了富营养化中的效应要素，将富营养化的起因隐含在效应之中，没有强调富营养化是一个过程而不是一个营养状态这一特点，没有能够明确反映出构成富营养化的其他关键要素。

针对这一不足，美国 1999 年在"国家河口富营养化评估"中，强调了富营养化是一种由于营养盐增加而导致水体中生产力（有机质）增加的过程（Bricker et al.，1999）。与之类似，Vollenweider（1992）、de Jonge 和 Elliott（2001）从水体营养盐加富、Richardson 和 Jørgensen（1996）从营养状态改变等"过程"角度，对富营养化进行阐述。在这些富营养化定义中，均强调了富营养化是一个过程而不是一个营养状态这一特点。

综上所述，由于富营养化的复杂性，不同学者从不同角度归纳出了富营养化的一些特点，对富营养化进行了定义。相关定义多达十几个，至今尚没有一个标准的或统一的定义。纵观这些富营养化定义，尽管各不相同，但都离不开构成富营养化三个基本要点：原因、效应、过程。所谓原因主要是指引发富营养化的一些因素，在大部分的富营养化定义中主要是指营养盐，也有部分定义包括了有机营养成分，正如前面所说，通常这些富营养化原因与人类活动相关。所谓效应主要是指由于营养物质的增加而导致生态系统的改变，这些改变反映在富营养化的各种表现症状上；根据其症状的不同，该效应可分为初级效应和次级效应。初级效应的表现症状称之为初级症状（primary symptom），主要包括：水体透光度降低、浮游植物群落结构改变、有机质增多等现象；次级效应的表现症状称之为次级症状（secondary symptom），主要包括：沉水植物消失、藻华暴发、低氧区形成等现象。所谓过程主要是指富营养化是一种在外界环境因素干扰下，生态系统非正常的变化过程，而不仅仅是一种静止的营养状态。

综合上述特点，笔者认为海洋富营养化应定义为：**海水中营养物质过度增加，并导致生态系统有机质增多、低氧区形成、藻华暴发等一些异常改变的过程。**

该定义简洁、明了，包含了形成富营养化的"原因、效应和过程"三大要素。在富营养化形成的原因方面，强调了营养物质的"过度增加"，因为只有能够导致生态系统异常改变的营养物质增加（在该定义中的"过度"），才能构成富营养化，从而避免了以往富营养化定义中仅仅用"加速"、"增加"等描述不够明确的不足。在营养物质加富的效应方面，该定义强调了引起生态系统有机质增多、低氧区形成、藻华暴发等一些"异常改变"，这里的"异常改变"明确指出了前面所说的富营养化的初级和次级等各种效应，并且这种效应是一种针对生态系统而言非正常的变化，并非是自然状况下的生态系统演变过程。另外，该定义进一步明确了富营养化是生态系统异常改变的"过程"，强调了富营养化的"动态"特点，而不是目前很多人仅从词面上所理解的"营养状态"，后者表现出的是一种静态，它仅仅是富营养化的一个组成部分，而不是富营养化的全部。除此之外，该定义中前面的"过度"与后面的"导致"形成了相互呼应的关系，何谓过度？只有导致生态系统异常改变的，才称之为过度。所以，该定义中还隐含着富营养化的诊断标准。长期以来，富营养化的判定一直是富营养化研究中的难点之一。从这个角度上讲，该定义具有更好的可操作性。

根据这一定义，我们还可将富营养化的形成过程分为不同的阶段。初级阶段：主要特征是水体中营养物质的过度输入。目前国际上主要根据不同水域的功能要求，制定出不同的水质标准，很多研究者将其作为富营养化不同程度的表征，而实际上这仅仅是富营养化进程中的一个阶段而已。中级阶段：主要是出现一些富营养化的初级症状，包括前面提到的水体透光度降低、浮游植物群落结构改变、有机质增多等现象。高级阶段：主要是出现一些富营养化的次级症状，包括沉水植物消失、藻华暴发、低氧区形成等。

由此可见，本文提出的富营养化定义尽管短小，但是简洁、明了，其内容全面、内涵丰富，能够准确反映富营养化的本质和特点，是目前较为全面和科学的富营养化定义。

（本节著者：俞志明　柴　超）

第二节　富营养化的成因与危害

一、富营养化的成因

如前节所述，导致水体富营养化的因素很多，从根本上讲是由于水体中氮、磷等营养物质的过度增加，导致浮游植物加速生长造成的。所以，能够影响水体中营养物质含量以及浮游植物生长的各种因素都会对富营养化的形成产生影响，这些因素通常可以分为自然因素和人为因素两大类。

（一）自然因素

自然因素主要是指自然界在自然发展与演变过程中对水体富营养化产生的各种影响作用，包括自然条件下的营养物质输入、水体及其周边的自然环境条件等。

在自然条件下海水营养盐的来源，主要为大陆径流带来的岩石风化物质、有机物分解产物，以及海中风化、极区冰川作用、火山及海底热泉、大气干湿沉降等。自然条件下的环境变化，也会导致水体的富营养化。例如，位于美国华盛顿州圣海伦斯火山（Mount St. Helens）附近的灵湖（Lake Spirit）就曾因火山的喷发而加快了富营养化进程。在圣海伦斯火山喷发以前，灵湖水深较深，呈贫营养状态。当 1980 年 5 月 18 日圣海伦斯火山大爆发后，由于大量的火山灰沉降和倒塌的树木进入灵湖，使湖泊的最大水深由原来的 58m 降低到 34m，湖泊的储水能力降低了 10% 以上。更为重要的是，灵湖中营养物质的浓度大大增加，水体中的磷（主要是磷酸盐形式）增加了 33 倍，氨增加了 5 倍，铁和锰矿物质元素分别增加了 5000 倍和 1000 倍，有机碳浓度也从 1.3mg C/L 增加到 41mg C/L，并最终导致大型藻大量繁殖。同时，水体中的溶解氧变得缺乏，甚至达到无氧状态（Dahm et al.，2005；Dodds，2002）。

此外，一些导致土壤侵蚀增加的因素也会使天然富营养化的演化加速。在加拿大阿尔伯达省的巴普蒂斯特湖（Lake Baptiste），由于流域上发生了森林大火导致土壤侵蚀的速度增加，降水后使营养物质随径流进入湖泊，导致湖泊中营养物质的积累速度加快（Hickman et al.，1990）。对北美洲中东部的安大略湖（Lake Ontario）的研究也表明，流域上树木的减少会导致湖泊中营养盐增加，从而使湖泊呈现富营养化状态（Hall and Smol，1993；Boucherle et al.，1986）。

除此之外，水体中营养盐再生也是营养物质自然补充的一个重要途径，主要包括：浮游植物的呼吸释放和胞外溶出，浮游动物的代谢溶出和排泄物、有机碎屑的分解等。赵亮等（2002）和 Wei 等（2004）研究发现浮游植物呼吸释放对营养盐的再生起着重要作用，可以补偿光合作用消耗的营养盐的 62%，是营养盐收支中最大的源。据 Wallast（1983）研究发现，在河口和沿岸区域，大约 30% 的净初级生产力被浮游植物溶出，可见该过程也是不容忽视的。浮游植物溶出产物包括氨氮、蛋白质及少量的亚硝酸盐等（Meffert and Zimmermann，1979），浮游动物代谢的主要产物是氨氮，还包括脲、氨基酸等（Schaus et al.，1997；Vidal et al.，1992，1997）。有机碎屑来源于生物的排泄物和死亡后的组织和个体等，它们可以进一步被细菌分解成可以被浮游植物再次利用的营养物质。

上述自然因素为水体自然富营养化（natural eutrophication）提供了重要的物质基础。结合某些水体的自然环境条件，如水深、流速、循环周期等水文条件，所处地质环境与气候环境条件等，可导致水体自然富营养化。

水深对富营养化的形成有一定的影响。水体如果较浅，阳光透过性好，温度适宜，可以满足藻类生物生长和繁殖所需的条件。因此，近岸比大洋发生富营养化的概率更高。相对于深水湖泊，浅水湖泊更容易产生富营养化问题。例如，位于美国和加拿大交界处的五大湖中，伊利湖（Lake Erie）的富营养化最为严重，其中一个重要原因就是该湖的水深较浅（Beeton，1965）。另外，水体流速缓慢、水交换周期长、更新速度慢，流入水体的营养物难以输出，大量营养物质在水体中积累也容易导致水体富营养化。所以，一些封闭或半封闭的海湾或内海，如欧洲的黑海，日本的濑户内海和我国的渤海、胶州湾等近岸水体更容易发生富营养化。

除水体自身的特征外，水体周边的地质环境也可促进水体的富营养化。如我国巢湖周边分布大量磷矿，蕴藏着丰富的磷灰石资源，其中所含的磷会随着地表水或地下水进入巢湖，导致巢湖自然本底磷浓度很高，极易发生富营养化（殷福才和张之源，2003）。与之类似，美国伊利湖是一个具有富营养化典型特征的淡水湖泊（Beeton，1965），其中一个原因就是由于该湖流域内具有含磷丰富的土壤和岩石，而且较容易被侵蚀（Prepas and Charette，2005；Logan，1977）。

在适宜的温度、充足的光照条件下，藻类的繁殖速度会大大增加，所以，适宜的气候条件也会促进水体富营养化过程。在澳大利亚，富营养化是一个长期和普遍的问题，研究发现，夏季炎热干燥的地中海气候是其富营养化的一个重要诱因（Davis and Koop，2006）。

由此可见，影响水体富营养化过程的自然因素很多。这些因素交互作用，共同促进水体自然富营养化的形成。但是，仅仅通过自然因素导致水体由贫营养转变成富营养的时间较长，该过程通常需要经历几千年的时间才能完成（Khan and Ansari，2005）。所以，目前全球面临的富营养化问题大都不是自然因素造成的，人为因素在其中发挥了决定性的作用，大大加速了水体的富营养化进程。

（二）人为因素

所谓人为因素主要是指由于人类活动而导致水体富营养化的各种因素。在工业革命之前，人类活动对水体富营养化的影响很小。以生物可利用性的氮为例，那时主要来源于空气中氮气的生物转化和一些极端条件下的氧化反应（Vitousek et al.，1997）。但是进入 20 世纪，特别是最近几十年，随着工业化程度的提高、城市化进程的加快和世界人口的不断增加，人类活动越来越明显地影响着周围的水环境。例如，美国的伊利湖是北美五大湖中受人类活动影响最严重的湖泊，生活和工业污水等点源污染和农业生产所引起的面源污染给伊利湖带来巨大的营养盐压力，同时该湖的水深较浅和流域中土壤含有丰富的磷这些自然因素也有助于富营养化的形成（Prepas and Charette，2005），使得该湖本该经过数千年才能完成的富营养化进程在短短的 25 年间就完成了，并在 20 世纪60 年代呈现出严重的富营养化症状（SDWF，2010）。据不完全统计，每年由人类活动而产生的活性氮可达到 1.65 亿 t，约占全球因自然因素产生活性氮的 50%（Howarth，2008）。需要指出的是这些由于人类活动产生的营养物质大都进入与人类生活较为密切的水环境中，如湖泊、河口、海湾等，其对周边水环境富营养化的作用远远超过自然因素。导致在短短的几十年里，一些早先寡营养的河口、海湾变成中等营养或富营养

(Paerl，1997)，如北海（Van Bennekom and Wetsteijn，1990）、波罗的海（Zillén et al.，2008）、亚得里亚海（Marchetti et al.，1989）、密西西比河口（Turner and Rabalais，1991）、切萨皮克湾（Kiddon et al.，2003）、中国的渤海（沈志良，1999）和胶州湾（Shen，2001）等。所以，严格来讲，我们目前谈到的富营养化大都是人为富营养化（Jørgensen and Richardson，1996）。

　　造成人为富营养化的因素可分为直接因素和间接因素两种。顾名思义，直接因素是指由于人类活动直接导致水环境营养物质的增加，如工业废水和生活污水的排放、农业化肥的大量使用等。此外，水体周围地理特征的人为改变，也会影响水环境的富营养化过程。例如，一些大坝、水闸的建造，可导致水体更新速度和自净能力降低，加快了水体的富营养化过程，诸如此类称之为间接因素。人类活动对近海富营养化的影响作用如图 1-1 所示，主要通过以下几个途径。

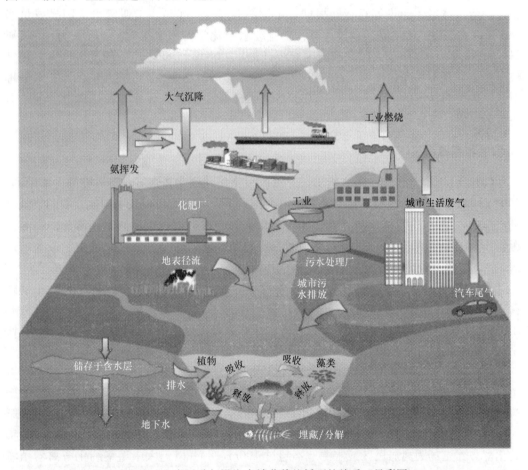

图 1-1　人类活动与沿海水域营养盐循环的关系（见彩图）

图片来源：http://www. sccwrp. org/ResearchAreas/Nutrients/NutrientCyclingInEstuaries/BackgroundNutrientCycle. aspx

1. 生活污水、工业废水等点源污染

生活污水是指人类生活过程中产生的污水，含有大量的氮、磷化合物以及细菌、病毒等，是水体富营养化的主要污染源之一。根据我国 2007 年第一次全国污染源普查结果，全国生活污水排放量为 343.3 亿 t，普查覆盖城镇人口 5.69 亿人，城镇居民人均生活污水排放量每年可达 60.33t。全国由生活污水排放出的化学需氧量 1108.05 万 t，总氮 202.43 万 t，总磷 13.80 万 t，氨氮 148.93 万 t（中华人民共和国环境保护部等，2010）。生活污水中的氮、磷营养物质大部分被排放进入河流和沿海，成为河口、近岸水域营养物质的重要来源。以美国纳拉甘西特湾（Narragasett Bay）为例，大约 99.5％的氮和 99.7％的磷来自于河流输入及污水排放（Valiela，1995）。

与生活污水相似，工业废水也含有大量的氮、磷等营养物质，主要来自于钢铁、化工、制药、造纸、印染等行业。根据《中国统计年鉴-2008》，工业废水全国排放量为 246.6 亿 t，其中 15.7 亿 t 直排入海；工业废水中化学需氧量排放量 511.1 万 t，氨氮排放量 34.1 万 t（中华人民共和国国家统计局，2008）。工业生产中的废水量大，化学成分复杂，且不易净化。因工业排放的废水逐年递增，工业废水中常规的污水二级处理对氮、磷可溶盐类的去除率分别只能达 20％～50％和 40％，尾水中氮、磷等营养物质也成为河口、近海富营养化的重要原因。

2. 农业非点源污染

Carpenter 等（1998）研究指出，非点源污染是导致地表水氮、磷污染的主要原因，其中又以农业非点源污染贡献率最大。以美国为例，非点源对地表水中氮、磷的贡献分别占总输入量的 82％和 84％，农田作为非点源的一种类型，贡献的氮和磷分别占非点源输入量的 50％和 37％，是非点源中最主要的来源。我国是世界化肥消费量最大的国家，同时，我国化肥的有效利用率很低（孙传范等，2001）。据研究者报道，在 2000～2005 年，我国主要粮食作物的氮肥利用率为 10.8％～40.5％，平均为 27.5％；主要粮食作物的磷肥利用率为 7.3％～20.1％，平均仅为 11.6％（张福锁等，2008）。未被利用的氮、磷极易在降雨或灌溉时流失进入地表水，最终进入湖泊、河流和大海，过量使用化肥造成的农业非点源污染也越来越引人关注。

此外，畜禽养殖业的不合理排放也是富营养化的重要成因。改革开放后我国畜禽养殖业飞速发展，1980～2003 年我国畜禽养殖业在农业产值中所占比例由 18％增至 34％，目前我国已成为世界上最大的肉、蛋生产国，禽肉、猪肉和鸡蛋产量均居世界第一。集约化畜禽养殖场大多建在人口稠密、交通方便和水源充沛的地方，约 30％的集约化畜禽养殖场距离居民区或水源地不超过 100m，80％以上大中型集约化畜禽养殖场分布在东部沿海地区及大城市郊区，各大主要城市相继出现畜禽养殖污染问题（苏杨，2006）。2002 年，我国畜禽粪便产生量达 27.5 亿 t，畜禽粪便每年流失至水体的总氮、总磷、BOD、COD 分别为 87 万 t、34.5 万 t、600 万 t 和 647 万 t（高定等，2006）；2003 年我国畜禽养殖共产生粪便 31.9 亿 t，是当年工业产生固体废物的 3.2 倍（王方浩等，2006）。因此，我国畜禽养殖场行业污染危害日益严重，甚至超过工业污染的危

害程度，是造成水体富营养化污染的元凶。

3. 水产养殖业

水产养殖业是近几十年发展起来的新兴产业。天然水产资源的日趋减少，促进了该产业的迅猛发展，大量投加人工饵料，也成为目前水体富营养化加剧的原因之一。研究表明，在海水鱼类养殖中，大约 85% 的磷、80%～88% 的碳和 52%～95% 的氮通过多种途径进入到水体中，这些途径包括残饵、残骸、排泄物和生物的呼吸作用等（Wu，1995）。这些物质在水体中分解并消耗溶解氧，使水体中溶解氧减少，分解产物大量增加，水体自净能力降低，导致水体富营养化或水质恶化（程丽巍等，2007）。

4. 大气沉降

大气中的氮、磷等营养元素也可以通过干湿沉降的方式进入海洋（Paerl，1997）。干沉降通常是指气溶胶、酸性物质或颗粒物在重力直接作用下的沉降；湿沉降则主要指通过雨、雪、冰雹等降水过程产生的沉降。干湿沉降中含有多种形态的有机、无机氮化合物，如 NO_3^-、NO_2^-、NH_4^+ 和氨基酸、尿素等生物可以利用的营养盐。研究者在 20世纪 90 年代曾估算，大气沉降对海洋中的氮贡献率为每年 100～1000mgN/m^2，占氮输入总负荷的 10%～50%（Paerl，1995）。Whitall 等（2003）研究了大气沉降氮对美国纽斯河口（Neuse River）全年氮收支的影响，发现湿沉降中 NO_3^-、NH_4^+ 和有机氮等占全部外部输入氮化合物的 50%，说明大气沉降是河口氮营养盐的一个重要来源。对北大西洋的研究表明，每年通过大气沉降输入的氮为 1120 万 t，占人类活动输入氮总量的 46%～57%（Paerl and Whitall，1999）。大气沉降可以促进近岸水域生产力、加速近岸生态系统富营养化，已经成为某些水体营养盐的重要来源之一（Paerl，1985，1995）。

研究者对我国黄海和东海地区 2000～2003 年大气干湿沉降输入营养盐的特征进行了研究，结果表明，在黄海，湿沉降输入的氮、磷、硅营养盐占干湿总沉降的比例分别为 72%、81% 和 96%；在东海，分别为 75%、57% 和 99%，因此，两个区域溶解无机氮、磷酸盐和硅酸盐的湿沉降输入通量均超过干沉降。与河流输入相比，大气沉降输入营养盐的比例存在较大差异。在黄海和东海地区，大气沉降输入的溶解无机氮分别占大气和河流输入总量的 48.7% 和 47.3%，因此，大气输入成为这两个区域氮营养盐的重要来源；而大气沉降输入的磷酸盐在这两个区域的差异较大，在黄海，大气沉降输入的磷酸盐占大气和河流输入总量的 40.8%，而在东海仅占 11.8%；对硅酸盐而言，大气输入所占的比例均较小，黄海和东海分别只有 3.39% 和 1.76%（Zhang et al.，2007）。

然而，在欧洲北海（North Sea）东南部的德国湾（German Bight），大气沉降的氮营养盐仅占 30% 左右，而河流输入则占 70% 左右（Beddig et al.，1997）。因此，大气沉降所占营养盐输入通量的比例不同，既与营养盐自身的性质有关，也可能与沿岸化肥使用状况、气候等多种因素有关。

5. 内源污染

对于一些污染比较严重的水域，特别是一些近海养殖水域，沉积物中大量有机质的分解导致营养盐的再生与释放，对该水域富营养化也起到促进作用。Fisher 等（1982）曾根据美国北卡罗来纳州三个河口沉积物的再生速率估算，在较浅的海域，沉积物中营养盐再生可以年均提供初级生产所需要氮、磷的 28%～35%。Taft 等（1978）研究发现切萨皮克湾沉积物释放氮的年平均速率是该湾其他两个主要氮源（市政污水和河流输入）输入速率的 5～10 倍。Baumert（1996）研究发现，水体-沉积物界面上各种形态氮通量比河流输入高 10 倍。从沉积物释放的营养盐可以在外部输入的营养盐减少时满足生产力需求，在切萨皮克湾，沉积物中再生的氮可以提供浮游植物所需氮的 27%～54%（Grelowski et al.，2000）。

二、富营养化的危害

富营养化的危害表现在很多方面，其主要破坏了水域的生态平衡，导致原来正常的生态系统发生结构上的改变（Capriulo et al.，2002；Telesh et al.，1999；Duarte，1995）、功能上的退化（Diaz and Rosenberg，1995），引起有害藻华频发（Riegman et al.，1992）、缺氧区扩大等异常生态灾害，造成沿海经济的损失，对人类健康产生危害等。总体上，其危害作用可分为直接危害和间接危害两大类。

（一）直接危害

所谓直接危害是指由于富营养化而对水生生态系统产生的直接破坏，包括对水质、生态系统结构和功能等方面的危害。

富营养化直接危害之一首先表现在对水质的影响。由于富营养化导致浮游植物大量繁殖，使水中的悬浮物增加，降低了水体的透明度（Smith，2003）。研究者发现，在 1911～1982 年，亚得里亚海（Adriatic Sea）北部水体的透明度呈降低的趋势，而营养盐丰富是这一变化的主要原因（Justić，1988）。由于富营养化水体中浮游植物生物量较高，大量死亡藻类的分解使水体的总氮、总磷维持在较高的水平，导致水体的 pH 上升。更为重要的是，浮游植物在分解过程中消耗了底层水体大量的氧，使底层水体溶解氧严重不足，甚至达到无氧状态（Mallin et al.，2006）。缺氧和无氧已经成为富营养化水体的常见症状，如美国的切萨皮克湾和濒临墨西哥的墨西哥湾（Gulf of Mexico），由于富营养化而引发的缺氧问题一直受到广泛关注（Boesch et al.，2001；Rabalais et al.，2001）。

除此之外，水体富营养化可以对水生生态系统结构与功能产生直接的影响。研究者发现，在世界范围内，赤潮的暴发均与营养盐浓度或负荷的增加存在一定的联系；而在采取各种措施控制营养盐输入的水体中，赤潮的发生也有所减少（Anderson et al.，2002）。在浮游植物大量繁殖的同时，大型藻也出现暴发性增殖（Cloern，2001）。据报道，在欧洲、北美、南美、日本、澳大利亚和中国，近年来均出现过较大的大型藻水华事件（Liu et al.，2009），研究认为，大型藻（主要是绿藻）对过量的营养盐具有较快的响应，特别是当水温有助于绿藻的生长时（Morand and Briand，1996）。另外，在富营养化过程中，水体中的营养盐结构和比例发生改变，导致浮游植物的群落结构发生变化。在水体富营养化以前通常是硅藻占支配地位，而在水体富营养化之后，水体中的浮游植物便以鞭毛藻类为主（Radach et al.，1990）。在黑海（Black Sea）、荷兰北部的瓦登海（Wadden Sea）、我国的东海、胶州湾等富营养化较为严重的海域均发现浮游植物群落结构的变化（Zhou et al.，2008；Shen，2001；Bodeanu，1993；Cadée，1992a）。

　　水体富营养化在改变浮游植物结构的同时，也改变了整个生态平衡。例如，在水体富营养化以前通常是硅藻占支配地位，这时鲑鱼等高等鱼种的生产量较高。而在水体富营养化之后，水体中的浮游植物便以鞭毛藻类为主，食植动物增加，食肉动物减少，高级鱼种开始减少，低级的普通鱼种增加，这对当地的渔业生产显然是非常不利的，也破坏了原有的生态平衡（林荣根和邹景忠，1997）。

　　此外，富营养化引发的缺氧区扩大对生态系统产生严重的干扰（Diaz and Rosenberg，1995），使需氧生物难以生存，也影响底栖生物的生长。通常，富营养化可以增加底栖动植物的食物，也增加了透光层内氧气的供应量。但是如果上层水体过分"肥沃"，藻类大量繁殖，那么除了多余的有机物在分解时消耗氧气以外，底栖动物的大量繁殖也要消耗大量的氧气。在一些垂直对流差及水交换不良的海区，氧消耗量就有可能超过供应量，从而使底层水体处于厌氧环境。厌氧环境造成有机物质无机化不完全，产生甲烷气体；硫酸盐还原，产生硫化氢气体，最后引起底栖生物的大量死亡。这又给厌氧细菌提供了大量的高质量的"食物"，使其繁殖更迅速，从而形成恶性循环。海域的第一次厌氧环境对底栖大型生物的破坏尤为严重，它可以使经过多年才建立起来的底栖生物群落毁于一旦（林荣根和邹景忠，1997）。对波罗的海的研究表明，自 19 世纪 60 年代，波罗的海的缺氧面积增加了 4 倍，大面积的氧缺乏导致盐跃层以下的大型底栖生物群落严重衰退，并进一步影响了食物网结构和渔业产量（Zillén et al.，2008）。

（二）间接危害

　　所谓间接危害主要是指由于水体富营养化而对社会经济、人类健康，甚至气候变化等方面产生的影响。

1. 对经济的危害

　　大量研究表明，藻华生物的大量繁殖会对海洋生物产生重要影响：如藻类分泌的黏液状物质、死亡后产生的黏液以及水体缺氧，可以影响海洋动物的滤食和呼吸，导致其窒息死亡；一些有毒藻类分泌释放有毒物质，直接或间接导致其他海洋生物中毒死亡；富营养化导致水质恶化、细菌繁殖，滋养了大量对鱼、虾、贝等有害的病原微生物，从而引发病害导致其死亡；等等。所以，富营养化对海产养殖业构成严重威胁。由于富营养化引发有害藻华而造成的渔业和捕捞业损失已有大量报道（Chang，1994；Underdal et al.，1989）。据 Anderson 等（2000）估计，赤潮给美国渔业带来的损失为平均每年约 1875 万美元。2000～2005 年，我国沿海每年因赤潮造成的养殖业直接经济损失达数千万元，2005 年东海米氏凯伦藻赤潮对南麂岛的养殖鱼类造成了毁灭性的打击，仅此一地直接经济损失就达 2000 万元（周名江和于仁成，2007）。

　　富营养化还影响旅游业的发展。洁净且宽阔的水域，一直是人们旅游所向往和青睐的地方，但有害藻华的频发，大大影响了海滨的景观，破坏了旅游区的秀丽风光，对沿岸旅游业造成不利影响。Anderson 等（2000）曾报道，1987 年富营养化对美国北卡罗来纳州造成的旅游业方面的损失高达 2832 万美元。

此外，水体富营养化增加了给水处理的成本。富营养化水体中不仅含有大量的藻类，细菌的数量也较原水增多。它使水的气味加重，视觉和触觉质量降低，毒素增多，增加了工业和生活用水的处理成本（窦明等，2002）。

2. 对人类健康的危害

富营养化水体的水质下降，对人类健康产生很大的威胁。1992 年，从印度的港口城市马德拉斯（Madras）到印度北部的多个城市，以及孟加拉国，由于富营养化引发水质恶化，导致霍乱的大规模流行，使得数千人患病（Colwell，1996）。

水质下降除表现为气味和口味的变化外，有时还含有致病毒素。例如，在淡水富营养化水体中容易生长的铜绿微囊藻，含有一种肝毒素，可以在鱼体内富集，人食用鱼后该毒素可转移至人体内，危害人体健康。而海洋有害赤潮生物也能产生毒素，如常见的麻痹性贝毒、腹泻性贝毒、记忆缺失性贝毒、神经性贝毒、西加鱼毒等，会导致水产品的污染，直接威胁人类健康（周名江和于仁成，2007）。据 Hallegraeff（1993）报道，由于食用富集了藻毒素的贝类而造成每年大约 300 人死亡。此外，藻华水体使人不舒服，渔民称之为"辣椒水"，与皮肤接触后，可使皮肤出现瘙痒、刺痛、出红疹等现象；如果溅入眼睛，疼痛难忍；有赤潮毒素的雾气能引起呼吸道发炎（高爱环等，2005）等。

3. 其他危害

由于大量死亡的浮游植物在沉降过程中同时也吸附了大量的悬浮物一同沉到海底，富营养化还有可能改变海域的沉积模式，并加速河口、海湾、潟湖的填埋过程。

此外，微藻的初级生产是全球大气中甲基溴一个重要的源。当甲基溴到达臭氧层后，其分解出的溴离子与大气中的臭氧发生反应，从而降低臭氧的浓度，因此，甲基溴是一种破坏臭氧层的物质（Lobert et al.，1995）。从这个角度上讲，富营养化还可能对气候变化产生影响。

（本节著者：俞志明　柴　超）

第三节　近海富营养化的概念与发展*

正如前文所述，早期富营养化的概念主要应用在淡水体系，当时主要是从生态系统的自然特点和变化等方面考虑的，还没有充分认识到人类活动与水体富营养化进程之间的关系。人们对于人类活动能够加速水环境的富营养化进程的认识主要始于 20 世纪 60 年代，当时世界各发达国家河流中的硝酸盐浓度呈明显的上升趋势，如图 1-2 所示，反

---

* 本节主要参考了文献 Cloern（2001）。

映出当时美国、法国的三大主要河流中硝酸盐的变化趋势。研究者认为，这些变化与人类活动有关，人类活动加速了氮、磷等营养盐从陆地岩石圈向水圈的迁移（National Research Council，2000；Jaworski et al.，1997；Puckett，1995）。所以，自 60 年代开始，淡水体系中的富营养化研究逐渐发展起来，人们开始关注由于人类活动而导致的水体中营养盐丰富，以及进而引发的生态系统退化现象，形成了一系列早期淡水湖泊、河流体系中富营养化研究的概念与模型。但是，当时人们还没有近海和河口水域富营养化的意识和概念，将近海富营养化作为一个社会发展和科学性问题去认识和研究，相对淡水湖泊、河流等，整整晚了 10～20 年（Nixon，1995）。所以，人们对近海富营养化的概念和认识，受淡水体系的影响很大，特别是在早期近海富营养化概念的形成阶段。

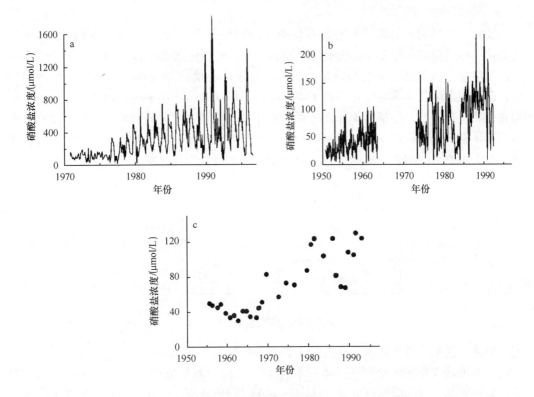

图 1-2　河流中的硝酸盐浓度变化趋势（Cloern，2001）

a. 法国维莱纳河（Vilaine River）；b. 美国圣华金河（San Joaquin River）；c. 美国密西西比河（Mississippi River）

一、早期近海富营养化的概念模型

正如前面富营养化定义所指出的，所谓富营养化是指水体中"营养物质过度增加，并导致生态系统有机质增多、低氧区形成、藻华暴发等一些异常改变的过程"。长期以来，人们对富营养化之所以关注，更重要的是"导致生态系统发生异常变化"，换句话说人们关注的是营养物质被吸收、利用的结果，而并非营养物质本身的丰富过程。所以，富营养化的概念模型从一开始就是围绕营养物质的"负荷（loading）与响应（response）"而思考和建立的。

　　对世界上近 200 个湖泊的监测研究表明，淡水湖泊中总磷浓度与藻类生物量的代表性参数叶绿素 a 之间存在明显的正相关关系（Schindler，1977）。以此为基础，湖泊学家们建立起了一系列描述淡水富营养化的"信号（signal）与响应"概念模型，这里的"信号"主要是指淡水中最常见的限制性营养盐——磷负荷的变化，响应则主要指浮游植物生产力和生物量的变化。其中最为经典的经验模型为 Vollenweider 富营养化经验模型（Vollenweider，1976），该模型将浮游植物的生物量描述为湖泊年度磷负荷的函数，相关参数可以根据湖泊的具体地形、水动力滞留时间做相应的调整（Cloern，2001）。由于该模型对淡水湖泊的普适性以及"信号与响应"之间存在较强的相关性，成为描述淡水体系富营养化的重要概念模型，也成为湖泊营养盐管理的重要基础（Schindler，1987）。

　　实际上，早期人们对近海富营养化的认识和概念主要受 Vollenweider 淡水体系富营养化模型的影响。如图 1-3 所示，早期的近海富营养化概念模型强调了营养盐负荷与一系列响应之间的密切关系：营养盐负荷决定了浮游植物生长速率和生物量的增加速率，浮游植物生长速率的变化导致了藻类生产与消耗之间的不平衡，进而伴随产生了藻类有机质大量沉积、细菌分解作用增强、水体中大量溶氧消耗等现象。所以，早期近海富营养化模型主要强调一些"信号"（营养盐浓度和通量）和"响应"（浮游植物生物量、初级生产力、溶氧）的测定，以此来描述近海富营养化现象。

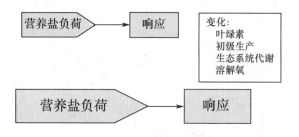

图 1-3　早期的近海富营养化概念模型（Cloern，2001）

　　但是，淡水和海水体系营养盐的生物地球化学循环是不同的。例如，在淡水湖泊系统中，磷被认为是初级生产的基本限制元素；而在近海环境中，根据不同的水域和季节，氮和磷都可成为限制性元素（Conley et al.，2000），并且其"限制"的意义与淡水湖泊也有所不同（Howarth，1988）。所以，随着人们对近海富营养化认识的深入，发现利用淡水湖泊富营养化模型描述近海富营养化还存在很多问题。例如，实际测得的单位氮负荷转化的叶绿素的量仅为上述模型计算出的 1/10，说明淡水和海水不同环境条件下外源营养盐转化成藻类生物量的速率和途径有很大的差异。另外，进一步研究表明在近海环境中"信号"（营养盐负荷）和"响应"（浮游植物生物量或初级生产力）之间的关系较淡水湖泊弱许多，有些营养盐负荷较高的沿海生态系统的初级生产率较低，而有些营养盐负荷较低的初级生产率很高。利用营养盐负荷很难预测藻类的生产速率，近海富营养化必须考虑其他的因素和过程。

二、现代近海富营养化概念模型

鉴于仅仅依靠营养盐的"负荷与响应"来描述近海富营养化存在一系列问题，人们在不断认识近海富营养化的过程中，对其概念模型进行了一系列发展和改进，逐渐形成了如图 1-4 所示的现代近海富营养化概念模型。与早期近海富营养化概念模型相比较，现代近海富营养化模型也是以营养盐负荷作为信号，但是在其响应方面不仅考虑了浮游植物生物量等直接响应，还考虑了营养盐循环、食物网结构等间接响应，进一步发展了早期富营养化概念模型，使之更好地适合于近海富营养化特点。与早期的近海富营养化模型相比，其主要特点体现在以下 3 个方面。

1）针对营养盐负荷，将近海生态系统的响应分为直接响应和间接响应，更真实地反映了近海生态系统对营养盐输入所产生的变化：如图 1-4 所示，营养盐的输入直接刺激浮游植物的生长，导致藻类有机质沉积通量的增加，形成底层缺氧；此外，还直接产生了以下生态效应：导致其他藻类（如大型藻和底栖微藻）生物量的变化，浮游植物优势种、群落组成改变，有毒有害藻华的发生等。这些由于营养盐的增加而直接对生态环境产生的影响，称之为直接响应。除此之外，这些直接响应还会进一步导致生态系统的一些间接响应：包括水体透明度，维管植物的分布与丰度，浮游和底栖无脊椎动物的生物量、群落组成和生长、繁殖速率，栖息环境的改变对无脊椎动物和鱼类的影响，以及沉积物氧化还原状态和生物地球化学过程发生的变化，等等。在现代近海富营养化的概念中，以上变化都纳入近海富营养化过程与特征中，更系统地反映了近海生态系统对营养盐输入响应的复杂性。

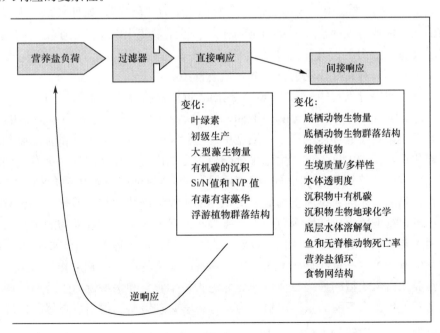

图 1-4 现代近海富营养化概念模型（Cloern，2001）

2）正是由于近海生态系统对富营养化"响应"的复杂性，与淡水湖泊不同，近海富营养化并非都表现出"信号与响应"之间的线性关系。为此，在近海富营养化概念模型中增加了一项"缓冲作用"（原文献中使用"filter"一词），以此来调节不同河口、近海生态系统对营养盐变化响应的敏感性。例如，有些河口、海湾对营养盐变化非常敏感，诸如切萨皮克湾、亚得里亚海、波罗的海、黑海、北墨西哥湾等；而有些近海生态系统对营养盐的变化并不敏感，甚至可以抵消由于营养盐增加而产生的直接响应，如 San Francisco 湾、Ythan 河口、Moresby 河口、Australia 和 Westerschelde 河口等（Cloern，1999；Eyre，1995）。该"缓冲作用"项的引入，使该模型更符合近海富营养化的特点。

3）该模型中引入了"逆响应"（reversible response）的概念，即由于营养盐负荷而引起的生态系统响应，如初级生产、大型藻生物量等的变化，又会反过来影响营养盐负荷的改变，导致了营养盐负荷的"逆响应"。

三、近海富营养化概念模型存在的主要问题及其发展趋势

现代近海富营养化概念模型比早期的模型有了很大的改进和发展，更加科学和准确地反映了由于营养盐负荷增加而导致的近海生态环境的变化。尽管该概念模型已在世界许多河口、海湾得到了验证，但是由于该方面研究起步较晚，还处于一个不断发展和完善的阶段，所以该概念模型还存在一些局限性。其中最为突出的是该模型中将营养盐作为一个独立和唯一的引起生态系统变化的压力信号，这从整个生态系统角度考虑很明显存在局限性，因为仅仅考虑营养盐这一压力信号并不能代表或反映导致近海生态系统变化的其他各种因素和压力。所以，要更加深入探讨近海富营养化问题，除了考虑营养盐"压力"之外，还应考虑由于人类活动导致的其他压力"信号"，如外来物种入侵、原栖息地的消失、渔业过度捕捞、有毒污染物输入、径流量变化以及养殖业发展和气候变化等，揭示在多重压力下近海生态系统的响应，在此基础上建立起反映近海生态系统变化、对科学管理具有指导作用的富营养化概念模型。

在上述思想指导下，Cloern（2001）提出了近海富营养化概念模型的进一步发展构想，如图 1-5 所示。与传统概念模型不同，该发展构想考虑了近海环境面临的多重压力，并非仅仅来自于营养盐的压力；模型中还包含了富营养化对地球系统的影响，较传统富营养化概念模型中仅考虑"生态系统响应"更加广泛。除此之外，该发展构想提出的生态系统响应较传统概念模型分类更加科学、内容更加丰富，主要包括：水体透明度、维管植物的分布与大型藻生物量、沉积物的生物地球化学与营养盐循环、营养盐结构及对浮游植物群落组成的影响、有毒有害藻华的暴发频率、后生动物的生境质量、浮游和底栖无脊椎动物的繁殖与生长，以及生态系统的其他敏感性变化，如生态系统季节性功能发生改变等，并首次提出了这些生态系统响应之间存在的相互作用关系。Cloern认为富营养化概念模型的最终目标应该更好地为科学管理和保护近海生态系统服务，所以未来富营养化概念模型的重要出口是为构建科学管理策略、提出生态修复措施提供重要科学依据，即所谓的"工具"作用。

根据上述发展构想，未来近海富营养化概念模型需着重解决以下几个问题。

1）近海生态系统对"压力"信号的缓冲作用（filter）机制。如前所述，不同的河

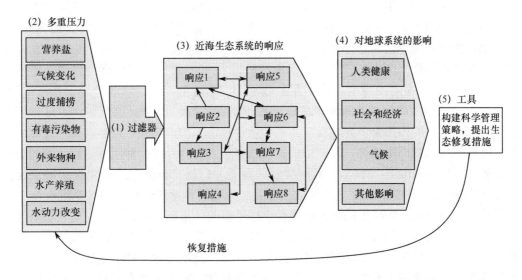

图 1-5 未来的富营养化概念模型 (Cloern，2001)

口、海湾对营养盐输入的响应有所不同：一些近海生态系统对营养盐的输入极为敏感，而一些体系却对营养盐的输入不产生响应。为此，在现代近海富营养化概念模型中增加了"缓冲作用"这一项，以调节不同近海生态系统对营养盐的敏感性。尽管近海生态系统一些固有的特性均可影响其对营养盐的响应，如潮汐作用 (Monbet，1992)、水平输送作用 (Lucas et al.，1999a，1999b)、水域透光性 (Cloern，1999)、悬浮物特点 (Cloern，1982) 等，人们对这些单一特性在生态系统对营养盐响应中的作用也有所了解，但是这些单一特性如何综合在一起，产生不同的缓冲作用 (如抑制或放大近海生态系统对营养盐的响应等) 还不十分了解，其作用机制的阐释是未来模型所要解决的重要问题。

2) 营养负荷与其他近海生态系统"压力"的相互作用以及生态系统在多重压力下的响应。在现代近海富营养化模型中，营养盐被作为一个独立和唯一的"压力"信号来考虑。但是实际上，近海生态系统是在多重环境压力下发生变化的。例如，气候变化可以改变营养盐通过径流或大气沉降进入近海的通量、可以影响近海水域的滞留时间、垂直混合以及水动力等特点，进而影响生态系统的响应；近海养殖业的发展严重改变了氮、磷等生源要素正常的生物地球化循环过程，大量的有机质沉积促进了缺氧层的形成、发展以及氮循环的异化作用 (dissimilation) 过程；除了营养盐之外，人类活动还产生了很多其他污染性物质 (如重金属、氯代烃、农药等)，这些污染物也将会导致生物群落结构上的变化，进而影响生态系统对营养盐的响应；除此之外，还有外来物种的入侵、动植物栖息地的减少、水资源的管理、过度捕捞等环境压力，对近海生态系统的变化都具有驱动作用，搞清楚营养负荷与这些压力之间的关系、协同作用以及生态系统的响应，是近海富营养化概念模型进一步完善与发展的重要内容。

3) 从地球系统的角度分析近海富营养化对人类生存和发展的影响。现代富营养化概念模型主要从近海生物地球化学过程、生态系统的角度，反映由于人类活动导致的营养盐加富对近海生态环境产生的影响，没有涉及由此而产生的社会和经济方面的影响。实际上，近海富营养化问题与社会、经济和人类健康密切相关。例如，1987～1989 年由于黑海富营养化问题，支撑沿岸国家鱼产品需求 80％的土耳其凤尾鱼产业几乎崩溃（Mee，1992）。另外，有毒有害藻华在全球范围内给近海养殖、渔业造成了严重威胁，1998 年在香港近海发生的有害藻华造成了水产养殖业 4200 万美元的损失，1993 年新西兰因有毒藻华一周内损失 200 万新西兰元。除了经济上的影响外，近海富营养化问题也给人类健康带来的严重威胁，其直接威胁包括每年约有 300 人因食用藻毒素污染的海产品而死亡（Hallegraeff，1993）；而间接威胁则更为广泛，包括促进水生疾病的快速传播等（Colwell，1996）。除了上述影响之外，近海富营养化还对地球大气系统产生一定的影响：众所周知，海洋中的浮游植物是全球甲基溴的重要来源，对大气臭氧层的破坏产生一定的作用；一些藻华生物释放二甲基硫化物（DMS），对地球的热辐射产生重要影响；等等。上述这些衍生出来的各种经济、社会、健康问题，甚至地球系统变化等问题与近海富营养化的关系如何，以及营养盐加富对其能够产生多大影响，在未来的近海富营养化模型中都应予以回答。

4）从管理策略上为防控近海富营养化提供科学指导。近海富营养化概念模型最终目的是通过科学研究，从机制上揭示形成近海富营养化的原因；通过科学指导，恢复由于营养盐增加而破坏的近海水域正常的生物群落结构及生态功能。所以，一个科学、全面和准确的近海富营养化概念模型将对近海生态系统保护和恢复的有效性产生直接的影响。目前，近海富营养化模型已经为科学化的管理提供了一些重要和基础性的指导，例如，针对近海富营养化问题应首先要了解营养盐的来源、收支等情况，搞清楚人类活动的影响程度；根据近海生态系统的不同响应，通过模型确定富营养化程度，对未来的影响做出科学判断，进而提出营养盐的控制措施；等等。随着人们对近海富营养化认识的不断深入，未来富营养化概念模型将更深入地分析造成近海富营养化的多重压力，寻找能够更加灵敏反映近海生态系统响应的因子，揭示富营养化发生、发展机制，近海生态系统的响应、变化机制，人类健康、地球系统的影响机制等，进而提出科学管理策略、实施生态修复措施，使未来富营养化概念模型成为科学化管理的有效工具，为实施有效的近海富营养化防控措施提供科学指导。

（本节著者：俞志明　柴　超）

第四节　世界主要国家近海富营养化现状

近海富营养化概念与模型已经表明，人类活动导致营养盐的增加是近海富营养化的主要驱动力。图 1-6 是政府间海洋学委员会（Intergovernmental Oceanographic Commission，IOC）实施的"全球营养盐排放入海研究"（Global Nutrient Export from WaterSheds Program，Global NEWS）获得的全球近海氮的主要来源分布图（Dumont et al.，2005；Seitzinger et al.，2005），与全球微型原甲藻（*Prorocetnrum minimum*）水华

的分布相比较可以发现（Heil et al.，2005），氮排放较高的近海水域也是原甲藻水华频发的水域，两者有较好的相关性（图1-7）。该结果充分反映出富营养化已经成为全球近海生态系统普遍存在的环境问题。

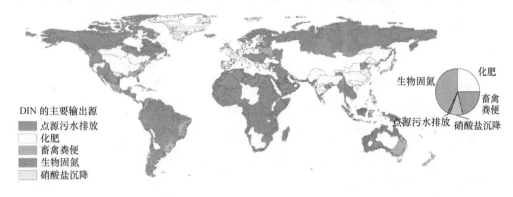

图 1-6　全球近海氮的主要来源分布及比例（IOC Secretariat，2008）（见彩图）

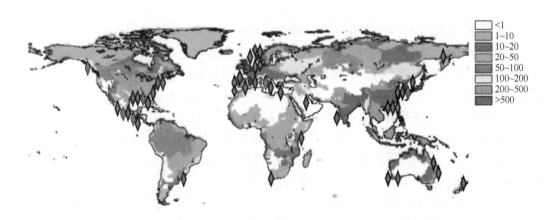

图 1-7　全球微型原甲藻水华与氮排放量（IOC Secretariat，2008）（见彩图）

氮排放量单位：kg N/(km² 流域·a)

一、美国近海富营养化现状（Bricker et al.，1999）

1992～1998年，美国国家海洋与大气管理局（National Oceanic and Atmospheric Administration，NOAA）组织300多位科学家和环境工程师调查了占美国全部河口水域面积90%以上的138个河口，获得了与富营养化相关的大量数据信息，对其近海的富营养化情况做了综合性评价。评价参数包括三类：压力、状态和响应；其中，压力用人类活动引起的DIN浓度占DIN总浓度的比值表示，系统的状态包括初级症状（叶绿素a、附生植物和大型藻类）、次级症状（缺氧情况、沉水植被损失、有害和有毒赤潮），人类活动的响应为未来的营养盐压力和系统的敏感性分析等。主要评价参数见表1-1。

表 1-1　主要评价参数

评价类别		评价参数
压力		人类活动引起的 DIN 浓度占 DIN 总浓度的比值
状态	初级症状	叶绿素 a
		附生植物
		大型藻类
	次级症状	有害有毒赤潮
		溶解氧
		沉水植被
响应	系统敏感性	稀释潜力
		冲刷潜力
	未来压力	营养盐变化

资料来源：Bricker et al.，2003。

（一）大西洋北部区域

该区域从靠近加拿大边境的 Croix 河到鳕鱼湾（Cape Cod），包括 18 个河口，水域面积约 5180km²。该区域的特点是北部的海岸线主要由河流和峡谷构成，形成很多的小湾、岩石、悬崖和大岩石岛屿；南部的海岸线主要包括鹅卵石、石砾、沙滩和大面积的潮间带沼泽，因此，这些河口的潮汐交换程度大，但淡水输入量小。该区域分布很多人口密集的城市，如波特兰和波士顿等均位于该区域的南部。

该区域 18 个河口中的 50% 以上呈中等和高度富营养化，其中 6 个河口呈高度富营养化。总体上，这些呈高度富营养化的河口，有害有毒藻华和大型藻类丰度过高是主要原因，叶绿素 a 一般呈中等水平，缺氧状况不严重。

该区域总体上受人类活动影响较小。其中 15 个河口由人类活动引起营养盐的输入量较少，主要原因是淡水输入量较小且流域内人口较少；此外，由于潮汐交换程度高，各河口对营养盐输入的敏感性较小，因此，人类活动对该区域的影响较小。在该区域呈现高度富营养化的 6 个河口中，只有波士顿港（Boston Harbor）这 1 个河口受人类活动影响较大。研究者认为，该区域绝大多数河口的营养盐的主要来源是外海，因此，一些富营养化症状的出现，如有害藻华，是自然状况，人类活动输入的营养盐并未导致富营养化症状恶化。

（二）大西洋中部区域

该区域从巴泽兹湾（Buzzards Bay）到切萨皮克湾，共包括 22 个河口，水域面积 20 176km²。沿岸主要是不规则的海岸线、较宽的沙滩、无数的岛屿和广阔的盐沼地带。该区域北部通常受潮汐交换影响，而切萨皮克湾主要受淡水输入影响。其流域由面积较大的城市和广阔的农田构成，主要人口中心包括普罗维登斯、哈特福德、纽约、费城、巴尔的摩、华盛顿和里士满等。

该区域 22 个河口中近一半呈高度富营养化，5 个河口呈中度富营养化，中度和高度富营养化的河口较多，且较均匀地分布在该区域。在这些河口富营养化的初级症状中，叶绿素 a 浓度最为显著，其中 50％河口呈现高浓度的叶绿素 a，其余呈现中等水平。10 个河口出现大型藻丰度过高问题，25％以上的河口出现附生植物丰度过高问题，大型藻丰度过高会导致水下植被减少，贝类、珊瑚和其他生物窒息，而附生植物丰度过高也会导致水下植被减少。富营养化的次级症状在该区域也很明显，所有河口均存在缺氧问题，50％以上河口的水下植被损失、有害有毒藻华呈中等到高水平。在 10 个高度富营养化的河口中，绝大多数是富营养化的初级和次级症状均呈现高水平。

该区域封闭、半封闭型和河流控制的河口，如切萨皮克湾，富营养化问题最为严重；而主要受海水影响的河口，如巴泽兹湾和特拉华湾（Delaware Bay），富营养化问题较轻。该区域 15 个河口的氮输入量呈中等到高水平，并且这些河口对营养盐输入的敏感性也呈中等到高水平，因此，该水域受人类活动的影响较大。

（三）大西洋南部区域

该区域包括 22 个河口，从北卡罗来纳南部的外滩群岛（Outer Banks）到佛罗里达的比斯坎湾（Biscayne Bay），水域面积 11 396km²，由平行于海岸线的众多岛屿组成。北卡罗来纳的河口环流模式主要受风和季节性淡水输入影响，而南卡罗来纳和佐治亚的河口主要受淡水输入和潮汐影响，佛罗里达沿岸的河口环流主要受风力和人类活动影响。流域土地主要利用方式是工业和农业，还有一部分森林。较大的人口中心有迈阿密、杰克逊维尔（Jacksonville）、萨凡纳（Savannah）等。

该区域只有 4 个河口呈高度富营养化，包括纽斯河口（Neuse River）、帕姆利科湾/蓬戈河口（Pamlico/Pungo Rivers）、新河河口（New River）和圣约翰河口（St Johns River）。此外，5 个河口呈中度富营养化，其余主要位于南卡罗来纳和佐治亚的 13 个河口没有出现富营养化问题。

该区域一半河口受人类活动影响呈中等水平，帕姆利科湾/蓬戈河口、纽斯河口和新河河口受人类活动影响最为严重。在富营养化严重的河口，水循环受限，潮汐交换小，且氮输入呈中等到高水平。而富营养化程度较轻的河口，其主要原因是由于潮间带沼泽充当了营养盐过滤器的作用，且潮汐较强，氮输入量少，这些因素共同导致富营养化水平较低。

（四）墨西哥湾

墨西哥湾包括 38 个河口，水域面积 28 490km²，其中包括密西西比羽状峰和部分远岸水体。河口和近岸环境多样，包括开阔的港湾、潟湖、潮间带沼泽和三角洲。受季节性降雨量的影响，流入各河口的淡水量变化较大。河口潮汐能很小，潮差为 0.15～1.06m，水深较浅。流域内土地利用方式主要是农业，大的人口中心有休斯敦、新奥尔良和坦帕。

墨西哥湾明显受到富营养化问题的影响，38 个河口中几乎 50％呈高度富营养化水平，14 个河口呈中度富营养化水平，只有 6 个河口呈低度富营养化水平。其中富营养化水平最高的河口有佛罗里达湾（Florida Bay）、庞恰特雷恩湖（Lake Pontchartrain）、卡尔卡苏湖（Calcasieu Lake）、科珀斯克里斯蒂湾（Corpus Christi Bay）和马德雷湾（Laguna Madre）。

在初级症状中，12 个河口的叶绿素 a 呈高水平，主要位于佛罗里达州西部、路易斯安那州和得克萨斯州下游；8 个河口的附生植物丰度较高，呈中等到高水平；7 个河口的大型藻丰度呈中等到高水平。在次级症状中，4 个河口的缺氧问题呈高水平，这几个河口主要位于佛罗里达和密西西比羽状峰。几乎 50% 的河口存在水下植被损失问题，但通常呈低到中等水平。该区域有害有毒赤潮问题较为普遍，28 个河口出现该问题，其中 8 个河口呈高水平。总体上，在富营养化程度高的河口中，症状通常是水下植被损失、叶绿素 a 浓度高和缺氧。有害有毒赤潮和附生植物呈中等到高水平也是导致高度富营养化的主要因素。

该区域 50% 河口受人类活动影响程度高，密西西比羽状峰等受人类活动影响最为突出。

很多因素影响墨西哥湾的富营养化程度，主要因素包括：潮汐强度低、冲刷速率低、营养盐输入量大、由于水温较高和较长的生长季节导致的溶解氧浓度低。上述这些因素，加上受人类活动影响较大，导致该区域富营养化呈高水平。尽管某些河口，如巴芬湾（Baffin Bay）和马德雷湾流域上游人口密度较低，氮输入量呈中等水平，但由于河口对营养盐输入的敏感性较大，导致人类活动的影响被放大。

（五）太平洋沿岸

该区域包括 39 个河口，水域面积 7123km²。该区域由相对较直的海岸线组成，多岩石、沙滩。加利福尼亚州南部的河口环流模式主要受季节性淡水输入量的控制，加利福尼亚州中部和华盛顿州较大河口的环流主要受淡水输入和潮汐控制，潮差大小为中等程度（1.5～2.3m）。林业、农业和工业是该区域流域内土地的主要利用方式。主要人口中心有洛杉矶、圣地亚哥、旧金山、波特兰和西雅图。

该区域 7 个河口呈高度富营养化，主要位于北部和南部；11 个河口呈中等富营养化水平，分散于加利福尼亚州和太平洋西北部；9 个河口未受富营养化影响；此外还有 12 个河口由于资料不充足而难以确定其富营养化水平。

在初级症状中，11 个河口的叶绿素 a 浓度呈高水平，这些河口主要位于加利福尼亚州南部和华盛顿州北部。在次级症状中，8 个河口出现水下植被损失，21 个河口呈现有害有毒赤潮问题，其中 12 个河口呈中等到高水平。总体上，导致高度富营养化的主要症状是叶绿素 a 水平高，同时存在大型藻丰度较高、有害有毒赤潮和低溶解氧等症状。

该区域富营养化程度高的河口也是受人类活动影响严重的河口。受人类活动影响最显著的是蒂华纳河口（Tijuana Estuary）、纽波特湾（Newport Bay）、圣佩德罗湾（San Pedro Bay）、阿纳海姆湾（Anaheim Bay）和圣弗朗西斯科湾（San Francisco Bay），其中 3 个河口——纽波特湾、圣佩德罗湾、阿纳海姆湾处于美国人口密度最高的 10 个河口之中。总体上，河口环流受限制，同时营养盐输入量呈中等到高水平，导致太平洋沿岸河口富营养化程度升高。

二、欧洲近海富营养化现状

欧洲是整个亚欧大陆深入到大西洋的一个大半岛，在这个大半岛上又有很多小半岛，众多的半岛和岛屿把欧洲大陆边缘的海洋分割成许多边缘海、内海和海湾。巴伦支海、挪威海、北海和比斯开湾是欧洲较大的边缘海，白海、波罗的海、地中海和黑海等则深入大陆内部，成为内海或陆间海。欧洲是世界人口密度最大的一个洲，城市人口约占全洲人口的 64％，在各大洲中次于大洋洲和北美洲，居第三位。欧洲的人口分布以西部最密，莱茵河中游谷地、巴黎盆地、比利时东部和泰晤士河下游每平方千米均在 200 人以上。

欧洲沿海水域营养盐负荷的增加主要发生在 20 世纪 40 年代末到 70 年代末。研究者分析了 1930～1986 年位于荷兰和德国边界处的莱茵河磷酸盐、硝酸盐和氨氮的年平均浓度，证实莱茵河下游磷酸盐浓度在 1950～1975 年增加了近 6 倍，从 0.06mg P/L 增加到 0.4mg P/L，DIN 上升了 3.5 倍，从 1.0mg N/L 增加到 4.5mg N/L。直到 1986 年磷酸盐浓度才相对稳定，硝酸盐浓度的增加趋缓（Gerlach，1990）。除去淡水径流量变化的影响，1967～1978 年丹麦境内主要流经农田的河流每年硝酸盐的输出量增加 3.7％。这些资料说明了 50～80 年代，经农田和发达的工业区进入欧洲沿海水域的营养盐负荷呈增加趋势。但是，并不是欧洲境内所有流域都是人口密集、工农业发达的，因此，据保守估计，在 50～80 年代，欧洲沿海水域的氮负荷增加了 2 倍；在 40～70 年代，磷负荷增加了 4 倍（Hansen et al.，1995）。同时，研究者发现大气沉降中的氮营养盐也在增加。例如，Gerlach（1990）发现，在 1950～1980 年进入德国沿海水域的大气中的氮增加近 2 倍，从 0.7t/km^2 增加到 2t/km^2，同期，丹麦雨水中的氨氮浓度增加了近 0.5 倍，从 37μmol/L 增加到 53μmol/L（Asmann et al.，1988）。据 Hansen 等（1995）估计，1950～1980 年进入北海和波罗的海的大气沉降的氮分别增加了 40％和 50％。

由于欧洲沿海水域富营养化程度不断加剧，欧盟于 2001 年提出了并应用于所有欧盟国家沿岸海域的富营养化状况评价方法，其主要目的是了解欧洲沿岸水域富营养化的起因，评估其富营养化的现状及发展趋势。该评价模型可分为驱动力、压力、状态、影响及响应等五部分，简称为 DPSIR 富营养化评估模型。驱动力包括从工农业、交通运输业、污水处理厂等排放进入环境的营养盐；压力指通过河流输入、直接径流、大气沉降等途径进入到沿海水域的营养盐；状态包括沿海水域的营养盐浓度及营养盐结构；影响是指由于富营养化而引起的赤潮、有毒的贝类及氧消减等问题；响应包括通过减少营养盐排放等途径而降低驱动力对沿海水域的影响，从而重新构建健康的生态系统（OSPAR，2001）。

（一）波罗的海

波罗的海位于东北欧，围绕波罗的海的国家与地区包括斯堪的纳维亚半岛、中东欧大陆部分和丹麦。波罗的海北纬 54°起向东北延伸到北极圈附近，长 1600km，平均宽度 190km，面积 4.15×10^5 km^2，平均深度 52m。波罗的海是世界上盐度最低的海域，盐度只有 7～8，海区闭塞，水体滞留时间为 25～35 年。由于位于温带海洋性气候区，降水颇多，且地处中高纬度，蒸发较少，波罗的海周围河川径流总量非常丰富。

波罗的海的海岸线十分曲折，海中岛屿林立，有波的尼亚湾、芬兰湾、里加湾等著名海湾。其流域面积为 $1.75 \times 10^6 km^2$，分布着挪威、丹麦、瑞典、芬兰、俄罗斯、波兰、德国、爱沙尼亚、拉脱维亚、立陶宛等国家。俄罗斯的圣彼得堡、瑞典首都斯德哥尔摩、芬兰首都赫尔辛基、拉脱维亚首都里加等都是波罗的海沿岸的名城。波罗的海流域人口 8500 万，其中 2600 万人居住于波罗的海沿岸 50km 的范围内，接近 1500 万人口居住于沿海 10km 范围内。流域中森林覆盖面积占 48%，可耕地 20%，荒地占 17%。在流域北部（波的尼亚湾和芬兰湾流域）只有 8% 的可耕地和牧场；在其他区域，可耕地和牧场占 46%（Sweitzer et al.，1996）。

波罗的海曾经一直被认为是贫营养的水域，但是近年来情况发生明显变化。由于营养盐浓度的增加，波罗的海各区域均呈现富营养化，其富营养化程度最小的是波的尼亚湾。沿海水体多年生大型植物的分布深度降低，生活周期较短的丝状附生植物和漂浮藻类较为常见。由于营养盐浓度的上升，同时营养盐比例发生变化，浮游植物藻华，特别是蓝绿藻，出现频率和空间覆盖面积均增加。有害赤潮的增多引起鱼类、海鸟和牲畜的死亡，导致水产养殖业损失，并对人类健康产生危害（Helcom，1998）。因此，富营养化已经被认为是该区域最严重的问题之一。

波罗的海在波的尼亚湾和芬兰湾的表层盐度为 1，在贝尔特海峡的入口处达到 8，卡特加特海峡北部为 25。研究表明，整个波罗的海的硝酸盐浓度与盐度之间不存在线性关系。由于波罗的海北部区域河流主要流经森林，人口较少，因此，淡水中的硝酸盐浓度较低，使得波罗的海低盐度区域的硝酸盐浓度较低。而在波罗的海南部区域，有机氮发生沉积并通过反硝化过程被去除，因此硝酸盐浓度也较低。其中，芬兰湾 NO_x 最高浓度不到 $30\mu mol/L$，波的尼亚湾只有 $5\mu mol/L$。总体上，波罗的海的 NO_x 浓度小于 $10\mu mol/L$。磷酸盐浓度为 $0.3 \sim 3\mu mol/L$，与盐度之间不存在明显的关系。磷酸盐的时空分布与底层水体的氧浓度的变化密切相关，在无氧的沉积物中磷酸盐被释放而在富氧时发生磷酸盐沉积过程。波罗的海的硅酸盐浓度呈中等水平，大部分区域为 $10 \sim 20\mu mol/L$，受维斯瓦河、奥得河等河流的影响，德国和波兰附近硅酸盐浓度达到 $60\mu mol/L$。总体上，硅酸盐浓度与盐度不存在明显的关系（EEA，2001）。

据统计，1995 年，经陆地进入波罗的海的氮是 76.1 万 t，磷是 3.8 万 t。其中，90% 的氮是通过河流进入波罗的海，其余 10% 的氮来自于点源输入（Helcom，1998）。据估计，1/3 的氮来自于可耕地（Elofsson，1997）。就磷而言，81% 的磷通过河流进入，此外 19% 来自于点源。

波罗的海富营养化的主要症状是初级生产增加，随之藻类大量沉积，并导致底层水体氧浓度降低，同时藻类的大量繁殖使得水体透明度降低，并影响到底栖藻类的分布和组成。波罗的海南部和芬兰湾的叶绿素 a 浓度较高。由于该区域水体呈现经常性的、甚至永久性的分层，并且沉积速率较高，波罗的海底层海水的无氧/缺氧现象较为常见。

（二）北海

北海是大西洋东部的一个海湾，南部经多佛尔海峡与大西洋相通，北部经苏格兰与挪威间的缺口，与大西洋及挪威海相接，东部经挪威、瑞典、丹麦之间的斯卡格拉克海峡和卡特加特海峡与波罗的海相通。北海长约 965km，北部宽为 580km，总面积为 $7.5×10^5km^2$，平均水深为 91m，容积为 $1.55×10^5km^3$。北海的潮差，在英格兰沿岸为 7m，广大的外海为 1.5m。整个北海水体的滞留时间为 365～500 天。北海流域面积 $8.5×10^5km^2$，人口约为 1.84 亿。重要的河流包括莱茵河、威悉河、默兹河、斯凯尔特河、塞纳河和流经中欧及北欧的易北河，此外，泰晤士河和亨伯河流经英国东部。然而，进入北海最大的淡水资源是波罗的海。北海被很多发达的西北欧国家所包围，这些国家的特点是人口密度大、工农业发达。

1990～1995 年，经陆地进入北海的氮营养盐每年为 96.7 万～146.3 万 t，磷营养盐每年为 7.3 万～8.9 万 t。同时，大气沉降进入北海的无机氮每年为 31 万～37.1 万 t（OSPAR，1998a）。

北海营养盐的主要来源与人类活动有关。河流中的氮主要来自于农田淋溶和城市污水排放；磷营养盐主要与城市废水和土壤侵蚀有关。河流径流占北海氮输入量的65%～80%，占磷输入量的 80%～85%（OSPAR，1998b）。

总体上，北海 7 个国家（比利时、丹麦、法国、德国、荷兰、挪威、瑞典）的沿海水域均出现富营养化问题（NSTF，1993）。相比而言，北海南部的热点区域，即英国东部沿海和比利时、荷兰和德国等沿海区域，硝酸盐和亚硝酸盐（NO_x）的浓度在冬季达到极大值；北海东部海域，即丹麦沿海附近的 NO_x 浓度呈中等到高水平；挪威沿海的 NO_x 浓度最低。该区域的 NO_x 浓度随盐度升高而降低，淡水端 NO_x 浓度高达 $350\mu mol/L$，盐度 35 的海域附近 NO_x 浓度为 $10\mu mol/L$。淡水端氨氮浓度高达 $100\mu mol/L$，盐度 34 的海域氨氮浓度为 $1\mu mol/L$。氨氮与 NO_x 的来源一致，主要来源于农田和城市。因此，氨氮浓度较高的区域主要位于荷兰和德国的河流入口处以及泰晤士河（EEA，2001）。

磷酸盐浓度随盐度的变化与无机氮一致，淡水端浓度最高，随着与海水混合浓度逐渐降低。磷酸盐最高浓度超过 $6\mu mol/L$，出现在北海南部海域，其中德国、荷兰和英国的河流输入的磷占北海磷负荷的 90%，这三个国家附近海域磷酸盐的最高浓度均接近 $8\mu mol/L$。据磷酸盐浓度与盐度之间的关系推断，丹麦和比利时淡水端的磷酸盐浓度是最高的。关于挪威水体的磷酸盐的资料较少，但是从磷酸盐与盐度的关系表明，挪威的淡水对该区域的富营养化影响很小。对磷酸盐而言，点源输入和城市污水是该区域磷酸盐的重要来源。虽然近十年建立了较多污水处理厂，去除了部分磷酸盐，但是河口无氧或缺氧的沉积物可能输出了磷酸盐进入沿海水体（EEA，2001）。

硅酸盐浓度与盐度呈线性负相关关系，最高浓度为 $220\mu mol/L$，出现在北海南部，其主要来源是德国、荷兰和英国河流的输入（EEA，2001）。

北海北部的挪威沿海附近，在盐度 18～35 无机氮的浓度较低。由于进入挪威沿海水域的淡水未流经农田，因此，该区域淡水带来的营养盐负荷较小。与北海北部相比，虽然北海南部的营养盐和叶绿素 a 浓度较高，但潮汐和风力混合使得北海南部底层海水的氧充足。

人类活动导致陆源的营养盐进入北海沿海水域，且营养盐结构发生变化，由此带来的问题在北海各区域较为普遍。由于营养盐而产生的负面效应，包括氧消减并随之引起底栖生物死亡、动植物群落的丰度和多样性发生变化、浮游植物藻华增加，特别是有害赤潮，如卡特加特海峡南部底层水体周期性的氧亏损使得挪威龙虾养殖业几乎停止。

（三）地中海

地中海是指介于亚洲、非洲、欧洲之间的广阔水域，这是世界上最大的陆间海。地中海东西长约 4000km，南北宽约 1800km，面积约 $2.5 \times 10^6 km^2$。尽管有诸多的河流注入地中海，如尼罗河、罗纳河、埃布罗河等，但由于它处在副热带，蒸发量太大，远远超过了河水和雨水的补给，使地中海的入水量不如出水量多，海水的盐度比大西洋高得多。

地中海沿岸人口为 4.5 亿，每年的观光客超过 1.35 亿。在 230 个沿海城市中，45％以上的城市没有污水处理厂，50％的污水未经处理。在有处理厂的城市，只有38％的处理厂可以进行二级处理。除了城市和工业污水，农业也是地中海营养盐的主要来源。由于地中海盆地的地形特殊，只有开垦湿地作为农田，因此农业活动主要局限在沿岸平原。土壤侵蚀和化肥的大量使用给沿海水域带来较大的压力。此外，隆河和波河流域的农业活动也对地中海营养盐负荷产生影响。据 EEA 估计，除了克罗地亚、埃及、利比亚、马耳他和斯洛文尼亚外，地中海水域由于农业而每年产生的氮至少为 160万 t、磷 80 万 t、总有机碳 170 万 t。

近几十年来，地中海国家海水养殖发展迅速，从 1984 年的每年 7.8 万 t 增加到1996 年的每年 24.8 万 t。海水鱼类养殖所产生的氮负荷（180 万 t）与农业活动所产生的氮负荷接近，而海水鱼类养殖所产生的磷负荷（21 万 t）约是农田土壤侵蚀产生磷负荷的 1/4，这说明，至少在局部区域，鱼类养殖是地中海营养盐的主要来源（EEA，2001）。

EEA 评估了进入地中海的近 30 条河流的营养盐年平均负荷，其中无机氮为每年30.4 万 t，磷为每年 2.19 万 t。进入地中海的河流中硝酸盐水平一直在增加，磷酸盐浓度在某些国家也是增加显著，如希腊和法国，然而在意大利，由于禁止含磷洗涤剂的使用，磷酸盐呈降低趋势（EEA，1999）。

地中海外海开放水域在世界各海中属于贫营养区域，虽然在底层水体中，磷酸盐和硝酸盐的浓度在 1994 年分别高达 $0.4\mu mol/L$ 和 $8.7\mu mol/L$，但由于缺少上升流，使得地中海外海开放水域的营养盐局限在深层水体，脱离了生物再循环过程。但是，地中海近岸的富营养化在包围型/半包围型的近岸港湾较为严重。由于接收了河流越来越多的营养盐，同时未处理和处理不达标的生活和工业污水直接流入地中海，使得近岸出现严重的富营养化问题。其主要症状是赤潮暴发、生物多样性降低和氧亏损。并且由于有毒赤潮导致海产品污染，对人类健康存在潜在威胁。地中海富营养化所产生的负面影响（如无氧/缺氧、赤潮等）主要局限在某些水域，还没有大范围出现，如亚得里亚海、狮子湾和爱琴海北部水域的营养盐浓度相对更高，初级和次级生产力也高，有时局部发生赤潮引起缺氧或无氧现象，偶尔也出现有毒赤潮（Béthoux et al.，1998）。

（四）其他区域

欧洲的凯尔特海区域，包括爱琴海和许多河口，硝酸盐和磷酸盐的浓度均由于人类活动而增加。在英格兰，墨济河河口/利物浦湾和贝尔法斯特港等水域出现了富营养化症状。爱尔兰的科克港和都柏林湾的局部水域，以及都柏林湾北部的一些河口，均出现了富营养化症状。爱琴海的一些河口氧浓度降低，如城市化程度非常高的墨济河河口和贝尔法斯特港，有时在利物浦湾水体出现分层时也存在氧浓度降低的现象。

在 1960~1992 年，由于多瑙河、第聂伯河和德涅斯特河等营养盐输入量的增加，黑海的硝酸盐和磷酸盐平均浓度分别增加了 7 倍和 18 倍。据估计，多瑙河每年向黑海输送 23 万 t 总氮和 4 万 t 总磷（GEF/BSEP，1997）。在 1992 年黑海的硝酸盐和磷酸盐中值浓度分别为 $7.9\mu mol/L$ 和 $6.9\mu mol/L$（Cociasu et al.，1996）。由于黑海的水体滞留时间较长，因此对富营养化问题特别敏感。随着 Si/N 值的减少，黑海的藻类组成已经发生由硅藻向非硅藻的较大转变。由于多瑙河营养盐的大量输入，黑海底层水体出现严重的无氧现象。

三、加拿大近海富营养化现状

加拿大绝大多数地区的人口密度较低，工业活动相对较少，因此，该国家的很多地方没有出现工业化国家常见的氮污染问题。但是，随着人口的快速增加、工农业的发展，已经引起安大略省南部、阿尔伯达省和不列颠哥伦比亚省等区域地表水和地下水的硝酸盐浓度升高，氮沉降量已经和欧洲某些区域接近（Schindler et al.，2006）。

迄今为止，由于沿海水体与外海水体交换速率很高，因此加拿大的富营养化主要局限在较小的港湾（Chambers et al.，2001），加拿大的河口水域未出现明显的富营养化症状。但是，由于弗雷泽河流域下游和普吉特湾人口膨胀和集约化农业的发展，使得太平洋沿海水域正面临着富营养化的潜在威胁，其中最危险的区域是乔治亚湾。弗雷泽河下游流域是加拿大发展最快的区域之一，人口增加迅速，集约农业发展很快。该区域的畜牧养殖密度最高，养殖业已经从传统的方法转变为工业集约化养殖。养殖产生的粪肥和化肥大量用于农田，在绝大多数地区，其施用量远远超过作物的需求，每年大约超过 $100kg\ N/hm^2$，在某些地区每年甚至超过 $300kg\ N/hm^2$。因此，弗雷泽河下游流域人口的增加和农业的发展给乔治亚湾带来压力（Schreier et al.，2003）。

因此，随着人口的增加、工业和畜牧养殖业的发展，其他国家所经历的问题，如酸雨、地表水和地下水硝酸盐浓度的增加以及河口的富营养化，在加拿大也开始浮现出来。

四、澳大利亚近海富营养化现状

澳大利亚东临太平洋，西临印度洋，总面积 $7.7\times10^6\ km^2$。澳大利亚虽四面环水，海岸线长达 37 000km，但沙漠和半沙漠却占全国面积的 35%，是世界上最干燥的大陆（Digby et al.，1998）。除了塔斯马尼亚州的部分河口外，澳大利亚的大多数河口的淡水径流量较小。沿海平原北部由于降水极少且不稳定，河流水量极小，多消失于沙漠中，为不毛之地；沿岸平原南部降水稍多，河流多呈树枝式，因河谷地势平坦，河口多为沙砾所封闭，有很多河口被称为潟湖。

澳大利亚富营养化的研究主要集中在淡水有毒蓝绿藻水华，只有一些研究工作涉及沿海浮游植物，主要是硅藻和甲藻。因此，与北半球相比，对澳大利亚河口富营养化的研究相对较少，只有对少数位于主要人口中心附近（如布里斯班、霍巴特、墨尔本、佩思和悉尼）的河口的研究相对较多，但也缺乏像美国切萨皮克湾和欧洲波罗的海那样丰富的资料（Davis and Koop，2006）。

澳大利亚河口各种生态过程受到来自河流物质的驱动，是流域输入物质最终的汇（National Research Council，2000）。研究表明，即使是位于澳大利亚温带地区的永久开放型河口平均每年也只有约 30% 的物质通过河口输送到外海（Davis and Koop，2006）。

位于佩思市的皮尔-哈维河口（Peel-Harvey Estuary），由于来自流域的营养盐负荷过高，该河口在 1974 年第一次暴发了大规模的蓝绿藻赤潮。该河口水深较浅（平均1m），水较温暖，同时狭窄的曼哲拉海峡（Mandurah）限制了河口与外海的交换，加上营养盐的大量输入，成为浮游植物生长的理想区域（Davis and Koop，2006）。

位于澳大利亚塔斯马尼亚州的河口，如霍巴特市附近的德温特河口（Derwent Estuary）和胡恩河口（Huon Estuary），与北半球的河口非常相似，胡恩河口是高度分层的盐锲河口，淡水输入量大，表层水体的滞留时间只有几小时到几天，整个水体的滞留时间也只有几天到一周，因此，该水域富营养化的驱动过程也与北半球河口相似，水体垂直分层，导致底层水体的缺氧或无氧。然而，澳大利亚绝大多数的河口与塔斯马尼亚州的河口不同，滞留时间长，河流输入量不规律，很多河口又小又浅。一般认为，这样的河口一般水体混合较好，底层水体很少出现缺氧现象。但是对西澳大利亚州西南部的威尔逊河口（Wilson Estuary）的研究表明，浅的、混合较好的河口也存在着周期性的无氧现象。这些河口的缺氧层很薄，持续时间也不长，可能是由于盐水入侵导致水体短时的分层造成的（Thompson and Twomey，2000）。

澳大利亚的很多河口可归类为潟湖，即入口在一定时间内是关闭的，有的甚至是几年（Roy et al.，2000），这也是南半球河口共有的特点，该特点使富营养化有机质形成途径和营养盐循环发生了变化。例如，威尔逊河口的生态过程可分为如下 4 个阶段：1~5 月是枯水季，河流径流量小，河口封闭，风力使水体垂直混合得很均一，浮游植物生产力低 [<500mg C/（m² · d）]，可能是由于氮和磷的浓度均较低，叶绿素 a 浓度不超过 2μg/L。6~8 月是洪水季，入口是封闭的，降雨导致淡水流量增加，径流带来了丰富的营养盐，占全年输入量的 20%~30%，水体混合很好，水体中的无机氮浓度增加到 2.0~3.6μmol/L，但叶绿素 a 浓度和初级生产力仍较低。8~9 月仍是洪水季，河口入口被人为打开，水体超过海平面 1m，淡水与少量流入的海水相遇，形成分层水体，盐水在河口底部形成较薄的一层，氧浓度很快下降，沉积物中的铵盐和磷酸盐由于缺氧被释放出来，叶绿素 a 浓度达到全年的最大值。9 月至翌年 1 月是枯水季，入口开放，降雨和河流径流减少，通向海洋的通道变浅并最终被泥沙封闭，营养盐的浓度再次降低，限制了浮游植物初级生产，叶绿素 a 浓度较低。因此，此类河口入口的开放引发

了一系列富营养化症状（Davis and Koop，2006）。

对澳大利亚河口营养盐来源的研究表明，面源对河口营养盐的贡献较大。例如，位于悉尼附近的霍克斯伯里-尼皮恩河（Hawkesbury-Nepean）流域，它是澳大利亚城市化程度最高的流域之一，据估计，其面源所提供的 TN 和 TP 占 70%～80%（Davis et al.，1998）。在人口较少的流域，面源所提供的 TN 和 TP 占总负荷的 96%～98%（McKee et al.，2000）。但是，有时很难通过面源和点源的营养盐负荷的相对量来区分它们对生态系统的影响（Eyre et al.，1997），这是因为面源和点源污染物输送的途径有所不同，点源以一定流量全年向特定区域输送营养盐，而绝大多数的面源所产生的污染物是在水流量较大时经过远距离输送。研究表明，只输送面源产生营养盐的里士满河，水体和沉积物中的磷和氮浓度随时间变化较小，尽管在过去 50 年中磷和氮负荷增加了 2.5 倍和 3 倍，但叶绿素 a 浓度仍较低；而不伦瑞克河只接收了来自污水中营养盐的 10% 的负荷，但是其河口却经常发生赤潮。因此，不但对营养盐负荷进行定量比较重要，同时要注意营养盐负荷的时空变化。在枯水期，由于水体滞留时间长，流速小，水体中的颗粒物容易沉积，因此，表层水的光穿透性增强，此时，来自点源的营养盐通常导致赤潮的暴发（Eyre et al.，1997）。Eyre 等（1997）发现当流量较小时，不伦瑞克河口较低的营养盐负荷主要是来自点源，但是正是此时经常暴发赤潮。

由于西澳大利亚西南部河口的富营养化问题，因此对该区域的营养盐动力学研究较多。Deeley 等（1999）的研究表明，由于沿海沙质土壤结合磷的能力较弱，当地多年生的植被已经被一年生杂草所取代，加上地下水位的上升和地中海气候，导致该区域对富营养化特别敏感。在皮尔-哈维河口，虽然化肥的施用量呈中等程度，但化肥是主要的营养盐来源。

对斯旺/阿文河口（Swan/Avon River）的研究表明，由于该区域的浮游植物在春夏季赤潮大规模暴发时主要受氮限制，因此，研究者主要分析了氮和磷的来源（Hamilton and Turner，2001）。斯旺河流域包括大面积的达令高原（Darling Plateau）、沿海平原和佩思市。佩思市和沿海流域是地中海气候，降雨主要发生在 6～10 月，而 11 月至翌年 5 月是特别干旱的季节。沿海区域的土壤主要是沙质，滞留营养盐的能力很弱。自从 1829 年欧洲殖民开始，流域绝大多数的植被被清除，改作农田，耕作季节性强、根系较浅的作物，结果导致地表径流的增加。水动力的变化、土壤的侵蚀增加和化肥的大量使用导致该流域的营养盐输出量增大（Viney and Sivapalan，2001）。研究表明，在植被清除前，径流量是目前的 20%，TP 是目前的 6%。目前，沿海平原的 TP 浓度是欧洲殖民时的 5.6 倍。Peters 和 Donohue（2001）分析了进入斯旺-坎宁河口（Swan-Canning River）的 15 条河流滞留的营养盐浓度和通量，其中阿文河贡献了 65% 的氮负荷，但对磷负荷只贡献了 32%。绝大多数的磷负荷来自于沿海流域，沿海流域的面积只占斯旺整个流域面积的 0.6%，但是却给河口贡献了 62% 的活性磷酸盐和 42% 的总磷，主要是由于用到贫瘠的沙质土壤中的化肥快速淋溶造成的（Gerritse et al.，1990）。

（本节著者：柴　超　俞志明）

第五节　典型河口水域富营养化形成机制与特点

如上节所述，富营养化已经成为全球近海生态系统普遍存在的环境问题，其中在河口水域尤为突出。本节将进一步分析全球一些典型河口水域富营养化的形成与特点，为更深入了解近海富营养化、制订控制对策提供参考。

一、切萨皮克湾

切萨皮克湾是美国最大的河口，位于大西洋中部。该湾全长约 300km，中心是深度为 20~30m、宽度为 1~4km 的狭长水道，周围较宽较浅，全湾平均深度 6.5m，水深超过 10m 的区域仅占水域总面积的 24%。切萨皮克湾流域面积较大，约为 $1.67 \times 10^5 km^2$，覆盖了美国 6 个州（纽约、宾夕法尼亚、特拉华、马里兰、弗吉尼亚、西弗吉尼亚）和哥伦比亚特区，流域人口超过 1500 万。切萨皮克湾流域面积与该湾水域面积之比为 14.3，与水体体积之比为 2.2/m，高于其他河口体系（Bricker et al.，1999），同时由于海岸线较长，并呈树枝状，使得河口与陆地连接得非常紧密。

进入切萨皮克湾淡水的平均流量为 $2300m^3/s$，其中萨斯奎哈纳河（Susquehanna River）占该湾全部淡水输入量的一半以上（Schubel and Pritchard，1986）。河流驱动了该湾的环流，淡水和营养盐滞留时间较长，为 90~120 天，导致大量颗粒态和溶解态物质的滞留。另外，淡水输入造成切萨皮克湾中部较深的狭长水道垂直交换受到抑制，水体分层，整个夏季水体层化现象严重。虽然强风会破坏切萨皮克湾水体的层化，但强风过后分层可以沿盐度梯度很快重新建立起来（Goodrich et al.，1987；Boicourt，1992）。

（一）富营养化现状

切萨皮克湾的营养盐非常丰富，来自马里兰干流的氮营养盐年均负荷为 1.47mol N/（$m^2 \cdot a$）。在切萨皮克湾的中等盐度区域，冬季 DIN 浓度接近 $100\mu mol/L$，近表层的 DIP 的浓度为 $0.5\mu mol/L$，但到春、夏季，营养盐几乎消耗殆尽。切萨皮克湾的表层平均叶绿素 a 浓度为 $13.6\mu g/L$，年均初级生产力高于 400g C/（$m^2 \cdot a$）（Malone et al.，1996）。自 20 世纪 50 年代，切萨皮克湾夏季底层水开始出现严重的缺氧，切萨皮克湾成为美国近海富营养化典型水域。

（二）富营养化特点

1. 营养盐主要来源

在近 50~100 年，随着农业化肥的广泛使用，切萨皮克湾营养盐的输入量快速增加。同时，流域内人口密度持续增长，导致污水处理厂数量大量增加，汽车尾气排放的氮氧化物也逐年增高；农业和城市的发展导致湿地、森林数量减少，天然生态系统去除和滞留营养盐的能力降低，加速了营养盐向河口、近海的排放。Boynton 等（1995）研究了切萨皮克湾氮和磷的输入、转化和输送，发现从殖民时期前到 20 世纪 80 年代中期，来自于陆地和大气总氮增加了 6～8 倍，总磷增加了 13～24 倍。

切萨皮克湾总氮和总磷的输入速率分别为 0.7～1.2g N/（m² · a）和 0.05～0.1 g P/（m² · a）（Boynton et al., 1995），与其他河口系统相比，呈中等水平（Nixon et al., 1996）。对营养盐的收支分析表明，切萨皮克湾总氮的来源主要有 3 个，其中面源为 60%，大气沉降占 12%，其余主要是点源所贡献。总磷的来源略有不同，面源为 58%，大气沉降占 6.5%，外海贡献 37%。总氮主要的汇是反硝化和沉积过程，分别占总氮输入的 26% 和 25%；而总磷主要的汇是沉积过程。捕捞导致氮和磷的损失较小，分别只占总氮和总磷输入的 9% 和 5%（Boesch et al., 2001）。这说明，与某些河口生态系统不同，切萨皮克湾并没有将营养盐直接输送到邻近水域（Borum and Sand-Jensen, 1996）。输送进切萨皮克湾的总氮和总磷是无机态的，但通过该湾后进入邻近水域的氮和磷主要是以有机态形式，表明进入切萨皮克湾的营养盐形态发生了转化，大量的无机营养盐被生物吸收利用。

在很多沿海生态系统，输入的氮营养盐中约有 50% 通过反硝化过程被去除，但在切萨皮克湾只有 1/4 的氮通过反硝化过程去除（Nixon et al., 1996；de Jonge et al., 1994）。反硝化效率较低与切萨皮克湾大面积的底层沉积物在夏季无氧有关。由于缺少氧，抑制了硝化过程，进一步抑制了反硝化过程；同时，在无氧沉积物中释出的磷酸盐通量增加，最终使得切萨皮克湾对氮的去除作用降低，却加速了磷的再循环，这也是导致切萨皮克湾呈现明显富营养化特征的原因之一（Boesch et al., 2001）。

2. 浮游植物生物量及有害藻华发生特点

历史资料表明，在过去的 50～60 年中，随着氮、磷负荷的增加，切萨皮克湾水体叶绿素 a 浓度明显增加，其中在高盐区域上升最为显著：外海水域叶绿素 a 浓度增加了 10 倍，其他水域增加了 1.5～2 倍（Harding and Perry, 1997）。与其他一些河口相似，切萨皮克湾浮游植物叶绿素 a 浓度的增加与该湾氮负荷的变化趋势是一致的，营养盐浓度与浮游植物生物量之间呈正相关关系（Cadée, 1992b；Radach, 1992）。此外，由于病害和过度捕捞导致切萨皮克湾曾经数量丰富的牡蛎大量减少，严重降低了对藻类和有机质的滤食作用，也导致了浮游植物的大量繁殖（Boesch et al., 2001）。

从 20 世纪 60 年代中期开始，营养盐的增加使切萨皮克湾水下植被数量开始减少，在某些水域甚至完全消失。到 80 年代，曾经水下植被丰富的区域所剩无几。研究表明，导致水下植被减少的主要因素是营养盐增加导致水体中浮游植物大量繁殖，水体透光度降低，影响了水下植被的光合作用，抑制了水下植被的正常生长（Orth and Moore, 1984）。

切萨皮克湾有害藻华频繁发生，研究发现很多与营养盐的增加有直接关系（Smayda, 1997）。例如，20 世纪 70 年代初，随着波托马克河（Potomac River）流入切萨皮克湾磷浓度的降低，河口水域铜绿微囊藻（*Microcystis aeruginosa*）的暴发频率也大大降低（Jaworski, 1990）。一些研究表明，切萨皮克湾常见的微型原甲藻（*Prorocentrum minimum*）和较少见的噬鱼费氏藻（*Pfiesteria piscicida*）藻华的发生均与有机氮

（尿素和腐殖酸）有关（Glibert et al., 2001；Heil, 2005）。此外，在邻近切萨皮克湾的潟湖，一种褐色赤潮 *Aureococcus anophagefferens* 的发生与 DON 的大量输入有关（Berg et al., 1997）。因此，切萨皮克湾富营养化的形成不但与无机营养盐的增加有关，与有机态营养物质也存在明显的相关性。

3. 低氧区形成与特点

据记载，切萨皮克湾从殖民时期森林被砍伐开始，就出现季节性缺氧。但最新证据表明，在近几十年缺氧问题加重。该湾溶解氧随着水温上升而降低，在春季溶解氧降低的速度加快，缺氧和无氧通常发生在 5～9 月，最严重的时间是仲夏时节。

切萨皮克湾的流域面积与水体体积之比高达 14.3，水体存在季节性的分层，中部深水区相对独立，这些自然因素使得切萨皮克湾容易形成低氧区。早在 20 世纪 30 年代中期就有报道发现切萨皮克湾中心深水区存在季节性的缺氧（Boesch et al., 2001）。研究发现，60 年代较为干旱，淡水输入量较小，而 70 年代淡水流量较高，缺氧问题的加剧恰恰发生在淡水流量由小到大变化的这一时期，1984 年淡水输入量非常高，切萨皮克湾发生了大范围的缺氧。所以切萨皮克湾缺氧问题可能与淡水输入的变化有关（Seliger et al., 1985）：较高的淡水输入不但带来了流域大量的营养盐，而且使水体层化加剧，容易形成低氧区。长期监测数据分析表明，切萨皮克湾夏季缺氧水体体积与春季淡水的流量间存在一定的关系（de Jonge et al., 1994）：在 50 年代到 80 年代中期，当淡水流量低至中等程度时，缺氧水体体积变化不大；但当淡水流量较高时，缺氧水体体积大大增加。

尽管有资料表明缺氧水体体积和持续时间与淡水流量之间存在一定的关系，但是 Boicourt（1992）发现，对某一特定流量，1985～1992 年缺氧水体体积是 1949～1984 年的 2～3 倍，这说明当淡水流量一定时，营养盐负荷超过阈值会使切萨皮克湾生态系统发生响应，从而使缺氧问题更为严重（Boesch et al., 2001）。因此，切萨皮克湾缺氧程度的时空变化受物理和生物过程的共同作用（Kemp et al., 1992；Taft et al., 1980）。在春末，切萨皮克湾北部水体发生层化，底层水体出现缺氧，随着夏季的来临，缺氧区域向南扩展。春季发生缺氧的时间可通过淡水流量和水温进行预测，因为淡水流量控制着水体层化和氧补充速率，而水温影响了呼吸速率（Hagy et al., 2004）。春季营养盐负荷的变化与有机质的沉降速率存在相关性，营养盐负荷的增加导致浮游植物大量繁殖，从而使有机质的沉降速率增大，导致底层水体的需氧量增加。然而，春季氧消减的速率自 1938 年基本没有变化，这说明春季氧浓度降低主要受物理过程控制，而春末开始到夏季氧浓度的降低与营养盐负荷的关系非常密切（Hagy et al., 2004）。

综上所述，在近 50～100 年，人类活动导致切萨皮克湾营养盐负荷增加。由于该湾的水体滞留时间长、水体层化以及具有狭长的水道，使流入该湾的营养盐利用效率很高，导致切萨皮克湾富营养化症状非常显著，包括初级生产力和藻类生物量较高，水体透明度、水下植被丰度和种类数明显降低，缺氧和无氧问题非常严重（Boicourt, 1992）。

二、密西西比河口

密西西比河位于北美洲中南部，是世界第四长河，也是北美洲流程最长、流域面积最广、水量最大的河流。它的干流发源于苏必利尔湖以西、美国明尼苏达州西北部海拔501m 的艾塔斯卡湖，向南流经中部平原，注入墨西哥湾，全长 6262km。密西西比河水量丰富，近河口处年平均流量达 18 800m³/s，最大流量 57 900m³/s，最小流量 2830m³/s，每年 4～5 月为汛期，9～10 月为枯水期。

密西西比河口位于墨西哥湾北岸中部，河口处共有 6 条汊道，长约 30km，形如鸟足。河流入海水量的 80% 流经西南水道、南水道和阿洛脱水道 3 条主汊道。河流年平均输沙量 4.95 亿 t，在河口处堆积成面积达 2.6 万 km² 的巨大鸟足状三角洲，以平均每年 96m 的速度继续向墨西哥湾延伸。密西西比河口是溺潮河口，口门附近的潮汐属不正规全日潮，平均潮差 0.3～0.75m。潮流做顺时针方向旋转，潮流流速一般为 0.1～0.15m/s。河口盐淡水混合属高度分层型。

（一）富营养化现状

密西西比河的营养盐负荷在 20 世纪变化显著，特别是在 20 世纪的后 50 年呈加速上升趋势。50 年代硝酸盐年平均浓度与 20 世纪初和 30 年代相近，但是在 60～90 年代，硝酸盐浓度增加了 1 倍（Turner and Rabalais，1991）；总磷浓度在 60～80 年代就增加了 2 倍（Justić et al.，1995）。相比而言，20 世纪初硅酸盐的年平均浓度与 50 年代相近，但随后降低了约 50%。对营养盐的通量分析表明，密西西比河输送的硝酸盐年通量在 1955～1999 年也呈显著增加的趋势（Goolsby，2000）。目前，密西西比河口硝酸盐浓度高达 $170\mu mol/L$，氨氮浓度为 $5\mu mol/L$，磷酸盐浓度超过 $3.5\mu mol/L$（Liu and Dagg，2003；Dortch and Whitledge，1992）。

随着营养盐浓度的变化，密西西比河营养盐比例也发生明显变化，Si/N 在 20 世纪初约为 4/1，到 50 年代时降低到 3/1，到 80 年代则降低到 1/1。同时，Si/P 从 40/1 降低到 14/1，而 N/P 从 9/1 上升到 15/1。目前，密西西比河的 N/Si、N/P、Si/P 分别为 1.1/1、15/1、14/1，接近于 Redfield 比（Rabalais et al.，2002）。

密西西比河口的初级生产力较高，可达到 320g C/(m²·a)(Lohrenz et al.，1990)，叶绿素 a 浓度高达 $45\mu g/L$（Liu and Dagg，2003）。密西西比河口和墨西哥湾的缺氧问题也特别严重：在河口局部区域，缺氧通常在 3～5 月就发生，但持续时间相对短暂，但在 6～8 月，缺氧问题最为严重，分布区域广，持续的时间长（Rabalais et al.，1999）。缺氧不但在接近沉积物的底层出现，在水体中也存在，主要是在密度跃层以下。在 1985～1992 年，仲夏季节底层水域缺氧的区域面积为 8000～9000km²，到 1993～2001 年，缺氧面积增加到 16 000～20 700km²。随着水体的深度和密度跃层的位置不同，缺氧区域可以覆盖整个水体的 10%～80%，一般情况下也可以覆盖到 20%～50%（Rabalais et al.，2002）。

（二）富营养化特点

1. 营养盐特点

由于降水的增加，1980～1999 年密西西比河年均流量比 1955～1970 年高 30%，这是导致河口硝酸盐通量增加的部分原因，另一个更为主要的原因是密西西比河下游的硝酸盐平均浓度的上升（Turner and Rabalais，1991），最终导致河口硝酸盐通量的上升。

从营养盐的构成分析，在 1977～1994 年，密西西比河口硝酸盐和有机氮分别占总氮的 59% 和 37%，氨氮和亚硝酸氮分别占 3% 和 1%（Turner and Rabalais，1991）。与其他近海水域相比，密西西比河口的有机氮所占的比例较高。研究表明，在密西西比河口存在能够利用有机氮的微生物群落，使得营养盐的再生速率很高，进一步导致河口无机营养盐浓度的增加（Gardner et al.，1994，1997；Bode and Dortch，1996；Pakulski et al.，1995）。

对浮游植物生长的营养盐限制的研究表明，如果水体中的营养盐浓度低于限制浮游植物生长的阈值 $SiO_3^{2-}=2\mu mol/L$、$DIN=1\mu mol/L$、$PO_4^{3-}=0.1\mu mol/L$，浮游植物的生长将受到限制（Justić et al.，1995）。根据该标准，在 20 世纪 60 年代，密西西比河口外墨西哥湾的氮、磷、硅限制出现的频率分别为 39%、41% 和 10%，而在 1985～1992 年，氮、磷、硅限制出现的频率分别为 13%、17% 和 25%，这说明该区域氮和磷限制降低而硅限制增强了。由于该河口氮和磷限制降低、硅限制增强，使密西西比河口硅藻的生长受到一定的限制，有助于有害甲藻的生长，导致有毒有害赤潮加剧（Rabalais et al.，2002）。

虽然密西西比河口的氮和磷营养盐浓度很高，但是在河口的某些水域营养盐被消耗至很低浓度，甚至低于检测线。研究表明，在密西西比河口某些区域，氮、磷和硅均有可能成为浮游植物生长的限制因素。当径流较低时，在高盐度区域通常发生氮限制；磷限制通常发生在淡水流量很高时，发生区域主要是中等盐度区域；对硅藻生长产生影响的硅限制通常在春季发生。由于营养盐浓度存在季节性的变化，因此，硅酸盐和磷酸盐在春季限制浮游植物生长，而氮更有可能在其他季节成为限制因素。与磷限制和硅限制相比，氮限制发生的频率更高，覆盖的水域面积更大（Rabalais et al.，2002）。

2. 初级生产特点

营养盐的高输入量和快速再生，以及良好的光照导致密西西比河口的生产力较高，平均达到 $320g\ C/(m^2 \cdot a)$（Lohrenz et al.，1990）。尽管营养盐浓度、水温、盐度、光和水体混合速率等因素均对初级生产力有影响，但是很多研究表明，密西西比河输入的营养盐通量对河口生产力的影响最为明显（Lohrenz et al.，1997；Justić et al.，1993，1995；Redalje et al.，1994）。研究者发现在 1988～1994 年密西西比河口的初级生产力与硝酸盐和亚硝酸盐浓度及通量关系显著（Lohrenz et al.，1997），河口的净初级生产力与密西西比河的硝酸盐通量呈正相关关系（Justić et al.，1993）。密西西比河的硝酸盐通量在 4 月达最高值，9 月最低，净初级生产力的最高值比硝酸盐通量的最高值恰好晚

1 个月出现。

河口生物量和初级生产力的最高值出现在河口羽状峰附近的中等盐度区，在更为浑浊的低盐度区，初级生产速率受到光和水体混合的限制，而在羽状峰外主要受到营养盐的限制。因此，浮游植物生物量和生产力的最高值出现在浑浊度较低，但营养盐浓度相对较高的水域，这与很多其他大河河口一致（Smith and Demaster，1996；Ning et al.，1988）。

在密西西比河口，浮游植物的生长与氮的关系更为密切，氮负荷成为控制密西西比河口水域浮游植物生长的关键因素（Rabalais et al.，2002）。历史资料表明，在近 50 年中，表层水体初级生产力的增加与密西西比河水中溶解无机氮浓度和负荷的增加密切相关，并随之导致底层水体氧浓度降低。研究者利用营养盐增强近海生产力（nutrient enhanced coastal ocean productivity，NECOP）水质模型研究了营养盐负荷降低后该河口的生态响应，研究发现，降低氮、磷负荷可以使得表层水体的叶绿素浓度降低并增加底层水体溶解氧的浓度，特别是氮的降低可以使这些响应更为明显。因此，密西西比河口的富营养化与密西西比河营养盐的高通量，特别是较高的氮通量密切相关（Rabalais et al.，2002）。

3. 低氧区特点

密西西比河的径流在每年 3～5 月最高，在夏季和初秋较低，尽管径流在夏季降低，但是河口的环流模式有利于淡水的滞留（Rabalais et al.，1999）。从径流的长期变化分析，1900～1992 年，密西西比河的流量呈上升趋势，主要是在 9～12 月，流量呈明显增加的趋势，这个阶段流量的增加对缺氧的发生影响较小，因此，径流的变化不是导致该区域富营养化程度增加的主要因素（Bratkovich et al.，1994）。

水体分层和光合作用产生的有机质输送到底层发生分解是导致密西西比河口较高的初级生产力和缺氧的两个主要因素。密西西比河口是溺潮河口，潮差较小（0.3～0.75m），较高的淡水径流和水体的环流模式使得该水域大部分时候存在层化现象，盐淡水混合属高度分层型。研究者认为，在河口和墨西哥湾北部，当表底层水密度相差最大时最有可能发生缺氧（Wiseman et al.，1997；Rabalais et al.，1991）。因此，密西西比河口的物理性质决定了该区域易于发生缺氧问题。同时，丰富的营养盐增强了河口的初级生产，而初级生产的增加导致底层水体发生氧亏损。在整个发生缺氧的区域，物理过程和生物过程的影响程度有所不同，但是却很难将这两个过程区分开来。

毫无疑问，人类活动对密西西比河口的影响很大。总体上，淡水流量的变化不明显，因此，河口富营养化的形成主要与淡水所携带的营养盐负荷和营养盐比例有关，而不是与淡水流量有关。尽管在 20 世纪初密西西比河口的变化已经开始了，但巨大的变化是开始于 50 年代，由于硝酸盐输入的增加，氮负荷增加显著，最终增加了 2～3 倍，而河口生态系统的富营养化问题也是开始于 50 年代，与硝酸盐通量的增加同步出现（Rabalais et al.，2002）。

三、斯凯尔特河口

斯凯尔特（Scheldt）河发源于法国北部，向东北流经比利时西部和荷兰西南部，在荷兰弗利辛恩市（Vlissingen）附近注入北海，全长 355km。斯凯尔特河年均径流 120m³/s，最大径流 207m³/s，最小径流 43m³/s。由于降水是径流的主要来源，径流大小存在明显的季节性变化，冬季平均径流 180m³/s，最高值达 600m³/s，夏季径流降低到 60m³/s，最小值只有 20m³/s（Baeyens et al.，1998）。

斯凯尔特河口呈漏斗形，水深较浅，为 7～14m，平均深度 10m。小潮潮差和大潮潮差分别为 2.7m 和 5.4m，近淡水端的平均潮差最大，为 5.24m（Soetaert and Herman，1995），属大潮河口。河口水域盐度分布主要受径流影响（Van Damme et al.，2005），除径流高峰期外，河口淡盐水混合较好，盐度垂直梯度较小。由于径流较小，潮汐影响较大，导致滞留时间较长，为 1～3 个月（Regnier et al.，1997；Soetaert and Herman，1995）。

斯凯尔特河流域包括法国西北部（31%）、比利时西部（61%）和荷兰（8%），总面积约为 21.863km²，人口 1000 万。流域大部分是城市，人口高度密集。此外，流域上工业和集约化畜牧养殖发达，最大的工业区位于里尔、安特卫普和布鲁塞尔。

（一）富营养化现状

斯凯尔特河的有机碳负荷非常高，达到 2.9×10^{11}g C/a（Wollast，1982），导致进入河口水域的有机质浓度非常高，溶解有机碳和颗粒有机碳浓度分别达到 7mg C/L 和 15mg C/L；而通常未受污染河流中的溶解有机碳和颗粒有机碳浓度分别为 3mg C/L 和 2mg C/L（Meybeck，1982）。

斯凯尔特河营养盐浓度非常高。在 20 世纪 70 年代初期，河口河流端 DIN 为 640μmol/L，其中氨氮浓度为 565μmol/L，硝酸盐浓度为 40μmol/L。到 21 世纪初，河口河流端 DIN 有所减低，为 430μmol/L，其中氨氮浓度为 90μmol/L。但是与 20 世纪 70 年代初期相比，硝酸盐浓度显著升高，河流端浓度高达 324μmol/L（Soetaert et al.，2006）。

该河口的叶绿素 a 浓度较高。据报道，在 1996 年 6 月，河口浮游植物异常繁殖，叶绿素 a 浓度高达 225μg/L，而在 1998 年 5 月，叶绿素 a 浓度也接近 30μg/L（Cabecadas et al.，1999），其可能原因是河口下游的缺氧使食草类生物难以生存，导致叶绿素 a 浓度很高。

在 20 世纪 70 年代后期，当高温和河水径流较低时，整个河口上游附近经常缺氧（Van Damme et al.，1995）。在河口盐度为 5 的区域附近，溶氧通常在夏季被全部耗尽。在 1980～1990 年，尽管通过污水处理使氧浓度略有升高（Van Damme et al.，1995），但河口上游附近的氧浓度仍然较低，特别是在夏季（Van Damme et al.，2005）。

（二）富营养化特点

1. 营养盐特点

斯凯尔特河口位于人口高度密集的区域，斯凯尔特河及其支流成为流域上工业和生活污水的主要排放地。对营养盐输入量的分析表明，非点源输入（包括径流和降水）的硝酸盐和硅酸盐分别占总量的 60% 和 76%，是硝酸盐和硅酸盐的主要来源。点源输入（包括工业和生活污水）是氨氮和 DIP 的主要来源（Soetaert and Herman，1995），分别占总输入量的 83%、81%。工业和生活污水排放是营养盐的主要来源，在 20 世纪 70 年代，工业和生活产生的绝大部分污水直接排放或经过排水沟间接排放至河口，这些污水中的 BOD、COD 和营养盐浓度都非常高，其中工业（主要是化学和食品工业）污水高于生活污水的排放，是表层水有机碳和营养盐的主要来源；到 90 年代，生活污水则成为主要来源。因此，生活和工业等点源输送的营养盐对河口富营养化的形成具有重要作用（Billen et al.，2005）。与此同时，随着土地利用方式的改变，最终导致河口营养盐浓度的上升并引发氧浓度的降低，使得 20 世纪后半叶斯凯尔特河及其河口水质严重恶化。

此外，斯凯尔特河口每年接收 10 万 t 人类活动产生的有机碳、高有机质负荷和微生物活动使大量的有机质矿化（Hellings et al.，1999；Van Eck，1991），这也是导致营养盐浓度特别高的原因之一。在 20 世纪 90 年代以前，由于矿化产生的无机氮超过所消耗的无机氮，河口水域是 DIN 的源（Soetaert et al.，2006）。

2. 低氧区特点

在 20 世纪 90 年代，河口河水端颗粒有机碳和溶解有机碳浓度分别为 $650\mu mol/L$ 和 $550\mu mol/L$，经混合稀释到海水端仍高达 $100\mu mol/L$ 和 $180\mu mol/L$，其中大部分有机碳在河口经历呼吸过程（Wollast，1988）。由于潮汐作用较强、径流相对较小，使得有机物在河口上游盐度 2～10 的区域聚集（Wollast，1982）。有机质高负荷导致河口上游微生物活动活跃，使得河口上游水体 1 年的大部分时间呈缺氧状态（Someville and De Pauw，1982），特别是夏季水体产生严重的氧亏损（Billen et al.，1988；Heip，1988）。

总体上，斯凯尔特河口具有与其他河口明显不同的特征：第一，由于河口淡水径流量较低使得该河口属于潮汐控制的河口，淡水滞留时间较长；第二，大量可生物降解的有机污染物进入河口，导致水体缺氧，特别是在夏季；第三，人类活动导致有机质的负荷较高，有机质的矿化进一步增加了河口营养盐负荷。

四、珠江口

珠江是中国第三大河流，流经云南、贵州、广西、广东、湖南、江西等省（自治区）及越南的东北部。珠江包括东江、北江和西江，经八大口门汇入中国南海。其干流西江全长 2129km。珠江水系支流众多，水量丰富，流量位居中国第二，仅次于中国的长江，年均河川径流总量为 3.36×10^{11} km^3，径流年内分配极不均匀，汛期 4～9 月约占年径流总量的 80%，6 月、7 月、8 月 3 个月则占年径流量的 50% 以上。珠江属少沙河流，多年平均含沙量为 $0.249mg/km^3$，年平均含沙量 $8.872\times10^7 t$。据统计分析，每年约有 20% 的泥沙淤积于珠江三角洲网河区，其余 80% 的泥沙分由八大口门输出到南海。

珠江流域北靠五岭，南临南海，西部为云贵高原，中部丘陵、盆地相间，东南部为三角洲冲积平原，流域面积 $4.53 \times 10^5 km^2$。珠江三角洲是我国人口密度最高的区域之一，该区域沿岸 50km 范围内人口达 2000 万～3000 万，几个经济和工业中心，如香港、澳门、广州等均在其中。

珠江口是珠江的河口湾，形如喇叭，河口水域东西宽约 150km，南北长约 100km，面积为 $2100km^2$，属于典型的亚热带季风气候带。珠江口的水动力和地形较为复杂，河水通过八大口门进入南海。其中 50%～55% 的珠江水通过虎门、蕉门、洪奇门和横门四大口门进入伶仃洋，其余 45%～50% 的河水通过磨刀门、鸡啼门、虎跳门和崖门直接注入南海。珠江口为弱潮河口，潮差较小，平均潮差为 0.86～1.63m，最大潮差为 2.29～3.36m。珠江口门的潮汐属不规则的半日周潮，潮流运动以往复运动为主。珠江口是一个典型的咸淡水交汇的河口。口门上游为珠江三角洲经济发达区，生活污水及工业污染废水排放量都较高，珠江口也是繁忙的水上运输通道，有许多重要的海产养殖基地。

（一）富营养化现状

珠江口 DIN 含量普遍超过二类海水水质标准，大部分海域的 DIN 含量超过四类海水水质标准（Huang et al.，2003）。除深圳湾附近海域外，珠江口其他海域的 DIN 都以 NO_3-N 为主，一般所占比例超过 60%，有的海域甚至超过 90%，平均浓度为 $48.91\mu mol/L$；其次为 NH_4-N，而 NO_2-N 最低，小于 10%。而在深圳湾附近海域的 DIN 则以 NH_4-N 为主要组分，其次为 NO_3-N，表明该海域主要受生活污水的影响，这与该海域受深圳西部的排海工程和香港地区生活污水的影响有关（黄小平和黄良民，2002）。珠江口深圳湾附近海域的 PO_4-P 含量最高，均超过二类海水水质标准，这说明深圳湾附近陆源对其 PO_4-P 含量的贡献较大（Huang et al.，2003）。

对营养盐构成的分析表明，珠江口北部海域水体的 N/P 值都大于 100，最大的超过 300；中部海域水体的 N/P 值为 40～100；南部海域水体的 N/P 值则为 30～40（黄小平和黄良民，2002），与世界各海域及河口湾比较，属于高 N/P 值的区域。

珠江口底层水体的 DO 含量较低，平均值为 4mg/L，呈现湾顶、湾口与湾外较高、湾内较低的格局，某些区域甚至出现浓度低于 3mg/L 的缺氧现象（罗琳等，2005）。

珠江口水域表层叶绿素 a 浓度在丰水期的平均浓度为 $5.67\mu g/L$，范围为 2.17～$21.50\mu g/L$，枯水期平均浓度为 $4.74\mu g/L$，范围为 0.24～$13.70\mu g/L$，丰水期略高于枯水期（黄邦钦等，2005）。香港及珠江口海域是世界上赤潮发生最频繁的地区之一，特别是 1998 年春香港和珠江口海域发生有史以来最大的赤潮，从东北海域向南、向西蔓延，肆虐达 1 个月之久，造成了 1500 多吨养殖鱼的损失，经济损失达 8000 万港币（颜天等，2001）。

（二）富营养化特点

1. 营养盐特点

对 DIN 分布的分析表明，无论是涨潮时还是落潮时，珠江口北部海域的含量普遍高于南部海域，特别是在落潮时表现得更加明显，表明 DIN 主要来源于珠江径流。而磷酸盐的分布略有不同，涨潮时南部向海水域的 PO_4-P 含量明显高于北部向河水域；但落潮时除深圳湾附近中部海域，南部和北部海域的 PO_4-P 含量则基本上相近。该规律表明珠江口附近陆源排放的 PO_4-P 对珠江口海域 PO_4-P 的含量有明显贡献，特别是香港南部和西部排放的 PO_4-P 在西南沿岸流的带动下，随着涨潮流进入珠江口海域的影响更大（黄小平和黄良民，2002）。

对珠江口营养盐来源的分析表明，珠江伶仃河口的径流主要来自于虎门、蕉门、洪奇门和横门这四大口门，根据 20 世纪 90 年代的分析结果，每年由虎门输入的 DIN 高达 7.72×10^5 t，其次为蕉门和横门，分别为 4.46×10^5 t 和 3.8×10^5 t。磷酸盐的输入呈相似的规律，虎门和蕉门最高，分别为 1.8×10^3 t 和 1.5×10^3 t。由此可见，珠江径流输入的无机氮和活性磷酸盐主要来自于虎门；径流输入的无机氮数量相当大，而活性磷酸盐的输入量则较小（Huang et al.，2003）。

自 20 世纪 50 年代以来，珠江三角洲地区的人类生产和生活活动逐渐增强。50多年来，与之相关的土地的过度开发利用、化肥的大量施用、工业废水和生活污水的排放等无疑增加了陆源物质和营养元素的入海通量。特别是 80 年代改革开放以后，生产力取得了突飞猛进的发展。与 1987～1988 年相比，20 世纪末珠江口伶仃洋水域 DIN 浓度已增加 1 倍，表明 10 多年来经济发展、人口增加、陆源排放加大了对该河口区水质的影响，从而使珠江口的富营养化趋势加强（林以安等，2004；王肇鼎和彭云辉，1996）。

2. 初级生产特点

珠江口初级生产力在丰水期和枯水期均显示出明显的季节变化。丰水期的水柱碳的初级生产力平均值为 $286.8 \text{mg/(m}^2 \cdot \text{d)}$，而枯水期平均为 $1083.9 \text{mg/(m}^2 \cdot \text{d)}$，丰水期初级生产力要远远低于枯水期（黄邦钦等，2005）。

光和营养盐对浮游植物生物量和生产力的影响较大。叶绿素 a 浓度和潜在初级生产力的高值均出现在冲淡水区，这与悬浮物质和营养盐的分布有关。从珠江口门区到冲淡水区，由于径流带来大量的悬浮物质，使水体浊度增大，真光层浅，因此虽然营养盐丰富，但由于没有充足的光照而限制了浮游植物的光合作用；在珠江口的远岸区，真光层深度大，光照充足，但营养盐浓度却很低，浮游生物的生长繁殖也受到限制；而在冲淡水区，由于悬浮物质的沉降，使真光层深度增大，又有充足的营养盐，因此浮游植物的光合作用旺盛，出现生物量和潜在初级生产力的高值（蔡昱明等，2002）。

珠江口以微型和微微型浮游生物对初级生产力的贡献占优势，对夏季和冬季初级生产力的平均贡献分别为 89.6% 和 70.7%。不同粒度浮游植物在不同环境下对浮游植物群落现存生物量和生产力的贡献不同。在大洋寡营养型海域，微型和微微型光能自养生物因其代谢生理活性高，能量转换速率快而在现存生物量和初级生产力中占绝对优势。而珠江口作为河口湾，营养盐丰富，但其结果表明微型和微微型浮游生物的贡献也占主要地位，这是因为珠江口海域存在磷和硅的限制，使浮游植物群落向微型甲藻方向演替（蔡昱明等，2002）。

3. 低氧区特点

对珠江口底层水体溶解氧的分析表明，表底层水体的盐度差绝对值越大，底层的溶解氧水平越低，盐度差的变化对 DO 的影响率为 49.7%，因此，底层水体溶解氧的浓度与表底层的盐度差呈极显著正相关。此外，分析显示，底层水体溶解氧的浓度还与水体的层化作用呈极显著负相关；同时层化作用与表底层的溶解氧浓度差呈显著正相关，潮汐周期循环对层化作用产生一定的影响。因此，珠江口底层水体溶解氧含量的主要影响因素是咸淡水交汇形成的盐度差的层化作用，潮汐混合通过影响层化作用从而影响溶解氧的浓度（罗琳等，2005）。

三维水动力-生态耦合模型对珠江口缺氧现象的分析表明，除水体层化外，珠江口的底层水体缺氧还与生化耗氧过程有明显关系。研究表明，该河口表层浓度与大气氧含量相似甚至更高，显示了浮游植物的光合作用是其重要来源。但由于泥沙含量高，水体的透明度不足 1m，光合作用无法达到底层，因此底层 DO 的来源只能依靠上层溶解氧的向下扩散补充；同时，底层碎屑物质的再矿化作用、氨氮的硝化作用和底泥的耗氧作用都需要消耗大量的氧。上层输送溶解氧的速率与底层消耗的速率，决定了底层 DO 的含量。当上层输送的溶解氧不足以弥补底层所消耗的量时，底层的 DO 就会逐渐降低，最终导致缺氧现象的发生（罗琳等，2008）。

（本节著者：柴　超　俞志明）

参 考 文 献

蔡昱明，宁修仁，刘子琳. 2002. 珠江口初级生产力和新生产力研究. 海洋学报，24（3）：101-111
程丽巍，许海，陈铭达，等. 2007. 水体富营养化成因及其防治措施研究进展. 环境保护科学，33（1）：18-21，38
窦明，谢平，夏军，等. 2002. 汉江水华问题研究. 水科学进展，13（5）：557-561
高爱环，李红缨，郭海福. 2005. 水体富营养化的成因、危害及防治措施. 肇庆学院学报，26（5）：41-44
高定，陈同斌，刘斌，等. 2006. 我国畜禽养殖业粪便污染风险与控制策略. 地理研究，25（2）：311-319
黄邦钦，洪华生，柯林，等. 2005. 珠江口分粒级叶绿素 a 和初级生产力研究. 海洋学报，27（6）：180-186
黄小平，黄良民. 2002. 珠江口海域无机氮和活性磷酸盐含量的时空变化特征. 台湾海峡，4：416-421
林荣根，邹景忠. 1997. 近海富营养化的结果与对策. 海洋环境科学，16（3）：71-74
林以安，苏纪兰，扈传昱，等. 2004. 珠江口夏季水体中的氮和磷. 海洋学报，26（5）：63-73
罗琳，李适宇，厉红梅. 2005. 夏季珠江口水域溶解氧的特征及影响因素. 中山大学学报（自然科学版），44（6）：118-122
罗琳，李适宇，王东晓. 2008. 珠江河口夏季缺氧现象的模拟. 水科学进展，19（5）：729-735
沈志良. 1999. 渤海湾及其东部水域化学要素的分布. 海洋科学集刊，41：51-59
苏杨. 2006. 我国集约化畜禽养殖场污染问题研究. 中国生态农业学报，14（2）：15-18
孙传范，曹卫星，戴廷波. 2001. 土壤-作物系统中氮肥利用率的研究进展. 土壤，2：64-69，97
王方浩，马文奇，窦争霞，等. 2006. 中国畜禽粪便产生量估算及环境效应. 中国环境科学，26（5）：614-617
王肇鼎，彭云辉. 1996. 珠江口水域的营养元素//张经. 中国主要河流口的生物地球化学研究. 北京：海洋出版社：16-36
颜天，周名江，邹景忠，等. 2001. 香港及珠江口海域有害赤潮发生机制初步探讨. 生态学报，21（10）：

1634-1641

殷福才, 张之源. 2003. 巢湖富营养化研究进展. 湖泊科学, 15 (4): 377-384

张福锁, 王激清, 张卫峰, 等. 2008. 中国主要粮食作物肥料利用率现状与提高途径. 土壤学报, 45 (5): 915-924

赵亮, 魏皓, 冯士笮. 2002. 渤海氮磷营养盐的循环和收支. 环境科学, 1: 78-81

中华人民共和国国家统计局. 2008. 中国统计年鉴-2008. 北京: 中国统计出版社

中华人民共和国环境保护部, 中华人民共和国国家统计局, 中华人民共和国农业部. 2010. 第一次全国污染源普查公报

周名江, 于仁成. 2007. 有害赤潮的形成机制、危害效应与防治对策. 自然杂志, 29 (2): 72-77

Andersen J H, Louise S, Ter G A. 2006. Coastal eutrophication: recent developments in definitions and implications for monitoring strategies. Journal of Plankton Research, 28 (7): 621-628

Anderson D M, Glibert P M, Burkholder J M. 2002. Harmful algal blooms and eutrophication: nutrient sources, composition, and consequences. Estuaries, 25 (4b): 704-726

Anderson D M, Kaoru Y, White A W. 2000. Estimated Annual Economic Impacts from Harmful Algal Blooms (HABs) in the United States. Woods Hole Oceanographic Institute Technical Report WHOI-2000-11: 97

Anonymous. 2004. Notes of Workshop on a Conceptual Framework for the Assessment of Eutrophication in European Waters 14-15, September 2004. Ispra: JRC: 16

Asmann W A H, Drukker B, Janssen A J. 1988. Modelled historical concentrations and depositions of ammonia and ammonium in Europe. Atmospheric Environment, 22: 725-735

Baeyens W, Van Eck G, Lambert C, et al. 1998. General description of the Scheldt estuary. Hydrobiologia, 366: 1-14

Baumert H. 1996. On the theory of photosynthesis and growth in phytoplankton. Part I: Light limitation and constant temperature. Internationale Revue der Gesamten, Hydrobiologie, 81 (1): 109-139

Beddig S, Brockmann U H, Dannecker W. 1997. Nitrogen fluxes in the German Bight. Marine Pollution Bulletin, 34 (6): 382-394

Beeton A M. 1965. Eutrophication of the St. Lawrence great lakes. Limnology and Oceanography, 10 (2): 240-254

Berg G M, Glibert P M, Lomas M W, et al. 1997. Organic nitrogen uptake and growth by the Chrysophyte *Aureococcus anophageferens* during a brown tide event. Marine Biology, 129: 377-387

Béthoux J P, Morin P, Chaumery C, et al. 1998. Nutrients in the Mediterranean Sea, mass balance and statistical analysis of concenrations with respect to environmental change. Marine Chemistry, 63: 155-169

Billen G, Garnier J, Rousseau V. 2005. Nutrient fluxes and water quality in the drainage network of the Scheldt basin over the last 50 years. Hydrobiologia, 540: 47-67

Billen G, Lancelot C, De Becker E, et al. 1988. Modelling microbial processes (phyto-and bacterioplankton) in the Schelde Estuary. Hydrobiological Bulletin, 22: 43-55

Bode A, Dortch Q. 1996. Uptake and regeneration of inorganic nitrogen in coastal waters influenced by the Mississippi River: spatial and seasonal variations. Journal of Plankton Research, 18: 2251-2268

Bodeanu N. 1993. Toxic phytoplankton blooms in the sea. *In*: Smayda T J, Shimizu Y. Microalgal Blooms in the Romanian Area of the Black Sea and Contemporary Eutrophication Conditions. Amsterdam: Elsevier: 203-209

Boesch D F, Brinsfield R B, Magnien R E. 2001. Chesapeake Bay eutrophication: Scientific understanding, ecosystem restoration, and challenges for agriculture. Journal of Environmental Quality, 30: 303-320

Boicourt W C. 1992. Oxygen dynamics in the Chesapeake Bay: a synthesis of recent research. *In*: Smith D E, Leffler M, Mackiernan G. Influences of Circulation Processes on Dissolved Oxygen in the Chesapeake Bay. Maryland: Maryland Sea Grant Publication: 7-59

Borum J, Sand-Jensen K. 1996. Is total primary production in shallow coastal marine waters stimulated by nitrogen loading? Oikos，76：406-410

Boucherle M M，Smol J P，Oliver T C，et al. 1986. Limnological consequences of the decline in hemlock 4800 years ago in three Southern Ontario lakes. Hydrobiologia，143：217-225

Boynton W R，Garber J H，Summers R，et al. 1995. Inputs，transformations，and transport of nitrogen and phosphorus in Chesapeake Bay and selected tributaries. Estuaries，18：285-314

Bratkovich A，Dinnel S P，Goolsby D A. 1994. Variability and prediction of freshwater and nitrate fluxes for the Louisiana-Texas shelf：Mississippi and Atchafalaya River source functions. Estuaries，17：766-778

Bricker S B，Clement C G，Pirhalla D E，et al. 1999. National Estuarine Eutrophication Assessment. Effect of Nutrient Enrichment in the Nation's Estuaries. NOAA National Ocean Service Special Projects Office and the National Centers for Coastal Ocean Science，Maryland：Silver Spring：84

Bricker S B，Ferreira J G，Simas T. 2003. An integrated methodology for assessment of estuarine trophic status. Ecological Modelling，169：39-60

Bricker S B，Longstaff B，Dennison W，et al. 2008. Effects of nutrient enrichment in the nation's estuaries：a decade of change. Harmful Algae，8 (1)：21-32

Cabecadas G，Nogueira M，Brogueira M J. 1999. Nutrient dynamics and productivity in three European estuaries. Marine Pollution Bulletin，38：1092-1096

Cadée G C. 1992a. Phytoplankton variability in the Marsdiep，the Netherlands. ICES Journal of Marine Science，195：213-222

Cadée G C. 1992b. Trends in Marsdiep phytoplankton. Netherlands Journal of Sea Research，20：143-149

Capriulo G M，Smith G，Troy R，et al. 2002. The planktonic food web structure of a temperate zone estuary，and its alteration due to eutrophication. Hydrobiologia，475-476：263-333

Carpenter S R，Caraco N F，Correll D L，et al. 1998. Nonpoint pollution of surface waters with phosphorus and nitrogen. Ecological Applications，8 (3)：559-568

Chambers P A，Guy M，Roberts E S，et al. 2001. Nutrients and their impact on the Canadian environment. Ottawa，Canada：Environment Canada：241

Chang F H. 1994. New Zealand：major shellfish poisoning (NSP) in early 1993. Harmful Algal News，8：1-2

Cloern J E. 1982. Does the benthos control phytoplankton biomass in South San Francisco Bay (USA)？Marine Ecology-Progress Series，9：191-202

Cloern J E. 1999. The relative importance of light and nutrient limitation of phytoplankton growth：a simple index of coastal ecosystem sensitivity to nutrient enrichment. Aquatic Ecology，33 (1)：3-15

Cloern J E. 2001. Our evolving conceptual model of the coastal eutrophication problem. Marine Ecology-Progress Series，210：223-253

Cociasu A，Dorogan L，Humborg C，et al. 1996. Long term ecological changes in romanian coastal waters of the Black Sea. Marine Pollution Bulletin，32：32-38

Colwell R R. 1996. Global climate and infectious disease：the cholera paradigm. Science，274：2025-2031

Conley D J，Stalnacke P，Pitkänen H，et al. 2000. The transport and retention of dissolved silicate by rivers in Sweden and Finland. Limnology and Oceanography，45：1850-1853

Council Directive. 1991. Council Directive 91/271/EEC of 21 May 1991 concerning urban waste-water treatment (91/271/EEC). Official Journal of the European Communities，14pp. http://ec. europa. eu/environment/water/water-urbanwaste/directiv. html. [2006-10-09]

Council Directive. 1991. Council Directive 91/676/EEC of 12 December 1991 concerning the protection of waters against pollution caused by nitrates from agricultural sources (91/676/EEC). Official Journal of the European Communities，8pp. http://ec. europa. eu/environment/water/water-nitrates/index _ en. html. [2006-10-09]

Dahm C N，Larson D W，Petersen R R，et al. 2005. Ecological Responses to the 1980 Eruption of Mount St. Helens. In：Dale V H，Swanson F J，Crisafulli C M. Response and Recovery of Lakes. New York：Springer

Science+Business Media Inc.：255-278

Davis J R，Farley T F N，Young W J，et al. 1998. The experience of using a decision support system for nutrient management in Australia. Water Science and Technology，37：209-216

Davis J R，Koop K. 2006. Eutrophication in Australian rivers, reservoirs and estuaries—a southern hemisphere perspective on the science and its implications. Hydrobiologia，559：23-76

de Jonge V N，Elliott M. 2001. Encyclopedia of Marine Sciences. In：Steele J，Thorpe S，Turekian K. Eutrophication. London：Academic Press：852-870

de Jonge V N，Boynton W，D'Elia C F，et al. 1994. Changes in Fluxes in Estuaries. In：Dyer K R，Orth R J. Responses to Developments in Eutrophication in Four Different North Atlantic Estuarine Systems. Fredensborg，Denmark：Olsen & Olsen：179-196

Deeley D M，Paling E I，Humphries R. 1999. Why south western Australian estuaries are highly susceptible to nutrient enrichment. Proceedings of the International Conference on Di use Pollution，CSIRO Land and Water，Perth，WA，May 1999：176-190

Diaz R J，Rosenberg R. 1995. Marine benthic hypoxia：a review of its ecological effects and the behavioural responses of benthic macrofauna. Oceanography and Marine Biology：An Annual Review，33：245-303

Digby M J，Saenger P，Whelan M B，et al. 1998. A physical classification of Australian Estuaries (Report Prepared for the Urban Water Research Association of Australia No. 4178). Southern Cross University，Centre of Coastal Management，Lismore，NSW：47

Dodds W K. 2002. Freshwater Ecology：Concepts and Environmental Applications. San Diego，CA：Academic Press/Elsevier：569

Dortch Q，Whitledge T E. 1992. Does nitrogen or silicon limit phytoplankton production in the Mississippi River plume and nearby regions? Continental Shelf Research，12：1293-1309

Duarte C. 1995. Submerged aquatic vegetation in relation to different nutrient regimes. Ophelia，41：87-112

Dumont E L，Harrison J A，Kroeze C，et al. 2005. Global distribution and sources of dissolved inorganic nitrogen export to the coastal zone：Results from a spatially explicit, global model. Global Biogeochemical Cycles，19 (GB4S02)：13

EEA. 1999. State and pressures of the marine and coastal Mediterranean environment. Environmental Assessment Series No 5，European Environment Agency：137

EEA. 2001. Eutrophication in Europe's coastal waters. Topic report，No 7，European Environment Agency：166

Elofsson K. 1997. Cost-effective reductions in the agricultural load of nitrogen to the Baltic Sea. Beijer Discussion Paper Series，No 92：55

Eyre B. 1995. A first-order nutrient budget for the tropical Moresby estuary and catchment，North Queensland，Australia. Journal of Coastal Research，11：717-732

Eyre B，McKee L，Ferguson A，et al. 1997. Proceedings of the Coastal Nutrients Workshop，30-31 October 1997. In：Koop K. Ecosystem Response to Nutrient Loading-Two Northern NSW Estuarine Examples. Sydney：Australian Water and Wastewater Association：100-105

Fisher T R，Carlson P R，Barber R T. 1982. Sediment nutrient regeneration in three North Carolina estuaries. Estuarine，Coastal and Shelf Science，14 (1)：101-116

Gardner W S，Benner R，Chin-Leo G，et al. 1994. Mineralization of organic material and bacterial dynamics in Mississippi River plume water. Estuaries，17：816-828

Gardner W S，Cavaletto J F，Cotner J B，et al. 1997. Effects of natural light on nitrogen cycling rates in the Mississippi River plume. Limnology and Oceanography，42：273-281

GEF/BSEP (Global Environment Facility/Black Sea Environment Programme). 1997. Black Sea Transboundary Diagnostic Analysis. New York：United Nations Development Program：142

Gerlach S A. 1990. Nitrogen，phosphorus，plankton and oxygen deficiency in the German Bight and in Kiel Bay.

Kieler Meeresforschungen, Sonderheft, No. 7: 341

Gerritse R G, Barber C, Adeney J A. 1990. The impact of residential urban areas on groundwater quality: Swan Coastal Plain of Western Australia. CSIRO Water Resources Series, No. 3: 27

Glibert P M, Magnien R, Lomas M W, et al. 2001. Harmful algal blooms in the Chesapeake and Coastal Bays of Maryland, USA: comparisons of 1997, 1998, and 1999 events. Estuaries, 24: 875-883

Goodrich D M, Boicourt W C, Hamilton P, et al. 1987. Wind-induced destratification in Chesapeake Bay. Journal of Physics Oceanography, 17: 2232-2240

Goolsby D A. 2000. Mississippi Basin nitrogen flux believed to cause Gulf hypoxia. EOS. Transactions of the American Geophysical Union, 81: 325-327

Gray J S. 1992. Marine eutrophication and population dynamics: Marine eutrophication and population dynamics. In: Colombo G, Ferrari I, Ceccherelli V U, et al. Eutrophication in the Sea. Proceedings of the 25th European Marine Biology Symposium. Fredensborg: Olsen & Olsen: 3-15

Grelowski A, Pastuszak M, Sitek S, et al. 2000. Budget calculations of nitrogen, phosphorus and BOD₅ passing through the Oder estuary. Journal of Marine Systems, 25: 221-237

Griffiths B M. 1939. Early references to water blooms in British lakes. Proceedings of the Linnean Society of London, 151: 12-19

Hagy J D, Boynton W R, Wood C W, et al. 2004. Hypoxia in Chesapeake Bay, 1950-2001: long-term changes in relation to nutrient loading and river flow. Estuaries, 27: 634-658

Hall R I, Smol J P. 1993. The influence of catchment size on lake trophic status during the hemlock decline and recovery (4800 to 3500 BP) in southern Ontario Lakes. Hydrobiologia, 269/270: 371-390

Hallegraeff G M. 1993. A review of harmful algal blooms and their apparent global increase. Phycologia, 32: 79-99

Hamilton D P, Turner J V. 2001. Integrating research and management for an urban estuarine system: The Swan-Canning estuary, Western Australia. Hydrological Processes, 15: 2383-2385

Hansen I S, Aertebjerg G, Richardson K. 1995. A scenario analysis of effects of reduced nitrogen input on oxygen conditions in the Kattegat and the Belt Sea. Ophelia, 42: 75-93

Harding Jr LW, Perry E S. 1997. Long-term increase of phytoplankton biomass in Chesapeake Bay, 1950-1994. Marine Ecology Progress Series, 157: 39-52

Heip C. 1988. Biota and abiotic environment in the Westerschelde estuary. Hydrobiological Bulletin, 22: 31-34

Heil C A. 2005. Influence of humic, fulvic and hydrophilic acids on the growth, photosynthesis and respiration of the dinoflagellate *Prorocentrum minimum* (Pavillard) Schiller. Harmful Algae, 4: 603-618

Heil C A, Glibert P M, Fan C. 2005. *Prorocentrum minimum* (Pavillard) Schiller—A review of a harmful algal bloom species of growing worldwide importance. Harmful Algae, 4: 449-470

HELCOM (Helsinki Commission). 1998. Third Baltic Sea pollution load compilation. Baltic Sea Environment Proceedings, No 70: 133

Hellings L, Dehairs F, Tachx M, et al. 1999. Origin and fate of organic carbon in the freshwater part of the Scheldt Estuary as traced by stable carbon isotope composition. Biogeochemistry, 47: 167-186

Hickman M, Schweger C E, Klarer D M. 1990. Baptiste Lake, Alberta—A late Holocene history of changes in a lake and its catchment in the southern Boreal forest. Journal of Paleolimnology, 4: 253-267

Howarth R W. 1988. Nutrient limitation of net primary production in marine ecosystems. Annual Review of Ecology and Systematics, 19: 89-110

Howarth R W. 2008. Coastal nitrogen pollution: A review of sources and trends globally and regionally. Harmful Algae, 8: 14-20

Huang X P, Huang L M, Yue W Z. 2003. The characteristics of nutrients and eutrophication in the Pearl River estuary, South China. Marine Pollution Bulletin, 47: 30-36

Hutchinson G E. 1973. Eutrophication. American Scientist, 61: 269-279

IOC Secretariat. 2008. Coastal eutrophication: linking nutrient sources to coastal ecosystem effects and management-the intersection of several UNESCO-IOC programmes related to nutrients. http://www. ioc-unesco. org/. [2008-09-06]

Jaworski N. 1990. Retrospective of the water quality issues of the upper Potomac estuary. Aquatic Science, 3: 11-40

Jaworski N A, Howarth R W, Hetling L J. 1997. Atmospheric deposition of nitrogen oxides onto the landscape contributes to coastal eutrophication in the northeast United States. Environmental Science & Technology, 31: 1995-2004

Justić D, Rabalais N N, Turner R E, et al. 1995. Changes in nutrient structure of river-dominated coastal waters: stoichiometric nutrient balance and its consequences. Estuarine Coastal and Shelf Science, 40: 339-356

Justić D, Rabalais N N, Turner R E, et al. 1993. Seasonal coupling between riverborne nutrients, net productivity and hypoxia. Marine Pollution Bullitin, 26: 184-189

Justić D. 1988. Trend in the transparency of the northern Adriatic Sea 1911-1982. Marine Pollution Bulletin, 19 (1): 32-35

Jørgensen B B, Richardson K. 1996. Eutrophication in Coastal Marine Ecosystems. Coastal and Estuarine Studies, 52. Washington, DC: American Geophysical Union: 273

Kemp W M, Sampou P A, Garber J, et al. 1992. Seasonal depletion of oxygen from bottom waters of Chesapeake Bay: relative roles of benthic and planktonic respiration and physical exchange processes. Marine Ecology—Progress Series, 85: 137-152

Khan F A, Ansari A A. 2005. Eutrophication: an ecological vision. The Botanical Review, 71 (4): 449-482

Kiddon J A, Paul J F, Buffum H W, et al. 2003. Ecological condition of US Mid-Atlantic estuaries, 1997-1998. Marine Pollution Bulltin, 46 (10): 1224-1244

Liu D Y, Keesing J K, Xing Q G, et al. 2009. World's largest macroalgal bloom caused by expansion of seaweed aquaculture in China. Marine Pollution Bulletin, 58: 888-895

Liu H B, Dagg M. 2003. Interactions between nutrients, phytoplankton growth, and micro-and mesozooplankton grazing in the plume of the Mississippi River. Marine Ecology-Progress Series, 258: 31-42

Lobert J M, Butler J H, Montzka S A, et al. 1995. A net sink for atmospheric CH_3Br in the east Pacific Ocean. Science, 267: 1002-1005

Logan T J. 1977. Levels of plant available phosphorus in agricultural soils in the Lake Erie drainage basin. Buffalo: Defense Technical Information Center: 42

Lohrenz S E, Dagg M J, Whitledge T E. 1990. Enhanced primary production at the plume/oceanic interface of the Mississippi River. Continental Shelf Research, 10: 639-664

Lohrenz S E, Fahnenstiel G L, Redalje D G, et al. 1997. Variations in primary production of northern Gulf of Mexico continental shelf waters linked to nutrient inputs from the Mississippi River. Marine Ecology Progress Series, 155: 435-454

Lucas L V, Koseff J R, Cloern J E, et al. 1999a. Processes governing phytoplankton blooms in estuaries. I. The local production-loss balance. Marine Ecology-Progress Series, 187: 1-15

Lucas L V, Koseff J R, Cloern J E, et al. 1999b. Processes governing phytoplankton blooms in estuaries. II. The role of transport in global dynamics. Marine Ecology-Progress Series, 187: 17-30

Maier G, Nimmo-Smith R J, Glegg G A, et al. 2009. Estuarine eutrophication in the UK: current incidence and future trends. Aquatic Conservation: Marine and Freshwater Ecosystems, 19: 43-56

Mallin M A, Johnson V L, Ensign S H, et al. 2006. Factors contributing to hypoxia in rivers, lakes, and streams. Limnology and Oceanography, 51 (1, part 2): 690-701

Malone T C, Conley D J, Fisher T R, et al. 1996. Scales of nutrient-limited phytoplankton productivity in Chesapeake Bay. Estuaries, 19: 371-385

Marchetti R, Provini A, Ctosa G. 1989. Nutrient load carried by the River Po into the Adriatic Sea, 1968-1987. Marine Pollution Bulletin, 20: 168-172

McKee L J, Eyre B D, Hossain S. 2000. Intra-and interannual export of nitrogen and phosphorus in the subtropical Richmond River catchment, Australia. Hydrological Processes, 14: 1787-1808

Mee L D. 1992. The Black Sea in crisis: a need for concerted international action. AMBIO, 21: 278-286

Meffert M E, Zimmermann T H. 1979. Net release of nitrogenous compounds by axenic and bacteria containing cultures of *Oscillatoria redekei* (Cyanophyta). Archiv Fur Hydrobiologie, 87 (2): 125-138

Meybeck M. 1982. Carbon, Nitrogen and phosphorus transport by rivers. American Journal of Science, 282: 401-450

Monbet Y. 1992. Control of phytoplankton biomass in estuaries: a comparative analysis of micro-tidal and macrotidal estuaries. Estuaries, 15: 563-571

Morand P, Briand X. 1996. Excessive growth of macroalgae: a symptom of environmental disturbance. Botanica Marina, 39: 491-516

National Research Council. 2000. Clean Coastal Waters: Understanding and Reducing the Effects of Nutrient Pollution. Washington, D C: National Academy Press: 405

Naumann E. 1919. Några synpunkte angäende planktons ökölogi, Med. Sarskild hänsyn till fytöplankton. Svensk Botanisk Tidskrift, 13: 129-158

Neilson B J, Cronin L E. 1981. Estuaries and nutrients. Clifton: Humana Press: 643

Ning X R, Vaulot D, Zhensheng L, et al. 1988. Standing stock and production of phytoplankton in the estuary of the Changjiang (Yangtse) River and the adjacent East China Sea. Marine Ecology Progress Series, 49: 141-150

Nixon S W. 1995. Coastal marine eutrophication: a definition, social causes, and future concerns. Ophelia, 41: 199-219

Nixon S W, Ammerman J W, Atkinson L P, et al. 1996. The fate of nitrogen and phosphorus at the land-sea margin of the North Atlantic Ocean. Biogeochemistry, 35: 141-180

NSTF (North Sea Task Force). 1993. North Sea Quality Status Report 1993. Oslo and Paris Commissions/International Council for the Exploration of the Sea. London

Orth R J, Moore K A. 1984. Distribution and abundance of submerged aquatic vegetation in Chesapeake Bay: An historical perspective. Estuaries, 7: 531-540

OSPAR. 1998a. Summary report of the comprehensive study on riverine inputs and direct discharges (RID) in 1990-1995. Assessment and Monitoring

OSPAR. 1998b. Outcome of INPUT special assessment workshop. The Hague 26-27 March 1998

OSPAR. 2001. Draft common assessment criteria and their application within the comprehensive procedure of the common procedure. Meeting of The Eutrophication Task Group, London: Ospar Convention for the Protection of the Marine Environment of the North-East Atlantic

OSPAR. 2003a. OSPAR Integrated Report 2003 on the Eutrophication Status of the OSPAR Maritime Area Based Upon the First Application of the Comprehensive Procedure. London: OSPAR Commission: 59

OSPAR. 2003b. Strategies of the OSPAR Commission for the Protection of the Marine Environment of the North-East Atlantic. II-Eutrophication. http://www. ospar. org/. [2006-10-12]

Paerl H W, Whitall D R. 1999. Anthropogenically-derived atmospheric nitrogen deposition, marine eutrophication and harmful algal bloom expansion: Is there a link? Ambio, 28 (4): 307-311

Paerl H W. 1985. Enhancement of marine primary production by nitrogen-enriched acid rain. Nature, 316: 747-749

Paerl H W. 1995. Coastal eutrophication in relation to atmospheric nitrogen deposition: current perspectives. Ophelia, 41: 237-259

Paerl H W. 1997. Coastal eutrophication and harmful algea blooms: Importance of atmospheric deposition and groundwater as "new" nitrogen and other nutrient sources. Limnology and Oceanography, 42 (5): 1154-1165

Pakulski J D, Benner R, Amon R, et al. 1995. Community metabolism and nutrient cycling in the Mississippi River plume: evidence for intense nitrification at intermediate salinities. Marine Ecology Progress Series, 117: 207-218

Pennak R W. 1949. An unusual algal nuisance in a Colorado mountain lake. Ecology, 30: 245-257

Peters N E, Donohue R. 2001. Nutrient transport to the Swan-Canning estuary, Western Australia. Hydrological Processes, 15: 2555-2577

Prepas E E, Charette T. 2005. Environmental geochemistry. In: Lollar B S. Worldwide Eutrophication of Water Bodies: Cause, Concern and Controls. Oxford: Elsevier: 21

Puckett L J. 1995. Identifying the major sources of nutrient water pollution. Environmental Science & Technology, 29 (9): 408-414

Rabalais N N, Turner R E, Dortch Q, et al. 2002. Nutrient-enhanced productivity in the northern Gulf of Mexico: past, present and future. Hydrobiologia, 475/476: 39-63

Rabalais N N, Turner R E, Justić D, et al. 1999. Decision Analysis Series no. 15. In: NOAA Coastal Ocean Office. Characterization of Hypoxia: Topic 1 Report for the Integrated Assessment of Hypoxia in the Gulf of Mexico. NOAA Coastal Ocean Program Decision Analysis Series No. 15, NOAA Coastal Ocean Program. Maryland: Silver Springs: 167

Rabalais N N, Turner R E, Wiseman J R. 2001. Hypoxia in the Gulf of Mexico. Journal of Environmental Quality, 30: 320-329

Rabalais N N, Turner R E, Wiseman W J Jr, et al. 1991. Modern and Ancient Continental Shelf Anoxia. In: Tyson R V, Pearson T H. A Brief Summary of Hypoxia on the Northern Gulf of Mexico Continental Shelf: 1985-1988. London: Geological Society Special Publication: 35-46

Radach G, Berg J, Hagmeier E. 1990. Long-term changes of the annual cycles of meteorological, hydrographic, nutrient and phytoplankton time series at Helgoland and at LV ELBE 1 in the German Bight. Continental Shelf Research, 10: 305-328

Radach G. 1992. Ecosystem functioning in the German Bight under continental nutrient inputs by rivers. Estuaries, 15: 477-496

Redalje D G, Lohrenz S E, Fahnenstiel G L. 1994. The relationship between primary production and the vertical export of particulate organic matter in a river-impacted coastal ecosystem. Estuaries, 17: 829-838

Regnier P, Wollast A R, Steefel C L. 1997. Long-term fluxes of reactive species in macrotidal estuaries: Estimates from a fully transient, multicomponent reaction-transport model. Marine Chemistry, 58: 127-145

Richardson K, Jørgensen B B. 1996. Eutrophication: definition, history and effects. In Eutrophication in coastal marine ecosystems, vol. 52 of Coastal and Esturarine Studies. Washington, DC: American Geophysical Union: 1-20

Riegman R, Noordeloos A M, Cadee G. 1992. Phaeocystis blooms and eutrophication of the continental coastal zones of the North Sea. Marine Biology, 112: 479-484

Rosenberg R. 1985. Eutrophication—the future coastal nuisance? Marine Pollution Bulletin, 16: 227-231

Roy P S, Williams R J, Gibbs P J, et al. 2000. Structure and function of south-east Australian estuaries: A framework for addressing management issues. Estuarine and Coastal Shelf Science, 53: 351-384

Ryther J H, Dunstan W M. 1971. Nitrogen, phosphorus, and eutrophication in the coastal marine environment. Science, 171: 1008-1013

Ryther J H. 1954. The ecology of phytoplankton blooms in Moriches Bay and Great South Bay, Long Island, New York. Biological Bulletin, 106: 198-209

Schaus M H, Vanni M J, Wissing T E. 1997. Nitrogen and phosphorus excretion by detritivorous gizzard shad in a reservoir system. Limnology and Oceanography, 42 (6): 1386-1397

Schindler D W. 1977. Evolution of phosphorus limitation in lakes. Science, 195: 260-262

Schindler D W. 1987. Detecting ecosystem responses to anthropogenic stress. Canadian Journal of Fisheries and Aquatic Sciences, 44 (S1): 6-25

Schindler D W, Dillon P J, Schreier H. 2006. A review of anthropogenic sources of nitrogen and their effects on Canadian aquatic ecosystems. Biogeochemistry, 79: 25-44

Schreier H, Bestbier R, Derksen G. 2003. Agricultural nutrient management trends in the Lower Fraser Valley 1991-2001. http://research. ires. ubc. ca. [2007-08-09]

Schubel J R, Pritchard D W. 1986. Responses of upper Chesapeake Bay to variations in discharge of the Susquehanna River. Estuaries, 9: 236-249

SDWF. 2010. The Great Lakes. http://www. safewater. org/resources/fact-sheets. html. [2010-03-12]

Seitzinger S P, Harrison J A, Dumont E L, et al. 2005. Sources and delivery of carbon, nitrogen, and phosphorus to the coastal zone: An overview of global Nutrient Export from Watersheds (NEWS) models and their application. Global Biogeochemical Cycles, 19 (4), GB4S01: 11

Seliger H H, Boggs J A, Biggley W H. 1985. Catastrophic anoxia in the Chesapeake Bay in 1984. Science, 228: 70-73

Selman M, Sugg Z, Greenhalgh S, et al. 2008. Eutrophication and Hypoxia in Coastal Areas: A Global Assessment of the State of Knowledge. http://www. wri. org/. [2008-11-01]

Shapiro J. 1973. Why blue-green algae? Science, 179: 382-384

Shen Z L. 2001. Historical changes in nutrient structure and its influences on phytoplankton composition in Jiaozhou Bay. Estuarine, Coastal and Shelf Science, 52: 211-224

Smayda T J. 1997. Harmful algal blooms: their ecophysiology and general relevance to phytoplankton blooms in the sea. Limnology and Oceanography, 42: 1137-1153

Smith V H. 2003. Eutrophication of freshwater and coastal marine ecosystems a global problem. Environmental Science and Pollution Research, 10 (3): 126-139

Smith W O, Demaster D J. 1996. Phytoplankton biomass and productivity in the Amazon River plume: correlation with seasonal river discharge. Continental Shelf Research, 16: 291-319

Soetaert K, Herman P. 1995. Estimating estuarine residence times in the Westerschelde (The Netherlands) using a box model with dispersion coeffcients. Hydrobiologia, 311: 215-224

Soetaert K, Middelburg J J, Heip C. 2006. Long-term change in dissolved inorganic nutrients in the heterotrophic Scheldt. Limnology and Oceanography, 51 (1, part 2): 409-423

Someville M, De Pauw N. 1982. Influence of temperature and river discharge on water quality of the Western Scheldt Estuary. Water Research, 16: 1349-1356

Strom K M. 1930. Limnological observations on Norwegian Lakes. Archiv Fur Hydrobiologie, 21: 97-124

Sweitzer J, Langaas S, Folke C. 1996. Land cover and population density in the Baltic Sea drainage basin: A GIS database. Ambio, 25 (3): 191-198

Taft J L, Elliott A J, Taylor W R. 1978. Estuarine interaction. *In*: Wiley M L. Box Model Analysis of Chesapeake Bay Ammonium and Nitrate Fluxes. New York: Academic Press: 115-130

Taft J L, Taylor W R, Hartwig E O, et al. 1980. Seasonal oxygen depletion in Chesapeake Bay. Estuaries, 3: 242-247

Telesh I V, Alimov A F, Golubkov S M, et al. 1999. Response of aquatic communities to anthropogenic stress: a comparative study of Neva Bay and the eastern Gulf of Finland. Hydrobiologia, 393: 95-105

Thienemann A. 1921. Seetypen. Naturwissenschaften, 18: 1-3

Thompson P A, Twomey L. 2000. The phytoplankton ecology of Wilson Inlet. National Eutrophication Management Program Final Report UTA8. Land and Water Research and Development Corporation, Canberra, Australia

Turner R E, Rabalais N N. 1991. Changes in Mississippi River water quality this century. Implications for coastal food webs. BioScience, 41: 140-147

Underdal B, Skulberg O M, Dahl E, et al. 1989. Disastrous bloom of *Chrysochromulina polylepsis* (Prymnesiophyceae) in Norwegian coastal waters 1988-mortality in marine biota. Ambio, 18: 265-270

Valiela I. 1995. Marine ecological processes. New York: Springer Science+Business Media Inc: 686

Van Bennekom A, Wetsteijn F J. 1990. The winter distribution of nutrients in the Southern Bight of the North Sea (1961—1978) and in the estuaries of the Scheldt and the Rhine/Neuse. Netherlands Journal of Sea Research, 25: 75-87

Van Damme S, Meire P, Maeckelberghe H, et al. 1995. De waterkwaliteit van de Zeeschelde: evolutie in de voorbije dertig jaar. Water, 85: 244-256

Van Damme S, Struyf E, Maris T, et al. 2005. Spatial and temporal patterns of water quality along the estuarine salinity gradient of the Scheldt estuary (Belgium and the Netherlands): results of an integrated monitoring approach. Hydrobiologia, 540: 29-45

Van Eck G T M. 1991. De ontwikkeling van een waterkwaliteitsmodel voor het Scheldeestuarium. Water, 61: 215-218

Vidal M, Morgui J A, Latasa M, et al. 1997. Factors controlling seasonal variability of benthic ammonium release and oxygen uptake in Alfacs Bay (Ebro Delta, NW Mediterranean). Hydrobiologia, 350: 169-178

Vidal M, Morgui V, Latasa M, et al. 1992. Factors controlling spatial variability in ammonium release within an estuarine bay (Alfacs Bay, Ebro Delta, NW Mediterranean). Hydrobiologia, 235/236: 519-525

Viney N R, Sivapalan M. 2001. Modelling catchment processes in the Swan-Avon River Basin. Hydrological Processes, 15: 2671-2685

Vitousek P M, Aber J, Bayley S E, et al. 1997. Human alteration of the global nitrogen cycle: causes and consequences. Ecological Applications, 7: 737-750

Vollenweider R A. 1976. Advances in defining critical loading levels of phosphorus in lake eutrophication. Memorie dell'Istituto Italiano di Idrobiologia, 33: 53-83

Vollenweider R A. 1992. Marine Coastal Eutrophication. In: Vollenweider R A, Marchetti R, Viviani R. Coastal Marine Eutrophication: Principles and Control. Elsevier Science Publications: 1-20

Wallast R. 1983. The major biogeochemical cycles and their interactions. In: Bolin B, Cook R B. Interactions in Estuaries and Coastal Water. New York: John Wiley & Sons: 532

Weber C A. 1907. Aufbau und vegetation der moore norddeutschlands. Beiblatt zu den Botanischen Jahrbüchern, 90: 19-34

Wei H, Sun J, Moll A, et al. 2004. Phytoplankton dynamics in the Bohai Sea-observations and modelling. Journal of Marine System, 44 (3/4): 233-251

Whitall D, Brad H, Hans P. 2003. Importance of atmospherically deposited nitrogen to the annual nitrogen budget of the Neuse River estuary. North Carolina. Environment International, 29: 393-399

Wiseman Jr W J, Rabalais N N, Turner R E, et al. 1997. Seasonal and interannual variability within the Louisiana Coastal Current: Stratification and hypoxia. Journal of Marine System, 12: 237-248

Wollast R. 1982. Behaviour of organic carbon nitrogen and phosphorous in the Scheldt estuary. Thalassia Jugoslavica, 18: 11-34

Wollast R. 1988. Pollution of the North Sea: an Assessment. In: Salomons W, Bayne B L, Duursma E K, et al. The Scheldt Estuary. Berlin: Springer-Verlag: 183-194

Wu R S S. 1995. The environmental impact of marine fish culture: Towards a sustainable future. Marine Pollution Bulletin, 31 (4-12): 159-166

Zhang G S, Zhang J, Liu S M. 2007. Characterization of nutrients in the atmospheric wet and dry deposition observed at the two monitoring sites over Yellow Sea and East China Sea. Journal of Atmospheric Chemistry, 57: 41-57

Zhou M J, Shen Z L, Yu R C. 2008. Responses of a coastal phytoplankton community to increased nutrient input from the Changjiang (Yangtze) River. Continental Shelf Research, 28: 1483-1489

Zillén L, Conley D J, Andrén T, et al. 2008. Past occurrences of hypoxia in the Baltic Sea and the role of climate variability, environmental change and human impact. Earth-Science Reviews, 91: 77-92

第二章　长江口水域富营养化的长期演变过程

第一节　长江口环境及长期变化特点

河口是江河的入海口,是江海相互作用的过渡地带,在河口水域淡水与海水交汇,形成一个复杂的自然综合体(庄平等,2006;沈焕庭等,2003b)。长江口是太平洋西岸的第一大河口,位于中国东海岸的中部。潮汐影响到安徽的大通,称为潮区界,自此以下为河口区。大通至河口口门640km。潮流到达的范围是江苏的江阴,称为潮流界,自此以下为河口段。大通到江阴称为河流近口段。江阴到河口口门268km。江苏的徐六泾以下,长江河口开始分汊,首先被崇明岛分隔为北支和南支,然后南支经长兴岛、横沙岛又被分隔为北港和南港,最后南港在口门附近被九段沙分隔为北槽和南槽。因此,长江河口形成三级分汊、四口入海的格局。长江口自徐六泾至河口口门全长约180km,南北宽约90km,为一巨型的喇叭形河口(陈吉余等,1988)。

一、地质和地貌

(一) 地质

长江口区位于江山—绍兴深大断裂北侧,大地构造单元隶属下扬子准地台东南端。基底岩系为元古界前震旦系片岩为主的一套中深变质岩。盖层由震旦系下古生界海相碳酸盐岩和中、新生界陆相及海陆交互相的地层组成。地层区划属江南地层分区嘉兴—上海地层小区。区内断裂构造发育,形成基岩中断陷和断隆相间展布的特点(《上海市海岛资源综合调查》编写组,1996;陈吉余等,1988)。

在漫长的地质历史中,长江口地区经历地槽、地台及大陆边缘活动三大发展阶段。晋宁、加里东、燕山、喜马拉雅山等地质运动奠定了长江口地区构造和地层分布的基本格局。上海海岸带位于长江三角洲前缘河口滨海平原,第四纪沉积物主要是一套沙(砾)和黏性土交互产出的巨厚疏松地层,对长江口河段起主要控制作用的是北东向和东西向断裂。呈北东—南西向的有无锡—常熟—庙镇—启东大断裂和苏州—昆山—嘉定—宝山大南断裂;呈东西向的有崇明—苏州断裂。

长江河口地区基岩地层有志留系、侏罗系流纹岩类火山岩、燕山期花岗岩及石英闪长岩,以侏罗系流纹岩类火山岩分布最为广泛。该区地震烈度为Ⅳ度,相应地震峰值为0.05g。

(二) 地貌

长江口地区地貌发育受江海交互作用的制约。由于不同地区地貌过程的差异,又可以分为河口沙岛、潮滩、河口拦门沙和海底地貌等不同地貌形态(《上海市海岛资源综合调查》编写组，1996；陈吉余等，1988）。

崇明、长兴和横沙等新老沙岛都是由长江下泄的泥沙在径潮流相互作用下形成的河口沙坝，后经不断沉积而出水面形成的三角洲平原。其中，崇明岛是我国最大的冲积岛，地面平均高程（吴淞基面，下同）为 2～4m。长兴岛和横沙岛的地面高程在 2m 以下。河口沙岛的地表地形平坦，沉积物以黏土质粉砂为主，粒度平均值为 4.5～8.0ϕ。

长江口区分布着广大面积的潮滩湿地，包括崇明北滩、崇明东滩、横沙浅滩、江心沙洲（新浏河沙、中央沙及青草沙）、九段沙和南汇边滩等。根据高程，这些潮滩湿地可分为高潮滩、中潮滩和低潮滩。高潮滩的高程在大潮平均高潮位以上，只有当潮水位高于大潮平均高潮位时潮水才能上滩。滩面表层沉积物多为黏土质粉砂或粉砂质黏土，高潮滩上的主要植物为芦苇。中潮滩是水动力最为活跃和强烈的地带，也是滩地微地貌类型最多和变化最大的区域。中潮滩的上带有植被生长，而中带、下带均为光滩。低潮滩地貌形态单一，由于经常处于水下，由水动力形成的地貌形态随着潮水位的变化而不断变化。低潮滩极为平缓，在滩地的表层往往有一层薄薄的浮泥，其下部是较粗的以粉砂为主的沉积。

长江口各个入海汊道都有拦门沙存在，滩顶水深一般在 6m 左右（理论最低潮面，下同）。长江口拦门沙具有滩长、坡缓和变化复杂等特点。长江口拦门沙的滩长以北港水道最短，南港水道最长。不足 10m 水深的滩长，北港水道平均为 39.6km，南港水道平均为 64.2km。脱离两岸约束的水体在拦门沙地区地貌分异为浅滩和航道，并有与之适应的动力特征。

长江口拦门沙带以外的海底地貌可分为 3 个主要的地貌类型：全新世长江水下三角洲、晚更新世后期长江三角洲和潮流辐射沙脊系。全新世长江水下三角洲是长江口外海底地貌的主要单元，它是由现代长江泥沙堆积形成的，以舌状自长江口向东南展开，内界以拦门沙带开始，外界水深达 30～55m。晚更新世后期长江三角洲分布在全新世长江水下三角洲的外侧，其界线为全新世地层的尖灭线，其地貌形态复杂，它的物质组成为晚更新世的残留砂，具有残留地貌的特征，它的上面分布着一系列的西北—东南走向的古河道，最明显的一条以"长江古河道"著称。潮流辐射沙脊系分布在全新世长江水下三角洲的西北侧，其形态特征为水浅、起伏大、变化快，并呈辐射分布。

本研究海区地形特征如图 2-1 所示，长江口以北近岸和长江口至杭州湾及湾口外区域的海底地形变化平缓，除杭州湾内靠近北岸近似椭圆形洼地的水深略大于 10m外，其余水深都小于 10m。其中在长江口以北近岸有水深小于 10m 的羽状浅滩，而长江口附近有水深小于 5m 的沙洲，长江入海口各航道的水深接近 10m。大约自海区的北液边界 122.0°～122.5°E 过渡到南液边界 122.5°～123.0°E 有一个海底地形坡度自近岸向外海显著变化的陡坡，陡坡在长江口外出现螺旋式扭转，自螺旋式扭转至南液边界陡坡的坡度变化更为显著，陡坡至外海其海底地形又趋平缓。长江口以北、陡坡以东的开阔区域海底地形更为平缓，其水深一般为 40m 左右，长江口以南、陡坡以东最大水深可达 70m。

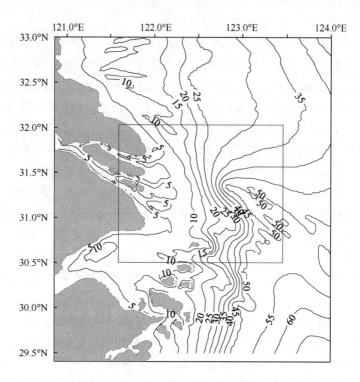

图 2-1　研究海区的地形特征（单位：m）

二、气候

长江口区属亚热带季风气候区，气候温和、四季分明、雨水丰沛、日照充足。受地理位置和季风影响，气候具有海洋性和季风性双重特征。春季冷暖干湿多变、夏季雨热同季、秋季秋高气爽、冬季寒冷干燥构成了长江口地区的气候特点（陈家宽，2003；《上海市海岛资源综合调查》编写组，1996；陈吉余等，1988）。

据区内各气象站资料统计，长江口区年平均气温为 15～16℃，历史上的最高气温为 40.2℃（1934 年 7 月 12 日），最低气温为－12℃（1983 年 1 月 9 日）。年平均降水量约为 1100mm，年平均降水日数约 125 天。风向有明显的季节性变化，全年以东南风出现频率最高；冬季盛行西北风或偏北风，夏季以东南风或偏南风为主；月平均风速以冬春两季各月较大，最大风速多发生在夏季的台风期；多年平均风速 3～4m/s。该地区光照充足，年平均日照时数 2000～2100h。年平均蒸发量 1200～1400mm，年平均相对湿度约为 80%。

春季平均始于 3 月中旬，止于 6 月上旬。这时天气渐暖，春雨较多。其中 4 月中旬前忽寒忽暖，春雨连绵天气增多；4 月下旬至 5 月中旬是春雨最多的时段；5 月下旬至 6 月上旬处于春雨之后，梅雨之前，一般多为过程性天气。

夏季平均始于 6 月中旬，止于 9 月下旬。这时天气炎热，降水集中，多雷雨和台风暴雨。其中 7 月中旬至 8 月中旬是盛夏最热的时段，晴热少雨，常有伏旱；8 月下旬至 9 月下旬天气由热转凉，多台风暴雨。

秋季平均始于 10 月上旬，止于 11 月中旬。随着冷空气势力的增强，天气由凉转寒，雨水显著减少。前期多秋高气爽的天气，后期时有晚秋雨出现。

冬季平均始于 11 月下旬，止于翌年 3 月下旬，气候寒冷干燥。其中 12 月下旬前，受强冷空气侵袭，多暴冷天气；1 月上旬至 2 月上旬是全年最寒冷的时段；2 月中旬至 3 月中旬气温缓慢回升。

三、径流、潮汐及泥沙

（一）径流

长江的径流主要来自 4 个地区：宜昌以上来水，约占大通站径流量的 48%；宜昌至汉口区间，包括洞庭湖及清江、汉江等支流，约占大通站径流量的 31%；汉口至大通区间，包括鄱阳湖支流，约占大通站径流量的 21%；大通以下的支流入汇量相对较小，长江径流特征基本可以用大通站实测资料来代表（沈焕庭等，2003b；沈焕庭和潘定安，2001）。

长江水量充沛，径流量大。根据河口区上界大通水文站资料统计，多年平均年径流总量为 9240 亿 m³/a，多年平均流量为 29 300m³/s，最大洪峰流量为 92 600m³/s（1954年 8 月），最小枯水流量为 4620m³/s（1979 年 1 月），两者之比约为 20∶1。最大年平均径流量为 43 100m³/s，最小年平均流量为 21 400m³/s。1950～2009 年大通站的径流量见表 2-1。最大年径流量为 1954 年的 13 950 亿 m³，最小为 1979 年的 6760 亿 m³，最大约差 1 倍。

表 2-1　长江大通站年平均径流量（大通水文站实测资料）

年份	1950	1951	1952	1953	1954	1955	1956	1957	1958	1959
流量/(m³/s)	31 200	26 400	33 700	28 300	43 100	29 500	26 700	26 100	27 300	24 500
年份	1960	1961	1962	1963	1964	1965	1966	1967	1968	1969
流量/(m³/s)	24 300	28 300	29 800	24 400	32 800	27 800	24 600	28 200	29 900	27 700
年份	1970	1971	1972	1973	1974	1975	1976	1977	1978	1979
流量/(m³/s)	31 400	23 200	22 100	34 100	26 600	31 900	26 600	29 000	21 400	23 400
年份	1980	1981	1982	1983	1984	1985	1986	1987	1988	1989
流量/(m³/s)	31 500	27 900	30 300	35 200	27 600	26 100	22 700	26 500	26 300	30 600
年份	1990	1991	1992	1993	1994	1995	1996	1997	1998	1999
流量/(m³/s)	28 700	29 500	27 500	31 000	27 000	31 100	30 100	26 500	39 400	32 900
年份	2000	2001	2002	2003	2004	2005	2006	2007	2008	2009
流量/(m³/s)	29 300	26 100	31 400	29 300	24 900	28 800	21 835	24 441	26 290	24 797

长江流域降水受季风气候影响，多集中于夏季，冬季较少，因此长江径流有明显的洪枯季变化。最大径流一般出现在 5～10 月，称之为丰水期，其水量占全年的71.8%，其中 7 月水量占全年的 14.7%；枯季从 12 月至翌年 3 月，水量最小，称之为枯水期；4 月和 11 月为平水期，大通水文站多年月平均流量年内分配及特征值统计见表 2-2。

表 2-2　长江大通站各月平均流量

项目	1月	2月	3月	4月	5月	6月
流量/(m³/s)	10 096	11 738	15 908	24 152	35 560	40 210
占年径流量百分比/%	3.0	2.9	4.4	6.9	10.5	11.8
项目	7月	8月	9月	10月	11月	12月
流量/(m³/s)	50 456	44 112	40 256	33 608	23 285	14 204
占年径流量百分比/%	14.7	12.9	11.8	9.8	6.8	4.1
特征值	最大流量: 92 600m³/s (1954.08.01); 最小流量: 4620m³/s (1979.01.31) 平均洪季流量: 56 800m³/s; 平均枯季流量: 16 500m³/s 多年平均流量: 29 300m³/s					

（二）潮汐

在长江口外存在着两个性质不同的潮波系统：东海的前进潮波系统和黄海的旋转潮波系统。源于西南太平洋的潮波，穿过琉球群岛一线进入东海，除一小部分进入台湾海峡外，绝大部分以前进波形式由东南向西北挺进，作为主要半日分潮波的 M_2 分潮在长江口门附近的传播方向为 305°左右。进入口门后因受到河槽的约束，传播方向基本上与河槽轴线一致。长江口由于河底纵向坡降平缓，口外岛屿又少，外海传来的潮波可长驱直入，在通常水文年枯季时，潮波影响所及一直可上溯到距河口门 650km 的安徽大通，成为我国深入内陆最远的河口潮波（沈焕庭等，2003b；沈焕庭和潘定安，2001）。

外海潮波传入长江口后，由于能量逐渐减弱，传播速度也向上递减。总体潮波的传播速度江阴以下大体为 41km/h，江阴—镇江为 30km/h，镇江—荻港为 26km/h。

长江口是中等强度的潮汐河口，口外属正规半日潮，口内属非正规半日浅海潮。一日内两涨两落，一涨一落平均历时约 12 小时 25 分钟。每年春分至秋分为夜大潮，秋分至次年春分为昼大潮。年最高潮位一般上游大于下游，年最低潮位一般上游高于下游。长江口代表站潮位特征值见表 2-3。

表 2-3　长江口代表站实测潮位特征值统计表（吴淞基面）

站位	最高潮位/m	出现日期（年.月.日）	最低潮位/m	出现日期（年.月.日）	最大潮差/m	最小潮差/m	平均潮差/m
徐六泾	4.83	1997.8.19	−1.56	1956.2.29	4.49	0.02	2.03
杨林	4.50	1997.8.19	−1.48	1990.12.1	4.90	0.01	2.20
吴淞	4.36	1997.8.18	−1.88	1969.4.5	4.45	0.02	2.35
青龙港	4.68	1997.8.18	−2.13	1961.5.4	5.05	0.05	2.68
三条港	4.57	1997.8.18	−2.39	1969.4.5	5.63	0.06	3.07
连兴港	4.34	1997.8.18	−2.38	1987.2.28	5.80	0.09	2.94

长江口水域潮流量大小随天文潮和上游径流大小而变化。两个全潮总进潮量为 60 亿 m³ 左右。无论涨潮量还是落潮量南支均大于北支。南支河段落潮流占主导地位，上

游径流主要从南支下泄。北支河段自 1958 年以来已演变为涨潮流占优势的河道，开始出现水、沙、盐倒灌南支的现象。20 世纪 80 年代，北支倒灌南支程度有所缓和；90 年代以后，北支倒灌南支程度又有所加剧。长江口洪季大潮进潮量约 53 亿 m^3，小潮约 16 亿 m^3。枯季大潮为 39 亿 m^3，小潮为 13 亿 m^3（沈焕庭等，2003b；沈焕庭和潘定安，2001；陈吉余等，1988）。

长江口潮流在横沙岛以上河段为往复流，主槽落潮流速一般大于涨潮流速；出边界后逐渐过渡为旋转流，流向呈顺时针方向变化。以 2002 年 9 月大潮实测资料（$Q_{大通}=36\ 000 m^3/s$）为例，主要通道流速见表 2-4。

表 2-4　长江口各主要通道水流流速（m/s）

潮水＼位置	白茆南水道	白茆北水道	宝山水道	宝山北水道	新桥水道	新桥通道	南港	北港
落急	1.30	1.57	0.98	1.05	1.40	1.10	1.60	1.81
涨急	1.10	0.79	0.92	0.95	1.10	1.15	1.22	1.61

注：浅滩区涨落潮平均流速一般不超过 1.0m/s。

（三）泥沙

长江口的泥沙主要来自上游。据大通站 1953～2009 年实测资料统计，多年平均含沙量为 0.48kg/m^3，多年平均输沙量为 3.95 亿 t。历年最大年平均含沙量为 0.70kg/m^3（1963 年），最小年平均含沙量为 0.12kg/m^3（2006 年）。年最大输沙量为 6.78 亿 t（1964 年），年最小输沙量为 0.85 亿 t（2006 年）。由于长江的输沙量与降水和径流有直接关系，输沙量年内分配不均，其年际、年内变化特性与径流量的变化特性相对应。7～9 月输沙量占全年的 58%，12 月至翌年 3 月仅占 4.2%；7 月平均输沙率达 39.6t/s，1 月仅 1.14t/s（Li et al.，2007）。

输沙量的逐年变化如图 2-2 所示，近 50 年来输沙量变化可划分为 4 个时段，即 1951～1967 年（天然情况）、1968～1989 年（丹江口水库及鄱阳湖截沙）、1989～2000 年（宜昌减沙）、2001～2009 年（三峡水库拦沙）。1951～1967 年，大通站平均输沙量为 4.930 亿 t，到 1989～2000 年平均输沙量为 3.463 亿 t，减幅约达 30%，而年平均水量约增 7%，因此减沙趋势明显；2001～2009 年，进一步减沙，年均输沙量仅为 1.762 亿 t，减幅约达到 50%（表 2-5）。金沙江已成为长江宜昌以上干流主要的进沙来源。长江三峡水库的拦沙作用，以万县和宜昌输沙量对比可知，万县 1952～2002 年年均输沙量（以 6～10 月汛期计）为 4.323 亿 t，同期宜昌 1950～2002 年年均输沙量（以 6～10 月汛期计）为 4.534 亿 t，两者接近，而 2003 年，即水库开始拦截泥沙，6～10 月累计，库前清溪场与下游宜昌的输沙量分别为 2.070 亿 t 和 0.954 亿 t，出库沙量占入库沙量即排沙比为 46.1%。由此可见，三峡水库拦沙作用十分明显。宜昌以下的减沙，主要因汉江减沙所致，从 1966～1968 年起锐减 50%，而后又继续减少，近期进入长江干流的泥沙已不足 1000 万 t/a。

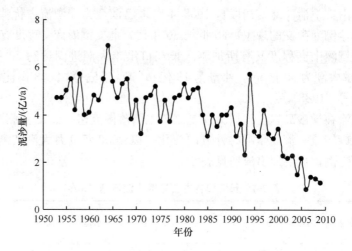

图 2-2　大通站年输沙量（1953～2009 年）

表 2-5　大通站 4 个时段径流量和输沙量统计表

时　段	年径流量/亿 m³	年平均输沙量/亿 t	平均含沙量/(kg/m³)
1951～1967 年	8915	4.930	0.553
1968～1989 年	8739	4.370	0.500
1989～2000 年	9537	3.463	0.362
2001～2009 年	8337	1.762	0.207

　　输沙量在年内呈现明显的季节性变化，以大通站为例，汛期（5～10 月）的输沙量占全年的 70%以上（图 2-3）。

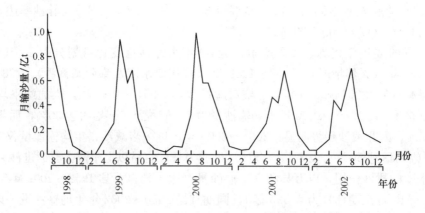

图 2-3　大通站月平均输沙量变化（1998～2002 年）

　　在输沙量减少的同时，悬沙粒径细化的趋势亦十分明显。大通站悬沙，1986～2000 年平均为 $d_{50}=0.0106$mm，而此前 1976～1985 年平均为 $d_{50}=0.0260$mm。后期颗粒分析实验方法与前期不同，同一组沙样，后期所用方法得到的 d_{50} 约偏小 20%。即使考虑这一因素后，细化现象仍然明显。三峡水库蓄水使库上游水体及出库泥沙明显变细。统计表明，2003 年万县 d_{50} 比多年平均值小 58.5%，宜昌 d_{50} 比多年平均值小 45.8%。

大通站来沙以悬移质泥沙为主，推移质所占比例极小。进入河口段的泥沙受到径流、潮流、盐淡水混合以及电化学作用，呈现极为复杂的输移和沉积过程，含沙量变化较复杂。河口进口段和上段含沙量丰水期高于枯水期，由于河口下段受冬季波浪掀沙活动的影响较强，致使枯水期含沙量与丰水期相近且略高，年均含沙量也达到 $1kg/m^3$ 以上。在不同潮型、潮段之间，无论涨潮、落潮，大、中潮期含沙量均明显大于小潮期含沙量。南、北港含沙量在大、小潮变幅大，在洪、枯期变化不大，说明含沙量变化受潮流影响较大。北支大、中潮期平均含沙量明显高于南支，说明北支的泥沙来源主要为海域来沙，含沙量以受潮流影响为主。北支青龙港大、中潮期涨潮平均含沙量均大于落潮平均含沙量，存在泥沙倒灌南支的现象。南、北槽大潮时涨潮含沙量明显大于落潮。

四、河道演变

陈吉余等（1979）在《两千年来长江河口发育模式》一文中对长江河口发育的基本规律作了精辟的分析和阐述，即长江河口的发育模式可以概括为：南岸边滩推展、北岸沙岛并岸、河口束狭、河槽形成和河槽加深 5 个方面。

两千年来，由于受海潮和径流的共同影响，长江径流挟带的大量泥沙不断在河口地区堆积，沙洲、边滩相继形成，江流分汊。落潮流在柯氏力的作用下南偏，导致径流挟带的泥沙随落潮流入海并呈南偏趋向，从而使得长江口的南岸边滩成为泥沙淤积的重要场所之一。历史时期长江口南岸边滩逐渐外伸，陆地逐渐向外推移，一道道海堤也随着边滩的伸展而不断修筑，岸线不断向前延伸。同时，长江口的北岸以沙洲并岸的方式向前延伸。早在汉代河口段即有东布洲、南布洲的记载。有些沙洲形成后，又因动力条件的变化而塌入江中或并岸。近一千多年来，长江河口出现七次重要的沙岛并岸：公元 7 世纪东布洲并岸，8 世纪瓜州并岸，16 世纪马驮沙并岸，18 世纪海门诸沙并岸，19 世纪末至 20 世纪初启东诸沙并岸，20 世纪 20 年代常阴沙并岸，50～70 年代江心沙、通海沙并岸。伴随着这些重要的沙洲并岸（除常阴沙因人工阻塞夹江而并入南岸外），长江口北岸岸线不断向南延伸，河口不断缩窄，并向东南外海方向延伸。镇扬以下的河道随着河口沙岛相继并岸，江面束狭，河道逐步成形并逐渐向下游推移。马驮沙并岸后，江阴以上河道于 17 世纪逐步成形。50 年代江心沙并岸后，徐六泾以上河道逐步趋向成形。与此同时，随着河口河槽束狭，河道成形，河道逐步向江心洲分汊河道形态转化，河道水深加深。随着河口河槽的不断束狭，河道外延，潮波向上游河道的传播动力逐渐减弱，潮区界则相应不断下移，晋时潮区界在九江，河口区的增水一直可以传播到南京以上，而现在的潮区界则下移至安徽的大通，潮流界则在江阴附近。

经过两千年来的自然演变和人类活动的影响，长江口逐步演变成现在的起点在徐六泾、南北两嘴间宽约 90km 的喇叭形分汊河口。在目前的总体河势格局下，预计各河段的演变呈以下趋势。

1）北支将进一步淤积萎缩：北支逐渐发展为涨潮流占优势的河段，在自然条件下北支总体演变方向仍以淤积萎缩为主，但其过程将历时较长。南北支会潮区在较长时间内稳定在北支上段，北支上段河道将进一步淤积。北支下段近几年发生冲刷，且有上延之势，长江口综合整治规划中提出对北支实施大范围缩窄，南北分汊口也将进一步整治。这些工程完成后，北支将趋于稳定。

2）徐六泾节点的控制作用需加强：徐六泾节点的形成大大增强了对河势的控制作用，但由于徐六泾节点处河宽仅为 5.7km，下游河段左右岸边界均可冲刷，节点控制作用还不够充分，上游河势的变化仍将影响白茆沙南北水道的入流情况，从而影响白茆沙南北水道和下游南北港分流口的稳定。目前正在实施中的南通新通海沙围垦工程和港区工程将进一步缩窄河宽和稳定节点。

3）白茆沙汊道段已出现不利于河势稳定的变化：由于白茆沙头仍在后退、沙头南缘切滩仍在发展、上游节点控制作用还不够充分以及大洪水对沙体的冲刷等因素，白茆沙北水道已呈缓慢衰退趋势，白茆沙仍存在沙体被冲散、切割的可能，南北水道动力轴线仍有可能发生幅度较大的摆动。上述变化不利于南支下段的河势稳定。

4）七丫口将进一步向新的节点发展：白茆沙南北水道汇流区在 20 世纪 90 年代就基本稳定在七丫口附近，已呈节点雏形，但由于北岸边界还未固定以及扁担沙滩面高程还较低，形成较稳定的节点还需要一定的时间。

5）新桥水道仍具有很强的生命力：新桥水道虽然不属大河势格局下的主槽，但由于新桥水道与北港涨潮流方向一致，受北港涨落潮流和扁担沙漫滩水流的作用，今后仍将具有足够的河槽容积，中下段也将维持较好的水深条件。

6）南北港分流口仍将处于不稳定状态：1998 年大水后，中央沙、新浏河沙和新浏河沙包均呈现不断下移的趋势，而且新浏河沙包的南压导致新宝山水道上口槽宽不断缩窄。新宝山北水道不断发展，目前已成为分流南港的主要水道。南沙头通道 2001 年以后也有所发展；北港口门下扁担沙尾发生切滩，形成新的新桥通道。扁担沙中部也切滩形成了新南门通道。新桥通道目前已呈现衰退趋势。因此，分流南北港的多个通道在自然状态下均呈现不稳定的状态，只有通过整治才有可能达到稳定。正在实施中的中央沙围垦、青草沙水库工程和已经完成的新浏河沙固滩工程等将使南北港分汊口河段的不稳定状态得到很大改善。

7）南北港水道在相当长的时段内仍将保持一定的均衡态势：这是由南支的北港、北槽和南槽 3 个入海口的大河势格局支配的。虽然南、北港口门分流处于不稳定的状态，但强大的潮流往复作用的动力因素和泥沙在河口堆积的崇明东滩、横沙浅滩、九段沙和南汇边滩四大地貌形态，决定了南港和北港在较长时期内必然相互存在并保持着一定的均衡态势。

8）南港将长期维持主流偏靠南岸的复式河槽形态，瑞丰沙体中部存在切滩的可能，将威胁到北槽进口圆圆沙航槽的稳定。

9）北港近期将继续向恢复微弯单一河势形态的方向发展，同时青草沙将继续呈现上段向北淤涨、下段冲刷的趋势。在自然条件下，由于南北港分流口及分流通道仍存在周期性变化趋势，北港将继续在单一河槽形态与复式河槽形态之间转化。

10）随着南汇边滩、九段沙的淤涨，南槽河宽将逐渐缩窄，水深将逐渐增加。

11）随着深水航道二期、三期工程的实施，北槽河势将趋向稳定，水深将逐渐增加。

五、咸潮

长江口咸潮上溯是因潮汐活动引起的一种自然现象，一般发生在枯水期 11 月至翌年 4 月，1～3 月含氯度超标的天数较多。长江口的 4 条入海通道构成咸潮上溯的通道，其中北支盐度居 4 条入海通道之首，南支咸潮上溯程度较北支轻。北支咸潮上溯界枯水期一般可达北支上段，丰水期一般可达北支中段；南支咸潮上溯界枯水期一般可达南北港中段，丰水期一般在拦门沙附近。在特定枯水与大潮组合下，北支咸潮上溯可达南北支分流口并倒灌南支；在特大洪水与小潮组合下，南支拦门沙以内可全为淡水占据。南支河段主要受 3 个咸潮上溯源的影响，即外海咸水经南、北港直接上溯和北支向南支倒灌。在 3 个咸潮上溯源的共同作用下，南支河段在石洞口—浏河口一带存在一个高含氯度带（沈焕庭等，2003a）。

长江口咸潮上溯给长江口南支水源地及两岸的工农业生产和人民生活带来严重影响。1979 年初咸潮上溯波及常熟市的望虞河口，徐六泾以下江段遭受咸潮侵袭时间长达 5 个月之久，北港堡镇和南港高桥两站含氯度超标天数分别达 170 天和 146 天。1982～1992 年 10 年间，陈行水库、宝钢水库每年 1～3 月都发生不同程度的氯化物超标现象。近年来随着北支咸潮倒灌南支的加重，南支水源地受咸潮上溯的影响程度呈加重趋势。

长江口的盐度主要与径流量大小和潮流强弱有关，由于各汊道的径流分配不均以及径流、潮流的变幅都较大，故长江口区的盐度存在复杂的时空变化。长江口盐度随时间的变化规律为：①盐度日变化过程与潮位过程线基本相似，在一天中出现二高二低，且具有明显的日不等现象；②长江口在半月中有一次大潮和一次小潮，日平均盐度在半月中也有一次高值和一次低值。潮差对盐度影响的大小与上游来水量多少有关，当大通站月平均流量在 30 000m³/s 以上时，潮差对吴淞口上游河段的影响甚微；③长江径流有明显的季节变化，长江口盐度也有相应的季节变化。位于口门处的引水船站月平均盐度与大通站月平均流量有良好的负相关，一般 2 月盐度最高，7 月盐度最低，6～10 月为低盐期，12 月至翌年 4 月为高盐期；④长江口盐度的年际变化与大通站年平均流量有良好的对应关系，丰水年盐度低，枯水年盐度高。

长江口盐度的空间变化规律为：①长江口盐度一般是由上游向下游递增，过口门后急剧增加。当北支咸潮倒灌南支时，南支和南北港水域在纵向上会出现盐度中间低两头高的马鞍形。②长江口各汊道盐度的高低主要受径流分配的影响。径流分流量大，盐度就低，反之则高。在复式河槽中，同一断面上涨潮槽的盐度比落潮槽高。在同一河槽中，始涨时岸边盐度比中泓高，涨急和涨憩时中泓盐度比岸边高，落急时又是岸边比中泓高。③由于柯氏力的作用，通常河道北岸的盐度比南岸高。盐度垂向分布主要取决于盐水和淡水的混合类型，在盐淡水强混合河段，表底层盐度相差不大，在盐淡水缓混合和弱混合河段，表层盐度小于底层。

长江口淡水源自径流，盐水源自外海。一般情况下，长江口盐度高低取决于径流量大小和潮流强弱，如南北港和南北槽水域，通常径流量小，潮流强，盐度就高；径流量高，潮流弱，盐度就低；盐度峰值一般出现在涨憩前后，即潮水往上游上涨最远之时。

这类盐水入侵方式受外海盐水直接影响，越往河口上游，受外海盐水直接影响越小，越往河口下游，受外海盐水直接影响越大（图 2-4）。

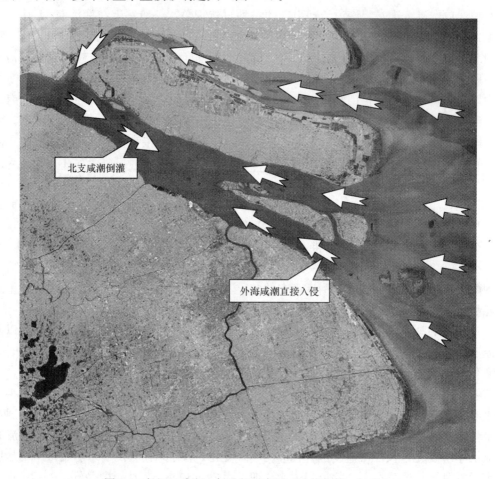

北支咸潮倒灌

外海咸潮直接入侵

图 2-4　长江口咸潮入侵途径示意图（沈焕庭等，2003a）

六、水污染

（一）主要污染物排放通量

近几十年来，长江流域及其河口日益加剧的人类活动和资源开发，使得长江口水域污染严重，长江口徐六泾以下在 20 世纪 80 年代初水质优良，而近年来长江口岸边水质及南港局部河段为地表水Ⅲ类或不足Ⅲ类；河口拦门沙地区附近水质也呈显著的恶化趋势，该区域硝酸盐含量近 20 年增加近 4 倍，几乎每 5 年水质降低一个级别，而且恶化程度和趋势还在增加。

表 2-6 列出 2004 年长江和黄浦江污染物的入海通量（上海市海洋局，2005）。2004 年长江向近海输入的污染物总量约为 790 万 t，其中有机污染物（以化学需氧量计）约 780 万 t，活性磷酸盐和氨氮约 6.4 万 t；2004 年黄浦江向近海输入的污染物总量为

10.9 万 t，其中，有机污染物（以化学需氧量计）为 10.6 万 t，活性磷酸盐和氨氮为 0.2 万 t，石油类和重金属物质通量较低（表 2-6）。

表 2-6　2004 年长江和黄浦江污染物的入海通量（万 t）

河流	化学需氧量	活性磷酸盐	氨氮	重金属	砷	石油类	总计
长江	780.3	4.67	1.77	2.02	0.14	2.49	791.4
黄浦江	10.6	0.08	0.12	0.03	0.002	0.05	10.9

另外，除来自河流的污染物输入以外，上海市三大市政排污口（石洞口、竹园和白龙港）的污/废水排放总量约为 3353 万 m^3/d，其主要污染物为 COD_{Cr}、BOD_5、NH_3-N。其中以竹园污染物排放量最大，约占总量的 50%；白龙港排污口次之，石洞口最少。表 2-7 列出三大市政排污口的污染物排放总量（上海市排水公司提供）。

表 2-7　上海市三大市政排污口污染物排放总量

污染物	石洞口		白龙港		竹园		合计/(t/a)
	排污量/(t/a)	比例/%	排污量/(t/a)	比例/%	排污量/(t/a)	比例/%	
悬浮物	4 865	3.7	24 820	19.1	100 416	77.3	130 101
COD_{Cr}	28 397	9.7	72 760	24.9	191 418	65.4	292 575
BOD_5	10 220	14.0	21 080	28.8	41 840	57.2	73 140
氨氮	2 148	11.7	5 338	29.0	10 931	59.3	18 417
总磷	2 274	62.7	58.1	1.6	1 297	35.7	3 629.1
总氮	199	1.1	6 409	33.8	12 343	65.1	18 951
石油类	306	5.8	2 890	55.2	2 040	39.0	5 236
挥发酚	7.96	19.9	8.5	21.3	23.5	58.8	39.96

国峰等（2007）对上海市 12 个陆源入海排污口污染状况进行了分析，结果表明，有机污染物种类主要包括：多环芳烃、苯系物、苯胺类、挥发酚类、杂环化合物、饱和烃类、芳香烃类、邻苯二甲酸酯类、氯代苯类、硝化烷烃类、酮类、酸类等。经过与标准物质的对比，可以确定的有机污染物为：苯系物（甲苯、乙苯、二甲苯、苯乙烯等），氯代芳烃（氯苯），多环芳烃（16 种）中的萘、苯胺、二氯甲烷和二氯乙酸等。TA98 菌株遗传毒性检测结果表明，部分排污口的水样毒性较大，表现出一定的突变性。

王婉华等（2007）研究了长江口水体有机污染物的分布特征，共检测出有机污染物 200 余种，其中定量检测出的有机物有 53 种，有 36 种属美国环境保护署（EPA）控制的有毒有机化合物，列入中国环境优先控制污染物黑名单的有 16 种。枯水期 N-二甲基亚硝胺含量较高，最高值约为 1.2mg/L。丰水期2,4-二硝基酚、邻苯二甲酸二丁基苯基酯含量较高，最高值分别约为 1.3mg/L 和 1.0mg/L。

（二）水质现状及变化趋势

表 2-8 给出了 2001～2005 年长江口 6 个常规监测断面（徐六泾、浏河、吴淞口、竹园、白龙港和朝阳农场）的水质监测结果。长江口溶解氧和有机污染指标达到地表水环境质量标准（GB3838—2002）Ⅰ～Ⅱ类，沿程从徐六泾至下游白龙港，溶解氧浓度

逐步降低，有机污染指标呈逐步上升趋势。而长江口各断面的主要污染指标为氨氮、总磷、挥发酚、石油类等，沿程从徐六泾至下游白龙港，各项污染指标也基本呈逐步上升趋势，吴淞口受航运影响，石油类浓度相对较高。

表 2-8　2001～2005 年长江口水质监测结果（mg/L）

监测指标	2001 年	2002 年	2003 年	2004 年	2005 年	5 年均值
溶解氧	7.76	7.31	7.80	7.97	8.03	7.77
高锰酸盐指数	2.48	2.59	2.42	2.56	2.78	2.57
化学需氧量	10.5	12.0	10.6	9.12	7.40	9.93
五日生化需氧量	1.40	1.42	1.54	1.33	1.04	1.35
氨氮	0.66	0.57	0.73	0.51	0.46	0.58
总磷	0.12	0.15	0.15	0.16	0.17	0.15
总氮	2.24	2.09	1.98	1.90	1.97	2.04
石油类	0.06	0.07	0.05	0.07	0.06	0.06
挥发酚	0.001	0.001	0.002	0.002	0.003	0.002
汞	0.000 10	0.000 09	0.000 06	0.000 06	0.000 03	0.000 07
铜	0.009	0.009	0.012	0.008	0.004	0.008
镉	0.000 4	0.000 3	0.000 2	0.000 2	0.000 1	0.000 2
六价铬	0.002	0.002	0.002	0.002	0.002	0.002
氰化物	0.002	0.002	0.002	0.002	0.002	0.002

近 5 年长江口溶解氧均值含量为 7.77mg/L，达到Ⅰ类水质标准，总体呈上升趋势；各项有机污染指标均达到Ⅱ类水质标准，总体年际变化不大，高锰酸盐指数基本稳定；化学需氧量 2002 年最高，为 12.0mg/L，以后逐年下降；五日生化需氧量基本持平，2003 年以来略有下降。

近 5 年氨氮指标大多超Ⅱ类水质标准，2005 年有所好转，达到Ⅱ类水质标准；近 5 年总磷全部超Ⅱ类水质标准。从年均值变化情况来看，近 5 年长江口的汞和镉浓度呈持续下降趋势，2005 年二者的浓度分别是 2001 年的 30% 和 25%，2005 年汞已达到Ⅰ类水质标准；氰化物和六价铬保持不变；石油类、挥发酚和铜总体呈平稳或小幅波动状态，与 2004 年相比，2005 年石油类下降 14.3%，铜下降 50%，挥发酚上升 50%。

根据上海市水质综合评价指标分析，与 2004 年相比，2005 年吴淞口和竹园 2 个断面的水质持平，长江口徐六泾、浏河和白龙港 3 个断面的水质均有所好转，朝阳农场断面的水质有所下降，总体水质状况有所好转。近 5 年长江口 6 个断面的 5 年平均水质综合指数为 0.89～1.26，除白龙港外各断面水质均达到Ⅱ类功能区要求，白龙港断面 2001～2004 年水质综合指数大于 1.0，水质受到一定污染，但近年来白龙港断面的水质改善最为明显，水质综合指数呈逐年明显下降趋势，至 2005 年已基本达到Ⅱ类功能区要求。

（本节著者：陈亚瞿　施利燕　全为民）

第二节　长江口水域营养盐长期演变特点

在人类活动的影响下，许多原先寡营养的河口和近海水域在短短的几十年中转变成中等营养或富营养，近海河口富营养化已经成为 21 世纪全球性的近海环境问题 (Paerl，1997；Nixon，1995)。根据前一章的介绍可知，引起近海富营养化的重要原因是陆源营养物质的过度输入导致生态环境发生变化，因此有关河流向近海水域输送营养盐问题受到广泛的关注 (Humborg et al.，2003；Leeks et al.，1997；Aiexander et al.，1996；Hopkins and Kinder，1993；Meybeck，1982)。相关研究表明，人类活动大大增加了河流中营养盐的浓度 (Howart et al.，1996；Galloway et al.，1995；Duce et al.，1991)，导致氮和磷向海岸带的输送量在全球尺度上分别增加了 2.5 倍和 2.0 倍 (Meybeck，1998)。

长江口水域是一个受人类活动影响较大的河口水域。近 40 年来，由于大量营养盐被输送入海 (段水旺等，2000；Shen，1993)，导致该河口水域富营养化日趋严重，赤潮频繁发生，成为我国近海富营养化最为严重的水域，受到国内外的广泛关注 (顾宏堪等，1981；Wong et al.，1998；Edmond ed al.，1985)。本节从长江口水域营养盐长期演变的角度，探讨 40 年来长江口水域营养盐浓度和结构的变化，以期对该河口水域富营养化的形成与发展提供参考。

一、长江口水域营养盐的长期变化

（一）长江口门处营养盐的长期变化

本部分主要讨论长江口门处营养盐的长期变化，相关资料取自 20 世纪 60 年代至 21 世纪初共 34 次长江口及邻近水域调查，包括 1963 年 9 月至 1964 年 4 月 6 次调查 (顾宏堪等，1981)，1985 年 8 月至 1988 年 10 月 14 次调查 (沈志良等，1992；沈志良，1991) 和作者于 1998 年 11 月至 2005 年 11 月 14 次调查，其中磷酸盐和硅酸盐是从 1985 年开始调查的。为了使资料具有可比性，取口门处 ($121°50' \sim 121°58'$ E，$31°07' \sim 31°12'$ N) 盐度接近于 0 的站位进行比较，水样测定采用可比较的方法 (比色法) 进行。

长江口门处表层水中营养盐平均浓度及其摩尔比的长期变化见表 2-9。从表 2-9 可以看出，从 20 世纪 60 年代 (1963～1964 年) 到 80 年代 (1985～1988 年) 和 90 年代至 21 世纪初 (1998～2005 年)，NO_3-N 浓度分别增加了约 1.9 倍和 3.1 倍，DIN 分别增加了约 1.0 倍和 1.6 倍。从 20 世纪 80 年代至 21 世纪初，NO_3-N 和 DIN 浓度分别增加了约 0.4 倍和 0.3 倍，PO_4-P 和 SiO_3-Si 浓度分别增加了约 0.6 倍和 0.5 倍。NO_3-N、PO_4-P 和 SiO_3-Si 的长期变化如图 2-5 至图 2-7 所示。在 20 世纪 60 年代，长江口门处 NO_3-N/PO_4-P 之摩尔比最大为 30～40 (顾宏堪等，1981)；至 20 世纪 80 年代和 21 世纪初，NO_3-N/PO_4-P 值已达到 100.2 和 88.2，分别增加了 2.3～1.5 倍和 1.9～1.2 倍，DIN/PO_4-P 值更高，80 年代达 130 (表 2-9)。由于 20 世纪 80 年代至

21 世纪初 PO_4-P 浓度增加的幅度高于 DIN，所以 21 世纪初 NO_3-N/PO_4-P 值低于 80 年代。21 世纪初与 20 世纪 80 年代比较，SiO_3-Si/PO_4-P 值略有降低，SiO_3-Si/DIN 值略有增加。DIN/PO_4-P 值、SiO_3-Si/PO_4-P 值和 SiO_3-Si/DIN 值的长期变化如图 2-8 至图 2-10 所示。可以看出，营养盐比例已经大大地偏离了 Redfield 值 Si/N/P＝16/16/1（Redfield et al.，1963）。

表 2-9　长江口门表层水中营养盐浓度（μmol/L）及其摩尔比的长期变化

调查时间	PO_4-P	SiO_3-Si	NO_3-N	NO_2-N	NH_4-N	DIN	DIN/PO_4-P	SiO_3-Si/PO_4-P	SiO_3-Si/DIN
1963~1964 年（n=6）			20.5± 5.4	0.25± 0.22	15.7± 9.7	36.3± 10.1			
1985~1988 年（n=14）	0.59± 0.23	90.2± 38.6	59.1± 10.3	0.50± 0.24	11.5± 11.2	73.1± 13.9	130.8± 45.3	170.8± 90.6	1.3± 0.78
1998~2005 年（n=14）	0.96± 0.41	134.6± 27.4	84.7± 20.0	0.53± 0.58	8.4± 16.2	93.6± 30.4	110.4± 44.9	164.7± 72.8	1.6± 0.66

注：n 为调查次数。

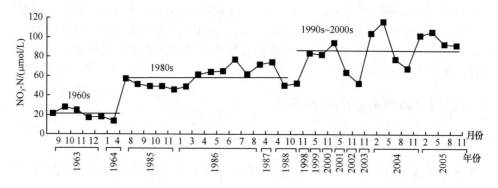

图 2-5　长江口 NO_3-N 浓度的长期变化

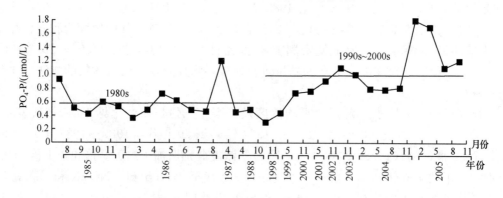

图 2-6　长江口 PO_4-P 浓度的长期变化

（二）长江口水域营养盐的长期变化

　　长江口门处水中营养盐浓度的增加意味着由长江口输出的营养盐的增加。为了进一

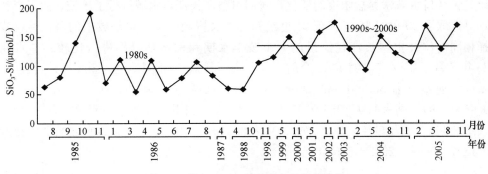

图 2-7　长江口 SiO_3-Si 浓度的长期变化

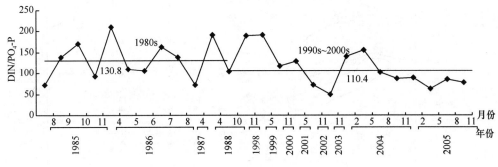

图 2-8　长江口 DIN/PO_4-P 值的长期变化

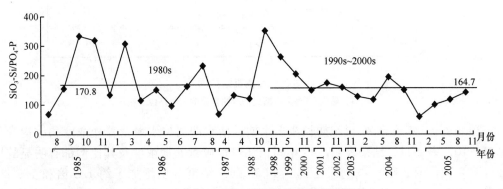

图 2-9　长江口 SiO_3-Si/PO_4-P 值的长期变化

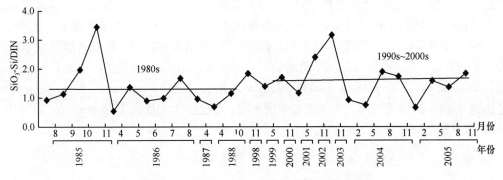

图 2-10　长江口 SiO_3-Si/DIN 值的长期变化

步研究长江口水域营养盐浓度的变化，我们对整个长江口水域进行了比较。由于资料限制，只选取了 20 世纪 80 年代至 21 世纪初的相关资料。为了增加数据的可比性，我们选择相同站位并根据长江径流量的大小按丰水期和枯水期分别进行比较。丰水期从 1985 年 8 月至 2004 年 8 月共 10 个航次的调查，共 25 个相同站位（图 2-11），长江口径流量（大通站）为 30 500～38 200m³/s，调查水域的平均盐度为（17.01±9.1）～（20.95±7.9）。枯水期从 1985 年 11 月至 2005 年 3 月共 9 个航次的调查，24 个相同站位（图 2-11），长江口径流量（大通站）为 9600～19 800m³/s，调查水域的平均盐度为（19.1±7.5）～（29.2±5.6）。

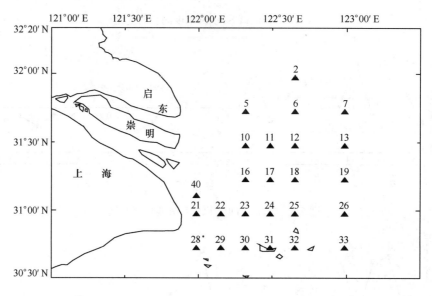

图 2-11　调查站位图

*：站位 28 是丰水期比枯水期多设的一个站位

　　20 世纪 80 年代至 21 世纪初长江丰水期、枯水期河口水域营养盐浓度和结构变化见表 2-10、表 2-11。结果表明，20 年间长江口水域营养盐浓度及其比例都有明显的增加（图 2-12，图 2-13）：丰水期，NO_3-N 和 DIN 浓度分别增加了约 1.8 倍和 1.2 倍，PO_4-P 和 SiO_3-Si 分别增加了约 0.3 倍和 1.7 倍；枯水期，NO_3-N 和 DIN 浓度分别增加了约 2.1 倍和 1.1 倍，PO_4-P 和 SiO_3-Si 分别增加了约 0.3 倍和 1.7 倍。营养盐比例也随着增加，其中丰水期，DIN/PO_4-P 值和 SiO_3-Si/PO_4-P 值分别增加了约 1.0 倍和 1.2 倍，SiO_3-Si/DIN 值略有增加；枯水期，DIN/PO_4-P 值和 SiO_3-Si/PO_4-P 值分别增加了约 0.7 倍和 1.6 倍，SiO_3-Si/DIN 值增加了约 0.5 倍。21 世纪初长江口水域 DIN/PO_4-P 值、SiO_3-Si/PO_4-P 值和 SiO_3-Si/DIN 值，丰水期已达到 69.9、110.7 和 1.7，枯水期已达到 50.3、83.9 和 1.6，丰水期高于枯水期，都已经大大地高于 Redfield 值 Si/N/P＝16/16/1（Redfield et al.，1963）。

表2-10 丰水期长江口水域营养盐浓度（μmol/L）及其摩尔比的长期变化

调查时间 （年·月）	PO_4-P	SiO_3-Si	NO_3-N	NO_2-N	NH_4-N	DIN	DIN/PO_4-P	SiO_3-Si/PO_4-P	SiO_3-Si/DIN
1985.8	0.69±0.18	23.4±14.5	16.4±11.5	0.29±0.10	5.3±2.1	21.9±12.9	31.7	33.9	1.1
1985.9	0.61±0.41	21.1±35.3	13.1±19.3	0.24±0.13	8.7±2.6	21.8±17.9	35.7	34.6	0.97
1985.10	0.36±0.22	37.4±34.0	13.7±10.9	0.29±0.16	5.6±6.1	19.6±15.6	54.4	103.9	1.9
1986.6	0.43±0.14	10.6±7.5	13.2±10.6	0.21±0.10	1.1±1.1	14.5±10.5	33.7	24.7	0.73
1986.8	0.32±0.21	16.0±12.9	8.4±6.4	0.44±0.09	1.2±0.62	10.0±6.8	31.3	50.0	1.6
1988.10	0.44±0.13	24.9±17.3	5.5±5.3	0.30±0.05	3.9±7.7	9.7±11.4	22.0	56.6	2.6
平均	0.48	22.2	11.7	0.30	4.3	16.3	34.8	50.6	1.5
1999.5	0.30±0.23	52.7±22.6	33.7±17.9	0.47±0.23	2.5±4.3	36.6±18.9	122.0	175.7	1.4
2000.11	0.70±0.21	74.5±44.5	32.2±21.8	0.38±0.15	2.6±1.4	35.2±22.2	50.3	106.4	2.1
2001.5	0.59±0.35	41.1±23.2	30.6±24.9	0.56±0.55	5.2±2.3	36.3±25.7	61.5	69.7	1.1
2004.9	0.80±0.44	72.7±45.6	34.0±24.3	0.57±0.48	2.1±0.4	36.7±24.4	45.9	90.9	2.0
平均	0.60	60.3	32.6	0.50	3.1	36.2	69.9	110.7	1.7

表2-11 枯水期长江口水域营养盐浓度（μmol/L）及其摩尔比的长期变化

调查时间 （年·月）	PO_4-P	SiO_3-Si	NO_3-N	NO_2-N	NH_4-N	DIN	DIN/PO_4-P	SiO_3-Si/PO_4-P	SiO_3-Si/DIN
1985.11	0.67±0.21	37.8±32.5	15.9±13.0	0.16±0.04	5.9±2.6	21.9±15.0	32.7	56.4	1.7
1986.1	0.53±0.16	15.5±16.2	6.6±6.2	0.14±0.06	7.6±3.7	14.0±8.0	26.4	29.2	1.1
1986.3	0.56±0.24	18.9±19.6	7.6±5.6	0.24±0.11	9.7±2.3	16.1±4.9	28.8	33.8	1.2
1986.4	0.37±0.05	4.3±2.7	4.7±2.8	0.22±0.17	5.6±6.8	10.5±8.6	28.4	11.6	0.41
平均	0.53	19.1	8.7	0.19	7.2	15.6	29.1	32.8	1.1
1998.11	0.37±0.24	34.3±24.7	21.8±16.7	0.37±0.12	2.4±1.7	24.6±17.8	66.5	92.7	1.4
2003.11	0.59±0.25	88.2±35.5	33.0±19.1	0.33±0.18	2.4±0.71	35.8±19.0	60.7	149.5	2.5
2004.3	0.75±0.14	33.4±17.6	18.7±18.4	0.58±0.28	6.5±6.9	25.8±25.3	34.4	44.5	1.3
2004.11	0.66±0.37	63.4±37.7	27.6±22.1	0.39±0.21	3.2±2.1	31.1±23.4	47.1	96.1	2.0
2005.3	1.0±0.23	36.6±26.5	35.1±26.5	0.60±0.41	7.9±6.7	43.0±31.5	43.0	36.6	0.85
平均	0.67	51.2	27.2	0.45	4.5	32.1	50.3	83.9	1.6

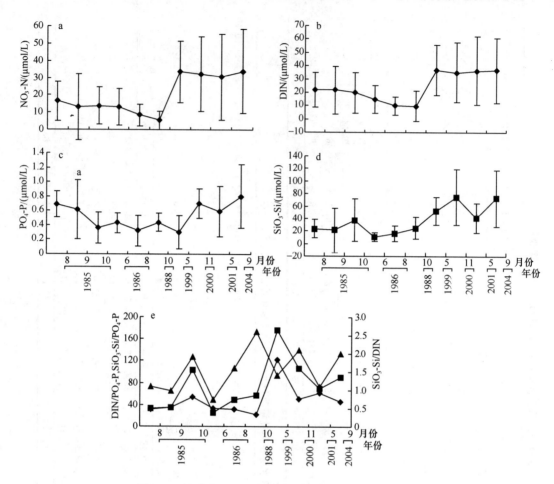

图 2-12　丰水期长江口水域营养盐及其结构的长期变化

a. NO_3-N；b. DIN；c. PO_4-P；d. SiO_3-Si；e. ◆ DIN/PO_4-P，■ SiO_3-Si/PO_4-P，▲ SiO_3-Si/DIN

　　进一步比较 20 世纪 80 年代和 21 世纪初长江口门处与长江口水域营养盐的平均浓度和比例，可以发现各种营养盐在长江口门处浓度明显高于长江口水域。20 世纪 80 年代和 21 世纪初，随着口门处营养盐的增加，长江口水域的营养盐也增加（图 2-14），表明长江口水域的营养盐主要来自长江。长江口门处营养盐平均浓度与长江口水域相比：①NO_3-N 浓度，20 世纪 80 年代前者在长江丰水期约为后者的 5.1 倍、枯水期约为后者的 6.8 倍，21 世纪初分别是约 2.6 倍和约 3.1 倍；②SiO_3-Si 浓度，20 世纪 80 年代前者在长江丰水期约为后者的 4.1 倍、枯水期约为后者的 4.7 倍，21 世纪初分别是约 2.2 倍和约 2.6 倍；③PO_4-P 浓度二者的差异较小，20 世纪 80 年代前者在长江丰水期约为后者的 1.2 倍、枯水期约为后者的 1.1 倍，21 世纪初分别是约 1.6 倍和约 1.4 倍，PO_4-P 浓度在长江口门处和长江口水域较小的差异显然与其在河口的缓冲机制有关（沈志良等，1992；Shen et al.，2008；Fang，2000；Chambers et al.，1995；Conly et al.，1995；Lebo，1991；Froelich，1988；Fox et al.，1986）。营养盐之间的摩尔比也有类似变化：DIN/PO_4-P 值，20 世纪 80 年代前者分别是长江丰、枯期后者的约 3.8 倍和约

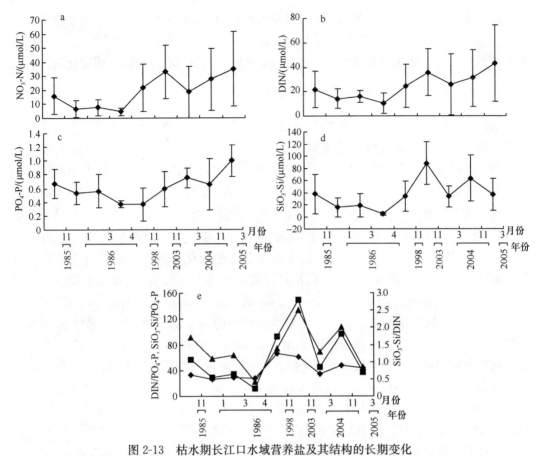

图 2-13　枯水期长江口水域营养盐及其结构的长期变化

a. NO_3-N；b. DIN；c. PO_4-P；d. SiO_3-Si；e. ◆ DIN/PO_4-P，■ SiO_3-Si/PO_4-P，▲ SiO_3-Si/DIN

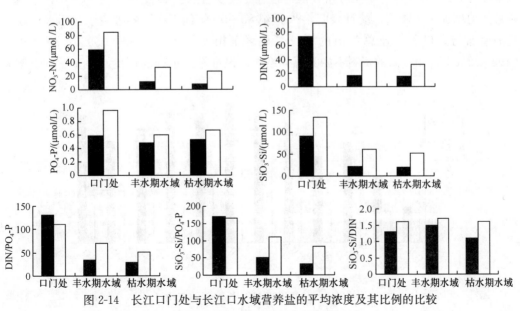

图 2-14　长江口门处与长江口水域营养盐的平均浓度及其比例的比较

■ 20 世纪 80 年代；□ 21 世纪初

4.5 倍，21 世纪初前者分别是长江丰、枯期后者的约 1.6 倍和约 2.2 倍；SiO_3-Si/PO_4-P 值，20 世纪 80 年代前者分别是长江丰、枯期后者的约 3.4 倍和约 5.2 倍，21 世纪初前者分别是长江丰、枯期后者的约 1.5 倍和约 2.0 倍；只有 SiO_3-Si/DIN 值变化不大。

二、长江营养盐的长期变化及其原因分析

长江口水域营养盐的增加主要源于长江。最近几十年以来，长江干流营养盐浓度有了很大的增加，其中以氮营养盐增加为主要特点。图 2-15 是 1980～1982 年长江干流 NO_3-N 平均浓度（总计每年 692 个水样的测定）的变化（1980～1982 年大通站年平均径流分别为 31 483m^3/s、27 942m^3/s、30 692m^3/s）与 1997～1998 年丰、枯水期调查平均值（沈志良等，2003）的比较（大通站年平均径流为 39 325m^3/s）。计算表明 20 世纪 90 年代后期长江干流 NO_3-N 平均浓度比 80 年代初期增加了约 0.7 倍（从 31.1μmol/L 增加到 53.4μmol/L）。长江主要支流的变化也如此，岷江、嘉陵江、乌江、洞庭湖、汉水和鄱阳湖 NO_3-N 的平均浓度，90 年代后期比 80 年代初期（总计每年 278 个水样的测定）增加了约 0.6 倍（从 36.1μmol/L 增加到 57.8μmol/L）。从图 2-15 可以看出，从长江上游至河口，氮营养盐增加的幅度越来越大，在攀枝花 NO_3-N 浓度仅增加 2.7μmol/L，至河口增加了 40.3μmol/L。大通站和河口 90 年代后期比 80 年代初期分别增加了约 1.9 倍和约 1.7 倍，这与流域内人类活动影响的程度相吻合。长江攀枝花以上流域人烟稀少，人口密度仅为每平方千米 1 人至几十人；攀枝花以下流域，人口密度从每平方千米几十人逐渐增加到 200 人；至中、下游稳定在 200～300 人/km^2。人类活动影响明显，如工农业生产、畜牧业和市政污水排放等。根据文献对大通水文站月平均资料的统计，60 年代以来无机氮浓度有较大的增加（刘新成等，2002；段水旺等，2000）。这与中国经济发展的进程是相吻合的，如从 1962～1997 年，中国工业总产值增加了 124 倍。统计表明，20 世纪 80～90 年代，中国各种废水、污水排放总量的增加与人口和工业总产值的增长呈显著正相关（$r^2 = 0.783$，0.936；$p < 0.01$）（Shen，2003）。由于磷的资料不如氮那样系统，很难作出正确的评价，1967～1984 年大

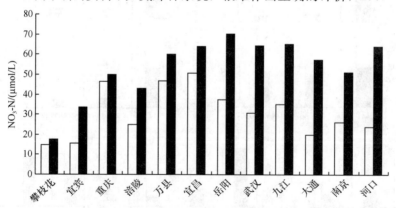

图 2-15 长江干流 NO_3-N 浓度的变化

■1997～1998 年；□1980～1982 年；1980～1982 年资料由长江水资源保护局提供

通站PO$_4$-P展现出增加趋势（刘新成等，2002；段水旺等，2000），其平均浓度为 0.22μmol/L（Liu et al.，2003）。根据全球环境监测系统（GEMS）的观察资料加权平均计算，长江干流武汉站，1985～1989年总磷（TP）浓度5.2μmol/L（段水旺和章申，1999）。1997～1998年调查枯、丰期大通站和武汉站磷平均浓度分别为0.35μmol/L（PO$_4$-P）和4.1μmol/L（TP）。表2-12列出中国和世界一些河流中氮、磷和SiO$_3$-Si的浓度，可以看出，长江和中国一些河流中氮的浓度已经大大高于不发达地区的河流，接近欧美发达地区的河流。

表 2-12 中国和世界一些河流中营养盐浓度（μmol/L）

河流	时间	NO$_3$-N	NO$_2$-N	NH$_4$-N	DIN	PO$_4$-P	TP	SiO$_3$-Si	参考文献
长江（大通）	1997.12和 1998.8.10	57.5	1.3	9.7	68.5	0.35	3.2	163.8	本研究
黄河（利津）	2002.5～ 2003.2	101.4	2.7	46.0	150.1	0.38		104.0	本研究
珠江（Gaonu）	1985～1989	47.0	0.64	1.2	48.8	0.12	2.2	150*	段水旺和章申，1999；* 陈绍勇等，1990
密西西比河（Venice etc.）	1981～1987	114					7.7	108	Turner and Rabalais, 1991
莱茵河（Lobith）	1975～1984	273.6		59.3		11.5		92.5	van der Weijden and Middelburg, 1989
塞纳河（Poses）	1990～1992	314.3		172.1		21.9		105.0	Cossa et al.，1994
亚马孙河（河口）		16		0.4		0.7		144	Demaster and Pope, 1996
扎伊尔河（Malela-Boma）	1976.11和 1978.5	6.5	0.2	0.4	7.1	0.8		165	Bennekom et al.，1978

相关研究表明，长江氮主要来自降水、农业非点源化肥、土壤氮流失、点源工业废水和生活污水排放等，其中来自降水的总氮（TN）和溶解无机氮（DIN）分别占长江口氮输出通量的56.2%和62.3%（Shen et al.，2003）。近半个世纪以来，长江流域降水中氮含量已大量增加。在长江武汉东湖地区，降水中的DIN含量，1962～1963年为31.9μmol/L（刘衢霞等，1983）；1979～1981年为41.8μmol/L（张水元等，1984）；1997～1998年为64.8μmol/L（唐汇娟，私人通讯），即从20世纪60～90年代东湖地区降水中无机氮含量增加了1倍多。长江流域降水中氮的含量也已经大大超过了世界平均值，接近于发达国家受污染的地区（Meybeck，1982）。根据1998年长江丰水期笔者对长江流域7个地区的调查结果，降水中DIN和TN平均浓度分别为90.7μmol/L和115.7μmol/L。农业对全球人类活动所造成的大气环境污染的影响很大，据Krapfenbauer和Wriessning（1995）的研究，大气中大约有85%的NH$_3$、81%的N$_2$O和35%的NO+NO$_2$来自于农业活动。中国是一个农业大国，农业活动是主要的经济活动之一，1968～1997年长江流域氮肥使用量增加了近15倍，其中70年代后期以后增加最为明显（段水旺等，2000），相关研究表明河水中氮浓度与氮肥使用量呈明显的正相关

关系（陈静生等，1998；Berankova and Ungerman，1996；Smith et al.，1987）。化肥氮损失包括气态损失和农田化肥氮流失，以气态损失为主，主要包括反硝化和 NH_3 挥发，大气中的氮通过降水等过程输入到地面。据估计，1998 年长江流域大约有高达 344.2 万 t 化肥氮进入大气，相当于长江年输出无机氮的 2 倍，这是长江干流氮增加的主要原因（Shen，2003）。

三、营养盐的长期变化对长江口水域富营养化的影响

长江干流氮的增加导致长江口水域氮营养盐浓度不断上升、营养盐比例失调，生态环境发生了很大变化。20 世纪 60 年代初期，长江口门处 NO_3-N/PO_4-P 之摩尔比最大为 30～40（顾宏堪等，1981）；至 20 世纪 80 年代和 21 世纪初，NO_3-N/PO_4-P 值已达到 100.2 和 88.2；21 世纪初长江口门处 DIN/PO_4-P 值、SiO_3-Si/PO_4-P 值、SiO_3-Si/DIN 值分别高达 110.4、164.7 和 1.6。营养盐比例的失调引起浮游植物数量、优势种和群落结构发生改变。图 2-16 是长江口水域（$122°00'\sim123°30'$E，$30°45'\sim32°00'$N）网采浮游植物细胞密度的长期变化，浮游植物资料分别来源于 1958～1959 年全国海洋普查资料汇编（国家海洋综合调查办公室，1961）、1985～1986 年中国科学院海洋研究所长江口调查（郭玉洁和杨则禹，1992）和 2004～2005 年本书作者在该水域的现场调查。浮游植物平均密度，在 1958～1959 年为 4.7 万个细胞/L，1985～1986 年为 2.6 万个细胞/L，2004～2005 年则达到 9.9 万个细胞/L（江涛，2009）。可以看出，20 世纪 50 年代至 21 世纪初，特别是 20 世纪 80 年代以后浮游植物细胞密度明显增加。考虑到不同季节的差异，我们进一步对以上各个时间段相同季节进行比较（1958～1959 年 2 月、5 月、8 月、11 月，1985～1986 年 1 月、5 月、8 月、11 月，2004～2005 年 2 月、5 月、9 月、11 月）。结果表明，以上时间段各个季节（除 1986 年 5 月外）的浮游植物细胞密度从 20 世纪 50 年代至 21 世纪初也均呈现增加趋势，其中 21 世纪初增加特别明显（图 2-16a）。如 2005 年 5 月，平均藻密度达到 1.9×10^5 个细胞/L，约是前 2 个时间段春季藻密度的 3 个数量级。盐度大于 30 的水域浮游植物细胞密度也有类似的变化（图 2-16b），尽管 20 世纪 80 年代略低于 50 年代，然而 80 年代之后，浮游植物细胞密度呈现大幅度增加趋势。从 20 世纪 50 年代至 21 世纪初，浮游植物平均细胞密度从 7.1×10^2 个细胞/L 增加到 7.1 万个细胞/L，增加了 2 个数量级。浮游植物细胞密度年内最大值一般出现在气温较高的季节（图 2-16c），比较以上 3 个时间段，除了 7 月外，1986 年 6 月、8 月和 10 月浮游植物细胞密度都高于 1959 年同期，浮游植物细胞密度最大值出现在 2005 年 9 月（2.2×10^6 个细胞/L），是 1959 年同期的 2 倍，21 世纪初 2 月、5 月、11 月浮游植物细胞密度也都显著高于 20 世纪 50 年代和 80 年代同期。

已有研究表明，营养盐浓度和比例的改变可引起浮游植物群落结构的变化，并伴随有害藻华的出现和持续（Paerl，1997；Conley and Malone，1992）。长江口水域营养盐的长期变化，不仅导致浮游植物数量的增加，而且引起浮游植物群落结构也发生明显变化，硅藻数量占全部藻类的比例从 20 世纪 80 年代的 85% 下降到 2002 年的 64%（Zhou et al.，2008）。长江口水域富营养化症状越来越明显，有害藻华发生越来越频繁，成为中国有害藻华发生频率最高的海区。据《中国海洋年鉴》报道，东海发生有害藻华，70

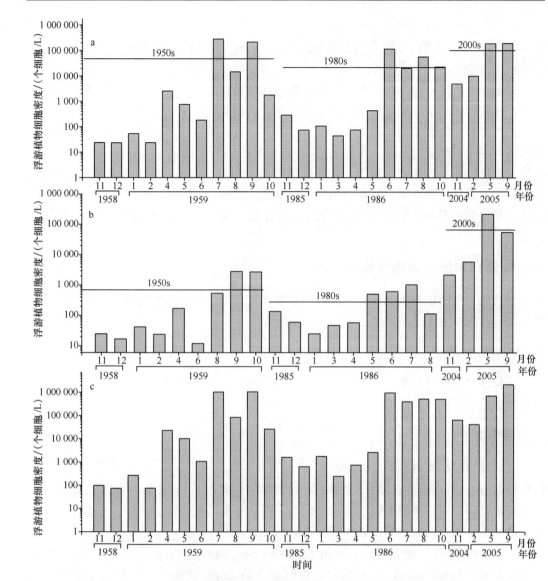

图 2-16　长江口海域浮游植物细胞密度的长期变化（江涛，2009）

a. 整个研究区域平均藻密度；b. 盐度大于 30 海域平均藻密度；c. 整个研究区域最大藻密度

年代仅 2 次，80 年代 27 次。1993～1997 年东海发生有害藻华达 132 次（孙冷和黄朝迎，1999）。有害藻华规模也越来越大，近年来该海区连续发生面积为数千平方千米的原甲藻藻华（王金辉和黄秀清，2003），这与长江口水域营养盐的增加和多年变化密切相关。举世瞩目的三峡工程已经于 1994 年开工，沈志良等（1992）认为该工程完成后，将有 60％～70％的悬浮物质淤积在水库内，下泄悬浮物质大量减少，长江口水域海水透明度将得到改善，浮游植物高密度区将会向河口进一步移动，浮游植物的数量和结构也将会根据河口区营养盐的特点发生进一步的改变。

（本节著者：沈志良）

第三节　长江口水域生态系统结构特点和演变

如第一章所述，近海富营养化的危害表现在很多方面，其主要是破坏了水域的生态平衡，导致自然的生态系统发生结构上的改变、功能上的退化，引起有害藻华频发、缺氧区扩大等异常生态灾害，造成沿海经济的损失，对人类健康产生危害。长江口水域是我国富营养化最严重的水域，同时又是陆-海相互作用的交错带，具有许多独特的理化特征、生物特征和高生产力功能，口外是我国最大的舟山渔场，其生态环境最为敏感、脆弱，生物多样性和资源对富营养化的响应也最为剧烈。本节从长江口水域生态系统结构特点和演变的角度，进一步分析近海富营养化过程对长江口水域生态环境产生的影响。

一、长江口水域生物组成特点

与其他类型的生态系统相似，河口生态系统具有错综复杂的生物组成。下面简要介绍长江口水域水生生态系统的主要生物组成特点。

（一）初级生产者

在长江口水域，初级生产者主要包括浮游植物、盐沼维管植物和底栖微藻，大型藻类比较少见。

1. 浮游植物

（1）浮游植物生态类群及其分布

根据分布特征和生态性质（主要是对盐度的适应状况），长江口水域的浮游植物可分为淡水类群、河口半咸水类群、近岸低盐类群、外海高盐类群、海洋广布类群 5 个生态类群（王金辉，2002；郭玉洁和杨则禹，1982）。

1）淡水类群：绿藻门的单角盘星藻（*Pediastrum simplex*）和四尾栅藻（*Scenedesmus quadricauda*）、硅藻门的脆杆藻（*Fragilaria* spp.）等是淡水类群的代表，它们分布于长江河道中，随径流进入长江口海区，主要出现在 5～12 月的河口东南水域，向东一般可分布到 122°30′ E，其分布范围指示着长江冲淡水的流向和扩散范围，并随长江径流量的季节变化呈现不同的分布。

2）河口半咸水类群：以硅藻门的中肋骨条藻（*Skeletonema costatum*）、颗粒直链藻（*Melosira granulata*）、螺形菱形藻（*Nitzschia sigma*）和甲藻门的锥状施克里普藻（*Scrippsiella trochoidea*）为主，它们常密集于河口半咸水或近岸低盐水域。中肋骨条藻在长江口出现最多，其丰度高值区主要分布在夏季河口盐度为 14～23、温度为 25℃左右的水域，分布范围与长江冲淡水舌一致。

3）近岸低盐类群：温带近岸性类群主要有硅藻门的窄隙角毛藻（*Chaetoceros affinis*）、伏氏海线藻（*Thalassionema frauenfeldii*）、浮动弯角藻（*Eucampia zodiacus*）和甲藻门的三角角藻（*Ceratium tripos*）、梭角藻（*Ceratium fusus*）等。窄隙角

毛藻主要密集在 123°E 附近盐度 18～30 的水域，其出现频率和丰度在丰水期比枯水期高，夏季水温适合该种的繁殖，主要制约因子为盐度，低盐和高盐都不适合该种的大量繁殖。热带近岸性类群主要有硅藻门的三舌辐裥藻（*Actinoptychus trilingulatus*）、平滑角毛藻（*Chaetoceros laevis*）、洛氏角毛藻（*Chaetoceros lorenzianus*）、距端假管藻（*Pseudosolenia calcar-avis*）、异角盒形藻（*Biddulphia heteroceros*）、锤状中鼓藻（*Bellerochea malleus*）和甲藻门的灰甲原多甲藻（*Protoperidinium pellucidum*）；冷水近岸性类群主要有诺氏海链藻（*Thalassiosira nordenskiöldii*）、范氏圆箱藻（*Pyxidicula weyprechtii*）。

4）外海高盐类群：温带外海高盐类群主要有偏心圆筛藻（*Coscinodiscus excentricus*）、中华齿状藻（*Odontella sinensis*）、北方角毛藻（*Chaetoceros borealis*）、并基角毛藻（*Chaetoceros decipiens*）、笔尖形根管藻（*Rhizosolenia styliformis*）和翼鼻状藻印度变型（*Proboscia alata* f. *indica*），它们较均匀地分布于盐度大于 30 的外海水域，一般在春末、初夏和秋季数量较多；热带外海性类群有哈氏半盘藻（*Hemidiscus hardmannianus*）、粗根管藻（*Rhizosolenia robusta*）、膜质半管藻（*Hemiaulus membranacus*）、太阳漂流藻（*Planktoniella sol*）、短角藻（*Ceratium breve*）等。

5）海洋广布类群：代表种为克氏星脐藻（*Asteromphalus cleveanus*）、布氏双尾藻（*Ditylum brightwellii*）、辐射圆筛藻（*Coscinodiscus radiatus*），其分布格局与温带近岸物种相近，但其对温度、盐度的适应范围较一般近岸物种更宽，分布范围也更广。

（2）浮游植物群落划分

郭玉洁和杨则禹（1982）研究发现，长江口水域的浮游植物群集可以初步划分为 4 个群落：江口群落、东海西部群落（浙江外海）、东海东南部群落和东海中部群落（图 2-17）。

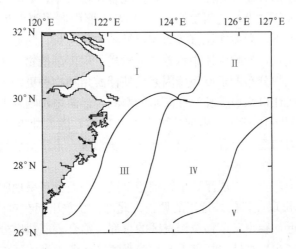

图 2-17 长江口浮游植物群落划分（郭玉洁和杨则禹，1982. Ⅰ，江口群落；Ⅱ，东海中部群落北区；Ⅲ，东海西部群落；Ⅳ，东海中部群落南区；Ⅴ，东海东南部群落）

1）江口群落：分布在 60m 以浅的长江口水域，夏季由于长江冲淡水向东扩展，可分布到 125°E 左右。此群落基本以偏高温、低盐的暖温带近岸性物种为主，受台湾暖流影响也有部分高温、次高盐的热带近岸性物种出现，此外还有黄海中部冷水物种和极少量的半咸水物种。

2）东海西部群落（浙江外海）：分布在杭州湾口以南沿岸水深 60～80m 的水域（123°E 附近水域），与台湾暖流影响区一致，此水域温度、盐度仅次于黑潮影响区。

3）东海东南部群落：分布在水深超过 150m 的黑潮影响水域，浮游植物群落以热带大洋性物种为主。

4）东海中部群落：分布在江口群落、东海西部群落与东海东南部群落之间，是一个混合群落，以 30°N 为界可分为北区和南区，北区受黄海中部冷水影响，浮游植物的物种数量和细胞丰度都很低，南区受台湾暖流影响，浮游植物物种数量较北区略高。

王金辉（2002）研究表明，长江口水域根据盐度可划分为长江河口水、长江冲淡水和外海高盐水 3 个水团，存在 3 个生态系统，并对应 3 个浮游植物群落（河口群落、近岸低盐群落、外海高盐群落）。河口群落位于 122°E 以西的长江口水域，主要由长江淡水或咸淡水控制，水体浊度大，悬沙和营养盐含量都很高，大部分水体为磷潜在性限制；近岸低盐群落位于 122°～123°E，温、盐的水平和垂向梯度较大，水体浑浊，氮、磷含量略低于长江口门附近水域；外海高盐群落位于 123°E 以东，水体透明度高，悬沙和营养盐含量很低，水体寡营养。

（3）影响浮游植物分布的主要环境因素

影响浮游植物分布的主要环境因素包括非生物因子（光照、温度、盐度、海流、溶解气体和悬浮物质）和生物因子（主要是生物之间的营养关系）。光照对浮游植物的影响主要表现在光合作用方面，光照不足会降低光合作用效率，如长江口水域 122°E 以西区域，由于处于最大浑浊带，透明度低于 0.3m，光照限制了浮游植物的生长，生物量很低。在光饱和条件下，温度才能直接影响浮游植物的生长；除此之外，温度还能够通过水体中跃层结构变化，影响水体中营养盐的输送，对浮游植物产生间接影响。盐度是近岸海域影响浮游植物分布的重要环境因素，使浮游植物物种更加多样，生物量变化也更加明显。例如，长江口水域受长江冲淡水的影响，浮游植物物种根据盐度变化形成不同的分布格局。如图 2-18 所示，由河口的上游至下游，随着盐度的增加，浮游植物的生物量和初级生产力均逐步上升，在河口锋区其生物量、丰度及初级生产力达到最大值（宁修仁等，2004）。

根据笔者的现场调查，表层浮游植物细胞丰度的平面分布呈现明显的季节模式（图 2-19），高值区夏季出现在口门外近岸的调查区北部，秋季出现在口门外的调查区南部，冬季集中到口门附近，春季又东移至调查区的东部。结合表层盐度分布可以发现，高值区均出现在低盐（<30）水域，特别是等盐线密集区；冬季高值区位于最大浑浊带，说明此区域的高浑浊度并未显著限制中肋骨条藻的生长。

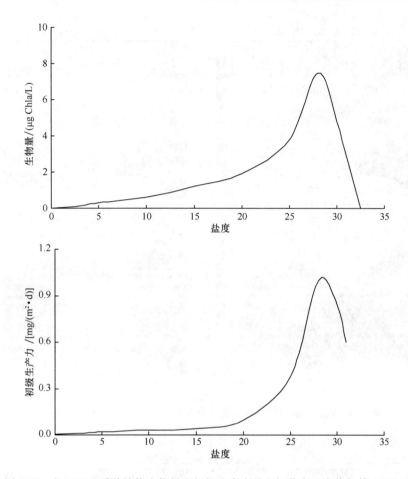

图 2-18　长江口区浮游植物生物量和初级生产力的空间分布（宁修仁等，2004）

　　浮游植物主要类群硅藻、甲藻、绿藻因生态适应性不同，其分布也存在空间差异（图 2-20）。秋、冬季，硅藻细胞丰度高值出现在 122.5°E 以西，而甲藻的高值区位于 122.5°E 以东，这表明近岸水域特别是最大浑浊带的高浑浊度和高扰动主要限制甲藻而非硅藻的生长，硅藻能够利用该区域丰富的营养盐。绿藻仅分布于冲淡水舌内，这主要是由盐度决定的。

　　中肋骨条藻均在盐度 5～30 的冲淡水区占据优势，其优势分布区与冲淡水舌基本吻合（图 2-21）；冲淡水断面的盐度剖面与其优势分布也显示，该藻仅在低盐的浅层水体形成优势。中肋骨条藻适应低盐、高浑浊度、高营养盐、扰动剧烈的环境，其群体生活的方式能够有效抵御下沉，因此在包括最大浑浊带在内的冲淡水区形成优势。因此，中肋骨条藻是长江口水域最重要的浮游植物物种，对长江冲淡水环境的适应使其能很好地指示冲淡水的扩展。

2. 盐沼维管植物

　　盐沼湿地是具有最高初级生产力的生态系统之一，稠密生长的维管植物是其主要的

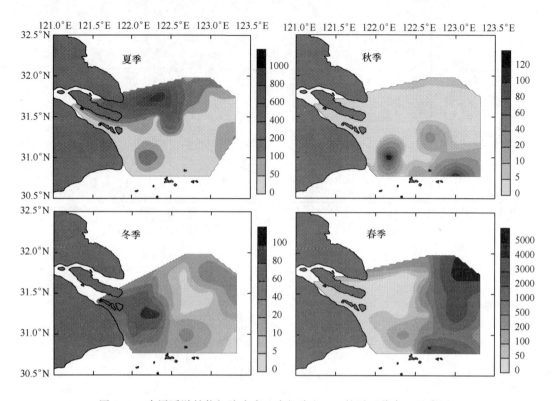

图 2-19　表层浮游植物细胞丰度（个细胞/mL）的平面分布（见彩图）

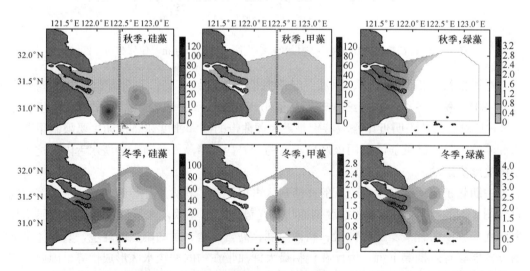

图 2-20　秋、冬季硅藻、甲藻和绿藻细胞丰度（个细胞/mL）的平面分布（见彩图）

特征。盐沼植物是指生长于软相湿地中的半水生性高等植物，大多数为单子叶植物，世界范围的盐沼优势植物有大米草属（*Spartina* spp.）、盐草属（*Disticlis* spp.）、盐角草属（*Salicornia* spp.）和灯心草属（*Juncus* spp.）。盐沼植物是滩涂湿地的重要组成

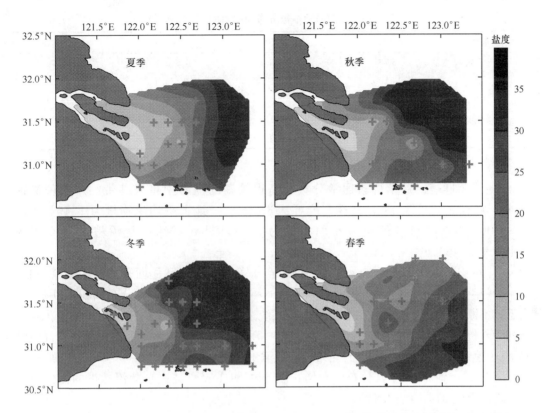

图 2-21　表层盐度分布及中肋骨条藻优势分布区（✲代表中肋骨条藻占优势的站位）（见彩图）

成分，其动态变化直接影响着滨海生态系统的结构和功能。如盐沼植物是潮滩水动力的障碍物，有缓流消浪的作用；另外，盐沼植物对营养盐及重金属具有富集、转化等一系列作用；同时，凋亡的盐沼植物经腐烂分解后经潮水输移至邻近的水体中，成为河口和滨海水生动物的重要食物来源，对于滨海次级生产的维持具有重要功能（钦佩等，2004；陆健健，2002；Quan et al.，2007）。

在长江口区，芦苇（*Phragmites australis*）、互花米草（*Spartina alterniflora*）和海三棱藨草（*Scirpus mariqueter*）是 3 种最常见的盐沼维管植物。由于潮间带特殊的环境条件，这些盐沼植物在潮滩湿地呈有规律的带状分布（zonation），每个物种形成稠密单优势群落（monoculture）（黄华梅等，2005；陈家宽，2003）。长江口区常见的盐沼植物群落有如下。

1）海三棱藨草群落。海三棱藨草是我国特有种，仅分布于长江口及杭州湾沿江或沿海滩涂上，通常随着高程的增加，群落密度逐渐增大，密度最大时超过 4000 株/m²，植株高度达 40～60cm，盖度达 70%～90%，地上平均生物量为 140g DW/m²。据 2008 年监测，长江口区海三棱藨草分布面积约为 4234.70hm²，约占盐沼植被总面积的 23%（表 2-13）。

表 2-13　上海滩涂植被分布面积时间变化（hm²）

植被群落	1990 年	2000 年	2003 年	2008 年
海三棱藨草	3 781.51	4 833.85	7 602.24	4 234.70
芦苇	14 100.44	7 085.58	10 075.43	5 617.51
互花米草	0	1 902.77	4 275.78	5 697.94
其他	0	0	0	2 764.69
合计	17 881.95	13 822.20	21 953.45	18 314.84

资料来源：黄华梅，2009。

2）芦苇群落。芦苇群落通常分布于高程较高的潮滩中带或外带。芦苇种群密度通常为 80～150 株/m²，植株高度可达 3m 左右，地上平均生物量为 1740g DW/m²；2003 年长江口区芦苇分布面积约为 5617.51hm²，约占盐沼植被总面积的 31%（表 2-13）。

3）互花米草群落。互花米草是一种原产于美国东海岸和墨西哥湾的禾本科植物。自 1979 年引入中国以后，在我国广大的沿海滩涂上迅速引种，其分布面积不断扩大。由于其不断排挤土著植物，并对土著生态系统造成一系列负面影响，2003 年互花米草被列为入侵我国最严重外来生物之一。自从 20 世纪 90 年代以来，互花米草在长江口潮滩上迅速扩张，不断排挤土著植物芦苇和海三棱藨草，2000 年分布面积约 1902.77hm²，到 2008 年其分布面积增长至 5697.94hm²；其占总盐沼植被的比例由约 14% 增加至约 31%（表 2-13）。

3. 底栖微藻

底栖微藻（microphytobenthos）是生活在水—底界面上能进行光合作用的微型藻类，是近海主要的初级生产者，近海水域底栖微藻的生物量甚至超过上层水中浮游植物的生物量（MacIntyre and Cullen，1996），每年全球近海（水深<200m）底栖微藻有机碳的产量约为 0.5Gt（Cahoon，1999），在近海生态系统中具有十分重要的作用。自从 20 世纪 60 年代国外学者就开始研究底栖微藻的生物量、初级生产力、群落结构和食物价值等（Sullivan and Currin，2002）。至今为止，我国在这方面的报道不多，宁修仁等（1999）曾测定了象山港潮滩底栖微藻的生物量和初级生产力，闵华明和马家海（2007）分析了上海滩涂湿地冬季底栖硅藻的种类组成等。

在长江河口的泥质光滩及潮沟岸坡上生长有大量的底栖微藻，镜检结果表明主要优势种为舟形藻（图 2-22）。商栩等（2009）研究发现，长江口潮滩湿地的底栖微藻生物量随深度增加而迅速减少，在滩面上其生物量呈现为：光滩＞藨草区＞米草区≈芦苇区的水平分布特征；并且单位面积上底栖微藻的生物量远高于上覆水中浮游植物的生物量，其单位面积生产力也显著高于后者，表明底栖微藻在源自单胞藻的湿地有机产出中占有主导地位。但底栖微藻总生物量远低于地表维管植物，其生物量仅占潮滩初级生产者总生物量的 0.41%，所产出的有机质却达到潮滩总初级生产力的 16.3%，意味着这种高营养、易摄取的有机产出有能力成为维持该湿地生态系统的重要食物来源之一。

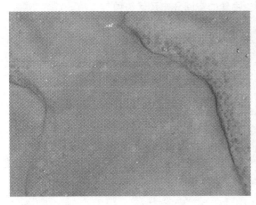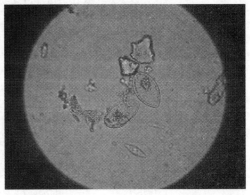

图 2-22　潮滩上生长的底栖微藻（左图）和鲛的胃含物镜检图（右图）（全为民摄于 2005 年）（见彩图）

据闵华明和马家海（2007）的研究发现，长江口区底栖微藻群落组成主要以硅藻为主，共记录到底栖硅藻 9 科 27 属 64 种和 22 个变种，底栖硅藻细胞丰度变化为 $6.25 \times 10^6 \sim 1.625 \times 10^7$ 个细胞/m^2，平均为 1.043×10^7 个细胞/m^2。长江口芦苇、互花米草和海三棱藨草盐沼内底栖微藻生物量分别为 22.49mg Chla/m^2、25.83mg Chla/m^2 和 25.25mg Chla/m^2，冬季底栖微藻生物量高于夏季（全为民等未发表的数据）。另外，胃含物的分析结果也发现许多鱼类（如鲻、鲛和大弹涂鱼等）和大型底栖动物（如泥螺等）主要取食潮滩及潮沟内的底栖微藻（Quan et al., 2007）。

（二）消费者

1. 浮游动物

长江口水域浮游动物的分布具有较大的空间异质性。许多研究结果表明，浮游动物的物种丰度、生物量和数量均与盐度呈正相关关系，随着盐度的上升而增加（纪焕红和叶属峰，2006；徐兆礼，2005；陈亚瞿等，1995a，1995b）。浮游动物的最大生物量（约 400mg/m^3）通常出现在河口峰区；而长江口南支沿岸水域浮游动物生物量通常最低（约 100mg/m^3），北支水域的浮游动物通常高于南支水域（徐兆礼，2005）。

从浮游动物的群落结构来看，甲壳动物桡足类是优势类群，约占浮游动物总丰度的 50％以上。根据对盐度的适应能力，长江口水域浮游动物可以划分为 3 种生态类群：①淡水性种类，主要分布于长江口南支水域，主要优势种为中华华哲水蚤（*Sinocalanus sinensis*）、广布中剑水蚤（*Mesocyclops leuckarti*）和近邻剑水蚤（*Cyclops vicinus*）等；②河口和近岸低盐性种类，主要分布于长江口北支及河口最大浑浊带区，主要代表性种类有火腿许水蚤（*Schmackeria poplesia*）和虫肢歪水蚤（*Tortanus vermiculus*）等；③外海高盐性种类，主要分布于河口锋区，代表性种类有中华哲水蚤（*Calanus sinicus*）等，具体情况见表 2-14。

表 2-14　长江口区浮游动物生物量的空间分布及优势种

区域	时间 （年．月）	生物量 /(mg/m³)	优势种	文献
南支	2004.9	50.60	中华华哲水蚤，广布中剑水蚤 和近邻剑水蚤	本研究
	2005.11	68.61		
	2006.3	88.94		
北支	2003.7	234	火腿许水蚤，虫肢歪水蚤	徐兆礼，2005
	2004.2	188		
最大浑浊带区	1988.8	98.9	真刺唇角水蚤，火腿许水蚤， 虫肢歪水蚤	陈亚瞿等，1995a
	1988.12	118.2		
河口锋区	1988.12	438	中华哲水蚤，真刺唇角水蚤	陈亚瞿等，1995a,1995b
	1989.8	350		

2. 潮间带大型底栖动物

　　在长江口区，共记录到 120 多种潮间带大型底栖动物（全为民等，2008）。其中，甲壳动物、软体动物和环节动物分别占总物种数的 50%、20% 和 18%。许多研究发现，从河口上游至河口口门，随着盐度的增加，潮间带大型底栖动物的物种丰度、生物多样性指数和数量均呈现上升趋势（全为民等，2008；徐宏发和赵云龙，2005；袁兴中等，2002）。潮间带大型底栖动物生物量的分布规律为：高潮区＞中潮区＞低潮区。另外，潮间带大型底栖动物群落结构具有明显的区带性，高中潮区的优势种为无齿相手蟹（*Sesarma denaani*）、谭氏泥蟹（*Ilyoplax deschampsi*）、天津厚蟹（*Helice tientsinensis*）、弧边招潮蟹（*Uca arcuata*）、中华拟蟹守螺（*Cerithidea sinensis*）和菲拟沼螺（*Assiminea latericea*）等。低潮区的主要代表物种有焦河篮蛤（*Potamocorbula ustulata*）、缢蛏（*Sinonovacula constricta*）和河蚬（*Corbicula fluminea*）等。

3. 潮下带大型底栖动物

　　潮下带大型底栖动物是许多经济鱼类和游泳甲壳动物的重要食物。由于复杂的水动力条件和沉积环境，长江口水域大型底栖动物的丰度、生物量和多样性相对较低，物种组成比较单一、群落结构不稳定（戴国梁，1991）。

　　表 2-15 列出长江口潮下带大型底栖动物的平均生物量和丰度。结果表明，河口锋区大型底栖动物的生物量和丰度明显高于河口区及最大浑浊带区。长江口水域大型底栖动物的空间分布特征为：①在长江口南支水域，大型底栖动物主要代表性物种为河蚬和加州齿吻沙蚕（*Aglaophamus californiensis*）等；②在最大浑浊带区，大型底栖动物群落以河口和近岸低盐性种类占优势，主要代表种有焦河篮蛤、缢蛏、凸镜蛤（*Dosinia derupta*）、竹蛏（*Solen* sp.）和小荚蛏（*Siliqua minima*）等；③在河口锋区，代表性物种为外海高盐类群如豆形短眼蟹（*Xenophthalmus pinnotheroides*）和滩栖阳遂足（*Amphiura vadicola*）等。

表 2-15　长江口区潮下带大型底栖动物的生物量、丰度及优势种

区域	时间 （年 . 月）	生物量 /(g/m²)	丰度 /(ind. /m²)	优势种	文献
南支	2004.9	9.58	30.0	河蚬、加州齿吻沙蚕	本研究
	2005.11	3.15	12.86		
	2006.3	3.12	9.29		
最大浑浊带	2005.6	4.015	10	缢蛏、焦河篮蛤	本研究
	1982	3.53	4.7	凸镜蛤、竹蛏、 小荚蛏	戴国梁，1991
河口锋区	1982	59.37	170.1	豆形短眼蟹、滩栖阳遂足	戴国梁，1991

4. 鱼类

现有的调查研究显示，长江口水域共有鱼类 300 多种（庄平等，2006）。根据鱼类对河口利用以及对盐度的不同适应性，长江口水域鱼类组成可划分为 4 种生态类型。

1）淡水鱼类。淡水鱼类终生生活于淡水中，它们主要分布于长江口盐度小于 5 的水域中，自江阴以下的长江口水域中共有淡水鱼类 76 种，约占本水域鱼类总数的 30%。从区系组成来看，主要以鲤科的鲌亚科、鲃亚科、鳕亚科和鲴亚科鱼类为主，显示本水域淡水鱼类区系典型的平原静水型特征。

2）河口定居性鱼类。河口定居性鱼类终生生活于河口半咸水水域中，是典型的河口种，可在较大盐度范围的水中生活，但主要生活于盐度 5~20 的水体中。长江口水域中，河口定居性鱼类有 50 多种，约占本水域鱼类总数的 15%，代表性物种有鲻、鲛、棱鲛、大银鱼、安氏新银鱼、斑尾刺虾虎鱼、拉氏狼牙虾虎鱼、棕刺虾虎鱼、弹涂鱼、大弹涂鱼、窄体舌鳎、半滑舌鳎和弓斑东方鲀等。

3）海洋性鱼类。出现在 123°30′E 以西长江口的海洋鱼类，约 200 种，占本水域鱼类总数的 60%左右。这些海洋鱼类通常栖息于长江口和附近海域，它们的适盐范围较广，大多数分布于近岸盐度 30 左右的浅海。主要代表性物种有大黄鱼、小黄鱼、皮氏叫姑鱼、银鲳、灰鲳、带鱼、中国鲬和蓝点马鲛等。

4）洄游性鱼类。洄游性鱼类是指在其生活史中要经历淡水和海水两种完全不同的生境，河口是它们到达产卵场进行繁殖的通道和最为理想的过渡地带。根据洄游路线的不同可将这些洄游性鱼类分为两种类型：一类是溯河性种类（anadromous species），它们从海洋向江河进行生殖洄游，在淡水中产卵繁殖，仔稚幼鱼、成鱼阶段在河口至海洋中生活，代表种有中华鲟、鲥、刀鲚、凤鲚、前颌间银鱼、暗纹东方鲀等；另一类是降海洄游种类（catadromous species），它们在海洋中产卵，仔稚幼鱼在淡水中生活，代表种有鳗鲡和淞江鲈等。

二、长江口水域生态系统结构的演变

过去几十年来，由于人类活动的影响，世界温带河口在海洋学和生态学上发生着巨大的改变，成为退化最为显著的水生生态系统之一（Jackson et al.，2001）。长江口是中国最大的河口，具有较高的生物生产力、丰富的水生生物资源和生物多样性。与世界其他大河口相似，富营养化问题、过度捕捞和大型水利工程建设等使长江口水域生态系统发生了明显的改变（全为民等，2008；陈亚瞿和陈渊泉，1999）。

（一）浮游植物长期演变

对比 20 世纪 80 年代中期的浮游植物调查数据可以看出，由于营养盐浓度的不断增加，长江口水域浮游植物生物量、群落结构发生了很大变化。自 20 世纪 80 年代以来，长江口水域浮游植物生物量有明显的升高，表现为浮游植物细胞丰度和叶绿素 a 浓度的不断增加。二十多年来长江口水域浮游植物在春季、夏季和冬季的细胞丰度均大幅增加，春季的变化尤为明显，2006 年的细胞丰度约是 1981 年的 4 倍（图 2-23）。叶绿素 a 平均值的变化不大，特别是在近岸水域；但春季由于季节性水华的频发，常在 122.5°E 附近形成叶绿素 a 高值区，而且高值的增幅十分显著，2002 年春季叶绿素 a 高值约为 1986 年夏初的 4 倍（表 2-16）。

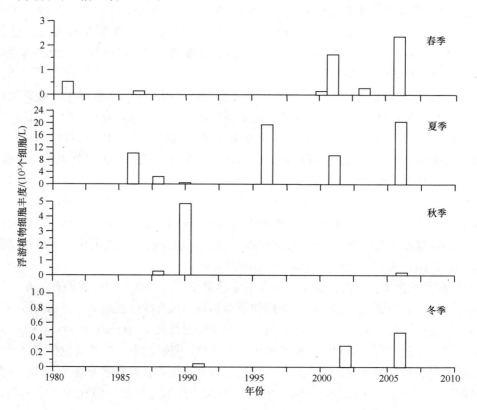

图 2-23　长江口水域不同季节浮游植物细胞丰度的长期变化

表 2-16　长江口水域浮游植物生物量的长期变化

年份	月份	平均值 /(mg/m³)	最大值 /(mg/m³)	最小 /(mg/m³)	高值区位置	资料来源
1986	1	0.23			122.0°~122.5°E	中国海湾志编纂委员会，1998
1986	7	2.03	6		122.5°~123.0°E	同上
1988	8		13	0.4	122.5°~123.0°E	沈新强和胡方西，1995
1988	12		4.9	0.3	121.7°~122.5°E	同上
1995	9	2.8	13.75	0.28	122.5°~123.0°E	刘子琳和赵川海，2001
1996	9	2.00	6.12	0.78	122.0°~122.5°E	沈新强和蒋玫，1999
1997	5	2.72	3.82	1.21	122.0°~122.5°E	同上
2002	4	2.51	24.2	0.97	122.5°~123.0°E	周伟华等，2003

伴随浮游植物生物量的增加，长江口水域浮游植物特别是硅藻的物种数量有所降低（表 2-17）：1991 年 3 月共发现浮游植物 130 种，而 2006 年 2 月仅发现 84 种；春季浮游植物的物种数量虽有所增加，但主要是甲藻物种数量的增加，硅藻物种数量仍然是降低的，2002 年 5 月共发现硅藻 80 种，而 2006 年同期仅发现硅藻 43 种。长江口水域浮游植物的物种组成也有很大的改变，浮游植物呈现小型化的趋势。20 世纪 80 年代末该水域浮游植物的优势物种为中肋骨条藻（*Skeletonema costatum*）、尖刺伪菱形藻（*Pseudo-nitzschia pungens*）、洛氏角毛藻（*Chaetoceros lorenzianus*）和圆筛藻（*Coscinodiscus* spp.）；近年的调查表明具槽帕拉藻（*Paralia sulcata*）、米氏凯伦藻（*Karenia mikimotoi*）和具齿原甲藻（*Prorocentrum dentatum*）已成为长江口水域浮游植物的优势物种，而尖刺伪菱形藻、洛氏角毛藻和圆筛藻所占的比例均有明显的降低（顾新根等，1995a，1995b）。米氏凯伦藻和具齿原甲藻是产毒的水华物种，近年来东海频发的春季水华主要是由这两种浮游植物引发的。浮游植物物种数量降低，生物量的高值常由单一物种贡献，导致长江口水域浮游植物的群落多样性降低。

表 2-17　长江口浮游植物群落特征的长期变化

采样时间 （年.月）	采样 方式	物种数量			调查区	文献资料
		浮游植物	硅藻	甲藻		
1991. 3	网采	130			121.0°~122.0°E, 31.0°~32.0°N	沈竑等，1995
2000. 5	网采	33			121.0°~123.0°E, 30.0°~32.0°N	王云龙等，2005
2000. 11	网采	73			121.0°~123.5°E, 30.5°~32.5°N	吴玉霖等，2004
2001. 5	网采	63			121.0°~123.5°E, 30.5°~32.5°N	吴玉霖等，2004
2001. 7	网采	102			121.0°~124.0°E, 29.0°~32.0°N	吴玉霖等，2004
2002. 1	网采	84			121.0°~124.0°E, 29.0°~32.0°N	吴玉霖等，2004
2002. 5	水样		80		122.0°~123.5°E, 29.0°~32.0°N	高亚辉等，2003
2003. 5	网采	46			121.0°~123.0°E, 30.0°~32.0°N	王云龙等，2005
2006. 2	网采	84	67	10	121.0°~123.5°E, 30.5°~32.5°N	何青和孙军，2009
2006. 5	网采	77	43	31	121.0°~123.5°E, 30.5°~32.5°N	同上
2006. 8	网采	130	85	40	121.0°~123.5°E, 30.5°~32.5°N	同上
2006. 11	网采	109	76	29	121.0°~123.5°E, 30.5°~32.5°N	同上

（二）赤潮问题

　　长江口水域是世界最严重的富营养化河口水域之一（Chai et al.，2006）。过去 40 年来，水体中硝酸盐和无机磷含量分别增加了 8 倍和 1 倍，氮磷比也从 30～40 增加至 150 左右。在长江口水域，90％以上测站的无机氮和无机磷浓度常年处于超标状态，超标范围分别向外海延伸 120km 和 210km；无机氮和无机磷呈中度污染的面积分别超过 3000km^2 和 20 000km^2。长江口水域营养盐充足，为有害藻华的暴发提供了重要的物质基础。相关调查结果表明，长江口水域共有浮游植物近 400 种，其中 69 种为赤潮生物，有 9 种曾发生过赤潮，中肋骨条藻和夜光藻是长江口水域的多发赤潮生物种类。此外，铁氏束毛藻、汉氏束毛藻、红海束毛藻、三角角藻、具齿原甲藻、隐藻等也曾发生过赤潮（蒋晓山等，2002）。

　　长江口水域是全球最严重富营养化的水域之一。统计结果显示，1933～2002 年长江口水域共记录到 75 次有害藻华。其中，1933～1979 年仅记录到 2 次；20 世纪 80 年代和 90 年代分别记录到 19 次和 33 次；而 2000 年以后，长江口水域有害藻华发生频率显著增加，平均为 7 次/a（表 2-18）。从以往的有害藻华报道可以看出，2000 年前的主要赤潮生物种为中肋骨条藻和夜光藻；而近年来，具齿原甲藻、角毛藻和米氏凯伦藻等赤潮的发生频率显著增加（表 2-19）。

表 2-18　长江口赤潮发生记录的统计

项目	1933～1979 年	1980～1989 年	1990～1999 年	2000～2002 年	合计
发生的次数	2	19	33	21	75
频率/（次/a）	0.04	1.9	3.3	7	1.07
面积/km^2	350	14 100	4 868.3	14 990	34 308.3
优势种数量	3	24	49	25	101
中肋骨条藻赤潮的次数	1	8	15	6	30
夜光藻赤潮的次数	1	13	27	10	51
其他赤潮的次数	1	3	7	9	20
中肋骨条藻赤潮的百分比	33.3	33.3	30.6	24.0	29.7
夜光藻赤潮的百分比	33.3	12.5	14.3	36.0	19.8
其他赤潮的百分比	33.3	54.2	55.1	40.0	50.5

资料来源：Li et al.，2007。

表 2-19　长江口及邻近水域发生的几起大面积赤潮事件

时间	位置	面积/km^2	赤潮种
2007 年 7 月 23 日～8 月 6 日	浙江舟山朱家尖东部海域	700	扁面角毛藻
2006 年 5 月 14 日	长江口外海域	1000	具齿原甲藻
2006 年 5 月 3～6 日	浙江舟山东部海域	1000	具齿原甲藻和中肋骨条藻
2005 年 5 月 24 日～6 月 1 日	长江口外海域	7000	米氏凯伦藻和具齿原甲藻
2005 年 6 月 3～5 日	长江口外海域	2000	中肋骨条藻和聚生角毛藻
2005 年 6 月 13 日	浙江嵊泗至中街山沿线海域	1300	具齿原甲藻和米氏凯伦藻
2005 年 6 月 16 日	浙江舟山附近海域	1000	圆海链藻和中肋骨条藻
2004 年 6 月 11～13 日	长江口外至花鸟山、嵊山海域	1000	具齿原甲藻和中肋骨条藻

资料来源：国家海洋局，2005，2006，2007，2008。

（三）低氧区问题

目前，有关水体中低氧区还没有统一的溶氧阈值标准。通常当水体溶解氧浓度低于 2mg/L 时，称该水体低氧或缺氧（hypoxia）；溶解氧浓度为 0mg/L 时，称为无氧（ano-xia）（李道季等，2002；Chen et al.，2007）。随着近海富营养化的日益加剧，近海环境低氧问题逐渐显现出来。20 世纪 50～70 年代，发现和记录的河口及近岸低氧区主要在美国东北大西洋海岸、波罗的海、黑海和亚得里亚海东北部。进入 21 世纪以来，世界范围内河口及近岸海域低氧问题日益恶化，表现为低氧区的数量和面积在急剧增加。联合国环境规划署（UNEP）2006 年的报告指出，近年来低氧区的数量呈加速上升趋势，2004 年全球共有 149 个"死亡区"，2006 年已达 200 个。自 20 世纪 60 年代以后，低氧区的数量每 10 年翻一番，目前，全球报道出现缺氧的海域已超过 400 个（Diaz and Rosenberg，2008）。

水体溶解氧浓度与光合作用、有机质的降解和再曝气等过程有关。另外，物理过程（如水体分层）和生物过程（如有机质负荷增多）也可导致河口缺氧、无氧的出现频率增多、强度增强（Zimmerman and Canuel，2000；Turner and Rabalais，1994）。有机质负荷较高会导致细菌活动更为活跃，引起水体中的氧大量消耗（Billen et al.，1990），进而影响底栖生物和各种消费者的生存，造成底栖生物"荒漠化"、鱼类大量死亡等灾害。另外，随着有机质的分解，氮、磷等元素重新释放到水体中，进一步加剧水体富营养化及有害藻华的发生，造成恶性循环。

根据前面介绍，长江口水域严重的富营养化，导致浮游植物生物量不断增大、有害藻华频繁暴发，这种剧烈的生物活动加剧了长江口水域低氧区的形成和发展。自顾宏堪（1980）首次报道长江口水域存在低氧区以来，陆续有人发现了长江口水域低氧区的存在（蒲新明等，2001；杨庆霄等，2001；张竹琦，1990；陈吉余等，1988）。调查结果显示，近 20 年来长江口水域低氧问题不断加剧，夏季溶解氧的最低值从 2.85mg/L 降低到 1mg/L（李道季等，2002）；春季底层溶解氧平均浓度从 1986 年的 7.37mg/L 降低到 2004 年的 4.35mg/L，溶解氧的最低值也从 6.02mg/L 降低到 1.74mg/L（表 2-20）。

表 2-20　长江口底层水体中溶解氧（DO）平均浓度（mg/L）的变化趋势

春季				秋季			
底层水平均 DO		DO 最低值		底层水平均 DO		DO 最低值	
1986 年	2004 年	1986 年	2004 年	1986 年	2003 年	1986 年	2003 年
7.37	4.35	6.02	1.74	7.12	6.52	4.52	3.29

资料来源：李道季等，2002。

（四）潮下带底栖生物"荒漠化"

荒漠化是指干旱区、半干旱区和某些湿润地区生态系统的贫瘠化，是人类活动和干旱共同影响的结果。"荒漠化"也可以用来描述水生生态系统的贫瘠化，其主要原因是水域环境承载能力下降，具体体现在水域初级生产力降低、水质恶化、富营养化及赤潮等灾害频繁暴发。与陆地荒漠化不同的是，除非污染非常严重，水域荒漠化从外观上一般难以察觉。由于人类不合理的开发利用，世界上许多河口和近岸海域正日益凸现出荒漠化的迹象。

根据 20 世纪 80 年代资料，长江口水域潮下带大型底栖生物的平均总生物量为 $29.40 \sim 43.58 \ g/m^2$，1996 年大型底栖生物平均总生物量下降至 $8.66 g/m^2$；2004 年、2005 年长江口水域潮下带大型底栖生物平均生物量仅为 $5 g/m^2$ 左右，为 1982 年的 11.90%。底栖生物生物量明显下降，表明长江口水域水产生物的饵料基础也逐渐衰退（陈亚瞿等，2007；徐兆礼等，1999）。王延明等（2009）根据 1996～2005 年长江口水域的调查资料，分析大型底栖生物种类数、生物量以及生物多样性的变化趋势，发现调查海域及各海区底栖生物的生存环境在 1996～2000 年均处于恶化过程中，底栖生物种类及底栖生物的生物量均呈现明显的下降趋势，预示该水域底栖生物"荒漠化"的可能性日趋增加。

（五）潮间带生物群落结构改变

与长江口水域潮下带底栖生物的变化不同，近 20 多年来，长江口潮滩湿地大型底栖动物的生物量有了明显增加（《上海市海岛资源综合调查》编写组，1996；陈吉余等，1988），目前的平均生物量分别约为 20 世纪 80 年代和 90 年代的 1.77 倍和 2.37 倍（图 2-24）。大型底栖动物的群落结构也发生了改变，优势类群由个体较小的软体动物转变为个体较大的甲壳动物，如 80 年代和 90 年代，软体动物对生物量的平均相对贡献率均约为 85%，而目前软体动物的平均相对贡献率仅约为 14%；相反，甲壳动物对生物量的相对贡献显著增加。80 年代和 90 年代甲壳动物的相对贡献率分别约为 13% 和 11%；目前却高达约 84%，表明近 20 多年来长江口潮滩湿地大型底栖动物的群落结构发生了根本改变，即由软体动物为主转变为以甲壳动物为主（全为民等，2008）。目前的生物平均密度与 90 年代初的调查结果基本一致，但与 80 年代初的调查结果相比，大型底栖动物的密度降低约 70%（图 2-24）。同时，在种类构成上，软体动物的比例显著降低，

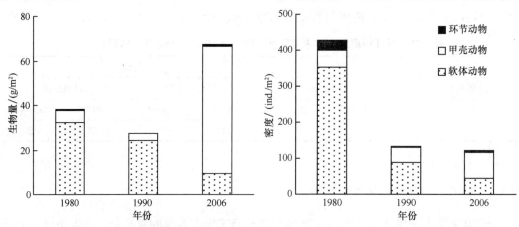

图 2-24　长江口潮滩湿地中大型底栖动物群落结构的改变（全为民等，2008）

而甲壳动物的相对贡献却在增加，与生物量变化相一致。

近 20 多年来，长江口潮滩湿地大型底栖动物的群落结构发生了根本改变，优势类群由个体较小的软体动物为主转变为个体较大的甲壳动物，究其原因，可能有下列 3 个方面：①过度采捕：一些软体动物（泥螺、河蚬、缢蛏、彩虹明樱蛤和焦河篮蛤等）通常是当地的主要经济物种，具有较高的经济价值，每年夏季大规模采捕可能是造成软体动物数量下降的主要原因；②环境污染：与甲壳动物蟹类不同，活动能力更小的软体动物对环境污染响应得更为敏感；③湿地发育：自从 20 世纪 80 年代以来，频繁的生物促淤加快了潮滩湿地的发育，也增加了潮滩湿地的植被面积，如 1997～2004 年，九段沙湿地植被面积就增加了 2.3 倍（黄华梅和张利权，2007），这种还原性的沉积物环境减少了双壳类软体动物的数量，增加了大型甲壳动物的数量，从而使大型底栖动物的群落结构发生了快速演替。

大型底栖动物的群落结构是河口及滨海生态系统健康的重要指示因子。根据 Borja 等（2000）提出的生物指数划分方法，近岸软相底质大型底栖动物可被划分为 5 个生态类群（Ⅰ～Ⅴ），类群越大，说明动物对污染物的忍耐力越强。根据此方法，悬浮物食性（suspension feeder）的双壳类软体动物为第Ⅱ生态类群，而沉积物食性（deposit feeder）的甲壳动物蟹类为第Ⅲ生态类群。因此，近 20 多年来，长江口潮滩湿地大型底栖动物的优势生态类群由以第Ⅱ生态类群为主，转变为以第Ⅲ生态类群为主，这表明近 20 多年来长江口潮滩湿地的环境质量显著降低。

大型底栖动物群落结构的改变可能会影响潮滩湿地的生态经济价值和生态系统功能。首先，从物质生产价值的角度来看，尽管潮滩湿地中蟹类数量很大，但经济价值很低，除天津厚蟹被采捕外，其他物种均没有经济价值；而软体动物通常是传统的经济物种，经济价值很大（徐宏发和赵云龙，2005；陈家宽，2003）。另外，从食物饵料资源的角度来看，蟹类通常个体较大，不易被游泳动物和鸟类所捕食，而软体动物通常是游泳动物和鸟类的优质饵料，因此，这种群落结构的改变表明潮滩湿地的生态系统功能呈下降趋势。

（六）渔业资源衰退

长江口水域是我国最大的河口渔场，著名的经济水产物种有刀鲚、凤鲚、鲥鱼、前颌间银鱼、日本鳗鲡、脊尾白虾和中华绒螯蟹等（陈亚瞿和徐兆礼，1999）。然而，近年来鲥鱼和前颌间银鱼濒临灭绝，刀鲚、日本鳗鲡、脊尾白虾和中华绒螯蟹的产量也急剧下降。

以中华绒螯蟹和凤鲚为例。20 世纪 60 年代（1959～1968 年）长江口中华绒螯蟹的平均年产量为 93.3t，70 年代（1971～1979 年）为 46.0t，80 年代（1980～1989 年）为 46.3t，90 年代（1990～1999 年）为 9.0t，2000～2004 年为 1.6t，表明长江口中华绒螯蟹资源量迅速减少。自 2004 年底开始每年人工增殖放流中华绒螯蟹后，该下降趋势才得以抑制，中华绒螯蟹资源量开始呈现稳定趋势，年均产量为 3t 左右。凤鲚是目前长江口区最重要的渔业对象。自 1960 年以来 40 多年中，上海市凤鲚年产量为 522.8（1962 年）～3252t（1995 年），平均为 1174.2t/a。其中 60 年代、70 年代、80 年代和

90 年代的平均年产量分别为 807.2t、1202t、1173.9t 和 1556.8t。1998~2009 年的年产量逐年减少，2009 年凤鲚总产量达到 1998 年以来的最低，仅为 50t；且小个体鱼的比例增大，显现出资源衰退的趋势。1959~1971 年，由于渔船动力小，捕捞量较低，刀鲚资源未得到充分利用，13 年中平均年产量仅为 12.2t（1~40.9t）；1972~1987 年，随着渔船逐渐加大，机械化程度不断提高以及网具日益改进，刀鲚的捕捞强度显著增加，这 16 年中平均年产量为 189.2t（115.1~391.5t）；1988~1995 年产量有所下降，平均年产量为 65t（49~86t）；1998~2000 年刀鲚产量有所回升，平均年产量为 170.33t（143~208t），处于较高强度的捕捞状态，2001 年产量最高为 300t。但自 2002~2009 年刀鲚产量急剧下降，2009 年刀鲚总产量是 1998 年以来最低，仅为 20t（倪勇，1999）。

长江口区高营养层次鱼类的过度捕捞降低了食物网长度，并导致低营养层次鱼类占据食物网优势地位，从而改变长江河口生态系统结构。另外，长期的过度捕捞也会导致鱼类小型化和性早熟、鱼类种质资源退化及渔产品质量下降。

（七）珍稀物种进一步减少或濒临灭绝

在中国公布的 16 种国家重点保护的野生鱼类中，长江区分布有 5 种，即中华鲟、白鲟、花鳗鲡、胭脂鱼和松江鲈。然而，由于过度捕捞、环境污染、湿地围垦和河口大型工程建设，长江口水域许多珍稀物种进一步濒临灭绝。其中，白鲟、松江鲈等均已基本绝迹。鲥曾经是长江口水域最名贵的鱼类之一，历史上长江最高产量达到 58t/a；1996 年 6~9 月，长江水产研究所会同长江渔业资源管理委员会和江西渔政局，在赣江中游峡江产卵场进行试捕，并在鄱阳湖湖口进行监测，连续作业 21 天，试捕 93 船次仍一无所获，表明鲥已基本灭绝。除此之外，长江口是中华鲟繁殖群体溯河洄游和幼鱼降河洄游的唯一通道，性成熟的中华鲟由近海进入长江，每年的 10~11 月到达长江上游产卵场繁殖，孵化后的仔、幼鱼降河而下，于翌年 5~7 月到达长江口，在长江口咸淡水水域索饵，9 月后入海肥育过冬，直至性成熟后再进行溯河生殖洄游。中华鲟幼鱼入海前要在长江口水域停留 3~4 个月，聚集在此摄食肥育并完成由淡水进入海水生活的重要生理适应转变。据统计，在 1981~1999 年的 19 年间，中华鲟的幼鲟补充群体和亲鲟补充群体分别减少了 80% 和 90%（庄平等，2006；陈亚瞿和陈渊泉，1999；陈亚瞿和徐兆礼，1999）。目前，人们正通过人工增殖放流的方式，补充该群体的数量。

三、原因浅析

河口水域是水生生物种群延续、补充和维持的重要区域，同时又是生态环境非常敏感和脆弱的地区。随着长江三角洲地区的进一步开发与经济发展，人类活动对河口的影响日益加剧，导致河口生态环境质量下降和水生生态系统快速衰退，其主要原因有以下几方面。

（一）渔业资源过度利用

近 30 年来，长江口水域渔业资源过度捕捞越来越严重，每年 11 月至翌年 5 月，在鳗苗捕捞期内，来自十多个省市的上万艘渔船在长江口水域从事鳗苗捕捞，这是导致长江河口区珍贵苗种资源过度被利用的重要原因。此外，大量的渔船对刀鱼、凤鲚、中华绒螯蟹等长江的珍贵鱼类进行过度捕捞，各种非法网具如深水张网、地扒网、三层流刺网和电捕等致使大量凤鲚、刀鲚及其他河口性经济和珍贵鱼类及其幼鱼被大量掠夺，严重破坏了经济鱼类的补充群体。

（二）长江口水域污染日趋严重

影响长江口水域环境质量的污染源主要有三方面：第一是长江径流携带的上游十省市的工业污水和生活污水，约占污染源总量的90％以上；第二是上海的城市污水，年排放总量约9.45亿 m^3；第三是位于上海市各类工业企业的长江排放口（约717家）。此外，黄浦江等长江南支支流也携带大量污染物进入长江口海域。这些污染物的大量排放导致长江口水域营养盐、石油类和部分重金属超标比较严重，水体富营养化程度较高，有害藻华频发。最新水质分布显示，崎岖列岛向东北一线已属超Ⅳ类水，Ⅳ类水已达距长江口100km余的嵊泗本岛。长江口水域已成为我国沿海富营养化最为严重、有害藻华多发的区域。作为海水污染富营养化标志的夜光虫，过去很少超过123.0°E，现在已达到126.0°E，甚至更远，充分反映了该水域的水质状况。

（三）大型工程破坏了生物栖息地

长江上游的重大工程（如三峡工程、南水北调等）在较大程度上改变了长江的物质通量，并改变长江口水动力、理化因子及生态特征等，进而影响长江口水域水生生态系统。特别在秋、冬季，大规模调蓄水将会显著减少长江径流量，这将会提高长江口盐水入侵的频率和强度，从而改变长江口水生生物组成及群落结构，并影响水生生态系统的功能（沈焕庭等，2003a；罗秉征和沈焕庭，1994）。而且，随着长江流域上中游水土保持、金沙江干流枢纽的兴建、三峡工程的建成、南水北调工程的实施等，长江口地区来沙减少的趋势不可逆转，河口湿地的减少势必会降低其对河口鱼类的支持功能。另外，三峡大坝等工程的建成，也会影响某些洄游鱼类的生命周期，造成它们生物量的锐减。除此之外，自20世纪60年代以来，在长江口地区实施的一系列大型水利、航运等工程也导致了一些经济鱼类产卵场和索饵场的破坏、渔场面积的减小，对长江口水生生态系统造成了影响。

（本节著者：陈亚瞿　孙　军　全为民　施利燕　王志富）

参 考 文 献

陈吉余，杨启伦，赵传纲. 1988. 上海市海岸带和海涂资源综合调查报告. 上海：上海科学技术出版社：146-150

陈吉余，恽才兴，徐海根，等. 1979. 两千年来长江河口发育模式. 海洋学报，1（1）：103-111

陈家宽. 2003. 上海九段沙湿地自然保护区科学考察集. 北京：科学出版社：165-190

陈静生，夏星辉，蔡绪贻. 1998. 川贵地区长江干支流河水主要离子含量变化趋势分析. 中国环境科学，18（2）：131-135

陈绍勇，郑泽广，郑建禄，等. 1990. 珠江口悬浮颗粒有机碳与环境因子的关系. 热带海洋，9（2）：54-57

陈亚瞿，陈渊泉. 1999. 长江河口区渔业资源利用新模式及可持续利用的探讨. 中国水产科学，6 (5)：72-74

陈亚瞿，施利燕，全为民. 2007. 长江口生态修复工程底栖动物群落的增殖放流及效果评估. 渔业现代化，(2)：35-39

陈亚瞿，徐兆礼. 1999. 长江河口生态渔业和资源合理利用研究. 中国水产科学，6 (5)：83-86

陈亚瞿，徐兆礼，王云龙，等. 1995a. 长江河口锋区浮游动物生态研究 Ⅱ. 种类组成、群落结构及水系指示种. 中国水产科学，2 (1)：59-63

陈亚瞿，徐兆礼，王云龙，等. 1995b. 长江河口锋区浮游动物生态研究 Ⅰ. 生物量及优势种的平面分布. 中国水产科学，2 (1)：49-58

戴国梁. 1991. 长江口及其邻近水域底栖动物生态特点. 水产学报，15 (2)：104-116

段水旺，章申，陈喜保，等. 2000. 长江下游氮、磷含量变化及其输送量的估计. 环境科学，21 (1)：53-56

段水旺，章申. 1999. 中国主要河流控制站氮、磷含量变化规律初探. 地理科学，19 (5)：411-416

高亚辉，虞秋波，齐雨藻，等. 2003. 长江口附近海域春季浮游硅藻的种类组成和生态分布. 应用生态学报，14 (7)：1044-1048

顾宏堪. 1980. 黄海溶解氧垂直分布中的最大值. 海洋学报，2：70-79

顾宏堪，熊孝先，刘明星，等. 1981. 长江口附近氮的地球化学 I. 长江口附近海水中的硝酸盐. 山东海洋学院学报，11 (4)：37-46

顾新根，袁骐，沈焕庭，等. 1995a. 长江口最大浑浊带浮游植物的生态研究. 中国水产科学，2 (1)：16-27

顾新根，袁骐，杨蕉文，等. 1995b. 长江口羽状锋海区浮游植物的生态研究. 中国水产科学，2 (1)：1-14

郭玉洁，杨则禹. 1982. 1976年夏季陆架区浮游植物的生态研究. 海洋科学集刊，19：11-32

郭玉洁，杨则禹. 1992. 长江口区浮游植物的数量变动及生态分析//中国科学院海洋研究所. 海洋科学集刊 (33). 北京：科学出版社：167-189

国峰，张勇，刘材材. 2007. 化工区环境突发事件的数学预测及应对措施. 中国环境监测，23 (4)：98-100

国家海洋局. 2005. 2004 年中国海洋灾害公报. http://www.soa.gov.cn/hyjww/hygb/zghyzhgb/2005/01/1190166471756331.htm. [2010-12-31]

国家海洋局. 2006. 2005 年中国海洋灾害公报. http://www.soa.gov.cn/hyjww/hygb/zghyzhgb/2007/09/1190166471130205.htm. [2010-12-31]

国家海洋局. 2007. 2006 年中国海洋灾害公报. http://www.soa.gov.cn/hyjww/hygb/zghyzhgb/2007/11/1195468875260565.htm. [2010-12-31]

国家海洋局. 2008. 2007 年中国海洋灾害公报. http://www.soa.gov.cn/hyjww/hygb/zghyzhgb/2008/01/1199346065877747.htm. [2010-12-31]

国家海洋综合调查办公室. 1961. 全国海洋综合调查资料，第5册：渤、黄、东海浮游生物和底栖生物生物量及主要种类分布记录 (1958.9-1959.12)

何青，孙军. 2009. 长江口及其邻近水域网采浮游植物群落. 生态学报，29 (7)：3928-3938

黄华梅. 2009. 上海滩涂盐沼植被的分布格局和时空动态研究. 上海：华东师范大学博士学位论文

黄华梅，张利权. 2007. 上海九段沙互花米草种群动态遥感研究. 植物生态学报，31 (1)：75-82

黄华梅，张利权，高占国. 2005. 上海滩涂植被资源遥感分析. 生态学报，25 (10)：2686-2693

纪焕红，叶属峰. 2006. 长江口浮游动物生态分布特征及其与环境的关系. 海洋科学，30 (6)：23-30

江涛. 2009. 长江口水域富营养化的形成、演变与特点研究. 北京：中国科学院海洋研究所博士学位论文：60-68

蒋晓山，黄秀清，蔡燕红. 2002. 长江口海域海洋环境现状分析及对策研究//韦鹤平，汪松年，洪浩. 海峡两岸水资源暨环境保护上海论坛论文集. 西安：陕西人民出版社：255-261

李道季，张经，黄大吉，等. 2002. 长江口外氧的亏损. 中国科学 (D辑)，32 (8)：686-694

刘衢霞，卢奋英，惠嘉玉. 1983. 武汉东湖湖区降水中的氮含量及其变化的研究. 海洋与湖沼，14 (5)：454-459

刘新成，沈焕庭，黄清辉. 2002. 长江入河口区生源要素的浓度变化及通量估算. 海洋与湖沼，33 (3)：332-340

刘子琳，越川海. 2001. 长江冲淡水区细菌生产力研究. 海洋学报，23 (4)：93-99

陆健健. 2002. 河口生态学. 北京：海洋出版社

罗秉征，沈焕庭. 1994. 三峡工程与河口生态环境. 北京：科学出版社

闵华明，马家海. 2007. 上海市滩涂冬季底栖硅藻种类组成和生态分布. 海洋渔业，29（2）：109-114

倪勇. 1999. 长江口凤鲚的渔业及其资源保护. 中国水产科学，6（5）：72-74

宁修仁，刘子琳，蔡昱明. 1999. 象山港潮滩底栖微型藻类现存量和初级生产力. 海洋学报，21（3）：98-105

宁修仁，史君贤，蔡昱明，等. 2004. 长江口和杭州湾海域生物生产力锋面及其生态学效应. 海洋学报，26（6）：
　96-106

蒲新明，吴玉霖，张永山. 2001. 长江口区浮游植物营养限制因子的研究 II. 春季的营养限制情况. 海洋学报，
　23（3）：57-65

钦佩，左平，何祯祥. 2004. 海滨系统生态学. 北京：化学工业出版社

全为民，赵云龙，朱江兴，等. 2008. 上海市潮滩湿地大型底栖动物的空间分布格局. 生态学报，28（10）：
　5179-5189

商栩，管卫兵，张经. 2009. 长江口盐沼湿地底栖微藻的分布特征及其对有机质产出的贡献. 海洋学报，31（5）：
　40-47

《上海市海岛资源综合调查》编写组. 1996. 上海市海岛资源综合调查报告. 上海：上海科学技术出版社：13-28

上海市海洋局. 2005. 2004 年上海市海洋环境质量公报. http://www. eastsea. gov. cn/Module/Show. aspx?id＝
　2074.［2010-12-31］

沈竑，徐韧，王桂兰. 1995. 上海市海岛周围水域浮游植物的调查研究. 海洋通报，4：4-6

沈焕庭，茅志昌，陈吉余. 2003a. 南水北调对长江口盐水入侵影响预测及对策//陈吉余. 南水北调（东线）对长
　江口生态环境影响及其对策. 上海：华东师范大学出版社：79-86

沈焕庭，茅志昌，朱建荣. 2003b. 长江河口盐水入侵. 北京：海洋出版社

沈焕庭，潘定安. 2001. 长江河口最大浑浊带. 北京：海洋出版社

沈新强，胡方西. 1995. 长江口外水域叶绿素 a 分布的基本特征. 中国水产科学，1：71-80

沈新强，蒋玫. 1999. 长江河口区叶绿素 a 分布的研究. 中国水产科学，5（5）：1-5

沈志良，刘群，张淑美. 2003. 长江无机氮的分布变化和迁移. 海洋与湖沼，34（4）：355-363

沈志良，陆家平，刘兴俊，等. 1992. 长江口区营养盐的分布特征及三峡工程对其影响//中国科学院海洋研究所.
　海洋科学集刊（33）. 北京：科学出版社：109-129

沈志良. 1991. 三峡工程对长江口海区营养盐分布变化影响的研究. 海洋与湖沼，22（6）：540-546

孙冷，黄朝迎. 1999. 赤潮及其影响. 灾害学，14（2）：51-54

王金辉. 2002. 长江口 3 个不同生态系的浮游植物群落. 青岛海洋大学学报：自然科学版，32（3）：422-428

王金辉，黄秀清. 2003. 具齿原甲藻的生态特征及赤潮成因浅析. 应用生态学报，14（7）：1065-1069

王婉华，刘征涛，姜福欣，等. 2007. 长江河口水体有机污染现状分析. 生态与农村环境学报，23（1）：92-95

王延明，方涛，李道季，等. 2009. 长江口及毗邻海域底栖生物丰度和生物量研究. 海洋环境科学，28（4）：
　366-370

王云龙，袁骐，沈新强，等. 2005. 长江口及邻近水域春季浮游植物的生态特征. 中国水产科学，12（5）：
　300-306

吴玉霖，傅月娜，张永山，等. 2004. 长江口海域浮游植物分布及其与径流的关系. 海洋与湖沼，35（3）：
　246-251

徐宏发，赵云龙. 2005. 上海市崇明东滩鸟类自然保护区科学考察集. 北京：中国林业出版社：75-115

徐兆礼. 2005. 长江口北支水域浮游动物的研究. 应用生态学报，16（7）：1341-1345

徐兆礼，蒋玫，白雪梅，等. 1999. 长江口底栖动物生态研究. 中国水产科学，6（5）：59-62

杨庆霄，董娅婕，蒋岳文，等. 2001. 黄海和东海海域溶解氧的分布特征. 海洋环境科学，20（3）：9-13

袁兴中，陆健健，刘红. 2002. 长江口底栖动物功能群分布格局及其变化. 生态学报，22（12）：2054-2062

张水元，刘衢霞，黄耀桐. 1984. 武汉东湖营养物质氮、磷的主要来源. 海洋与湖沼，15（3）：203-213

张竹琦. 1990. 黄海和东海北部夏季底层溶解氧最大值和最小值特征分析. 海洋通报，9（4）：22-26

中国海湾志编纂委员会. 1998. 中国海湾志，第十四分册（重要河口）. 北京：海洋出版社：105-237

周伟华，霍文毅，袁翔城，等. 2003. 东海赤潮高发区春季叶绿素 a 和初级生产力的分布特征. 应用生态学报，14
　　(7)：1055-1059

庄平，王幼槐，李圣法，等. 2006. 长江口鱼类. 上海：上海科学技术出版社

Aiexander R B，Murdoch P S，Smith R A. 1996. Streamflow-induced variations in nitrate flux in tributaries to the
　　Atlantic coastal zone. Biogeochemistry，33 (3)：149-177

Bennekom A J，va Berger G M，Helder W，et al. 1978. Nutrient distribution in the Zaire estuary and river plume.
　　Nethlands Journal of Sea Research，12：296-323

Berankova D，Ungerman J. 1996. Nonpoint sources of pollution in the Morava River basin. Water Sci Technol，33
　　(4/5)：127-135

Billen G，Servais P，Becquevort S. 1990. Dynamics of bacterioplankton in oligotrophic and eutrophic aquatic envi-
　　ronments：bottom-up or top-down control? Hydrobiologia，27：37-42

Borja A，Franco J，Pérez V. 2000. A marine biotic index to establish the ecological quality of soft-bottom benthos
　　within European estuarine and coastal environments. Marine Pollution Bulletin，40：1100-1114

Cahoon L B. 1999. The role of benthic microalgae in neritic ecosystem. Oceanography and Marine Biology：An An-
　　nual Review，37：47-86

Chai C，Yu Z，Song X，et al. 2006. The Status and Characteristics of Eutrophication in the Yangtze River
　　(Changjiang) Estuary and the Adjacent East China Sea，China. Hydrobiologia，563：313-328

Chambers R M，Fourqurean J W，Hollibaugh J T，et al. 1995. Importance of terrestrially-derived，particulate
　　phosphorus to phosphorus dynamics in a west-coast estuary. Estuaries，18：518-526

Chen C C，Gong G C，Shiah F K. 2007. Hypoxia in the East China Sea：One of the largest coastal low-oxygen areas in
　　the world. Marine Environmental Research，64：399-408

Conley D J，Malone T C. 1992. Annual cycle of dissolved silicate in Chesapeake Bay：implications for the production
　　and fate of phytoplankton biomass. Marine Ecology Progress Series，81：121-128

Conley D J，Smith W M，Cornwell J C，et al. 1995. Transformation of particle-bound phosphorus at the land-sea
　　interface. Estuarine，Coastal and Shelf Science，40：161-176

Cossa D，Meybeck M，Idlafkih Z，et al. 1994. Etude pilote des apports en contaminants par la Seine. Report
　　IFREMER Nantes R Int Del 94. 13，151

Demaster D J，Pope R H. 1996. Nutrient dynamics in Amazon shelf waters：results from AMASSEDS. Continental
　　shelf Research，16：263-289

Diaz R J，Rosenberg R. 2008. Spreading dead zones and consequences for marine ecosystems. Science，321：
　　926-929

Duce R A，Liss P S，Merrill J T，et al. 1991. The atmospheric input of trace species to the world ocean. Global Bio-
　　geochemical Cycles，5：193-259

Edmond J M，Spivack A，Grant B C，et al. 1985. Chemical dynamics of the Changjiang Estuary. Continental Shelf
　　Research，4：17-36

Fang T H. 2000. Partitioning and behaviour of different forms of phosphorus in the Tanshui estuary and one of its
　　tributaries，Northern Taiwan. Estuarine，Coastal and Shelf Science，50：689-701

Fox L E，Sager S L，Wofsy S C. 1986. The chemical control of soluble phosphorus in the Amazon estuary.
　　Geochimica Cosmochimica Acta，50：783-794

Froelich P N. 1988. Kinetic control of dissolved phosphate in natural rivers and estuaries：a primer on the phosphate
　　buffer mechanism. Limnology and Oceanography，33：649-668

Galloway J N，Schlesinger W H，Levy H，et al. 1995. Nitrogen fixation：anthropogenic enhancement environmen-
　　tal response. Global Biogeochemical Cycles，9：235-252

Hopkins T S，Kinder C A. 1993. LOICZ Land and Ocean Interactions in the Coast Zone，IGBP Core Project. NC
　　USA：1-429

Howart R W, Billen G, Swaney D, et al. 1996. Regional nitrogen budgets and riverine N and P fluxes for the drainages to the North Atlantic Ocean: Natural and human influences. Biogeochemistry, 35: 75-139

Humborg C, Sjoberg B, Green M. 2003. Nutrients land-sea fluxes in oligothrophic and pristine estuaries of the Gulf of Bothnia, Baltic Sea. Estuarine, Coastal and Shelf Science, 56: 781-793

Jackson J B C, Kirby M X, Berger M H, et al. 2001. Historical overfishing and the recent collapse of coastal eco-systems. Science, 27: 629-637

Krapfenbauer A, Wriessning K. 1995. Anthropogenic environmental pollution-the share of agriculture. Bodenkultur (abstract), 46 (3): 269-283

Lebo M E. 1991. Particle-bound phosphorus along an urbanized coastal plain estuary. Marine Chemistry, 34: 225-246

Leeks G J L, Neal C, Jarcie H P, et al. 1997. The LOIS river monitoring network: strategy and implementation. Science of the Total Environment, 194/195: 101-109

Li D J, Zhang J, Huang D J, et al. 2002. Oxygen depletion of the Changjiang (Yangtze River) Estuary. Science in China Series D-Earth Sciences, 45: 1137-1146

Li M T, Xu K H, Watanabe M, et al. 2007. Long-term variations in dissolved silicate, nitrogen, and phosphorus flux from the Yangtze River into the East China Sea and impacts on estuarine ecosystem. Estuarine, Coastal and Shelf Science, 71: 3-12

Liu S M, Zhang J, Chen H T, et al. 2003. Nutrients in the Changjiang and its tributaries. Biogeochemistry, 62: 1-18

MacIntyre H L, Cullen J J. 1996. Primary production by suspended and benthic microalgae in a turbid estuary: Time-scales of variability in San Antoniao Bay, Texas. Marine Ecology Progress Series, 145 : 245-268

Meybeck M. 1982. Carbon, nitrogen and phosphorus transport by world rivers. American Journal of Science, 282 (4): 401-450

Meybeck M. 1998. The IGBP water group: a response to a growing global concern. Global Change Newsletters, 36: 8-12

Nixon S W. 1995. Coastal eutrophication: a definition, social causes, and future concerns. Ophelia, 41: 199-220

Paerl H W. 1997. Coastal eutrophication and harmful algal blooms: Importance of atmospheric deposition and groundwater as "new" nitrogen and other nutrient sources. Limnology and Oceanography, 42 (5. part 2): 1154-1165

Quan W M, Fu C Z, Jin B S, et al. 2007. Tidal marshes as energy sources for commercially important nektonic organisms: stable isotope analysis. Marine Ecology Progress Series, 352: 89-99

Redfield A C, Ketchum B H, Richards F A. 1963. The influence of organisms on the composition of seawater. In: Hill M N. The Sea (Vol. 2). New York: John Wiley: 26-77

Shen Z L, Liu Q, Zhang S M, et al. 2003. A nitrogen budget of the Changjiang River catchment. Ambio, 32: 65-69

Shen Z L, Zhou S Q, Pei S F. 2008, Transfer and transport of phosphorus and silica in the turbidity maximum zone of the Changjiang estuary. Estuarine, Coastal and Shelf Science, 78: 481-492

Shen Z L. 1993. A study on the relationships of the nutrients near the Changjiang River estuary with the flow of the Changjiang River water. Chinese Journal Oceanology and Limnology, 11: 260-267

Shen Z L. 2003. Is precipitation the dominant control factor of high content inorganic nitrogen in the Changjiang River mouth? Chin J Oceanol Limnol, 21 (4): 368-376

Smith R A, Alexander R B, Wolman M G. 1987. Water quality trends in the nation's rivers. Science, 235: 1607-1615

Sullivan M J, Currin C A. 2002. Community structure and functional dynamics of benthic microalgae in salt marshes In: Weinstein M P, Kreeger D A. Concepts and Controversies in Tidal Marsh Ecology. Dordrecht: Kluwer Academic Publishers: 84-106

Turner R E, Rabalais N N. 1991. Changes in Mississippi River water quality this century-implications for coastal food webs. Bioscience, 41: 140-147

Turner R E, Rabalais N N. 1994. Evidence for coastal eutrophication near the Mississippi River delta. Nature, 368: 619-621

van der Weijden C H, Middelburg J J. 1989. Hydrogeochemistry of the river Rhine: long term and seasonal variability, elemental budgets, base levels and pollution. Water Research, 23: 1247-1266

Wong G T F, Gong G C, Liu K K, et al. 1998. 'Excess nitrate' in the East China Sea. Estuarine, Coastal and Shelf Science, 46: 411-418

Zhou M J, Shen Z L, Yu R C. 2008. Responses of a coastal phytoplankton community to increased nutrient input from the Changjiang (Yangtze) River. Continental Shelf Research, 28: 1483-1489

Zimmerman A R, Canuel E A. 2002. Sediment geochemical records of eutrophication in the mesohaline Chesapeake Bay. Limnology and Oceanology, 47: 1084-1093

第三章 长江口水域富营养化现状与评价

第一节 长江口水域水文环境现状

长江口是一个淡水和咸水相互交汇的复杂水域，咸淡水团的混合以及潮位、径流量、风、柯氏力等因子对河口环境具有重要的影响。此外，加上海底地形和岸线的变化，使得河口成为独特的系统，环流过程和咸淡水混合导致盐度锋面和盐水入侵，成为河口水域的一个重要特征。长江口属中等强度潮汐河口，据口门处的中竣潮位站的多年观测，最大潮差为4.62m，最小潮差为0.17m，多年平均潮差为2.66m，潮流量较大，约为径流量的8倍。长江口水域的水动力过程十分复杂，影响因素有径流、潮流、波浪、盐水入侵、柯氏力等。长江口实际水流运动是径流与潮流叠加的结果：在径流作用下，落潮流速大于涨潮流速，河口各汊道进出潮量分配不均，南支、南港和南槽进出潮量分别明显大于北支、北港和北槽，各汊道的输沙量也很有规律，南支一般占总输沙量的80%以上。

长江口水域的水动力学研究一直受到人们的广泛关注，早在20世纪50年代末、60年代初的全国海洋普查，就对该海区的物理、化学、地质和生物等学科进行了调查研究。80年代中期，为了论证长江三峡工程对长江口水域生态环境的影响，又对该水域进行了多学科的调查研究。迄今为止，对于长江口水域的水文状况、潮流结构、长江冲淡水的分布、路径和混合等，已有了很多的研究成果，为深入分析、揭示长江口水域富营养化的形成特点和机制，奠定了重要的水动力基础。

一、长江口水域基本水文特征

（一）冲淡水

东海潮波传入长江口受河流顶托和河床阻力的作用，涨潮流速越来越小，潮差也越来越小。在距河口一定距离处，涨潮流消失，称为潮流界。潮流界以上，河水受潮水顶托，潮波仍能影响一定距离，在潮差为零的地点，称为潮区界。从河口口门到潮区界之间的河段称为感潮河段。长江口感潮区可上溯到安徽大通，故通常均引用大通站的径流资料来分析长江的流量。长江的最大、最小和年均流量分别为：92 600m³/s、4620m³/s、29 300m³/s。每年5～10月为洪季，径流量占全年的71.7%，以6～8月更为集中，7月最大；11月至翌年4月为枯季，占28.3%，以2月最小。年入海径流量为9.24×10¹¹m³，年平均输沙量为4.86亿t。其流量占我国渤海、黄海、东海总入海径流量的80%以上。在长江径流达到峰值的季节，长江冲淡水的扩展成为东海水文环境中最活跃、最显著的特征。

长江径流入海后，形成冲淡水，因其密度比海水密度小，故漂浮在海水之上形成羽状体，在羽状体内形成羽状环流和羽状锋（盐度水平梯度最大的区域），在锋区内存在强烈的动力过程：表层水朝锋区辐合，产生压强梯度，海水向下运动，因此锋区作为一个动力屏障，阻挡了动量、营养盐等溶解物质向外海的输送，从而锋区内溶解物质的浓度明显比外海的溶解物质的浓度高。

长江径流一出口门就立即与海水发生混合，使海水盐度降低，其影响范围在 31.0 等盐线内，即自长江口起以 31.0 等盐线所框定的低盐水海域，可以看成是长江冲淡水扩及的范围，并给它起了个直观的名字"长江冲淡水"。长江冲淡水有冬、夏两条典型扩展路径：冬季，在强劲偏北风的吹刮下，径流入海后不久就转而顺岸南下，成为冬季闽浙沿岸流的主要淡水源，且流幅狭窄（图 3-1，图 3-2）；夏季，长江冲淡水流出口门

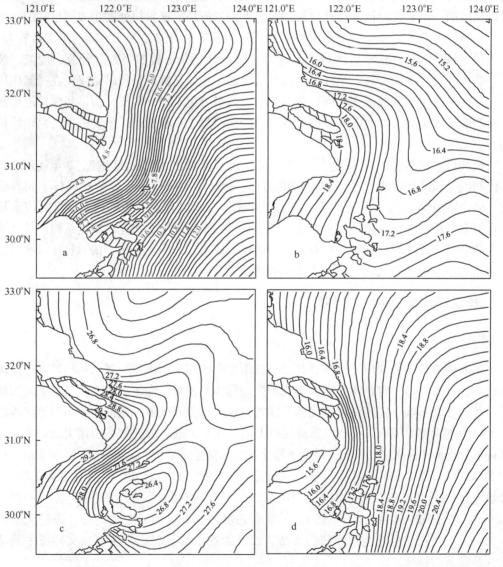

图 3-1　长江口温度（℃）分布

a. 2 月；b. 5 月；c. 8 月；d. 11 月

后，在惯性力的作用下，先以"射形流"的态势直下东南，在 122°10′~122°30′E 区段，即长江口外 20~60km 的范围内，开始转向东北，舌状向东北的济州岛方向扩展（图 3-1，图 3-2）。在有些年份夏季，它可以越过 34.0°N 纬线达到南黄海的中部；在春、秋季，长江冲淡水还有一条直下东南方向的扩展路径，该路径在春季相当频见，也是长江冲淡水一条稳定的路径。

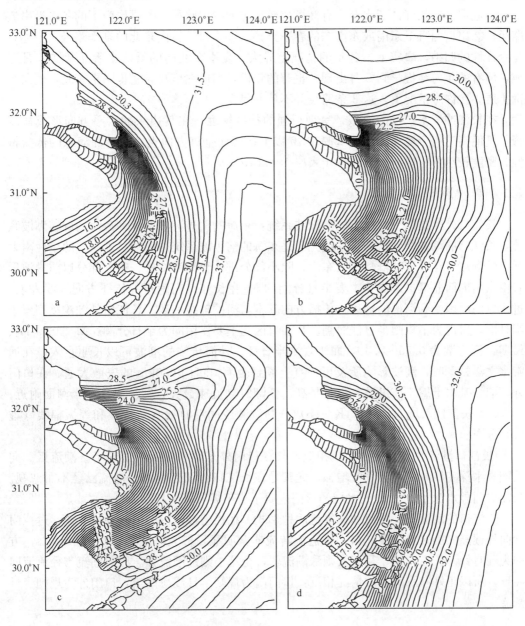

图 3-2　长江口盐度分布

a. 2 月；b. 5 月；c. 8 月；d. 11 月

　　长江冲淡水的走向大体上有如下的季节演变趋势：初春 3 月、4 月，它自长江口南下东南；到了 5 月，水舌开始向北移动，轴线指向东或东北；6 月进入全盛时期；7 月、8 月保持稳定。这段时间里，长江冲淡水水舌以东北向为主，有时偏北，有时偏南，并无定势，水舌的形状也极其多变；进入 9 月，这个舌形分布很快消失，10 月以后又恢复到沿岸南下的冬季路径。

　　由此看来，长江冲淡水至少有 3 条比较稳定的扩展路径：①顺岸南下的冬季沿岸流路径；②出口门直下东南或东南东的春季路径；③出口门转向东北的夏季路径。上述只是统计性的归纳，事实上，各年的情况差异大，夏季东北向的低盐水舌通常在 6 月形成，但有的年份会提早到 5 月出现；也有的年份，即使在盛夏，它也不走东北，而向东南扩展。在许多情况下，这 3 条路径并不单一呈现。

　　在长江冲淡水扩及的海域，呈现很强的盐度梯度。在其边缘的水平方向形成盐度锋，量值高达每个经纬度盐度变幅在 10 以上；而在垂直方向上，由于冲淡水的低盐特性，密度较小，所以通常只浮置于表层 10m 以内。

（二）潮汐潮流

　　长江口外存在两个性质不同的潮波系统：东海的前进潮波系统和黄海的旋转潮波系统，长江口的潮波受到这两个系统尤其是东海的前进波系统的影响特别大。源于西南太平洋的潮波，穿过琉球群岛进入东海，除小部分进入台湾海峡外，绝大部分以前进波形式由东南向西北挺进，作为主要半日分潮的 M_2 在长江口门附近的传播方向 305°左右。进入口门后因受到河槽的约束，传播方向基本与河槽轴线一致。长江口外潮汐类型属于半日潮，口内为不规则半日浅海潮。长江口区起主要作用的为半日分潮：M_2、S_2、N_2、K_2 等。潮型数为 0.35～0.40，属于规则半日潮。外海传来的潮波可以长驱直入，在通常水文年枯季时，潮波影响所及可一直上溯到距河口口门 650km 的安徽大通。在口门外，潮波基本上属于前进波，也就是高、低潮时刻流速最大，转流出现在半潮面附近。图 3-3 为长江口水域 M_2（a），K_1（b）分潮波潮汐同潮时线（实线）和等振幅线（虚线）分布。

　　长江口潮流性质与潮汐性质相似，长江口门外东部水域属于正规半日潮流区。向西随着水深变浅，浅海分潮流增强，尤其是在长江口各汊道浅海分潮流已经不可忽视。长江口门外水深小于 20m 的水域和口门内属于非正规浅海半日潮流区。

　　长江口的潮流有旋转流和往复流两种形式。在拦门沙以内的河段为往复流，过拦门沙向外逐渐向旋转流过渡，口门附近旋转流非常明显，最大流速为 150～250cm/s，方向为顺时针。长江口区，径流大则涨潮流弱，径流小则涨潮流强。因落潮流与径流流向一致，所以正好和涨潮流的情况相反：口门内为规则半日浅海潮流，口门外为规则半日潮流。

（三）上升流

　　上升流是指海水从"深层"向"上层"涌升的垂向缓慢运动，其运动速度一般为 10^{-7}～10^{-3} m/s。上升流把"深层"富含营养盐类的海水带到"上层"或表层，使"上

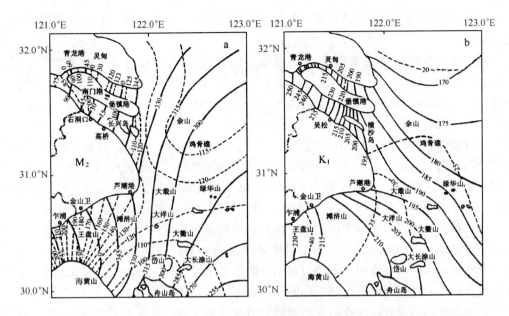

图 3-3　长江口及邻近海域 M$_2$（a），K$_1$（b）分潮波潮汐同潮时线［实线，（°）］和等振幅
线（虚线，cm）分布（中国海湾志编撰委员会，1998）

层"或表层海水中因生物摄食而消耗的营养盐得到不断补充。因此上升流强的区域，很
可能是渔场所在地。例如，舟山群岛附近的渔场与浙江沿岸上升流区有关。

长江口地处东亚季风气候区，风向一年有两次变换，冬季盛行偏北风，夏季盛行偏
南风，风力冬强夏弱（台风除外）。

长江口及邻近海域，海岸线曲折，岛屿众多。在 20～50m 等深线，海底有一明显
的狭长斜坡，坡度约为 0.11%，呈东北—西南走向，大体与等深线或海岸线平行。斜
坡以外，海底地势平坦。此处，海水运动表现为：近岸一带为江浙沿岸流控制；在沿岸
流的东侧，为北向的台湾暖流控制，流向终年为东北向。在沿岸流与台湾暖流侧向相遇
之处，侧向混合较强。浙江沿岸上升流，就是在这样复杂的自然环境条件下形成的，是
地形、海流、风等诸多因素综合作用的结果。

浙江沿岸上升流区域大致在 28.0°～31.0°N、124.0°E 以西海域，水深为 20～70m 的
范围，其中心位置在 29°N 舟山群岛附近。根据计算上升流的流速为 $3 \times 10^{-5} \sim 9 \times 10^{-5}$ m/
s。在平面分布上，该上升流区有以下两个特点。

1）出现以低温（低溶解氧）为主要特色的冷水团，低温为上升流的主要特征，但
上升流区（122°10′～122°30′E 区段，即长江口外 20～60km）的低温水团并不经常出现
在表层，而是出现在 5～10m 的深水层，以 10m 层最为显著，几乎每年夏季都能出现，
也有个别年份，涌升可以达到海表面。

2）具有高盐、高密、高磷特征，尤其是盐度分布，半闭合的高盐水舌与水温分布
相匹配，高盐水舌中的高盐核在 29.0°N 附近。在垂直断面分布上，各要素均以涌升现
象为主要特征，尤以 29.0°N 断面温度、盐度分布最为典型。正因为深层的低温、高盐
水爬坡而涌升，在表层以下水层的平面图才显示出高盐、低温水团。浙江沿岸上升流，

始于5月，6月增强，7~8月最强，9~10月开始减弱。冬季虽仍有上升流现象，但势力微弱。

　　夏季我国东海存在的沿岸上升流现象，已有许多研究报道（苗振清和严世强，2003；赵保仁等，2001；樊安德等，1987；丁宗信，1983）。针对上升流区的水团性质、温盐结构以及形成上升流的主要动力因子和上升流速的计算，以往学者提出了各种不同的看法（罗义勇，1998；黄祖柯和俞光耀，1996；刘先炳和苏纪兰，1991；潘玉球等，1985；曹欣中和朱延璋，1985；胡敦欣，1980；胡敦欣，1979）。总的看来，多数学者认为该海域的上升流是由于风、台湾暖流等因子在东海特有地形的作用下诱导所致，并计算出夏季浙江沿岸上升流速为 6.5×10^{-3} cm/s 左右（刘先炳和苏纪兰，1991；胡敦欣，1979）。许建平（1986）对浙江近海上升流区冬季水文结构进行了初步分析，认为冬季台湾暖流仍同夏季一样爬坡北上。因此，地形及台湾暖流仍是冬季上升流形成的重要因子。黄荣祥（1996）指出：闽中沿岸冬季水动力条件和环境因素与夏季有相似之处，台湾暖流深层水自南向北运动过程中，由于沿途水深变浅，海水受海底地形的抬升和摩擦作用，冬季在闽中沿岸海坛岛附近海域形成沿岸坡涌升，产生上升流是可能的。另外，冬季北向的海峡暖流在海坛岛附近海域存在向岸运动分量也可以佐证上升流的存在。王辉（1995，1996）提出：冬季在闽浙沿岸存在一明显的带状上升流区，位于浙江舟山群岛以南至福建海坛岛以北的一个狭长的近岸区域内，上升流中心位于 $26°30'$N、$120°40'$E 附近，10m 层上升速度为 8.5×10^{-3} cm/s，其形成机制可能是由于台湾暖流向北输送过程中，受柯氏力作用表层海水不断偏离海岸，下层海水必须向上运动以补充上层流走的海水，从而导致上升流的产生。关于沿岸上升流的计算，以往的学者大多是用 Sverdrup 方法（黄荣祥，1989）及位移估算法（肖晖，1988）来计算垂直流速。Sverdrup 方法计算简便，但其缺点是：当上升流处于稳定期或衰减期时，由它可得出垂直流速为零或负值的结果，这是不符合实际情况的。位移估算法就是假定海岸线为径向以及垂向混合均匀，通过近岸某点做垂直于海岸的断面，只要有上升流存在，这个断面上的某些理化特征（如温度和盐度），相对于过该点水平线上的平均值的距平，可以作为该点附近上升流强度的指标，垂直流速就可以定义为距平的函数。但是，由于上层和下层海水的混合，位移估算法计算出的上升流速往往偏小。

（四）沿岸流

　　该海区的沿岸流主要是闽浙沿岸流，该沿岸流源于长江口、杭州湾一带，主要是由长江、钱塘江的入海径流与海水混合而成，主要分布在长江口及其以南的闽浙沿岸，故此得名。长江口、杭州湾一带，由于径流量大，海水盐度低，水色浑浊，透明度小，其水文要素的年变化较大。在与台湾暖流交汇处，温盐要素（尤其是盐度）的水平梯度特别大，形成明显的锋面。沿岸低盐水浮在外海高盐水的上层，由于深度较浅，受风的影响比较明显。冬季，长江、钱塘江等径流量减少，低盐水从长江口流出，此时由于柯氏力和水平梯度力的平衡被打破，低盐水向南移动，此时偏北风盛行更加加剧了低盐水的南向流动，经长江口、杭州湾、舟山群岛沿闽浙沿岸南下，由于偏北风的作用，根据EKMAN 效应（Pedlosky，1987）——水的输运垂直于风应力矢量（在北半球在矢量的右侧），因此会导致低盐水堆积于近岸，使等压面由岸向海倾斜产生压强梯度力，从而产生密度流，此时低盐水会紧贴着西岸向南流动，有些月份，它可以越过台湾海峡进入南海。

　　夏季，东海北部近海以东南风居多，在季风作用下，风应力平衡了流出河口口门时的柯氏力，沿岸流沿海岸向东北方向流动。由于 EKMAN 效应，此时水的输运垂直于风应力，把低盐水向外海输运。与冬季相反，夏季低盐水不是在沿岸堆积而是在平面铺开；该季节长江口、钱塘江的流量剧增，大量冲淡水与高盐外海水混合，形成一个巨大的低盐水舌，指向济州岛方向。在长江径流量最大的年份，其低盐水舌可以伸展到济州岛附近，并与黄海暖流的"根部"相接（孙湘平，2006）。此时沪浙闽沿岸流的流幅较宽、流层较薄，由于 EKMAN 效应的影响，低盐水被风应力输运到风应力矢量的右侧，即外海区。沿岸流的流速，长江口外为 25cm/s，舟山群岛一带为 20cm/s 左右（孙湘平，2006）。

　　春季和秋季，南、北气流交替出现，是季风的过渡时期，风向比较凌乱，表层流向多变。5 月长江口一带，浙江北部和中部，表层流为南向流动；浙江南部和福建近海，表层流为北向流动。此时沿岸流的流幅较冬季稍宽，但流速较小，为 5～10cm/s，长江口流速为 10～25cm/s；9 月表层流主要为南向流，流速为 5～30cm/s，长江口外流速在 30cm/s 以上，浙江南部和福建近海，表层流速为 5～15cm/s，流向偏北。长江口、杭州湾流速较大，闽浙沿岸流速较小。

二、长江口水域三维环流结构与特征

　　基于目前长江口水域水动力学的研究现状，笔者从三维斜压流体动力学模型（POM）出发，以研究海区冬季（2 月）、春季（5 月）、夏季（8 月）和秋季（11 月）的海面风应力、温度和盐度观测资料作为海面边界条件，以外海界面处的温度和盐度观测资料作为侧向边界条件，考虑长江径流、台湾暖流和东海沿岸流等外海入流及其变化的影响，通过动力学的数值模拟，深入研究了长江口水域三维斜压环流的形成、变化和结构等特征。

（一）垂直环流特征

　　图 3-4、图 3-5、图 3-6 和图 3-7 分别是研究海区 32.0°N、31.5°N 和 31.0°N 断面冬、春、夏、秋四个季节垂直环流的模拟结果。由于垂直环流的垂向流速分量和水平横向流速分量相差甚远，为了清晰反映垂直环流的分布特征和变化趋势，各纬度断面的垂直环流均将垂向流速分量放大 L/H（650）后与水平横向流速合成得到。

1. 冬季垂直环流

　　图 3-4 是冬季研究海区垂直环流的数值结果。由该图可以看出，冬季研究海区各纬度断面的垂直环流的总趋势由近岸向外海流动，即为离岸流。离岸流在由近岸向外海的流动过程中，随海底地形和水深的变化产生波动或振荡。海底地形坡度和水深变化缓慢的长江口以北水域（32.0°N）其离岸流的波动小，在近岸离岸流由表层至底层逐渐减弱，

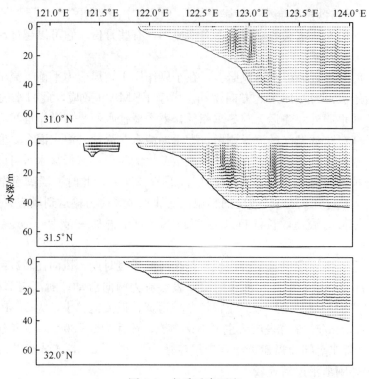

图 3-4 冬季垂直环流

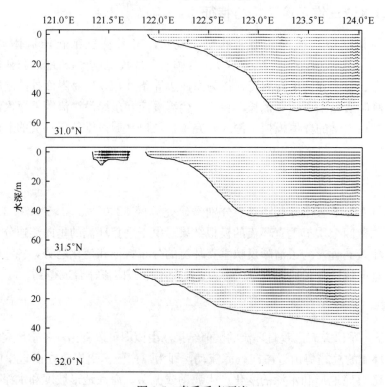

图 3-5 春季垂直环流

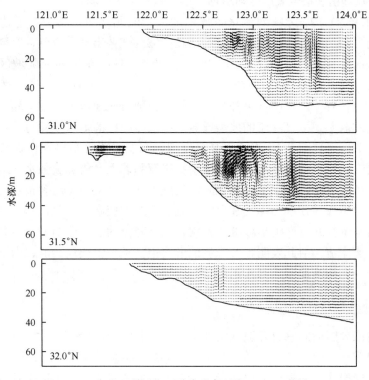

图 3-6 夏季垂直环流

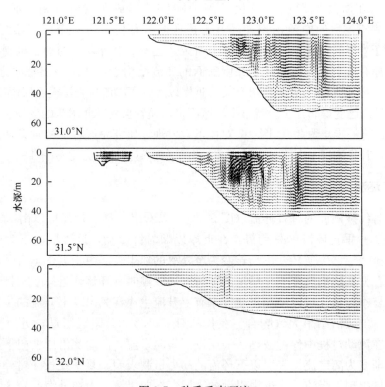

图 3-7 秋季垂直环流

而在外海离岸流却由表层至底层逐渐增强，至深底层又呈减弱趋势。在长江口（31.5°N）及其以南（31.0°N）的强水平对流区，近岸的离岸流非常弱，离岸流抵达海底地形坡度和水深变化显著的陡坡区产生剧烈振荡，在陡坡区交替出现升降流，升降流之间蕴含着顺时针和逆时针环流。由图 3-4 还可以看出，长江口 31.5°N 断面陡坡区升降流的升降程度比长江口以南 31.0°N 断面弱，而流幅却比 31.0°N 断面宽，这显然与长江口外陡坡的螺旋式扭转有关。自陡坡至外海，升降流又随海底地形坡度的减缓而减弱，变成小的波动。由此表明，垂直环流的波动或振荡不仅与海区的地形坡度有关，而且与水平环流的强弱有关。对比图 3-4、图 2-1 容易发现，剧烈振荡总是出现在长江口及其以南海底地形坡度变化显著的陡坡区，即在南下沿岸流和北上台湾暖流强水平对流之间形成强垂直对流。由此表明，强水平对流之间的气旋涡和反气旋涡区出现很强的升降流，正是这些升降流的生成导致了沿岸流和台湾暖流之间的气旋涡和反气旋涡。由图 3-4 还可以发现，随着自南往北海底地形坡度的减缓，其升降流的强度逐渐减弱，并逐渐变为自近岸至外海的离岸流。由此表明，升降流的形成主要是由于长江径流、南下沿岸流、北上台湾暖流和局部海底地形共同作用的结果。

2. 春季垂直环流

由春季各纬度断面的垂直环流（图 3-5）可以看出，研究海区春季垂直环流的总趋势：在长江口及其以南（31.0°N 和 31.5°N）近岸，垂直环流以顺时针流动。近表层以下为向岸流，向岸流自底层至表层逐渐转为至外海的离岸流。由于近岸垂直环流的顺时针流动，从而在海底地形坡度变化显著的陡坡区形成顺时针环流。而长江口以北（32.0°N），在近岸区向岸流出现逆转并形成顺时针环流，近岸表层却始终为向岸流，这主要是由于春季长江冲淡水沿岸界北上所致。近岸顺时针环流的动力机制表明，春季在长江口近岸存在弱上升流。从各纬度断面的环流结构看，离岸流出现时强时弱现象，这显然与水平环流纵向流速的强弱有关。近岸以远的离岸流自表层至底层逐渐由强变弱，在深底层其流速已变得非常小。就整个海区而言，随着自南往北水深的变浅，离岸流有逐渐增强趋势。进一步与图 3-4、图 3-7 对比可以发现，研究海区春季的垂直环流要比冬季和秋季都弱，升降流也不太明显，这主要是由于春季海面风应力比冬季和秋季弱的缘故。

3. 夏季垂直环流

由夏季各纬度断面的垂直环流（图 3-6）可以看出，夏季长江口以南（31.0°N）和以北（32.0°N）垂直环流的总趋势：在近岸以顺时针流动，近表层以下为向岸流，向岸流自底层至表层产生逆转，逐渐转变为至外海的离岸流。由于近岸垂直环流的顺时针流动，从而在海底地形坡度变化显著的陡坡区形成顺时针环流。近岸顺时针环流的动力机制表明，夏季在长江口以南和以北近岸有上升流生成，其出现上升流的位置也与吕新刚等（2007）的数值结果大致吻合。在长江口（31.5°N）附近区域，近岸表层为离岸流，离岸流在流动过程中伴有波动。表层以下为向岸流，向岸流沿岸坡向下至海底产生逆转，又逐渐变为离岸流。表层以下环流的动力机制表明，夏季在长江口外岸坡变化显著的局部区域出现下降流。在近岸以远的表层存在向岸流，而在外海又变为离岸流，在长江口以远的外海表层至底层为离岸流。从各纬度断面的环流结构看，垂直环流在水平方向出现逆向和时强时弱现象，显然也与水平环流纵向流速的强弱有关。垂直环流的强度自表层至底层逐渐由强变弱，在深底层的环流更弱。夏季长江径流量为全年之最，其巨大径流量将对研究海区的环流结构产生很大影响，因此夏季长江口附近海区的垂直环流明显比春季强，并自长江口往南和往北逐渐减弱。由于夏季海面风应力较全年偏弱，与春季相比升降流的升降趋势并不明显。

4. 秋季垂直环流

图 3-7 是秋季研究海区各纬度断面的垂直环流。由图 3-7 可以看出，秋季研究海区垂直环流的总趋势与冬季大致相同，即由近岸向外海流动。离岸流在由近岸向外海的流动过程中产生波动或振荡，在海底地形坡度和水深变化缓慢的长江口以北（32.0°N），除了在陡坡（122.5°E）附近产生振荡而形成下降-上升流外，其他区域离岸流的波动均较小。在近岸至陡坡区离岸流自表层至底层呈减弱趋势，而陡坡至外海离岸流却由表层至底层呈增强趋势，至深底层又呈减弱趋势。长江口（31.5°N）及其以南（31.0°N）强水平环流区，近岸的离岸流和冬季一样也非常弱，离岸流抵达海底地形坡度和水深变化显著的陡坡区产生急剧的振荡，即在陡坡区出现交替升降流，其升降流区的宽度比冬季大。对比图 2-1 可以发现，这显然是由于升降流区水平环流的剧烈摆动所致。由图 3-7 还发现，在长江口（31.5°N）外陡坡区升降流的升降趋势与冬季相反，这除了与水平环流的剧烈摆动有关外，还与长江口外陡坡的螺旋式扭转有关。在外海升降流随海底地形坡度的减缓而减弱，变成小的波动。比较图 3-7 和图 3-3 不难发现，垂直环流的剧烈振荡区恰恰与水平环流的剧烈摆动及气旋涡和反气旋涡的位置对应。这也表明，垂直环流的剧烈振荡导致了该区域水平环流的剧烈摆动及气旋涡和反气旋涡的生成。由图 3-7 还可以发现，整个海区垂直环流的变化趋势与冬季相同，自北开边界至长江口垂直环流的振荡幅度逐渐由小变大，而自长江口到南开边界其振荡幅度又逐渐由大变小。这进一步证实，长江径流将对垂直环流产生很大影响。

（二）水平环流特征

图 3-8、图 3-9、图 3-10 和图 3-11 分别是研究海区冬季（2 月）、春季（5 月）、夏季（8 月）和秋季（11 月）水平环流分布结构的模拟结果，分别反映出不同季节该海区环流的形成、结构和变化等特点。

1. 冬季水平环流

从冬季水深平均的水平环流（图 3-8）可以清晰地看出，长江径流从崇明岛北侧河道和南侧河道的南港和北港入海，尽管冬季径流量为全年最小，但由于长江河道窄，且水深相对较浅，河道内流速与河口外水域相比仍显得很强。在冬季剧烈偏北风的作用下，从北开边界进入海区的东海沿岸流，在长江口以北沿岸界向东南方向流动，其流幅宽（可超过一个经度），流速相对较弱。随着自北至长江口岸界坡度和水深的增大，沿岸流的流速随其流幅的变窄而逐渐增强，流向也逐渐由东南向南偏转。沿岸流抵达长江

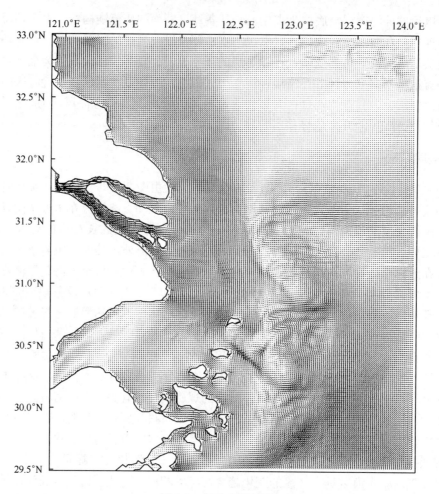

图 3-8　冬季水平环流

口，相继与长江各河道入海径流汇合。由于长江径流冲力的作用，沿岸流在长江口附近又有向东南偏转之势，且流幅逐渐随长江口的走向变宽，流速也因长江径流的汇入略有增强。长江径流和沿岸流一同南下，在南下过程中被杭州湾口外的舟山群岛分成东西两支，其东支沿舟山群岛东侧南下，而西支则沿舟山群岛西侧南下。舟山群岛西侧支流在长江口的南面又分出一个小的支流，这个小的支流绕过长江口南岸的突出地形，沿杭州湾北岸进入湾内，构成杭州湾环流；其主流则经杭州湾口的开阔区域向西南方向流动，先后经舟山群岛各岛屿间的水道并抵达杭州湾南岸一同向东南方向流动，相继与舟山群岛东侧南下支流汇合，最终沿杭州湾以南岸界流入外海。长江径流和东海沿岸流在流经舟山群岛时，由于地形的影响，随着在各岛屿间的流幅变窄，其流速急剧增强。冬季台湾暖流从海区南开边界的陡坡以东（大约 122.5°E 及其以东）进入研究海区，沿陡坡东北—北—东北—西北—东北的走向蜿蜒北上。台湾暖流在北上过程中，随着陡坡以东水深的减小和由东开边界逐渐向外海的分流，其流幅自南开边界至 31.0°N 由宽变窄，自 31.0°N 至北开边界则由窄变宽，而流速却一致由强变弱。长江口以北陡坡以东的开阔区域其流速已变得非常弱，并且在北开边界附近出现紊乱现象，这表明在该区域的水循环很弱。对比图2-1还可以发现，冬季在长江口以南，沿岸流和台湾暖流之间的陡坡区生成大小不等且形状各异的气旋涡和反气旋涡，其中，舟山群岛以北主要为长轴以东南—西北走向的椭圆形气旋涡，在舟山群岛以南、形状不规则的气旋涡里面还有几个小的气旋涡。气旋涡和反气旋涡的出现表明，在南下沿岸流和北上台湾暖流之间的陡坡区有升降流生成。水平环流的数值结果及其分析表明，冬季长江口水域的水平环流系统主要由长江径流、杭州湾环流、东海沿岸流、台湾暖流及沿岸流与台湾暖流之间的气旋涡和反气旋涡构成。东海沿岸流顺岸南下，台湾暖流沿陡坡及其外沿蜿蜒北上。东海沿岸流随着自北往南岸界地形坡度的增大，流幅变窄，流速增强。台湾暖流自南往北随着海底地形的减缓和水深的变浅，其流幅由宽变窄继而又由窄变宽，流速却一致由强变弱。东海沿岸流和台湾暖流之间的气旋涡和反气旋涡的形成主要是由于南下沿岸流与北上台湾暖流切变与局部地形耦合效应的结果。由冬季水平环流的分布特征和变化规律进一步证实，冬季长江冲淡水一致沿岸界南下这一观测事实。

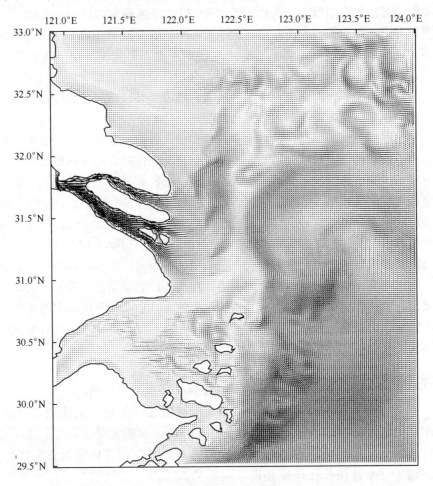

图3-9 春季水平环流

2. 春季水平环流

从春季研究海区水深平均的环流数值模拟结果（图 3-9）可以看出，由于春季长江径流量比冬季大，不管是崇明岛北侧还是南侧的南港和北港河道，其径流流速都明显强于冬季，与河口外水域流速的强弱差异更是甚于冬季。春季在长江口附近已看不到东海沿岸流南下的踪迹，取而代之的是崇明岛北侧河道径流的一个支流绕过河口北岸突出地形沿岸北上。春季长江径流从崇明岛北侧及南侧的南港和北港河道入海后，崇明岛南侧南港河道径流的一个分支绕过长江口南岸的突出地形沿杭州湾北岸进入湾内构成杭州湾环流，春季杭州湾环流明显比冬季弱；其主流出长江口后即出现大约 120° 的逆时针偏转由东南向北流动。在北上过程中，其流速随着流幅的变宽而减弱。大约在长江口以北 32.5°N 近岸以远，与由北开边界进入研究海区的东海沿岸流汇合，一同蜿蜒向东流动，并由东开边界流入外海。绕过河口北岸突出地形，沿岸界北上的支流，在北上过程中，随着逐渐与自北南下的东海沿岸流汇合，其流速逐渐减弱，踪迹也渐渐消失。春季台湾暖流从海区南开边界舟山群岛（大约 122.0°E）以东进入研究海区后，先向东北，然后沿陡坡及其外沿蜿蜒北上。台湾暖流在北上过程中，在靠近舟山群岛一侧先后分出一些小的支流，这些小支流经舟山群岛各岛屿之间的水道，形成一些小的气旋涡和反气旋涡，然后以顺时针和逆时针向北和向南流动，分别从舟山群岛的北面和南面再汇集到继续北上的台湾暖流中。台湾暖流在北上的同时，随着陡坡减缓、水深变浅，流幅并没有发生太大的变化，而流速却逐渐减弱。台湾暖流抵达长江口外，沿河口外螺旋形陡坡的走势做了一个顺时针弧形偏转，最终由东开边界流入外海。春季，台湾暖流、长江径流和东海沿岸流的汇合流在长江口以北平行向外海流动的同时，由于海底地形影响，在长江口以北陡坡以东的开阔区形成若干个大小不等、形状各异的气旋涡和反气旋涡，可以断定在这些气旋涡和反气旋涡区将有升降流生成。将图 3-1 和图 2-1 进行比照可以发现，春季海区东北角开阔区域的环流强度比冬季大，这主要与北上长江径流和南下东海沿岸流汇合东去有关。由于春季东海沿岸流对长江口及其以南海域的影响大大减弱，使杭州湾及其湾口区域的环流明显减弱。分析表明，春季研究海区的水平环流系统主要由长江径流、东海沿岸流、台湾暖流、闽浙沿岸流构成。春季长江径流和台湾暖流自长江口以北平行北上，并顺时针偏转由东开边界流入外海。春季台湾暖流向西拓展，其流幅明显比冬季宽，而强度与冬季并没有太大的差异。从春季海区的水平环流系统和演变规律可以证实，春季长江冲淡水已开始向东北偏转。

3. 夏季水平环流

图 3-10 是长江口水域夏季水深平均的环流数值模拟结果。由该图可以清晰地看出，崇明岛北侧及南侧的南港和北港河道径流的流速都明显强于春季，更甚于冬季，与河口外水域相比其流速的强弱差异更大。夏季不但在长江口附近看不到东海沿岸流南下的踪迹，而且在长江口以北近岸也不见其踪影。由崇明岛北侧及南侧北港河道的部分径流出河口后即汇合并做顺时针偏转向北流动，然后又大致分为三支。其主流先向北后又向东北偏转，随着向北和向东北的流动，其流幅变宽、流速减弱，

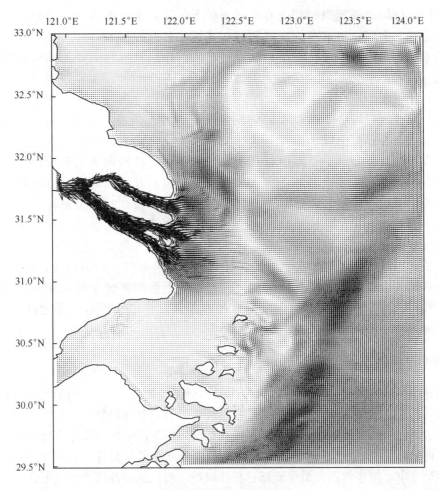

图 3-10　夏季水平环流

逐渐与由北开边界进入海区的南下沿岸流汇合，并一同向东流入外海。主流西侧支流绕过长江口北岸的突出地形，沿岸界向西北流动，随着流幅的变窄和流速的减弱，至北开边界附近逐渐消失。主流东侧支流先向东北，然后做顺时针偏转向东南流动，随着由东北向东南的偏转，其流幅变宽、流速减弱。对比图 3-9 和图 3-10，夏季长江径流的强度、向东北的伸展程度和扩展范围都远远超过春季。早在 20 世纪 60 年代初，管秉贤（1962）在有关我国近海海流研究的若干问题的论述中曾把自河口伸向海洋的长江径流称为"射形流"，正是这个夏季能量最强的"射形流"在偏南风和台湾暖流的共同作用下，将庞大的冲淡水体推向东北。崇明岛南侧的南港河道径流和北港河道部分径流出河口后向东和东南方向流动，向东的支流在长江口外转向东南，抵达螺旋形陡坡附近做了一个逆时针迂回后，又汇集到由南港河道北上的径流中。向东南的支流在流经杭州湾口开阔区域时，随着流幅向南和西南方向的扩展，强度迅速减弱，并有一支很弱的流绕过长江口南岸的突出地形，沿杭州湾北岸进入湾内，形成杭州湾环流。夏季由于东海沿岸流不影响长江口及其以南海域，因此杭州湾及其湾口附近区域的环流明显弱于春季，更弱于冬季，由此表明夏季杭州湾内及其湾口的水循环非常弱。向东南的支流流经杭州湾口的开阔区域，先后经舟山群岛各岛屿间的水道和杭州湾南岸，汇集到北上台湾暖流中。夏季台湾暖流从研究海区的西岸以东（122.0°E）的南开边界进入海区后，先向东北，然后沿陡坡及其外沿蜿蜒北上。在北上过程中，台湾暖流靠近舟山群岛一侧先后分出一些小的支流，在舟山群岛附近和海底地形坡度变化显著的陡坡区形成小的气旋涡、反气旋涡。台湾暖流主流继续北上，并在舟山群岛以北分为两支，东支向东北流出外海；西支向西北方向流动，在长江口外做了一个顺时针迂回，向东偏南，再转向东北流出外海。台湾暖流在北上的同时，随着陡坡减缓、水深变浅及其由东开边界逐步向外海的分流，其流幅变窄，但流速并没有明显减弱。夏季台湾暖流和长江径流、东海沿岸流汇合平行北上并向东北偏转，在长江口以北陡坡、东海底地形变化平缓的开阔区域形成一些小的气旋涡和反气旋涡，可以推断在该区域也存在升降流。夏季研究海区的水平环流系统与春季大致相似，主要由长江径流、东海沿岸流、台湾暖流、闽浙沿岸流、舟山群岛附近的气旋涡和反气旋涡构成。夏季北上台湾暖流主流和北开边界附近的东去长江径流与东海沿岸流的强度明显比春季强，长江冲淡水向东北的偏转程度、伸展距离和扩展范围也更甚于春季。

4. 秋季水平环流

从秋季海区水深平均环流的数值结果（图3-11）看出，除了台湾暖流北上途中在长江口外产生剧烈摆动外，研究海区的水平环流分布和变化趋势大致与冬季相同。秋季从北开边界进入研究海区的东海沿岸流，在长江口以北沿岸界向东南方向流动，其流幅较宽（可超过1个经度），流速相对较弱；随着自北至长江口岸界坡度和水深的增大，流幅逐渐变窄，流速增强。沿岸流抵达长江口后，与长江口各河道径流汇合，受长江径流冲力作用，沿岸流在长江口附近又有向东南偏转之势，且流幅逐渐随长江口的走向变宽，流速也因长江径流的汇入而增强。由于秋季长江径流比冬季大，而海面风应力比冬季弱，致使长江口外流速增强。长江径流在沿岸流的作用下，一同南下，在南下过程中被杭州湾口外的舟山群岛分成东西两支，其东支沿舟山群岛东侧南下，西支则沿舟山群岛西侧南下。舟山群岛西侧支流在长江口以南又分出一个小的支流，该支流绕过长江口南岸的突出地形，沿杭州湾北岸进入湾内构成杭州湾环流；其主流则经舟山群岛西侧杭州湾口的开阔区域继续向西南方向流动，并先后经舟山群岛各岛屿间的水道，抵达杭州湾南岸，向东南方向流动，相继与舟山群岛东侧南下支流汇合，最终沿杭州湾以南西侧岸界流入外海。长江径流和东海沿岸流在流经舟山群岛时，由于地形的影响，流幅在各岛屿间变窄，而流速急剧增强。秋季台湾暖流从南开边界的陡坡及其以东进入研究海区后，开始向东偏南方向流动，随后出现逆时针偏转，由东偏南变为沿陡坡外沿向北的流动。台湾暖流在北上过程中，产生剧烈的摆动，使流速增强，形成一些形状各异的涡旋。随着自南到北坡度和水深的减小，秋季台湾暖流流速迅速减弱。和冬季一样也在长江口以北、10m等深线以东的开阔海域形成一个弱环流区，在北开边界附近也出现一些紊乱现象，这表明秋季在该区域的水循环也很弱。在长江口以南，南下沿岸流和北上

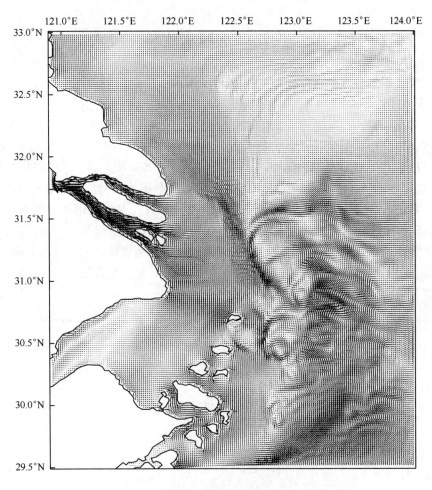

图 3-11　秋季水平环流

台湾暖流之间的陡坡区也生成大小不等、形状各异的气旋涡和反气旋涡，其中舟山群岛以北、较大的椭圆形气旋涡里面还含有小的气旋涡。由于台湾暖流的剧烈摆动，气旋涡和反气旋涡的强度明显大于冬季。事实表明，在气旋涡和反气旋涡及流套的生成区存在升降流。水平环流的数值结果及其分析表明，秋季长江口水域的水平环流系统主要由长江径流、杭州湾环流、东海沿岸流、台湾暖流和南下沿岸流与北上台湾暖流之间的气旋涡和反气旋涡构成；秋季东海沿岸流顺岸南下，台湾暖流在沿陡坡外沿北上途中产生剧烈摆动，从而在陡坡附近形成流速较强的流套。随着自北往南岸界地形坡度的增大，东海沿岸流的流幅由宽变窄、流速自北至长江口由弱变强，而自长江口至南则由强变弱，冬季长江冲淡水也一致沿岸界南下。

（本节著者：刘兴泉　冯兴如　杨德周　尹宝树）

第二节　长江口水域水化学环境现状

为了深入了解长江口水域富营养化现状，本书作者自 2003 年开始，在长江口水域（121.0°～123.5°E，30.5°～32.0°N）布设 40 多个季度调查监测站（图 3-12），针对该水域富营养化现状，连续进行了 5 年 17 个航次的化学、水文、生物等方面的综合调查，调查内容包括盐度、温度、水色、透明度、溶解氧（DO）、pH、化学耗氧量（COD）、磷酸盐（PO_4-P）、硅酸盐（SiO_3-Si）、溶解无机氮（NO_3-N、NO_2-N、NH_4-N）、总氮（TN）、总磷（TP）、悬浮体、沉积物、烧失量、浮游植物物种组成、细胞丰度、群落多样性、粒级叶绿素 a、初级生产力等几十个指标参数。本节所用的资料取自于 2004 年 2 月、5 月、8 月和 11 月进行的有关化学参数的调查，分别代表冬、春、夏、秋 4 个季节，主要讨论了水化学环境要素，包括溶解氧、化学耗氧量、磷酸盐和总磷、硅酸盐以及溶解无机氮（硝酸盐、亚硝酸盐和铵）的时空分布特征及其变化规律，旨在为长江口水域富营养化研究提供科学依据。

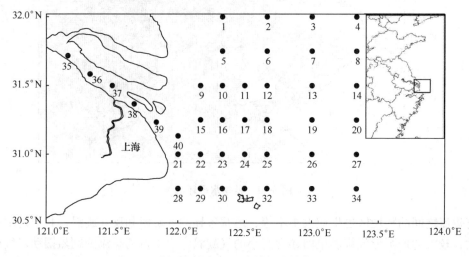

图 3-12　长江口水域调查站位

一、溶解氧

海水中的 DO 含量除了受水温控制外，还与生物活动密切相关，其含量的变化往往反映了生物生长状况和有机污染状况，在海洋学中具有十分重要的地位（顾宏堪，1980），也是水域富营养化重要指标之一，对近海富营养化研究具有重要的意义。

（一）DO 含量水平和季节变化

由表 3-1 可以看出，各个季节长江口门内各站位（35～39 号站）的 DO 含量普遍高于口门外，全年平均的 DO 含量也是口门内大于口门外。口门内主要是淡水，盐度一般小于 3。调查期间表、底层 DO 年平均含量均为 9.4mg/L，各个季节，口内的表、底层

DO 含量也基本相似，这可能是因为口内透明度很低，仅为约 0.3m，浮游植物由于光限制未能充分地进行光合作用，氧的补充主要依赖表层和大气氧的交换；而由于水深较浅，长江径流流速较大，表、底层水混合比较均匀，致使口门内 DO 含量在垂直方向上比较均匀。口门内表、底层 Chla 的年平均含量分别为 $0.354\mu g/L$ 和 $0.400\mu g/L$，表明生物生成的颗粒态有机物很少，有机物分解消耗所需氧量也较少，DO 含量较高。

表 3-1　长江口的 DO 含量（mg/L）

月份	区域	表层		底层	
		范围	平均值	范围	平均值
2	口内	10.06～11.40	10.75±0.56	10.39～11.73	10.97±0.57
	口外	7.65～10.74	9.37±0.72	5.85～10.48	9.24±0.96
5	口内	8.19～12.03	9.44±1.81	7.93～11.04	10.04±1.42
	口外	3.67～9.10	5.58±1.32	1.74～8.87	3.61±1.73
8	口内	7.46～9.00	7.99±0.61	7.08～8.03	7.61±0.36
	口外	3.85～7.40	6.53±0.74	2.34～6.99	4.66±1.50
11	口内	9.02～10.17	9.56±0.42	8.24±9.74	9.06±0.57
	口外	7.09～9.04	8.18±0.66	6.73～8.80	7.46±0.54

在长江口门以外水域，除了水温的季节变化外，DO 含量还受到其他因素的影响。该水域随着盐度的逐渐增加，海水透明度增大，浮游植物大量繁殖，Chla 的年平均含量：表层为 $1.425\mu g/L$，底层为 $0.554\mu g/L$，大大高于口门内。由于河口区形成的大量颗粒有机物在化学和生化过程中对氧的需求和利用，加上表层水与大气氧之间的交换，该水域 DO 的补充和消耗过程复杂，各个月份 DO 含量变化较大，表、底层差异也比较大（表 3-1）。

从季节变化来看，2～5 月、8～11 月，无论在口门内还是口门外，DO 含量基本上呈现先减少再增加的趋势。2 月 DO 含量在整个长江口调查水域为最高，5 月急剧降低，到 8 月口门内继续降低，而口门外有所回升，11 月口门内外的 DO 重新回升到较高的水平。DO 的季节变化表明，其含量主要受水温控制（任广法，1992），尤其在口门内。口门外由于同时受生物活动的影响，略有差异。

表 3-2 是所有站位 DO 含量与盐度和水温的相关性。由于水体中 DO 含量在低盐的近岸区较高、在高盐水域较低，所以 DO 与盐度在所有季节都呈现出显著的负相关；另外，由于它们在季节分布上的差异，其负相关性也有所不同。

DO 与水温的相关性随季节变化而不同。2 月和 11 月 DO 与水温呈显著的负线性相关：从 11 月至翌年 2 月，太阳辐射减少、水温不断下降，由于海水热容大，陆地降温比海洋快，因此口门内以及近岸区域的水温低于远岸，DO 含量升高，呈现负相关；春季至夏季是水温不断上升的阶段，陆地升温比海洋快，河口内和近岸区域的水温一般高于远岸外海区域，5 月和 8 月 DO 与水温都呈现明显的正相关，这说明水温并不是控制这两个月 DO 分布的主要因素。海洋中的 DO 主要来源于大气和水体中自养生物特别是

表 3-2　DO 含量与盐度（S）、水温（T）的相关关系

月份	项目	回归关系
2	DO-S	$y = -0.0697x + 11.224$, $r = 0.5526$, $n = 125$, $p = 2.359 \times 10^{-11}$
	DO-T	$y = -0.5919x + 15.260$, $r = 0.5301$, $n = 125$, $p = 2.051 \times 10^{-10}$
5	DO-S	$y = -0.2069x + 10.005$, $r = 0.8339$, $n = 135$, $p = 3.864 \times 10^{-36}$
	DO-T	$y = 0.9119x - 12.804$, $r = 0.7967$, $n = 135$, $p = 7.170 \times 10^{-31}$
8	DO-S	$y = -0.0919x + 7.7697$, $r = 0.5936$, $n = 130$, $p = 9.835 \times 10^{-14}$
	DO-T	$y = 0.7049x - 12.535$, $r = 0.7993$, $n = 130$, $p = 4.341 \times 10^{-30}$
11	DO-S	$y = -0.0685x + 9.5305$, $r = 0.7726$, $n = 141$, $p = 3.231 \times 10^{-29}$
	DO-T	$y = -0.2808x + 13.486$, $r = 0.5229$, $n = 141$, $p = 2.886 \times 10^{-11}$

浮游植物的光合作用（刁焕祥，1986），主要被海洋动物的呼吸和有机质分解所消耗。在大的时间尺度上，如上面讨论的季节变化，DO 含量主要受控于水温的季节变化；而在较小尺度的空间变化上，DO 分布除了受水温影响外，还受到生物活动的很大影响。特别在生物活动频繁的春、夏季，上层 DO 含量由于浮游植物的光合作用而快速升高，下层浮游植物大量死亡、分解，DO 急剧降低，此时水温的影响已经不足以主导 DO 含量的分布。此外，春、夏季节形成的温度、盐度跃层阻碍了上、下层之间氧的扩散传递，使得温度较高的上层水体保持较高的 DO 含量，而温度较低的下层水体则保持较低的 DO 含量。因此，与 2 月和 11 月不同，5 月和 8 月 DO 与水温都呈现明显的正相关关系。近年来，随着长江口水域富营养化程度的加剧，春、夏季暴发有害藻华的可能性增加，生物活动对 DO 分布的影响将越来越明显。

（二）DO 的平面分布

图 3-13 是 DO 在长江口调查水域的平面分布图。2 月表层 DO 含量最高，其分布由长江口门向东和东北方向逐渐降低，调查区的西北部至东南部大片水域 DO 含量较低，仅东北部含量稍高。底层 DO 含量河口附近高，向外海方向降低。冬季生物活动弱，表、底层平均 Chla 含量分别为 0.436μg/L 和 0.417μg/L，有机物分解以及动物呼吸消耗的氧量减少，高含量的 DO 主要由于水温低、氧在海水中的溶解度增大所致。5 月 DO 含量明显低于 2 月，表、底层分布都由河口向东逐渐减小，但表层浓度梯度远小于底层，这可能与生物活动开始增强有关。表、底层 Chla 含量分别为3.215μg/L 和 0.654μg/L。从春季平面分布看，东北部存在 DO 相对高值区，此处表层浮游植物生长迅速，Chla 含量为 4.057～17.623μg/L，平均达 8.365μg/L，释氧较多；而底层有机分解过程也较强，耗氧较多，DO 含量很低，为 1.92～3.25mg/L，平均仅为 2.75mg/L。虽然春季生物活动很强烈，但表层 DO 含量低于冬季，这说明从冬季至春季，DO 含量的变化主要还是受控于水温，取决于表层水与大气氧的交换。8 月表层 DO 为 3.85～7.40mg/L，等值线向东依次先增大后减小，呈现了中间高两边低的分布状态；底层正好相反，呈中间低两边高的分布状态。底层 DO 低值区含量为 2.34～3.90mg/L，对应的表层 DO 为 6.21～7.40mg/L，而表层 Chla 含量为

$0.333\sim2.793\mu g/L$，底层为 $0.046\sim0.559\mu g/L$。夏季表层浮游植物较多，释放氧气多，底层浮游植物少，释放氧气少，且因分解过程消耗大量的溶解氧，导致底层DO含量远小于表层。11月表层DO含量由河口向东北方向逐渐降低，底层则向东逐渐降低。

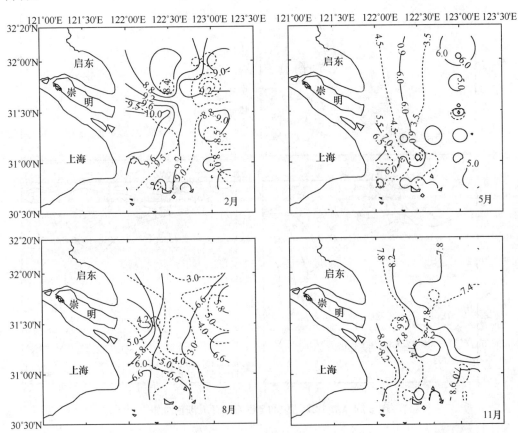

图 3-13　各个季节 DO（mg/L）的平面分布

——表层；------底层

（三）DO 的断面分布

图 3-14 为 21～27 号站所在断面 DO 的垂直分布。根据等值线的走势，DO 的断面分布基本可以分为近岸和远岸两个区域。在近岸区域，DO 含量垂直分布较为均匀，尤其 2 月和 5 月，DO 的等值线基本呈垂线分布。这可能是由于近岸区水深较浅，一般仅为 6～8m，上下水层交换混合较好，表、底层的 DO 值相差不大所致。例如，8 月 21～23 号站位表、底层 DO 含量基本相等，分别为 6.33mg/L 和 6.35mg/L、6.73mg/L 和 6.85mg/L、6.49mg/L 和 6.46mg/L。

在远岸区，随着水深增大，DO 等值线倾斜度减小，甚至接近于水平。2 月，从 23 号站（水深 8m）以东，水深逐渐增大，DO 沿经度增加方向减小，而在相同经度时表

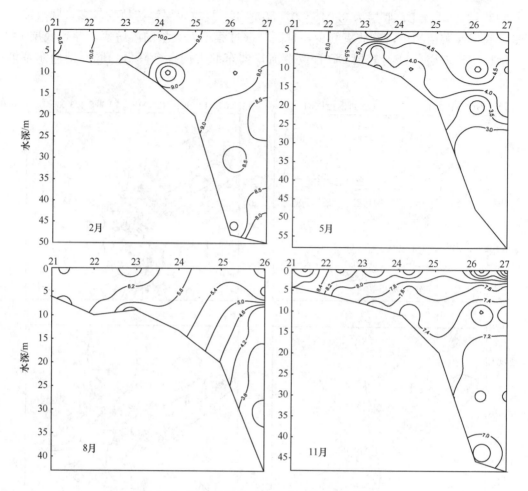

图 3-14　21～27 站位的 DO（mg/L）断面分布

层 DO 含量大于其他各层。5 月和 8 月，长江径流量增大，带来大量的营养盐，随着水温上升和生物活动增强，DO 含量减少，由于温跃层的出现，在垂直方向上，DO 明显分层，上层浮游植物增殖吸收利用营养盐，释放大量的氧气；在底层，化学氧化消耗了较多的氧气，温跃层阻止了上层高含量 DO 向底层扩散，加剧了底层的氧亏损。因此远岸区表、底层 DO 含量相差较大。11 月随水温下降 DO 含量增加，冲淡水对表层 DO 的影响减小，生物活动减弱，表、底层之间 DO 含量的差异减小，但层化现象依然存在，DO 含量仍是表层大于底层和其他层。

综合来看，近岸区表、底层 DO 含量大致相同，远岸区表层 DO 含量大于底层。这与表层海水与大气氧的交换以及浮游植物生长释放氧气，下层水中有机质分解过程耗氧，以及春、夏季温跃层对上下层之间 DO 扩散的影响等有关。

（四）DO 低值区

在春、夏季，DO 在表、底层的含量相差较大，底层出现大面积的低值区。5 月在 122°30′～123°10′E、30°45′～32°00′N 大范围水域，底层水体出现大面积的低氧区，DO 含量为 1.74～3.79mg/L，平均值只有 2.69mg/L；8 月该低值区有所缩小，经度变为 122°30′～123°00′E，DO 含量为 2.34～3.90mg/L，平均值为 2.99mg/L。

通常认为，海水底层氧亏损（或低氧区）的形成是由于海水层化作用和底层有机物氧化大量耗氧等因素所致（Turner and Rabalais，1994）。顾宏堪（1980）在研究黄海 DO 垂直分布最大值时，发现 1959 年 8 月长江口外水深 20m 至底层存在一低氧区，DO 含量为 2.57～3.43mg/L。1980～1981 年长江口及邻近东海水域调查也记录了夏季长江口外存在低 DO 区域，位于 122°30′E、30°50′N 附近（DO＝2.0mg/L）（Limeburner et al.，1983）。Tian 等（1993）提出，在长江口外存在低 DO 区是由于发生了化学氧化或微生物降解有机物后形成的。1999 年 8 月在黄海、东海海域进行的夏季航次海洋科学考察，也发现一低氧区，其中心位于 122°45′～123°00′E、30°50′N 附近（李道季等，2002）。由此可见，从 1959～1999 年，在夏季长江口外均发现了底层 DO 的低值区，且范围相近。

图 3-15 是春、夏季 18 号站、19 号站两个站位水温、盐度、Chla 以及 DO 的垂直分布。这两个站位在 5 月和 8 月都处于低氧区。春季（5 月）温、盐跃层均已明显形成，18 号站 Chla 含量在表层较高，从表层到水深 20m 层之间迅速减小，20m 水深以下含量远远小于表层，相应的 DO 含量在 20m 水层以上较高且保持稳定，20m 以下快速降低，表明 20m 以下浮游植物开始大量死亡分解，DO 最低含量仅为 1.99mg/L。位于 18 号站东侧的 19 号站，5 月在盐跃层上界 10m 水层以下，Chla 含量开始下降，至 20m 以下水体，含量下降至最低且变化较小。DO 含量大致也从 10m 层开始大幅度降低，水温则从表层开始一直呈现下降趋势。这表明 DO 含量随水深的变化主要取决于有机物的分解耗氧，而与水温变化无关。夏季 18 号站、19 号站与其在 5 月的变化规律相似。表层的 Chla 和 DO 含量很高，而底层远远小于表层，表明温、盐跃层的存在阻碍了上层氧向下层扩散传递，使得下层的氧量不能得到及时的补充，而下层在动物呼吸和有机分解过程中又大量耗氧，因此底层的溶解氧大大低于表层。

二、化学耗氧量

化学耗氧量（chemical oxygen demand，COD）常作为评价有机物相对含量的综合指标之一，也是水质污染监测和水域富营养化评价的主要指标之一。长江口水域每年接受大量由长江径流输入的营养盐和有机质，促使该水域生物大量生长和繁殖，富营养化日趋严重，有害藻华频繁发生（周名江等，2003）。

（一）COD 含量水平和季节变化

由表 3-3 可以看出，在 4 个季度月，长江口门内水体 COD 含量普遍高于长江口门

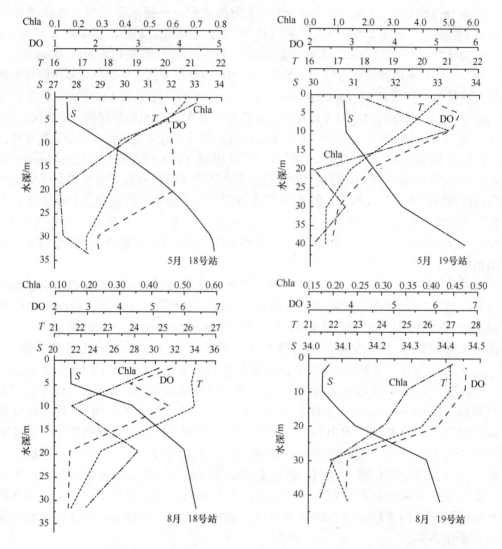

图 3-15　18 号站、19 号站春、夏季水温（T）、盐度（S）、DO 和 Chla 的垂直分布

———— S；---------- T（℃）；– – – – DO（mg/L）；–·–·– Chla（μg/L）

外水域，这是由于长江径流带来大量的营养物质和有机物所致。在长江口门外水域，由于长江径流和外海水之间的混合和稀释作用，COD 含量降低。另外在长江口门内，表层 COD 含量均小于底层，这可能由于长江径流含有大量悬浮颗粒，有机质易于黏附在悬浮颗粒上，加上口区河道变宽，流速减缓，有机质随着悬浮颗粒沉降而向下转移，导致底层 COD 含量升高，该结果与大部分站位悬浮体含量底层高于表层一致。

表 3-3　各季度 COD 含量的范围和平均值（mg/L）

月份	区域	表层		底层	
		范围	平均	范围	平均
2	口内	1.40～2.19	1.70±0.29	1.54～2.21	1.78±0.25
	口外	0.04～2.36	0.89±0.59	0.20～2.69	0.91±0.58
5	口内	2.34～2.74	2.61±0.18	2.18～3.14	2.65±0.40
	口外	0.46～4.22	1.72±0.86	0.00～3.42	1.10±0.96
8	口内	1.34～2.04	1.83±0.28	1.73～2.74	2.01±0.42
	口外	0.42～4.07	1.37±0.91	0.14～4.03	1.41±1.29
11	口内	1.64～2.12	1.87±0.19	1.76～2.24	1.96±0.21
	口外	0.30～2.70	1.14±0.54	0.35～2.90	1.08±0.67

　　COD 含量的季节变化为春、夏季大于秋、冬季（表 3-3）。在长江口门内，无论表层还是底层，5 月 COD 的平均含量为全年最高，这与三峡工程兴建之前 1985～1986 年的周年调查结果是一致的（周陈年等，1992）。此时长江由枯水期进入丰水期，随着江水携带的有机物入海量增加，COD 含量也增加。长江河道内各站均大于 2.0mg/L，甚至达到 3.0mg/L 以上；河口近岸 40 号站、21 号站和 22 号站的 COD 含量也很高，分别为 2.82mg/L、4.22mg/L、3.06mg/L，远岸站如 33 号站、34 号站的 COD 含量也在 2.00mg/L 以上。口门外水域 COD 含量高还与春季浮游植物大量繁殖密切相关，5 月表、底层 Chla 平均含量分别为 3.215μg/L 和 0.654μg/L，为全年最高。8 月 COD 含量低于 5 月，可能与丰水期长江径流对有机污染物有一定的稀释作用有关（周陈年等，1992），但由于夏季河水带来大量有机物，COD 依然保持较高的含量。11 月长江进入枯水期，COD 含量表层接近 8 月，底层低于 8 月。冬季 2 月，表、底层 COD 平均含量均达到全年最低值。与 1985～1986 年同期调查比较，本次调查 COD 平均含量低于 1985～1986 年（周陈年等，1992），这是否与三峡工程兴建、长江径流所携带的悬浮物减少有关，还有待于进一步调查和研究。

（二）COD 的平面分布

　　从 COD 的平面分布可以看出（图 3-16），2 月 COD 等值线从长江入海口向东和东北方向递减，表、底层含量差别不大，相同值的等值线几乎重合。除了入海口小范围之外，几乎口外整个水域 COD 含量都小于 2.0mg/L，东部和东北部大片水域 COD 含量在 0.8mg/L 以下。

　　5 月 COD 的表、底层含量分布趋势与 2 月相似，但是由于温、盐跃层的逐渐形成，阻滞了上下水层间的垂直交换，反映在等值线分布上：同一数值的等值线，表、底层位置差异较大，表层含量明显大于底层。5 月由长江输送的 COD 大量增加，口门内表、底层 COD 平均含量都是 2 月的 1.5 倍，高 COD 含量的等值线随着冲淡水向东和东北方向扩展，COD 含量大于 1.0mg/L 的水域几乎占据了整个调查区域。

　　8 月表、底层 COD 的分布差异更加显著。表层 COD 含量从河口向东北方向逐渐递

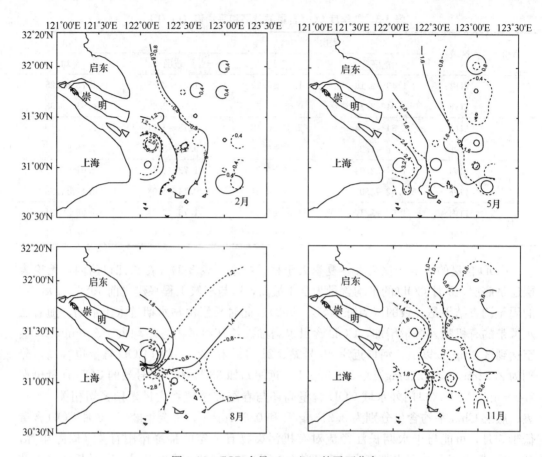

图 3-16　COD 含量（mg/L）的平面分布

————— 表层；-------- 底层

减，东北部和北部水域 COD 含量为 1.4~1.8mg/L。由于台湾暖流入侵，低 COD 含量区分布在调查区的东南部水域，最低 COD 含量小于 1.0mg/L。底层高 COD 含量分布在河口附近，调查区的西北部 COD 含量也较高，并由西北向东南方向递减。

　　11 月 COD 含量的平面分布，从河口向东和东北方向逐渐递减，表、底层同值等值线位置差异明显缩小。此时长江径流量减小，COD 含量比 8 月有较明显的下降，含量小于 1.0mg/L 的水域分布在调查区东北部水域。

（三）COD 的垂直分布

　　取不同季节 9~14 号站断面各水层 COD 的平均值列于表 3-4。可以看出，不同水层的 COD 平均含量有一定的规律性。由于受长江冲淡水所携带有机物的影响，各个季节表层水中的 COD 含量普遍较高，随水深增加基本呈现下降趋势，一部分有机物在沉积过程中被降解。2 月 COD 含量的垂直变化较小，主要是由于冬季水体垂直交换较好所致。与 1985~1986 年调查［该断面 1 月、5 月、8 月、11 月表层海水中 COD 的含量分别为 1.63mg/L、2.43mg/L、1.46mg/L 和 1.23mg/L（周陈年等，1992）］相比，本次调查结果明显降低。

表 3-4 9～14 号站断面各层次 COD 平均含量 （mg/L）

水层	2月	5月	8月	11月
0m	0.71	1.31	1.07	1.18
5m	0.49	0.43	1.04	1.12
10m	0.70	0.45	0.53	0.82
20m	0.63	0.57	0.36	0.69
底层	0.58	0.40	0.56	0.44

（四）COD 与盐度的关系

图 3-17 显示了 4 个季度月所有站位、水层 COD 含量与盐度的关系。从图 3-17 可以看出，所有季节，COD 含量与盐度均呈明显的负线性相关，说明了长江径流是长江口 COD 的主要来源（柴超等，2007），河口 COD 含量主要受海水稀释所控制。

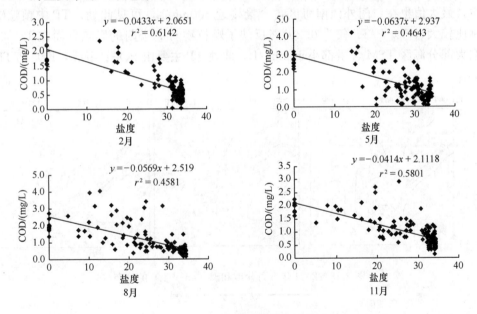

图 3-17 COD 含量与盐度的关系

三、总磷和磷酸盐

磷酸盐（PO_4-P）和总磷（TP）一般河口附近高，外海浓度低，主要反映了长江冲淡水的影响（沈志良等，1992）。表层 PO_4-P 常被浮游植物吸收利用而转移，底层由于浮游植物死亡而分解再生，同时沉积物和颗粒悬浮体（TSM）对 PO_4-P 也有缓冲作用，使得河口 PO_4-P 的分布不同于其他营养盐（Shen et al.，2008）。另外，高盐、高 PO_4-P 的外海底层水涌升也能补充水体中的 PO_4-P（黄自强和暨卫东，1994；Pei et al.，2009)，所以 PO_4-P 和 TP 在长江口呈现出复杂的分布特征。

(一) 平面分布

1. 春季磷酸盐和总磷的平面分布

　　春季 5 月表层 PO_4-P (图 3-18) 在河口内的平均浓度为 $0.83\mu mol/L$，最大值为 $1.2\mu mol/L$。口门外东南方向 PO_4-P 有一高值区，中心浓度为 $1.3\mu mol/L$，向东北方向浓度逐渐减小。表层盐度从口门外呈舌状向东增加，最大值小于 31。一般认为盐度为 31 的等盐线为长江冲淡水外缘边界，而盐度为 34 的等盐线为高盐水入侵的主体边界 (谷国传等，1994)，可见冲淡水在春季势力较强。与硝酸盐和硅酸盐分布不一样 (沈志良和古堂秀，1994；黄尚高等，1986)，PO_4-P 浓度最高值一般不在河口内而是在口门外，这是由于 PO_4-P 在河口的缓冲作用所致。TP 在口门内的平均浓度为 $1.6\mu mol/L$，最大值为 $2.7\mu mol/L$，口门内表层 PO_4-P/TP 为 0.54，可见 TP 主要由 PO_4-P 组成。口门外在调查海区西南角 TP 有一高值区，最高浓度为 $3.4\mu mol/L$，向东北逐渐下降，$122°30'E$ 以东浓度低于 $1.0\mu mol/L$，分布基本均匀。TSM 分布与 TP 一致，最大值也在口门外西南海区，含量接近 $300mg/L$，可见此处，TP 中颗粒磷的比例比较大 (PO_4-P/TP 仅为 0.29)，反映了颗粒物对 P 吸附的影响。而在 $122°30'E$ 以东大部分海区 TSM 含量都小于 $8mg/L$，此处 TP 主要由 PO_4-P 组成，PO_4-P/TP 为 0.53。

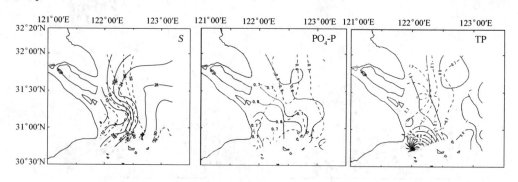

图 3-18　2004 年 5 月盐度和磷 ($\mu mol/L$) 的分布
———— 表层；---------- 底层

　　底层 PO_4-P (图 3-18) 在口门内分布比较均匀，浓度为 $0.61\sim0.75\mu mol/L$，平均为 $0.66\mu mol/L$。口门外大部分海区从南到北 PO_4-P 浓度增加，舟山群岛附近低于 $0.50\mu mol/L$，北部海区高于 $0.90\mu mol/L$，其余大部分为 $0.70\sim0.90\mu mol/L$。调查区东西两侧 PO_4-P 分布均匀，浓度低于 $0.70\mu mol/L$。北部 PO_4-P 浓度高可能与表层浮游植物含量高 (Chla 含量为 $10\sim14\mu g/L$)、死亡后沉降分解、PO_4-P 再生有关，与其表层 PO_4-P 浓度低相一致。盐度为 34 的等盐线仅出现在调查海区的东南角，可见春季外海高盐水的影响较小。口门内底层水体 TP 平均浓度为 $2.2\mu mol/L$，最高浓度为 $3.1\mu mol/L$，PO_4-P/TP 为 0.34，低于表层的比值，反映了底层 TP 主要由颗粒磷组成，与底层高 TSM 含量有关。口门外 TP 最大值与表层类似，出现在调查海区西南角，浓度高于 4.3μmol/L，此处 TSM 含量高达 628.7mg/L，PO$_4$-P/TP 为 0.35。此外，TP 从口门外向东浓度逐渐降低，122°30′E 以东分布均匀，PO$_4$-P/TP 为 0.78，这是由于表层大量的浮游生物死亡沉积分解殆尽，TP 主要以 PO$_4$-P 的形式存在。

2. 夏季磷酸盐和总磷的平面分布

夏季 8 月表层 PO$_4$-P（图 3-19）在口门内平均浓度为 0.61μmol/L，浓度范围为 0.21～0.78μmol/L。口门外 PO$_4$-P 最高浓度为 1.9μmol/L，向东逐渐减小，与盐度分布基本相反，反映了长江冲淡水的影响；在 122°40′E 附近 PO$_4$-P 有一南北向的低值带，浓度低于 0.50μmol/L。122°50′E 以东 PO$_4$-P 浓度较高且呈增长趋势，是否与台湾暖流有关还有待进一步研究。口门内表层 TP 分布比较均匀，平均浓度为 2.5μmol/L，39 号站浓度为 3.5μmol/L，为调查区的最高浓度，表层 PO$_4$-P/TP 为 0.24，这是由于夏季降水多（夏季 8 月长江大通站径流量为 40 100m^3/s，远远高于其他季节），雨水冲刷携带的陆源 TSM 多，因此口门内 TP 主要由颗粒磷组成。口门外 TP 从西向东偏南方向呈舌状下降，TSM 分布与 TP 基本一致，在 TP 浓度较高的 23 号站（浓度为 3.2μmol/L）其含量高达 502.3mg/L。122°30′E 以东分布均匀，PO$_4$-P/TP 为 0.55。

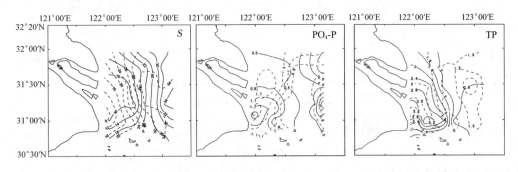

图 3-19　2004 年 8 月盐度和磷（μmol/L）的分布

———— 表层；---------- 底层

底层 PO$_4$-P（图 3-19）在口门内浓度为 0.77～1.1μmol/L，平均为 0.95μmol/L，高于表层 PO$_4$-P 的浓度。PO$_4$-P 最高浓度在口门外近岸处 40 号站，为 2.1μmol/L，由此向外海逐渐减小。与表层一样，PO$_4$-P 在 122°40′E 附近处形成低值带（浓度低于 0.80μmol/L）。口门内底层 TP 平均浓度为 2.9μmol/L，浓度最大为 3.5μmol/L，PO$_4$-P/TP 为 0.33。口门外 TP 浓度从近岸西南高值区（浓度为 4.9μmol/L）向东偏北方向平行下降，TSM 分布与 TP 相似，西南处 TP 高值区 TSM 大部分含量高于 500mg/L。122°30′E 以东大部分 TP 浓度低于 1.4μmol/L，PO$_4$-P/TP 为 0.65。该区域表层 PO$_4$-P 所占比例低，底层较高，这是由于夏季表层浮游生物生长旺盛，有机磷含量高，而底层由于死亡沉降的浮游生物分解再生导致 TP 中 PO$_4$-P 比例较高。

3. 秋季磷酸盐和总磷的平面分布

秋季 11 月，表层 PO_4-P（图 3-20）在口门内平均浓度为 $0.85\mu mol/L$，最高浓度为 $1.4\mu mol/L$；口门外 PO_4-P 最高值在 21 号站，浓度为 $1.7\mu mol/L$，高于河口内最高浓度。河口近岸向东偏南方向 PO_4-P 有一个高值区，从高值区向外海逐渐下降。在 17 号站、18 号站、19 号站处 PO_4-P 有一低值区，低值中心 18 号站浓度仅为 $0.21\mu mol/L$，而此处 Chla 含量高达 $7.3\mu g/L$，可见低值区是由于浮游植物的同化作用所致。表层 TP 在口门内平均浓度为 $2.4\mu mol/L$，分布比较均匀，39 号站浓度为 $3.3\mu mol/L$，为调查水域最高浓度，表层 PO_4-P/TP 为 0.35。口门外 TP 从近岸向外海浓度逐渐降低，在 $122°20'E$、$31°00'N$ 的 23 号站处有最大值 $3.1\mu mol/L$，此处 TSM 也有最大值 $306.4mg/L$，TSM 分布与 TP 基本一致。口门外平均 PO_4-P/TP 为 0.49。

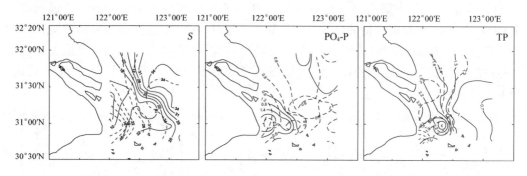

图 3-20　2004 年 11 月盐度和磷（$\mu mol/L$）的分布

————表层；----------底层

底层 PO_4-P（图 3-20）在口门内平均浓度为 $1.2\mu mol/L$，最大值（39 号站）为 $1.9\mu mol/L$，也是调查水域的最高浓度。PO_4-P 从口门外呈舌状向东浓度降低，$122°20'E$ 以东分布比较均匀。TP 在河口内浓度为 $2.6\sim3.8\mu mol/L$，平均为 $2.9\mu mol/L$，PO_4-P/TP 为 0.42。口门外 TP 从近岸向外海逐渐下降，最大值在调查海区西南角，为 $7.2\mu mol/L$，远远高于口门内最高浓度。23 号站有一高值中心，TP 浓度为 $4.8\mu mol/L$，而该处 TSM 为调查水域最高浓度 $320.6mg/L$。口门外 PO_4-P/TP 为 0.47，与表层接近。

4. 冬季磷酸盐和总磷的平面分布

表层 PO_4-P（图 3-21）在口门内平均浓度为 $0.95\mu mol/L$，高于其他季节，最高值在 37 号站，浓度为 $1.3\mu mol/L$，也是冬季调查水域的最高值。口门外 PO_4-P 分布差别不大，浓度为 $0.45\sim1.0\mu mol/L$，大部分浓度为 $0.70\sim0.90\mu mol/L$。河口近岸 PO_4-P 浓度略高，外海稍低，$122°20'E$、$31°00'N$ 的 23 号站出现低值区，此处 PO_4-P 浓度为 $0.45\mu mol/L$（Chla 含量相对较高，为 $0.82\mu g/L$）。近岸处北部水域有一带状高值区，从北向南延伸至中部，PO_4-P 大部分浓度为 $0.80\sim0.90\mu mol/L$，这可能与浮游植物利用较低有关（Chla 含量低于 $0.40\mu g/L$）。表层 TP 在口门内浓度为 $1.4\sim1.9\mu mol/L$，平均为 $1.7\mu mol/L$，PO_4-P/TP 为 0.56，冬季由于径流量小（大通站为 $9070m^3/s$，远远低于其他季节），携带的颗粒磷少，浮游植物生长也不旺盛，因此 TP 主要由 PO_4-P 组成。口门外 TP 以 23 号站（$5.1\mu mol/L$）和 16 号站（$4.6\mu mol/L$）为中心，有一闭合高值区，从中心向四周浓度逐渐减小，调查区 TSM 最高含量在 23 号站（$455.6mg/L$）。口门外 PO_4-P/TP 为 0.61。

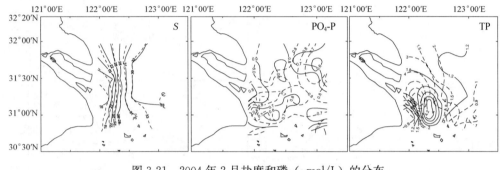

图 3-21　2004 年 2 月盐度和磷（$\mu mol/L$）的分布
———— 表层；---------- 底层

底层 PO_4-P 在口门内平均浓度为 $0.69\mu mol/L$，38 号站浓度为 $1.2\mu mol/L$，是整个调查水域的最高浓度。口门外浓度差别小（图 3-21），分布比较均匀，浓度大部分为 $0.70\sim0.90\mu mol/L$。底层 TP 河口内平均浓度为 $1.8\mu mol/L$（$0.94\sim3.1\mu mol/L$），最高浓度也在 38 号站，PO_4-P/TP 为 0.38。口门外底层 TP 分布与表层相似，但其高值中心更靠近河口（15 号站），最大值为 $9.3\mu mol/L$，高值区 TSM 含量同样也比较高，口门外 PO_4-P/TP 为 0.48。

（二）断面分布

由于物理、化学、生物等作用的影响，长江口水域磷的分布变化复杂。吴玉霖等（2004）提出春、秋季浮游植物密集区在长江口水域南部，都是以 23 号站为密集中心，而且 21～27 号站处于咸淡水混合较好的断面，具有一定的典型性。因此，本节以 21～27 号站所在断面来讨论磷的断面分布规律和特点。

春季 5 月，PO_4-P（图 3-22）总体分布从近岸到深海区浓度逐渐减小。在 $122°30'\sim122°40'E$ 表层有一高值区，Chla 含量较低，约为 $0.40\mu g/L$，表明生物活动较弱；该区域 PO_4-P 垂直分布随水深而减小，主要反映了长江径流的影响。$122°50'E$ 以东 PO_4-P 浓度随水深而增加，主要是由于生物活动的影响（Chla 以 $123.0°E$ 表层为高值中心，含量为 $3.7\mu g/L$）：表层浮游植物大量吸收磷酸盐，下层则氧化分解，PO_4-P 再生。另外从盐度分布可见，$123.0°E$ 处底层有盐度为 34 的外海高盐水入侵，该处 PO_4-P 浓度较高可能与台湾暖流有一定的关系。TP（图 3-23）总体分布也是河口附近高、外海低，与 TSM 分布一致；$122°30'E$ 以西浓度大于 $1.0\mu mol/L$，此处 TSM 含量高，PO_4-P 占 TP 的比例为 50%，其余部分主要是颗粒磷。$122°30'E$ 以东表层 TP 浓度为 $0.80\sim1.0\mu mol/L$，此处 PO_4-P 浓度低（占 TP 比例约 40%），其余一部分以颗粒有机磷的形式存在于生物体内；表层以下 TP 浓度及分布与 PO_4-P 相近，可见此处表层生物沉降后基本分解殆尽，TP 主要由 PO_4-P（PO_4-P 占 TP 的比例为 77%）组成。

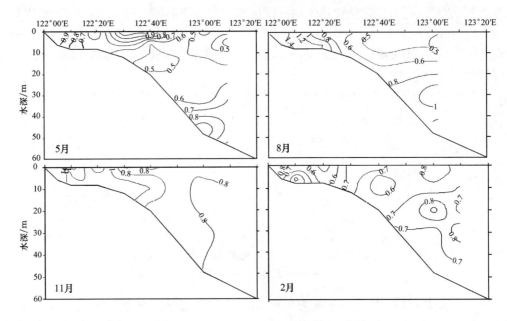

图 3-22　PO_4-P 的断面分布（$\mu mol/L$）

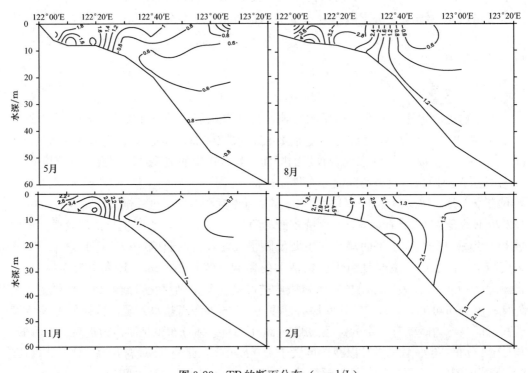

图 3-23　TP 的断面分布（$\mu mol/L$）

夏季 8 月，PO_4-P（图 3-22）整体分布从近岸向外海浓度逐渐减小，且随水深增加而增加。夏季 PO_4-P 浓度分层明显，这是由于表层 PO_4-P 被浮游植物消耗，同时死亡的浮游植物沉降分解，使得 PO_4-P 浓度随水深增加不断增加；又因夏季温跃层的出现，水体垂直混合较差，底层高浓度的 PO_4-P 无法传送到表层。TP（图 3-23）水平分布从近岸向外海逐渐减小，在 122°10′E（22 号站），TP 浓度随水深增加而增加，这与 Chla 和 TSM 分布一致（底层 Chla 含量为 6.5μg/L，TSM 含量高达 1051mg/L）；122°40′E 以东 TP 垂直分布与 PO_4-P 分布一样，浓度随水深增加而增加，TSM 含量较低（表层小于 1mg/L），可见此处 TP 主要以 PO_4-P 的形式存在（PO_4-P 占 TP 的比例为 70%）。

秋季 11 月，由于受长江冲淡水的影响，PO_4-P（图 3-22）总体分布从近岸向远海浓度降低。秋季水体混合交换较好，垂直分层不太明显，122°40′E 以东 PO_4-P 分布均匀，大部分为 0.60～0.80μmol/L。TP（图 3-23）从近岸向外海逐渐降低，近岸由于咸淡水混合出现分层，外海垂直分层不明显。122°20′E 的 23 号站 TP 随水深增加而增加，最高值出现在底层（4.8μmol/L），其分布与 TSM 一致，底层 TSM 含量为 556.7mg/L。122°40′E 以东分布均匀，TP 浓度大部分为 0.70～1.0μmol/L。由此可见，近河口处 TP 主要以颗粒磷的形式存在（PO_4-P 占 TP 的 43%），而外海主要以 PO_4-P 的形式存在（PO_4-P 占 TP 的 67%）。

冬季 2 月，PO_4-P（图 3-22）整体分布比较均匀，这是由于长江径流量小，冲淡水影响范围也小，同时河口对 PO_4-P 也有一定的缓冲作用。由于水体混合好，垂直分布也比较均匀。整个断面 PO_4-P 浓度大部分为 0.60～0.80μmol/L。123.00°E 表层浓度低，可能与生物活动有关（Chla 含量高达 8.2μg/L）。TP（图 3-23）从口门外到 122°20′E 的 23 号站浓度增加，122°20′E 以东向外海浓度逐渐减小，垂直分布均匀。TP 分布与 TSM 一致，TP 浓度最大的 23 号站（表、底层都是 5.1μmol/L）TSM 也有最大值（表层为 455.6mg/L，底层为 556.7mg/L），从 23 号站向东、向西 TP 浓度逐渐减小。同样，冬季近岸 TP 中颗粒磷占很大的比例（PO_4-P 占 TP 的 40%），而外海 PO_4-P 所占 TP 比例较大（60%）。

（三）磷的季节变化

表 3-5 列出了长江口门外 4 个季节表、底层海水中 PO_4-P 和 TP 的平均浓度、变化范围以及口门内的季节平均值。从表 3-5 可见，口门内 PO_4-P 浓度秋季较高，浓度变化范围也最大，冬季次之，春、夏季丰水期浓度稍低，春季浓度变化范围小。口门外 PO_4-P 的平均浓度夏季和冬季较高，春季和秋季较低。口门外夏季 PO_4-P 浓度高于其他季节，其原因可能与悬浮颗粒释放出 PO_4-P 有关。夏季长江带入的 TSM 最多，口门内 TSM 平均含量高达 255.3mg/L，在所有季节中含量最高；整个调查区底层 TSM 含量为 259.5mg/L，也远远高于其他季节。因为夏季水体垂直交换差，底层高浓度的 PO_4-P 无法到达上层水体，所以底层 PO_4-P 的浓度远远高于其他季节。由于夏、秋季大量繁殖的浮游生物死亡后分解，有机磷转换为 PO_4-P，在海水中不断积累，以及沉积物再悬浮释放出部分 PO_4-P，所以冬季 PO_4-P 的浓度也比较高。

表 3-5　长江口附近海区磷的平均浓度和浓度范围 (μmol/L)

磷	月份	口门外					口门内
		表层		底层		平均值±S. D	平均值±S. D
		平均值±S. D	范围	平均值±S. D	范围		
$PO_4\text{-}P$	2	0.77±0.15	0.45～1.0	0.71±0.15	0.48～1.0	0.74±0.16	0.82±0.33
	5	0.61±0.25	0.32～1.3	0.71±0.23	0.23～1.2	0.64±0.22	0.75±0.17
	8	0.85±0.46	0.26～1.7	1.06±0.42	0.56～2.0	0.84±0.42	0.77±0.25
	11	0.63±0.33	0.21～1.7	0.68±0.27	0.30～1.4	0.60±0.26	1.0±0.41
TP	2	1.57±1.12	0.74～5.1	1.85±1.18	0.69～5.1	1.45±0.97	1.7±0.56
	5	1.25±0.75	0.61～3.5	1.21±1.02	0.34～4.5	1.02±0.74	1.9±0.61
	8	1.55±0.90	0.46～3.5	1.89±1.30	0.72～5.0	1.47±1.01	2.7±0.77
	11	1.26±0.53	0.54～3.1	1.70±1.43	0.68～7.2	1.21±0.81	2.7±0.56

秋季和冬季水体垂直交换混合较好，底层 $PO_4\text{-}P$ 能不断被带到表层水体，$PO_4\text{-}P$ 分布比较均匀，表层和底层浓度差别小。春、夏季由于水体交换差，以及生物大量活动导致表层 $PO_4\text{-}P$ 浓度低于底层。

TP 在口门内夏、秋季浓度远高于春、冬季。口门外 TP 的平均浓度冬、夏季高，春、秋季低。夏季径流量大，口门内 TP 浓度高，因此长江带入的 TP 也多，包括颗粒磷。冬季口门内 TP 浓度低于其他季节，而口门外的平均浓度高于夏季以外的其他季节，与 TSM 分布一致，说明长江口海区的 TP 不完全来自于长江径流，还可能与海底沉积物再悬浮有关；特别在冬季，风浪大，沉积物再悬浮严重。一般而言，TP 浓度分布都是底层高于表层，这是由于底层沉积物再悬浮所致，只有春季表层和底层浓度接近，可能是由于表层浮游植物大量繁殖的原因（春季表层 Chla 平均含量高达 $3.3\mu g/L$，大大高于其他季节）。

受人类活动的影响，长江口水域营养盐含量呈现历年升高的趋势，调查海区内 $PO_4\text{-}P$ 的浓度和 20 世纪 80 年代相比也有所增加（沈志良和古堂秀，1994），由于 $PO_4\text{-}P$ 在长江口水域存在一定的缓冲作用，其分布变化比较复杂，增长趋势不太明显。

（四）磷与盐度、悬浮体之间的相关分析

磷的转化是一个复杂的动态变化过程：由于矿物质风化及有机质的腐解，颗粒磷转化成 $PO_4\text{-}P$，$PO_4\text{-}P$ 又被吸附而沉淀；沉淀再悬浮，又使水体中颗粒磷含量增加；沉积在海底的颗粒也被矿化为 $PO_4\text{-}P$；浮游植物生长繁殖期间，$PO_4\text{-}P$ 被消耗，无机磷被转化成有机磷，浮游植物死亡后释放出 $PO_4\text{-}P$，有机磷又转化成无机磷（黄自强和暨卫东，1994）。

表 3-6 列出了各季节表、底层 $PO_4\text{-}P$、TP 与 S、TSM 之间的相关性，由此可见 $PO_4\text{-}P$ 和 S 在春季表层和秋季底层水体呈显著的负相关，在秋季表层水体相关性比较显著，其余季节相关性差或不相关。TP 与 S 在冬季不相关，在春季表层水体相关性也不

显著，其余呈显著的负相关。TP 和 PO_4-P 在夏季的底层和秋季表、底层呈显著正相关，在春季表层水体相关性比较显著，其余不相关。TP 与 TSM 在各个季节的表、底层的正相关性都非常显著。

表 3-6　PO_4-P、TP 与 S、TSM 之间的相关性

月份	水层	PO_4-P 与 S		TP 与 S		PO_4-P 与 TP		TP 与 TSM	
		r	p	r	p	r	p	r	p
2	表层	−0.33	0.058	−0.08	0.671	−0.10	0.578	0.66	4.3×10^{-5}
	底层	−0.04	0.805	−0.11	0.570	−0.14	0.466	0.69	2.0×10^{-5}
5	表层	−0.43	0.0097	−0.32	0.059	0.35	0.042	0.70	2.4×10^{-6}
	底层	−0.01	0.950	−0.58	2.3×10^{-4}	0.23	0.177	0.74	2.4×10^{-7}
8	表层	−0.10	0.580	−0.74	2.3×10^{-6}	0.25	0.183	0.79	1.5×10^{-7}
	底层	−0.30	0.091	−0.70	1.3×10^{-5}	0.54	0.0017	0.76	4.8×10^{-7}
11	表层	−0.33	0.043	−0.73	2.6×10^{-7}	0.58	0.0002	0.70	1.4×10^{-6}
	底层	−0.77	4.7×10^{-8}	−0.63	3.9×10^{-5}	0.55	0.0005	0.55	9.3×10^{-4}

PO_4-P 与 S 相关性较差，这是因为 PO_4-P 受到 TSM、生物以及水体垂直对流等作用的影响，特别是受河口缓冲作用的影响，无论口门内还是外海区，PO_4-P 的浓度大部分都在 $0.4 \sim 1.2 \mu mol/L$ 之间变化。许多学者通过现场和室内实验证明了河口悬浮体有从高磷淡水中吸附 PO_4-P 的趋势，而在低磷的咸淡水交汇区将其释放回水中（Butler and Tibbitts，1972；Pomeroy et al.，1965），可见 TSM 也影响了 PO_4-P 与 S 的相关性。此外，浮游植物在上层吸收 PO_4-P 以及在下层死亡后 PO_4-P 再生，所以 PO_4-P 在河口呈现复杂的变化，与 S 的相关性较差。

TP 随 S 增加而减小，除了受海水稀释控制外，还受长江带来的 TSM 的影响，随着 S 的增加，TSM 含量减少，TP 浓度也降低，因此大部分季节 TP 与 S 的相关性显著。冬季由于水体混合均匀，海底沉积物再悬浮，使夏、秋季浮游生物死亡分解、积累在底层的磷带入上层水体，严重影响了 TP 与 S 的相关性。

TP 主要包括 PO_4-P、溶解有机磷和颗粒磷，在某些季节 TP 与 PO_4-P 的相关性好，说明在一定程度上 TP 由 PO_4-P 控制。河口近岸附近 TP 主要由颗粒磷和 PO_4-P 组成，而外海表层有部分存在于生物体内的颗粒有机磷，底层则主要以 PO_4-P 的形式存在，因此 TP 的组成变化复杂，这些因素都影响了 TP 和 PO_4-P 的相关性。特别是冬季，由于受颗粒磷的影响，TP 与 PO_4-P 不相关，这和 TP、PO_4-P 与 S 相关性差相吻合。

TP 和 TSM 关系最为密切，这说明在很大程度上 TP 主要受颗粒磷的控制，这些颗粒物质一部分从长江冲淡水带来，一部分是海底沉淀再悬浮，另外还有部分是由浮游植物吸收 PO_4-P 转化而来的颗粒有机磷，因此 TP 与 TSM 的相关性非常显著。

四、硅酸盐

硅是硅酸盐矿物风化后的产物，随着大陆水不断输入海洋，成为海水中硅的主要来

源。硅酸盐是浮游植物生长所必需的营养盐，长江径流每年向长江口水域输送大量的硅酸盐，为硅藻的繁殖生长提供了丰富的营养物质。硅酸盐（SiO_3-Si）在河口水域的分布主要由海水的稀释扩散控制，同时也受生物活动和悬浮体吸附的影响（潘胜军和沈志良，2009；Shen et al.，2008）。

（一）平面分布

　　5月表层水体 SiO_3-Si 在口门内的平均浓度为 $75.5\mu mol/L$，最大值为 $92.2\mu mol/L$；口门外 SiO_3-Si 浓度随着盐度的增加向东和东北方向逐渐减小（图 3-24）。一般认为盐度为 31 的等盐线为长江冲淡水外缘边界，盐度为 34 的等盐线为高盐水入侵的主体边界（谷国传等，1994）。5月的调查结果表明，表层盐度最大值小于 31（图 3-18），表明 5月调查水域都在长江冲淡水的影响范围之内。由于长江径流的影响，底层 SiO_3-Si 浓度以口门内最高，向东和东北方向逐渐减小，平均浓度低于表层。

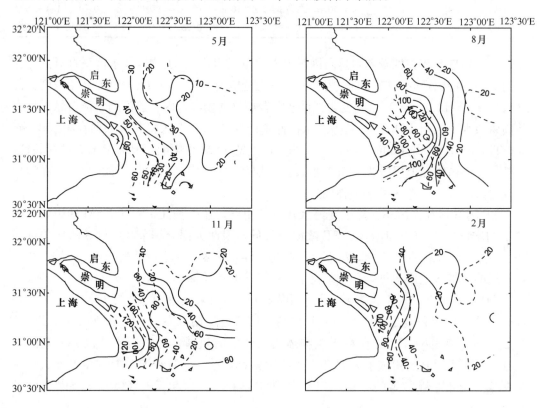

图 3-24　SiO_3-Si 浓度（$\mu mol/L$）的平面分布
———— 表层；---------- 底层

　　8月口门内表层水体的 SiO_3-Si 平均浓度为 $146.8\mu mol/L$，受夏季长江冲淡水主体左转北上的影响，SiO_3-Si 浓度等值线呈舌状自口门外向东北方向延伸，浓度逐渐减小（图 3-24）。等盐线与 SiO_3-Si 浓度等值线分布相似、趋势相反，$20\mu mol/L$ 的等值线与 31 等盐线基本吻合，接近 $123°00'E$，且 31 等盐线向北和东南方向延伸（图 3-19），表明夏季冲淡水扩展范围较春季大。底层 SiO_3-Si 分布，河口附近水域较高，口门内最高，向外海逐渐减小。

11 月口门内表层水体的 SiO_3-Si 平均浓度为 142.5μmol/L，最高浓度为 162.6μmol/L（38 号站），为调查水域的最高值（图 3-24）。SiO_3-Si 在河口附近水域浓度高，向东和东北方向逐渐减小。口门外，SiO_3-Si 浓度等值线分布与等盐线（图 3-20）线形相似，如 40μmol/L 的等值线与盐度为 31 的等盐线基本吻合。底层 SiO_3-Si 在口门内的平均浓度为 139.8μmol/L，低于表层，最高值出现在 39 号站，浓度为 149.0μmol/L，底层 SiO_3-Si 分布与表层相似。

2 月口门内表层的 SiO_3-Si 平均浓度为 116.5μmol/L，最高值在 37 号站，浓度为 128.8μmol/L，也是调查区的最高值（图 3-24）。河口附近水域 SiO_3-Si 浓度较高，向东逐渐减小。与等盐线相似（图 3-21），口门外 SiO_3-Si 浓度等值线与海岸线基本平行，这是因为长江冬季径流减小，冲淡水的流向自河口贴岸向南偏转。底层 SiO_3-Si 在口门内的平均浓度为 125.6μmol/L，与表层接近。口门外，底层 SiO_3-Si 分布与表层一致；冬季水体垂直对流，表、底层 SiO_3-Si 浓度相差不大。

（二）断面分布

选择 21~27 号站为典型断面，分析、讨论 SiO_3-Si 断面分布的规律和特点。5 月，由于受长江径流的影响，SiO_3-Si（图 3-25）在河口附近表层高于底层，总体分布从近岸到外海浓度逐渐减小。自 122°20′E 以东，SiO_3-Si 浓度表层小于底层，反映出生物活动对 SiO_3-Si 分布的影响：5 月是浮游植物大量繁殖的季节，表层 Chla 以

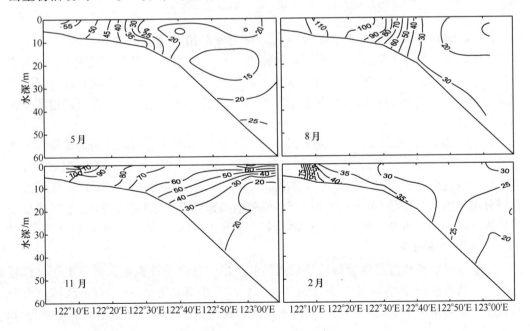

图 3-25　2004 年 SiO_3-Si（μmol/L）的断面分布

123°00′E 为高值中心，质量浓度为 3.7μg/L，浮游植物繁殖旺盛，消耗了大量的 SiO$_3$-Si，呈现表层低、底层高的分布特征。从盐度分布（图 3-26）可以看出，123°00′E 深层有盐度为 34 的高盐水入侵，该处 SiO$_3$-Si 分布也可能与台湾暖流有一定的关系。

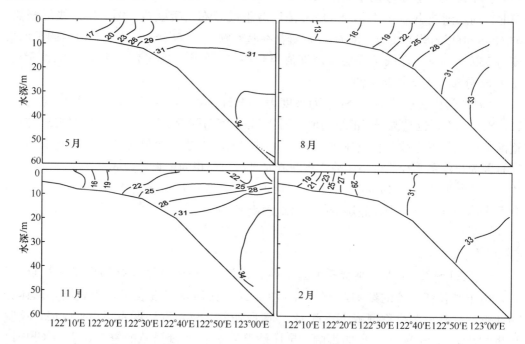

图 3-26　2004 年盐度（S）的断面分布

8 月，SiO$_3$-Si（图 3-25）整体分布从近岸向外海浓度逐渐减小；近岸 122°20′~122°40′E，SiO$_3$-Si 表层浓度大于底层，与盐度分布（图 3-26）相反，反映了物理混合作用的影响。然而，在 122°40′E 以东水域与之相反，表层浓度低于底层，反映了生物活动的影响。SiO$_3$-Si 浓度随着水深的增加而增大，还可能与硅质介壳在沉降过程中溶解再生有关。

11 月，受长江径流的影响，SiO$_3$-Si 浓度总体分布趋势从近岸向外海逐渐降低，表层浓度大于底层（图 3-25），该季节生物活动的影响明显减弱，主要反映物理混合作用的影响。从盐度分布（图 3-26）可以看出，水体层化现象依然存在，SiO$_3$-Si 等值线与盐度分布相吻合。表层 60μmol/L 的 SiO$_3$-Si 等值线延伸至 123°10′E，盐度为 22 的低值等盐线（图 3-26）也到达该区域，反映出长江径流的影响。随着水深和盐度的增加，SiO$_3$-Si 浓度逐渐降低。

2 月，SiO$_3$-Si 浓度总体分布趋势依然是从近岸向外海浓度逐渐降低。由于长江径流减小，高浓度 SiO$_3$-Si 集中分布于近岸河口；122°20′E 以东水域，SiO$_3$-Si 浓度分布较其他季节均匀；由于跃层消失，水体垂直混合较好，整个调查海区表、底层 SiO$_3$-Si 浓度相差较小。

（三）季节变化

口门内水体 SiO_3-Si 浓度夏、秋季较高，浓度变化范围相对较小，冬季次之，春季浓度最低（表 3-7）。口门外 SiO_3-Si 浓度的季节变化与之类似。不论在口门内还是外海水域，SiO_3-Si 平均浓度大小顺序均为 8 月＞11 月＞2 月＞5 月；SiO_3-Si 浓度口门内高，口门外亦高；反之亦然。这清楚地说明了 SiO_3-Si 主要来源于长江径流。口门内，夏、秋两季 SiO_3-Si 平均浓度相差不大，但远远高于春季；口门外，春季 SiO_3-Si 浓度也是远低于其他季节。春季 SiO_3-Si 浓度低，除了与径流输送有关外，还与生物活动的影响有关。这是因为春季浮游植物的大量繁殖和生长，消耗了大量 SiO_3-Si，5 月 Chla 平均质量浓度为 $1.9\mu g/L$，远远高于其他季节（夏、秋、冬季 Chla 平均质量浓度分别为 $0.73\mu g/L$、$0.56\mu g/L$、$0.42\mu g/L$）。

表 3-7 长江口附近海域 SiO_3-Si 的平均浓度和浓度范围 （$\mu mol/L$）

		口门外					口门内
		表层		底层		平均值±S.D	平均值±S.D
	月份	平均值±S.D	范围	平均值±S.D	范围		
SiO_3-Si	2	35.2±18.5	15.6～95.8	32.7±20.0	11.0～83.9	34.0±20.3	121.1±21.5
	5	30.3±18.4	11.7～95.9	24.6±17.6	4.2～65.6	27.5±18.4	71.3±13.4
	8	65.4±47.4	1.5～148.9	50.3±35.5	13.1～145.7	57.9±42.3	148.7±7.2
	11	58.6±37.4	9.4～137.8	35.4±31.7	10.3～117.1	47.0±36.3	141.2±11.8

从 SiO_3-Si 的平面分布（图 3-24）可以看出，随着长江径流量的增大和减小、冲淡水影响范围扩大和缩小，SiO_3-Si 分布也随之发生变化。如 SiO_3-Si 表层 $80\mu mol/L$ 的等值线春季分布在河口附近，夏季扩展到 $122°40'E$，秋季退缩至 $122°20'E$，冬季进一步退缩至 $122°00'E$ 左右，表明 SiO_3-Si 的季节分布和长江径流关系密切。底层也有类似的情况。

（四）营养盐结构及其变化

海水中营养盐结构适宜有利于浮游植物的生长和繁殖；反之，某种营养盐的缺乏将限制浮游植物的生长和繁殖。其中，SiO_3-Si 在限制藻类生长和调节群落结构的研究中受到越来越多的重视（蒲新明等，2000；Shen，2001）。

从 4 个季节营养盐摩尔比（表 3-8）可以看出，在整个调查区域 SiO_3-Si/DIN 值和 SiO_3-Si/PO_4-P 值季节变化相同，都是 11 月＞8 月＞2 月＞5 月，基本与 SiO_3-Si 的季节变化相似，表明它们主要受 SiO_3-Si 浓度变化的控制。SiO_3-Si/DIN 值和 SiO_3-Si/PO_4-P 值都高于 Redfield 值（Redfield et al.，1963），表明调查水域 SiO_3-Si 不是浮游植物生长的限制因子。从表 3-8 还可以看出，5 月 SiO_3-Si/DIN 值为 1.1，接近 Redfield 值，尽管 SiO_3-Si/PO_4-P 值远高于 Redfield 值，但相对其他月份较低。可能表明 5 月比较适宜浮游植物的生长繁殖，这与春季是长江口海区浮游植物大量繁殖的季节相一致。

表3-8　口门外硅酸盐与溶解无机氮、磷酸盐的摩尔比

月份		$SiO_3\text{-}Si/DIN$		$SiO_3\text{-}Si/PO_4\text{-}P$	
		2004 年	1985～1986 年	2004 年	1985～1986 年
2 (1)	表层	1.7±0.80	0.86	59.8±42.7	28.6
	底层	1.6±0.62	0.81	71.8±70.7	22.9
	平均	1.7±0.71	0.84	65.7±58.1	25.7
5	表层	1.2±0.86	1.1	56.9±24.8	42.4
	底层	0.96±0.27	1	46.9±34.0	28.3
	平均	1.1±0.64	1.1	51.9±30.0	35.4
8	表层	1.9±0.41	1.1	119.6±110.0	29.0
	底层	2.2±0.50	1.1	64.9±47.8	19.3
	平均	2.1±0.47	1.1	92.7±89.0	24.1
11	表层	2.1±0.41	1.6	115.6±75.3	49.8
	底层	2.3±0.64	1	58.5±38.1	30.9
	平均	2.2±0.54	1.3	97.5±66.1	40.4

　　1985 年 8 月、11 月，1986 年 1 月、5 月，在整个调查区域 $SiO_3\text{-}Si/DIN$ 值（表3-8）接近 Redfield 值 1（沈志良和古堂秀，1994），而 $SiO_3\text{-}Si/PO_4\text{-}P$ 值均高于 Redfield 值 16。与本次调查比较，2004 年 $SiO_3\text{-}Si/DIN$ 值约为 1985～1986 年的 1.6 倍，$SiO_3\text{-}Si/PO_4\text{-}P$ 值约为 1985～1986 年的 2.5 倍，表明 2004 年 $SiO_3\text{-}Si/DIN$ 值和 $SiO_3\text{-}Si/PO_4\text{-}P$ 值较 1985～1986 年有了很大的增加。统计显示 $SiO_3\text{-}Si$ 浓度约是 1985～1986 年的 2.3 倍，说明 $SiO_3\text{-}Si/DIN$ 值和 $SiO_3\text{-}Si/PO_4\text{-}P$ 值的升高主要取决于 $SiO_3\text{-}Si$ 浓度的增加。两个调查年份的比较表明，$SiO_3\text{-}Si/DIN$ 值和 $SiO_3\text{-}Si/PO_4\text{-}P$ 值以 8 月变化最大，5 月变化最小，与 $SiO_3\text{-}Si$ 浓度的季节变化相一致，反映了 $SiO_3\text{-}Si$ 浓度的变化对营养盐结构的季节变化有重要影响。

　　两次调查相比较，2004 年长江口海域营养盐比值较 1985～1986 年偏离 Redfield 值更多。相对于其他月份，也是 5 月 $SiO_3\text{-}Si/DIN$ 值和 $SiO_3\text{-}Si/PO_4\text{-}P$ 值最接近 Redfield 值。$SiO_3\text{-}Si$ 的大量输入，直接影响了长江口海区的营养盐结构，高含量的 $SiO_3\text{-}Si$ 成为该海区硅藻大量繁殖的重要条件。

（五）$SiO_3\text{-}Si$ 在河口的转移

　　营养盐的生物移出是近海水域营养盐的主要转移过程之一。入海的 $SiO_3\text{-}Si$ 主要为硅藻所消耗，并形成硅质介壳，部分沉入海底，放射虫也消耗 $SiO_3\text{-}Si$；$SiO_3\text{-}Si$ 的非生物转移主要是通过悬浮黏土矿物的吸附进行的。另外，硅质介壳在其沉积过程中会溶解再生 $SiO_3\text{-}Si$。

　　对整个调查水域所有水层 $SiO_3\text{-}Si$ 浓度与盐度（S）进行相关统计（表3-9），可以看出，2 月、5 月、8 月、11 月 $SiO_3\text{-}Si$ 浓度与 S 都呈显著负相关关系，表明整个调查海域 $SiO_3\text{-}Si$ 的分布主要受控于海水和河水的物理混合作用；相对于其他月份，5 月 $SiO_3\text{-}Si$ 浓度与 S 相关性稍差，可能与生物活动有关，该季节浮游植物繁殖旺盛，Chla

平均浓度是其他月份的 2.6～4.5 倍。长江口水域浮游植物生物量很高，上层浮游植物大量摄取营养盐，部分营养盐因此而转移，在下层则发生有机体分解，营养盐再生（沈志良等，1992）。因此，长江口水域 SiO_3-Si 的转移除了受海水的稀释作用外，还受生物活动的影响。

表 3-9　SiO_3-Si 浓度与盐度（S）的相关性

相关性系数		5 月	8 月	11 月	2 月
SiO_3-Si	r	-0.751	-0.900	-0.927	-0.922
	p	5.2×10^{-23}	5.2×10^{-44}	1.71×10^{-56}	1.35×10^{-49}
	n	120	118	130	118

五、无机氮

无机氮是最重要的生源要素之一，海水中的无机氮主要以离子态的硝酸盐（NO_3-N）、亚硝酸盐（NO_2-N）和铵（NH_4-N）的形态存在；其中铵除了铵离子外，还有氨分子。三种形式的无机氮中，NO_3-N 是氮化合物的最终氧化产物。河口近海中的无机氮主要来自于河流的输入以及浮游生物死亡后氧化分解的产物，雨水也带来较多的无机氮。近半个世纪以来，由于人类活动的影响，外源氮的大量输入已经成为河口水域富营养化的主要原因。

（一）平面分布

1. NO_3-N 的平面分布

表层水体 NO_3-N 浓度分布趋势与盐度相反，河口附近水域浓度较高，向外海逐渐减小（图 3-27）。5 月 NO_3-N 浓度在调查海区北部较低，与该海域发生赤潮，浮游植物消耗大量 NO_3-N 有关，2 号站、5 号站、9 号站和 11 号站表层 Chla 质量浓度均大于 $10\mu g/L$。8 月 NO_3-N 浓度等值线自口门外折向东北，这与夏季台湾暖流的入侵有关（石晓勇等，2003）。11 月长江径流减小，等值线向南偏移，NO_3-N 高浓度区向河口收缩，小于 $10\mu mol/L$ 的 NO_3-N 等值线分布在调查区域东北部，与该水域高盐分布相吻合，表明 NO_3-N 分布与秋季黄海沿岸流南下势力增强有关（王保栋等，2002）。2 月长江径流进一步减小，长江冲淡水贴岸南下，与盐度分布图形一致，NO_3-N 浓度等值线基本与海岸线平行。由此可见，表层 NO_3-N 浓度分布主要受长江径流的控制，5 月浮游植物繁殖旺盛，生物活动的影响也不容忽视（潘胜军和沈志良，2010）。

底层 NO_3-N 浓度分布趋势与表层一致，但平均浓度小于表层。5 月、8 月、11 月底层相同浓度 NO_3-N 等值线均较表层靠近河口，说明表层受径流的影响较大。2 月水体垂直混合较好，表、底层浓度相差不大，如底层 $10\mu mol/L$ 的 NO_3-N 等值线与表层接近。

2. NO_2-N 的分布

总体来讲，NO_2-N 浓度分布趋势与 NO_3-N 类似，河口及近岸浓度高，向外海浓度

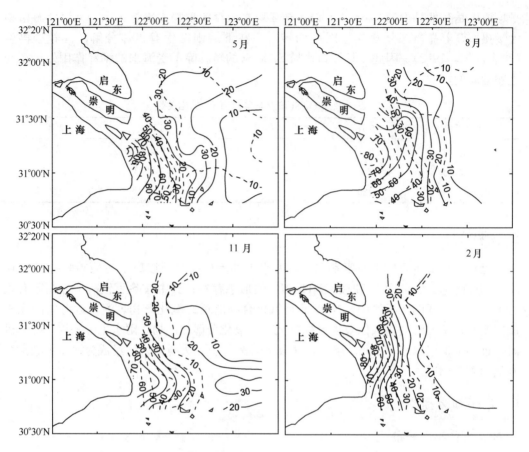

图 3-27　NO$_3$-N 浓度（μmol/L）的平面分布

———— 表层；---------- 底层

逐渐减小（图 3-28）。NO$_2$-N 是三态无机氮的中间产物，不稳定，含量低。由于 NO$_2$-N 可以由 NO$_3$-N 还原和 NH$_4$-N 氧化产生，NO$_2$-N 浓度分布比 NO$_3$-N 复杂。

5 月表层水体高浓度 NO$_2$-N 集中在河口附近，低值区分布在调查区域东南部；8 月 NO$_2$-N 在口门附近形成一高值区，浓度向外海逐渐减小；11 月，口门外和东部水域 NO$_2$-N 含量较高；2 月，近岸 NO$_2$-N 浓度较高，外海较低，但分布比较均匀，为 0.47～0.80μmol/L。底层 NO$_2$-N 比较复杂。5 月，NO$_2$-N 浓度分布与表层不同，高值区依然在河口附近，但低值区出现在调查水域北部。8 月，表、底层分布变化较为一致。11 月，底层浓度分布与表层类似，但浓度高于表层。2 月，与表层分布变化类似，表、底层浓度相差不大。

3. NH$_4$-N 的分布

NH$_4$-N 浓度分布除了长江径流的影响外，还受生物活动和化学因素等影响，其分布较为复杂（图 3-29）。5 月，表层水体高浓度的 NH$_4$-N 主要分布在河口附近，表明受长江径流的影响较大，口门外水域分布较为均匀，浓度为 2.0～5.1μmol/L。8 月，调

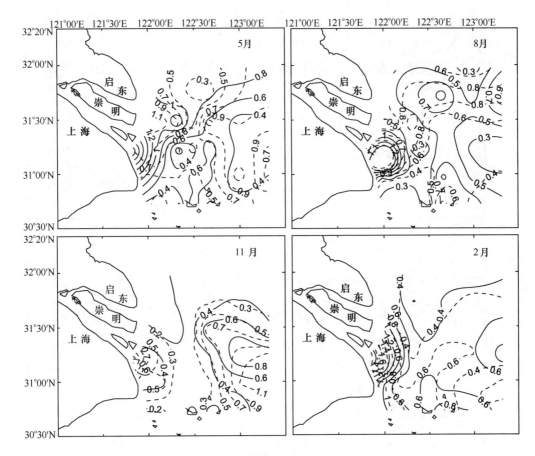

图 3-28　NO$_2$-N 浓度（μmol/L）的平面分布

————表层；----------底层

查水域出现 2 个高值区，一个在河口，另一个在东北部。11 月，与 5 月类似，口门附近表层水体 NH$_4$-N 浓度较高，口门外水域分布均匀，浓度范围为 1.6～2.8μmol/L，但在调查水域东南部也出现一高值区。2 月表层 NH$_4$-N 浓度分布趋势是河口附近水域浓度高，向外海方向逐渐减小；口门内 NH$_4$-N 含量很高，平均浓度高达 31.3μmol/L，远远高于其他月份（5 月、8 月、11 月口门内平均浓度分别为 6.7μmol/L、3.1μmol/L、4.8μmol/L）。

　　底层，5 月和 11 月 NH$_4$-N 浓度分布与表层类似。8 月，底层平均浓度略高于表层，但分布较表层复杂，调查水域出现多个高值区，河水携带大量 NH$_4$-N 入海，使得河口附近出现相对高值；在河口偏北水域和东南部水域也分别出现高值区（图 3-29）。2 月，NH$_4$-N 浓度的分布与表层极其一致，与盐度等值线类似，等值线与海岸线基本平行。冬季温跃层消失，垂直混合较好，表、底层浓度相差不大，如表、底层 5μmol/L 的等值线基本吻合。

（二）断面分布

　　由于物理、化学和生物等诸多因素的影响，长江口水域三态无机氮的断面分布变化

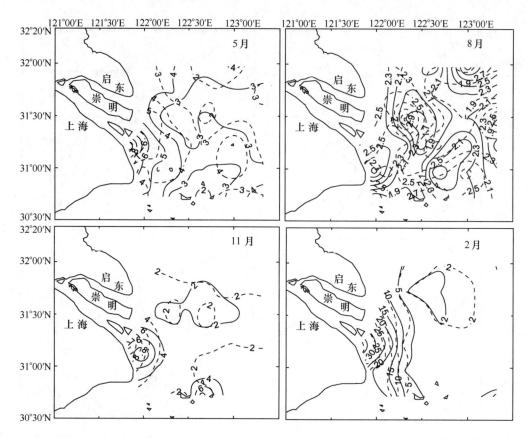

图 3-29　NH$_4$-N 浓度（μmol/L）的平面分布

——— 表层；-------- 底层

较为复杂。本节选择 21～27 号站作为典型断面，分析、讨论无机氮的断面分布规律和特点。

无机氮总体分布趋势自近岸向外海浓度逐渐减小。5 月，近岸 122°20′E 以西，与盐度分布相反，上层 NO$_3$-N 浓度大于下层，长江径流的影响较为明显；远岸垂直分布与近岸相反，反映出生物活动的影响（图 3-30）。在 123°00′E 海域附近，NO$_2$-N 和 NH$_4$-N 自上而下浓度先增大后减小，上层浓度低是由于浮游植物的吸收（该水域表层 Chla 质量浓度为 2.76μg/L），随着水深的增加，浮游植物死亡、分解，有机氮向 NH$_4$-N→NO$_2$-N→NO$_3$-N 转化，在 30m 层 NO$_2$-N 和 NH$_4$-N 浓度达到最大值（图 3-31，图 3-32），随后，NO$_2$-N 和 NH$_4$-N 进一步转化为 NO$_3$-N，其浓度随水深增加而减小。8 月，随着长江径流量的增加，盐度为 31 的等盐线东扩至 123°00′E 附近，NO$_3$-N 上层浓度高于下层；NO$_2$-N 在 122°40′E 偏东表层出现一高值中心，NH$_4$-N 浓度也较高，该区浮游植物量少，消耗无机氮也少（表层 Chla 质量浓度为 0.23μg/L）；NH$_4$-N 在 122°30′E、5m 层出现低值中心，NO$_2$-N 浓度也较低，该区 Chla 质量浓度为 1.8μg/L，可能与浮游植物消耗有关。11 月，与盐度类似，NO$_3$-N 层化现象明显，上层浓度高、下层浓度低；浓度为 30μmol/L 的 NO$_3$-N 等值线延伸至 123°10′E（图 3-30），与盐度为

22 的低盐线抵达该水域相吻合，与 SiO$_3$-Si 等值线分布也相一致（潘胜军和沈志良，2009）；NO$_2$-N 浓度垂直分布比较复杂，123°00′E 水域附近，NO$_2$-N 浓度自上而下呈先升高、后降低、再升高的趋势（图 3-31），底层浓度之所以远远大于表层，可能是由于微生物作用，部分 NH$_4$-N 被氧化转化为 NO$_2$-N 所致；而 NH$_4$-N 在该区域浓度垂直分布则是先减小后增大（图 3-32），底层 NH$_4$-N 浓度的增加可能来源于底层有机氮的分解。2 月，水体垂直混合较好，NO$_3$-N 和 NH$_4$-N 的表、底层浓度相差不大，高浓度区集中分布于河口附近水域，浓度分布的总体趋势是向外海方向逐渐减小；NO$_2$-N 浓度分布相对较为复杂，口门附近水域浓度较高，自近岸向外海呈现先增大后减小的分布趋势。

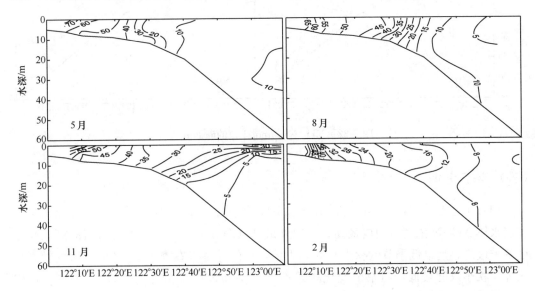

图 3-30　NO$_3$-N（μmol/L）的断面分布

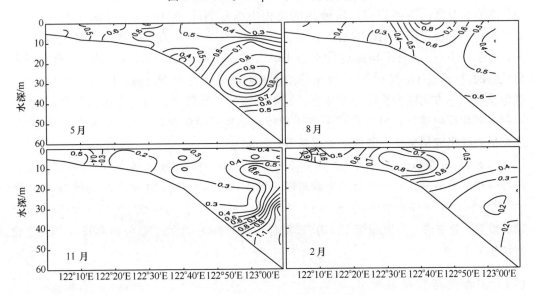

图 3-31　NO$_2$-N（μmol/L）的断面分布

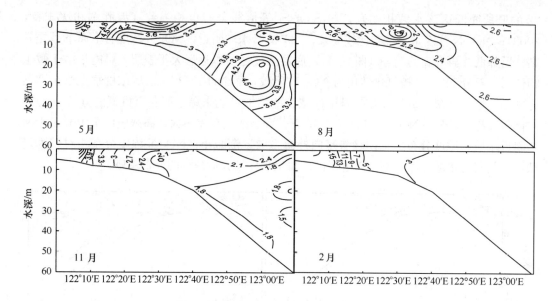

图 3-32　NH$_4$-N（μmol/L）的断面分布

（三）季节变化

相对于其他季节，冬季因为部分富含 NO$_3$-N 的长江冲淡水贴岸南下，导致该季节表层水体 NO$_3$-N 浓度口门内最高、口门外最低（图 3-33）。口门内表层水体 NO$_2$-N 浓度冬季最高，是最低季节（秋季）的 5.1 倍；口门外冬、春季表层 NO$_2$-N 浓度较高且相等；秋季浓度最低，但季节变化相差不大。NH$_4$-N 季节分布与 NO$_3$-N 不同，口门内、外季节变化一致，夏、秋季浓度低，冬、春季浓度高。NH$_4$-N 主要来源于上海城市污水直接排泄，自河口向外海输送的过程中部分 NH$_4$-N 和 NO$_2$-N 硝化为 NO$_3$-N，并且这种硝化反应随着温度的增加而增强（Sierra，2002）。夏、秋季海水温度较高（5月、8月、11月、2月平均温度分别为 18.7℃、25.4℃、20.9℃、10.3℃），有利于硝化反应的进行，NH$_4$-N 和 NO$_2$-N 平均浓度相对较低。冬季 NH$_4$-N 平均浓度远远高于其他季节，一方面因为长江径流减小、城市排污量依然较大，另一方面由于水温较低，不利于硝化反应进行；另外，该季节浮游植物生物量较低，对 NH$_4$-N 的消耗也很少。这与早先的研究结果是一致的（沈志良等，2003）。

与 SiO$_3$-Si 季节分布类似（潘胜军和沈志良，2009），表层水体 NO$_3$-N 浓度随着长江径流量的季节变化、冲淡水的影响范围，发生相应的变化。如 NO$_3$-N 表层 50μmol/L 的等值线（图 3-27）春季分布在口门附近，夏季扩展到 122°30′E，秋季退缩至 122°20′E，冬季进一步退缩至 122°10′E 左右，表明 NO$_3$-N 的季节分布和长江径流变化密切相关。

（四）营养盐结构及其变化

从 4 个季节营养盐摩尔比（表 3-10）可以看出，在口门外调查水域 DIN/PO$_4$-P 平

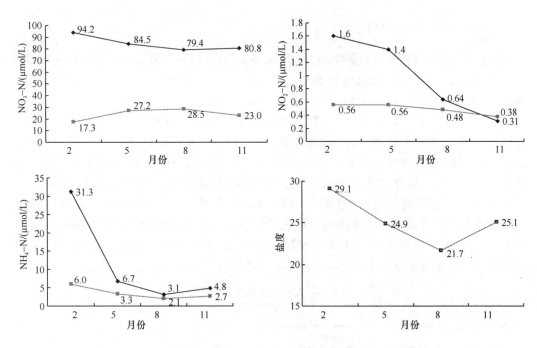

图 3-33　表层无机氮（μmol/L）和盐度（S）的季节变化
◆ 口门内；▫ 口门外

均值 5 月＞11 月＞2 月＞8 月。由于受长江径流高含量无机氮的影响，各月 DIN/PO$_4$-P 值都远高于 Redfield 值 16（Redfield et al.，1963），表明调查水域磷可能是浮游植物生长的限制因子。从表 3-10 还可以看出，表层 DIN/PO$_4$-P 值均大于底层，偏离 Redfield 值更大。2 月，表、底层 DIN/PO$_4$-P 值接近，与冬季水体垂直混合较好密切相关。

表 3-10　口门外溶解无机氮与磷酸盐的摩尔比

年份	项目	2 月（1 月）	5 月	8 月	11 月
2004 年	表层	36.0±37.4	51.3±27.2	44.0±29.0	45.9±28.9
	底层	35.4±37.4	39.6±31.4	22.1±13.4	21.6±15.9
	平均	35.7±37.1	48.5±33.6	33.3±25.1	37.2±27.5
1985～1986 年	表层	32.68	37.98	27.13	30.92
	底层	28.06	27.30	16.88	24.21
	平均	30.37	32.64	22.00	27.56

与 1985 年 8 月、11 月，1986 年 1 月、5 月营养盐摩尔比（沈志良和古堂秀，1994）相比，2004 年 DIN/PO$_4$-P 值约是 1985～1986 年的 1.4 倍，DIN 平均浓度约是 1985～1986 年的 2.2 倍，说明 DIN/PO$_4$-P 值的升高主要是由于 DIN 浓度的增加。比较两次调查结果，2004 年长江口水域 DIN/PO$_4$-P 值较 1985～1986 年偏离 Redfield 值更多。DIN 的大量输入，直接影响了长江口水域营养盐结构，高含量的 DIN 成为该水区浮游植物大量繁殖的重要原因。

（五）无机氮在河口的转移

对整个调查水域表、底层 NO_3-N、NO_2-N、NH_4-N 与盐度（S）进行相关统计分析表明（表 3-11），三种形态无机氮中，NO_3-N 与 S 的相关性最好，其次是 NH_4-N，NO_2-N 与 S 基本不相关。各季度表、底水层 NO_3-N 与 S 呈显著负相关，表明调查水域 NO_3-N 浓度分布主要受河水和海水物理混合作用的影响。与硅酸盐类似（潘胜军和沈志良，2009），相对于其他月份，5 月表层水体 NO_3-N 与 S 相关性较差，可能与生物活动有关：5 月浮游植物繁殖旺盛，Chla 平均浓度是其他月份的 2.6～4.5 倍；上层浮游植物吸收营养盐，导致 NO_3-N 浓度降低；下层浮游植物死亡、分解、营养盐再生，又导致 NO_3-N 浓度升高。所以，生物活动对 NO_3-N 在河口水域转移的影响也不容忽视。由于受诸多因素的影响，各季度表、底层水体 NO_2-N 与 S 相关性不显著或者不相关。NH_4-N 与 S 关系较为复杂，2 月表、底层及 11 月底层呈明显的负相关关系，其余相关性较差，这可能与冬季水温较低、生物活动影响较小有关。

表 3-11　无机氮与盐度的相关性

月份	项目	NO_3-N		NO_2-N		NH_4-N	
		r	p	r	p	r	p
2	表层	−0.962	3.90×10^{-16}	−0.448	0.017	−0.957	1.51×10^{-15}
	底层	−0.895	1.26×10^{-10}	−0.545	0.003	−0.932	5.52×10^{-13}
5	表层	−0.711	1.51×10^{-5}	0.099	0.609	−0.565	0.001
	底层	−0.881	2.85×10^{-10}	0.317	0.094	−0.455	0.013
8	表层	−0.946	9.65×10^{-15}	0.059	0.762	0.149	0.438
	底层	−0.945	3.78×10^{-14}	0.266	0.171	−0.372	0.051
11	表层	−0.817	2.00×10^{-8}	0.548	0.001	−0.205	0.270
	底层	−0.947	2.22×10^{-15}	0.370	0.044	−0.807	6.95×10^{-8}

（本节著者：沈志良　姚　云　潘胜军　李　峥）

第三节　长江口水域浮游植物群集组成结构与特点

长江口水域浮游植物的研究始于 20 世纪 50 年代，1958～1959 年、1960～1961 年、1976～1977 年、1985～1986 年开展了几次浮游植物生态调查，主要研究了浮游植物的形态分类和生态习性等方面（郭玉洁和杨则禹，1982，1992；李瑞香和毛兴华，1985）。王金辉（2002a）根据历史资料统计该水域浮游植物共计 11 门 134 属 393 种（含变种和变型），其中硅藻门 67 属 252 种、甲藻门 17 属 53 种、绿藻门 15 属 36 种、蓝藻门 12 属 20 种、金藻门 5 属 6 种、裸藻门 3 属 5 种、定鞭藻门 8 属 11 种、溪藻门 2 属 3 种、针胞藻门 2 属 2 种、黄藻门和隐藻门各 1 属 2 种，这是迄今长江口水域浮游植物物种最多的报道。根据作者多年的现场调查和对历史资料的整理，统计该水域共计浮游植物

624 种，如果加上日本学者的研究结果，浮游植物物种数量应该多于这些。自 80 年代末，有关长江口水域浮游植物研究越来越受到重视，开展了许多相关研究，内容包括：浮游植物的物种组成和生态类群（陆斗定等，2003；王金辉，2002a，2002b）、时空分布（王云龙等，2005；吴玉霖等，2004；朱根海等，2003；徐兆礼等，1999a；顾新根等，1995a）、营养盐限制（赵卫红等，2004；王保栋，2003；蒲新明等，2000，2001）、盐度、悬沙、上升流的影响（李金涛等，2005；徐兆礼等，1999a，1999b，2004；赵保仁等，2001）、最大浑浊带和羽状锋（杨蕉文等，1994；顾新根等，1995b，1995c）、赤潮过程（洪君超等，1994；黄秀清等，1994；沈竑和洪君超，1994）等多个方面。这些研究表明，受人类活动的影响，长江口浮游植物群集发生了很大的改变，如生物多样性降低、单一型藻华发生频率增加、生态系统的恢复力和抵抗外界干扰的能力下降等，这些结果对进一步研究该水域富营养化的形成机制和生态环境效应具有重要意义。

为进一步了解长江口水域浮游植物群落结构及其与富营养化的关系，笔者根据长江口水域设置的调查站位（图 3-12），并在长江冲淡水扩展方向选取两个典型断面（图 3-34），分别于 2004 年夏季（8 月）、秋季（11 月）、2005 年冬季（2 月）和春季（5 月）进行了 4 次浮游植物现场调查，研究了该水域浮游植物的物种组成、细胞丰度、多样性特征、优势物种的演替与群落划分等，为深入阐述该水域富营养化特点和形成机制提供科学依据。

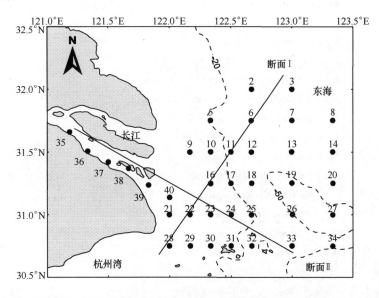

图 3-34 调查站位图（其中设置了两个冲淡水断面，分别为断面 I 和断面 II）

一、浮游植物群落的物种组成

浮游植物水样的分析采用 Utermöhl 方法（Utermöhl，1958），物种鉴定参考 Yamaji（1984）和 Tomas（1997）的分类资料。4 个季度月共鉴定浮游植物 163 种（含变种、变型），其中硅藻门 54 属 114 种、甲藻门 17 属 39 种、绿藻门 2 属 4 种、金藻门 2 属 3 种及蓝藻门 3 属 3 种，硅藻和甲藻占物种数量的比例分别为 69.9％和 23.9％，是调查区主要的浮游植物类群。调查区浮游植物主要为温带近岸性物种，暖水性物种和大洋性物种所占比例较小。浮游植物的物种组成在区域上和季节上都表现出明显的差异，形成复杂的时空分布格局。

（一）夏季浮游植物群落物种组成与优势种

2004 年夏季，共鉴定浮游植物 123 种（含变种和变型），隶属 5 门 62 属（浮游植物种名录示于表 3-12）；硅藻门 40 属 79 种，在物种丰富度上占优势；其次为甲藻门，16 属 35 种；绿藻门、金藻门和蓝藻门物种数量较少，分别为 2 属 4 种、2 属 3 种和 2 属 2 种。其中，中肋骨条藻是最优势物种：该藻种为低温广盐性物种，以内湾、河口及受径流影响海区的数量为高（金德祥等，1965）；其次是细长翼鼻状藻（*Proboscia alata* f. *gracillima*），为大洋性物种。上述两者的优势度远高于其他物种。优势度排名前 20 位的物种多为硅藻（15 种），其次为甲藻，绿藻门的单角盘星藻（*Pediastrum simplex*）优势度也较高（表 3-13）。

表 3-12　长江口水域主要浮游植物名录

中文名	拉丁文名	夏季	秋季	冬季	春季
硅藻门	**Bacillariophyta**				
曲壳藻	*Achnanthes* sp.			+	
厚辐环藻	*Actinocyclus crassus* Van Heurck	+			
八幅辐环藻	*Actinocyclus octonarius* Ehrenberg	+			
辣氏辐环藻	*Actinocyclus ralfsii* (W. Smidt) Ralfs			+	
六幅辐裥藻	*Actinoptychus senarius* (Ehrenberg) Ehrenberg	+		+	+
华美辐裥藻	*Actinoptychus splendens* (Shadbolt) Ralfs	+		+	
三舌辐裥藻	*Actinoptychus trilingulatus* Brightwell	+	+	+	+
美丽星脐藻	*Asteromphalus elegans* Greville	+			
扇形星脐藻	*Asteromphalus flabellatus* Greville	+			
加拉星平藻	*Asteroplanus karianus* (Grunow) Gardner *et* Crawford		+	+	
派格棍形藻	*Bacillaria paxillifera* Hendey		+	+	
透明辐杆藻	*Bacteriastrum hyalinum* Lauder	+			
锤状中鼓藻	*Bellerochea malleus* Van Heurck			+	
颗粒盒形藻	*Biddulphia granulata* Roper	+	+	+	
异角盒形藻	*Biddulphia heteroceros* Grunow			+	
钝头盒形藻	*Biddulphia obtusa* Kuetz			+	
网纹盒形藻	*Biddulphia reticulata* Roper			+	
标志布莱克里亚藻	*Bleakeleya notata* (Grunow) Round	+		+	+
海洋角管藻	*Cerataulina pelagica* (Cleve) Hendey	+			
窄隙角毛藻	*Chaetoceros affinis* Lauder	+		+	
旋链角毛藻	*Chaetoceros curvisetus* Cleve	+	+	+	+

续表

中文名	拉丁文名	夏季	秋季	冬季	春季
柔弱角毛藻	*Chaetoceros debilis* Cleve	+			
远距角毛藻	*Chaetoceros distans* Cleve	+			+
爱氏角毛藻	*Chaetoceros eibenii* Grunow	+		+	
平滑角毛藻	*Chaetoceros laevis* Leuduger-Fortmorel	+			
洛氏角毛藻	*Chaetoceros lorenzianus* Grunow	+			+
角毛藻	*Chaetoceros* sp.	+	+	+	+
念珠梯楔形藻	*Climacosphenia moniligera* Ehrenberg		+		
卵形藻	*Cocconeis* sp.			+	
豪猪棘冠藻	*Corethron hystrix* Hensen	+		+	+
蛇目圆筛藻	*Coscinodiscus argus* Ehrenberg	+		+	
弓束圆筛藻	*Coscinodiscus curvatulus* Grunow	+	+	+	+
弓束圆筛藻小型变种	*Coscinodiscus curvatulus* var. *minor* (Ehrenberg) Grunow			+	
偏心圆筛藻	*Coscinodiscus excentricus* Ehrenberg	+	+	+	+
琼氏圆筛藻	*Coscinodiscus jonesianus* Ostenfeld	+	+	+	+
具边圆筛藻	*Coscinodiscus marginatus* Ehrenberg	+			
小眼圆筛藻	*Coscinodiscus oculatus* (Fauv) Petit	+	+	+	+
虹彩圆筛藻	*Coscinodiscus oculus-iridis* Ehrenberg	+	+	+	+
辐射圆筛藻	*Coscinodiscus radiatus* Ehrenberg	+	+	+	+
圆筛藻	*Coscinodiscus* sp.	+	+	+	+
威氏圆筛藻	*Coscinodiscus wailesii* Gran et Angst	+			
扭曲小环藻	*Cyclotella comta* (Ehrenberg) Kützing	+	+		+
小环藻	*Cyclotella* sp.			+	
条纹小环藻	*Cyclotella striata* (Kuetz.) Grun.			+	
柱状小环藻	*Cyclotella stylorum* Brightw.			+	
新月柱鞘藻	*Cylindrotheca closterium* (Ehr.) Reimann et Lewin			+	
桥弯藻	*Cymbella* sp.	+	+	+	+
脆指管藻	*Dactyliosolen fragilissimus* (Bergon) Hasle	+			+
短小矮棘藻	*Detonula pumila* Schütt			+	
蜂腰双壁藻	*Diploneis bombus* Ehrenberg	+	+	+	+
黄蜂双壁藻	*Diploneis crabro* Ehrenberg	+		+	
施氏双壁藻	*Diploneis smithii* (Brébisson) Cleve	+			
布氏双尾藻	*Ditylum brightwellii* (West) Grunow	+	+	+	+
太阳双尾藻	*Ditylum sol* Grunow	+	+	+	+
翼内茧藻	*Entomoneis alata* Ehrenberg	+	+	+	+
角状弯角藻	*Eucampia cornuta* (Cleve) Grunow				+
浮动弯角藻	*Eucampia zodiacus* Ehrenberg			+	
脆杆藻	*Fragilaria* sp.	+	+	+	+
波状斑条藻	*Grammatophora undulate* Ehrenberg				+
柔弱几内亚藻	*Guinardia delicatula* (Cleve) Hasle			+	+

中文名	拉丁文名	夏季	秋季	冬季	春季
萎软几内亚藻	*Guinardia flaccida* (Castracane) Péragallo	+		+	
斯氏几内亚藻	*Guinardia striata* (Stolterfoth) Hasle	+	+	+	
泰晤士旋鞘藻	*Helicotheca tamesis* (Shrubsole) Ricard	+		+	
霍氏半管藻	*Hemiaulus hauckii* Grunow	+		+	+
膜质半管藻	*Hemiaulus membranacus* Cleve	+			
中华半管藻	*Hemiaulus sinensis* Greville	+			
环纹劳德藻	*Lauderia annulata* Cleve	+	+	+	+
丹麦细柱藻	*Leptocylindrus danicus* Cleve	+	+	+	+
细筒藻	*Leptocylindrus minimus* Gran	+			
短楔形藻	*Licmophora abbreviata* Agardh	+	+	+	+
颗粒直链藻	*Melosira granulata* (Ehrenberg) Ralfs	+	+	+	
念珠直链藻	*Melosira moniliformis* (Müller) Agardh			+	+
拟货币直链藻	*Melosira nummuloides* (Dillw.) Agardh				+
膜状缪氏藻	*Meuniera membranacea* (Cleve) Silva	+		+	+
盐生舟形藻	*Navicula salinarum* Grunow			+	
舟形藻	*Navicula* sp.	+	+	+	+
菱形藻	*Nitzschia* sp.	+	+	+	+
长菱形藻	*Nitzschia longissima* (Bréb.) Ralfs			+	
洛氏菱形藻	*Nitzschia lorenziana* Grunow			+	
螺形菱形藻	*Nitzschia sigma* (Kütz) W. Smith				+
螺形菱形藻居间变种	*Nitzschia sigma* var. *intercedens* Grunow		+	+	
活动齿状藻	*Odontella mobiliensis* (Bailey) Grunow	+	+	+	+
高齿状藻	*Odontella regia* (Schultze) Simonsen	+	+	+	+
中华齿状藻	*Odontella sinensis* (Greville) Grunow	+	+	+	
具槽帕拉藻	*Paralia sulcata* (Ehrenberg) Cleve	+	+	+	+
具翼漂流藻	*Planktoniella blanda* (Schmidt) Syvertsen *et* Hasle	+	+	+	+
近缘斜纹藻	*Pleurosigma affine* Grunow	+	+	+	+
宽角斜纹藻	*Pleurosigma angulatum* (Quek.) W. Smith	+	+		
海洋曲舟藻	*Pleurosigma pelagicum* Perag	+	+		+
翼鼻状藻细长变型	*Proboscia alata* f. *gracillima* Cleve	+		+	+
翼鼻状藻印度变型	*Proboscia alata* f. *indica* (Péragallo) Ostenfeld	+			
柔弱伪菱形藻	*Pseudo-nitzschia delicatissima* (Cleve) Heiden	+	+	+	+
尖刺伪菱形藻	*Pseudo-nitzschia pungens* (Grunow *ex* Cleve) Hasle	+	+	+	+
距端假管藻	*Pseudosolenia calcar-avis* (Schultze) Sundström	+	+		
渐尖根管藻	*Rhizosolenia acuminata* (Peragallo) Gran	+			
半棘钝根管藻	*Rhizosolenia hebetata* f. *semispina* (Hensen) Gran			+	
粗根管藻	*Rhizosolenia robusta* Norman	+	+		
刚毛根管藻	*Rhizosolenia setigera* Brightwell	+	+	+	+
笔尖形根管藻	*Rhizosolenia styliformis* Brightwell			+	

续表

中文名	拉丁文名	夏季	秋季	冬季	春季
中肋骨条藻	*Skeletonema costatum* (Greville) Cleve	+	+	+	+
星形冠盘藻	*Stephanodiscus astraea* Ehrenberg			+	+
掌状冠盖藻	*Stephanopyxis palmeriana* (Greville) Grunow		+	+	
双菱藻	*Surirella* sp.	+	+	+	+
华壮双菱藻	*Surirella fastuosa* Ehrenberg	+	+		
针杆藻	*Synedra* sp.		+	+	
伏氏海线藻	*Thalassionema frauenfeldii* (Grunow) Hallegraeff	+	+	+	+
菱形海线藻	*Thalassionema nitzschioides* Grunow	+	+	+	+
密联海链藻	*Thalassiosira condensata* (Cleve) Lebour		+		+
细海链藻	*Thalassiosira leptopus* (Grunow) Hasle *et* Fryxell	+	+	+	+
诺氏海链藻	*Thalassiosira nordenskiöldii* Cleve	+	+	+	+
太平洋海链藻	*Thalassiosira pacifica* Gran *et* Angst				+
圆海链藻	*Thalassiosira rotula* Meunier	+	+		+
粗纹藻	*Trachyneis aspera* (Ehrenberg) Cleve		+	+	
蜂窝三角藻	*Triceratium favus* Ehrenberg	+	+	+	+
绿藻门	**Chlorophyta**				
双角盘星藻	*Pediastrum duplex* Meyen	+		+	+
单角盘星藻	*Pediastrum simplex* (Mey.) Lemmermann	+	+	+	+
栅藻	*Scenedesmus* sp.	+	+		+
四尾栅藻	*Scenedesmus quadricauda* (Turpin) Brébisson	+	+	+	+
金藻门	**Chrysophyta**				
小等刺硅鞭藻	*Dictyocha fibula* Ehrenberg	+	+	+	+
小等刺硅鞭藻蹼形变种	*Dictyocha fibula* var. *stapedia* (Haech.) Lemmermann	+			
六异刺硅鞭藻八角变种	*Distephanus speculum* var. *octonarium* (Ehrenberg) Jørgensen	+		+	+
蓝藻门	**Cyanophyta**				
微囊藻	*Microcystis* sp.			+	
螺旋藻	*Spirulina* sp.	+	+	+	
铁氏束毛藻	*Trichodesmium thiebauti* Gomont	+	+		+
甲藻门	**Pyrrophyta**				
血红阿卡藻	*Akashiwo sanguinea* (Hirasaka) Hansen *et* Moestrup	+	+	+	+
亚历山大藻	*Alexandrium* sp.	+	+	+	+
叉状角藻	*Ceratium furca* (Ehrenberg) Dujardin	+	+		+
梭角藻	*Ceratium fusus* (Ehrenberg) Dujardin	+	+	+	+
克氏角藻	*Ceratium kofoidii* Jørgensen				+
线形角藻	*Ceratium lineatum* (Ehrenberg) Cleve	+	+		+
新月角藻	*Ceratium lunula* (Schimper *ex* Karsten) Jørgensen	+			
大角角藻	*Ceratium macroceros* (Ehrenberg) Cleve	+			
大角角藻橡实变种	*Ceratium macroceros* var. *gallicum* (Kofoid) Jørgensen	+			
圆柱角藻	*Ceratium teres* Kofoid				+

续表

中文名	拉丁文名	夏季	秋季	冬季	春季
三角角藻	*Ceratium tripos* Nitsch	+	+	+	+
具尾鳍藻	*Dinophysis caudata* Saville-Kent	+	+		+
倒卵形鳍藻	*Dinophysis fortii* Pavillard	+			
轮状拟翼藻卵形变种	*Diplopsalopsis orbicularis* var. *ovata* Abē	+			
新月球甲藻	*Dissodinium lunula*（Schütt）Schütt	+			
多纹膝沟藻	*Gonyaulax polygramma* Stein	+		+	+
膝沟藻	*Gonyaulax* sp.	+	+	+	+
裸甲藻	*Gymnodinium* sp.	+	+	+	+
螺旋环沟藻	*Gyrodinium spirale* Bergh	+	+		
三角异孢藻	*Heterocapsa triquetra* Stein	+			+
米氏凯伦藻	*Karenia mikimotoi*（Miyake *et* Kominami *ex* Oda）Hansen *et* Moestrup				+
夜光藻	*Noctiluca scintillans* Surirey	+		+	+
刺尖甲藻	*Oxytoxum scolopax* Stein	+			
具齿原甲藻	*Prorocentrum dentatum* Stein	+	+		
纤细原甲藻	*Prorocentrum gracile* Schütt	+	+		
闪光原甲藻	*Prorocentrum micans* Ehrenberg	+	+	+	+
尖叶原甲藻	*Prorocentrum triestinum* Schiller	+	+		+
双刺原多甲藻	*Protoperidinium bipes*（Paulsen）Balech				+
双曲原多甲藻	*Protoperidinium conicoides* Paulsen	+			
锥形原多甲藻	*Protoperidinium conicum*（Gran）Balech	+	+		
扁平原多甲藻	*Protoperidinium depressum*（Bailey）Balech	+		+	+
叉分原多甲藻	*Protoperidinium divergens*（Ehr.）Balech				+
椭圆原多甲藻	*Protoperidinium oblongum*（Aurivillius）Parke *et* Dodge	+	+		
卵形原多甲藻	*Protoperidinium ovum* Schiller	+			+
光甲原多甲藻	*Protoperidinium pallidum*（Ostenfeld）Balech	+	+		+
点刺原多甲藻	*Protoperidinium puncutulatum*（Paulsen）Balech	+			
梨状原多甲藻	*Protoperidinium pyriforme* Paulsen	+			
斯氏扁甲藻	*Pyrophacus steinii*（Schiller）Wall *et* Dale	+			
锥状施克里普藻	*Scrippsiella trochoidea*（Stein）Loeblich	+	+	+	+
未定类 ・	**Incertae sedis**				
三裂醉藻	*Ebria tripartita*（Schumann）Lemmermann			+	

注：浮游植物种名更改参见孙军和刘东艳（2002）。

表 3-13　夏季长江口及邻近水域浮游植物优势物种、常见物种及其优势度

物种编号	门	中文名	拉丁文名	优势度 Y
1	硅藻门	中肋骨条藻	*Skeletonema costatum*	0.351 75
2	硅藻门	细长翼鼻状藻	*Proboscia alata* f. *gracillima*	0.280 00
3	硅藻门	尖刺伪菱形藻	*Pseudo-nitzschia pungens*	0.029 92
4	硅藻门	舟形藻	*Navicula* sp.	0.025 61

续表

物种编号	门	中文名	拉丁文名	优势度 Y
5	甲藻门	锥状施克里普藻	*Scrippsiella trochoidea*	0.007 88
6	硅藻门	诺氏海链藻	*Thalassiosira nordenskiöldii*	0.007 59
7	硅藻门	菱形藻	*Nitzschia* sp.	0.005 64
8	硅藻门	具槽帕拉藻	*Paralia sulcata*	0.003 80
9	硅藻门	圆海链藻	*Thalassiosira rotula*	0.002 76
10	甲藻门	裸甲藻	*Gymnodinium* sp.	0.002 73
11	硅藻门	柔弱伪菱形藻	*Pseudo-nitzschia delicatissima*	0.002 29
12	绿藻门	单角盘星藻	*Pediastrum simplex*	0.001 89
13	硅藻门	菱软几内亚藻	*Guinardia flaccida*	0.001 26
14	硅藻门	洛氏角毛藻	*Chaetoceros lorenzianus*	0.001 04
15	硅藻门	海链藻	*Thalassiosira* sp.	0.000 78
16	硅藻门	辐射圆筛藻	*Coscinodiscus radiatus*	0.000 76
17	硅藻门	旋链角毛藻	*Chaetoceros curvisetus*	0.000 52
18	甲藻门	叉状角藻	*Ceratium furca*	0.000 45
19	甲藻门	亚历山大藻	*Alexandrium* sp.	0.000 44
20	硅藻门	颗粒直链藻	*Melosira granulata*	0.000 43

（二）秋季浮游植物群落物种组成与优势种

2004 年秋季，共鉴定浮游植物 79 种（含变种和变型），隶属 5 门 51 属（浮游植物种名录见表 3-12）；其中，硅藻门 37 属 56 种，仍占据优势；甲藻门 9 属 17 种，较夏季有所降低；绿藻门、金藻门和蓝藻门分别为 2 属 3 种、1 属 1 种和 2 属 2 种。调查水域的浮游植物优势物种包括中肋骨条藻、具槽帕拉藻（*Paralia sulcata*）、菱形海线藻（*Thalassionema nitzschioides*）和亚历山大藻（*Alexandrium* sp.）等（表 3-14）；具槽帕拉藻为沿岸底栖性物种，但风浪大时可大量出现在浮游生物中，特别是秋冬季，受季风影响在外海风浪多的区域能形成季节性优势种（金德祥等，1965）。与夏季相比，中肋骨条藻的优势度大幅降低，硅藻虽仍占据优势度排名前 20 位的物种中的多数，但甲藻物种有所增加，而蓝藻门的铁氏束毛藻（*Trichodesmium thiebauti*）也呈现了较高的优势度。

表 3-14　秋季长江口水域浮游植物优势物种、常见物种及其优势度

物种编号	门	中文名	拉丁文名	优势度 Y
1	硅藻门	中肋骨条藻	*Skeletonema costatum*	0.088 42
2	硅藻门	具槽帕拉藻	*Paralia sulcata*	0.072 35
3	硅藻门	菱形海线藻	*Thalassionema nitzschioides*	0.031 17
4	甲藻门	亚历山大藻	*Alexandrium* sp.	0.021 72
5	硅藻门	圆筛藻	*Coscinodiscus* sp.	0.019 21
6	甲藻门	锥状施克里普藻	*Scrippsiella trochoidea*	0.015 98

续表

物种编号	门	中文名	拉丁文名	优势度 Y
7	甲藻门	闪光原甲藻	*Prorocentrum micans*	0.011 76
8	甲藻门	裸甲藻	*Gymnodinium* sp.	0.007 56
9	硅藻门	圆海链藻	*Thalassiosira rotula*	0.006 42
10	甲藻门	具齿原甲藻	*Prorocentrum dentatum*	0.005 19
11	硅藻门	近缘斜纹藻	*Pleurosigma affine*	0.004 59
12	蓝藻门	铁氏束毛藻	*Trichodesmium thiebauti*	0.003 71
13	硅藻门	舟形藻	*Navicula* sp.	0.003 54
14	硅藻门	诺氏海链藻	*Thalassiosira nordenskiöldii*	0.002 95
15	甲藻门	尖叶原甲藻	*Prorocentrum triestinum*	0.002 78
16	硅藻门	琼氏圆筛藻	*Coscinodiscus jonesianus*	0.001 44
17	硅藻门	双菱藻	*Surirella* sp.	0.000 84
18	甲藻门	米氏凯伦藻	*Karenia mikimotoi*	0.000 74
19	硅藻门	辐射圆筛藻	*Coscinodiscus radiatus*	0.000 69
20	硅藻门	菱形藻	*Nitzschia* sp.	0.000 50

(三) 冬季浮游植物群落物种组成与优势种

2005 年冬季，共鉴定浮游植物 104 种（含变种和变型），隶属 5 门 64 属（浮游植物种名录示于表 3-12）；其中，硅藻门 48 属 83 种，占物种丰富度的绝对优势；甲藻门 10 属 14 种，占物种总数的比例较夏、秋季大幅降低；绿藻门 2 属 3 种，金藻门和蓝藻门同为 2 属 2 种。具槽帕拉藻取代中肋骨条藻成为秋季的最优势物种，优势度显著高于其他物种；在优势度排名前 20 位的物种中硅藻占据绝对优势，此外仅有甲藻门的裸甲藻（*Gymnodinium* sp.）和绿藻门的四尾栅藻（*Scenedesmus quadricauda*），但其优势度均较小（表 3-15）。

表 3-15　冬季长江口水域浮游植物优势物种、常见物种及其优势度

物种编号	门	中文名	拉丁文名	优势度 Y
1	硅藻门	具槽帕拉藻	*Paralia sulcata*	0.229 49
2	硅藻门	中肋骨条藻	*Skeletonema costatum*	0.080 98
3	硅藻门	圆筛藻	*Coscinodiscus* sp.	0.041 50
4	硅藻门	圆海链藻	*Thalassiosira rotula*	0.017 19
5	硅藻门	标志布莱克里亚藻	*Bleakeleya notata*	0.010 72
6	硅藻门	脆杆藻	*Fragilaria* sp.	0.009 79
7	硅藻门	舟形藻	*Navicula* sp.	0.009 51
8	硅藻门	辐射圆筛藻	*Coscinodiscus radiatus*	0.006 15
9	硅藻门	偏心圆筛藻	*Coscinodiscus excentricus*	0.003 71
10	硅藻门	派格棍形藻	*Bacillaria paxillifera*	0.003 05
11	硅藻门	菱形藻	*Nitzschia* sp.	0.002 71

续表

物种编号	门	中文名	拉丁文名	优势度 Y
12	硅藻门	三舌辐裥藻	*Actinoptychus trilingulatus*	0.002 69
13	硅藻门	新月柱鞘藻	*Cylindrotheca closterium*	0.001 76
14	硅藻门	尖刺伪菱形藻	*Pseudo-nitzschia pungens*	0.001 33
15	硅藻门	菱形海线藻	*Thalassionema nitzschioides*	0.001 25
16	硅藻门	细海链藻	*Thalassiosira leptopus*	0.001 20
17	甲藻门	裸甲藻	*Gymnodinium* sp.	0.001 13
18	硅藻门	细筒藻	*Leptocylindrus minimus*	0.001 09
19	绿藻门	四尾栅藻	*Scenedesmus quadricauda*	0.001 09
20	硅藻门	颗粒直链藻	*Melosira granulata*	0.000 74

（四）春季浮游植物群落物种组成与优势种

2005 年春季，共鉴定浮游植物 92 种（含变种和变型），隶属于 5 门 53 属（浮游植物种名录示于表 3-12）；其中，硅藻门和甲藻门分别为 36 属 60 种和 12 属 25 种，硅藻占物种总数的比例较冬季降低，甲藻的比例明显升高，但仍低于夏季水平；绿藻门 2 属 4 种，金藻门 2 属 2 种，蓝藻门 1 属 1 种。浮游植物优势物种包括米氏凯伦藻（*Karenia mikimotoi*）、中肋骨条藻、具齿原甲藻（*Prorocentrum dentatum*，也有学者称之为东海原甲藻 *Prorocentrum donghaiense*）和柔弱伪菱形藻（*Pseudo-nitzschia delicatissima*）等（表 3-16）；其中米氏凯伦藻和具齿原甲藻是近年来该水域频发的有害水华的主要原因物种（周名江和朱明远，2006）。优势度排名前 20 位的物种均为硅藻或甲藻，前者数量占优，而后者在优势度上占据上风。

表 3-16 春季长江口水域浮游植物优势物种、常见物种及其优势度

物种编号	门	中文名	拉丁文名	优势度 Y
1	甲藻门	米氏凯伦藻	*Karenia mikimotoi*	0.284 49
2	硅藻门	中肋骨条藻	*Skeletonema costatum*	0.148 40
3	甲藻门	具齿原甲藻	*Prorocentrum dentatum*	0.099 57
4	硅藻门	柔弱伪菱形藻	*Pseudo-nitzschia delicatissima*	0.014 34
5	甲藻门	裸甲藻	*Gymnodinium* sp.	0.005 63
6	甲藻门	亚历山大藻	*Alexandrium* sp.	0.003 67
7	硅藻门	尖刺伪菱形藻	*Pseudo-nitzschia pungens*	0.001 09
8	硅藻门	圆筛藻	*Coscinodiscus* sp.	0.000 98
9	硅藻门	具槽帕拉藻	*Paralia sulcata*	0.000 90
10	硅藻门	圆海链藻	*Thalassiosira rotula*	0.000 88
11	硅藻门	舟形藻	*Navicula* sp.	0.000 46
12	硅藻门	诺氏海链藻	*Thalassiosira nordenskiöldii*	0.000 38
13	硅藻门	旋链角毛藻	*Chaetoceros curvisetus*	0.000 32
14	硅藻门	角毛藻	*Chaetoceros* sp.	0.000 25

续表

物种编号	门	中文名	拉丁文名	优势度 Y
15	硅藻门	布氏双尾藻	*Ditylum brightwellii*	0.000 11
16	甲藻门	夜光藻	*Noctiluca scintillans*	0.000 11
17	甲藻门	锥状施克里普藻	*Scrippsiella trochoidea*	0.000 10
18	硅藻门	脆杆藻	*Fragilaria* sp.	0.000 09
19	硅藻门	标志布莱克里亚藻	*Bleakeleya notata*	0.000 09
20	硅藻门	高齿状藻	*Odontella regia*	0.000 08

（五）浮游植物群落物种组成的季节动态

综上所述，浮游植物物种丰富度夏季＞冬季＞秋季＞春季（图 3-35）。硅藻在物种丰富度上占据优势，在冬季最为明显；甲藻也是调查水域重要的浮游植物类群，其物种数量在夏季和春季较高，在秋季和冬季较低；调查水域发现的绿藻、金藻和蓝藻物种数量较少，但在个别站位也可成为群落的优势物种。中肋骨条藻全年都具有较高的优势度，在夏、秋季更是调查水域的最优势物种；此外，还有季节性的优势物种，夏季的细长翼鼻状藻，秋、冬季的具槽帕拉藻，春季的米氏凯伦藻和具齿原甲藻。在优势度上，硅藻是调查水域浮游植物的主要类群，而甲藻的优势度在春、秋季较为显著，其他类群仅在个别季节有优势度排名前 20 位的物种出现。

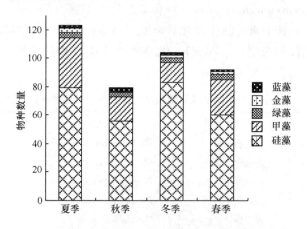

图 3-35　长江口水域浮游植物及其类群的物种数量

二、浮游植物群落的细胞丰度特征

2004 年夏季，浮游植物的细胞丰度为 2.24～1029.20 个细胞/mL，平均值为（57.84±124.65）个细胞/mL；硅藻细胞丰度平均为（55.05±123.31）个细胞/mL，甲藻和绿藻的细胞丰度较低，平均值分别为（2.31±7.90）个细胞/mL 和（0.43±1.01）个细胞/mL。2004 年秋季，浮游植物的细胞丰度为 0.26～133.37 个细胞/mL，平均值为（5.00±16.10）个细胞/mL；主要类群为硅藻和甲藻，其细胞丰度平均值分

别为 (3.40±11.52) 个细胞/mL 和 (1.43±10.02) 个细胞/mL, 绿藻细胞丰度较低, 平均仅为 (0.08±0.38) 个细胞/mL。2005 年冬季, 浮游植物的细胞丰度为 0.13～89.6 个细胞/mL, 平均值为 (10.03±17.33) 个细胞/mL; 硅藻细胞丰度平均为 (9.62±16.53) 个细胞/mL, 其次为绿藻, 细胞丰度平均为 (0.19±0.55) 个细胞/mL, 甲藻细胞丰度平均仅为 (0.09±0.24) 个细胞/mL。2005 年春季, 浮游植物的细胞丰度为 0.53～5295.56 个细胞/mL, 平均值为 (361.81±874.87) 个细胞/mL; 甲藻的细胞丰度超过硅藻, 平均值高达 (244.83±629.22) 个细胞/mL, 硅藻的细胞丰度平均为 (116.71±473.83) 个细胞/mL, 绿藻的细胞丰度最低, 平均值仅为 (0.19±0.57) 个细胞/mL。

(一) 夏季浮游植物及其主要类群细胞丰度的空间分布

1. 细胞丰度的垂直分布

夏季浮游植物总细胞丰度的 95.18% 由硅藻贡献, 因此其分布格局受硅藻控制, 二者的垂直分布规律相同: 细胞丰度在表层较高, 至 5m 层略有升高, 5m 以深持续降低, 但降幅趋缓。甲藻细胞丰度的高值出现在 5m 层和 10m 层, 但 5m 层波动较大; 整体而言, 细胞丰度自表层向下逐渐升高, 10m 以深逐渐降低 (图 3-36)。

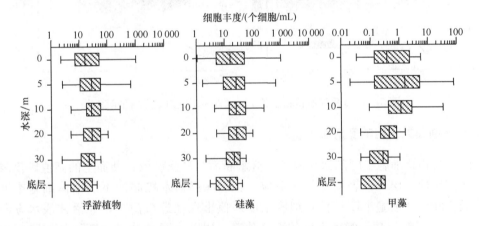

图 3-36 夏季浮游植物、硅藻和甲藻细胞丰度的分层特征

2. 细胞丰度的平面分布

表层浮游植物及其主要类群细胞丰度的平面分布如图 3-37 所示。表层浮游植物总细胞丰度为 2.24～1029.20 个细胞/mL, 平均为 (87.76±200.92) 个细胞/mL。口门外北侧 122.0°～122.5°E 间水域出现显著的细胞丰度高值区, 同时口门外向东南存在 1 个次高值区: 这可能与长江冲淡水的双向扩展有关。表层硅藻细胞丰度为 1.06～1024.62 个细胞/mL, 平均为 (86.06±200.37) 个细胞/mL, 其平面分布与浮游植物高度一致。表层甲藻细胞丰度为 0.00～5.73 个细胞/mL, 平均值仅为 (1.17±1.56) 个细胞/mL; 甲藻在口门外也形成南北两个高值区, 但其位置较硅藻向外海方向东移,

表现出这两个类群对不同环境的适应。表层绿藻细胞丰度低于甲藻，变化范围为 $0 \sim$ 2.33 个细胞/mL，平均为（0.47 ± 0.69）个细胞/mL；绿藻仅分布在盐度低于 20 的 122.5°E 以西水域，其高值区位于口门附近。

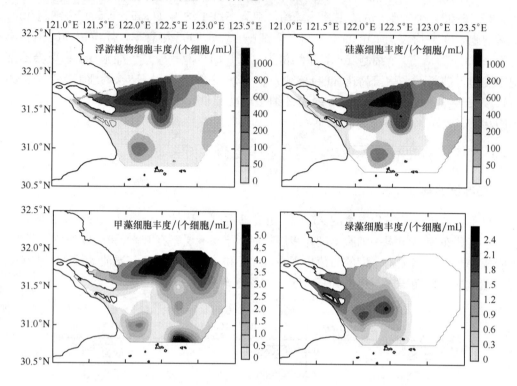

图 3-37　夏季浮游植物及其主要类群表层细胞丰度的平面分布

3. 冲淡水断面的细胞丰度剖面

浮游植物总细胞丰度剖面在两条冲淡水断面与硅藻一致：断面 I 的高值区仅限于冲淡水控制的上层，与表层高值区对应，在外海高盐水控制的下层水体细胞丰度迅速降低；断面 II 细胞丰度较低，细胞丰度高值出现在近口门处，并沿冲淡水方向降低，但 10m 以深出现一细胞丰度的次高值区。甲藻在两条冲淡水断面的细胞丰度值相当，高值区均位于外海区的浅层水体。绿藻的细胞丰度高值区位于口门附近，高盐水域没有分布，在断面 I 其垂直分布较为均匀，而在断面 II 其在水体下层形成高值（图 3-38）。

4. 优势物种细胞丰度的空间分布

夏季优势浮游植物中肋骨条藻和细长翼鼻状藻的空间分布如图 3-39 和图 3-40 所示。表层中肋骨条藻的细胞丰度为 $0.00 \sim 997.82$ 个细胞/mL，平均值为 64.48 个细胞/mL；其高值分布与浮游植物和硅藻基本吻合，位于口门外近岸的南北两侧（图 3-37），122.5°E 以东细胞丰度迅速降低。中肋骨条藻在断面 I 丰度较高，高值区位于近口门的水体上层，呈明显的分层现象；在断面 II 丰度较低，仅在 22 号站形成高值区，高值区

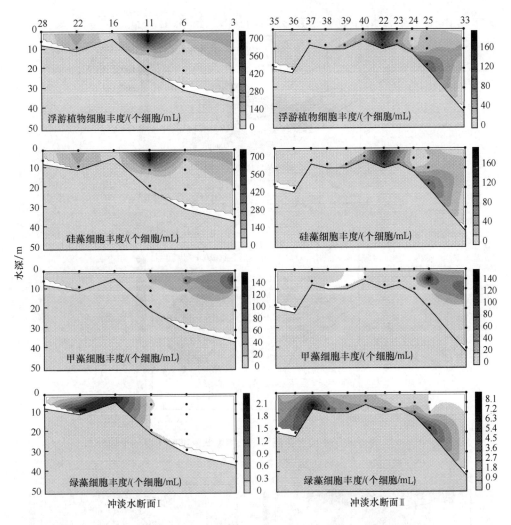

图 3-38　夏季冲淡水断面浮游植物及其主要类群的细胞丰度剖面分布情况

外细胞丰度低于 10.00 个细胞/mL。表层细长翼鼻状藻细胞丰度为 0.00～140.71 个细胞/mL，平均值为 12.46 个细胞/mL；其与中肋骨条藻呈相嵌分布，细胞丰度在近岸很低，而在 122.5°E 以东的高盐区出现南北两个高值区，由此可以解释浮游植物在外海形成的细胞丰度次高值区。冲淡水断面的细胞丰度剖面也呈现层化的特征，在外海区（断面Ⅰ）高值出现在表层，而在调查水域中部（断面Ⅱ）高值出现在中下层，这可能与该种随外海高盐水楔入冲淡水下方有关。

（二）秋季浮游植物及其主要类群细胞丰度的空间分布

1. 细胞丰度的垂直分布

浮游植物总细胞丰度在表层最高，表层至 10m 层明显降低，10m 以深变化很小。硅藻细胞丰度在表层最高，至 5m 层即降至 10.00 个细胞/mL 以下，5m 以深细胞丰度的波动较

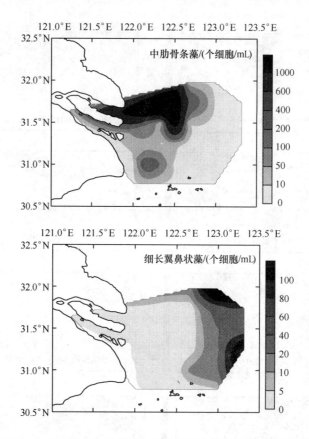

图 3-39　夏季表层中肋骨条藻和细长翼鼻状藻细胞丰度的平面分布

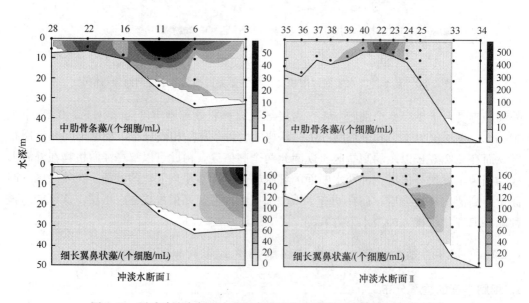

图 3-40　夏季冲淡水断面中肋骨条藻和细长翼鼻状藻的细胞丰度剖面

小。甲藻细胞丰度在表层和5m层较高，随深度增加而降低，10m以深降幅趋小（图3-41）。

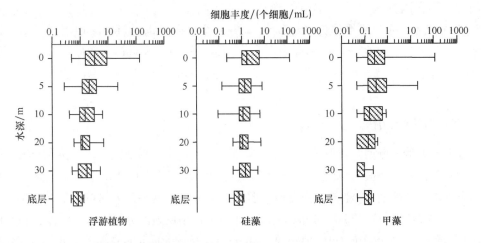

图 3-41　秋季浮游植物、硅藻和甲藻细胞丰度的分层特征

2. 细胞丰度的平面分布

调查水域表层浮游植物及其主要类群细胞丰度的平面分布如图 3-42 所示。表层浮游植物总细胞丰度为 0.49～133.38 个细胞/mL，平均为（12.18±29.60）个细胞/mL。总细胞丰度在调查区南部的近口门处和外海区形成两个高值区；此外，调查区中部还存在 1 个次高值区；口门以西及调查区北部细胞丰度较低。表层硅藻细胞丰度为 0.22～

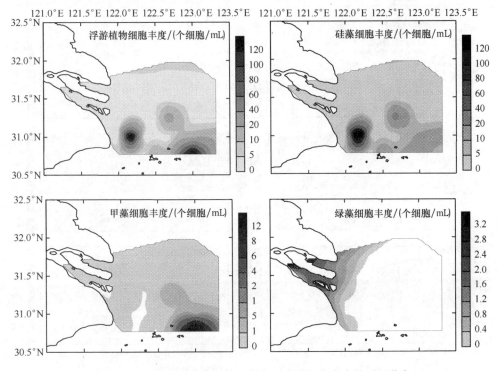

图 3-42　秋季浮游植物及其主要类群表层细胞丰度的平面分布

128.84 个细胞/mL，平均为（7.84±21.50）个细胞/mL；高值区位于调查区南部的近口门处，而在调查区中部和东南部形成两个次高值区。表层甲藻细胞丰度为 0.04～115.33 个细胞/mL，平均值为（4.57±20.64）个细胞/mL，与硅藻相当；其高值区位于调查区东南部，在调查区中部存在 1 个次高值区；甲藻在近口门的硅藻细胞丰度高值区没有分布。表层绿藻细胞丰度变化范围为 0.00～3.02 个细胞/mL，平均为（0.24±0.72）个细胞/mL；仅在低盐区出现，其细胞丰度沿冲淡水方向递减。

3. 冲淡水断面的细胞丰度剖面

　　在两条冲淡水断面，浮游植物总细胞丰度均在上层水体形成高值区，位置与表层高值区相对应；此外，断面Ⅰ外海区的表层和近底层还形成细胞丰度的两个次高值区。硅藻的细胞丰度剖面在断面Ⅰ与浮游植物类似，但次高值区仅出现在外海区的近底层；断面Ⅱ的高值区与次高值区位置与表层分布相对应，垂直方向呈明显的分层现象。甲藻细胞丰度在断面Ⅰ多低于 1.00 个细胞/mL，在外海区的表层较高；断面Ⅱ的高细胞丰度分布在外海区的水体上层。绿藻分布范围很小，局限在低盐水体，垂直方向的分层现象不明显（图 3-43）。

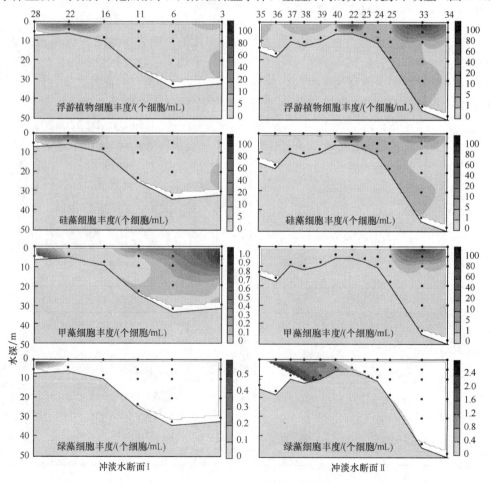

图 3-43　秋季冲淡水断面浮游植物及其主要类群的细胞丰度剖面

4. 优势物种细胞丰度的空间分布

秋季优势浮游植物中肋骨条藻、具槽帕拉藻和菱形海线藻的空间分布如图 3-44 和图 3-45 所示。表层中肋骨条藻的细胞丰度为 0.00~127.47 个细胞/mL，平均值为 6.30 个细胞/mL；其分布范围较夏季明显缩小，在调查区东北部未见分布；其高值区和次高值区与硅藻的相吻合。中肋骨条藻仅在较浅水层出现细胞丰度高值，在外海区中下层的

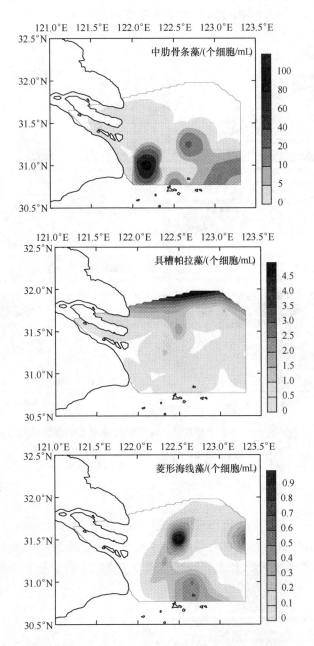

图 3-44　秋季表层中肋骨条藻、具槽帕拉藻和菱形海线藻细胞丰度的平面分布

高盐水中未见分布。表层具槽帕拉藻细胞丰度为 0.00～4.89 个细胞/mL，平均值为 0.54 个细胞/mL；与中肋骨条藻呈相嵌分布，细胞丰度在调查区北部形成高值；冲淡水断面Ⅰ的具槽帕拉藻细胞丰度远高于断面Ⅱ，并在断面Ⅰ外海侧的近底层出现显著的高值分布。表层菱形海线藻细胞丰度为 0.00～1.07 个细胞/mL，平均仅为 0.14 个细胞/mL；其分布范围很小，在调查区的中部、南部和东部的水体上层出现细胞丰度的高值分布。此外，调查区东南部 33 号站的表层出现了闪光原甲藻（*Prorocentrum micans*）和锥状施克里普藻（*Scrippsiella trochoidea*）的细胞丰度高值，丰度值分别为 83.33 个细胞/mL 和 28.19 个细胞/mL。

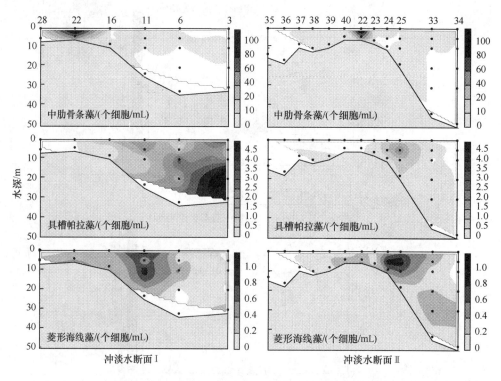

图 3-45　秋季冲淡水断面中肋骨条藻、具槽帕拉藻和菱形海线藻的细胞丰度剖面

（三）冬季浮游植物及其主要类群细胞丰度的空间分布

1. 细胞丰度的垂直分布

浮游植物总细胞丰度最大值出现在表层，5m 层大幅降低，5m 以深垂直分布较为均匀；硅藻细胞丰度的垂直分布与浮游植物的一致；甲藻细胞丰度最大值也出现在表层，5m 至底层细胞丰度较低且变化较小（图 3-46）。硅藻是冬季浮游植物的最优势类群，因此其分布决定了后者的垂向特征。

2. 细胞丰度的平面分布

调查水域表层浮游植物及其主要类群细胞丰度的平面分布如图 3-47 所示。表层浮游植物细胞丰度为 1.33～89.60 个细胞/mL，平均为（27.72±26.95）个细胞/mL。浮

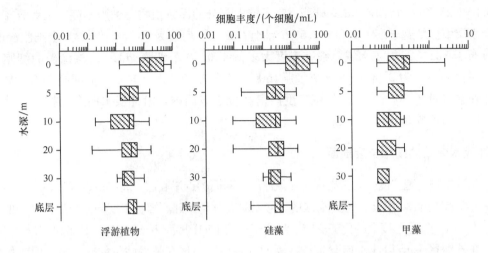

图 3-46　冬季浮游植物、硅藻和甲藻细胞丰度的分层特征

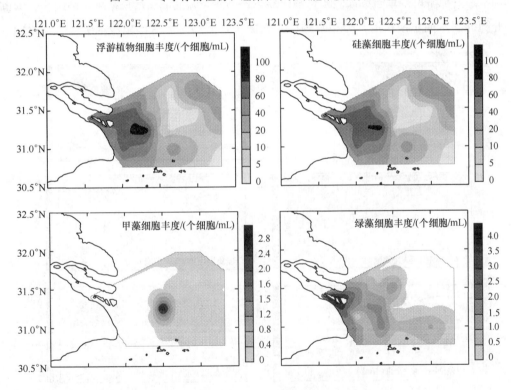

图 3-47　冬季浮游植物及其主要类群表层细胞丰度的平面分布

游植物密集区位于近口门水域，细胞丰度均超过 50.00 个细胞/mL；此外，调查区东北部形成 1 个细胞丰度次高值区。细胞丰度在调查区中部形成低值分布，大多低于 10.00 个细胞/mL，浮游植物较为稀少，最小值出现在调查区的东南部。浮游植物总细胞丰度在近口门高、外海低，与长江口浑浊带浮游植物细胞丰度在枯水期形成高值的报道相一致（顾新根等，1995b）。表层硅藻细胞丰度为 1.24～87.02 个细胞/mL，平均为

（26.35±25.78）个细胞/mL；硅藻贡献了绝大部分的浮游植物总细胞丰度，二者分布一致。表层甲藻细胞丰度为 0.00～2.53 个细胞/mL，平均值为（0.18±0.43）个细胞/mL；仅分布于 122.5°E 以东水域，细胞丰度大多低于 0.50 个细胞/mL。表层绿藻的细胞丰度较甲藻略高，为 0.00～4.13 个细胞/mL，平均为（0.68±0.92）个细胞/mL；绿藻分布在盐度低于 30 的水域，细胞丰度高值区位于口门内，沿冲淡水向东南扩展，其分布与冲淡水影响范围基本一致。

3. 冲淡水断面的细胞丰度剖面

浮游植物细胞丰度密集区出现在两条冲淡水断面的近岸表层，离岸由近及远、水深由浅至深，细胞丰度逐渐降低，至外海区的 3 号站略有升高。硅藻细胞丰度剖面与浮游植物的完全一致，因其细胞丰度上的优势决定了浮游植物的垂向剖面。甲藻在断面 I 细胞丰度很低，且仅在外海区 10m 以浅水层分布；在断面 II 高值区出现在外海站位的次表层，但较低的细胞丰度对浮游植物垂向剖面影响甚微。绿藻在冲淡水断面的高值均位于口门附近，在断面 II 随冲淡水向东南扩展，分布范围广于断面 I，但仍限于 10m 以浅水层（图 3-48）。

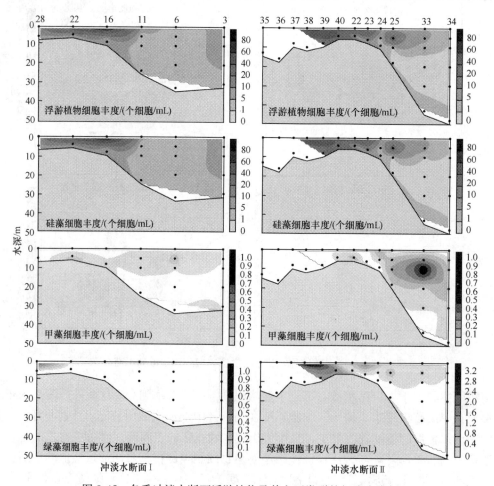

图 3-48　冬季冲淡水断面浮游植物及其主要类群的细胞丰度剖面

4. 优势物种细胞丰度的空间分布

冬季表层中肋骨条藻的细胞丰度为 $0.00\sim58.76$ 个细胞/mL，平均值为 12.64 个细胞/mL；其高值区位于近口门水域，基本与硅藻和浮游植物高值区的位置重合，但高值分布较浅，表层以下细胞丰度迅速降低；随着冲淡水与外海水的混合稀释，中肋骨条藻在外海区细胞丰度较低，且仅分布于 10m 以浅水层，在下层高盐水中没有分布（图 3-49，图 3-50）。表层具槽帕拉藻细胞丰度为 $0.00\sim20.49$ 个细胞/mL，平均值为 3.00 个细胞/mL；与中肋骨条藻不同，其高值区位于外海区的东北部，与硅藻和浮游植物总细胞丰度的次高值区相吻合；在垂直方向，具槽帕拉藻高值区可扩展到较深的水层，在东南部的底层水体也可形成较高的细胞丰度（图 3-49，图 3-50）。综上可见，中肋骨条藻和具槽帕拉藻分别在近口门处和外海区决定了浮游植物的分布格局。

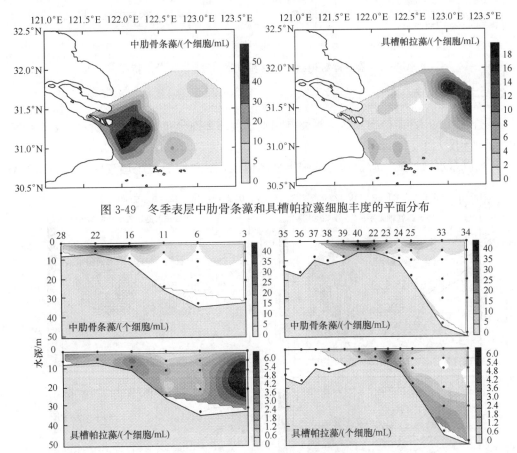

图 3-49 冬季表层中肋骨条藻和具槽帕拉藻细胞丰度的平面分布

图 3-50 冬季冲淡水断面中肋骨条藻和具槽帕拉藻的细胞丰度剖面

（四）春季浮游植物及其主要类群细胞丰度的空间分布

1. 细胞丰度的垂直分布

浮游植物总细胞丰度自表层至 10m 层迅速降低，10m 以深降幅较小。硅藻细胞丰度最高值出现在表层，随水体深度增加而迅速降低，20m 以深各水层丰度差异很小。甲藻细胞丰度在 10m 以浅变化很小，自 20m 层开始明显降低（图 3-51）。

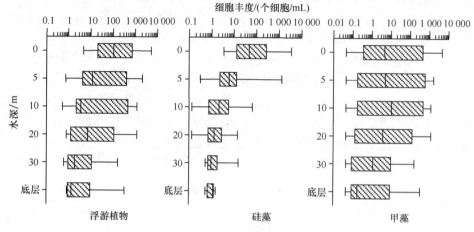

图 3-51　春季浮游植物、硅藻和甲藻细胞丰度的分层特征

2. 细胞丰度的平面分布

调查水域表层浮游植物及其主要类群细胞丰度的平面分布如图 3-52 所示。表层浮游植物细胞丰度为 4.71～5295.56 个细胞/mL，平均值为（902.31±1480.22）个细胞/mL；122.5°E 以东水域形成浮游植物总细胞丰度高值区，高值中心位于调查区东北部和东南

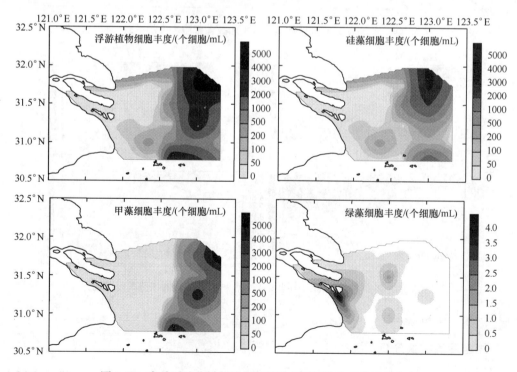

图 3-52　春季浮游植物及其主要类群表层细胞丰度的平面分布

部，现场呈现水华暴发的特征；口门附近水域浮游植物细胞丰度相对较低。表层硅藻细胞丰度变化范围为 3.55～3485.84 个细胞/mL，平均值为（388.41±847.79）个细胞/mL；两个高值区位于调查区东部，但与浮游植物高值中心相比，北部的偏西北，南部的偏东南；口门附近水域硅藻细胞丰度相对较低。表层甲藻细胞丰度为 0.00～4536.18 个细胞/mL，平均值为（513.31±1079.62）个细胞/mL；甲藻在 122.5°E 以西水域细胞丰度较低；在调查区东部形成高值分布，位置与硅藻的类似，但 3 个高值中心不与其重合。与硅藻和甲藻相比，表层绿藻细胞丰度非常低，为 0.00～4.00 个细胞/mL，平均仅为（0.35±0.79）个细胞/mL；绿藻仅在 122.5°E 以西的低盐水域出现，在口门内形成细胞丰度高值区。

3. 冲淡水断面的细胞丰度剖面分布

冲淡水断面浮游植物及其主要类群的细胞丰度剖面如图 3-53 所示，硅藻、甲藻和绿藻在两条断面均呈明显的分层现象，细胞丰度随水深增加逐渐降低。浮游植物总细胞丰度高值区在冲淡水断面的位置与表层高值区相对应，断面Ⅰ位于 10m 以浅水层，断

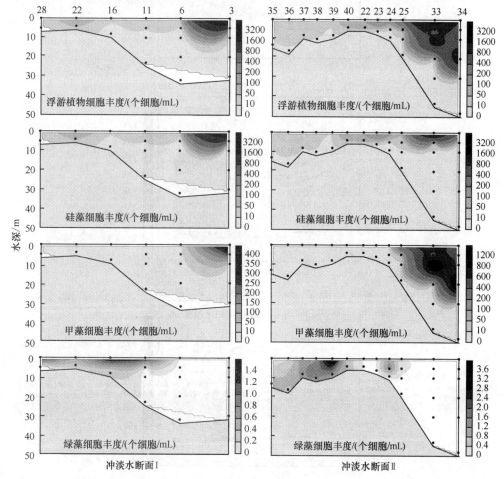

图 3-53　春季冲淡水断面浮游植物及其主要类群的细胞丰度剖面

面Ⅱ则延伸至 30m 水层。硅藻在断面Ⅰ的细胞丰度剖面与浮游植物的一致，在断面Ⅱ细胞丰度高值区分布较浅。甲藻在 122.5°E 以东水域的细胞丰度剖面与浮游植物的类似，在近口门水域，其垂直分层现象不明显。绿藻细胞丰度高值区出现在口门附近，在断面Ⅰ绿藻随冲淡水向东扩展较广，在东南部的高盐水体中没有分布。

4. 优势物种细胞丰度的空间分布

春季浮游植物的优势物种包括中肋骨条藻、米氏凯伦藻和具齿原甲藻，其细胞丰度的空间分布如图 3-54、图 3-55 所示。表层中肋骨条藻的细胞丰度为 0.00～3366.73 个

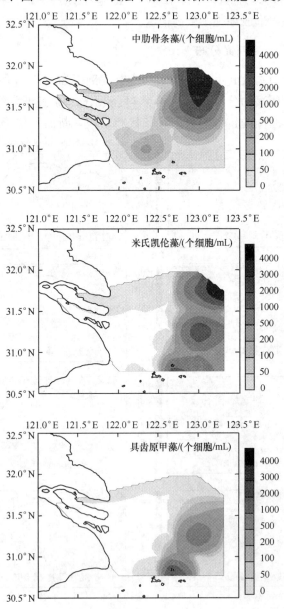

图 3-54　春季表层中肋骨条藻、米氏凯伦藻和具齿原甲藻细胞丰度的平面分布

细胞/mL，平均值为 319.46 个细胞/mL；细胞丰度在近口门水域较低；高值区位于调查区的东北部的浅层水体，10m 以深丰度值即降至 10.00 个细胞/mL 以下；在调查区的东南部，只出现在 10m 以浅水层，在较深的高盐水中没有分布。米氏凯伦藻和具齿原甲藻的分布范围较小，在 122.5°E 以西水体中均无分布，但在调查区东部形成显著的细胞丰度高值区，向下扩展到 30m 水层；二者在表层的细胞丰度分别为 0.00～4492.54 个细胞/mL、0.00～2411.67 个细胞/mL，平均值分别为 320.69 个细胞/mL、118.54 个细胞/mL。

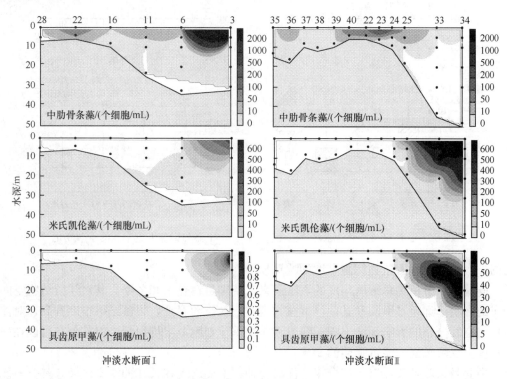

图 3-55　春季冲淡水断面中肋骨条藻、米氏凯伦藻和具齿原甲藻的细胞丰度剖面

（五）浮游植物群落细胞丰度的季节动态

调查水域浮游植物、硅藻、甲藻和绿藻细胞丰度的季节变化如图 3-56 所示。浮游植物细胞丰度在春季最高，夏季次之，冬季较低，秋季最低；硅藻细胞丰度的季节变化与浮游植物的一致，但春、夏季细胞丰度的差别明显减小；甲藻的细胞丰度在春季显著高于其他季节，夏季次之，秋、冬季甲藻在大部分站位细胞丰度低于 1.00 个细胞/mL，冬季最低；绿藻细胞丰度在夏季最高，其他季节差异很小。

受长江径流和冲淡水季节变化的影响，表层浮游植物细胞丰度平面分布呈现明显的季节变化：细胞丰度高值区夏季出现在口门外近岸的调查区北部，秋季出现在口门外的调查区南部，冬季集中到口门附近，春季又东移至调查区的东部；但基本上，沿冲淡水方向浮游植物细胞丰度呈现"低—高—低"的趋势，与历史资料相吻合（沈新强和胡方西，1995）。垂直方向上，浮游植物主要分布在冲淡水控制的水体上层，在水体垂向均

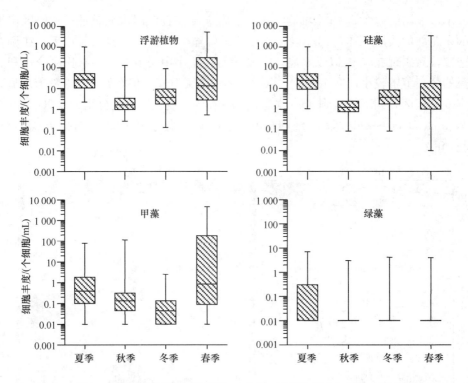

图 3-56　长江口及其邻近水域浮游植物、硅藻、甲藻和绿藻细胞丰度的季节变化

匀的外海水域，浮游植物细胞丰度的波动较小。

　　硅藻对浮游植物总细胞丰度的贡献最大，特别是在夏季和冬季，其对浮游植物空间分布的影响远远超过甲藻和其他浮游植物类群；秋季和春季，甲藻细胞丰度升高，对浮游植物空间分布的影响逐渐显现；绿藻在 4 个季节细胞丰度均很低，但其分布可以在一定程度上反映长江冲淡水强弱的变化。

　　中肋骨条藻是长江口水域全年的优势物种，主要出现在长江冲淡水区域，其分布能在很大程度上影响调查水域硅藻甚至是浮游植物整体的空间格局，并可反映长江口冲淡水过程的季节变动（王金辉，2002a）。此外，季节性优势物种能在不适宜中肋骨条藻生长的高盐环境形成高值分布，与其共同影响浮游植物的空间分布格局，增加了调查水域浮游植物群落的复杂性。

三、浮游植物群落的多样性特征

　　群落多样性是衡量群落稳定性的重要指标，越复杂的群落对环境的反馈功能越强，从而使群落结构得到较大的缓冲。群落多样性水平通常与两个参数密切相关，即物种丰富度和物种细胞丰度，群落多样性可以用不同多样性指数来表示，但不同指数的解释功能不同，单纯使用一种指数来解释浮游植物群落的多样性容易造成较大的偏差（孙军和刘东艳，2004）。本节采用 3 种多样性指数对浮游植物群落多样性进行综合分析，包括测量物种数目及其在样方中密度的 Margalef 丰富度指数、反映物种在群落中分布的均匀程度的 Pielou 均匀度指数、结合物种丰富度和相对丰度分布的 Shannon-Wiener 多样性指数。

（一）夏季浮游植物群落多样性的空间分布

　　2004 年夏季，表层浮游植物群落的 Margalef 丰富度指数为 0.86～4.08；其与表层细胞丰度呈相嵌分布，3 个低值区与细胞丰度高值区和次高值区的位置吻合，高值出现在调查区的中南部和东南部。Pielou 均匀度指数为 0.04～0.86；该指数在长江河道和调查区东南部出现高值，其低值区的位置与 Margalef 丰富度指数的相一致。Shannon-Wiener 多样性指数为 0.13～4.06；其平面分布与 Pielou 均匀度指数的十分一致（图 3-57）。

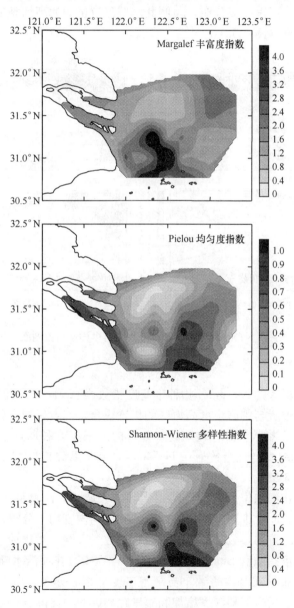

图 3-57　夏季表层浮游植物群落多样性指数的平面分布

　　在表层细胞丰度较高的区域，浮游植物群落以硅藻为主，中肋骨条藻和细长翼鼻状藻占据明显的优势，较低的物种丰富度和均匀度导致浮游植物群落多样性较低。调查区东北部甲藻物种数量增加，浮游植物群落的物种丰富度升高；调查区中南部因甲藻细胞丰度增加，浮游植物群落均匀度升高。因此调查区东部浮游植物群落的多样性水平较高。

　　Margalef 丰富度指数在断面 I 形成 2 个高值区，分别位于调查区中部的表层水体和外海区的 10m 层附近，后者可能与外海水的入侵有关；指数值在断面 II 的 24 号站形成高值，而外海区的 10m 层附近还出现 1 个次高值区。Shannon-Wiener 多样性指数在冲淡水断面与细胞丰度呈相嵌分布，表明此水域浮游植物的高细胞丰度为少数物种所贡献，群落均匀度较低（图 3-58）。

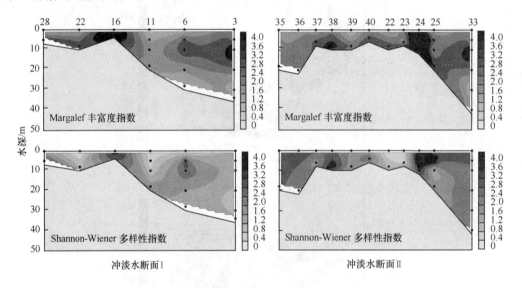

图 3-58　夏季冲淡水断面的群落多样性指数剖面

（二）秋季浮游植物群落多样性的空间分布

　　表层浮游植物群落的 Margalef 物种丰富度指数为 0.31～2.88；高值区位于调查区的东北部，低值区位置与细胞丰度高值区的位置重合，二者呈相嵌分布。Pielou 均匀度指数为 0.04～0.97；指数值分布均匀，仅在口门外东南方和调查区中部存在两个低值区。Shannon-Wiener 多样性指数为 0.11～3.54，其平面分布与 Margalef 物种丰富度指数的较为接近（图 3-59）。

　　与夏季类似，在细胞丰度高且硅藻占优势的区域，群落物种丰富度和均匀度均较低，群落多样性低；而在细胞丰度低的区域，群落均匀度均匀分布，物种丰富度成为决定群落多样性高低的重要参数，此区域甲藻物种数量升高，对物种丰富度的贡献较大。

　　Margalef 丰富度指数和 Shannon-Wiener 多样性指数在冲淡水断面的垂直剖面示于图 3-60，二者的分布模式基本一致，与细胞丰度呈相嵌分布。断面 I，高值区出现在外海侧的水体上层，指数值随深度增加和离岸距离的减小而降低；近口门水域指数值在表层较低；此外，在调查区中部的近底层出现一个 Shannon-Wiener 多样性指数高值区，与此处物种的细胞丰度在群落中均匀分布有关。断面 II，指数值在河道内表层较高；出

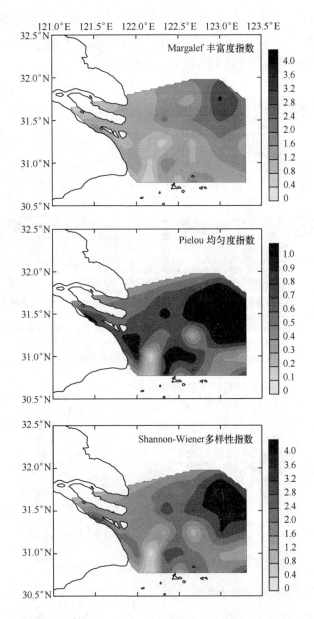

图 3-59　秋季表层浮游植物群落多样性指数的平面分布

口门向东多样性指数逐渐升高,垂直分布均匀;调查区东部,指数高值在水体中下层出现。

（三）冬季浮游植物群落多样性的空间分布

表层浮游植物群落的 Margalef 丰富度指数为 1.83～6.38;口门附近 40 号站的指数值较低,但指数在其周围站位形成高值区,而在 122.5°E 以东的调查水域指数值均较低。表层 Pielou 均匀度指数为 0.29～0.88;其与 Margalef 丰富度指数呈相嵌分布,高值区位于调查水域的中部和东南部，在口门附近形成明显的低值区。表层 Shannon-Wiener 多样性指数为 1.41~3.87；其高值区位于调查区中部，在口门附近水域、调查区的东北部和东南部形成 3 个低值区域（图 3-61）。

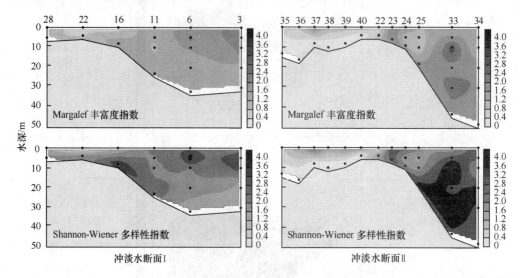

图 3-60　秋季冲淡水断面的群落多样性指数剖面

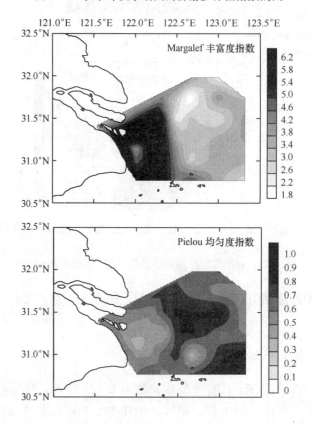

图 3-61　冬季表层浮游植物群落多样性指数的平面分布

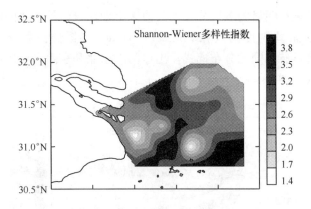

图 3-61（续）　冬季表层浮游植物群落多样性指数的平面分布

　　结合 3 种多样性指数以及表层细胞丰度（图 3-47）的平面分布，可以发现：在细胞丰度和物种丰富度均较高的口门附近，群落中中肋骨条藻占绝对优势，均匀度很低，此区域形成 Shannon-Wiener 多样性指数的低值区；调查区中部物种丰富度低，均匀度高，Shannon-Wiener 多样性指数较高；在细胞丰度高、低值区的交汇区，物种丰富度和均匀度得到较好的权衡，Shannon-Wiener 多样性指数形成最高值。整体而言，冬季调查水域浮游植物群落的多样性更多取决于物种在群落中的均匀程度。

　　Margalef 丰富度指数和 Shannon-Wiener 多样性指数在冲淡水断面的垂直剖面如图 3-62 所示。两种指数高值区的位置与表层高值区相对应，指数的高值全部集中在较浅的水层；在外海区的下层水体，两种指数均呈现低值。

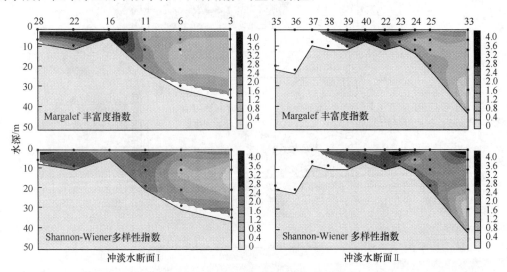

图 3-62　冬季冲淡水断面的群落多样性指数剖面

（四）春季浮游植物群落多样性的空间分布

　　表层浮游植物群落的 Margalef 丰富度指数为 0.89～2.91；以 122.5°E 为界，东侧水域较低，西侧水域呈明显的斑块分布，高值区出现在口门外南北两侧，低值区与高值区紧邻。表层 Pielou 均匀度指数和 Shannon-Wiener 多样性指数分别为 0.03～0.84、0.14～3.17；二者具有相同的分布模式，出口门沿东北和东南方向形成高值分布，调查区中部指数值较低（图 3-63）。

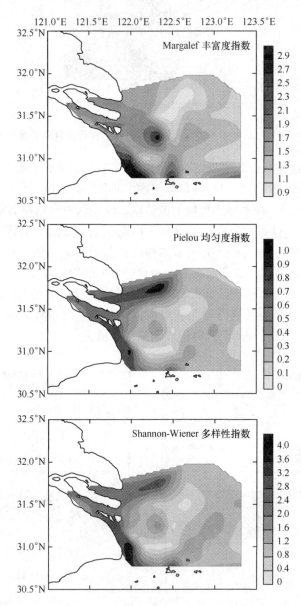

图 3-63　春季表层浮游植物群落多样性指数的平面分布

　　春季浮游植物细胞丰度分布很不均匀，高值分布在 122.5°E 以东水域，群落的丰富度较低，但中肋骨条藻、米氏凯伦藻和具齿原甲藻均有较高的细胞丰度，群落的均匀度仍高于中肋骨条藻占绝对优势的调查区中部水域。整体而言，群落多样性在近岸高于外海。

Margalef 丰富度指数和 Shannon-Wiener 多样性指数在冲淡水断面与细胞丰度呈相嵌分布（图 3-64）。断面 I 出口门向东北，Margalef 丰富度指数分别在 28 号站和 16 号站形成高值，在外海侧高值区分布在下层水体；Shannon-Wiener 多样性指数在表层较低，两个高值区出现在调查区中部和外海侧的下层水体。在断面 II，两种指数在河道内出现高值分布，此外还在调查区中部的水体下层形成高值区。

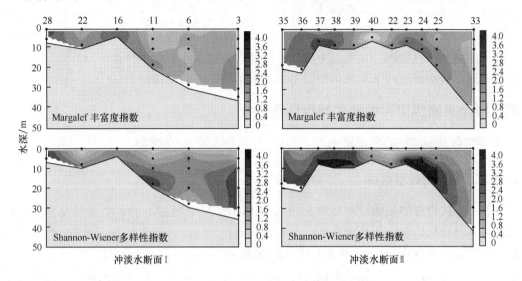

图 3-64　春季冲淡水断面的群落多样性指数剖面

（五）浮游植物群落多样性的季节动态

调查水域浮游植物群落多样性的季节变化如图 3-65 所示。Margalef 丰富度指数的季节变化与群落物种丰富度的一致，在夏季最高，其次为冬季，再次为秋季，春季最低。Pielou 均匀度指数的季节变化与细胞丰度的相反，在秋季最高，其次为冬季，再次为春季，夏季最低；夏季和冬季浮游植物群落中，硅藻特别是中肋骨条藻占据绝对的优势，而秋季和春季甲藻的物种数量和细胞丰度都有所升高，因而群落的均匀度是秋季略高于冬季、春季略高于夏季。Shannon-Wiener 多样性指数综合了群落的物种丰富度和均匀度，在 4 个季节变化较小，夏季、秋季、冬季水平相近，春季略低。

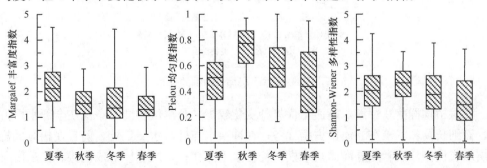

图 3-65　长江口及其邻近水域浮游植物群落多样性的季节变化

除冬季 Margalef 丰富度指数在高细胞丰度区出现高值分布外，3 种多样性指数在表层和冲淡水断面均与细胞丰度呈相嵌分布。在中肋骨条藻占绝对优势的近河口水域，浮游植物群落的物种丰富度和均匀度都较低，群落的结构较为简单。在调查区中部，盐度梯度较大的水域，物种丰富度和均匀度都较高，浮游植物群落结构较为复杂，多样性高。在调查区东部受外海流系影响的水域，受营养盐限制，浮游植物细胞丰度较低，优势物种对群落细胞丰度的贡献较小，群落具有较高的均匀度；即使在春季的细胞丰度极大值区，由于米氏凯伦藻、具齿原甲藻和中肋骨条藻的丰度相当，群落仍具有较高的均匀度，因而多样性较高。在垂直方向上，除冬季表层水体群落多样性较高外，其他季节在受外海高盐水控制的下层水体中浮游植物群落有较高的多样性。

四、浮游植物优势物种演替与群落划分

（一）浮游植物优势物种演替

1. 夏季优势物种时空格局

调查区表层浮游植物优势物种如图 3-66 所示。淡水绿藻类的单角盘星藻在河道内占优势；出口门后随水体盐度升高，中肋骨条藻在口门附近及西北部近海表层群落中占据优势，而在南部近海尖刺伪菱形藻（*Pseudo-nitzschia pungens*）形成优势；在调查区东部，大洋性的细长翼鼻状藻成为群落的优势物种；此外，调查区南部受台湾暖流影响甲藻物种数量和丰度增加，叉状角藻（*Ceratium furca*）在 32 号站形成优势。

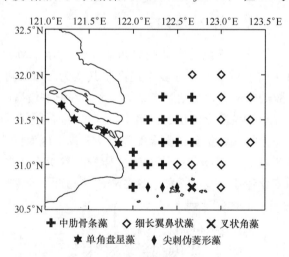

图 3-66　夏季表层优势物种的分布

浮游植物群落在冲淡水断面 I 优势种变化较少，近岸区中肋骨条藻在全部水层占优势，而细长翼鼻状藻在外海区占据优势；在冲淡水与外海水交汇处，前者在相对低盐的表层形成优势，后者随外海高盐水楔入冲淡水下方在中下层水体形成优势。在东南向的冲淡水断面，河道内单角盘星藻占优势，底栖型的颗粒直链藻（*Melosira granulata*）在底层形成优势；由于潮汐输送中肋骨条藻随半咸水侵入河道，在 39 号站底层形成优

势。口门附近优势物种仍为中肋骨条藻，沿冲淡水向东南，其为细长翼鼻状藻所代替。此外，尖刺伪菱形藻和锥状施克里普藻也可在部分水层形成优势（图 3-67）。

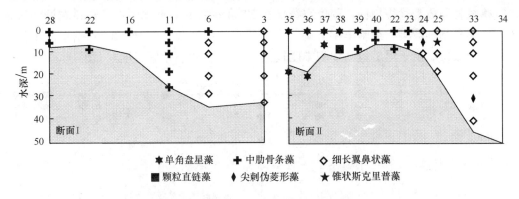

图 3-67　夏季冲淡水断面优势物种的分布

2. 秋季优势物种的时空格局

调查区表层浮游植物的优势物种如图 3-68 所示。单角盘星藻在河道表层占优势；在口门附近水域，底栖性的颗粒直链藻和具槽帕拉藻以及甲藻门的亚历山大藻成为优势物种；由于潮汐输送作用，在口门以东中肋骨条藻和具槽帕拉藻交替占据群落的优势地位；在调查区东南部，甲藻门的闪光原甲藻和尖叶原甲藻（*Prorocentrum triestinum*）在表层群落中占优势；调查区的东北部，浮游植物细胞丰度较低，优势物种优势不明显，主要是大洋性和海洋广布性物种，如铁氏束毛藻、菱形海线藻、海洋曲舟藻（*Pleurosigma pelagicum*）和派格棍形藻（*Bacillaria paxilli-fera*）。

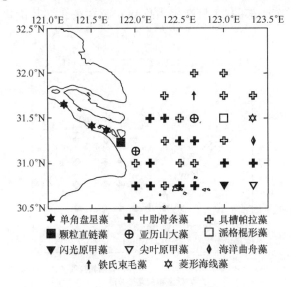

图 3-68　秋季表层优势物种的分布

在冲淡水断面 I，近口门处中肋骨条藻是群落的优势种，调查区 16 号站以东具槽帕拉藻取代前者占据群落的优势地位；菱形海线藻和圆海链藻（*Thalassiosira rotula*）在个别水层成为优势种。冲淡水断面Ⅱ，中肋骨条藻仅在近口门站位占优势；调查区中部具槽帕拉藻成为优势物种，菱形海线藻在 24 号站的下层水体中占优势；在调查区东南部，甲藻物种数量和细胞丰度升高，在浅层水体中形成优势种；34 号站水层中优势物种更替较快，由于浮游植物细胞丰度较低，各优势种的优势不明显（图 3-69）。

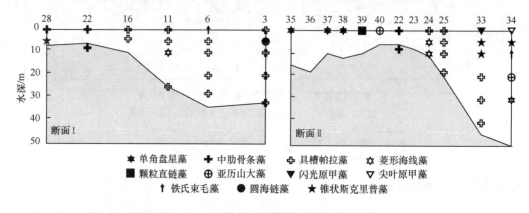

图 3-69　秋季冲淡水断面优势物种的分布

3. 冬季优势物种的时空格局

调查区表层浮游植物的优势物种如图 3-70 所示。冬季，硅藻类浮游植物是所有站位表层的优势物种，在群落中占据绝对的优势。河道内除 37 号站优势种为标志布莱克里亚藻（*Bleakeleya notata*），下游站位优势种为中肋骨条藻；口门外，中肋骨条藻在大部分站位形成优势，其分布主要受长江冲淡水强弱的影响：冲淡水东南向扩展强于东北向，中肋骨条藻在东南部的 34 号站仍占优势，而在东北部其优势地位为具槽帕拉藻所取代。

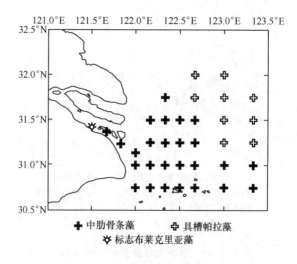

图 3-70　冬季表层优势物种的分布

具槽帕拉藻为底栖性物种，其在冲淡水断面Ⅰ表层以下水体占据优势，而在调查区东北部由于水体垂向混合非常均匀，其被带到表层并形成优势；中肋骨条藻的优势地位仅限于表层水体。沿冲淡水断面Ⅱ，中肋骨条藻虽然随冲淡水扩展范围较大，同样仅在表层形成优势；口门附近，底栖的圆筛藻（*Coscinodiscus* sp.）在底层形成优势；调查区东南，具槽帕拉藻在水体中下层成为优势种，而圆海链藻和亚历山大藻在个别水层形成优势（图 3-71）。

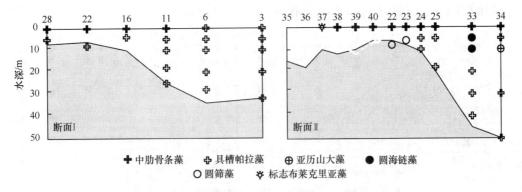

图 3-71　冬季冲淡水断面优势物种的分布

4. 春季优势物种的时空格局

调查区表层浮游植物的优势物种如图 3-72 所示。河道内浮游植物群落以标志布莱克里亚藻为优势种；口门外中肋骨条藻成为群落的优势物种，与冬季相反，其东北向的分布较广，在调查区东北部的表层水体仍占优势，而在调查区东南部则被其他物种替代；调查区南部近岸站位优势种为亚历山大藻，东部站位优势种为米氏凯伦藻和具齿原甲藻，在东南部柔弱伪菱形藻成为群落的优势种。

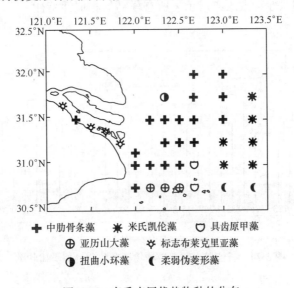

图 3-72　春季表层优势物种的分布

冲淡水断面Ⅰ，中肋骨条藻在受冲淡水控制的水体上层占优势；在较深的水层，其优势地位被具槽帕拉藻、亚历山大藻所替代；在调查区东北部米氏凯伦藻大量出现，在3号站有很高的细胞丰度，并在多个水层形成优势。此外，具齿原甲藻在群落中也占有较大的比例。标志布莱克里亚藻在河道内占据优势；近口门站位中肋骨条藻占优势，而水体下层优势种为具槽帕拉藻、亚历山大藻和圆海链藻；调查区东南部具齿原甲藻、米氏凯伦藻成为群落的优势种，但33号站、34号站的表层优势物种为柔弱伪菱形藻，这可能与水华过后上述两种甲藻的沉降有关（图3-73）。

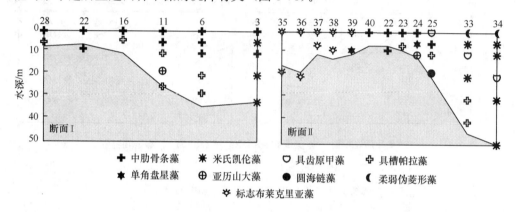

图 3-73　春季冲淡水断面优势物种的分布

（二）浮游植物群落的划分

调查水域受长江冲淡水的影响，环境梯度明显，浮游植物群落结构变化较大。根据物种组成对调查站位进行的聚类分析表明，长江口水域可分成3个浮游植物分布区：河口咸淡水分布区（Ⅰ）、长江冲淡水分布区（Ⅱ）和外海高盐水分布区（Ⅲ）。图3-74利用Bray-Curtis相似性系数距离展示了所有样品的相似性特征。

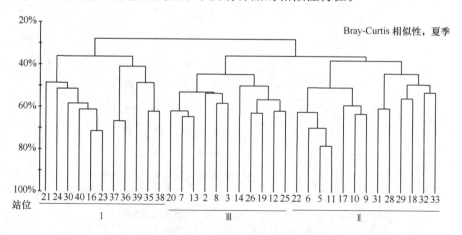

图 3-74　长江口水域浮游植物群落相似性聚类树状图

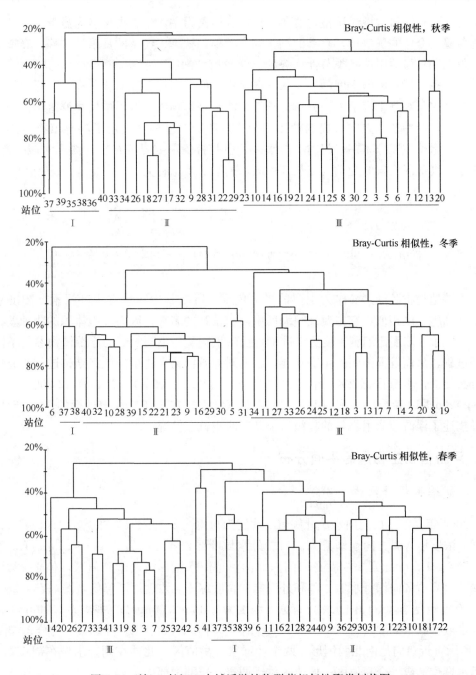

图 3-74（续）　长江口水域浮游植物群落相似性聚类树状图

　　调查区浮游植物细胞丰度高值区主要分布在Ⅱ区，该分布区的优势种中肋骨条藻对群落细胞丰度的贡献非常大，春季米氏凯伦藻和具齿原甲藻的大量繁殖使Ⅲ区呈现较高的细胞丰度。Ⅰ区浮游植物呈现低物种丰富度、高均匀度、低细胞丰度的特点；而Ⅱ区和Ⅲ区这些参数常有较大的季节变动，显示了不同浮游植物类群对调查水域变化环境的适应。

　　总之，长江口水域浮游植物群落以硅藻、甲藻为主，生态类型多为温带近岸型，中肋骨条藻是全年的优势种，夏季的细长翼鼻状藻，秋季、冬季的具槽帕拉藻，春季的米氏凯伦藻和具齿原甲藻是季节性优势种。浮游植物细胞丰度在春季最高，其次是夏季，秋季、冬季较低；细胞丰度沿冲淡水方向呈现"低—高—低"的分布模式。浮游植物群落多样性多与细胞丰度呈相嵌分布。长江冲淡水是影响该水域浮游植物群落结构的关键物理过程，沿冲淡水方向形成的盐度、营养盐和透明度梯度决定了浮游植物群落的演替，淡水绿藻主要分布在口门内的淡水区，中肋骨条藻主要分布在冲淡水水域，此外，细胞丰度高值区位置的变动也与长江冲淡水的季节动态有关。

（本节著者：孙　军　宋书群　栾青杉）

第四节　长江口水域浮游植物生物量及结构特点

　　浮游植物将叶绿素 a 作为主要的光合色素，所以其生物量常用叶绿素 a 浓度来表示。同细胞丰度相似，它主要反映海区中浮游植物的多寡，因为细胞体积的物种差异极大，叶绿素 a 浓度比细胞丰度更能准确地反映生物量。不同粒径的浮游植物参与不同的生态过程，从而发挥不同的生态功能，因而对浮游植物生物量的粒级结构进行研究也是十分必要的。本节根据 2004 年 8 月（夏季）、11 月（秋季），2005 年和 2006 年 2 月（冬季）、5 月（春季）、8 月（夏季）、11 月（秋季）在长江口水域进行的 10 次现场调查，描述了浮游植物生物量的粒级特征及其时空分布情况。

一、浮游植物生物量的平面分布

（一）夏季表层叶绿素 a 分布

　　2004 年夏季，口门内水域叶绿素 a 浓度为 0.40～2.13μg/L，平均为 1.09μg/L；叶绿素 a 浓度沿入海方向逐渐升高。口门外水域叶绿素 a 浓度为 0.48～4.89μg/L，平均为 1.70μg/L；叶绿素 a 浓度在口门南北两侧近岸水域形成两个高值区，位于 122.5°E 西侧；自高值区向调查水域中部和外海方向，叶绿素 a 浓度逐渐降低（图 3-75a）。

　　2005 年夏季，口门内水域叶绿素 a 浓度为 0.58～2.00μg/L，平均为 1.19μg/L；口门外水域叶绿素 a 浓度为 0.47～3.61μg/L，平均为 1.53μg/L。叶绿素 a 的分布如图 3-75b 所示，近口门处南北两侧形成两个叶绿素 a 高值区，此外在调查水域东部 123.0°E 附近水域也形成一个高值区；低值区位于调查水域的中部。

　　2006 年夏季，口门内水域叶绿素 a 浓度为 1.54～3.91μg/L，平均为 2.31μg/L；口门外水域叶绿素 a 浓度为 0.32～14.57μg/L，平均浓度高达 5.24μg/L。叶绿素 a 在 122.5°～123.0°E 形成高值区，平均浓度高达 7.70μg/L；而口门附近和外海水域叶绿素 a 都较低（图 3-75c）。

　　前两个航次叶绿素 a 水平接近，均在 122.0°～122.5°E 的口门外水域形成南北两个高值区；2006 年叶绿素 a 与前两年差异较大，平均浓度接近后者的 3 倍，高值区东移

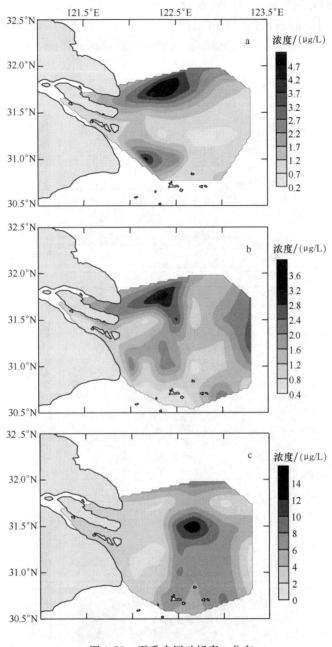

图 3-75　夏季表层叶绿素 a 分布
a. 2004 年；b. 2005 年；c. 2006 年

至 122.5°～123.0°E，南北两个高值中心仍然存在。所以，口门外形成南北两个高值区是夏季长江口水域表层叶绿素 a 分布的一个主要特征。

（二）秋季表层叶绿素 a 分布

2004 年秋季，口门内水域叶绿素 a 浓度为 0.42～1.17μg/L，平均为 0.73μg/L，叶绿素 a 浓度沿入海方向增大。口门外水域叶绿素 a 浓度平均为 $1.86\mu g/L$，在调查水域东南部水域形成明显的高值区，位于 $122.5°\sim123.0°E$；近口门水域形成两个次高值区，位于口门的南北两侧，可能是夏季此区域两个高值区的延续（图 3-76a）。

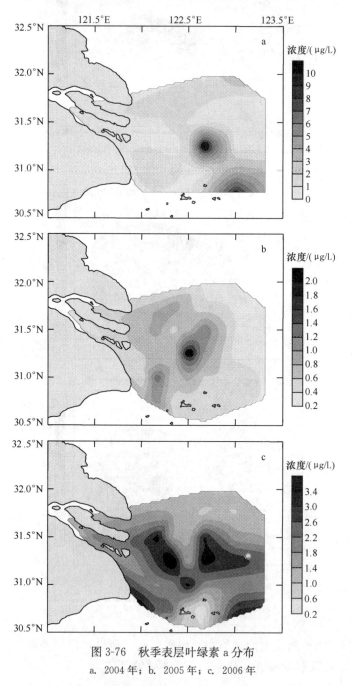

图 3-76　秋季表层叶绿素 a 分布

a. 2004 年；b. 2005 年；c. 2006 年

2005 年秋季调查水域叶绿素 a 浓度整体较低，口门内、外的平均浓度分别为 $0.42\mu g/L$、$0.64\mu g/L$。17 号站出现叶绿素 a 最高值，为 $1.94\mu g/L$，其周围形成叶绿素 a 高值区；

叶绿素 a 在调查水域东部浓度很低，大多站位的值都低于 0.5μg/L（图 3-76b）。

2006 年秋季，口门内水域叶绿素 a 浓度为 0.97～2.03μg/L，平均 1.46μg/L；口门外水域叶绿素 a 浓度为 0.24～3.55μg/L，平均为 1.94μg/L。调查水域出现 3 个叶绿素 a 浓度的高值区（图 3-76c）：中部的高值区范围较大，南部的两个高值区分别位于口门外南侧近岸和调查水域的东南部。

比较 3 个航次的资料可以发现，秋季叶绿素 a 年际差异较大，2004 年和 2006 年的值较为接近，2005 年的值则远低于其他两年；此外，叶绿素 a 的平面分布也存在不同的模式，高值区的数量和位置都有较大的变化。

（三）冬季表层叶绿素 a 分布

2004 年冬季，叶绿素 a 浓度为 0.18～6.14μg/L，平均为 1.28μg/L。图 3-77a 显示叶绿素 a 高值集中在口门附近，而 122.25°E 以东的调查水域叶绿素 a 浓度均较低。2005 年冬季，长江河道内叶绿素 a 浓度为 0.85～2.27μg/L，平均为 1.43μg/L，口门外水域叶绿素 a 浓度平均仅为 0.64μg/L，浓度变化范围为 0.20～1.24μg/L；叶绿素 a 高值区集中在口门附近水域，低值区占据了 122.25°E 以东的整个调查水域（图 3-77b）。冬季叶绿素 a 浓度整体较低，口门内水域叶绿素 a 浓度比口门外略高，口门附近水域常形成叶

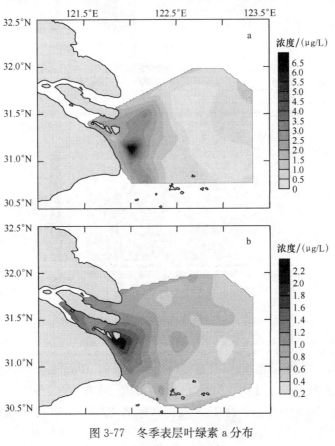

图 3-77　冬季表层叶绿素 a 分布

a. 2004 年；b. 2005 年

绿素 a 高值区，在 122.25°E 以东水域则形成叶绿素 a 的低值区，浓度大多低于 1.0μg/L。

（四）春季表层叶绿素 a 分布

2005 年春季，河道内水体叶绿素 a 浓度值为 0.45～0.93μg/L，平均仅为 0.67μg/L；口门外水域叶绿素 a 平均浓度高达 6.03μg/L。调查水域东南部出现了叶绿素 a 极大值，在 19 号站、32 号站和 42 号站浓度分别高达 29.33μg/L、25.07μg/L 和 19.52μg/L，同时东北部站位也有很高的浓度，在上述站位现场均观测到海水变色现象，表明调查水域东部有较大规模的藻华暴发；近岸水域叶绿素 a 浓度相对较低（图 3-78a）。

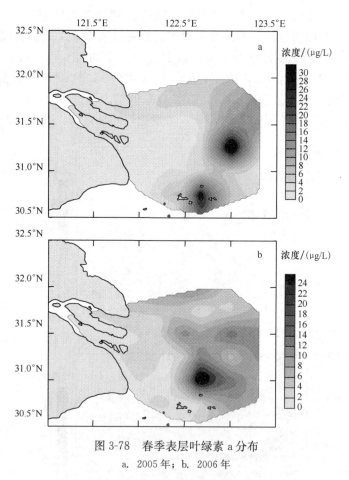

图 3-78　春季表层叶绿素 a 分布
a. 2005 年；b. 2006 年

2006 年春季，叶绿素 a 浓度在口门内水域为 0.21～4.19μg/L，平均为 1.64μg/L；在口门外水域平均值为 6.19μg/L。口门外叶绿素 a 高值分布在 122.5°E 以东的调查水域（图 3-78b），浓度均在 10μg/L 左右，在 25 号站更高达 23.22μg/L，是藻华暴发的区域；藻华区外叶绿素 a 浓度较低，但大部分站位的叶绿素 a 仍处于较高的水平。

春季是长江口水域浮游植物大量繁殖的季节，大部分调查站位都具有较高的叶绿素 a 浓度，在 122.5°E 以东水域常暴发大规模的藻华，使该区域经常出现显著的叶绿素 a 高值区。

综合以上 10 个航次的叶绿素 a 数据，发现长江口水域表层浮游植物生物量大小与分布都存在明显的季节差异：冬季叶绿素 a 浓度较低，春季叶绿素 a 浓度较高，夏、秋两季叶绿素 a 浓度常有较大的波动。叶绿素 a 高值区的位置也随季节变化而异：冬季高值区集中在口门附近水域，春季因为调查区东南部常暴发藻华，叶绿素 a 高值区出现在122.5°E 以东水域；夏季在口门外水域常形成南北两个叶绿素 a 高值区。

二、浮游植物生物量的垂向分布

（一）浮游植物生物量的分层特征

各季节浮游植物生物量的分层特征如图 3-79 所示。2005 年夏季，叶绿素 a 在表层和 5m 层浓度较高，5m 以深浓度明显降低，20m 层以深波动较小。2006 年夏季，5m层叶绿素 a 浓度高于表层，10m 层浓度也较高，20m 层浓度明显降低，20m 以深浓度变化较小。2005 年秋季，叶绿素 a 在表层和 5m 层浓度较高，5m 以深浓度逐渐降低，至底层浓度又有所升高；2006 年秋季与 2005 年秋季类似，但 2006 年在 30m 层出现了叶绿素 a 浓度较高的现象，由于在该水层的现场调查数据有限，这一现象是否普遍存在还需要进一步验证。2005 年冬季，叶绿素 a 在表层和 5m 层有较高的浓度，10m 层略有下降，20m 和 30m 层浓度较低，叶绿素 a 浓度均在 1.0μg/L 以下，至底层又有所回升。2006 年春季，叶绿素 a 在表层和 5m 层具有很高的浓度，个别站位的 10m 层也出现了叶绿素 a 高值，20m 以深浓度明显降低，但垂向变化较小。

总体而言，长江口水域浮游植物生物量主要集中在 0～5m 的上层水体，20m 及以

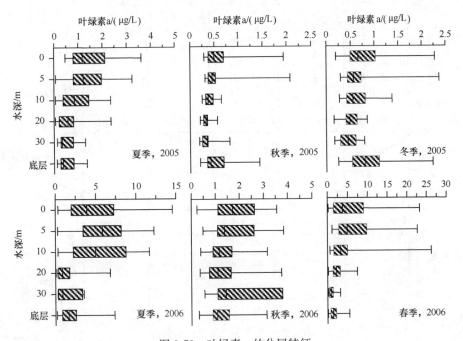

图 3-79　叶绿素 a 的分层特征

深水层浮游植物生物量较低，这在春、夏两季尤为明显。秋、冬两季，底层或近底层浮游植物常能形成较高的生物量，可能是由于该季节底层水体扰动较强，造成海底表层的底栖微藻再悬浮所致。

（二）典型站位浮游植物生物量的垂向分布

1. 环境因子的垂向分布

　　根据 2004 年夏季航次的环境资料，绘制了调查水域中部的 12 号站、25 号站和 18 号站以及东部的 14 号站的环境因子垂向分布图（图 3-80）。中部 3 个站的盐度随水深的增加而升高；而水温随水深增加而降低，在 12 号站和 18 号站形成明显的温跃层。硝酸盐和硅酸盐的分布与盐度类似，浓度在表层很高；磷酸盐与之相反，浓度在底层高。14 号站温度、盐度、硝酸盐和硅酸盐浓度随深度变化甚小，而磷酸盐浓度在表层低，随水深增加显著升高。环境因子的垂向分布表明，调查水域中部，高温、低盐的长江冲淡水在表层扩展，在 10m 层附近形成的密度跃层阻碍了水体的垂向混合，高浓度的硝酸盐和硅酸盐停留在表层，底层较高浓度的磷酸盐也无法向上层水体输送；调查水域东部，水体垂向混合充分，高盐、低温和低营养盐是其主要特征。

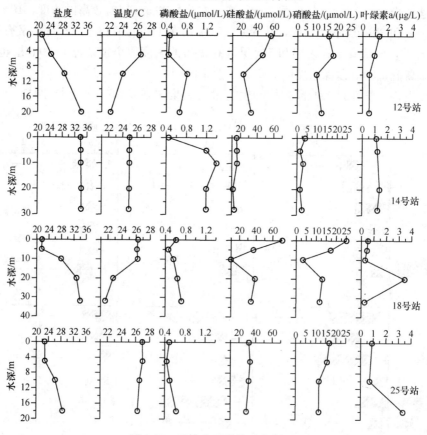

图 3-80　夏季典型站位垂向剖面

图 3-81 根据 2004 年秋季航次的环境资料给出了 6 个典型站位的盐度、温度和营养盐剖面图，其中 3 号站、12 号站和 14 号站位于由高盐水控制的调查水域东北部，18 号站、25 号站和 33 号站位于长江冲淡水区。在调查水域东北部，盐度和温度垂向变动很小，硝酸盐和硅酸盐也表现出相同的趋势，表明此处水体垂向交换充分。冲淡水区呈现表层水体低温、低盐的特征，特别是 18 号站，表层盐度仅为 10.28，在 5m 层陡升至

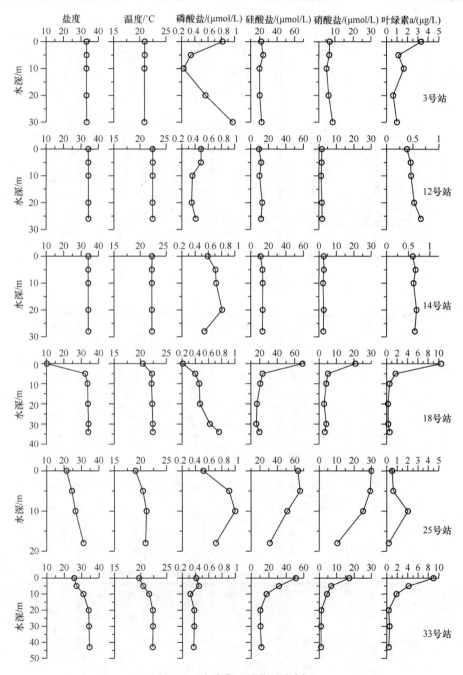

图 3-81　秋季典型站位垂向剖面

32.26；盐跃层的存在阻碍了水体的垂向交换，导致了表层硝酸盐与硅酸盐的高浓度，如 18 号站表层硝酸盐和硅酸盐浓度分别高达 20.8μmol/L 和 68.8μmol/L。磷酸盐浓度在垂直方向上有较大的波动，其在 6 个站位的分布各不相同。

根据 2005 年 2 月冬季航次的环境资料，绘制了调查水域东部 7 个站位的环境因子剖面图（图 3-82）。3 号站、7 号站和 8 号站的温度和盐度垂向变化很小，营养盐也只有

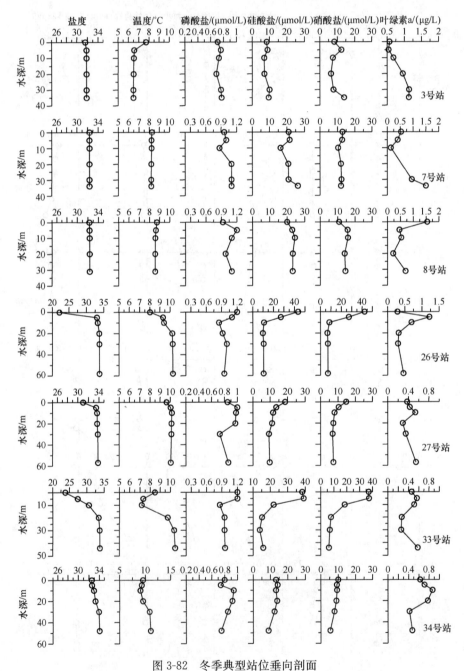

图 3-82　冬季典型站位垂向剖面

小幅的波动，表明冬季调查水域东北部水体垂向交换充分。26 号站和 33 号站表层温度、盐度较低，表层以下盐度迅速升至 30 以上、温度升至 10.0℃左右；营养盐浓度变化与之相反，高值出现在表层水体，表明此区域低盐的冲淡水浮于高温、高盐水之上，密度跃层仍然阻碍水体的垂向混合。调查水域最东侧的 27 号站和 34 号站位环境因子的垂向分布与 26 号站和 33 号站类似，变化幅度很小。

选取上述 7 个站位，结合 2005 年 5 月春季航次的环境资料，进一步分析春季调查水域东部的环境因子剖面分布（图 3-83）。从温盐的垂向分布上看，东北部 3 个站位存

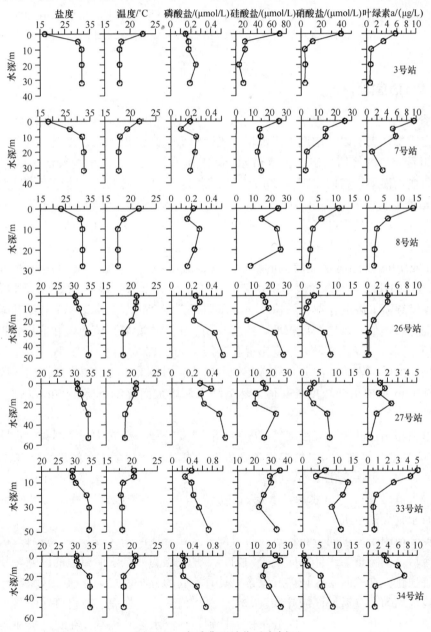

图 3-83　春季典型站位垂向剖面

在明显的水体层化现象，表层盐度低于 25，硝酸盐和硅酸盐的浓度较高，为长江冲淡水控制；下层水体则低温、高盐、低营养盐。东南部 3 个站位水体也有一定的层化现象，但营养盐垂向分布较为复杂，藻华期间浮游植物生长对营养盐的大量消耗可能影响水体营养盐的分布。

通过对上述 4 个季节典型站位的环境因子垂向分布的分析，可发现长江冲淡水对研究水域的理化环境有重要的影响，冲淡水区终年存在的盐度跃层，使水体显著层化，影响了营养盐的垂向交换和输送。在秋、冬两季，冲淡水影响范围较小，出口门后主要转向东南方向，在水体上层可扩展至 123.0°E 附近，而调查水域东北部则由垂向混合均匀的水团控制；在春、夏两季，冲淡水可扩展至整个调查水域，且出口门后沿东北向的扩展更为明显。

2. 叶绿素 a 的垂向分布

夏季 4 个典型站位叶绿素 a 浓度垂向分布如图 3-80 所示。12 号站叶绿素 a 最大浓度出现在表层，表层以下浓度随水深增加迅速降低，10m 以深浓度变化很小；18 号站、25 号站叶绿素 a 的峰值均出现在 20m 水层，其他水层的叶绿素 a 均较低；14 号站叶绿素 a 垂向变化很小，高值出现在 20m 水层。除 12 号站，其他站位叶绿素 a 最大值均出现在 20m 水层。

秋季 6 个典型站位叶绿素 a 浓度垂向分布如图 3-81 所示。3 号站、18 号站和 33 号站叶绿素 a 垂向分布模式相同，最大浓度值均出现在表层，然后迅速降低，叶绿素 a 浓度在 5m 或 10m 以深稳定在较低的数值；叶绿素 a 在 12 号站、14 号站的垂向变化很小；25 号站的叶绿素 a 最大值出现在 10m 水层，10m 以深叶绿素 a 浓度迅速降低。

冬季叶绿素 a 浓度在典型站位垂向分布如图 3-82 所示。3 号站和 7 号站叶绿素 a 浓度的垂向分布类似，表层浓度较低，约为 $0.5\mu g/L$，浓度最高值出现在底层；8 号站与上述站位不同，叶绿素 a 最大浓度出现在表层，5m 以深浓度变化较小。调查水域东南部 4 个站位的叶绿素 a 垂向分布具有相同的特点：叶绿素 a 浓度由表层向下逐渐升高，至 5m 或 10m 水层出现浓度最高值，然后随水深增加而逐渐下降，30m 以后又随水深逐渐升高。

春季典型站位叶绿素 a 浓度垂向分布如图 3-83 所示。3 号站、7 号站、8 号站、26 号站和 33 号站叶绿素 a 最高值都出现在表层，表层以下叶绿素 a 浓度随水深增加而迅速降低，在中、下层变化很小；叶绿素 a 在 27 号站、34 号站呈现出不同的垂向分布，其浓度最大值出现在 20m 水层，表层、底层的叶绿素 a 浓度都较低，这可能与藻华衰退后浮游植物大量下沉有关。

根据环境因子的垂向分布特点，将口门外水域分成两个区域：一是黄海、东海混合水控制区域，其特征为水体垂向混合均匀；二是表层为冲淡水所覆盖的区域，其特征是水体显著层化。在这两个区域内叶绿素 a 具有不同的分布模式，在前一区域叶绿素 a 垂向分布较为均匀，在后一区域叶绿素 a 浓度最大值常出现在表层，也可在中层甚至底层形成高值。冬季叶绿素 a 的垂向分布较为特别，冲淡水区叶绿素 a 在次表层和近底层形成 2 个高值；而垂向混合区叶绿素 a 浓度高值则出现在近底层，这是由于该季节底层水体扰动，造成海底表层的底栖微藻再悬浮所致。

三、冲淡水断面浮游植物的生物量剖面

（一）夏季冲淡水断面的叶绿素 a 分布

　　2005 年夏季，断面Ⅰ和Ⅱ（图 3-34）的浮游植物均在水体上层形成高生物量，在外海区较深水层也出现了叶绿素 a 高值（图 3-84）。断面Ⅰ的叶绿素 a 高值区位于调查水域中部 11 号站附近，10m 以深叶绿素 a 浓度较低；断面Ⅱ的叶绿素 a 高值区有 2 个，一个位于口门处，一个位于调查水域东南的 33 号站附近，外海侧的高值区扩展到 20m 深处，叶绿素 a 浓度 20m 以深较低。2006 年夏季，浮游植物同样在断面Ⅰ和断面Ⅱ的上层形成高生物量，但高值区向下可扩展到更深的水层（图 3-85）。断面Ⅰ叶绿素 a 高值区域仍位于调查水域中部，出现在 12 号站周围，高值区向下延伸至 20m 层；断面Ⅱ叶绿素 a 高值区位于调查水域的东南部，在 26 号站形成高值，而在下层水体中叶绿素 a 浓度较低。

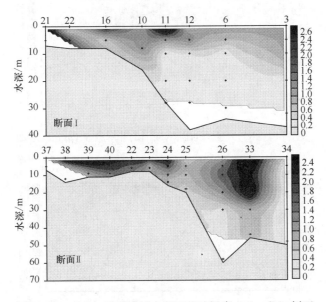

图 3-84　2005 年夏季冲淡水断面的叶绿素 a（μg/L）剖面

（二）秋季冲淡水断面的叶绿素 a 分布

　　2005 年秋季，断面Ⅰ和断面Ⅱ浮游植物的高生物量区较夏季明显向口门方向移动（图 3-86）。断面Ⅰ的叶绿素 a 高值出现在近口门处的 22 号站，调查水域中部还存在另一个高值区，但仅限于表层；调查水域东北部水体中叶绿素 a 浓度都较低。断面Ⅱ的叶绿素 a 高值区位于 22 号站和 24 号站附近，在外海侧叶绿素 a 浓度较低。2006 年秋季，断面Ⅰ的浮游植物生物量剖面分布与 2005 年类似，而断面Ⅱ的则有所不同，叶绿素 a 高值区的位置与夏季类似（图 3-87）。断面Ⅰ的叶绿素 a 高值区有 2 个，

分别位于 16 号站和 12 号站周围，调查水域中部的高值区只延伸至 10m 水层，以下水体形成明显的叶绿素 a 低值区；调查水域东北部叶绿素 a 浓度较低，垂向分布均匀。断面 II 的东南部出现了大范围的浮游植物高生物量区，在 34 号站叶绿素 a 高值可延伸至 30m 水层；在近口门水域，叶绿素 a 垂向分布较为均匀，高值出现在 24 号站的表层水体。

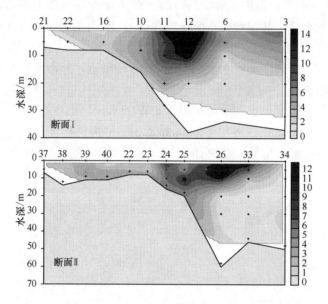

图 3-85　2006 年夏季冲淡水断面的叶绿素 a（μg/L）剖面

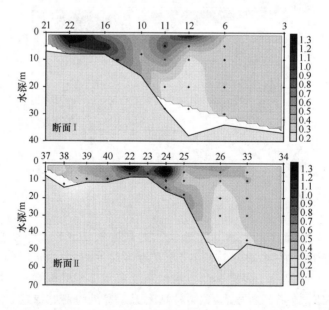

图 3-86　2005 年秋季冲淡水断面的叶绿素 a（μg/L）剖面

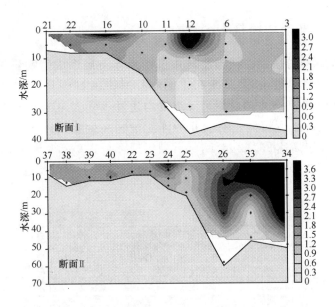

图 3-87　2006 年秋季冲淡水断面的叶绿素 a（μg/L）剖面

（三）冬季冲淡水断面的叶绿素 a 分布

2005 年冬季，浮游植物在断面Ⅰ的近口门处出现较高的生物量，叶绿素 a 浓度沿冲淡水方向逐渐降低，其中表层降低的趋势更为明显。调查水域东北部叶绿素 a 浓度较低，在 12 号站和 6 号站的 10~20m 水层形成高值区，但最大浓度仍不足 1.0μg/L。断面Ⅱ的叶绿素 a 高值区，一个位于口门处水域，可扩展到调查区中部的 23 号站；另一个范围较大，位于 26 号站，向下可扩展到 20m 水层。东南部下层水体浮游植物较为稀少，形成显著的叶绿素 a 低值区（图 3-88）。

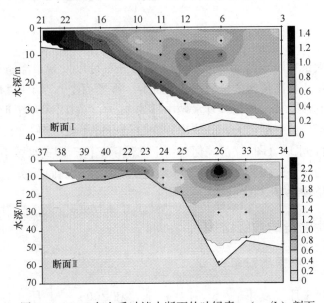

图 3-88　2005 年冬季冲淡水断面的叶绿素 a（μg/L）剖面

（四）春季冲淡水断面的叶绿素 a 分布

2006 年春季，浮游植物在调查水域中部的水体上层形成生物量高值区，其分布模式与同年夏季类似（图 3-89）。断面Ⅰ的浮游植物在 11～12 号站水域出现高生物量，12 号站的 5m 和 10m 水层叶绿素 a 浓度均超过 10μg/L；高值区外，尤其是在近口门水域，叶绿素 a 浓度较低。断面Ⅱ的浮游植物高生物量区出现在 25 号站附近，叶绿素 a 浓度在表层高达 23.22μg/L，5m 层迅速降至 2.0μg/L 以下，24 号站、26 号站叶绿素 a 在 5m 和 10m 层也有较高的浓度；在高值区下方以及近口门水域，叶绿素 a 浓度较低。

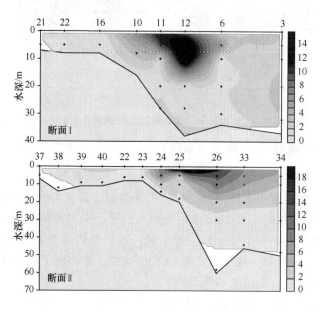

图 3-89　2006 年春季冲淡水断面的叶绿素 a（μg/L）剖面

比较以上航次中冲淡水断面的叶绿素 a 剖面分布可以发现，浮游植物主要在 20m 以浅形成高生物量，且高值区的位置因季节而异。在断面Ⅰ，浮游植物高生物量区冬季位于口门附近，其他季节出现在调查水域中部的 11 号站或 12 号站附近。在断面Ⅱ，浮游植物高生物量区位置变动很大，既能出现在口门附近水域（图 3-84），又能出现在外海侧的 34 号站附近水域（图 3-87），但总体上高值区仍位于调查水域中部，特别在浮游植物生物量很高的季节（图 3-89）。冲淡水断面的叶绿素 a 剖面反映了冲淡水扩展的方向和范围对浮游植物垂直分布的影响。

四、浮游植物生物量的粒级结构

（一）浮游植物生物量的粒级组成

根据 2004 年 8 月（夏季）、11 月（秋季）和 2005 年 2 月（冬季）、5 月（春季）4 个航次的叶绿素 a 分级数据，笔者进一步研究了长江口水域表层浮游植物生物量的粒级组成。结果表明：叶绿素 a 粒径小于 20μm 与大于 20μm 相比，前者的平均浓度要高于后者（图 3-90）。从 2004 年夏季、秋季到 2005 年冬季、春季，小于 20μm 粒径的叶绿素 a 浓度变化范围分别为 0.11～3.72μg/L、0.15～9.49μg/L、0.07～4.7μg/L 和 0.17～27.20μg/L，平均值分别为 0.92μg/L、1.40μg/L、0.87μg/L 和 4.40μg/L；大于 20μm 粒径的叶绿素 a 浓度变化范围分别为 0.04～3.01μg/L、0.01～2.37μg/L、0.01～1.44μg/L 和 0.01～4.43μg/L，平均值分别为 0.73μg/L、0.28μg/L、0.41μg/L 和 0.80μg/L。由此可见，微型及微微型浮游植物（0.7～20μm 粒径）是长江口水域浮游植物的主要组分，其对 4 个季节浮游植物生物量的贡献率分别为 55.8%、83.3%、68.0% 和 84.6%，春、秋两季最高，冬季次之，夏季最低。

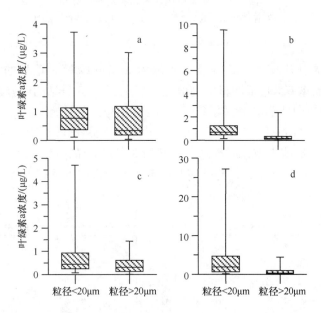

图 3-90　粒级叶绿素 a 季节变化

a. 夏季；b. 秋季；c. 冬季；d. 春季

（二）浮游植物生物量粒级组成的平面分布

不同粒级的浮游植物具有不同的形态特征，这些差异使其能更好地适应不同的环境，因而不同粒级的浮游植物在调查水域表现出不同的分布特征。

夏季，小于 20μm 与大于 20μm 的浮游植物均在口门外水域形成 2 个高值区，分别位于口门外水域南北两侧（图 3-91）。小于 20μm 粒径的叶绿素 a 高值区出现在 5 号站、22 号站周围；大于 20μm 粒径的叶绿素 a 高值区出现在 6 号站、24 号站周围，前者的高值区位置较后者偏西。1986 年同期的历史资料有类似的规律（中国海湾志编纂委员会，1998）：小粒径的浮游植物在长江口区占优势，其高值区与大粒径浮游植物高值区

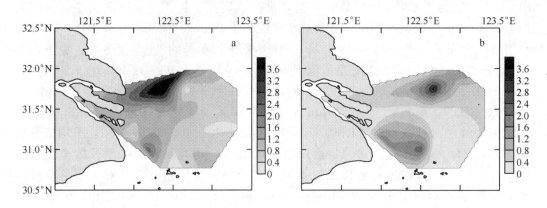

图 3-91　夏季粒级浮游植物的平面分布

a. 粒径<20μm；b. 粒径>20μm；叶绿素 a 浓度：μg/L

分别位于 122.5°E 两侧。

秋季，表层水体小于 20μm 粒径的叶绿素 a 与叶绿素 a 总量的分布一致（图 3-92a）：在调查水域东南部形成明显的高值区，18 号站、33 号站的值分别高达 9.49μg/L、9.00μg/L，在近口门处形成南北 2 个次高值区；5 号站的值为 1.37μg/L，22 号站、23 号站的值分别为 3.41μg/L、2.71μg/L。大于 20μm 粒径的叶绿素 a 分布与前者差异较大（图 3-92b）：最高值出现在调查区东北部的 3 号站，浓度为 2.38μg/L，最低值出现在 18 号站，仅为 0.94μg/L；口门外南北两侧的近岸水域以及调查区中部存在 3 个次高值区。

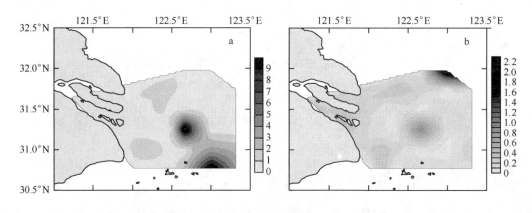

图 3-92　秋季粒级浮游植物的平面分布

a. 粒径<20μm；b. 粒径>20μm；叶绿素 a 浓度：μg/L

冬季，表层水体小于 20μm 粒径与大于 20μm 粒径的叶绿素 a 的分布基本一致，高值区都出现在口门附近水域（图 3-93）。小于 20μm 粒径的叶绿素 a 在口门附近 40 号站、21 号站和 29 号站的浓度分别为 4.70μg/L、3.29μg/L 和 3.20μg/L，而在 122.5°E 以东水域浓度较低。大于 20μm 粒径的叶绿素 a 的高浓度出现在近口门处的 40 号站、22 号站和 9 号站，分别为 1.44μg/L、1.13μg/L 和 1.21μg/L，此外在调查区东北部也

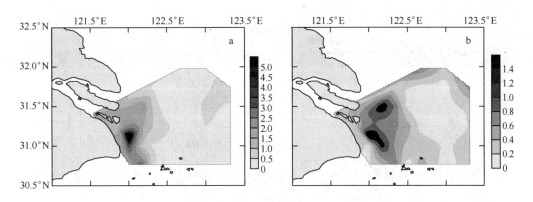

图 3-93　冬季粒级浮游植物的平面分布

a. 粒径＜20μm；b. 粒径＞20μm；叶绿素 a 浓度：μg/L

有较高的浓度。

　　春季，表层水体小于 20μm 粒径与大于 20μm 粒径的叶绿素 a 的平面分布如图 3-94 所示。两种粒径叶绿素 a 的高值区均位于调查水域东部 122.5°～123.0°E，但不同站位间两组分的比例有较大的差异。大于 20μm 粒径的叶绿素 a 在 7 号站、8 号站和 42 号站浓度较高，分别为 5.91μg/L、9.61μg/L 和 18.69μg/L。大于 20μm 粒径的叶绿素 a 在 7 号站、8 号站浓度分别为 3.67μg/L 和 4.44μg/L，在 42 号站只有 0.83μg/L；这说明长江口水域浮游植物群落具有明显的空间异质性。

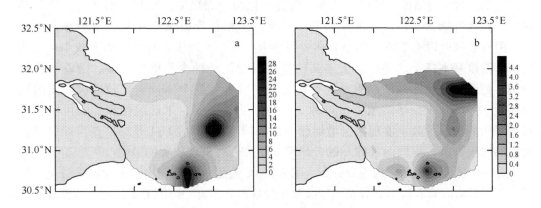

图 3-94　春季粒级浮游植物的平面分布

a. 粒径＜20μm；b. 粒径＞20μm；叶绿素 a 浓度：μg/L

（三）典型站位浮游植物生物量粒级的垂向分布

　　在调查水域的东北部和东南部选择 7 个站位，分别研究了两种粒级叶绿素 a 浓度的垂向分布规律和特点（图 3-95）。

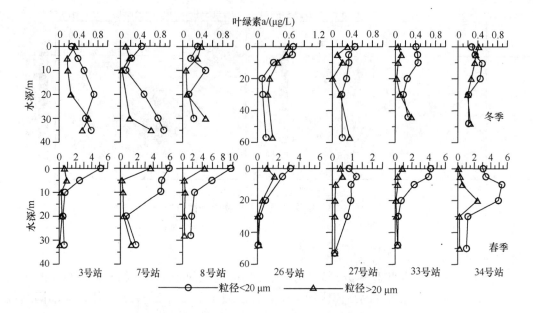

图 3-95　典型站位粒级叶绿素 a 的垂向分布

冬季，浮游植物生物量较低，两种粒级叶绿素 a 在各水层的差异较小，小粒径叶绿素 a 浓度略高；在个别站位的表层和底层，大粒级浮游植物可占据优势。从分布上看，在水体垂直均匀的站位，粒级叶绿素 a 垂直变化小、底层浓度较高；而在水体层化的站位，粒级叶绿素 a 在表层浓度略高。春季，小粒径浮游植物在所有水层都占据优势，两种粒级叶绿素 a 浓度的差异在表层最为明显，但随着水深的增加而减小，至底层二者浓度基本持平。冬季，上述站位浮游植物优势种为具槽帕拉藻；随着水深的增加，圆筛藻、舟形藻的细胞丰度有所上升，后者细胞个体较大且较适应底层的弱光环境。春季，表层浮游植物优势种主要为中肋骨条藻、米氏凯伦藻、具齿原甲藻和柔弱伪菱形藻，其丰度随水深增加而降低，但在 7 号站和 34 号站，具齿原甲藻在次表层出现高值，导致两种粒径的叶绿素 a 在次表层出现较大的差值。

进一步比较环境因子的垂直分布（图 3-83），温度、盐度能决定水体的垂直交换情况，受其影响的营养盐垂直分布与叶绿素 a 的垂直分布有一定的关系，而且营养盐对两种粒径的叶绿素 a 的影响是一致的。

五、浮游植物生物量的季节变动和年际变化

长江口水域浮游植物生物量水平有明显的季节变化（图 3-96）。浮游植物生物量在春季最高，两个春季航次所获叶绿素 a 浓度平均值分别为 $(4.28 \pm 5.56) \mu g/L$、$(4.16 \pm 4.76) \mu g/L$；冬季最低，两个冬季航次叶绿素 a 浓度平均值分别为 $(0.96 \pm 0.96) \mu g/L$、$(0.69 \pm 0.40) \mu g/L$；夏、秋两季浮游植物生物量水平介于两者之间，

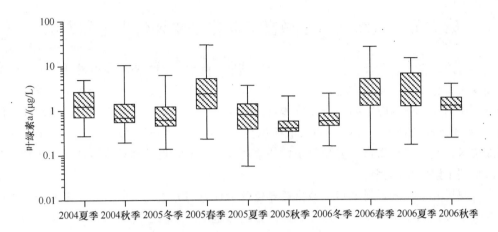

图 3-96　浮游植物生物量的季节变动

夏季略高，叶绿素 a 平均浓度在夏季航次分别为 $(1.56\pm1.14)\mu g/L$、(1.00 ± 0.76) $\mu g/L$、$(3.87\pm3.31)\mu g/L$，在秋季航次分别为 $(1.36\pm1.79)\mu g/L$、(0.51 ± 0.31) $\mu g/L$、$(1.57\pm0.89)\mu g/L$。

　　在 28 个月的时间跨度中，春季浮游植物生物量年际变化不明显，两个航次均在调查水域东部观测到藻华暴发，藻华区外水域浮游植物也表现出很高的生物量。冬季浮游植物生物量年际变化不太明显，但 2005 年的值要比 2006 年略高。夏季和秋季浮游植物生物量有明显的年际变动，夏季、秋季浮游植物生物量在 2006 年很高，而在 2005 年则远低于另外两年。综合以上 10 个航次全部水层叶绿素 a 数据发现，2005 年夏季、秋季和冬季（2006 年 2 月）的浮游植物生物量均显著低于 2004 年同期水平。

　　综上所述，长江口水域浮游植物生物量春季、夏季主要集中在 0～5m 的上层水体；秋季、冬季近底层水体也能形成较高的生物量。表层浮游植物生物量在春季最高，高值区分布在 122.5°E 以东水域，均有藻华暴发；冬季较低，高值区集中在口门附近水域；夏季、秋季有较大的波动。垂直分布方面，在黄海和东海混合水控制水域，水体垂向混合均匀，浮游植物生物量垂向分布较为均匀；冲淡水覆盖水域，水体层化显著，生物量高值多出现在表层水体。研究进一步表明，粒径在 20μm 以下的浮游植物是长江口水域浮游植物的主要组分，其贡献率在春季、秋季最高，冬季次之，夏季最低。

（本节著者：孙　军　宋书群　栾青杉）

第五节　近海河口水域富营养化主要评价理论和方法

　　近海水域富营养化评价是一新兴的研究领域。随着人们对近海富营养化问题认识的不断深入，近海河口水域富营养化评价理论与方法从无到有，从刚开始简单的单因子评价到"压力-状态-响应"的综合评价体系，经历了一个不断深化和完善的过程。同时随着近 30 年来相关技术的发展，如数值模拟技术、数据分析技术以及 GIS、卫星图片等高新技术，使得对近海富营养化复杂性的描述成为可能，近海河口水域富营养化理论与方法得到了进一步的完善。

　　纵观近几十年来近海河口水域富营养化评价理论与方法的发展过程，主要经历了以下几个阶段：①以淡水湖泊富营养化评价方法为基础的单因子评价方法；②以 NQI、E 值、TRIX 指数为代表的综合指数评价方法；③利用软计算和统计学方法建立的富营养化评价方法；④基于压力-状态-响应模型的近海富营养化综合评价体系。

一、以淡水湖泊富营养化评价方法为基础的单因子评价方法

　　最早的近海河口富营养化评价方法是单因子评价方法，如同第一章介绍的早期近海富营养化概念模型，主要受淡水湖泊富营养化评价理论与方法的影响，评价思路源于淡水湖泊富营养化的评价方法，即通过一个能够直接或间接反映水体中藻类现存量、增殖情况的特定物理、化学、生物参数来评定水体的富营养化程度。

　　单因子评价方法可分为物理参数法、化学参数法和生物学参数法三大类：物理参数法主要利用温度、水色和透明度等与藻类生长相关或能够反映藻类生长状态的水体物理参数的变化来评价水体富营养化；化学参数法是利用水体的总氮（TN）、总磷（TP）、化学耗氧量（COD）、溶解氧（DO）等与藻类增殖有直接关系的化学参数来评价水体富营养化；生物学参数法则是利用藻类现存量或 Chla、浮游植物种类、多样性指数、藻类增殖潜力（AGP）等反映水体中藻类增殖的生物因子对水体富营养化进行评价（林荣根，1996）。

　　在单因子评价方法中，最为典型、应用面最广的为经典 Carlson 指数法（Carlson，1977），该方法是 Robert E. Carlson 在 1977 年建立的针对湖泊和其他水体的富营养化指数（trophic state index）方法，简称 TSI 方法。根据当时人们对藻华现象的关注以及环境调查的主要参数，Carlson 在前人研究的基础上，总结了透明度与藻类生物量的关系，分别提出了通过透明度（SD）、总磷（TP）和叶绿素 a（Chla）3 个独立的、能够直接或间接反映藻类生物量的水质参数来反映水体富营养化的计算公式：

$$TSI(SD) = 10\left(6 - \frac{\ln SD}{\ln 2}\right)$$

$$TSI(TP) = 10\left(6 - \frac{\ln \frac{48}{TP}}{\ln 2}\right)$$

$$TSI(Chla) = 10\left(6 - \frac{2.04 - 0.68\ln Chla}{\ln 2}\right)$$

式中，SD 为通过赛氏圆盘（Secchi disk）观测的水体透明度，m；TP 为水体中的总磷含量，mg/m³；Chla 为水体中的叶绿素浓度，μg/L。

单因子评价法主要基于浮游植物的增殖来反映水体富营养化的程度，对于大多数淡水湖泊体系，由于其生态环境特点比较类似、水文条件较为接近，所以不同湖泊间的 TSI 具有一定可比性。另外，该方法具有使用简单、容易推广的特点，因此在淡水湖泊中广泛使用，至今仍是淡水富营养化评价的重要指标。而对于海水体系，由于其营养盐限制特征、水文状况以及生物量和营养盐之间的关系与淡水湖泊体系有很大的不同，单因子 TSI 指数评价方法难以满足近海富营养化的评价要求。为此，人们又逐渐发展出适合于海水体系富营养化评价的综合指数评价方法。

二、以 E 值、NQI、TRIX 指数为代表的综合指数评价方法

随着对近海富营养化认识的深入，人们渐渐发现近海与淡水富营养化的形成与过程存在较大差异，仅仅通过一个因子来评价近海富营养化远远不够，因此在 20 世纪七八十年代，发展形成了一批综合多个物理、生物、化学因子建立的评价方法，其中最具代表性的是富营养化指数法（E 值）、营养状态质量指数法（NQI）以及在 TSI 方法基础上发展而成的 TRIX 指数方法。

（一）E 值方法

E 值方法是一种近海富营养化评价的经验方法，主要利用水体中 COD、DIN、DIP 三个水质参数，通过式（3-1），计算求得富营养化指数 E，进行近海水域富营养化程度的评价。

$$E = \frac{COD \times DIN \times DIP \times 10^6}{a} \tag{3-1}$$

式中，COD、DIN、DIP 单位均为 mg/L；a 为经验常数。

1972 年，日本的冈市友立最早提出了近海富营养化评价的 E 值方法。该方法主要强调了近海富营养化的"压力"，并且认为近海富营养化压力主要为 COD、DIN、DIP。公式中的 a 值为评价海域形成富营养化时的 COD、DIN、DIP 阈值乘积，当 E 值大于 1，定义为富营养化；E 值越大，富营养化程度越高。由此可见，不同海域的 a 值也不相同。例如，在冈市友立的研究中 a 值取为 1500；我国邹景忠等（1983）在研究渤海富营养化和赤潮问题时，参考当时我国的渔业水质标准和海水水质标准，a 值取为 4500，提出了适合我国近海海域的 E 值评价方法。

E 值方法引入了能够反映近海富营养化压力特点的 DIN 和 COD 参数，较 TSI 方法更适合于近海富营养化的评价。但是，很明显该方法没有考虑富营养化的生态响应参数，如藻类生物量等；另外，a 是经验值，没有明确的科学意义，具有一定的随意性。根据前面介绍的近海富营养化概念模型可知，该方法难以全面反映近海富营养化状态，其评价结果较为片面。尽管如此，由于该方法综合考虑了 COD、DIN、DIP 3 个近海富营养化水体中常见的水质因子，方法简单，目前仍经常作为我国近海富营养化的评价方法（秦铭俐等，2009；刘雪芹，2005；陈彬等，2002；王毅等，2001）。

（二）NQI 方法

由于富营养化指数法存在的上述问题，人们对其做了进一步的改进，提出了营养状态质量指数法（NQI）（陈于望，1987），如式（3-2）。

$$\text{NQI} = \frac{\text{COD}}{\text{COD}_0} + \frac{\text{TN}}{\text{TN}_0} + \frac{\text{TP}}{\text{TP}_0} \tag{3-2}$$

式中，TN、TP 分别为总氮、总磷浓度，分子项为各指标的监测值，分母项为对应的标准值，在实际评价中一般根据海水水质标准来确定。通常定义 NQI 值大于 3 为富营养水平、小于 2 为贫营养水平、2～3 则为中等营养水平。

由于式（3-2）没有考虑生物响应参数，有研究者进一步将式（3-2）改进为式（3-3）（彭云辉和王肇鼎，1991）：

$$\text{NQI} = \frac{\text{COD}}{\text{COD}_0} + \frac{\text{TN}}{\text{TN}_0} + \frac{\text{TP}}{\text{TP}_0} + \frac{\text{Chla}}{\text{Chla}_0} \tag{3-3}$$

与 E 值方法类似，该方法同样考虑了 COD、TN、TP 等重要水质因子对富营养化的压力作用，选取实测值与阈值的比较作为评价依据，方法使用简单，是目前我国海洋生态环境监测技术规程（国家海洋局，2002）中所使用的评价方法，在近海河口（张庆林，2007；郝建华等，2000；彭云辉和王肇鼎，1991）、增养殖水体（李成高等，2006；朱小山等，2005）广泛使用。

（三）TRIX 指数方法

藻类生物量的增殖仅仅是近海富营养化的生态响应之一，如何在评价体系中尽可能多地反映生态响应、更全面和准确评价富营养化程度，一直是近海富营养化评价方法的重要发展方向。1998 年 Vollenweider 等针对单因子评价方法的不足，对 TSI 方法进行了改进，提出了用于近海富营养化评价的 TRIX 通用公式：

$$\text{TRIX} = \frac{k}{n} \sum \left[(\lg U - \lg L)/(\lg M - \lg L) \right] \tag{3-4}$$

式中，U、L 分别为评价参数的上、下限；M 为参数的测定值；n 为评价参数的个数；k 为对评价参数上下限之间的步长数。研究者可根据不同海域的特点、监测数据等选择评价参数，确定参数上、下限等。

为进一步说明该方法，Vollenweider 等（1998）提出利用叶绿素 a、溶解氧饱和度偏差的绝对值、总氮、总磷作为评价参数，并提出了各评价参数的上、下限（表 3-17），在此基础上，确定了 trophic index 指数公式 [式（3-5）]。

表 3-17 各评价参数的上、下限和范围

评价参数	最小 lg 值	最大 lg 值	lg 值范围	步长（lg 值范围/10）
叶绿素 a	−0.5	2.5	3	0.3
溶解氧饱和度的偏差绝对值	−1	2	3	0.3

评价参数	最小 lg 值	最大 lg 值	lg 值范围	步长 (lg 值范围/10)
总氮	0.5	3.5	3	0.3
总磷	−0.5	2.5	3	0.3
参数的 lg 值之和	−1.5	10.5	12	1.2

注：lg 值，以 10 为底的对数值。

$$TRIX = \frac{\lg \left[Chla \times \mid (1-DO\%) \times 100 \mid \times TN \times TP \right] + 1.5}{1.2} \tag{3-5}$$

式中，Chla 为水体叶绿素浓度，$\mu g/L$；TN、TP 分别代表水体中总氮和总磷浓度，mg/m^3；DO％为水体中溶解氧饱和度（百分数）。

很明显该方法传承了以上几种指数评价方法所具有的简单、易行的优点，同时又包含了藻类生物量、溶氧等富营养化生态响应的基本参数，与前面几种方法相比较，更加全面和准确。所以，TRIX 综合评价方法一经提出即得到了广泛的认同，并在欧洲、南美等地近海富营养化评价中得到了广泛应用。例如，Vollenweider 等（1998）、Lušić 等（2008）和 Herrera-Silveira 等（2009）分别利用该方法对地中海近岸水域、亚得里亚海里耶卡湾以及墨西哥尤卡坦半岛水域的近海富营养化进行了评价，取得了较好的结果。

但是，TRIX 指数取决于所选取的各评价参数的阈值，而不同水体之间评价参数的阈值可能差异较大，因此，该参数难以用于比较不同水体之间的富营养化程度。

综上所述，综合指数评价法较单因子评价体系，充分考虑了近海富营养化形成机制及过程中的生物、化学多因子的综合影响，因此无论是 E 值方法、NQI 方法，还是近年来提出的 TRIX 指数方法，都有众多、广泛且成功的应用实例。但是由于生态环境中多因子复杂的相互作用，对其进行描述存在高度的复杂性及非线性，因此对近海富营养化的评价不能仅限于各综合因子数值的单纯叠加，而需要根据近海富营养化的特点，采纳更为先进的数值分析手段对各种影响因子进行综合分析，更为全面和准确地评价近海富营养化。

三、利用软计算和统计学方法建立的富营养化评价方法

随着对近海富营养化认识的深入，人们发现由于近海生态系统本身具有的复杂性和非线性，仅仅选取某几个特征因子，通过上述简单的线性公式对水体富营养化进行评价往往难以作到客观和准确。而软计算和统计学方法的发展使得对水体富营养化多因子间的复杂性和非线性进行分析、评价成为可能。

借鉴于这些方法在淡水湖泊体系中的成功应用，针对海水环境下富营养化问题的诸多特点，近年来人们尝试将这些技术方法应用于近海富营养化的评价。

（一）软计算方法在近海富营养化评价中的应用

最早应用软计算方法进行富营养化评价是在淡水湖泊体系，近年来一些研究者也开始尝试利用人工神经网络、模糊逻辑等软计算方法对近海富营养化进行评价。这一系列

软计算方法在富营养化评价研究中的应用说明随着计算机模拟技术的发展，运用软计算方法对水体环境的数字模拟已成为可能（Mynett，2002）。

1. 人工神经网络方法在近海富营养化评价中的应用

人工神经网络模型是 20 世纪 80 年代获得迅速发展的一门非线性科学，它可以模拟人脑的一些基本特性，如自适应性、自组织性和容错性能。这种模型已应用于模式识别、系统辨识等领域，并取得了很好的效果。

人工神经网络模型最早被应用于湖泊、水库等淡水系统的富营养化评价，如楼文高（2001）曾提出湖库富营养化人工神经网络评价模型，任黎等（2004）利用基于误差反传算法的多层前馈神经网络的人工神经网络（ANN）对太湖进行了富营养化评价。近年来近海富营养化评价中也越来越多应用该技术。例如，苏畅等（2008）、Melesse 等（2008）分别利用该方法对长江口水域和佛罗里达湾近海的富营养化进行评价，均取得了良好的效果。

BP 人工神经网络即多层前馈误差逆传播神经网络模型，是当前应用最为广泛也最成熟的一种神经网络模型。BP 网络模型由输入层、隐含层和输出层组成（图 3-97）。输入层一般为富营养化评价参数，输出层为富营养化等级，而隐含层的层数及各隐含层中神经元个数的确定方法是先根据经验进行初步设计，然后再反复进行调试，最终以 BP 网络评价模型的全局误差趋于极小（或小于预先给定的允许误差）作为选取的准则。

确立了基本的模型后，可输入学习样本。学习样本是用来训练网络的"学习"教材。网络通过对学习样本的学习，将该领域专家的知识和经验转化为神经网络的参数，并存入知识库中。评价网络可从知识库中获取相应的神经网络参数，利用神经网络向前计算的规则，得出实测样本的评价结果。

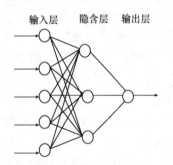

图 3-97　人工神经网络结构示意图

例如，姚云等（2008）在对胶州湾富营养化的评价中，输入层有 5 个神经元，分别对应于富营养化评价的 5 个参数：PO_4-P、总溶解无机氮（DIN）、DO、COD 和 Chla等 5 个参数为评价指标；输出层有 1 个神经元，为富营养化等级。根据表 3-18 海水营养评价标准的 3 个等级，各营养等级应该是个范围，而不是单值，表 3-18 中所列各值是分界值。在每个营养等级范围内随机生成一些样本，和分界值样本一起作为学习样本来训练网络。分界值处网络期望输出值设为 1.0000、2.0000、3.0000，分别代表贫（Ⅰ）、中（Ⅱ）、富（Ⅲ）营养等级。网络训练完成后，即可输入实测样本进行评价。

表 3-18　胶州湾海水富营养评价标准

营养等级	DIN/(mg/L)	PO_4-P/(mg/L)	Chla/(μg/L)	COD/(mg/L)	DO/(mg/L)	期望输出值
Ⅰ（贫营养）	0.20	0.015	1	1	6	1.0000
Ⅱ（中营养）	0.30	0.030	3	2	5	2.0000
Ⅲ（富营养）	0.40	0.045	5	3	4	3.0000

2. 模糊逻辑方法在近海富营养化评价中的应用

因海水水质的污染程度、水质分级界限等本身都是一些客观存在的模糊概念与模糊现象，所以众多学者认为模糊综合评价模型能够较为客观地反映海水水质的实际情况。近年来模糊分析被广泛应用于我国各个重要海域及河口的富营养化评价中，如彭云辉和王肇鼎（1991）运用模糊分析对 NQI 评价方法进行修正，并评价了珠江口的富营养化状况；陈彬等（2002）运用模糊分析对 E 值评价方法进行修正并评价了福建湄州湾海域的富营养化状况；林辉等（2002）运用模糊分析评价了厦门海域的富营养化状况；姚云和沈志良（2004）运用模糊分析评价了胶州湾海域的富营养化状况；陈鸣渊等（2007）运用模糊分析评价了长江口水域的富营养化状况。

富营养化的模糊评价分为以下几个步骤。

（1）评价标准的选择

根据评价海区的数据情况，选取评价参数如 COD、DIN、PO_4-P、Chla、DO 等，根据国家海水水质标准（GB3097—1997）及研究海域的实际情况，并参考文献资料确定各因子标准值，作为评价海域海水富营养化水平的评价标准。

（2）单因子隶属函数

各评价参数的隶属函数用下列通式表示：

$$f_{i1}(X_i) = \begin{cases} 1, & X_i \leqslant S_{i1} \\ \dfrac{S_{i2} - X_i}{S_{i2} - S_{i1}}, & S_{i1} \leqslant X_i < S_{i2} \\ 0。 & X_i \geqslant S_{i2} \end{cases}$$

$$f_{i2}(X_i) = \begin{cases} 0, & X_i \leqslant S_{i1}, X_i \geqslant S_{i2} \\ \dfrac{X_i - S_{i1}}{S_{i2} - S_{i1}}, & S_{i1} < X_i < S_{i2} \\ \dfrac{S_{i3} - X_i}{S_{i3} - S_{i2}}, & S_{i2} < X_i < S_{i3} \\ 1。 & X_i = S_{i2} \end{cases}$$

$$f_{i3}(X_i) = \begin{cases} 0, & X_i \leqslant S_{i2} \\ \dfrac{X_i - S_{i2}}{S_{i3} - S_{i2}}, & S_{i2} < X_i < S_{i3} \\ 1。 & X_i \geqslant S_{i3} \end{cases}$$

由于溶解氧（DO）的标准值随等级的升高而降低，则计算式改为

$$f_{i1}(X_i) = \begin{cases} 1, & X_i \geqslant S_{i1} \\ \dfrac{X_i - S_{i2}}{S_{i1} - S_{i2}}, & S_{i2} < X_i < S_{i1} \\ 0。 & X_i \leqslant S_{i2} \end{cases}$$

$$f_{i2}(X_i) = \begin{cases} 0, & X_i \leqslant S_{i3}, X_i \geqslant S_{i1} \\[2mm] \dfrac{X_i - S_{i3}}{S_{i2} - S_{i3}}, & S_{i3} < X_i < S_{i2} \\[2mm] \dfrac{S_{i1} - X_i}{S_{i1} - S_{i2}}, & S_{i2} < X_i < S_{i1} \\[2mm] 1。 & X_i = S_{i2} \end{cases}$$

$$f_{i3}(X_i) = \begin{cases} 1, & X_i \leqslant S_{i3} \\[2mm] \dfrac{S_{i2} - X_i}{S_{i2} - S_{i3}}, & S_{i3} < X_i < S_{i2} \\[2mm] 0。 & X_i \geqslant S_{i2} \end{cases}$$

上面各式中 f 为隶属函数；X 为各因子的实测值；i 为某评价参数；S 为海水标准值；下标 1、2、3 为对应的海水标准级别。根据上述各式求出 i 因子分别对各级海水的隶属度，并由此确定模糊矩阵 $\boldsymbol{R}$。

$$\boldsymbol{R} = \begin{Bmatrix} f_{11}, f_{12}, f_{13} \\ f_{21}, f_{22}, f_{23} \\ \cdots\cdots \\ f_{i1}, f_{i2}, f_{i3} \end{Bmatrix}$$

（3）权重的计算

这里采用污染因子贡献率权重，因为各因子对富营养化的贡献率大小不同。

公式

$$W_i = X_i/\overline{S}_i, \quad \overline{S}_i = \frac{1}{3}\sum_{j=1}^{3} S_{ij}$$

对于 DO，则有

$$W_i = \overline{S}_i/X_i,$$

对 W_i 做归一化处理，则

$$\overline{W} = W_i \Big/ \sum_{i=1}^{n} W_i$$

组成模糊向量 $\boldsymbol{A} = \{\overline{W}_1, \overline{W}_2, \cdots, \overline{W}_n\}$。上列各式中 i 为各单项因子，X_i 为 i 因子的实测值，S_{ij} 为 i 因子 j 级海水标准值（这里为 3 级标准），$\overline{S}_i$ 为 i 因子的各级海水标准值的平均值，n 为进行评价的因子的个数（这里 $n=5$）。

（4）综合评价

综合评价矩阵 $\boldsymbol{Y} = \boldsymbol{A} \times \boldsymbol{R}$。$\boldsymbol{Y}$ 这里为 1×3 矩阵，分别表示对 Ⅰ、Ⅱ、Ⅲ 级的隶属度，以隶属度最大的等级为该处海水的富营养化等级。

（二）统计学方法在近海富营养化评价中的应用

统计学方法包括主成分分析、聚类分析等多元统计分析方法。主成分分析是利用降维的思想，在损失很少信息的前提下把多个原始变量转化为几个主成分，每个主成分都是原始变量的线性组合，这样在研究复杂问题时就可以只考虑少数几个主成分而不至于损失太多信息，从而更容易抓住主要矛盾，揭示事物内部变量之间的规律性，得到对事物特征及其发展规律的一些深层次的认识。目前，统计学方法已经被广泛应用于河流、湖泊及沿海水域的水质和富营养化评价中。Reisenhofer 等（1995）对意大利东北部的San Daniele 湖与富营养化有关的 8 个变量进行了主成分分析；Ceballos 等（1998）利用主成分分析使数据结构简化以便快速监测水库富营养化程度。研究者利用探索性分析方法评估了河流水质的季节性和空间变化趋势（Ouyang，2005；Singh et al.，2005；Perona et al.，1999；Vega et al.，1998）。在近海水质和富营养化的研究中，林小苹等（2004）运用主成分分析评价了目标海域各部分的富营养化状态，并在此基础上运用聚类分析对评价海域不同部分的富营养化状态进行分析，得到了评价海域的富营养化状态及分布特征，取得了良好的评价效果；Lundberg 等（2005）研究者利用主成分方法分析了 Finland 湾富营养化的时空变化；Solidoro 等（2004）运用主成分-聚类分析等方法研究了 Venice 潟湖富营养化水平的空间分布特征。

Lundberg 等（2005）利用总氮、总磷、透明度、溶解氧和叶绿素 a 等物理、化学和生物参数，采用主成分方法对 Finland 湾 1980～2002 年的富营养化进行了评价，结果表明，Finland 湾近海和外海的富营养化程度差异较大，但东部水域与西部水域的差异不明显；在调查期间，该湾靠近陆地的群岛附近水体富营养化程度变化较大，而远离陆地的群岛附近水体富营养化程度随时间的变化不大。

Solidoro 等（2004）选择与"营养"有关的参数，包括叶绿素 a、悬浮体、溶解有机碳、氨氮、硝酸盐和磷酸盐等，以及物理参数，包括温度、盐度和水体滞留时间等，采用主成分和聚类分析等研究了 Venice 潟湖的营养水平，研究发现，主成分 1 主要体现了营养盐和叶绿素 a 水平，而主成分 2 主要反映了溶解有机碳。从空间分布上，主成分 1 从北向南、从近岸到远岸呈降低趋势，表明了该湖富营养化水平的空间变化趋势。

四、基于压力—状态—响应模型的近海富营养化综合评价体系

前面第一章介绍了近海富营养化概念模型的发展过程。实际上，近海富营养化评价方法也经历相似的发展阶段，随着人们对近海富营养化概念认识的不断深入，富营养化评价理论与方法也发生了相应的变化。前面所介绍的 3 种评价方法都是建立在早期近海富营养化概念模型，即营养盐"负荷-响应"模型的基础上，只是不同的方法在选取评价参数、响应因子以及采用的数值分析方法有所不同。

正如前面所介绍的那样，随着人们对近海富营养化认识的进一步深入，早期近海富营养化概念模型暴露出许多问题，仅仅建立在"负荷-响应"模型基础上的富营养化评价方法也难以全面反映近海富营养化的特点和水平。随着现代近海富营养化概念模型的提出，人们也开始尝试一种新的评价方法，即建立在"压力-状态-响应"基础上的近海富营养化评价体系。其中，最为著名的是美国"国家河口富营养化评价方法"（National Estuarine Eutrophication Assessment，NEEA）（Bricker et al.，1999），并在2003 年又做了进一步的改进和完善，形成了目前广泛使用的"河口营养状况评价模型"（ASSETS）（Bricker et al.，2003）；除此之外，2001 年欧盟也在"压力-状态-响应"概念模型基础上提出了"OSPAR 综合评价法"（OSPAR，2003）。

（一）NEEA/ASSETS 方法

　　NEEA 近海河口富营养化评价方法是美国海洋大气管理局（NOAA）在对美国 138 个河口富营养化调查基础上，历经 7 年、近 300 多个专家参与，于 1999 年提出的美国国家河口水域富营养化综合评价方法（Bricker et al.，1999）。该方法主要针对生态系统的直接和间接响应，将富营养化症状分为初级症状和次级症状。初级症状包括：透光度降低、藻类优势种改变、有机物质增加等；次级症状包括：沉水植被消失、有毒有害藻华发生、低氧区形成等（图 3-98）。根据富营养化症状的表现程度，初级症状和次级症状又分别划分成低、中、高 3 种水平。将初级症状、次级症状以及不同症状水平相结合，富营养化水平分为低、中低、中、中高、高 5 个级别，形成了一个富营养化当前状态的评价矩阵（图 3-99）。在此基础上，进一步结合人类活动的影响（营养盐输入）、富营养化的潜在危害，对美国 138 个河口水域富营养化做出综合性评价。

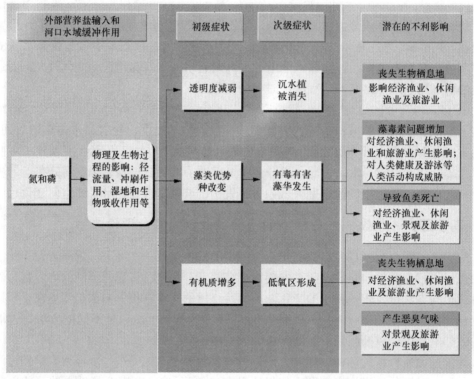

图 3-98　NEEA 使用的富营养化评价模型图

　　NEEA 方法是目前近海河口富营养化评价最为全面和客观的方法，其数据收集全面，富营养化状态划分科学，在对美国 138 个河口富营养化状态进行评价后，取得了令人满意的结果。

　　2003 年 Bricker 等（2003）对 NEEA 方法又做了进一步的改进和完善，提出了 ASSETS 富营养化评价模型。该模型更加细化和量化了评价指标，更加体现出"压力、状态、响应"三者结合的评价特点，是一个改进版的 NEEA 富营养化综合评价体系（图 3-100）。

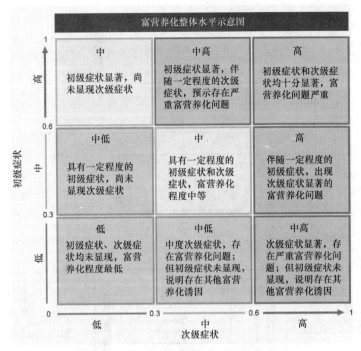

图 3-99　NEEA 富营养化评价矩阵模型图

如图 3-100 所示，ASSETS 方法主要评价步骤如下。

1）将评价河口水域分为 3 个盐度区：感潮淡水区（$S<0.5$）、混合区（$S=0.5\sim25$）和海水区（$S>25$）；ASSETS 方法通常要求使用的评价标准在所有评价水域相同，以确保评价结果的可比性。

2）将外界营养盐（主要为氮、磷）输入作为人类活动对河口水域富营养化的主要压力，结合河口水域的缓冲作用，作为总的人为影响（overall human influence，OHI）；ASSETS 方法根据近海生态系统特点，用人类活动产生的 DIN 浓度相对比例代表 OHI；并根据 DIN 浓度比例，将人为影响划分为高、中高、中、中低、低 5 个水平，相应的等级为 1～5 级。

3）对富营养化各种初级症状和次级症状的空间覆盖度、症状持续期和症状频率等进行评分；进一步将富营养化初级症状和次级症状分为高、中、低 3 个水平；综合初级症状和次级症状，并给予次级症状较高的权重，作为富营养化现状（overall eutrophic condition，OEC）。ASSETS 方法也将 OEC 分为高、中高、中、中低、低 5 个级别，分别对应 1～5 级。

4）根据未来营养盐的可能变化、河口水域营养盐敏感性分析等，预测生态系统的进一步响应（determining future outlook，DFO）。ASSETS 方法将 DFO 分为：明显恶化、有所恶化、不变化、有所好转、明显好转 5 种情况，相对应为 1～5 级。

5）综合 OHI、OEC 和 DFO 的评价等级，得出河口水域富营养化的综合评价结果：共分五级，分别为优、良、中、差、劣。其中，OHI 和 OEC 的分值在最后的综合评价中占主要地位。

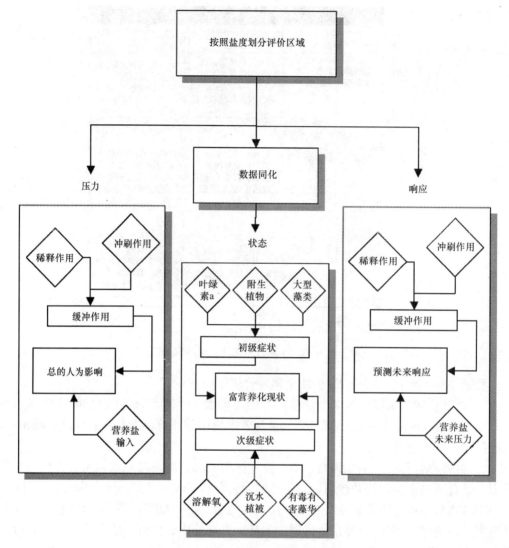

图 3-100　ASSETS 富营养化评价模型图

目前，NEEA/ASSETS 方法已在北美、欧洲等许多近海河口水域富营养化评价中使用，成为目前全球近海富营养化评价影响最为广泛的方法之一。但是由于该方法建立在美国各个河口的基础之上，许多标准和参数具有局限性，特别是全球不同地域的河口具有不同的特点，目前该方法并非全球通用。另外，NEEA/ASSETS 方法需要长时间、大量的综合性调查数据支持，如在进行美国河口富营养化评价时，使用长达 30 年的历史监测资料，对一些缺乏长期和综合性监测资料的河口水域，该方法难以使用。

（二）OSPAR 综合评价法

与美国的 NEEA/ASSETS 方法类似，欧盟奥斯陆-巴黎协作委员会在 2003 年也提出了基于压力-状态-响应概念模型的近海富营养化综合评价方法（OSPAR Commission，2003）。

该方法与 NEEA/ASSETS 方法不同，OSPAR 综合评价法在评价标准上不采用统一标准，而是根据每个评价海域制订一套独立的背景值作为标准，这样能够更准确地区分人类活动影响和自然变化对评价海域富营养化形成的不同作用，充分体现了富营养化的人为性。另外，其评价采用"一损俱损"（one out，all out）原则，即各类别的分级和最终的定级取决于其中最差的级别，这与 NEEA/ASSETS 的压力-状态-响应分值的综合加权分级完全不同，因此在实际应用中更侧重于近海海域。

OSPAR 综合评价模型如图 3-101 所示，主要由 4 类评价因子和标准构成，见表 3-19。

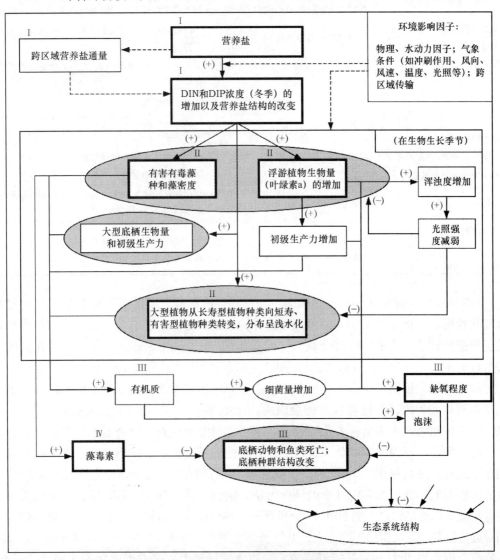

图 3-101 OSPAR 富营养化综合评价模型示意图

加黑方框表示用于评价的标准和水平参数，其中生物因子用阴影表示；带"（＋）"和"（－）"的实线箭头分别表示"促进作用增强"和"抑制作用增强"；虚线箭头表示"有影响"。Ⅰ 表示 Ⅰ 类评价因子：营养盐增加的程度（原因因子）；Ⅱ 表示 Ⅱ 类评价因子：营养盐增加的直接效应；Ⅲ 表示 Ⅲ 类评价因子：营养盐增加的间接效应；Ⅳ 表示 Ⅳ 类评价因子：营养盐增加可能产生的其他效应

表 3-19 OSPAR 方法的评价因子和标准

评价因子		参考标准
I 类评价因子 主要反映营养盐的增加程度	河流和直排入海的总氮（TN）、总磷（TP）输入量	与以前相比，其输入量增加或有增加趋势
	冬季无机氮（DIN）浓度和（或）无机磷（DIP）浓度	浓度增加，高出相关盐度的区域背景值 50% 以上
	冬季 N/P 值	相对 Redfield N/P=16，N/P 值增加（>25）
II 类评价因子 主要反映生物生长季节营养盐增加的直接效应	叶绿素 a 浓度的最大值和平均值	浓度增加，高于评价海域背景值的 50% 以上
	浮游植物有毒有害种类与浓度	与以前相比，藻华发生频率、持续时间以及有毒藻细胞的浓度增加
	大型植物，包括区域性特有的大型藻类	从长寿型植物种类向短寿、有害型植物种类转变
III 类评价因子 主要反映生物生长季节营养盐增加的间接效应	缺氧程度	溶氧水平降低 <2mg/L，缺氧窒息、中毒 2~6 mg/L，氧含量不足
	底栖动物改变（死亡）和鱼类死亡	由于缺氧或有毒藻导致的底栖动物和鱼类死亡底栖动物生物量和种类组成发生长期变化
	有机碳/有机质	与"缺氧程度"有关，强调一些典型区域有机碳/有机质的增加程度
IV 类评价因子 主要反映生物生长季节营养盐增加的其他可能效应	藻毒素 （贝类感染 DSP/PSP 事件）	与"浮游植物有毒有害种类与浓度"有关，强调贝毒事件的发生频率和影响范围

OSPAR 综合评价法的评价步骤为：①根据评价标准，了解各评价参数的变化趋势和变化程度；②将 4 个类别的评价因子合并为 3 组，即 I、II、III+IV；③对所有的相关资料进行评价；④最后综合分级为"问题海域"（problem area，PA）、"潜在问题海域"（potential problem area，PPA）和"无问题海域"（no problem area，NPA）。

问题海域：证据表明人为富营养化已经对海洋生态系统造成不良影响的海域；潜在问题海域：人为的营养盐输入可能会对海洋生态系统造成不良影响的海域；无问题海域：尚无证据表明人为富营养化已经或将来可能对海洋生态系统造成不良影响的海域。

综上所述，近海富营养化评价理论与方法的发展过程，反映出人们对近海富营养化的认识过程。从与早期"负荷-响应"概念模型相对应的单因子评价方法、综合指数评价方法以及利用软计算和统计学的评价方法，到建立在"压力-状态-响应"现代近海富营养化概念模型基础之上的 NEEA/ASSETS、OSPAR 等综合评价方法，均反映出随着人们对近海富营养化认识的不断深入，其评价理论和方法也在不断地改进和完善中。前面第一章曾介绍了 21 世纪新一代近海富营养化概念模型将着重研究近海生态系统对"压力"信号的缓冲作用（filter）机制、营养负荷与其他近海生态系统"压力"的相互作用以及生态系统在多重压力下的响应、从地球系统的角度分析近海富营养化对人类生存和发展的影响等问题（Cloern，2001）。所以，新一代的近海富营养化评价方法也将会随着这些问题的研究进展和更多先进技术和方法的出现，在上述方面得到进一步完善和发展，使近海富营养化评价更加科学和准确，成为近海生态环境保护与管理的重要科学依据。

（本节著者：俞志明　柴　超　袁涌铨）

第六节　长江口水域富营养化现状评价

上节详细介绍了目前近海富营养化的主要评价方法，包括：以淡水湖泊富营养化评价方法为基础的单因子评价方法，以 E 值、NQI、TRIX 指数为代表的综合指数评价方法，利用软计算和统计学方法建立的富营养化评价方法，以及基于"压力-状态-响应"模型的近海富营养化综合评价方法等。由此可见，目前近海富营养化的评价方法较多，尚没有统一的标准。在实际应用过程中，人们大多根据不同的客观条件和需求，选择相应的评价方法。

长江口水域是我国近海最为严重的富营养化水域之一，迫切需要一个科学、准确的方法对其富营养化程度作出客观评估，这无论对进一步揭示该水域的富营养化特点，还是对政府部门的行政管理都十分必要。为此，作者根据 2004～2005 年连续 8 个航次的长江口水域季节监测调查，分别使用以上方法对调查水域富营养化水平进行了评价。比较了不同评价结果之间的差异和特点，参考 NEEA/ASSETS 方法，提出了以"压力-状态-响应"概念模型为基础的、适宜于长江口水域富营养化特点的富营养化综合评价方法（comprehensive assessment of eutrophication in Changjiang River estuary，CAECRE）。

一、综合指数方法在长江口水域富营养化评价中的应用

（一）E 值评价（陈鸣渊，2006）

根据 2004 年、2005 年各季度表层水体的现场监测数据，求各站位年度的平均值，利用公式：

$$E = \mathrm{COD}(\mathrm{mg/L}) \times \mathrm{DIN}(\mathrm{mg/L}) \times \mathrm{DIP}(\mathrm{mg/L}) \times 10^6/4500$$

计算获得长江口水域各站位表层水体年度平均 E 值（表 3-20，表 3-21），$E>1$ 定义为富营养化。根据表 3-20 和表 3-21 对各站位富营养化的评价结果，进一步得到 2004 年和 2005 年长江口水域表层水体富营养化的分布情况，如图 3-102 所示。

表 3-20　2004 年各站点 E 值

站位	COD /(mg/L)	DIN /(mg/L)	DIP /(mg/L)	E	站位	COD /(mg/L)	DIN /(mg/L)	DIP /(mg/L)	E
2	0.493	0.219	0.015	0.4	17	1.453	0.479	0.018	2.7
5	0.817	0.261	0.019	0.9	18	1.119	0.344	0.017	1.4
6	0.562	0.280	0.018	0.6	19	0.863	0.091	0.018	0.3
11	1.201	0.406	0.019	2.1	20	0.719	0.066	0.028	0.3
12	0.790	0.148	0.017	0.4	22	2.674	0.855	0.027	13.8
13	0.587	0.108	0.018	0.3	23	2.329	0.632	0.022	7.3
14	0.574	0.112	0.015	0.2	25	1.117	0.376	0.023	2.1
16	1.973	0.552	0.030	7.2	29	1.818	0.691	0.027	7.6

续表

站位	COD /(mg/L)	DIN / (mg/L)	DIP /(mg/L)	E	站位	COD /(mg/L)	DIN /(mg/L)	DIP /(mg/L)	E
30	1.532	0.585	0.030	5.9	37	2.092	1.388	0.022	14.2
32	1.095	0.321	0.016	1.3	38	1.895	1.278	0.026	14.1
33	1.246	0.238	0.016	1.1	39	2.104	1.501	0.029	20.5
35	1.966	1.287	0.020	11.4	40	2.061	1.326	0.035	21.4

表 3-21　2005 年各站位 E 值

站位	COD /(mg/L)	DIN / (mg/L)	DIP /(mg/L)	E	站位	COD /(mg/L)	DIN /(mg/L)	DIP /(mg/L)	E
2	1.260	0.437	0.018	2.2	21	2.979	1.209	0.043	34.1
3	1.689	0.319	0.013	1.6	22	2.485	1.072	0.036	21.4
5	1.356	0.471	0.016	2.3	23	2.466	0.992	0.034	18.4
6	1.228	0.484	0.018	2.4	24	1.578	0.885	0.037	11.4
7	1.729	0.263	0.015	1.6	25	1.128	0.554	0.023	3.2
8	1.795	0.142	0.014	0.8	26	0.947	0.233	0.014	0.7
9	1.655	0.923	0.032	10.9	27	0.848	0.109	0.011	0.2
10	1.501	0.676	0.029	6.5	30	1.982	0.758	0.033	11.0
11	1.813	0.749	0.024	7.4	31	1.595	0.569	0.025	5.0
12	1.224	0.425	0.022	2.5	32	1.381	0.228	0.019	1.4
13	1.280	0.242	0.013	0.9	33	0.795	0.222	0.015	0.6
14	0.819	0.116	0.012	0.3	34	0.745	0.070	0.008	0.1
16	1.481	1.220	0.038	15.1	37	2.386	1.451	0.040	31.1
17	1.459	0.617	0.023	4.7	38	2.275	1.607	0.045	36.5
18	1.071	0.366	0.019	1.7	39	2.452	1.717	0.047	44.0
19	1.711	0.256	0.012	1.2	40	2.255	1.383	0.047	32.7
20	0.825	0.056	0.013	0.1					

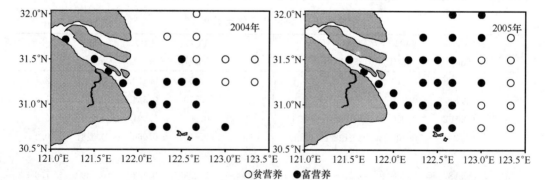

○贫营养　●富营养

图 3-102　E 值分布

（二）NQI 值评价（陈鸣渊，2006）

根据 2004 年、2005 年各季度表层水体的现场监测数据，求得各站位年度平均值，利用 NQI 的公式进行计算：

$$NQI = COD/COD_0 + DIN/DIN_0 + DIP/DIP_0 + Chla/Chla_0$$

分子项为各站位评价参数的平均值，分母项为各评价参数相对应的标准值。该标准值以国家海水水质标准（GB3097—1997）为基础，生物参数 Chla 则结合长江口水域的实际情况确定，具体数值见表 3-22。

表 3-22　NQI 值评价的标准

指标	DIN/(mg/L)	DIP/(mg/L)	COD/(mg/L)	Chla/(μg/L)
标准值	0.5	0.045	3.0	5.0

根据 NQI 的计算公式，对各站位的 NQI 进行计算，结果见表 3-23、表 3-24。根据 NQI 值，定义各个站位的富营养化水平：NQI＞3 为富营养水平，NQI＜2 为贫营养水平，NQI 值介于 2 和 3 之间则为中等营养水平。根据该标准，长江口水域 2004 年、2005 年表层水体富营养化分布情况如图 3-103 所示。

表 3-23　2004 年各站位 NQI 值

站位	COD/(mg/L)	DIN/(mg/L)	DIP/(mg/L)	Chla/(μg/L)	NQI	站位	COD/(mg/L)	DIN/(mg/L)	DIP/(mg/L)	Chla/(μg/L)	NQI
2	0.493	0.219	0.015	5.155	2.0	22	2.674	0.855	0.027	1.156	3.6
5	0.817	0.261	0.019	2.767	1.8	23	2.329	0.632	0.022	0.663	2.8
6	0.562	0.280	0.018	1.797	1.6	25	1.117	0.376	0.023	0.680	1.9
11	1.201	0.406	0.019	5.386	2.8	29	1.818	0.691	0.027	0.624	2.9
12	0.790	0.148	0.017	0.363	1.0	30	1.532	0.585	0.030	0.247	2.6
13	0.587	0.108	0.018	0.503	0.9	32	1.095	0.321	0.016	1.060	1.6
14	0.574	0.112	0.015	1.074	1.0	33	1.246	0.238	0.016	1.113	1.5
16	1.973	0.552	0.030	0.529	2.6	35	1.966	1.287	0.020	0.396	4.2
17	1.453	0.479	0.018	0.787	2.1	37	2.092	1.388	0.022	0.452	4.6
18	1.119	0.344	0.017	2.254	2.0	38	1.895	1.278	0.026	0.279	4.3
19	0.863	0.091	0.018	0.589	1.0	39	2.104	1.501	0.029	0.367	5.0
20	0.719	0.066	0.028	0.680	1.1	40	2.061	1.326	0.035	0.524	4.7

表 3-24　2005 年各站位 NQI 值

站位	COD/(mg/L)	DIN/(mg/L)	DIP/(mg/L)	Chla/(μg/L)	NQI	站位	COD/(mg/L)	DIN/(mg/L)	DIP/(mg/L)	Chla/(μg/L)	NQI
2	1.260	0.437	0.018	1.282	2.1	6	1.228	0.484	0.018	1.009	2.1
3	1.689	0.319	0.013	0.917	1.7	7	1.729	0.263	0.015	1.003	1.6
5	1.356	0.471	0.016	1.601	2.2	8	1.795	0.142	0.014	2.138	1.6

续表

站位	COD /(mg/L)	DIN /(mg/L)	DIP /(mg/L)	Chla /(μg/L)	NQI	站位	COD /(mg/L)	DIN /(mg/L)	DIP /(mg/L)	Chla /(μg/L)	NQI
9	1.655	0.923	0.032	2.229	3.9	24	1.578	0.885	0.037	1.390	3.7
10	1.501	0.676	0.029	1.881	3.1	25	1.128	0.554	0.023	0.897	2.4
11	1.813	0.749	0.024	0.970	3.1	26	0.947	0.233	0.014	1.044	1.3
12	1.224	0.425	0.022	1.194	2.1	27	0.848	0.109	0.011	1.342	1.0
13	1.280	0.242	0.013	1.379	1.5	30	1.982	0.758	0.033	2.144	3.6
14	0.819	0.116	0.012	1.564	1.1	31	1.595	0.569	0.025	1.426	2.7
16	1.481	1.220	0.038	1.707	4.6	32	1.381	0.228	0.019	1.959	1.7
17	1.459	0.617	0.023	1.800	2.8	33	0.795	0.222	0.015	1.067	1.3
18	1.071	0.366	0.019	2.430	2.1	34	0.745	0.070	0.008	0.713	0.7
19	1.711	0.256	0.012	2.024	1.8	37	2.386	1.451	0.040	3.088	5.7
20	0.825	0.056	0.013	1.091	0.9	38	2.275	1.607	0.045	3.652	6.3
21	2.979	1.209	0.043	8.480	6.4	39	2.452	1.717	0.047	5.264	7.0
22	2.485	1.072	0.036	6.969	5.5	40	2.255	1.383	0.047	3.889	5.8
23	2.466	0.992	0.034	1.879	4.2						

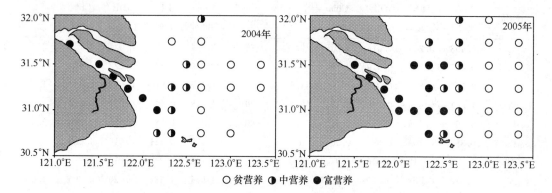

○ 贫营养   ◑ 中营养   ● 富营养

图 3-103   NQI 分布

由上述两种方法所得到的长江口水域富营养化的分布情况可见：使用 NQI 评价方法，该水域富营养化区域相对小一些；使用 E 值评价方法，富营养化区域相对大一些。这主要是由于两种评价方法对评价参数的权重程度不同所致：根据 NQI 公式的特点，当只有一项评价参数很高而其余评价参数较低时，该方法可以掩盖高评价参数的影响，导致 NQI 数值相对较低。长江口水域情况正是如此，水质指标大部分属于良好，只有 DIN 大幅超标。因此用 NQI 值评价长江口水域富营养化，可能会削弱 DIN 的影响。而 E 值公式中不含有生物相关的指标，而且从调查的数据看，长江口浑浊带以内的水域普遍存在高营养盐、低生物量的情况，因此用 E 值评价可能会夸大营养盐的作用，导致富营养化水平扩大。因此，评价长江口这样情况比较复杂水域的富营养化水平，NQI

值和 E 值的方法并不十分适用。

二、利用软计算和统计学建立的富营养化评价方法

（一）模糊综合评价（陈鸣渊等，2007）

本方法选取的评价参数包括：化学耗氧量（COD）、溶解无机氮（DIN）、活性磷酸盐（PO$_4$-P）、叶绿素 a(Chla)、溶解氧（DO），采用表层水的测定值。各个评价参数标准值主要参考国家海水水质标准（GB3097—1997），其中 Chla 没有相应标准，则根据长江口水域实际情况（周伟华等，2004；夏滨等，2001；沈新强等，1999），参考文献资料（林辉等，2002；郝建华等，2000；彭云辉和王肇鼎，1991）确定，具体数值见表 3-25。

表 3-25　长江口水域富营养化评价标准值

指标	COD/(mg/L)	DIN/(mg/L)	PO$_4$-P/(mg/L)	Chla/(μg/L)	DO/(mg/L)
Ⅰ（贫营养）	2	0.20	0.015	1	6
Ⅱ（中营养）	3	0.30	0.030	3	5
Ⅲ（富营养）	4	0.40	0.045	5	4

模糊综合评价的原理、方法和过程在上一节已经做了介绍，在此不做赘述。使用该方法对长江口水域表层水体富营养化的评价结果见表 3-26、表 3-27，具体分布情况如图 3-104 所示。

表 3-26　各站点平均富营养水平（2004 年）

站位	隶属度			等级	站位	隶属度			等级
	Ⅰ	Ⅱ	Ⅲ			Ⅰ	Ⅱ	Ⅲ	
2	0.506	0.037	0.457	Ⅰ	22	0.255	0.241	0.503	Ⅲ
5	0.561	0.439	0	Ⅰ	23	0.393	0.138	0.468	Ⅲ
6	0.644	0.356	0	Ⅰ	25	0.499	0.207	0.295	Ⅰ
11	0.310	0.037	0.653	Ⅲ	29	0.347	0.160	0.493	Ⅲ
12	0.959	0.041	0	Ⅰ	30	0.314	0.226	0.460	Ⅲ
13	0.936	0.064	0	Ⅰ	32	0.629	0.295	0.076	Ⅰ
14	0.994	0.006	0	Ⅰ	33	0.864	0.136	0	Ⅰ
16	0.343	0.228	0.428	Ⅲ	35	0.276	0.039	0.686	Ⅲ
17	0.526	0.027	0.447	Ⅰ	37	0.255	0.060	0.685	Ⅲ
18	0.525	0.332	0.142	Ⅰ	38	0.234	0.101	0.664	Ⅲ
19	0.949	0.051	0	Ⅰ	39	0.184	0.136	0.680	Ⅲ
20	0.665	0.335	0	Ⅰ	40	0.200	0.114	0.685	Ⅲ

表 3-27　各站点平均富营养水平（2005 年）

站位	隶属度			等级	站位	隶属度			等级
	I	II	III			I	II	III	
2	0.518	0.051	0.431	I	21	0.056	0.123	0.821	III
3	0.609	0.317	0.073	I	22	0.129	0.129	0.743	III
5	0.502	0.060	0.438	I	23	0.222	0.229	0.548	III
6	0.484	0.042	0.474	I	24	0.276	0.129	0.595	III
7	0.798	0.202	0.000	I	25	0.439	0.097	0.464	III
8	0.847	0.153	0.000	I	26	0.901	0.099	0.000	I
9	0.219	0.235	0.547	III	27	0.965	0.035	0.000	I
10	0.299	0.237	0.464	III	30	0.277	0.231	0.492	III
11	0.361	0.108	0.531	III	31	0.421	0.147	0.432	III
12	0.481	0.109	0.410	I	32	0.770	0.230	0.000	I
13	0.845	0.155	0.000	I	33	0.926	0.074	0.000	I
14	0.929	0.071	0.000	I	34	1.000	0.000	0.000	I
16	0.203	0.119	0.678	III	37	0.126	0.198	0.676	III
17	0.409	0.145	0.446	III	38	0.127	0.109	0.763	III
18	0.462	0.318	0.219	I	39	0.114	0.035	0.852	III
19	0.739	0.261	0.000	I	40	0.135	0.103	0.762	III
20	0.991	0.009	0.000	I					

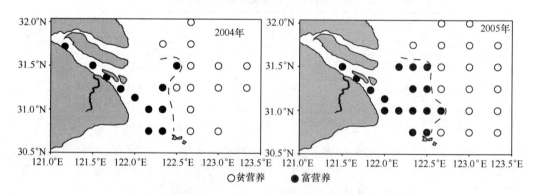

图 3-104　长江口海域海水营养状况

利用该方法对长江口水域富营养化的评价结果表明，可以将长江口水域富营养化水平以盐度为 20 的等值线（图中虚线）划分为两个区域：从长江口门内到 20 等盐线这个水域为长江冲淡水主要控制区域，氮、磷营养盐及有机物的浓度较高，海水富营养程度较高、水质较差；20 等盐线以外的水域，靠近外海，海水营养程度较低，水质较好。由于模糊综合评价方法考虑了不同因子的权重，其结果既不会像 NQI 方法那样削弱 DIN 的影响，也不会像 E 值方法那样夸大营养盐的作用，评价结果较 NQI 和 E 值方法更为合理。尽管如此，该方法仍然是建立在早期近海富营养化模型基础上的，过多地强调了导致富营养化的"负荷"因子，对富营养化症状——生态响应因子考虑较少。所以，对该水域富营养化的评价结果表现出与使用 NQI 和 E 值方法相同的变化趋势：富营养化水平由近岸向远海呈现逐步降低的趋势，充分反映出长江冲淡水对该水域富营养化的控制作用。

（二）人工神经网络评价方法（苏畅等，2008）

本方法采用人工神经网络模型中多层前馈神经网络模型的 BP 算法（简称为 BP 神经网络模型），评价参数选取 COD、DO、PO_4-P、DIN 和 Chla。BP 网络结构分为 3 层，其中输入层有 5 个神经元（分别为 5 个评价参数），隐含层有 3 个神经元，输出层有 1 个神经元（图 3-105）。参考 GB3097—1997 海水水质标准和已有的研究成果，将长江口水域富营养化水平评价标准分为 3 级，将 3 类营养等级的期望输出值分别定为贫营养（Ⅰ）、中营养（Ⅱ）和富营养（Ⅲ），见表 3-28。

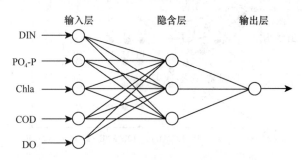

图 3-105　长江口水域富营养化评价的 BP 网络结构

表 3-28　长江口水域富营养评价标准

营养等级	DIN/(mg/L)	PO_4-P/(mg/L)	Chla/(μg/L)	COD/(mg/L)	DO/(mg/L)	期望输出值
Ⅰ（贫营养）	0.20	0.015	1	2	6	1
Ⅱ（中营养）	0.30	0.030	3	3	5	2
Ⅲ（富营养）	0.40	0.045	5	4	4	3

确立基本的模型后，可输入学习样本。用 MATLAB 中的 rand 函数在每个评价等级规定的范围内进行随机取值，共生成 750 个学习样本。网络经过学习训练后，根据 2004 年、2005 年各季度的现场监测数据，求出各站位年度平均值，将其输入到网络模型中，对长江口水域富营养化进行评价，评价结果如图 3-106 所示。

该评价结果与模糊综合方法结果相似：从河口到 122°20′E 这一水域均呈现富营养化，其中 2005 年富营养化水域扩展至 122°40′E，较 2004 年的富营养化水域更多，与前面使用其他评价方法所得结果表现出相同的变化趋势。

（三）统计学评价方法（柴超等，2007）

根据 2004 年 2 月、5 月、8 月、11 月在长江口水域的现场调查资料，选择表层水

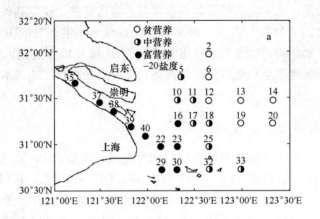

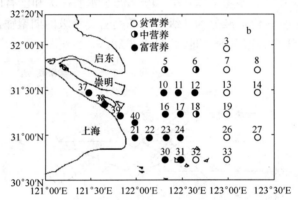

图 3-106　长江口水域富营养化评价结果

a. 2004 年；b. 2005 年

体 8 个与富营养化有关的特征参数，包括 NO_3^-、NH_4^+、PO_4^{3-}、TN、TP、COD、Chla 和浮游植物细胞密度，利用 STATISTICA 统计分析软件进行主成分分析。

按照特征根大于或等于 1 的标准，提取了 3 个可以解释原始 8 个变量信息 74.8% 的主成分。根据各主成分的贡献率及在不同变量上的载荷可以看出（表 3-29），主成分 1（PC1）描述原始变量信息的 32.59%，在 COD、NO_3^-、NH_4^+、TN 上具有较高的载荷，因此主要反映了氮营养盐和有机污染状况；主成分 2（PC2）描述原变量信息的 20.56%，在 Chla 和浮游植物细胞密度上的载荷较高，主要反映了浮游植物生物量的特征，是生物因子；主成分 3（PC3）在 PO_4^{3-} 和 TP 上载荷较高，主要体现磷营养盐的特点，描述原变量信息的 21.65%。

表 3-29　因子载荷和贡献率

变量	PC1	PC2	PC3
COD	0.6657	0.2392	0.3402
NO_3^-	0.8027	0.1262	0.4144
NH_4^+	0.7697	−0.4667	−0.1574
PO_4^{3-}	0.1797	−0.1701	0.7175

续表

变量	PC1	PC2	PC3
TN	0.8644	0.0524	0.3076
TP	0.3732	0.0241	0.7607
Chla	0.0822	0.7289	−0.4800
细胞密度	0.0394	0.8889	0.0376
特征根	2.61	1.64	1.73
贡献率/%	32.59	20.56	21.65
累计贡献率/%	32.59	53.15	74.80

由于 PC1 主要反映有机污染和氮营养盐水平,因此可以通过分析各站位的 PC1 反映氮营养盐和有机污染状况:PC1 越高,其氮营养盐和有机污染就越严重。根据 2 月和 8 月的 PC1 的空间分布(图 3-107),PC1 从西向东存在降低的趋势,口门内及附近站位的 PC1 较高,靠近外海的各站位较低,说明该水域的氮营养盐和 COD 主要来源于河流输入。特别是在 37 号站和 39 号站的 PC1 高于其他站位,由于 37 号站位于石洞口排污口和吴淞口附近,39 号站位于白龙港排污口附近,工业和生活污水等点源输入导致氮营养盐和 COD 含量较高,使 PC1 达到最高值,因此人类排污是长江口水域富营养化形成的另一个重要原因。

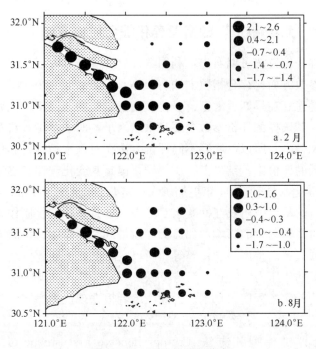

图 3-107 PC1 的空间分布

比较 4 个季节的 3 个主成分可以看出(图 3-108),反映氮营养盐和有机污染的 PC1 在春季略高于其他季节;体现 Chla 和细胞密度等浮游植物生物量信息的 PC2 在夏季最高,其次是春季,表现出该海域春夏两季的较强生物活动;反映磷营养盐特征的 PC3

在夏季较高。总体上，径流量较大的春夏季，长江口水域有机污染和营养盐的负荷较高，同时浮游植物生物活动较为活跃，因此，春夏季的富营养化状况更为严重，富营养化水平高于秋冬季。

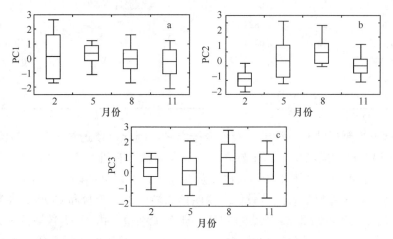

图 3-108　利用箱形-触须线图分析各主成分的季节性变化

箱形中间线为平均值，上、下端分别为平均值±标准偏差，上、下触须线分别表示

最大、最小值。a、b、c 分别代表 PC1、PC2、PC3 的变化

三、基于"压力-状态-响应"的富营养化综合评价方法

综合以上各种评价方法可以看出，利用软计算和统计学方法建立的富营养化评价方法，尽管在评价参数方面比综合指数方法有所增加，其评价的科学性方面也有所提高，但是这些方法都是建立在早期近海富营养化模型基础上的，过多地强调了导致富营养化的"负荷"因子，其选择的评价参数主要是水质因子，对一些指示富营养化程度的关键生态响应参数考虑较少。所以，尽管不同评价方法在对该水域富营养化的区域大小、富营养化的程度高低的评价中，结果上有所差异，但是其变化规律和趋势都是相同的。例如，2005 年富营养化水域较 2004 年更加扩大；富营养化程度由河口至外海呈现递减趋势等。利用这些方法都反映出长江冲淡水对该水域富营养化的控制作用，而没有反映出该水域一些特点对富营养化的影响，如最大浑浊带的缓冲作用；外海区有害藻华的频发问题；底层海水低氧区的扩展问题；等等。所以实际上，上述评价结果代表的是长江口水域富营养化状态的"压力"特点，没有反映其"状态"和"响应"，不能准确和客观地反映该水域富营养化的程度和水平。为此，笔者根据现代近海富营养化概念模型——"压力-状态-响应"模型，参考 NEEA/ASSETS 方法，建立了适应于长江口水域富营养化特点的综合评价模型和方法（comprehensive assessment of eutrophication in Changjiang River estuary，CAECRE）。

该模型的主要思想是：依据长江口水域特点，选择反映富营养化程度的水质和生态响应等评价参数，根据各评价参数的历史数据、当前数据和海水水质标准，设置长江口水域各评价参数的阈值和范围，确定长江口水域富营养化的评价标准。将各评价参数和标准整合，运用逐步逻辑决策方法，建立基于"压力-状态-响应"富营养化模型的综合评价方法。

（一）评价指标体系和阈值

根据长江口水域特点，选择了反映富营养化程度的水质状态和生态响应等模块，构建了水质状态—生态响应评价体系（表 3-30）。水质状态模块中的评价参数包括溶解无机氮、磷酸盐和化学耗氧量，生态响应模块中的评价参数包括直接响应评价参数和间接响应评价参数。直接响应评价参数包括浮游植物叶绿素 a、甲藻细胞丰度比例（甲藻细胞丰度占全部浮游植物细胞丰度的比例）和大型藻问题；间接响应评价参数包括有毒有害藻华和底层水体溶解氧。

表 3-30　富营养化综合评价指标体系

评价类别		评价参数
水质状态		溶解无机氮
		磷酸盐
		化学耗氧量
生态响应	直接响应	浮游植物叶绿素 a
		甲藻细胞丰度比例
		大型藻问题
	间接响应	有毒有害藻华
		底层水体溶解氧

依据各评价参数的历史数据、当前数据和我国海水水质标准，设置了长江口水域各评价参数的阈值和范围，见表 3-31。

表 3-31　长江口水域富营养化各指标评价阈值

评价类别	评价参数	等级				
		好	较好	中	差	很差
水质状态	溶解无机氮/(mg/L)	≤0.2	>0.2，≤0.3	>0.3，≤0.4	>0.4，≤0.5	>0.5
	磷酸盐/(mg/L)	≤0.015	>0.015，≤0.03	>0.03，≤0.045	>0.045	
	化学需氧量/(mg/L)	≤2	>2，≤3	>3，≤4	>4，≤5	>5
生态响应	叶绿素 a/(μg/L)	≤1	>1，≤3	>3，≤5	>5	
	甲藻细胞丰度比例/%	≤1	>1，≤10	>10，≤20	>20	
	底层溶解氧/(mg/L)	>5	>2，≤5	>0，≤2	0	

（二）长江口水域富营养化综合评价方法

长江口水域富营养化综合评价过程如图 3-109 所示。

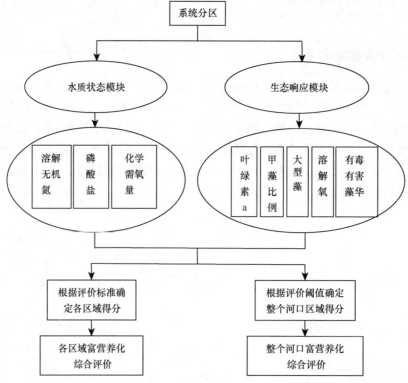

图 3-109　长江口水域富营养化评价流程图

1. 评价范围分区

根据长江口水域水文、理化和生物特点，将长江口水域划分为口门内、浑浊带和外海区 3 个区域。口门内指 122°E 以西水域，浑浊带指 122～122.3°E 水域，外海区指 122.3°E 以东水域。

2. 构建长江口水域富营养化评价的水质状态模块

根据累积百分数为 90% 所对应的各水质状态指标的浓度值、空间覆盖率和出现频率，依据水质指标逻辑决策得分表（表 3-32），确定水质状态评价指标的得分。

表 3-32　水质指标逻辑决策得分表

水质状态参数	浓度	空间覆盖率/%	频率	得分
溶解无机氮 /(mg/L)	>0.5	50～100	持续发生，周期性发生，偶尔发生	1
		25～50	持续发生，周期性发生	1
		25～50	偶尔发生	0.75
		0～25	持续发生，周期性发生	0.75
		0～25	偶尔发生	0.5
		未知	任何频率	0.75

续表

水质状态参数	浓度	空间覆盖率/%	频率	得分
溶解无机氮/(mg/L)	>0.4，≤0.5	50~100	持续发生，周期性发生，偶尔发生	0.75
		25~50	持续发生，周期性发生	0.75
		25~50	偶尔发生	0.5
		0~25	持续发生，周期性发生	0.5
		0~25	偶尔发生	0.25
		未知	任何频率	0.5
	>0.3，≤0.4	50~100	持续发生，周期性发生，偶尔发生	0.5
		25~50	持续发生，周期性发生	0.5
		25~50	偶尔发生	0.25
		0~25	持续发生，周期性发生	0.25
		0~25	偶尔发生	0
		未知	任何频率	0.25
	>0.2，≤0.3	50~100	持续发生，周期性发生，偶尔发生	0.25
		25~50	持续发生，周期性发生	0.25
		0~25	持续发生，周期性发生	0
		0~50	偶尔发生	0
		未知	任何频率	0
	≤0.2	任何覆盖率	任何频率	0
	未知	未知	未知	不参与计算
磷酸盐/(mg/L)	>0.045	50~100	持续发生，周期性发生，偶尔发生	1
		25~50	持续发生，周期性发生	1
		25~50	偶尔发生	0.75
		0~25	持续发生，周期性发生	0.75
		0~25	偶尔发生	0.5
		未知	任何频率	0.75
	>0.03，≤0.045	50~100	持续发生，周期性发生，偶尔发生	0.75
		25~50	持续发生，周期性发生	0.75
		25~50	偶尔发生	0.5
		0~25	持续发生，周期性发生	0.5
		0~25	偶尔发生	0.25
		未知	任何频率	0.5
	>0.015，≤0.03	50~100	持续发生，周期性发生，偶尔发生	0.5
		25~50	持续发生，周期性发生	0.5
		25~50	偶尔发生	0.25
		0~25	持续发生，周期性发生	0.25
		0~25	偶尔发生	0
		未知	任何频率	0.25
	≤0.015	任何覆盖率	任何频率	0
	未知	未知	未知	不参与计算

水质状态参数	浓度	空间覆盖率/%	频率	得分
化学需氧量 /(mg/L)	>5	50～100	持续发生，周期性发生，偶尔发生	1
		25～50	持续发生，周期性发生	1
		25～50	偶尔发生	0.75
		0～25	持续发生，周期性发生	0.75
		0～25	偶尔发生	0.5
		未知	任何频率	0.75
	>4，≤5	50～100	持续发生，周期性发生，偶尔发生	0.75
		25～50	持续发生，周期性发生	0.75
		25～50	偶尔发生	0.5
		0～25	持续发生，周期性发生	0.5
		0～25	偶尔发生	0.25
		未知	任何频率	0.5
	>3，≤4	50～100	持续发生，周期性发生，偶尔发生	0.5
		25～50	持续发生，周期性发生	0.5
		25～50	偶尔发生	0.25
		0～25	持续发生，周期性发生	0.25
		0～25	偶尔发生	0
		未知	任何频率	0.25
	>2，≤3	50～100	持续发生，周期性发生，偶尔发生	0.25
		25～50	持续发生，周期性发生	0.25
		0～25	持续发生，周期性发生	0
		0～50	偶尔发生	0
		未知	任何频率	0
	≤2	任何覆盖率	任何频率	0
	未知	未知	未知	不参与计算

每个区域水质状态的表达水平为多个评价参数得分的平均值。

全水域的状态表达水平：

1) 首先确定：每一个评价参数的水平（S），

$$S = \sum_{1}^{n} \frac{区域面积}{河口总面积} \times 区域得分 \quad n：河口分区数。$$

2) 其次确定：总的状态表达水平（P），$P = \frac{1}{p} \sum_{1}^{p} S \quad p：评价参数的个数。$

计算水质状态的表达水平后，根据水质状态等级表确定水质状态等级（表 3-33）。

表 3-33　水质状态等级表

水质状态表达水平	水质状态等级	水质状态表达水平	水质状态等级
≤0.2	1	>0.6，≤0.8	4
>0.2，≤0.4	2	>0.8，≤1	5
>0.4，≤0.6	3		

3. 构建长江口水域富营养化评价的生态响应模块

（1）直接响应

根据叶绿素 a 和甲藻细胞丰度比例累积百分数为 90％ 时所对应的数值和大型藻问题状况、空间覆盖率和出现频率，依据直接响应参数逻辑决策得分表（表 3-34），确定直接响应评价参数的得分。

表 3-34　直接响应参数逻辑决策得分表

直接响应参数	浓度	空间覆盖率/％	频率	得分
叶绿素 a /(μg/L)	>5	50~100	持续发生，周期性发生，偶尔发生	1
		25~50	持续发生，周期性发生	1
		25~50	偶尔发生	0.75
		0~25	持续发生，周期性发生	0.75
		0~25	偶尔发生	0.5
		未知	任何频率	0.75
	>3，≤5	50~100	持续发生，周期性发生，偶尔发生	0.75
		25~50	持续发生，周期性发生	0.75
		25~50	偶尔发生	0.5
		0~25	持续发生，周期性发生	0.5
		0~25	偶尔发生	0.25
		未知	任何频率	0.5
	>1，≤3	50~100	持续发生，周期性发生	0.5
		25~50	持续发生，周期性发生	0.5
		50~100	偶尔发生	0.5
		0~25	持续发生，周期性发生	0.25
		0~50	偶尔发生	0.25
		未知	任何频率	0.25
	≤1	任何覆盖率	任何频率	0
	未知	未知	未知	不参与计算

续表

直接响应参数	浓度	空间覆盖率/%	频率	得分
甲藻细胞丰度比例/%	>20	50～100	持续发生，周期性发生，偶尔发生	1
		25～50	持续发生，周期性发生	1
		25～50	偶尔发生	0.75
		0～25	持续发生，周期性发生	0.75
		0～25	偶尔发生	0.5
		未知	任何频率	0.75
	>10，≤20	50～100	持续发生，周期性发生，偶尔发生	0.75
		25～50	持续发生，周期性发生	0.75
		25～50	偶尔发生	0.5
		0～25	持续发生，周期性发生	0.5
		0～25	偶尔发生	0.25
		未知	任何频率	0.5
	>1，≤10	50～100	持续发生，周期性发生，偶尔发生	0.5
		25～50	持续发生，周期性发生	0.5
		25～50	偶尔发生	0.25
		0～25	持续发生，周期性发生	0.25
		0～25	偶尔发生	0
		未知	任何频率	0.25
	≤1	任何覆盖率	任何频率	0
	未知	未知	未知	不参与计算

直接响应参数	问题状况	空间覆盖率/%	频率	得分
大型藻问题	观测到	25～100	持续发生，周期性发生	1
		0～25	持续发生，周期性发生	0.75
		25～100	偶尔发生	0.75
		0～25	偶尔发生	0.5
		未知	任何频率	0.75
	未观测到			0
	未知	未知	未知	不参与计算

每个区域的直接响应表达水平为多个评价参数得分的平均值。

全水域的直接响应表达水平：

1）首先确定：每一个评价参数的水平（S），

$$S = \sum_1^n \frac{区域面积}{河口总面积} \times 区域得分 \quad n：河口分区数。$$

2）其次确定：总的响应表达水平（P），$P = \frac{1}{p} \sum_1^p S \quad p$：评价参数的个数。

（2）间接响应

根据溶解氧累积百分数为 10% 时所对应的数值和有毒有害藻华问题状况、空间覆盖率和出现频率，根据间接响应指标逻辑决策得分表（表 3-35），确定间接响应各评价参数的得分。

表 3-35　间接响应参数逻辑决策得分表

间接响应参数	浓度	空间覆盖率/%	频率	得分
溶解氧/(mg/L)	0	50～100	持续发生，周期性发生，偶尔发生	1
		25～50	持续发生，周期性发生	1
		25～50	偶尔发生	0.75
		0～25	持续发生，周期性发生	0.75
		0～25	偶尔发生	0.5
		未知	任何频率	0.75
	>0, ≤2	50～100	持续发生，周期性发生，偶尔发生	0.75
		25～50	持续发生，周期性发生	0.75
		25～50	偶尔发生	0.5
		0～25	持续发生，周期性发生	0.5
		0～25	偶尔发生	0.25
		未知	任何频率	0.5
	>2, ≤5	50～100	持续发生，周期性发生，偶尔发生	0.5
		25～50	持续发生，周期性发生	0.5
		25～50	偶尔发生	0.25
		0～25	持续发生，周期性发生	0.25
		0～25	偶尔发生	0
		未知	任何频率	0.25
	>5	任何覆盖率	任何频率	0
	未知	未知	未知	不参与计算

间接响应参数	问题状况	持续时间	频率	得分
有毒有害藻华	观测到	数周至数月	持续发生，周期性发生	1
		数周至数月	偶尔发生	0.75
		数天至一周	持续发生，周期性发生	0.75
		数天至一周	偶尔发生	0.5
		1 天	持续发生，周期性发生	0.5
		1 天	偶尔发生	0.25
		未知	任何频率	0.75
	未观测到			0
	未知	未知	未知	不参与计算

每个区域的间接响应表达水平：为多个评价参数得分的最高值。

全水域的响应表达水平：

1）首先确定：在确定每个响应的水平时，与状态评价方法相同，每一个评价参数的表达水平（S），

$$S = \sum_1^n \frac{\text{区域面积}}{\text{河口总面积}} \times \text{区域得分} \quad n\text{:河口分区数。}$$

2）在确定总的间接响应表达水平时，由每个间接响应表达水平中的最大值确定。

（3）生态系统响应评价

依据计算的直接和间接响应表达水平、直接和间接生态响应等级表（表 3-36），确定直接和间接响应等级，应用生态响应评价组合矩阵标准判别表评价生态系统响应等级，形成 1、2、3、4、5 共 5 种生态系统响应等级，如图 3-110 所示。

表 3-36　直接和间接生态响应等级表

直接和间接生态响应	等级
<0.33	低
≥0.33，<0.67	中
≥0.67，≤1	高

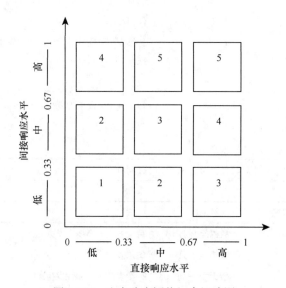

图 3-110　生态响应评价组合矩阵图

4. 构建长江口水域富营养化综合评价模块

根据水质状态和生态系统响应等级，参考美国 ASSETS 的富营养化综合评价分级方法（Bricker et al.，2003），得出富营养化综合评价表（表 3-37），根据该表确定长江口水域富营养化的综合评价等级，将该水域富营养化水平从低到高共分 1～5 级。

表 3-37　富营养化综合评价表

水质状态等级	生态系统响应等级	富营养化等级
1	1	1
1	2	2
1	3	3
1	4	3
2	1	1
2	2	2
2	3	3
2	4	4
2	5	4
3	1	2
3	2	2
3	3	3
3	4	4
3	5	5
4	1	2
4	2	3
4	3	3
4	4	4
4	5	5
5	2	3
5	3	4
5	4	5
5	5	5

（三）长江口水域富营养化评价系统软件操作平台

为了使富营养化综合评价过程更加规范、操作更加简便，笔者根据上述长江口水域富营养化综合评价模型和方法（CAECRE），运用 VBScript 语言，进一步开发、构建了该水域富营养化综合评价的软件操作系统（图 3-111a～f）。该系统是一个在 WEB 环境下，运用 ASP＋Access 技术构建而成的操作平台。该平台从信息技术角度，通过软件操作系统对长江口水域生态环境监测数据的后台运算，对水质状态和生态响应进行分析，通过上述富营养化综合评价模型，对长江口水域富营养化进行综合评价。

该系统含有评价参数、评价标准、水质状态和生态响应等数据计算模块，用户输入相关参数后，该系统进行后台运算，自动获得富营养化综合评价结果。主要操作步骤包括：系统登录、系统设置、基本信息、参数管理、评价结果、系统退出等。

系统登录，要求用户输入系统管理员分配给用户的“用户名称”、“用户密码”，以及系统自动生成的“验证码”等允许进入该操作系统的用户信息。

系统设置，主要用于用户进行密码修改和数据初始化等操作过程。

　　基本信息，包括"区域概况录入"和"区域信息管理"。系统允许用户进行区域概况录入，本系统将长江口水域划分为：口门内（122°E 以西区域）、浑浊区（122°～122.3°E）、口外近海（122.3°E 以东区域）3 个区域。系统要求用户输入富营养化评价区域的经度、纬度、面积以及所处的位置（口门内、浑浊区或口外近海等）。"区域信息管理"允许用户浏览、修改输入的区域信息，包括经度上界、经度下界、纬度上界、纬度下界、口门内面积、浑浊区面积、口外近海面积等。

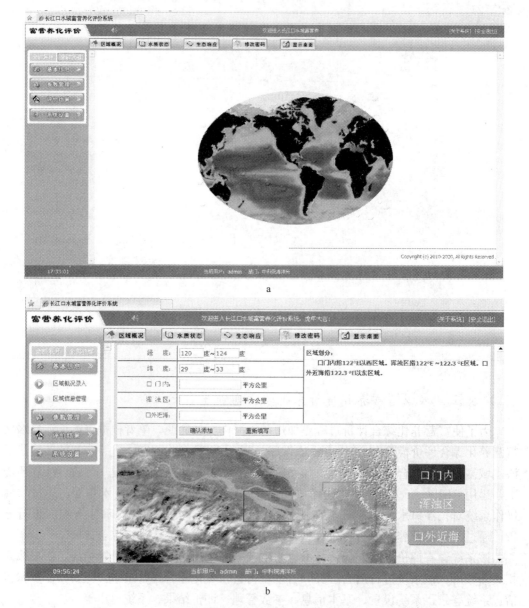

图 3-111　长江口水域富营养化综合评价软件操作系统平台界面图

c

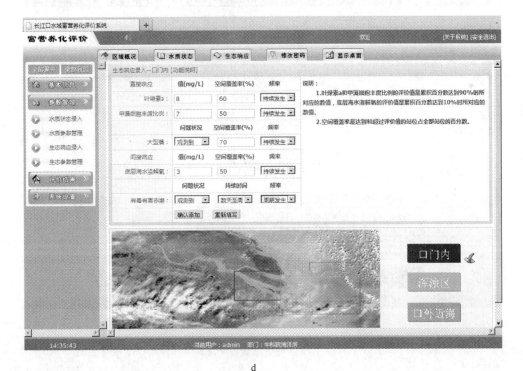

d

图 3-111（续）　长江口水域富营养化综合评价软件操作系统平台界面图

图 3-111（续）　长江口水域富营养化综合评价软件操作系统平台界面图

a. 系统登录界面；b. 评价区域录入界面；c. 水质状态录入界面；d. 生态响应录入界面；e. 评价参数得分界面；

f. 综合评价结果界面

　　参数管理，该部分包括水质状态录入、水质参数管理、生态响应录入、生态参数管理等内容。"水质状态录入"和"水质参数管理"要求用户选择富营养化评价的区域（口门内、浑浊区、口外近海），录入该区域的水质状态等参数，包括：溶解无机氮、活性磷酸盐、化学耗氧量、空间覆盖率、出现频率等，并允许用户浏览和修改。与之相同，"生态响应录入"和"生态参数管理"允许用户录入、浏览和修改所选评价区域的生态响应参数，包括直接响应和间接响应；直接响应参数的录入内容包括：叶绿素 a 值、叶绿素 a 频率、叶绿素 a 覆盖率、甲藻丰度比例值、甲藻丰度比例覆盖率、甲藻丰度比例频率、大型藻问题状况、大型藻空间覆盖率、大型藻频率等；间接响应参数的录入内容包括：底层海水溶解氧值、底层海水溶解氧覆盖率、底层海水溶解氧频率、有毒有害藻华问题状况、有毒有害藻华持续时间、有毒有害藻华发生频率等。

　　评价参数得分及综合评价结果，用户首先选择富营养化评价区域（口门内、浑浊区、口外近海），进入各评价参数得分窗口，查看关于各评价参数得分的说明。进一步点击界面"评价结果"栏下的"综合评价结果"，获得包括评价得分、评价等级等信息在内的评价区域富营养化综合评价结果。

　　上述软件操作平台大大提高了富营养化综合评价的运算效率，使长江口及邻近水域富营养化综合评价实现了系统化、规范化、自动化和普适化。

（四）2004～2006 年长江口水域富营养化综合评价

　　利用 CAECRE 综合评价模型和方法，运用上述软件操作平台，笔者对 2004～2006 年长江口水域口门内、浑浊带、外海区富营养化进行了综合评价。

　　根据评价标准，求得溶解无机氮、磷酸盐、化学耗氧量等累积百分数为 90％所对应的浓度值、空间覆盖率和出现频率，确定各水质状态评价参数的得分，见表 3-38。

表 3-38　水质状态评价参数得分

年份	参数	口门内和浑浊带				外海区			
		评价浓度	空间覆盖率/%	频率	得分	评价浓度	空间覆盖率/%	频率	得分
2004	溶解无机氮	1.5	86	持续发生	1	0.55	12	周期性发生	0.75
	磷酸盐	0.043	29	持续发生	0.75	0.028	66	持续发生	0.5
	化学需氧量	2.8	41	持续发生	0.25	1.5	任何覆盖率	任何频率	0
2005	溶解无机氮	1.6	95	持续发生	1	0.8	30	持续发生	1
	磷酸盐	0.054	39	持续发生	1	0.032	16	周期性发生	0.5
	化学需氧量	3.4	15	持续发生	0.25	2.05	13	周期性发生	0
2006	溶解无机氮	1.29	84	持续发生	1	0.44	6	周期性发生	0.5
	磷酸盐	0.056	23	周期性发生	0.75	0.038	21	周期性发生	0.5
	化学需氧量	2.7	22	持续发生	0	1.6	任何覆盖率	任何频率	0

　　根据水质状态的表达水平，确定了口门内、浑浊带、外海区和全水域水质状态等级，见表 3-39。在 2004～2005 年，口门内和浑浊带的水质状态呈 4 级，外海区的水质

状态呈 3 级，口门内和浑浊带的水质状态比外海区差。2006 年各区域的水质状态略有好转，但总体上整个长江口水域的水质状态等级在 2004～2006 年呈 3 级。

表 3-39　水质状态水平和等级

年份	区域	水质状态水平	水质状态等级
2004	口门内和浑浊带	0.67	4
	外海区	0.42	3
	全水域	0.5	3
2005	口门内和浑浊带	0.75	4
	外海区	0.5	3
	全水域	0.58	3
2006	口门内和浑浊带	0.58	3
	外海区	0.33	2
	全水域	0.42	3

根据评价标准，·求得浮游植物叶绿素 a、甲藻细胞丰度比例的累积百分数为 90％所对应的数值和大型藻问题状况、空间覆盖率和出现频率确定直接响应各评价参数的得分，见表 3-40。

表 3-40　直接响应评价参数得分

年份	参数	口门内和浑浊带				外海区			
		评价浓度	空间覆盖率/%	频率	得分	评价浓度	空间覆盖率/%	频率	得分
2004	叶绿素 a/(μg/L)	1.2	14	周期性发生	0.25	2.85	41	持续发生	0.5
	甲藻细胞丰度比例/%	未知		不参与计算		未知			不参与计算
	大型藻问题	未知		不参与计算		未知			不参与计算
2005	叶绿素 a/(μg/L)	2.1	36	持续发生	0.5	5.6	13	周期性发生	0.75
	甲藻细胞丰度比例/%	未知		不参与计算		未知			不参与计算
	大型藻问题	未知		不参与计算		未知			不参与计算
2006	叶绿素 a/(μg/L)	2.5	61	持续发生	0.5	5.2	11	周期性发生	0.75
	甲藻细胞丰度比例/%	3.8	35	持续发生	0.5	45	24	周期性发生	0.75
	大型藻问题	未知		不参与计算		未知			不参与计算

根据评价标准，求得间接响应参数有毒有害藻华的问题状况和底层水体溶解氧累积百分数为 10％所对应的浓度值、空间覆盖率和出现频率确定间接响应各评价参数的得

分，见表 3-41、表 3-42。

表 3-41　间接响应评价参数（溶解氧）得分

年份	参数	口门内和浑浊带				外海区			
		评价浓度	空间覆盖率/%	频率	得分	评价浓度	空间覆盖率/%	频率	得分
2004	溶解氧/(mg/L)	5.4	任何覆盖率	任何频率	0	2.4	41	周期性发生	0.5
2005	溶解氧/(mg/L)	5.4	任何覆盖率	任何频率	0	4.2	17	周期性发生	0.25
2006	溶解氧/(mg/L)	6	任何覆盖率	任何频率	0	5.4	任何覆盖率	任何频率	0

表 3-42　间接生态响应参数（有毒有害藻华）得分

年份	口门内和浑浊带				外海区			
	问题状况	持续时间	频率	得分	问题状况	持续时间	频率	得分
2004	观测到	数天	偶尔发生	0.5	观测到	数天	周期性发生	0.75
2005	观测到	数天	偶尔发生	0.5	观测到	数周至数月	周期性发生	1
2006	观测到	1 天	偶尔发生	0.25	观测到	数天	周期性发生	0.75

　　应用生态响应评价组合矩阵标准判别表来评价生态系统响应等级，将计算得出的直接响应和间接响应表达水平代入生态响应评价组合矩阵标准判别表（图 3-110），得出生态系统响应等级，见表 3-43。在 2004～2006 年，口门内和浑浊带的生态响应等级为 2～3 级，而外海区的生态响应水平达到 5 级，说明其生态响应水平大大高于口门内和浑浊带，外海区表现出明显的富营养化症状。总体上，长江口全水域的生态响应等级为 4～5 级，显现出明显的富营养化症状。

表 3-43　生态响应评价等级

年份	区域	直接响应水平	间接响应水平	生态响应等级
2004	口门内和浑浊带	0.25	0.5	2
	外海区	0.5	0.75	5
	全水域	0.42	0.67	5
2005	口门内和浑浊带	0.5	0.5	3
	外海区	0.75	0.75	5
	全水域	0.67	0.67	5
2006	口门内和浑浊带	0.5	0.25	2
	外海区	0.75	0.75	5
	全水域	0.67	0.58	4

　　根据水质状态和生态系统响应等级，套用富营养化综合评价表确定最终的富营养化等级，见表 3-44。在 2004～2006 年，口门内和浑浊带的富营养化等级呈 2～3 级，而外海区呈现 4～5 级，因此外海区的富营养化程度要高于口门内和浑浊带。总体上，长江口整个调查水域的富营养化等级为 4～5 级，说明长江口整个调查水域的富营养化水平较高。

表 3-44　富营养化综合评价等级

年份	区域	水质状态等级	生态响应等级	富营养化等级
	口门内和浑浊带	4	2	3
2004	外海区	3	5	5
	全水域	3	5	5
	口门内和浑浊带	4	3	3
2005	外海区	3	5	5
	全水域	3	5	5
	口门内和浑浊带	3	2	2
2006	外海区	2	5	4
	全水域	3	4	4

（五）与其他评价方法的比较

　　根据综合指数法（E 值和 NQI 值）或模糊评价、人工神经网络模型等方法对长江口水域富营养化的评价结果显示，长江口水域富营养化程度均呈现出从口门向外海递减、口门内和浑浊带附近富营养化程度较高的变化趋势，反映出该水域富营养化主要受长江冲淡水的控制。而事实上，口门内和浑浊带附近水域由于高浑浊度、短滞留时间和较强的潮汐混合作用等特点，浮游植物的生长受到了抑制，生物量不高，并没有显现出明显的藻华或缺氧等富营养化症状，不符合富营养化程度较高的概念和定义。评价结果和实际情况不符的原因，主要是由于上述方法过度强调了氮、磷、化学耗氧量等水质参数，忽略了富营养化的另外一个特征，即生态响应症状。尽管这些方法中有的使用了水体溶解氧浓度作为评价参数，但是在其评价中的权重较低，难以反映出长江口水域富营养化的真实状况。Cloern（2001）曾将这种基于营养盐的富营养化分级方法称为近海富营养化评价研究的初始阶段，这些方法满足不了当前近海富营养化的评价需要。

　　目前，美国 NEEA/ASSETS 方法和欧盟 OSPAR 方法是最为综合、全面的近海富营养化评价方法。但是，由于不同地理位置和环境特点，导致各国近海水域富营养化特点存在差异，国外制定的评价标准难以适合我国的实际状况。例如，国外评价模型中所涉及的某些评价参数在我国近海未被监测，如沉水植被等。因此，这些方法也难以直接应用到我国近海水域富营养化评价中。

　　正是在上述背景下，我们提出了适合于我国长江口水域富营养化评价的 CAECRE 方法。该方法针对现有长江口水域富营养化评价方法的不足，基于"压力-状态-响应"

现代近海富营养化概念模型，选择反映该水域富营养化特点的水质和生态响应因子为评价参数，依据各评价参数的历史数据、当前数据和我国近海水质标准，确定长江口水域各评价指标的阈值、范围以及富营养化评价的标准。将各评价指标和标准整合，运用逐步逻辑决策方法对长江口水域富营养化进行评价。根据该方法对长江口水域富营养化的评价结果：口门内和浑浊带水域的富营养化等级呈 2～3 级，外海区呈现 4～5 级，外海区的富营养化程度高于口门内和浑浊带水域；总体上，长江口调查水域的富营养化等级为 4～5 级，处于较高的富营养化状态。与其他方法得出的评价结果相比，CAECRE 方法综合了生态系统的响应，而不是单纯依赖水质指标进行评价，其结果更加客观地反映出长江口水域富营养化的特点、水平和生态系统的变化，是目前长江口水域富营养化更为适宜的评价方法。

（本节著者：俞志明　柴　超　王晓红）

参 考 文 献

曹欣中，朱延璋. 1985. 浙江近海夏季涌升流区核心断面横向垂直环流的诊断计算. 海洋通报，4 (5)：1-5

柴超，俞志明，宋秀贤，等. 2007. 长江口水域富营养化特性的探索性数据分析. 环境科学，28 (1)：53-58

陈彬，王金坑，汤军健，等. 2002. 福建湄洲湾海域营养状态趋势预测. 台湾海峡，21 (3)：322-327

陈鸣渊. 2006. 长江口富营养化评价方法及生物指示指标研究. 北京：中国科学院海洋研究所硕士学位论文

陈鸣渊，俞志明，宋秀贤，等. 2007. 利用模糊综合方法评价长江口海水富营养化水平. 海洋科学，31 (11)：47-54

陈于望. 1987. 厦门港海域营养状况的分析. 海洋环境科学，6 (3)：14-19

刁焕祥. 1986. 黄海冷水溶解氧垂直分布最大值的进一步研究. 海洋科学，6：30-34

丁宗信. 1983. 风对浙江沿岸海域夏季温、盐度垂直结构和上升流的影响. 海洋与湖沼，14 (1)：14-21

樊安德，王玉衡，董恒霖. 1987. 浙江沿岸上升流区夏季海水化学要素的"羽状"中心分布特征. 海洋与湖沼，18 (1)：86-95

冈市友利. 1972. 浅海的污染与赤潮的发生，内湾赤潮的发生机制. 日本水产资源保护协会，58-76

谷国传，胡方西，胡辉. 1994. 长江口外高盐水入侵分析. 东海科学，12 (3)：1-11

顾宏堪. 1980. 黄海溶解氧垂直分布最大值. 海洋学报，2 (2)：70-80

顾新根，袁骐，沈焕庭，等. 1995b. 长江口最大浑浊带浮游植物的生态研究. 中国水产科学，2 (1)：16-27

顾新根，袁骐，杨焦文，等. 1995a. 长江口外水域浮游植物垂直分布研究. 中国水产科学，2 (1)：28-38

顾新根，袁骐，杨焦文，等. 1995c. 长江口羽状锋区浮游植物的生态研究. 中国水产科学，2 (1)：1-15

管秉贤. 1962. 有关我国近海海流研究的若干问题. 海洋与湖沼，4 (3-4)：121-141

郭玉洁，杨则禹. 1982. 1976 年夏季东海陆架区浮游植物生态的研究. 海洋科学集刊，19：11-32

郭玉洁，杨则禹. 1992. 长江口浮游植物的数量变动及生态分析. 海洋科学集刊，33：167-189

国家海洋局. 2002. 海洋生态环境监测技术规程. http://www.mem.gov.cn. [2010-05-06]

郝建华，霍文毅，俞志明. 2000. 胶州湾增殖养殖海域营养状况与赤潮形成的初步研究. 海洋科学，24 (4)：37-41

洪君超，黄秀清，蒋晓山，等. 1994. 长江口中肋骨条藻赤潮发生过程环境要素分析-营养盐状况. 海洋与湖沼，25 (2)：179-184

胡敦欣. 1979. 风生沿岸上升流及沿岸流的一个非稳态模式. 海洋与湖沼，10 (2)：93-102

胡敦欣. 1980. 关于浙江沿岸上升流的研究. 科学通报，3：131-133

黄荣祥. 1989. 台湾海峡中、北部海域的上升流现象. 海洋湖沼通报，4：8-12

黄荣祥. 1996. 闽中沿岸冬季存在上升流的现象. 海洋科学，2：68-72

黄尚高，杨嘉东，暨卫东，等. 1986. 长江口水体活性硅、氮、磷含量的时空变化及相互关系. 台湾海峡，5 (2)：

114-123

黄秀清, 蒋晓山, 王桂兰, 等. 1994. 长江口中肋骨条藻赤潮发生过程环境要素分析: 水温, 盐度, DO 和 pH 特征. 海洋通报, 13 (4): 35-40

黄自强, 暨卫东. 1994. 长江口水中总磷、有机磷、磷酸盐的变化特征及相互关系. 海洋学报, 16 (1): 51-60

黄祖柯, 俞光耀. 1996. 东海沿岸潮致上升流的数值模拟. 青岛海洋大学学报, 4: 405-411

金德祥, 陈金环, 黄凯歌. 1965. 中国海洋浮游硅藻类. 上海: 上海科学技术出版社: 1-230

李成高, 崔毅, 陈碧鹃, 等. 2006. 唐岛湾网箱养殖区底层水营养盐变化及营养状况分析. 海洋水产研究, 27 (5): 56-61

李道季, 张经, 黄大吉, 等. 2002. 长江口外氧的亏损. 中国科学 (D 辑), 32 (8): 686-694

李金涛, 赵卫红, 杨登峰, 等. 2005. 长江口海水盐度和悬浮体对中肋骨条藻生长的影响. 海洋科学, 29 (1): 34-37

李瑞香, 毛兴华. 1985. 东海陆架区的甲藻. 东海海洋, 3 (1): 41-55

林辉, 张元标, 陈金民. 2002. 厦门海域水体富营养程度评价. 台湾海峡, 21 (2): 154-161

林荣根. 1996. 海水富营养化水平评价方法浅析. 海洋环境科学, 15 (2): 28-31

林小苹, 黄长江, 林福荣, 等. 2004. 海水富营养化评价的主成分-聚类分析方法. 数学的实践与认识, 34 (12): 69-74

刘先炳, 苏纪兰. 1991. 浙江沿岸上升流和沿岸锋面的数值研究. 海洋学报, 13 (3): 305-314

刘雪芹. 2005. 舟山近岸海域富营养化评价. 海洋湖沼通报, 2: 55-60

楼文高. 2001. 湖库富营养化人工神经网络评价模型. 水产学报, 25 (5): 474-478

陆斗定, 齐雨藻, Jeanette G, 等. 2003. 东海原甲藻修订及与相关原甲藻的分类学比较. 应用生态学报, 14 (7): 1060-1064

吕新刚, 乔方利, 夏长水, 等. 2007. 长江口外及浙江沿岸夏季上升流的潮生机制. 中国科学 (D 辑), 37 (1): 133-144

罗义勇. 1998. 东海沿岸上升流的数值计算. 海洋湖沼通报, 3: 1-6

苗振清, 严世强. 2003. 东海北部鲐鱼渔场水文特征的统计学研究. 海洋与湖沼, 34 (4): 397-405

潘胜军, 沈志良. 2009. 长江口及其邻近水域硅酸盐的分布变化特征//中国科学院海洋研究所. 海洋科学集刊 (49). 北京: 科学出版社: 10-18

潘胜军, 沈志良. 2010. 长江口及其邻近水域溶解无机氮的分布变化特征. 海洋环境科学, 29 (2): 205-211, 237

潘玉球, 王康墡, 黄树生等. 1997. 长江冲淡水输运和扩散途径的分析. 东海海洋, 15 (2): 25-34

潘玉球, 徐端蓉, 许建平. 1985. 浙江沿岸上升流区的锋面结构、变化及其原因. 海洋学报, 7 (4): 401-411

彭云辉, 王肇鼎. 1991. 珠江河口富营养化水平评价. 海洋环境科学, 10 (3): 7-13

蒲新明, 吴玉霖. 2000. 浮游植物的营养限制研究进展. 海洋科学, 24 (2): 27-30

蒲新明, 吴玉霖, 张永山. 2000. 长江口区浮游植物营养限制因子的研究. I. 秋季的营养限制情况. 海洋学报, 22 (4): 60-66

蒲新明, 吴玉霖, 张永山. 2001. 长江口区浮游植物营养限制因子的研究. II. 春季的营养限制情况. 海洋学报, 23 (3): 57-65

秦铭俐, 蔡燕红, 王晓波, 等. 2009. 杭州湾水体富营养化评价及分析. 海洋环境科学, 28 (s1): 53-56

任广法. 1992. 长江口及其邻近海域溶解氧的分布变化//中国科学院海洋研究所. 海洋科学集刊 (33). 北京: 科学出版社: 139-151

任黎, 董增川, 李少华. 2004. 人工神经网络模型在太湖富营养化评价中的应用. 河海大学学报, 32 (2): 147-150

沈竑, 洪君超. 1994. 长江口中肋骨条藻赤潮发生全过程调查报告——浮游植物群落结构及细胞形态研究. 海洋与湖沼, 25 (6): 591-596.

沈新强, 胡方西. 1995. 长江口外水域叶绿素 a 的基本特征. 中国水产科学, 2 (1): 71-80

沈新强, 蒋玫, 袁骐. 1999. 长江河口区叶绿素 a 分布的研究. 中国水产科学, 6 (5): 1-5

沈志良, 古堂秀. 1994. 长江口的水化学环境//罗秉征, 沈焕庭. 三峡工程与河口生态环境. 北京: 科学出版社: 141-154

沈志良，刘群，张淑美．2003．长江无机氮的分布变化和迁移．海洋与湖沼，34（4）：355-363

沈志良，陆家平，刘兴俊，等．1992．长江口区营养盐的分布特征及三峡工程对其影响//中国科学院海洋研究所．海洋科学集刊（33）．北京：科学出版社．109-129

石晓勇，王修林，韩秀荣，等．2003．长江口邻近海域营养盐分布特征及其控制过程．应用生态学报，14（7）：1086-1092

苏畅，沈志良，姚云，等．2008．长江口及其邻近海域富营养化水平评价．水科学进展，19（1）：99-105

孙军，刘东艳．2002．中国海区常见浮游植物种名更改初步意见．海洋与湖沼，33（3）：271-286

孙军，刘东艳．2004．多样性指数在海洋浮游植物研究中的应用．海洋学报，26（1）：62-75

孙湘平．2006．中国近海区域海洋．北京：海洋出版社

王保栋．2003．黄海和东海营养盐分布及其对浮游植物的限制．应用生态学报，14（7）：1122-1126

王保栋，战闰，臧家业．2002．长江口及邻近海域营养盐的分布特征和输送途径．海洋学报，24（1）：53-58

王辉．1995．东海和南黄海冬季环流的斜压模式．海洋学报，17（2）：21-26

王辉．1996．东海和南黄海夏季环流的斜压模式．海洋与湖沼，27（1）：73-78

王金辉．2002a．长江口水域三个不同生态系的浮游植物群落．青岛海洋大学学报，32（3）：422-428

王金辉．2002b．长江口邻近水域的赤潮生物．海洋环境科学，21（2）：37-41

王毅，张天相，徐学仁，等．2001．辽东湾北部至辽西沿岸海域营养盐分布及水质评价．海洋环境科学，20（2）：63-65

王云龙，袁骐，沈新强．2005．长江口及邻近水域春季浮游植物的生态特征．中国水产科学，12（3）：300-306

吴玉霖，傅月娜，张永山，等．2004．长江口海域浮游植物分布及其与径流的关系．海洋与湖沼，35（3）：246-251

夏滨，吕瑞华，孙丕喜．2001．2000年秋季黄、东海典型海区叶绿素a的时空分布及其粒径组成特征．黄渤海海洋，19（4）：37-42

肖晖．1988．台湾海峡西部沿岸上升流的研究．台湾海峡，2：135-142

徐兆礼，白雪梅，袁骐，等．1999a．长江口浮游植物生态研究．中国水产科学，6（5）：52-54

徐兆礼，沈新强，陈亚瞿．2004．长江口悬沙对牟氏角毛藻（Chaetoceros muelleri）生长的影响．海洋环境科学，23（4）：28-30

徐兆礼，易翠萍，沈新强，等．1999b．长江口疏浚弃土悬沙对2种浮游植物生长的影响．中国水产科学，6（5）：33-36

许建平．1986．浙江近海上升流区冬季水文结构的初步分析．东海海洋，3：18-23

杨焦文，华棣，顾新根．1994．长江口羽状锋海区浮游植物的生态研究——昼夜分布动态．东海海洋，12（1）：47-57

姚云，沈志良．2004．胶州湾海水富营养化水平评价．海洋科学，28（6）：14-22

姚云，郑世清，沈志良．2008．利用人工神经网络模型评价胶州湾水域富营养化水平．海洋环境科学，27（1）：10-12

张庆林．2007．辽东湾东南海域浮游植物类群与富营养化状况．青岛：国家海洋局第一海洋研究所硕士学位论文

赵保仁，任广法，曹德明，等．2001．长江口上升流海区的生态环境特征．海洋与湖沼，32（3）：327-333

赵卫红，李金涛，王江涛．2004．夏季长江口海域浮游植物营养限制的现场研究．海洋环境科学，23（4）：1-5

中国海湾志编纂委员会．1998．中国海湾志（第十四分册）．北京：海洋出版社

周陈年，戴敏英，徐贤义，等．1992．长江口区化学耗氧量的分布特征//中国科学院海洋研究所．海洋科学集刊（33）．北京：科学出版社：153-158

周名江，颜天，邹景忠．2003．长江口邻近海域赤潮发生区基本特性初探．应用生态学报，14（7）：1031-1038

周名江，朱明远．2006．"我国近海有害赤潮发生的生态学、海洋学机制及预测防治"研究进展．地球科学进展，21（7）：673-679

周伟华，袁翔城，霍文毅，等．2004．长江口邻域叶绿素a和初级生产力的分布．海洋学报，26（3）：143-150

朱根海，许卫忆，朱德第，等．2003．长江口赤潮高发区浮游植物与水动力环境因子的分布特征．应用生态学报，14（7）：1135-1139

朱建荣，李永平，沈焕庭．1997．夏季风场对长江冲淡水扩展影响的数值模拟．海洋与湖沼，28（1）：72-79

朱建荣，肖成猷，沈焕庭．1998．夏季长江冲淡水扩展的数值模拟．海洋学报，20（5）：13-22

朱小山，吴玲玲，杨瑶，等. 2005. 粤东柘林湾增养殖区氮磷的分布特征及其富营养化状态评价. 海洋湖沼通报，3：16-22

邹景忠，董丽萍，秦保平. 1983. 渤海湾富营养化与赤潮问题的初步探讨. 海洋环境科学，2（1）：46-53

Bricker S B, Clement C G, Pihtalla D E, et al. 1999. National Estuarine Eutrophication Assessment: Eeffct of Nurtient Enrichment in the Nation's Esutarie. NOAA-NOS Special Projects Office, 71

Bricker S B, Ferreira J G, Simas T. 2003. An integrated methodology for assessment of Estuarine Trophic Status. Ecological Modelling, 169: 39-60

Butler E I, Tibbitts S. 1972. Chemical survey of the Tamar estuary I. Properties of the water. Journal of the Marinebiological Association of the United Kingdom, 52: 681-699

Carlson R E. 1977. A Trophic state index for lakes. Limnology and Oceanography, 22 (1): 361-369

Ceballos B S O, Konig A, Oliveira J F. 1998. Dam reservoir eutrophication: a simplified technique for a fast diagnosis of environmental degradation. Water Research, 32 (11): 3477-3483

Cloern J E. 2001. Our evolving conceptual model for the coastal eutrophication problem. Marine Ecology Progress Series, 210: 223-253

Herrera-Silveira J A, Morales-Ojeda S M. 2009. Evaluation of the health status of a coastal ecosystem in southeast Mexico Assessment of water quality, phytoplankton and submerged aquatic vegetation. Marine Pollution Bulletin, 59: 72-86

Limeburner R, Beardsley R C, Zhao J. 1983. Water masses and circulation in the East China Sea. In: Acta Oceanologica Sinica. Proceedings of International Symposium on Sedimentation on the Continental Shelf, with Special Reference to the East China Sea. Beijing: China Ocean Press: 1: 285-294

Lušić DV, Peršić V, Horvatić J, et al. 2008. Index Assessment of nutrient limitation in Rijeka Bay, NE Adriatic Sea, using miniaturized bioassay. Journal of Experimental Marine Biology and Ecology, 358: 46-56

Lundberg C, Lonnroth M, von Numers M, et al. 2005. A multivariate assessment of coastal eutrophication. Examples from the Gulf of Finland, northern Baltic Sea. Marine Pollution Bulletin, 50 (11): 1185-1196

Melesse A M, Krishnaswamy J, Zhang K Q. 2008. Modeling coastal eutrophication at florida bay using neural networks. Journal of Coastal Research, 24 (2B): 190-196

Mynett A. 2002. Environmental hydroinformatics capabilities and applications in natural and urban water systems. Seminario Internacional La Hidroinformática en la Gestión Integrada de los Recursos Hídricos, 195-200

OSPAR Commission. 2003. OSPAR Integrated Report 2003 on the Eutrophication Status of the OSPAR Maritime Area Based Upon the First Application of the Comprehensive Procedure, 59. www. ospar. org. [2011-01-07]

Ouyang Y. 2005. Evaluation of river water quality monitoring stations by principal component analysis. Water Research, 39: 2621-2635

Pedlosky J. 1987. Geophysical Fluid Dynamics. New York: Springer-Verlag: 624

Pei S F, Shen Z L, Laws E A. 2009. Nutrient dynamics in the upwelling area of Changjiang (Yangtze River) estuary. Journal of Coastal Research, 25 (3): 569-580

Perona E, Bonilla I, Mateo P. 1999. Spatial and temporal changes in water quality in a Spanish river. The Science of the Total Environment, 241: 75-90

Pomeroy L R, Smith E E, Grant C M. 1965. The exchange of phosphate between estuarine water and sediment. Limnol Oceanogr, 10 (2): 167-172

Redfield A C, Ketchum B H, Richards F A. 1963. The influence of organisms on the composition seawater. In: Hill M N. The Sea (Vol. 2). New York: John Wiley: 22-77

Reisenhofer E, Picciotto A, Li D F. 1995. A factor analysis approach to the study of the eutrophication of a shallow, temperate lake (San Daniele, North Eastern Italy). Analytica Chimica Acta, 306: 99-106

Shen Z L. 2001. Historical changes in nutrient structure and its influences on phytoplankton composition in Jiaozhou Bay. Estuary, Coastal and Shelf Sciences, 52: 211-224

Shen Z L, Zhou S Q, Pei S F. 2008. Transfer and transport of phosphorus and silica in the turbidity maximum zone of the Changjiang estuary. Estuarine, Coastal and Shelf Science, 78: 481-492

Sierra J. 2002. Nitrogen mineralization and nitrification in a tropical soil: effects of fluctuating temperature conditions. Soil Biol Biochem, 34: 1219-1226

Singh K P, Malik A, Sinh S. 2005. Water quality assessment and apportionment of pollution sources of Gomti river (India) using multivariate statistical techniques-a case study. Analytica Chimica Acta, 538: 355-374

Solidoro C, Pastres R, Cossarinia G, et al. 2004. Seasonal and spatial variability of water quality parameters in the lagoon of Venice. Journal of Marine Systems, 51: 7-18

Tian R C, Hu F X, Martin J M. 1993. Summer nutrient fronts in the Changjiang (Yangtze River) Estuary. Estuarine, Coastal and Shelf Science, 37: 27-41

Tomas C R. 1997. Identifying Marine Phytoplankton. San Diego: Academic Press

Turner R E, Rabalais N N. 1994. Coastal eutrophication near the Mississippi river delta. Nature, 168: 619-621

Utermöhl H. 1958. Zur Vervolkommung der quantitativen Phytoplankton-Methodik. Mitt int Ver Theor angew Limnol, (9): 1-38

Vega M, Pardo R, Barrado E, et al. 1998. Assessment of seasonal and polluting effects on the quality of river water by exploratory data analysis. Water Research, 32 (12): 3581-3592

Vollenweider R A, Giovanardi F, Montanari G, et al. 1998. Characterization of the trophic condition of marine coastal waters with special reference to the NW Adriatic Sea: proposal for a trophic scale, turbidity and generalized water quality index. Environmetrics, 9: 329-357

Yamaji I. 1984. Illustrations of the Marine Plankton of Japan. Tokyo: Hoikusha Publishing Co. Ltd

第四章　长江营养盐的分布迁移及其对河口水域富营养化的影响

第一节　长江营养盐的分布和迁移

河流向河口输送营养盐，导致河口水域富营养化问题日趋严重，已经引起国际上的广泛关注（Humborg et al.，2003；Leeks et al.，1997；Aiexander et al.，1996；Hopkins and Kinder，1993；Meybeck，1982）。1994年由国际地圈-生物圈计划（IGBP）组织的海岸带陆海相互作用研究（LOICZ）计划，就将河流和河口对氮等生源要素的输送通量列为该计划的主要研究目标和内容。

长江作为世界第三大河，相关研究已经证明近年来河口水域富营养化问题与其流域大量氮、磷输送入海密切相关（段水旺等，2000；Shen，1993）。尽管长江营养盐的输送问题已经引起人们的广泛注意（段水旺和章申，1999；王明远等，1989），但是从全流域的角度进行分析和研究还相对较少（陈静生等，1999；沈志良，1997）。为此，本章将根据笔者在1997年11~12月（枯水期）和1998年8~10月（丰水期）期间，从金沙江至河口，通过对长江全流域营养盐的现场调查，较系统地研究长江营养盐的分布变化和迁移特征。

本研究从长江上游金沙江的攀枝花至河口设20个断面，共60个站位，包括长江干流的攀枝花、宜宾、重庆、涪陵、万县、宜昌、岳阳、武汉、九江、大通、南京和长江入海口共12个断面以及主要支流、湖泊入江口的雅砻江、岷江、嘉陵江、乌江、洞庭湖、汉水、鄱阳湖和黄浦江共8个断面，干流断面均设在城市中心区的上游，尽可能避免城市排污干扰。每一断面均设左、中、右3个站位，左、右2个站位设在河道宽度的1/3处，远离沿岸污染带。河口采水时选择退潮时间，以避免海水入侵的影响，断面位置如图4-1所示。在水深0.5m处采集水样，测定硝酸盐（NO_3-N）、亚硝酸盐（NO_2-N）、氨氮（NH_4-N）、总氮（TN）、总溶解氮（TDN）、磷酸盐（PO_4-P）、总磷（TP）、总溶解磷（TDP）和硅酸盐（SiO_3-Si），丰水期增测悬浮体（TSM）。溶解无机氮（DIN）为NO_3-N、NO_2-N和NH_4-N三者之和；TN扣除DIN为总有机氮（TON）（颗粒无机氮很少，可忽略不计）；TDN扣除DIN为溶解有机氮（DON）；TP扣除TDP为总颗粒磷（TPP）；TDP扣除PO_4-P则为溶解有机磷（DOP）。

一、长江氮的分布和迁移

（一）长江无机氮的分布和迁移

1. 长江枯水期各种形态无机氮的分布和迁移

长江干流枯水、丰水期各种形态无机氮的分布和迁移如图4-2所示（图中数据均为

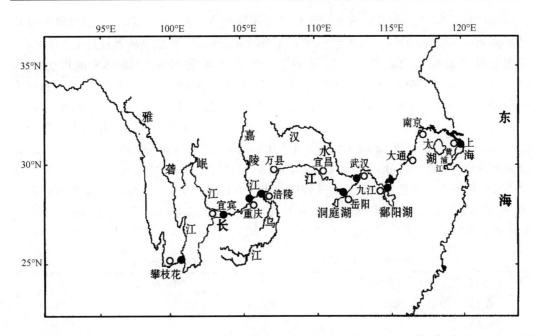

图 4-1　调查断面位置
〇干流断面；●支流、湖泊入江口断面

断面平均值，下同）。从图 4-2a 可以看出长江枯水期各种形态无机氮的浓度在攀枝花较低，NO_3-N、NO_2-N、NH_4-N 和 DIN 的平均浓度分别为 16.5μmol/L、0.33μmol/L、

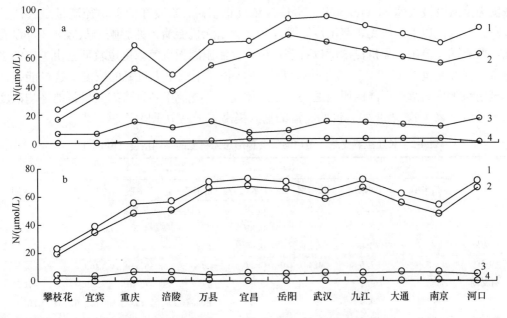

图 4-2　长江干流枯、丰期各种形态无机氮的浓度变化
a. 枯水期；b. 丰水期。1. DIN；2. NO_3-N；3. NH_4-N；4. NO_2-N

$6.4\mu mol/L$ 和 $23.2\mu mol/L$，大大低于长江干流平均值（表 4-1），说明金沙江氮污染较轻。NO_3-N 浓度与 DIN 几乎是同步变化，上游增加较明显，特别是从攀枝花至重庆河段；重庆至河口也有增加趋势，但幅度不大。在重庆河段 NO_3-N 和 DIN 浓度分别为 $51.7\mu mol/L$ 和 $67.8\mu mol/L$；至岳阳或武汉，达到干流最大值，分别为 $75.1\mu mol/L$（NO_3-N）或 $88.2\mu mol/L$（DIN）；在大通和河口段两者浓度分别为 $59.8\mu mol/L$、$75.5\mu mol/L$ 和 $62.0\mu mol/L$、$79.8\mu mol/L$。枯水期 NO_2-N 浓度沿干流变化较大：重庆上游浓度较小，重庆（$1.32\mu mol/L$）至万县大于 $1\mu mol/L$；宜昌至南京均大于 $2\mu mol/L$，武汉和大通分别达到 $2.77\mu mol/L$ 和 $2.55\mu mol/L$；河口较小，为 $0.72\mu mol/L$。NH_4-N 浓度沿干流变化较小：也是重庆上游浓度较低，重庆（$14.8\mu mol/L$）至河口除少数站外都大于 $10\mu mol/L$；武汉、大通和河口分别为 $14.9\mu mol/L$、$13.1\mu mol/L$ 和 $17.1\mu mol/L$（干流最大值）。

表 4-1 长江干流各种形态无机氮的平均浓度（$\mu mol/L$）

水期	NO_3-N	NO_2-N	NH_4-N	DIN
枯水期	53.2 ± 16.9	1.80 ± 1.04	11.6 ± 3.8	66.7 ± 19.9
丰水期	53.5 ± 14.9	0.22 ± 0.16	5.3 ± 0.9	59.1 ± 15.2

长江水中各种形态无机氮的变化和迁移，除了与干流沿途输入有关外，还与支流输送有关。长江主要支流中无机氮的浓度以嘉陵江、汉水和黄浦江较高（表 4-2），干流各种形态无机氮的浓度在重庆河段较高，这可能与受岷江水的影响有关，岷江的平均径流量占长江的 9.83%。重庆以下河段较高的无机氮浓度可能与嘉陵江等输入有关，嘉陵江 NO_3-N 浓度为全河段最大值 $81.6\mu mol/L$，NH_4-N 浓度也很高，嘉陵江的平均径流量是长江的 7.31%。武汉以下河段无机氮浓度则受汉水高含量无机氮输入的影响。从表 4-2 可以看出，所有的支流中，无机氮浓度以雅砻江最小。鄱阳湖无机氮浓度也较低，由于它的水量占长江径流量的 14.03%，它的输入反而影响长江干流中无机氮的浓度，这可能是九江至南京无机氮浓度下降的原因之一。但总体而言，支流中各种形态无机氮的平均浓度高于干流（表 4-1，表 4-2），说明支流的输入提高了干流中无机氮的浓度。

表 4-2 长江主要支流、湖泊河口各种形态无机氮的平均浓度（$\mu mol/L$）

支流	NO_3-N		NO_2-N		NH_4-N		DIN	
	枯水期	丰水期	枯水期	丰水期	枯水期	丰水期	枯水期	丰水期
雅砻江	14.8	22.4	0.26	0.56	7.1	5.8	22.2	28.7
岷江	60.0	40.2	1.7	0.33	13.0	4.5	74.7	45.0
嘉陵江	81.6	72.9	2.24	0.97	26.4	5.0	110.3	78.9
乌江	52.5	97.5	0.44	0.27	7.3	5.7	60.2	103.5
洞庭湖	53.4	39.1	1.1	0.90	14.7	7.5	69.3	47.5
汉水	79.1	60.9	2.7	1.3	60.8	13.7	142.6	75.9
鄱阳湖	39.3	17.3	0.67	0.28	11.7	6.8	51.6	24.6
黄浦江	78.4	73.8	3.0	1.8	70.3	132.1	151.7	207.7
平均	57.4 ± 22.9	53.0 ± 27.9	1.5 ± 1.04	0.80 ± 0.55	26.4 ± 25.0	22.6 ± 44.3	85.3 ± 45.4	76.5 ± 59.5

2. 长江丰水期各种形态无机氮的分布和迁移

与枯水期相似，长江干流丰水期 NO_3-N 和 DIN 的浓度变化非常一致（图 4-2b），上游增加较明显，在攀枝花河段为干流最低值，两者浓度分别为 $18.9\mu mol/L$ 和 $23.1\mu mol/L$；从攀枝花至宜昌 NO_3-N 和 DIN 浓度逐渐上升至干流的最高值，分别为 $67.3\mu mol/L$ 和 $72.7\mu mol/L$（调查时长江正处于特大洪水期间，笔者注）；在重庆河段两者分别为 $48.0\mu mol/L$ 和 $55.0\mu mol/L$；从宜昌至河口两者浓度变化不大（此时洪水已退，笔者注）；武汉、大通、河口，两者浓度分别为 $58.1\mu mol/L$ 和 $63.9\mu mol/L$、$55.1\mu mol/L$ 和 $61.4\mu mol/L$、$66.2\mu mol/L$ 和 $71.3\mu mol/L$。丰水期干流中 NH_4-N 和 NO_2-N 浓度变化很小（图 4-2b），上述两者浓度平均值分别为 $5.3\pm0.9\mu mol/L$ 和 $0.22\pm0.16\mu mol/L$（表 4-1）。NH_4-N 浓度最小值在宜宾为 $3.8\mu mol/L$，最大值在重庆为 $6.6\mu mol/L$，武汉、大通和河口 NH_4-N 浓度分别为 $5.6\mu mol/L$、$6.2\mu mol/L$ 和 $4.9\mu mol/L$。NO_2-N 浓度最小值和最大值分别在岳阳（$0.05\mu mol/L$）和涪陵（$0.53\mu mol/L$），重庆、武汉、大通和河口 NO_2-N 浓度分别为 $0.44\mu mol/L$、$0.15\mu mol/L$、$0.14\mu mol/L$ 和 $0.20\mu mol/L$。丰水期支流对干流氮的贡献更为明显，特别反映在上游，支流中无机氮浓度显著高于干流。例如，嘉陵江口 NO_3-N 和 DIN 浓度分别是重庆的 1.5 倍和 1.4 倍，乌江口分别是涪陵的 2.0 倍和 1.8 倍。但是占长江径流量 1/3 的洞庭湖和鄱阳湖水系无机氮浓度较低（表 4-2），降低了干流中 NO_3-N 和 DIN 的浓度：与枯水期一样，从九江至南京，两者浓度逐渐下降。干、支流中 NO_3-N 的平均浓度无变化（表 4-1、表 4-2），但支流的变幅要大于干流。NO_2-N 和 NH_4-N 的平均浓度，支流显著高于干流。因此，总体丰水期支流的输入提高了干流中 DIN 的浓度。

长江干、支流枯水、丰水期无机氮浓度的这种分布格局与平水期也比较相似（Zhang et al.，1999），主要受人类活动的影响。长江攀枝花以上流域人烟稀少，而工农业生产和人口主要集中在攀枝花以下流域，特别是重庆流域。据估算，由降水输入长江的无机氮，金沙江流域仅占长江全流域的 5.7%，由化肥流失和点源排污输入的无机氮也主要源自攀枝花以下流域（沈志良等，2001）。

3. 枯水、丰水期长江无机氮浓度变化和迁移的比较

从长江干流枯水、丰水期各种形态无机氮的平均浓度（表 4-1）可以看出，丰水期 NH_4-N 和 NO_2-N 浓度明显低于枯水期，枯水期两者浓度分别是丰水期的 2.2 倍和 8.2 倍；DIN 浓度也是枯水期大于丰水期，只有 NO_3-N 浓度基本没有变化。长江支流丰水期 NO_2-N 和 NH_4-N 浓度也比枯水期小得多（表 4-1，表 4-2），尤其是岷江、嘉陵江、汉水等相差很大，支流平均值 NH_4-N 浓度相差不大，主要是由于黄浦江丰水期大于枯水期的缘故，除黄浦江外其他支流枯水、丰水期 NH_4-N 平均浓度分别为（20.1 ± 7.6）$\mu mol/L$ 和（7.0 ± 3.1）$\mu mol/L$。长江干、支流丰水期 NH_4-N 和 NO_2-N 浓度显著小于枯水期，可能与夏季温度高、流量大，两者易于进一步氧化有关（NO_3-N 是化合氮的稳定形态）。对枯水、丰水期干、支流各站氮浓度进行相关统计，可以发现除 NO_2-N 外，枯水、丰水期 NO_3-N、NH_4-N 和 DIN 浓度之间具有显著的线性正相关关系，相关

性均在99％以上（图4-3），表明无机形态的氮在长江枯水期（包括干流和主要支流口）的迁移过程与丰水期具有某种相似性。

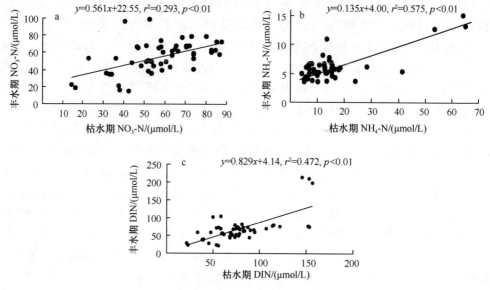

图4-3　长江枯、丰期各种形态无机氮迁移变化的关系

a. NO$_3$-N；b. NH$_4$-N；c. DIN

4. 长江枯水、丰水期各种形态无机氮之间的关系

长江干流和支流枯水、丰水期各种形态无机氮浓度之间的相关关系见表4-3。枯水期三态无机氮（NH$_4$-N、NO$_2$-N、NO$_3$-N）之间以及三态无机氮与DIN之间均呈显著的线性正相关关系，相关性在99％以上。除了外源输入的影响因素外，这也可能与氮在迁移过程中与NH$_4$-N→NO$_2$-N→NO$_3$-N的氧化过程有关。丰水期NH$_4$-N与NO$_2$-N之间和NO$_3$-N与DIN之间的正相关关系更为显著，NH$_4$-N与DIN之间和NO$_2$-N与DIN之间也呈显著的线性正相关关系，但NO$_2$-N与NO$_3$-N之间和NH$_4$-N与NO$_3$-N之间相关性较差或不相关（表4-3）。

表4-3　长江枯、丰期各种形态无机氮（μmol/L）之间的相关关系

水期	相关方程式	相关系数 r^2	统计数 n	置信水平 p
	NO$_2$-N=1.42+0.022 NH$_4$-N	0.148	58	<0.01
	NO$_3$-N=35.40+12.447 NO$_2$-N	0.525	58	<0.01
枯水期	NO$_3$-N=48.76+0.514 NH$_4$-N	0.280	58	<0.01
	DIN=−14.24+1.587 NO$_3$-N	0.767	58	<0.01
	DIN=−20.58+0.496 NH$_4$-N	0.761	58	<0.01
	DIN=0.19+0.021 NO$_2$-N	0.423	58	<0.01

续表

水期	相关方程式	相关系数 r^2	统计数 n	置信水平 p
	$NO_2\text{-}N = -0.23 + 0.100\ NH_4\text{-}N$	0.467	54	<0.01
	$NO_3\text{-}N \sim NO_2\text{-}N$	0.038	57	
	$NO_3\text{-}N \sim NH_4\text{-}N$	0.003	54	
丰水期	$DIN = 5.96 + 1.007\ NO_3\text{-}N$	0.982	54	<0.01
	$DIN = -28.93 + 0.635\ NH_4\text{-}N$	0.758	57	<0.01
	$DIN = -0.06 + 0.008\ NO_2\text{-}N$	0.405	57	<0.01

在长江水的输送过程中，不同形态的氮不断地被输入，也不断地被转化，这是一个动态过程，很难定量区分开来。根据枯水、丰水期 $NO_3\text{-}N$ 与 DIN 之间显著正相关和 $NO_3\text{-}N$ 在 DIN 中所占的比例可以看出（表 4-4），长江中无机氮的迁移过程主要由 $NO_3\text{-}N$ 所控制。

表 4-4　长江枯、丰期各种形态无机氮的平均浓度比例

水期	$NO_3\text{-}N/DIN$		$NO_2\text{-}N/DIN$		$NH_4\text{-}N/DIN$	
	干流	支流[1]	干流	支流[1]	干流	支流[1]
枯水期	0.79 ± 0.05	0.74 ± 0.10	0.03 ± 0.01	0.02 ± 0.01	0.18 ± 0.05	0.24 ± 0.10
丰水期	0.90 ± 0.04	0.84 ± 0.09	0.003 ± 0.005	0.01 ± 0.008	0.10 ± 0.03	0.15 ± 0.08

注：1）支流中不包括黄浦江。

5. 枯水、丰水期长江各种形态无机氮之间的浓度比例

长江干流各种形态无机氮之间浓度比例变化表明（图 4-4），枯水、丰水期从攀枝花至河口，三态无机氮与 DIN 浓度之比变化均很小，枯水期变化稍大于丰水期（表 4-4）。丰水期 $NO_3\text{-}N/DIN$ 分别与 $NH_4\text{-}N/DIN$ 和 $NO_2\text{-}N/DIN$ 之间（r^2 分别为 0.663 和 0.894）、枯水期 $NO_3\text{-}N/DIN$ 与 $NH_4\text{-}N/DIN$ 之间（$r^2 = 0.956$）呈现负相关关系，这在某种程度上反映了 $NH_4\text{-}N$、$NO_2\text{-}N$ 不断地转化为 $NO_3\text{-}N$ 的过程，说明无论是长江上游还是中、下游，$NO_3\text{-}N$ 在 DIN 中始终占主导地位。

无机氮三种形态浓度之间的比例（表 4-4）表明：$NO_3\text{-}N$ 是长江水中无机氮的主要存在形态，其中枯水期干、支流中分别占 79%±5% 和 74%±10%；丰水期干、支流分别占 90%±4% 和 84%±9%。干流中 $NO_3\text{-}N$ 浓度所占的比例高于支流，丰水期 $NO_3\text{-}N$ 所占的比例又要高于枯水期，就是说无论在枯水期还是在丰水期，从支流到干流，$NO_3\text{-}N$ 的比例提高了，$NO_2\text{-}N$ 和 $NH_4\text{-}N$ 的比例降低了。而且全流域三态无机氮之间的比例变化很小，说明长江水中三态无机氮处于较稳定的平衡状态中。这除了与外源输入的三态无机氮比例有关外，显然还与干流流量大、丰水期水温高、有利于 $NH_4\text{-}N\to$ $NO_2\text{-}N\to NO_3\text{-}N$ 转化过程有关。事实上外源性的 $NH_4\text{-}N$ 输入比例要远高于长江水中的比例，如降水中 $NH_4\text{-}N$ 含量占 DIN 的 87.7%（沈志良等，2001），而在长江水中 $NO_3\text{-}N$ 占绝对优势，表明在长江流域无机氮的迁移过程中，三态无机氮不断地转化，但这种转化主要发生在流域中。

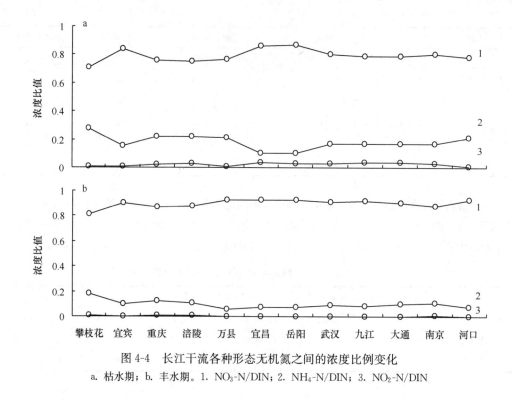

图 4-4　长江干流各种形态无机氮之间的浓度比例变化

a. 枯水期；b. 丰水期。1. NO_3-N/DIN；2. NH_4-N/DIN；3. NO_2-N/DIN

6. 长江丰水期无机氮浓度与悬浮体含量之间的关系

长江干、支流丰水期各种形态无机氮浓度与悬浮体含量之间的相关关系均较差。在三态无机氮中，硝酸根离子几乎没有离子亲和性，因此不能为悬浮体吸附，只有部分 NH_4-N 能为颗粒悬浮物吸附，因此它与悬浮体之间的相关系数稍高于其他形态的无机氮（$r^2 = 0.161$，$p < 0.10$）。

7. 长江干流无机氮浓度与长江径流量之间的关系

（1）枯水期

长江干流枯水期各种形态无机氮的浓度与各站径流量的当日平均值之间的相关统计表明，在各种形态的无机氮中，只有 NH_4-N 与长江径流量有较好的线性正相关关系，NO_3-N 与径流量之间相关性大于 90%（图 4-5）。DIN 与径流量之间呈正相关主要取决于 NO_3-N 和 NH_4-N。

从图 4-2 和图 4-5 可以看出，从长江上游至下游，随着长江径流量的增加，各种形态的无机氮浓度均有增加趋势，且这种趋势上游较明显，而中、下游相关性比较差。

（2）丰水期

长江干流丰水期各种形态无机氮浓度与各站径流量当日平均值之间的关系表明，只有 NO_3-N 和 DIN 浓度与长江径流量之间的相关性大于 90%（图 4-6）。但是如果仅对上游进行相关统计，则可以发现 NO_3-N 和 DIN 的浓度与长江径流量有显著的线性正相关关系，相关系数 r^2 分别为 0.913 和 0.922（$p<0.01$）。这可能是因为丰水期分两次调查，中、下游调查时，流量锐减，大大低于上游，而浓度则变化不大，这就在很大程度上影响了它们之间的相关关系。可以估计，在正常调查的情况下，无机氮与径流量之间将会呈现比较明显的线性正相关关系。

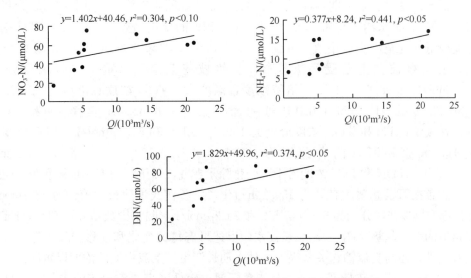

图 4-5 长江干流枯水期无机氮与长江径流量 Q 的关系

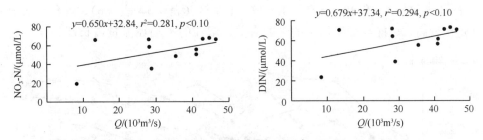

图 4-6 长江干流丰水期无机氮浓度与长江径流 Q 的关系

上游二者的相关性明显好于中、下游，这也与无机氮的来源有关。长江无机氮主要来源于降水、化肥和土壤流失以及点源排污输入等，其中降水是主要的（占 62%）。在上游，随着降水中无机氮含量增加（沈志良等，2001），河水中的浓度也明显增加（图 4-2）。而中、下游降水中无机氮含量变化不大（沈志良等，2001），河水中的浓度也没有大的变化，这可能就是形成上游和中、下游两者相关性差异的原因。这种差异在丰水期比枯水期更明显是由于降水主要集中在丰水期。此外，点源排污氮输入等也是影响它们之间正相关性的因素之一。因为一条河流如果以点源输入为主，无机氮应该是一个被河水稀释的过程，其浓度与径流量应呈负相关（Jarvie et al.，1998）。

（二）长江总氮和有机氮的分布和迁移

1. 长江枯水期 TN、TDN 和 TON 的分布和迁移

　　长江干流枯水、丰水期各种形态氮的分布变化如图 4-7 所示（图中数据均为断面平均值，下同）。枯水期 TN 和 TON 浓度有十分相似的变化趋势（图 4-7a），攀枝花地区的浓度较低，为全河段最小值，分别为 74.1μmol/L 和 50.9μmol/L，这与无机氮是一致的，表明攀枝花上游受污染较轻，从攀枝花至重庆（重庆二者浓度分别为166.4μmol/L 和 98.6μmol/L）、涪陵浓度逐渐增大，TON 浓度在涪陵达到长江最大值，为 122.0μmol/L，TN 在万县达到最大值，为 178.9μmol/L；至宜昌两者浓度明显降低，在武汉，TN 和 TON 浓度分别为 139.3μmol/L 和 51.1μmol/L；以后浓度又有所上升，大通和河口两者分别为 166.8μmol/L、91.3μmol/L 和 160.6μmol/L、80.8μmol/L。TDN 和 DIN 浓度沿干流变化除了在九江以下河段有相反趋势外，也基本相似，前者在万县达最大值，为 150.3μmol/L，后者在武汉达最大值，为 88.2μmol/L；最小值都在攀枝花，分别为 66.5μmol/L 和 23.2μmol/L。除了少数站外，TDN 与 TN 有基本相似的变化趋势（图 4-7a）。长江水中上述形态氮的变化和迁移，除了与干流沿途输入有关外，还与支流输送关系很大。枯水期长江主要支流中氮的浓度以黄浦江、汉水和嘉陵江较高，雅砻江最低，洞庭湖和鄱阳湖也较低（表 4-5）。支流中氮的浓度一般要高于干流，如嘉陵江、汉水和黄浦江的 TN 和 TON 含量分别是长江干流平均值的1.6 倍、1.8 倍、2.1 倍和 1.8 倍、1.5 倍、1.9 倍（表 4-5，表 4-6）。各种形态氮的浓度在重庆较高，可能与受岷江水的影响有关，岷江的平均径流量占长江的 9.83%；在

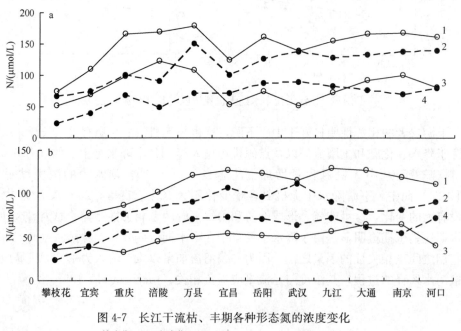

图 4-7　长江干流枯、丰期各种形态氮的浓度变化

a. 枯水期；b. 丰水期。1. TN；2. TDN；3. TON；4. DIN

万县或涪陵达到较高值或最大值，可能与嘉陵江等输入有关，嘉陵江的平均径流量是长江的 7.31%。

表 4-5　长江支流、湖泊入江口各种形态氮的平均浓度（μmol/L）

支流	TN		TDN		DIN		TON	
	枯水期	丰水期	枯水期	丰水期	枯水期	丰水期	枯水期	丰水期
雅砻江	76.8	62.6	59.2	38.3	22.2	28.7	54.6	33.9
岷江	132.5	112.8	126.9	74.4	74.7	45.0	57.8	67.8
嘉陵江	231.4	151.3	161.1	109.4	110.3	78.9	144.1	72.4
乌江	187.4	166.8	116.5	144.7	60.2	103.5	127.2	63.3
洞庭湖	126.2	84.3	112.6	71.5	69.3	47.5	56.9	36.8
汉水	266.9	146.7	216.4	107.7	142.6	75.9	124.3	70.8
鄱阳湖	103.4	55.3	87.5	46.3	51.6	24.6	51.8	30.7
黄浦江	309.6	237.1		209.2	151.7	207.7	157.9	29.4
平均	179.3±83.4	127.1±60.9	125.8±51.1	100.2±56.4	85.3±45.4	76.5±59.5	96.8±45.6	50.6±19.5

表 4-6　长江干流各种形态氮的平均浓度（μmol/L）

水期	TN	TDN	DIN	TON
枯水期	147.7±30.9	114.9±27.7	66.7±19.9	81.1±23.4
丰水期	107.9±22.5	83.0±20.3	59.1±15.2	48.9±10.8

在长江中、下游，长江干流中氮的浓度与洞庭湖水系（湘江、资水、沅江、澧水占长江径流量的 20.25%）、鄱阳湖水系（赣江、抚河、信江、饶河、修水占长江径流量的 14.03%）和汉水等的输入有关，由于洞庭湖入江口氮的浓度比较小，使岳阳至武汉 TN 和 TON 浓度明显下降，武汉以下河段则由于汉水高浓度氮的输入（表 4-5），两者有上升趋势，并掩盖了鄱阳湖的影响。

2. 长江丰水期 TN、TDN 和 TON 的分布变化和迁移

除少数站外，长江干流丰水期 TN、TDN、TON 和 DIN 浓度变化趋势比较相似（图 4-7b）：上游增加较明显，攀枝花浓度最低（除 TON 外，均为干流最小值），分别为 58.4μmol/L、39.2μmol/L、35.3μmol/L 和 23.1μmol/L，从攀枝花至宜昌浓度逐渐上升至最大值或次大值（调查时长江正处于特大洪水期间，笔者注）；从宜昌至河口三者浓度均有升降变化，其中 TDN 浓度变化较明显，TN 浓度变化较小（此时洪水已退，笔者注）。重庆和武汉，TN、TDN、TON 浓度分别为 86.9μmol/L、76.5μmol/L、31.9μmol/L 和 114.9μmol/L、110.6μmol/L（最大值）、51.0μmol/L；大通和河口，三者分别为 126.5μmol/L、78.8μmol/L、65.1μmol/L（最大值）和 111.3μmol/L、90.1μmol/L、40.0μmol/L；TN 最大值在九江，为 128.7μmol/L。丰水期支流中的氮浓度以黄浦江、嘉陵江和乌江较高，雅砻江和鄱阳湖较低（表 4-5）。丰水期支流对干流氮的贡献更为明显，特别反映在上游 TN、TDN 和 TON 浓度沿途增加，支流中氮浓度显著高于干流，三者浓度，嘉陵江口分别是重庆的 1.7 倍、1.4 倍和 2.3 倍，乌江口分别是涪陵的 1.6 倍、1.7 倍和 1.4 倍（表 4-5）。丰水期 TN 和 TON 浓度在岳阳以下河段的变化与枯水期一样，也是受洞庭湖、汉水和鄱阳湖的影响。

3. 枯水、丰水期之间长江 TN、TDN 和 TON 浓度变化和迁移的比较

从长江干流枯水、丰水期各种形态氮的平均浓度（表 4-5）可以看出，丰水期的浓度均明显小于枯水期，TN、TDN 和 TON 分别仅是枯水期的 73%、72% 和 60%。丰水期有机氮明显低于枯水期，可能是由于夏季温度高、流量大，有利于部分有机氮的氧化。与长江干流相一致，枯水期大部分支流、湖泊中各种形态的氮浓度均要大于丰水期（表 4-6）。尽管枯水、丰水期氮的浓度有较大的差异，但是 TN 和 TDN 在枯水、丰水期的浓度变化具有显著的线性正相关性（图 4-8），有机氮没有相关关系，表明 TN 和 TDN 在长江枯水期的迁移过程与丰水期具有某种相似性，无机形态的氮也有这种相似性（沈志良等，2003），而有机形态的氮则没有这种相似性。

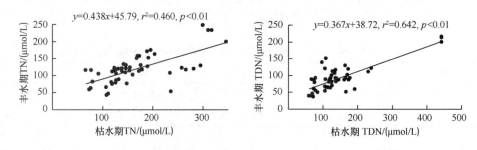

图 4-8　枯水、丰水期之间长江 TN 和 TDN 迁移变化的关系

4. 长江枯水、丰水期各种形态氮之间的关系

长江干流和支流枯水、丰水期 TN、TDN、无机氮和有机氮浓度之间的相关关系见表 4-7。有机氮与 DIN 之间呈现较复杂的关系，枯水、丰水期 DIN 和 DON 之间均有正相关关系，其中丰水期较差；DIN 与 TON 之间和 DON 与 TON 之间，枯水期均没有明显的关系，丰水期则呈较为显著的正相关关系；枯水、丰水期长江水中 TDN 的迁移过程是由 DIN 和 DON 共同决定的，三者之间都具有显著和较显著的线性正相关关系，表明它们有比较相似的迁移变化规律，根据 DIN 和 DON 在 TDN 中所占的比例（表 4-8），丰水期 TDN 的迁移更加取决于 DIN。从表 4-7 还可以看出 TON、DIN 和 TDN 与 TN 均有显著的线性正相关关系。根据枯水、丰水期各种形态氮与 TN 的相关关系和它们在 TN 中所占的比例（表 4-8），表明长江水中氮的迁移过程主要取决于溶解形态的氮，或者由无机和有机形态的氮共同决定。

表 4-7　长江枯水、丰水期各种形态氮（μmol/L）之间的相关关系

水期	相关方程式	相关系数 r^2	统计数 n	置信水平 p
枯水期	DON=30.10+0.307 DIN	0.139	55	<0.01
	TON-DIN	0.022	58	
	TON-DON	0.009	55	
	TDN=30.10+1.307 DIN	0.745	55	<0.01
	TDN=49.88+1.452 DON	0.625	55	<0.01
	TN=69.36+1.092 TON	0.783	58	<0.01
	TN=69.10+1.253 DIN	0.349	58	<0.01
	TN=82.41+0.604 TDN	0.172	55	<0.01
丰水期	DON=14.41+0.168 DIN	0.056	54	<0.10
	TON=31.12−0.346 DIN	0.094	54	<0.05
	TON=36.13+0.619 DON	0.150	54	<0.01
	TDN=27.11+0.925 DIN	0.837	57	<0.01
	TDN=46.60+1.423 DON	0.531	54	<0.01
	TN=41.85+1.301 TON	0.707	54	<0.01
	TN=50.93+0.980 DIN	0.731	57	<0.01
	TN=28.88+0.983 TDN	0.752	57	<0.01

表 4-8　长江枯、丰期各种形态氮之间的平均浓度比例

水期	DIN/TDN		DON/TDN		DIN/TN		TON/TN		TDN/TN	
	干流	支流	干流	支流	干流	支流	干流	支流	干流	支流
枯水期	0.58 ±0.11	0.58 ±0.10	0.42 ±0.11	0.42 ±0.10	0.45 ±0.11	0.46 ±0.11	0.55 ±0.11	0.54 ±0.11	0.78 ±0.13	0.80 ±0.12
丰水期	0.71 ±0.07	0.67 ±0.08	0.29 ±0.07	0.33 ±0.08	0.54 ±0.07	0.50 ±0.08	0.46 ±0.07	0.50 ±0.08	0.77 ±0.10	0.75 ±0.10

注：支流中不包括黄浦江。

5. 长江枯水、丰水期各种形态氮之间的浓度比例

长江干流各种形态氮之间的浓度比例变化如图 4-9 所示。长江干流枯水期 DIN 占 TDN 的比例在攀枝花（干流最低值，占 35%）和万县河段较低，在重庆和宜昌（干流最高值，占 71%）较高，自宜昌开始逐渐降低直至南京，从南京至河口又有所增加。河口 DIN 占 TDN 的 58%，枯水期大部分站位 DIN 占优势，DON/TDN 值则相反。丰水期 DIN/TDN 值和 DON/TDN 值时高时低，没有规律，但变化幅度稍小于枯水期，DIN/TDN 最低值在武汉河段，为 58%；最高值在万县、九江和河口，均为 79%，DIN 始终是 TDN 中的主要存在形态。枯水期上游河段的 DIN/TN 值较低，并随着河流流向自上而下呈上升趋势；最低值在攀枝花，为 31%，中、下游较高且变化较小，最高值

在武汉，为 63%。TON/TN 值则相反，上游河段 TON 是 TN 中的主要存在形态，中游 DIN 在 TN 中的比例高于 TON，下游与上游类似，至河口则各占 50%。丰水期两者比例较为接近，大部分河段是 DIN 略占优势，在河口区 DIN 占 TN 达 64%（干流最高值），DIN/TN 最低值也在攀枝花，为 40%。枯水期 TDN/TN 值在攀枝花很高（90%），至涪陵下降到最低点（53%），万县下游除了在武汉达到干流最高值 98% 外，其他河段的 TDN/TN 值变化均不大，至河口则为 86%。全干流溶解形态的氮始终占优势。丰水期也是 TDN 占绝对优势，万县以上河段 TDN/TN 值变化与枯水期有所不同，从万县至河口的变化与枯水期非常相似，也是在武汉达到干流最高比例 96%，河口TDN/TN 值为 81%。

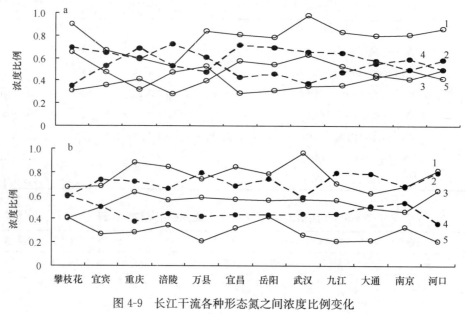

图 4-9　长江干流各种形态氮之间浓度比例变化

a. 枯水期；b. 丰水期。1. TDN/TN；2. DIN/TDN；3. DIN/TN；4. TON/TN；5. DON/TDN

　　枯水、丰水期 DIN 和 DON 在 TDN 中的平均比例，DIN 均高于 DON；其中丰水期更明显，DIN/TDN 值干、支流分别占 71%±7% 和 67%±8%（表 4-8），这可能与丰水期更有利于部分 DON 氧化成 DIN 有关。DIN 和 TON 在 TN 中所占的比例，枯水期干、支流中 DIN 略低于 TON；丰水期干流中 DIN 略高于 TON、支流中则各占50%。枯水、丰水期，干流和支流中的 TDN 在 TN 中所占的比例基本相同，为 75%～80%；TDN 中包括各种形态的溶解无机氮（DIN）和溶解有机氮（DON），是长江水中氮的主要组分。

6. 长江丰水期 TN、TDN 和有机氮浓度与悬浮体含量之间的关系

　　长江干、支流丰水期各种形态氮中，只有 TN、TON 浓度与 TSM 含量之间有较好的负线性相关关系。TON 大约占 TN 的一半（表 4-8），它与 TSM 之间的负相关关系可能是由于有机氮比较容易被颗粒悬浮物质吸附。其余各种形态的氮包括无机氮与

TSM 之间相关性均较差（沈志良等，2003）。TN、TON 与 TSM 之间的关系如图 4-10所示。

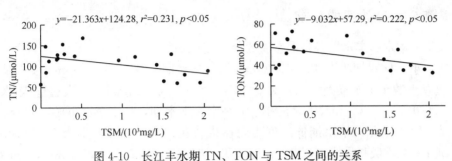

图 4-10　长江丰水期 TN、TON 与 TSM 之间的关系

7. 长江干流 TN、TDN 和有机氮浓度与长江径流量之间的关系

长江干流枯水期各种形态氮的浓度与各站径流量的当日平均值间的相关统计表明，只有 TDN 浓度与长江径流量有较好的线性正相关关系（$r^2 = 0.439$，$p < 0.05$）。这是因为 DIN 在 TDN 中占较大的份额（表 4-8），而 DIN 与径流量之间有较好的相关关系（沈志良等，2003）。上述关系表明，枯水期从长江上游至下游，随着长江径流量的增加，溶解形态氮的浓度有增加的趋势。TN 与径流量之间的正相关关系较差（$r^2 = 0.178$），但是在上游河段，两者有较好的正相关性（$r^2 = 0.665$，$p < 0.05$）；TON 与径流量之间无相关关系。

长江干流丰水期各种形态氮的浓度与各站径流量的当日平均值间的关系表明，TDN、TON 和 TN 与径流量之间的正相关关系较差或无相关关系（相关系数 r^2 分别为0.103、0.015 和 0.223）。但是如果仅对上游河段进行相关统计，可以发现与无机氮一样，TDN 和 TN 的浓度与长江径流量有显著的线性正相关关系，相关系数 r^2 分别为0.848 和 0.860（$p < 0.01$）。这可能与丰水期分两次调查有关，上游调查正值洪水，TDN 和 TN 的浓度自上而下随径流增加而增加（图 4-7），因此相关性很好；中、下游调查时（10 月）洪水已退，径流量锐减，但 TDN 和 TN 的浓度却没有大的变化，这在很大程度上影响了它们之间的相关关系。形成上游和中、下游氮浓度与径流二者相关性的差异还与长江水中氮的来源有关：相关研究已表明，长江水中 TN 主要来自面源，如降水氮和农业化肥、土壤流失氮等，它们分别占输入长江 TN 的 56.2% 和 15.4%（Shen et al.，2003）。在长江上游流域，自上而下不同河段人口密度、人类活动有较大差异，造成输入长江面源氮浓度有较大的不同；而长江中、下游流域，人口分布趋于均匀，工农业生产发达的程度差异较小，反映在长江水中的 TN 含量差异也很小（图 4-7）。此外，点源排污氮输入等也是影响它们之间正相关性的因素之一（Jarvie et al.，1998），这是一个被河水稀释的过程。据统计，由点源排污输入长江的氮，中、下游比上游要高得多（Shen et al.，2003），这恰好与中、下游和上游氮浓度与径流之间的正相关性差异相一致。

二、长江磷和硅的分布变化和迁移

（一）长江磷和硅浓度的分布

长江干流枯水、丰水期各种形态磷的分布变化如图 4-11 所示。长江干流 PO_4-P 浓度变化均较小，枯水期为 $0.12\sim0.53\mu mol/L$；丰水期为 $0.17\sim0.45\mu mol/L$。枯水期 TDP 浓度从上游至下游逐渐增加，为 0.28（宜宾）$\sim0.92\mu mol/L$（大通）；丰水期变化较小，为 $0.22\sim0.49\mu mol/L$。长江干流枯水、丰水期，从上游至下游，TP 与 TPP 浓度几乎呈同步变化：枯水期低浓度出现在攀枝花河段，二者分别为 $0.98\mu mol/L$ 和 $0.56\mu mol/L$；在重庆和岳阳出现两个高值，TP 浓度分别为 $2.79\mu mol/L$ 和 $3.79\mu mol/L$，TPP 分别为 $2.29\mu mol/L$ 和 $3.22\mu mol/L$；武汉至河口，变化较小，TP 为 $1.13\sim1.84\mu mol/L$，TPP 为 $0.44\sim0.92\mu mol/L$。丰水期 TP 和 TPP 浓度分别在 $2.9\sim10.6\mu mol/L$ 和 $2.5\sim10.3\mu mol/L$ 之间变化，两者都在重庆达到最大值，万县至河口变化较小。与 Zhang 等（1999）报道的数据相比较，本次调查 PO_4-P 和 TDP 浓度明显低于文献值，TPP 则高得多；TP 浓度，枯水期与文献值比较接近，而丰水期则高很多，但沿干流变化趋势较相似，其浓度增加主要在上游河段，中、下游有所下降。各种磷浓度在枯水、丰水期沿长江干流的分布变化有明显的区别（图 4-11），它们的平均浓度差异很大（表 4-9）。枯水期的 TDP 明显高于丰水期，TP 和 TPP 则相反。

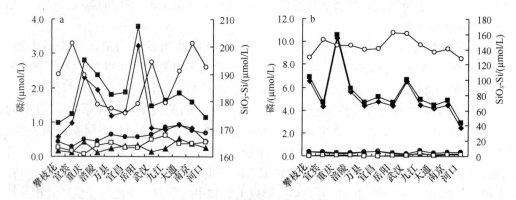

图 4-11　长江干流枯、丰期各种形态磷和 SiO_3-Si 的分布变化
a. 枯水期；b. 丰水期。■TP；◆TPP；●TDP；▲PO_4-P；□DOP；○SiO_3-Si

表 4-9　长江干流各种形态磷和 SiO_3-Si 的平均浓度

水期	PO_4-P	TDP	TPP	TP	SiO_3-Si
枯水期	0.27 ± 0.13	0.61 ± 0.18	1.27 ± 0.82	1.88 ± 0.79	187.6 ± 9.2
丰水期	0.25 ± 0.09	0.31 ± 0.08	5.22 ± 1.93	5.56 ± 1.90	143.6 ± 10.8

长江干流磷浓度的变化也与支流输送的影响有关。枯水期嘉陵江、汉水和鄱阳湖等河口较高的 TDP 浓度（表 4-10）使长江干流 TDP 浓度从上游至下游逐渐增加。在汉水和鄱阳湖口的 PO_4-P 高浓度使干流中的浓度增加，在大通达到最大值。枯水期支流中 TPP 和 TP 浓度与干流中比较接近（表 4-9，表 4-10）。丰水期支流中（除了黄浦江外）

TDP 平均浓度仅是枯水期的 38％，主要是 PO_4-P，且与干流较为接近（干、支流中 PO_4-P 浓度分别是 TDP 的 73％±19％、85％±18％），因此丰水期干流中 TDP 浓度较低。

表 4-10　长江枯、丰期支流各种形态磷和 SiO_3-Si 的平均浓度 （μmol/L）

支流	TP		TPP		TDP		PO_4-P		DOP		SiO_3-Si	
	枯水期	丰水期	枯水期	丰水期	枯水期	丰水期	枯水期	丰水期	枯水期	丰水期	枯水期	丰水期
雅砻江	1.01	6.92	0.69	6.54	0.32	0.38	0.19	0.38	0.13	0	208.8	146.0
岷江	2.02	5.26	1.66	4.96	0.36	0.30	0.27	0.30	0.09	0	176.0	96.4
嘉陵江	2.56	5.08	0.90	4.81	1.66	0.27	0.30	0.24	1.36	0.03	87.6	140.4
乌江	2.42	5.75	1.99	5.49	0.43	0.26	0.30	0.26	0.13	0	126.4	107.2
洞庭湖	1.50	1.43	0.95	1.22	0.55	0.22	0.24	0.15	0.31	0.07	188.8	140.8
汉水	2.66	2.33	1.22	1.82	1.44	0.48	0.69	0.39	0.75	0.09	177.6	134.8
鄱阳湖	1.40	0.63	0.39	0.34	1.01	0.29	0.52	0.15	0.49	0.14	208.0	121.2
黄浦江	3.67	7.27	0.96	4.50	2.71	2.77	0.57	2.39	2.14	0.30	201.2	166.0
平均*	1.94 ±0.64	3.91 ±2.42	1.11 ±0.56	3.63 ±2.44	0.82 ±0.55	0.31 ±0.09	0.36 ±0.18	0.27 ±0.10	0.68 ±0.73	0.08 ±0.10	167.6 ±44.8	126.7 ±18.9

＊不包括黄浦江。

　　丰水期支流中 TPP 和 TP 的分布具有与溶解磷相反的特征，其一是它们的浓度值高，这是造成干流中浓度高的重要因素之一；另一个特征是上游支流的 TPP 和 TP 浓度显著高于除黄浦江以外的中、下游支流和湖泊（表 4-10），干流也如此。

　　枯水、丰水期长江干流 SiO_3-Si 浓度变化都很小，分别为 175.6～201.2μmol/L 和 128.4～162.0μmol/L，丰水期浓度明显小于枯水期（表 4-9，表 4-10）。枯水、丰水期长江支流中 SiO_3-Si 浓度略小于干流。可以认为长江水中 SiO_3-Si 分布是均匀的。由于 SiO_3-Si 不受环境污染的影响，它的分布和变化与氮和磷有很大的区别。本次调查攀枝花和成都降水中 SiO_3-Si 浓度在检出线以下。长江水中的 SiO_3-Si 浓度稍大于世界河流的平均值 150μmol/L （Treguer et al.，1995）。

（二）长江磷的存在形态和组成特点

　　磷除了直接受人类活动的影响外，还具有自身的特点，长江磷的分布和组成不同于氮。TPP 是长江水中磷的主要存在形态，TPP 浓度占 TP 的比例，丰水期（干、支流分别为 94％±3％和 86％±16％）高于枯水期（干、支流分别为 64％±15％和 54％±23％），干流高于支流。枯水、丰水期，干、支流溶解和颗粒磷的浓度差异主要与悬浮物质有关，丰水期悬浮物质占全年的 82％～87％（中国科学院地理研究所等，1985），它们易于吸附溶解形态的无机磷或有机磷。在天然水中，磷几乎全部以磷酸根离子的形式存在，具有强烈的亲和性，因而磷总是处于颗粒相状态（Berge et al.，1997）。丰水期 TP 和 TPP 浓度高于枯水期可能与大雨对土壤冲刷、水土流失带来部分磷有关，特别是在上游河段，水土流失面积占全流域的 60.5％（Shen et al.，2003）；由于降水中

TP 含量并不高（平均 $0.66\mu mol/L$），因而与降水无关。本次调查长江干流中悬浮物质含量是支流的 1.9 倍，上游水中的悬浮物含量高于中、下游；特别是长江支流，其上游是中、下游的 16 倍，长江悬浮物质主要来自于宜昌以上流域，宜昌站多年平均悬浮物质为 5.21 亿 t（中国科学院地理研究所等，1985）。长江水中磷的输送主要借助于悬浮物质进行，颗粒磷占绝对优势，是浑浊河水的一个特征，这与世界上许多河流相同（Baturin，1982）。

（三）长江氮、磷、硅之间的摩尔比

长江干流枯水期 TN/TP 之摩尔比为 42.4（岳阳）～142.1（河口）；丰水期 TN/TP 之摩尔比从上游至下游有增加趋势，为 8.2～38.4（河口）。干、支流中 TN/TP 之摩尔比，枯水期比较接近，丰水期相差很大（表 4-11）。长江干流沿途 TDN/TDP 和 DIN/PO_4-P 之摩尔比变化都较大，数值很高，在河口，枯水期二者分别为 200.4 和 306.9；丰水期二者分别为 237.1 和 310.0。TPN/TPP 之摩尔比在长江枯水、丰水期干、支流都较小，枯水期明显高于丰水期（表 4-11），其变化趋势比较类似于 TN/TP 值，河口枯水、丰水期 TPN/TPP 值分别为 50.7 和 8.5。枯水、丰水期长江干、支流中溶解态的 N/P 摩尔比最高，颗粒态的 TPN/TPP 值最低（表 4-11）。枯水、丰水期 SiO_3-Si/DIN 值有相似的变化趋势，重庆以上河段较高，在攀枝花达到最高值，分别为 8.2 和 5.6；重庆以下至河口比值较低，变化很小，枯水期为 2.1～3.7，丰水期为 1.8～2.6。支流中 SiO_3-Si/DIN 值变化与干流相似，其平均值也与干流接近（表 4-11）。SiO_3-Si/PO_4-P 值，长江干、支流变化很大，数值很高，其平均值干流高于支流（表 4-11）。

表 4-11　长江氮、磷、硅的平均摩尔比

水期		TN/TP	TDN/TDP	DIN/PO_4-P	TPN/TPP	SiO_3-Si/DIN	SiO_3-Si/PO_4-P
枯水期	干流	85.9±25.6	196.0±35.8	282.1±128.5	28.0±14.1	3.3±1.8	859.1±432.4
	支流	81.1±11.5	192.5±94.9	222.4±96.2	37.7±32.1	3.3±2.9	558.3±305.1
丰水期	干流	21.7±8.6	287.1±34.0	265.9±107.8	5.6±3.3	2.7±1.1	641.2±208.5
	支流	43.0±28.1	317.5±62.9	235.8±119.4	11.8±8.8	2.8±1.6	551.7±263.3

注：支流不包括黄浦江。

长江水中 N/P 值、Si/N 值和 Si/P 值远远高于 Redfield 值 N/Si/P = 16/16/1（Brzezinski，1985），表明浮游植物生长可能主要受磷限制。很高的营养盐比值也不利于浮游植物生长，如长江口门内叶绿素 a 含量仅为 $0.5\mu g/L$。与磷限制相比，在长江这样的浑浊水体，光对浮游植物的限制可能更重要（口门内透明度为 0.2～0.3m）。长江水体很高的 N/P 值主要反映了人类活动的影响，特别是人类导致氮的大量输入，如降水和化肥流失等（Shen et al.，2003）。根据笔者的测定，丰水期长江流域降水中的平均 TN/TP、TDN/TDP 和 DIN/PO_4-P 之摩尔比分别为 191.1、283.7 和 248.5，其中后二者的比值与长江干、支流水非常接近（表 4-11），长江水主要来源于降水，说明从降水进入河水的过程中溶解形态的氮和磷之间处于一种准平衡状态。DIN/PO_4-P 之摩尔比与 Cesapeak 湾降水中的比值（300）也比较接近（Fisher et al.，1992）。降水中的

TN/TP值比河水高得多，这是因为降水中的 TP 含量不高（主要以溶解形态存在，占 65.2%），河水中磷含量较高（主要以颗粒形态存在），见表 4-9、表 4-10；而降水（TN 平均浓度为 126.1μmol/L）和河水中氮浓度均较高，且比较接近（表 4-5，表 4-6）。降水中较低含量的磷表明，降水不是长江磷的主要来源，这与氮有很大的不同（Shen et al.，2003）。由于硅不受环境污染的影响，因此 Si/N 和 Si/P 摩尔比的高低可以用来评价环境污染的程度。长江很高的 N/P 值、Si/N 值和 Si/P 值是导致长江口水域高营养盐比（沈志良等，1992）的主要原因。

（四）长江磷和硅浓度与悬浮体含量和径流量之间的关系

由于悬浮颗粒物质对磷有重要的吸附作用，长江干、支流丰水期 TP 和 TPP 与 TSM 之间呈显著的正相关关系、DOP 和 TSM 呈负相关关系（图 4-12）。被吸附在悬浮颗粒物上的磷包括一部分无机磷和有机磷，两者主要来源于陆源输入和有机体的氧化分解，特别是特大洪水把大量的含磷物质冲刷入水，它们易于被颗粒悬浮物质包括一些黏土矿物和有机胶体等吸附。相关分析表明 SiO$_3$-Si 与 TSM 之间没有相关关系。上述结果与 20 世纪 80 年代武汉水文站的研究结果相似，TSM 与 TP 密切相关（段水旺和章申，1999）。

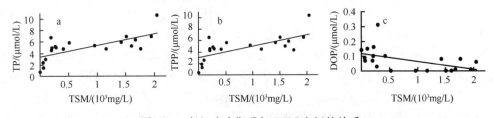

图 4-12　长江丰水期磷与 TSM 之间的关系

a. TP＝3.35＋2.020 TSM，r^2＝0.471，$p<0.01$；b. TPP＝3.03＋2.007 TSM，r^2＝0.463，$p<0.01$；
c. DOP＝0.12－0.054 TSM，r^2＝0.263，$p<0.05$

长江干流枯水期磷的浓度与各站径流量的当日平均值之间的相关统计表明，只有 DOP 和 TDP 浓度与长江径流量呈现线性正相关关系（图 4-13），它表明从长江上游至下游，随着长江径流量的增加，溶解磷的浓度有增加的趋势；这种趋势上游比中、下游明显（图 4-11），与溶解态氮的变化趋势相一致，反映了长江流域沿途降水、地表水中的氮和磷不断输入的结果，主要是农业面源的影响（Jarvie et al.，1998）。SiO$_3$-Si 浓度与径流量没有相关关系，SiO$_3$-Si 主要来自硅酸盐矿自然风化和侵蚀。

统计分析表明，长江干流丰水期各种磷与径流量之间均没有相关关系，这与磷和 TSM 的关系有很大区别，进一步表明丰水期磷浓度的大小主要由悬浮体所控制，与径流量无关。SiO$_3$-Si 浓度与径流量之间也没有相关关系。目前，笔者所查阅到的有关长江水中营养盐浓度与径流量之间关系的文献并不多，主要包括：20 世纪 80 年代武汉水文站，TP 与径流量之间呈显著正相关（段水旺和章申，1999）；大通水文站 60～80 年代的 PO$_4$-P、SiO$_3$-Si 与径流量之间均没有相关关系（沈焕庭，2001）。上述两个站的情况实际上反映了磷的季节变化、年际变化与径流量的关系，与本节所统计的时间和空间

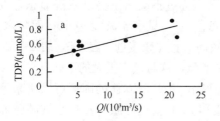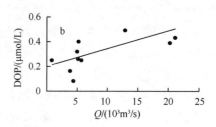

图 4-13　长江干流枯水期磷的浓度与长江径流 Q 的关系

a. TDP$=0.40+0.021Q$，$r^2=0.650$，$p<0.01$；

b. DOP$=0.20+0.014Q$，$r^2=0.430$，$p<0.05$

范围不同。有关河流中营养盐浓度和径流量的关系是很复杂的，不同的河流有不同的情况（Bhangu and Whitfield，1997；van der Weijden and Middelburg，1989；Brooker and Johnson，1984）。

（本节著者：沈志良　刘　群　张淑美）

第二节　长江营养盐的输送通量

　　由于人类活动的影响，世界很多河流营养盐浓度都有了很大的增加（Shen et al.，2003；Howart et al.，1996；Galloway et al.，1995），在全球尺度上河流向近海水域输送氮、磷的量分别增加了 2.5 倍和 2.0 倍（Meybeck，1998），成为国际上近海水域富营养化中的一个突出问题（Paerl，1997；Nixon，1995）。另外，与氮、磷不同，由于水文变化等原因，流域中的硅酸盐浓度减少了约 50%（Correll et al.，2000；Humborg et al.，2000），进一步改变了水域营养盐结构和组成，加重了对河口水域浮游植物群落结构的影响。因此，科学、准确估算河流的营养盐输送通量，对深入揭示河口水域富营养化的形成、生态效应都具有十分重要的意义。

　　上一节笔者从全流域角度较系统地介绍了长江营养盐的分布变化和迁移特征。鉴于目前有关全流域长江营养盐输送通量的研究较少（Liu et al.，2003；沈志良，2004），特别是有关硅的报道更少，本节在上一节基础上，进一步讨论了长江枯水、丰水期各种形态氮、磷和硅酸盐在长江干、支流中的输送通量和长江口的输出通量，提出了长江各种形态氮、磷和硅酸盐的输送方程式，为长江口水域富营养化的形成特点和机制提供了重要参考。

　　本节所用的资料来源和调查方法同本章上一节。

一、长江氮的输送通量

（一）长江枯水期各种形态氮的输送

　　氮的输送通量按下式计算：

$$F = \overline{\Sigma C} \cdot Q \cdot f$$

式中，F 为氮的输送通量，kg/s；$\overline{\Sigma C}$ 为各断面氮浓度的平均值，μmol/L；Q 为该断面月平均径流量，m^3/s；f 为单位换算系数。

长江干、支流各断面枯水期（1997 年 12 月）各种形态氮的输送通量及在长江口输出通量中所占的比例分别列于表 4-12 和表 4-13。从表 4-12 可以看出，从攀枝花至长江下游 NO_3-N 通量逐渐增加，到长江河口处的输出通量达到了 18.646kg/s。NO_3-N 通量的增加一方面来自干流沿途的不断输入，另一方面来自支流、湖泊。长江主要支流、湖泊输入干流的 NO_3-N 通量达 10.284kg/s，占输出通量的 55.1%。如从宜宾至重庆，除岷江外，沿途还有沱江、赤水、綦江等，NO_3-N 通量增加了 1.207kg/s，占长江输出通量的 6.5%。重庆至万县，增加的 NO_3-N 通量占输出通量的 5.1%，主要是由于嘉陵江和乌江的输入。岳阳至武汉 NO_3-N 通量增加最快，占输出通量的 35.7%，其中 23.2% 是由洞庭湖贡献的。九江至大通 NO_3-N 通量增加也很快，鄱阳湖贡献了 20.2%。

表 4-12　长江干流枯水期各种形态氮的输送通量（kg/s）及占输出通量的比例（%）

项目		攀枝花	宜宾	重庆	涪陵	万县	宜昌	岳阳	武汉	九江	大通	河口
TN	通量	0.746	5.152	8.852	11.119	12.273	8.451	12.149	24.378	30.341	48.105	48.298
	比例	1.5	10.7	18.3	23.0	25.4	17.5	25.2	50.5	62.8	99.6	100.0
TDN	通量	0.669	3.477	5.288	5.930	10.311	6.846	9.488	23.923	25.049	38.328	41.592
	比例	1.6	8.4	12.7	14.3	24.8	16.5	22.8	57.5	60.2	92.2	100.0
NO_3-N	通量	0.166	1.543	2.750	2.352	3.718	4.161	5.678	12.338	12.642	17.246	18.646
	比例	0.9	8.3	14.8	12.6	19.9	22.3	30.5	66.2	67.8	92.5	100.0
NO_2-N	通量	0.003	0.016	0.070	0.070	0.089	0.189	0.220	0.485	0.563	0.735	0.217
	比例	1.5	7.2	32.4	32.4	41.2	87.4	101.6	223.9	259.8	339.6	100.0
NH_4-N	通量	0.064	0.288	0.787	0.701	1.022	0.499	0.643	2.608	2.764	3.778	5.143
	比例	1.3	5.6	15.3	13.6	19.9	9.7	12.5	50.7	53.7	73.5	100.0
DIN	通量	0.234	1.845	3.607	3.125	4.829	4.851	6.539	15.435	15.974	21.774	23.999
	比例	1.0	7.7	15.0	13.0	20.1	20.2	27.2	64.3	66.6	90.7	100.0
DON	通量	0.436	1.632	1.681	2.804	5.481	1.995	2.948	8.488	9.075	16.554	17.593
	比例	2.5	9.3	9.6	15.9	31.2	11.3	16.8	48.2	51.6	94.1	100.0
TON	通量	0.512	3.307	5.246	7.993	7.443	3.600	5.610	8.943	14.367	26.331	24.299
	比例	2.1	13.6	21.6	32.9	30.6	14.8	23.1	36.8	59.1	108.4	100.0
TPN	通量	0.077	1.675	3.564	5.189	1.962	1.606	2.661	0.455	5.292	9.777	6.706
	比例	1.1	25.0	53.1	77.4	29.3	23.9	39.7	6.8	78.9	145.8	100.0

表 4-13　长江支流枯水期各种形态氮的输送通量（kg/s）及占输出通量的比例（%）

项目		雅砻江	岷江	嘉陵江	乌江	洞庭湖	汉水	鄱阳湖	合计	河口
TN	通量	0.495	1.731	1.089	1.708	10.212	1.547	9.902	26.683	48.298
	比例	1.0	3.6	2.3	3.5	21.1	3.2	20.5	55.2	100.0

项目		雅砻江	岷江	嘉陵江	乌江	洞庭湖	汉水	鄱阳湖	合计	河口
TDN	通量	0.381	1.658	0.760	1.062	9.112	1.254	8.379	22.605	41.592
	比例	0.9	4.0	1.8	2.6	21.9	3.0	20.1	54.3	100.0
NO$_3$-N	通量	0.095	0.784	0.384	0.478	4.321	0.458	3.763	10.284	18.646
	比例	0.5	4.2	2.1	2.6	23.2	2.5	20.2	55.1	100.0
NO$_2$-N	通量	0.002	0.022	0.011	0.004	0.091	0.016	0.064	0.209	0.217
	比例	0.8	10.0	4.9	1.9	42.2	7.2	29.6	96.6	100.0
NH$_4$-N	通量	0.046	0.170	0.124	0.067	1.190	0.352	1.120	3.069	5.143
	比例	0.9	3.3	2.4	1.3	23.1	6.9	21.8	59.7	100.0
DIN	通量	0.143	0.976	0.519	0.549	5.608	0.827	4.941	13.562	23.999
	比例	0.6	4.1	2.2	2.3	23.4	3.4	20.6	56.5	100.0
DON	通量	0.238	0.682	0.241	0.513	3.504	0.428	3.438	9.044	17.593
	比例	1.4	3.9	1.4	2.9	19.9	2.4	19.5	51.5	100.0
TON	通量	0.352	0.755	0.678	1.159	4.604	0.720	4.960	13.229	24.299
	比例	1.4	3.1	2.8	4.8	18.9	3.0	20.4	54.4	100.0
TPN	通量	0.113	0.073	0.437	0.646	1.101	0.293	1.523	4.185	6.706
	比例	1.7	1.1	6.5	9.6	16.4	4.4	22.7	62.4	100.0

长江干流 NH$_4$-N 通量变化，除了与 NO$_3$-N 一样——重庆稍高于涪陵外，从万县至宜昌，NH$_4$-N 通量下降了 0.523kg/s；NO$_3$-N 则增加了 0.443kg/s，可能表明有部分 NH$_4$-N 转化为 NO$_3$-N，这与它们的浓度变化相一致（沈志良等，2003）。从万县至宜昌，没有大的支流、湖泊，径流量也没有变化。NH$_4$-N 通量增加最快的河段也是岳阳至武汉。12 月 NH$_4$-N 的输出通量是 5.143kg/s，其中支流和湖泊贡献的 NH$_4$-N 占 59.7%。

长江干流 NO$_2$-N 通量变化也是从上游至下游逐渐增加。与 NH$_4$-N 通量下降相反，从万县至宜昌，NO$_2$-N 通量大幅度增加（增加了 0.100kg/s）。在河水中，NO$_2$-N 含量很低，它一方面来自陆地输送，另一方面来自 NH$_4$-N 的进一步氧化，由于其不稳定，NO$_2$-N 很容易转化为 NO$_3$-N。12 月 NO$_2$-N 输出通量为 0.217kg/s。

DIN 通量大小主要由 NO$_3$-N 控制，变化趋势与 NO$_3$-N 一致。12 月 DIN 的输出通量为 23.999kg/s，主要支流、湖泊为长江输送 DIN 为 13.562kg/s，占输出通量的 56.5%。从表 4-12 可以看出，枯水期长江上游贡献的 DIN 和 NO$_3$-N 通量分别占长江口输出通量的 20.2% 和 22.3%，中、下游分别占 79.8% 和 77.7%。在长江口三态无机氮的输出通量中，NO$_3$-N 占 77.7%，NO$_2$-N 占 0.9%，NH$_4$-N 占 21.4%。无机氮输送与长江径流的水量输送较为一致，上游径流占长江总径流量的 22.7%，中、下游占 77.3%。

DON 通量沿干流输送与 NH$_4$-N 比较相似，也是在万县特别高，万县之后下降。增加最快的河段是岳阳至武汉和九江至大通。DON 主要来自长江流域地表径流输入以及工业和生活污水排入等，一部分由有机体分解产生，DON 进一步氧化分解则生成

NH_4-N。TDN 是 DON 和 DIN 之和，其沿干流输送也与它们基本相似，仅在万县有异常高的现象。TN 通量沿干流变化与 TDN 完全一致。DON、TDN 和 TN 途经长江口的输出通量分别为 17.593kg/s、41.592kg/s 和 48.298kg/s，其中上游分别贡献了11.3％、16.5％和 17.5％，中、下游分别贡献了 88.7％、83.5％和 82.5％，而武汉以下流域，三者分别占输出通量的 51.8％、42.5％和 49.5％，即武汉上、下游各占一半。经支流和湖泊输入长江的 DON、TDN 和 TN 分别占长江口输出通量的 51.5％、54.3％和 55.2％，可见枯水期 12 月来自支流和湖泊的氮超过一半。在主要支流和湖泊中，各种形态的氮均以洞庭湖水系贡献最大。

TON 通量变化，其增加最快的是在武汉至九江至大通，从大通至河口反而有所下降，可能主要是受 TPN（主要是颗粒有机氮）通量下降的影响。沿长江干流 TPN 通量时有升降，这与干、支流 TPN 浓度波动大很有关系。TPN 主要由江水中有机体、陆源排放的颗粒有机氮及被江水中悬浮体吸附的溶解有机氮和 NH_4-N 等组成。河水中的TPN 也会通过氧化分解或解吸等转化或释放出 DON 和 NH_4-N 等。TON 和 TPN 途经长江口的输出通量分别为 24.299kg/s 和 6.706kg/s。

从表 4-12 可以看出，攀枝花以上流域各种形态氮的输送通量最小，在支流中，则以雅砻江通量最小，主要是因为那里受人类活动的影响较小的缘故。随着人类活动的增加，从上游到下游（人口密度从每平方千米几人至几百人，人文活动从几乎原始至现代），各种面源氮如降水氮、农业化肥和水土流失氮、城镇径流以及点源工业和生活污水氮排放等进入长江（Shen et al.，2003），使得长江氮的输送通量越来越大，至河口达到最大。在枯水期长江口各种形态的溶解氮输出通量中，溶解无机氮占 57.7％，溶解有机氮占 42.3％。在有机氮通量中，溶解态的占 72.4％，颗粒态的占 27.6％。在所有形态的氮中，无机氮占 49.7％，有机氮占 50.3％，溶解氮占 86.1％，颗粒氮占 13.9％。

（二）长江丰水期各种形态氮的输送通量

丰水期调查分两次进行，1998 年 8 月长江上游和 10 月长江中、下游。8 月长江上游干、支流各种形态氮的输送通量及其占长江口输出通量中的比例列于表 4-14 和表 4-15，其中 8 月河口站通量是根据 9 月的浓度（缺 8 月浓度）计算的。

表 4-14　8 月长江上游干流各种形态氮的通量（kg/s）及占输出通量的比例（％）

项目		攀枝花	宜宾	重庆	涪陵	万县	宜昌	河口
TN	通量	5.658	32.743	49.637	64.719	84.361	92.812	203.386
	比例	2.8	16.1	24.4	31.8	41.5	45.6	100.0
TDN	通量	3.798	22.292	43.697	54.464	62.399	77.976	
	比例							
NO_3-N	通量	1.831	14.580	27.418	31.723	45.806	49.183	95.671
	比例	1.9	15.2	28.7	33.2	47.9	51.4	100.0
NO_2-N	通量	0.013	0.055	0.251	0.338	0.223	0.058	1.846
	比例	0.7	3.0	13.6	18.3	12.1	3.2	100.0

续表

项目		攀枝花	宜宾	重庆	涪陵	万县	宜昌	河口
NH₄-N	通量	0.397	1.601	3.770	3.949	3.137	3.873	23.299
	比例	1.7	6.9	16.2	17.0	13.5	16.6	100.0
DIN	通量	2.238	16.224	31.416	35.991	49.153	53.129	120.771
	比例	1.9	13.4	26.01	29.8	40.7	44.0	100.0
DON	通量	1.560	6.068	12.281	18.473	13.247	24.847	
	比例							
TON	通量	3.420	16.519	18.221	28.729	35.209	39.682	82.615
	比例	4.1	20.0	22.1	34.8	42.6	48.0	100.0
TPN	通量	1.860	10.451	5.940	10.256	21.962	14.835	
	比例							

表 4-15　8 月长江上游支流各种形态氮的通量（kg/s）及占输出通量的比例（%）

项目		雅砻江	岷江	嘉陵江	乌江	合计	河口
TN	通量	4.680	10.596	16.903	12.797	44.977	203.386
	比例	2.3	5.2	8.3	6.3	22.1	100.0
TDN	通量	2.863	6.989	12.222	11.101	33.176	
	比例						
NO₃-N	通量	1.675	3.776	8.144	7.480	21.076	95.671
	比例	1.8	3.9	8.5	7.8	22.0	100.0
NO₂-N	通量	0.042	0.031	0.108	0.021	0.202	1.846
	比例	2.3	1.7	5.9	1.1	10.9	100.0
NH₄-N	通量	0.434	0.423	0.559	0.437	1.852	23.299
	比例	1.9	1.8	2.4	1.9	7.9	100.0
DIN	通量	2.146	4.227	8.815	7.941	23.128	120.771
	比例	1.8	3.5	7.3	6.6	19.2	100.0
DON	通量	0.718	2.762	3.407	3.161	10.048	
	比例						
TON	通量	2.534	6.369	8.089	4.856	21.848	82.615
	比例	3.1	7.7	9.8	5.9	26.4	100.0
TPN	通量	1.817	3.607	4.681	1.696	11.801	
	比例						

　　8 月攀枝花上游径流量占长江输出径流量的 8.6%，其贡献的 NO₃-N 仅占长江的 1.9%。由于干流沿江和支流的贡献，自攀枝花下游 NO₃-N 通量增加很快，至宜昌达到 49.183kg/s，占长江口输出 NO₃-N 的 51.4%，说明一半多的 NO₃-N 来自上游，这比枯水期所占的比例高得多。上游 4 条支流贡献 21.076kg/s，占长江口输出通量的

22.0%，占上游全部贡献的42.9%。1998年8月正值长江特大洪水，长江口NO_3-N的输出通量为95.671kg/s，是枯水期（12月）的5.1倍。上游NH_4-N的输送通量在重庆至宜昌变化不大，而嘉陵江和乌江NH_4-N的输送通量为0.996kg/s，其中部分NH_4-N可能转化为NO_3-N，这从嘉陵江和乌江下游河段NO_3-N通量较大幅度的增加中可以看出（表4-12，表4-13）。这与枯水期比较相似，该江段包括著名的三峡，NH_4-N易于氧化可能与水流湍急有关。宜昌河段NH_4-N通量为3.873kg/s，仅占长江口输出通量的16.6%，这与枯水期也很相似，表明长江水中NH_4-N主要由中、下游贡献。上游4条支流贡献的NH_4-N为1.852kg/s，仅占长江口输出通量的7.9%、上游通量的47.8%。8月长江口NH_4-N的输出通量为23.299kg/s，是枯水期的4.5倍。NO_2-N由于不稳定，其通量变化不如NO_3-N规律。

在三态无机氮中，由于NO_3-N占优势，因此DIN输送通量变化与NO_3-N很相似。宜昌河段DIN通量为53.129kg/s，占长江口输出DIN的44.0%，表明与枯水期一样，丰水期大部分DIN也来自中、下游，但是上游DIN所占的比例，丰水期要比枯水期高得多。8月长江口DIN的输出通量为120.771kg/s，是枯水期的5.0倍，4条支流贡献了23.128kg/s，占输出通量的19.2%，占上游DIN通量的43.5%。在DIN的输出通量中，NO_3-N占79.2%，NO_2-N占1.5%，NH_4-N占19.3%，这与枯水期非常相似。TON输送通量变化类似于DIN，宜昌河段输送通量为39.682kg/s，显著小于DIN，占长江口输出通量的48.0%。4条支流向长江贡献了TON 21.848kg/s，占上游输送通量的55.1%，占长江口输出TON的26.4%。8月长江口有机态氮的输出通量为82.615kg/s，是枯水期的3.4倍。有机氮通量明显低于无机氮，仅是无机氮的68.4%。TN是所有形态氮的总和，从攀枝花至宜昌逐渐增加，宜昌站TN的输送通量为92.812kg/s，占长江口输出通量的45.6%。4条支流向长江输送TN为44.977kg/s，占上游输送通量的48.5%，占长江口输出通量的22.1%，各种形态氮的输送均以嘉陵江贡献最大（表4-15）。8月长江口TN的输出通量是203.386kg/s，是枯水期的4.2倍，其中无机氮占59.4%，有机氮占40.6%。TDN、DON和TPN因河口没有数据，表4-14中仅列出它们的输送通量，三者在宜昌河段的输送通量分别是枯水期的11.4倍、12.5倍和9.2倍。4条支流向上游贡献的TDN、DON和TPN通量分别是33.176kg/s、10.048kg/s和11.801kg/s，占上游输送通量的42.5%、40.4%和79.5%。

丰水期8月在上游TN输送通量中，各种溶解形态的氮占84.0%，颗粒态的氮占16.0%，无机态的氮占57.2%，有机态的氮占42.8%。在TDN通量中，无机氮占68.1%，有机氮占31.9%。在TON通量中，溶解有机氮占62.6%，颗粒有机氮占37.4%。除了NO_2-N、NH_4-N和TPN外，丰水期8月，上游干流中各种形态氮的输送通量占长江口输出通量的44.0%~51.4%，远高于枯水期（11.3%~22.3%），支流也有类似的情况，显然与降水和特大洪水有关，长江流域降水中含有大量的氮（Shen et al.，2003）。

10月洪水已退，长江中、下游干、支流各种形态氮的输送通量及其占长江河口总输出通量比例列于表4-16和表4-17。中、下游干流NO_3-N输送通量从岳阳至河口逐渐增加，河口的输出通量为36.724kg/s，是枯水期（12月）的2.0倍，但仅是8月的

38.4%；其中，中、下游支流和湖泊贡献了 6.900kg/s，占输出通量的 18.8%。10 月长江口 NO_2-N 的输出通量为 0.111kg/s，小于枯水期（12 月），仅是 8 月的 6.0%。NH_4-N 的输送通量除了大通站高于河口外，其他站都呈增加趋势。10 月 NH_4-N 的输出通量为 2.718kg/s，是枯水期（12 月）的 52.8%，仅是 8 月的 11.7%；其中，中、下游支流和湖泊贡献了 1.733kg/s。DIN 的输送通量变化与 NO_3-N 非常相似，10 月 DIN 输出通量为 39.554kg/s，是枯水期（12 月）的 1.6 倍，仅占 8 月的 32.8%；其中，中、下游支流和湖泊向长江输送了 8.798kg/s。DIN 输出通量中主要是 NO_3-N，占 92.8%。中、下游 DON 输送通量武汉河段出现高值（16.280kg/s），可能与该地 TPN 通量（1.499kg/s）极低、颗粒态氧化分解成溶解态有关，与枯水期相似。10 月长江口 DON 输出通量为 10.429kg/s，与 NH_4-N 一样也低于枯水期，仅是枯水期（12 月）DON 的 59.3%；其中，中、下游支流和湖泊贡献了 5.359kg/s，占输出通量的 51.4%。TDN 的输送通量可能受 DON 的影响，武汉河段高于九江河段。10 月长江口 TDN 的输出通量为 49.983kg/s，是枯水期（12 月）的 1.2 倍；其中，中、下游支流向长江输送 14.157kg/s，占长江输出通量的 28.3%。在 TDN 输出通量中，溶解无机氮占 79.1%，溶解有机氮占 20.9%。中、下游 TON 和 TPN 的输送通量大通站高于河口，这也与枯水期是一致的。10 月二者在长江口的输出通量分别为 22.190kg/s 和 11.761kg/s；其中，中、下游支流、湖泊对 TON、TPN 的贡献分别为 8.270kg/s 和 2.907kg/s，占输出通量的 37.3% 和 24.7%。TON 输出通量稍低于枯水期（12 月），仅是 8 月的 27.2%，而 TPN 是枯水期的 1.8 倍。在 TON 的输出通量中，溶解态的占 47.0%，颗粒态的占 53.0%。可能由于受 TPN 的影响，TN 在大通河段的通量也高于河口，10 月 TN 输出通量为 61.744kg/s，是枯水期（12 月）的 1.3 倍，仅是 8 月的 30.4%；其中，中、下游支流、湖泊贡献了 17.064kg/s，占输出通量的 27.6%。在 TN 输出通量中，无机氮占 64.1%，有机氮占 35.9%；溶解态氮占 81.0%，颗粒态氮占 19.0%。在中、下游支流、湖泊中，各种形态的氮，均以洞庭湖贡献最大。除了 NO_2-N、NH_4-N 和 TPN 外，丰水期（10 月），岳阳河段各种形态氮的输送通量占长江口输出通量的 33.6%～45.1%，低于 8 月宜昌站所占的比例（44.0%～51.4%），主要因为 10 月特大洪水已经结束，但仍然高于枯水期（16.8%～30.5%）。尽管丰水期分两次调查，但依然可以看出各种形态的氮主要来自中、下游，这与枯水期是一致的，这是因为进入长江的各种面源和点源氮大部分来自中、下游（Shen et al.，2003）。从长江干流枯、丰期各种形态氮的输送可以看出，其输送规律主要取决于它们的稳定程度。

表 4-16　10 月长江中、下游干流各种形态氮的通量（kg/s）及占输出通量的比例（%）

项目		岳阳	武汉	九江	大通	河口
TN	通量	23.228	40.054	47.928	67.298	61.744
	比例	37.6	64.9	77.6	109.0	100.0
TDN	通量	18.012	38.555	33.590	41.922	49.983
	比例	36.0	77.1	67.2	83.9	100.0

项目		岳阳	武汉	九江	大通	河口
NO_3-N	通量	12.323	20.254	24.392	29.313	36.724
	比例	33.6	55.2	66.4	79.8	100.0
NO_2-N	通量	0.009	0.052	0.030	0.074	0.111
	比例	8.5	47.1	26.9	67.1	100.0
NH_4-N	通量	0.964	1.952	2.123	3.298	2.718
	比例	35.5	71.8	78.1	121.3	100.0
DIN	通量	13.306	22.276	26.664	32.665	39.554
	比例	33.6	56.3	67.4	82.6	100.0
DON	通量	4.706	16.280	6.927	9.257	10.429
	比例	45.1	156.1	66.4	88.8	100.0
TON	通量	9.923	17.779	21.264	34.633	22.190
	比例	44.7	80.1	95.8	156.1	100.0
TPN	通量	5.216	1.499	14.337	25.376	11.761
	比例	44.4	12.7	121.9	215.8	100.0

表 4-17　10月长江中、下游支流各种形态氮的通量（kg/s）及占输出通量的比例（%）

项目		洞庭湖	汉水	鄱阳湖	合计	河口
TN	通量	8.828	2.198	6.039	17.064	61.744
	比例	14.3	3.6	9.8	27.6	100.0
TDN	通量	7.487	1.613	5.056	14.157	49.983
	比例	15.0	3.2	10.1	28.3	100.0
NO_3-N	通量	4.095	0.912	1.889	6.900	36.724
	比例	11.1	2.5	5.1	18.8	100.0
NO_2-N	通量	0.094	0.019	0.031	0.144	0.111
	比例	84.9	17.6	27.6	130.1	100.0
NH_4-N	通量	0.785	0.205	0.743	1.733	2.718
	比例	28.9	7.5	27.3	63.8	100.0
DIN	通量	4.974	1.137	2.686	8.798	39.554
	比例	12.6	2.9	6.8	22.2	100.0
DON	通量	2.513	0.476	2.370	5.359	10.429
	比例	24.1	4.6	22.7	51.4	100.0
TON	通量	3.854	1.061	3.352	8.270	22.190
	比例	17.4	4.8	15.1	37.3	100.0
TPN	通量	1.340	0.584	0.983	2.907	11.761
	比例	11.4	5.0	8.4	24.7	100.0

（三）长江干流各种形态氮通量与径流量的关系

对长江干流枯水、丰水期各种形态氮通量与长江径流量 Q 进行相关统计，它们均呈线性正相关关系，除了丰水期 NO_2-N、TPN 与 Q 之间相关性在 95％以上外，其余的相关性都在 99％以上，表明各种形态氮通量大小主要受径流量所控制。丰水期相关性比枯水期差可能与丰水期分两次调查有关。

如果把长江枯水、丰水期干、支流各种形态氮通量与长江径流量进行相关统计，则可以发现它们均有显著的线性正相关关系，相关性优于长江干流，它们之间的相关关系表示如下：

枯水期：

$TN(kg/s) = -0.825 + 0.002\,250Q(m^3/s)$　　　$(r^2=0.984,\ n=18,\ p<0.01)$

$TDN(kg/s) = -1.143 + 0.001\,916Q(m^3/s)$　　　$(r^2=0.986,\ n=18,\ p<0.01)$

$NO_3\text{-}N(kg/s) = -0.424 + 0.000\,887Q(m^3/s)$　　　$(r^2=0.978,\ n=18,\ p<0.01)$

$NO_2\text{-}N(kg/s) = -0.007 + 0.000\,027Q(m^3/s)$　　　$(r^2=0.676,\ n=18,\ p<0.01)$

$NH_4\text{-}N(kg/s) = -0.136 + 0.000\,213Q(m^3/s)$　　　$(r^2=0.959,\ n=18,\ p<0.01)$

$DIN(kg/s) = -0.568 + 0.001\,127Q(m^3/s)$　　　$(r^2=0.982,\ n=18,\ p<0.01)$

$TON(kg/s) = -0.246 + 0.001\,121Q(m^3/s)$　　　$(r^2=0.936,\ n=18,\ p<0.01)$

$DON(kg/s) = -0.576 + 0.000\,788Q(m^3/s)$　　　$(r^2=0.966,\ n=18,\ p<0.01)$

$TPN(kg/s) = 0.329 + 0.000\,333Q(m^3/s)$　　　$(r^2=0.664,\ n=18,\ p<0.01)$

丰水期：

$TN(kg/s) = -1.544 + 0.001\,611Q(m^3/s)$　　　$(r^2=0.944,\ n=18,\ p<0.01)$

$TDN(kg/s) = -1.694 + 0.001\,280Q(m^3/s)$　　　$(r^2=0.935,\ n=18,\ p<0.01)$

$NO_3\text{-}N(kg/s) = -1.703 + 0.000\,859Q(m^3/s)$　　　$(r^2=0.928,\ n=18,\ p<0.01)$

$NO_2\text{-}N(kg/s) = 0.011 + 0.000\,003Q(m^3/s)$　　　$(r^2=0.407,\ n=18,\ p<0.01)$

$NH_4\text{-}N(kg/s) = 0.032 + 0.000\,075Q(m^3/s)$　　　$(r^2=0.939,\ n=18,\ p<0.01)$

$DIN(kg/s) = -1.650 + 0.000\,938Q(m^3/s)$　　　$(r^2=0.941,\ n=18,\ p<0.01)$

$TON(kg/s) = 0.107 + 0.000\,673Q(m^3/s)$　　　$(r^2=0.903,\ n=18,\ p<0.01)$

$DON(kg/s) = -0.044 + 0.000\,342Q(m^3/s)$　　　$(r^2=0.772,\ n=18,\ p<0.01)$

$TPN(kg/s) = 0.150 + 0.000\,331Q(m^3/s)$　　　$(r^2=0.614,\ n=18,\ p<0.01)$

（四）长江口各种形态氮的输出通量

对长江口各种形态氮的输出通量与长江口径流量 Q 月平均值进行相关统计，发现长江口各种形态氮的输出通量与长江径流量呈明显的线性正相关，其中 NO_3-N、DIN 和 TN 与 Q 相关性在 99％以上，NO_2-N、NH_4-N 和 TON 与 Q 相关性在 95％以上（Shen et al.，2003），表明由长江向长江口海区各种形态氮的输出通量均由径流量所控制。

长江口各种形态氮的输出通量见表 4-18。表中第一行为枯水、丰水期两次调查的平均值，按这样计算所得的径流量年平均值要高于实际平均值，因此第一行数值可能偏高；第二行是根据 1997 年 12 月至 1998 年 11 月长江口径流量的年平均值，由上述相关方程式计算所得。笔者认为第二行数值较为合理，取第二行数值计算该年长江口的输出通量列于表 4-19。与 1985～1986 年调查（沈志良等，1992）相比，各种形态无机氮的输出通量都增加了，主要是因为 1998 年长江特大洪水的缘故。本次调查估算的 NO_3-N 输出通量与根据大通水文站 1998 年逐月调查资料求出的结果 149.9 万 t/a（刘新成等，2002）非常一致；但 NO_3-N 通量远高于 Edmond 等（1985）估算的数据［84 万 t/a 或 420kg/（km^2·a）］，氮通量的差异可能与特大洪水和近年来氮浓度增加有关。与亚马孙河（Edmond et al.，1985）相比，长江 NO_3-N 输出通量高得多，可能反映了长江流域的土地利用率（主要是农业）要比亚马孙河高得多。

表 4-18　长江口氮的输出通量（kg/s）

项目	NO_3-N	NO_2-N	NH_4-N	DIN	TON	TN
枯、丰期平均值	57.158	1.032	14.221	72.384	53.456	125.840
相关方程计算值	45.588	0.601	9.214	55.379	34.975	90.354

表 4-19　长江口氮的年输出通量

年份	NO_3-N		NO_2-N		NH_4-N	
	万 t/a	kg/（km^2·a）	万 t/a	kg/（km^2·a）	万 t/a	kg/（km^2·a）
1998	143.8	795.1	1.9	10.5	29.1	160.9
1985～1986	63.6	351.7	0.38	2.1	24.9	137.7

年份	DIN		TON		TN	
	万 t/a	kg/（km^2·a）	万 t/a	kg/（km^2·a）	万 t/a	kg/（km^2·a）
1998	174.6	965.4	110.3	610.0	284.9	1575.3
1985～1986	88.8	491.0	—	—	—	—

二、长江磷和硅的输送通量

（一）长江枯水期各种形态磷和 SiO_3-Si 的输送

各种形态磷和 SiO_3-Si 的输送通量按下式计算：

$$F = \overline{\Sigma C} \cdot Q \cdot f$$

式中，F 为各种形态磷和 SiO_3-Si 的输送通量，kg/s；$\overline{\Sigma C}$ 为各断面磷和 SiO_3-Si 浓度的平均值，μmol/L；Q 为该断面月平均径流量，m^3/s；f 为单位换算系数。

长江干、支流各断面枯水期（1997 年 12 月）各种形态磷和 SiO_3-Si 的输送通量及在大通河段输出通量中所占的比例分别列于表 4-20 和表 4-21，沿干流它们的输送通量变化如图 4-14a 所示。可以看出从攀枝花至长江下游各种形态磷和 SiO_3-Si 输送通量都有增加趋势。上游河段 TPP 从攀枝花至涪陵增加较快，除干流外，雅砻江、岷江、嘉陵江等支流也贡献了部分 TPP。干、支流贡献的通量大小主要取决于长江径流量。以攀枝花至宜宾为例，TPP 通量从仅占大通的 2.1%，增加到了 17.1%，期间雅砻江仅向干流输送了 1.7%，分析表明其余 13.3% 的 TPP 通量主要来自干流和其他支流，特别是干流，因为从攀枝花至宜宾，长江流量从仅占大通的 3.3% 增加到 15.7%，而雅砻江向干流输送的流量仅为 2.1%，通量的变化与径流量基本一致。其他河段、其他形态的磷和 SiO_3-Si 也有类似情况。此外，通量的增加与沿干流 TPP 的浓度快速增加也一致，这与人类活动在地区上的差异密切相关，在上游河段，长江从金沙江几乎原始的人文活动地区至重庆这样的现代化大城市，人口密度从每平方千米几人至几百人。万县—宜昌河段 TPP 通量较低是因为其间没有大的支流流入，干流流量略有下降。长江中游，宜昌—岳阳 TPP 通量增加最快，主要是因为岳阳站很高浓度的 TPP（3.22μmol/L），由洞庭湖贡献的磷大部分由于悬浮泥沙吸附以颗粒磷的形态输入干流（见后面分析）。岳阳—武汉 TPP 通量下降很快，这与沿程江湖调节、悬浮泥沙沉降颗粒磷沉积有关。根据多年平均统计，12 月，长江干流从宜昌—螺山（岳阳）—武汉，输沙量和含沙量均呈现较大幅度的增加和减少（中国科学院地理研究所等，1985），这与 TPP 通量先增加后减少的趋势完全一致（图 4-14a）。反映在浓度变化上，岳阳—武汉 TPP 浓度大幅度下降至 0.82μmol/L，而 TDP 浓度则增加（沈志良，2006）。在下游河段，九江—大通 TPP 通量增加也较快，与鄱阳湖的贡献有关。在所有的支流中以洞庭湖贡献最大（洞庭湖水系包括湘江、资水、沅江、澧水，占长江径流量的 20.25%）。全部支流向干流贡献的 TPP，占大通站通量的 64.0%。枯水期大通站向河口输送的 TPP 通量为 0.588kg/s。

表 4-20　长江干流枯水期各种形态磷和 SiO_3-Si 输送通量（kg/s）及占大通站通量的比例（%）

项目		攀枝花	宜宾	重庆	涪陵	万县	宜昌	岳阳	武汉	九江	大通
TP	通量	0.022	0.130	0.329	0.344	0.275	0.284	0.634	0.566	0.712	1.175
	比例	1.9	11.0	28.0	29.3	23.4	24.2	54.0	48.1	60.6	100.0
TPP	通量	0.012	0.100	0.270	0.280	0.179	0.198	0.539	0.318	0.343	0.588
	比例	2.1	17.1	45.9	47.7	30.5	33.7	91.7	54.1	58.4	100.0
TDP	通量	0.009	0.029	0.059	0.064	0.096	0.086	0.095	0.248	0.369	0.588
	比例	1.6	5.0	10.0	10.9	16.3	14.7	16.2	42.2	62.8	100.0
PO_4-P	通量	0.004	0.013	0.049	0.017	0.035	0.047	0.054	0.058	0.104	0.338
	比例	1.4	3.7	14.6	5.1	10.3	13.9	15.8	17.2	30.8	100.0
DOP	通量	0.006	0.017	0.009	0.046	0.061	0.039	0.042	0.190	0.265	0.249
	比例	2.2	6.7	3.8	18.6	24.4	15.8	16.8	76.3	106.3	100.0
SiO_3-Si	通量	3.825	18.985	20.173	23.430	24.367	23.994	27.095	68.040	70.403	110.28
	比例	3.5	17.2	18.3	21.2	22.1	21.8	24.6	61.7	63.8	100.0

表 4-21　长江支流枯水期各种形态磷和 SiO_3-Si 输送通量（kg/s）及占大通站通量的比例（%）

项目		雅砻江	岷江	嘉陵江	乌江	洞庭湖	汉水	鄱阳湖	合计	大通
TP	通量	0.014	0.058	0.027	0.049	0.269	0.034	0.297	0.748	1.175
	比例	1.2	5.0	2.3	4.2	22.9	2.9	25.3	63.7	100.0

项目		雅砻江	岷江	嘉陵江	乌江	洞庭湖	汉水	鄱阳湖	合计	大通
TPP	通量	0.010	0.048	0.009	0.040	0.170	0.016	0.083	0.376	0.588
	比例	1.7	8.2	1.6	6.8	29.0	2.7	14.1	64.0	100.0
TDP	通量	0.005	0.010	0.017	0.009	0.099	0.018	0.214	0.372	0.588
	比例	0.8	1.8	2.9	1.5	16.8	3.1	36.5	63.3	100.0
PO_4-P	通量	0.003	0.008	0.003	0.006	0.043	0.009	0.110	0.182	0.338
	比例	0.8	2.3	0.9	1.8	12.7	2.6	32.6	53.8	100.0
DOP	通量	0.002	0.003	0.014	0.003	0.056	0.009	0.104	0.190	0.249
	比例	0.7	1.0	5.7	1.1	22.3	3.9	41.7	76.3	100.0
SiO_3-Si	通量	2.689	4.598	0.824	2.304	30.555	2.059	39.836	82.866	110.284
	比例	2.4	4.2	0.7	2.1	27.7	1.9	36.1	75.1	100.0

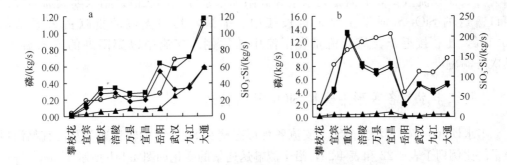

图 4-14　长江干流枯、丰水期各种形态磷和 SiO_3-Si 输送通量的分布变化

a. 枯水期；b. 丰水期。■TP；◆TPP；▲TDP；○SiO_3-Si

　　TDP 输送通量与其浓度变化相一致，上游通量增加缓慢，直至中游岳阳河段以后才迅速增加（图 4-14a）。在岳阳—武汉河段，通量增加很快，恰好与 TPP 通量变化相反，这与上面的分析一致。下游九江—大通河段，TDP 主要来自鄱阳湖。在所有支流中，鄱阳湖对干流溶解磷贡献最大，鄱阳湖的水量占长江径流的 14.03％，包括赣江、抚河、信江、饶河、修水。鄱阳湖对 TDP 通量的贡献也与其浓度高有关。PO_4-P 通量沿长江干流变化类似 TDP，直至武汉以后才有大幅度增加，其中九江—大通河段增加最快。DOP 通量从上游至下游也有明显的增加趋势，但由于部分 DOP 氧化分解成 PO_4-P，或吸附在悬浮体上，转化成颗粒磷，变化稍复杂。在支流中，二者都以鄱阳湖贡献最大。DOP 和 PO_4-P 通量占 TDP 的平均比例，在干流分别为 54.4％ 和 45.6％，在大通站则分别为 42.5％ 和 57.5％；支流中两者平均通量分别占 TDP 的 51.1％ 和 48.9％。TP 通量沿长江干流变化取决于 TPP 和 TDP。在岳阳上游河段，TP 变化主要取决于 TPP；岳阳下游河段，由于 TDP 通量快速增加，TPP 和 TDP 占 TP 通量的比例趋于接近，至大通站各占 50％（表 4-20，图 4-14a）。干流中 TPP 和 TDP 的平均通量分别占 TP 的 66.9％ 和 33.1％。与干流的变化类似，一般地讲，上游支流中 TPP 通

量所占比例明显大于 TDP，中、下游河段两者差距缩小；全部支流合计，两者各占一半。支流对 TP 通量的贡献，以鄱阳湖最大，洞庭湖其次。

　　从表 4-20、表 4-21 和图 4-14a 可以看出，从长江上游到下游，随着人类活动的增加，各种面源磷如农业化肥和水土流失磷、城镇径流以及点源工业和生活污水磷排放等进入长江，使得长江磷的输送通量越来越大，至大通达到最大。比较枯水期上、中、下游不同河段各种形态磷的输送通量：上游小，大部分通量是由中、下游贡献的，其中一半以上的磷是由支流和湖泊贡献的；在中、下游河段，颗粒磷以洞庭湖水系贡献最大，溶解磷以鄱阳湖水系贡献最大。

　　从图 4-14a 可以看出，由于磷受人类干扰较大，加上各种形态磷的转化，如溶解磷与颗粒磷、有机磷与无机磷之间，磷通量沿长江的变化较为复杂。与磷不同，SiO_3-Si 主要来源于硅酸盐矿的风化，不直接受人类活动的影响，其浓度变化较小，沿长江干流 SiO_3-Si 通量受径流量控制更明显。因此，其从长江上游至河口一直呈上升趋势，其中上游增加缓慢，中、下游增加很快（表 4-20，图 4-14a），主要是因为占长江径流量 1/3 的洞庭湖水系和鄱阳湖水系加入的缘故。枯水期大通河段向河口输送的 SiO_3-Si 通量主要来自长江中、下游，其中支流的贡献占大通站的 75.1%，比较接近于支流径流量在干流中的比例。支流中以鄱阳湖的贡献最大，其次是洞庭湖。

（二）长江丰水期各种形态磷和 SiO_3-Si 的输送

　　丰水期（8 月）长江上游干、支流各种形态磷和 SiO_3-Si 的输送通量及占宜昌河段通量的比例列于表 4-22 和表 4-23，沿干流输送通量的变化如图 4-14b 所示。

表 4-22　8 月长江干流上游各种形态磷和 SiO_3-Si 通量（kg/s）及占宜昌通量的比例（%）

项目		攀枝花	宜宾	重庆	涪陵	万县	宜昌
TP	通量	1.480	4.386	13.407	8.322	7.256	8.415
	比例	17.6	52.1	159.3	98.9	86.2	100.0
TPP	通量	1.394	4.012	13.027	7.899	6.793	7.767
	比例	18.0	51.7	167.7	101.7	87.5	100.0
TDP	通量	0.075	0.336	0.316	0.423	0.525	0.728
	比例	10.3	46.1	43.4	58.1	72.1	100.0
PO_4-P	通量	0.073	0.261	0.240	0.310	0.525	0.728
	比例	10.0	35.9	33.0	42.6	72.1	100.0
DOP	通量	0.002	0.075	0.076	0.113	0	0
	比例						
SiO_3-Si	通量	24.879	128.106	165.876	184.985	195.216	205.793
	比例	12.1	62.2	80.6	89.9	94.9	100.0

表 4-23　8 月长江上游支流各种形态磷和 SiO₃-Si 通量（kg/s）及占宜昌通量的比例（%）

项目		雅砻江	岷江	嘉陵江	乌江	合计	宜昌
TP	通量	1.146	1.094	1.257	0.977	4.473	8.415
	比例	13.6	13.0	14.9	11.6	53.2	100.0
TPP	通量	1.083	1.032	1.190	0.933	4.237	7.767
	比例	13.9	13.3	15.3	12.0	54.5	100.0
TDP	通量	0.063	0.062	0.067	0.044	0.236	0.728
	比例	8.6	8.6	9.2	6.1	32.5	100.0
PO₄-P	通量	0.063	0.062	0.059	0.044	0.229	0.728
	比例	8.6	8.6	8.2	6.1	31.4	100.0
DOP	通量	0	0	0.007	0	0.007	0
	比例						
SiO₃-Si	通量	21.830	18.112	31.371	16.449	87.761	205.793
	比例	10.6	8.8	15.2	8.0	42.6	100.0

　　TPP 通量沿长江上游干流变化与枯水期基本相似，增加最快的是从攀枝花至重庆，涪陵至宜昌变化不大，这与 TPP 的浓度变化相一致。重庆河段 TPP 浓度高达 $10.3\mu mol/L$，为全流域最高，反映出重庆作为全流域最大的城市（人口达 3000 多万），人类活动造成的影响十分严重。上述结果还表明，TPP 通量的变化还与径流量的变化密切相关：从攀枝花至重庆，长江径流从 $6920 m^3/s$ 增加到 $40\ 800 m^3/s$；而重庆至宜昌径流量变化相对较小，TPP 浓度下降一半，导致 TPP 通量下降很快。TPP 通量的变化也与支流输送有很大关系，上游 4 条支流为干流输送的 TPP，占宜昌河段输送通量的 54.5%，是枯水期的 39.6 倍。丰水期上游途经宜昌向中、下游输送的 TPP 通量为 7.767kg/s，是枯水期的 39.2 倍，而径流量仅为枯水期的 10.7 倍，这显然反映了人类活动的影响。

　　10 月长江中、下游干、支流各种形态磷和 SiO₃-Si 的输送通量及在大通河段通量中所占的比例列于表 4-24 和表 4-25。从表 4-24 和图 4-14b 可以看出，由于 10 月洪水已退，从上游至中游，TPP 通量突然下降。在中游岳阳至武汉，TPP 通量大幅度增加，一是由于径流量增加了接近 1 倍，二是浓度增加了 $1.1\mu mol/L$，汉水的输入也增加了武汉河段的 TPP 通量。下游九江至大通 TPP 通量增加也较快。10 月大通站向河口输送的 TPP 是枯水期的 8.4 倍。中、下游支流贡献的 TPP 明显小于上游（表 4-25），最大贡献来自洞庭湖。

表 4-24　10 月长江中、下游干流各种形态磷和 SiO₃-Si 通量（kg/s）及占大通站通量的比例（%）

项目		岳阳	武汉	九江	大通
TP	通量	1.967	5.172	4.123	5.301
	比例	37.1	97.6	77.8	100.0
TPP	通量	1.841	5.017	3.711	4.948
	比例	37.2	101.4	75.0	100.0

续表

项目		岳阳	武汉	九江	大通
TDP	通量	0.117	0.185	0.404	0.318
	比例	36.8	58.2	127.0	100.0
PO_4-P	通量	0.075	0.131	0.148	0.200
	比例	37.6	65.5	74.1	100.0
DOP	通量	0.042	0.054	0.256	0.118
	比例	35.5	45.9	217.0	100.0
SiO_3-Si	通量	61.236	112.110	108.741	145.130
	比例	42.2	77.2	74.9	100.0

表 4-25　10 月长江中、下游支流各种形态磷和 SiO_3-Si 通量（kg/s）及占大通站通量的比例（%）

项目		洞庭湖	汉水	鄱阳湖	合计	大通
TP	通量	0.332	0.077	0.152	0.561	5.301
	比例	6.3	1.5	2.9	10.6	100.0
TPP	通量	0.283	0.060	0.082	0.425	4.948
	比例	5.7	1.2	1.7	8.6	100.0
TDP	通量	0.049	0.016	0.070	0.135	0.318
	比例	15.3	5.0	22.1	42.5	100.0
PO_4-P	通量	0.032	0.013	0.036	0.082	0.200
	比例	16.2	6.5	18.1	40.9	100.0
DOP	通量	0.016	0.003	0.034	0.053	0.118
	比例	13.8	2.5	28.7	45.0	100.0
SiO_3-Si	通量	29.489	4.039	26.470	59.998	145.130
	比例	20.3	2.8	18.2	41.3	100.0

　　类似于枯水期，丰水期 TDP 通量沿干流逐渐增加，但增加的幅度比 TPP 小得多（表 4-22，图 4-14b），反映出大部分磷以颗粒态形态出现。8 月长江上游 TDP 浓度变化不大，为 $0.25 \sim 0.45 \mu mol/L$，通量的增加主要取决于沿途径流量的增加。8 月宜昌河段的 TDP 通量是枯水期的 8.5 倍。上游支流向干流输送的 TDP 通量仅是宜昌站的 32.5%，是枯水期的 5.8 倍。丰水期，长江上游干流 PO_4-P 通量变化几乎完全与 TDP 一致。DOP 通量比 PO_4-P 小得多，在万县和宜昌，由于 DOP 浓度在检出限以下，因此它们的通量近似于 0，支流贡献也很小。DOP 浓度很低，主要是由于丰水期流量大，水温高，有利于有机磷氧化分解并转化为无机磷，这与长江上游溶解有机氮向无机氮转化是一致的（沈志良，2004）。PO_4-P 是长江上游水中 TDP 通量的主要贡献者，干、支流中，PO_4-P 分别占 TDP 的 87.4% 和 97.0%。中、下游干流 PO_4-P 通量（10 月）从岳阳至大通不断增加，由于沿途 PO_4-P 浓度保持在 $0.17 \sim 0.18 \mu mol/L$，通量的增加主要取决于径流。DOP 通量在九江河段达到最大值，与它的浓度最大相一致。TDP 通量变

化取决于 PO_4-P 和 DOP，10 月大通河段向河口输送的 TDP 仅是枯水期的 54.1%，支流向干流输送的 TDP 通量仅为枯水期的 40.8%。尽管 10 月大通站径流量是枯水期的 1.8 倍，但是 TDP 浓度还不足枯水期的 1/3，反映出溶解磷转化成颗粒磷，颗粒磷成为其主要存在形态在丰水期更为明显。中、下游支流贡献的 PO_4-P 和 DOP，均以鄱阳湖最大。从表 4-24 和表 4-25 看出，在干流中，PO_4-P 通量平均占 TDP 的 58.6%，在大通河段则占 62.9%；在支流中，PO_4-P 通量占 TDP 的 60.7%。可见，丰水期中、下游溶解磷通量主要以 PO_4-P 形态出现，但这种优势远不如上游明显，可能与上游调查期间，正值特大洪水有关，特别大的流量更有利于 DOP 氧化分解成 PO_4-P。丰水期长江水中 PO_4-P 是溶解磷通量的主要贡献者也见于其他文献（段水旺等，2000）。

丰水期长江上游 TP 通量主要由 TPP 决定，最大值也在重庆河段（表 4-22，图 4-14b）。8 月宜昌河段向长江中下游输送的 TP 是枯水期的 29.6 倍。4 条支流合计向干流输送的 TP，占宜昌站的 53.2%，是枯水期的 30.2 倍。在干流，TPP 和 TDP 平均通量分别占 TP 的 94.0% 和 6.0%；在支流，二者分别占 TP 的 94.7% 和 5.3%。与枯水期相比，丰水期 TPP 通量在 TP 中所占的比例更大。中、下游 TP 通量变化类似于 TPP。在 TP 通量中，无论是干流还是支流，均以颗粒磷占优势。其中，干流中 TPP 通量平均占 TP 的 93.5%，在大通河段占 93.3%；支流中 TPP 通量合计占 TP 的 75.8%，干流中 TPP 的优势明显大于支流，这些与它们在干、支流中浓度变化也是一致的。有关长江水中颗粒磷占绝对优势已有文献报道（段水旺等，2000；段水旺和章申，1999）。

从表 4-22、表 4-23 和图 4-14b 可以看出，1998 年 8 月由于特大洪水的影响，大量来自农村和城镇地表的含磷物质进入长江，导致长江上游各种形态的磷通量快速增加，其中主要以颗粒态形态存在，远高于枯水期。表现在 TP 和 TPP 通量的丰水期/枯水期值远高于径流量的丰水期/枯水期值，前者大约是后者的 3 倍。丰水期（8 月）长江上游各种形态的磷通量中，支流贡献了 1/2 以上的颗粒磷和 1/3 的溶解磷（表 4-23）。中、下游各种形态的磷通量也有类似上游的变化，但由于此时（10 月）洪水已退，通量增加幅度小得多，TP 和 TPP 通量的丰水期/枯水期之比也显著小于上游。在中、下游各种形态的磷通量中，支流仅贡献了不到 1/10 的颗粒磷和不到 1/2 的溶解磷（表 4-25）。

8 月，SiO_3-Si 浓度沿长江干流变化不大（沈志良，2006），其通量的变化主要取决于径流量。上游从攀枝花至宜昌，与磷通量的上下波动不同，SiO_3-Si 通量随径流量增大而快速上升（图 4-14b），各河段之间增加的幅度与径流量的增加十分接近。支流对干流的贡献，以嘉陵江最大，与该支流的流量较大相吻合。由于 SiO_3-Si 不受污染影响，其通量的丰水期/枯水期值比较接近于径流量的丰水期/枯水期值，这与各种形态的磷通量也明显不同。从上游（宜昌）至中游（岳阳）SiO_3-Si 通量大幅度下降，主要是因为调查时上游洪水所致，这与磷的变化是一致的（图 4-14b）。SiO_3-Si 通量沿中、下游干流变化与上游相似，也呈明显的上升趋势，10 月由大通向河口输送的 SiO_3-Si 是枯水期的 1.3 倍。与枯水期相反，支流向干流贡献的 SiO_3-Si，洞庭湖大于鄱阳湖，支流合计贡献的 SiO_3-Si 占大通站通量的 41.3%，是枯水期的 82.8%。

综上所述，无论是枯水期还是丰水期，SiO_3-Si 通量的变化与磷相比具有更加明显的随径流量增大而增加的特征。由于人类活动的影响以及形态之间的转化，各种形态的磷通量呈现更为复杂的分布变化，其中颗粒磷是磷通量的主要贡献者。长江干、支流中 TPP 通量所占的比例，上游高于中、下游，丰水期高于枯水期，干流高于支流，主要与悬浮泥沙含量有关。长江悬浮泥沙主要来自上游干流，宜昌站多年平均输沙量为 52 100 万 t，含沙量为 1.18kg/m³，是全江之最，其中丰水期占全年的 82%～87%（中国科学院地理研究所等，1985）。本次调查表明，丰水期长江干流平均悬浮体含量是支流的 2.2 倍，干、支流平均悬浮体含量，上游是中下游的 7.9 倍。长江水中悬浮体的时空分布与颗粒磷占优势这一特征完全相吻合。被吸附在悬浮颗粒物质上的磷包括一部分无机 PO_4-P 和有机磷，两者主要来源于陆源输入和有机体的氧化分解，它们易于被颗粒悬浮物质包括一些黏土矿物和有机胶体等吸附，吸附量与悬浮物质的物理化学性质有关。相关分析表明，丰水期长江水中 TPP 和 TP 浓度与悬浮体含量（TSM）之间都呈显著的线性正相关关系（TPP-TSM，$r^2 = 0.463$，$p = 9.61 \times 10^{-4}$；TP-TSM，$r^2 = 0.471$，$p = 8.35 \times 10^{-4}$；TP-TPP，$r^2 = 0.941$，$p = 3.96 \times 10^{-13}$），而 DOP 则与 TSM 呈比较显著的线性负相关关系（$r^2 = 0.263$，$p = 0.021$），反映了溶解磷向颗粒磷的转化，表明颗粒磷和溶解有机磷含量主要由悬浮颗粒物所控制，TP 主要由 TPP 控制。从支流各种形态磷通量的组成也可以进一步说明这一问题。对于颗粒磷，无论在枯水期还是在丰水期，洞庭湖的贡献总是大于鄱阳湖；对于溶解磷则相反，包括溶解无机磷和有机磷，鄱阳湖的贡献大于洞庭湖。主要是因为洞庭湖多年平均输沙量大约是鄱阳湖的 5 倍，洞庭湖悬浮泥沙粒径为全流域最细并有利于吸附磷（中国科学院地理研究所等，1985）。反映在浓度上，枯、丰期洞庭湖 TPP 浓度分别是鄱阳湖的 2.4 倍和 3.6 倍，而 TDP 浓度则分别仅是鄱阳湖的 54.5% 和 72.4%。研究表明长江水中磷的输送主要是借助于悬浮泥沙进行的，颗粒磷占绝对优势是浑浊河水的一个重要特征，与世界上许多河流相似（Baturin，1982）。溶解磷通量在枯水、丰水期的分配上表现出与颗粒磷不一样的特征：由于特大洪水，上游各种形态的磷通量包括颗粒的和溶解的都是丰水期大大高于枯水期，但是在中、下游（比较接近正常年份），尽管丰水期流量明显高于枯水期，颗粒磷通量依然是丰水期远高于枯水期，但是各种溶解形态的磷通量则相反，低于枯水期，主要是因为枯水期各种溶解形态的磷浓度显著高于丰水期，特别表现在枯水期溶解磷浓度和磷通量在 TP 中所占的比例远高于丰水期，这显然也与枯水、丰水期长江水中悬浮体含量的差异密切相关，反映出枯水期溶解磷向颗粒磷的转化程度远不如丰水期。

（三）长江干、支流各种形态磷和 SiO_3-Si 通量与径流量的关系

相关统计表明，长江干流枯水、丰水期溶解形态的磷和 SiO_3-Si 通量与长江径流量 Q 之间均呈显著的线性正相关（仅丰水期 DOP 与 Q 之间没有相关性）；颗粒磷与 Q 之间也呈线性正相关，但是枯水期 TPP 通量与 Q 之间的相关性小于 95%，丰水期 TPP 和 TP 与 Q 之间的相关性都在 95% 以上。这些表明溶解磷和 SiO_3-Si 通量主要受径流量所控制，颗粒磷通量与 Q 之间的相关性稍差，主要是由于颗粒磷受河水中悬浮体控制的影响。反映在各种形态的磷通量与悬浮体之间的相关关系则相反，颗粒磷与 TSM 之间的相关性明显优于溶解态的磷。

如果把长江枯水、丰水期干、支流各种形态磷和 SiO_3-Si 通量与长江径流量进行相

关统计，则可以发现它们均呈显著的线性正相关关系（仅丰水期 DOP 与 Q 之间相关性较差），相关性优于长江干流：

枯水期：

$\text{TP(kg/s)} = 0.055 + 0.000\,045Q\,(\text{m}^3/\text{s})$　　$(r^2 = 0.847,\ n = 18,\ p = 6.3 \times 10^{-8})$

$\text{TPP(kg/s)} = 0.074 + 0.000\,019Q\,(\text{m}^3/\text{s})$　　$(r^2 = 0.527,\ n = 18,\ p = 6.5 \times 10^{-4})$

$\text{TDP(kg/s)} = -0.019 + 0.000\,025Q\,(\text{m}^3/\text{s})$　　$(r^2 = 0.950,\ n = 18,\ p = 8.0 \times 10^{-12})$

$\text{PO}_4\text{-P(kg/s)} = -0.008 + 0.000\,011Q\,(\text{m}^3/\text{s})$　　$(r^2 = 0.764,\ n = 18,\ p = 2.2 \times 10^{-6})$

$\text{DOP(kg/s)} = -0.011 + 0.000\,014Q\,(\text{m}^3/\text{s})$　　$(r^2 = 0.931,\ n = 18,\ p = 1.1 \times 10^{-10})$

$\text{SiO}_3\text{-Si(kg/s)} = -0.552 + 0.005\,361Q\,(\text{m}^3/\text{s})$　　$(r^2 = 0.998,\ n = 18,\ p = 7.9 \times 10^{-23})$

丰水期：

$\text{TP(kg/s)} = -0.228 + 0.000\,177Q\,(\text{m}^3/\text{s})$　　$(r^2 = 0.740,\ n = 18,\ p = 4.7 \times 10^{-6})$

$\text{TPP(kg/s)} = -0.221 + 0.000\,166Q\,(\text{m}^3/\text{s})$　　$(r^2 = 0.711,\ n = 18,\ p = 1.1 \times 10^{-5})$

$\text{TDP(kg/s)} = -0.016 + 0.000\,011Q\,(\text{m}^3/\text{s})$　　$(r^2 = 0.894,\ n = 18,\ p = 3.3 \times 10^{-9})$

$\text{PO}_4\text{-P(kg/s)} = -0.032 + 0.000\,009Q\,(\text{m}^3/\text{s})$　　$(r^2 = 0.778,\ n = 18,\ p = 1.3 \times 10^{-6})$

$\text{DOP(kg/s)} = 0.016 + 0.000\,002Q\,(\text{m}^3/\text{s})$　　$(r^2 = 0.172,\ n = 18,\ p = 0.087)$

$\text{SiO}_3\text{-Si(kg/s)} = -0.637 + 0.003\,984Q\,(\text{m}^3/\text{s})$　　$(r^2 = 0.991,\ n = 18,\ p = 7.8 \times 10^{-18})$

从上述方程可以看出，$\text{SiO}_3\text{-Si}$ 通量与 Q 的相关性最好，这与其沿长江变化的规律性是一致的。

（四）长江口磷的输出通量

对 1997 年 12 月，1998 年 5 月、8 月、10 月和 11 月长江口 TP 和 PO_4-P 的输出通量与长江口径流量 Q 的月平均值进行相关统计，发现它们呈显著的线性正相关，表明长江口 TP 和 PO_4-P 的输出通量主要由径流量所控制。它们的相关方程式如下：

$\text{TP(kg/s)} = -1.493 + 0.000\,134Q\,(\text{m}^3/\text{s})$　　$(r^2 = 0.944,\ p = 0.0057)$

$\text{PO}_4\text{-P(kg/s)} = -0.556 + 0.000\,031Q\,(\text{m}^3/\text{s})$　　$(r^2 = 0.926,\ p = 0.0087)$

根据长江口的径流量，由上述相关方程式即可计算出 1998 年各月和全年的 TP 和 PO_4-P 输出通量。1997 年 12 月至 1998 年 11 月经长江口输出的 TP 和 PO_4-P 通量分别为 4.110kg/s 和 0.740kg/s，两者的年输出通量分别为 12.96 万 t（或 71.66kg/km^2）和 2.33 万 t（或 12.88kg/km^2）。与 1985～1986 年周年调查（Shen，1993）相比，PO_4-P 输出通量增加了 0.7 倍，主要是因为 1998 年长江特大洪水，长江口径流量比 1985～1986 年调查年度增加了 0.7 倍的缘故。本次调查估算的 PO_4-P 输出通量高于 Zhang（1996）的数据 [9.08kg/(km^2·a)]，但远低于 Edmond 等（1985）的数据 [21.08kg/(km^2·a)，包括一部分吸附态的 PO_4-P]。PO_4-P 的输出通量也远低于亚马孙河 [49.60kg/(km^2·a)]（Edmond et al.，1985）。

（本节著者：沈志良）

第三节　长江口高含量氮的主要来源和控制

氮的过度增加是长江口水域富营养化的主要特点，也是目前全球范围河口水域富营养化的重要特征。根据美国 1974～1981 年 300 多条河流 383 个测站统计，有 116 个站硝酸盐浓度增加，仅 27 个站浓度减少（Smith et al.，1987）。Howart 等（1996）研究表明，近几十年来欧洲大部分河流中氮浓度增加了 2～20 倍。导致这种增加的主要原因是由于化肥氮损失、矿石燃料的燃烧和人口增加所排放的废物及动植物代谢过程中产生的氮等。半个世纪以来，世界氮肥产量以惊人的速度递增，1946～1986 年每隔 10 年的产量分别为 1946 年 $2.4×10^6$t、1956 年 $7.3×10^6$t、1966 年 $2.15×10^7$t、1976 年 $4.59×10^7$t、1986 年 $7.56×10^7$t，1986 年氮肥产量大约占全球陆地氮总输入的 1/4（Jenkinson，1990）。许多学者发现河水中氮浓度与氮肥使用呈明显的正相关关系（陈静生等，1998；Berankova and Ungerman，1996；Smith et al.，1987）。化肥氮损失包括气态损失和农田化肥氮流失，以气态损失为主（干沉降和湿沉降）。有关研究表明，大气中大约有 85% 的 NH_3、81% 的 N_2O 和 35% 的 $NO+NO_2$ 来自于农业活动（Krapfenbauer and Wriessning，1995）。

陆地环境氮的增加给近海造成了很大的压力。根据世界河流营养盐的自然本底调查，Duce 等（1991）和 Galloway 等（1995）估算每年由河流输入沿岸近海的总溶解氮（TDN）为 $14×10^6$～$35×10^6$t/a，其中，由于人为污染而引起的净增加量为 $7×10^6$～$35×10^6$t/a。早在 20 世纪 80 年代初顾宏堪等（1981）研究发现，长江口水域氮浓度的升高与长江流域小化肥厂的增加相一致；Edmond 等（1985）认为，长江口高 NO_3-N 含量主要来源于农业活动。30 多年以来，长江口水域富营养化日趋严重、藻华频发，长江每年大约输送 $9.12×10^5$t 无机氮到河口水域（沈志良，1991），但是至今对其来源还停留在定性分析上（Shen et al.，2003）。

为此，笔者在长江流域、长江口分别设站调查，定量估算了长江流域氮的收支，探

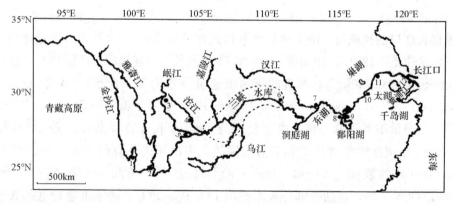

图 4-15　研究区域图

1. 丽江；2. 攀枝花；3. 成都；4. 内江；5. 屏山；6. 宜昌；7. 武汉；8. 九江；9. 湖口；10. 大通；
11. 梅山；12. 上海

讨了长江和长江口高含量氮的主要来源和控制因素（Shen，2003；Shen et al.，2003），研究区域见图 4-15。

一、长江口氮的输出通量

1997 年 12 月，1998 年 5 月、8 月、10 月和 11 月在长江口门内（盐度约为 0）设 1~3 个断面（11 月为 5 个站），每个断面 3 个站，站位远离沿岸污染带，表、底层采水。1998 年丰水期在攀枝花、成都（上游），九江（中游），大通和上海（下游）采集雨水，另外在东湖地区（中游）和太湖地区（下游）设站进行周年逐月降水采样观测。所有样品经事先灼烧处理过的 Whatman GF/C 膜现场过滤，立即贮于冰柜冰冻，运回实验室后，分析硝酸盐（NO_3-N）、亚硝酸盐（NO_2-N）、氨氮（NH_4-N）、总氮（TN）含量。NO_3-N、NO_2-N 和 NH_4-N 三者之和为 DIN，TN 扣除 DIN 为总有机氮（TON）。

对 1997 年 12 月，1998 年 5 月、8 月、10 月和 11 月长江口各种形态氮的输出通量 [口门内各站氮浓度的平均值（mg/L）与长江口的径流量（m^3/s）的乘积] 与长江口径流量月平均值 Q 进行相关统计，可以得到如下方程式：

$$NO_3\text{-}N(kg/s) = -8.519 + 0.001\ 249Q(m^3/s) \quad (r^2=0.976, p<0.01)$$
$$NO_2\text{-}N(kg/s) = -0.570 + 0.000\ 028Q(m^3/s) \quad (r^2=0.883, p<0.05)$$
$$NH_4\text{-}N(kg/s) = -4.710 + 0.000\ 333Q(m^3/s) \quad (r^2=0.850, p<0.05)$$
$$DIN(kg/s) = -13.781 + 0.001\ 654Q(m^3/s) \quad (r^2=0.962, p<0.01)$$
$$TON(kg/s) = -11.857 + 0.001\ 12Q(m^3/s) \quad (r^2=0.908, p<0.05)$$
$$TN(kg/s) = -25.638 + 0.002\ 774Q(m^3/s) \quad (r^2=0.960, p<0.01)$$

上述方程表明，由长江向长江口水域各种形式氮的输出通量均由径流量所控制。由此可进一步求得 1998 年特大洪水年长江口 NO_3-N 的输出通量为 1438×10^3 t/a 或 795.1kg/（km^2·a），占 DIN 的 82.4%、TN 的 50.8%；NO_2-N 的输出通量为 19×10^3 t/a 或 10.5kg/（km^2·a），占 DIN 的 1.1%；NH_4-N 的输出通量为 291×10^3 t/a 或 160.9kg/（km^2·a），占 TN 的 16.7%；DIN 的输出通量为 1746×10^3 t/a 或 965.4kg/（km^2·a），占 TN 的 61.3%；TN 的输出通量为 2849×10^3 t/a 或 1575.3kg/（km^2·a）；DIN 与 TON 之比为 1.6∶1，无机氮通量明显高于有机氮。与 1985~1986 年调查（沈志良等，1992）相比，NO_3-N 输出通量增加了 1.3 倍，DIN 输出通量增加了 1.0 倍，主要是因为 1998 年长江特大洪水，长江径流量比 1985~1986 年度增加了 0.7 倍。氮浓度和径流量增加倍数的差异表明在过去的 10 多年中长江口无机氮浓度又有所增加。1998 年长江口 NO_3-N 输出通量高于 Caraco 和 Cole（1999）文献报道的数据 [495kg/（km^2·a）] 和其他世界大河（如密西西比河、亚马孙河等），低于莱茵河 [1520kg/（km^2·a）] 和泰晤士河 [1120kg/（km^2·a）]。

二、长江流域氮的主要来源

（一）长江流域降水氮的输入

从人类活动影响考虑出发，把长江流域分成 4 个子流域，即长江上游金沙江及以上流域、长江上游屏山至宜昌、长江中游和长江下游。金沙江降水中无机氮含量根据青藏高原雪水资料（作为源头本底值）（秦翔等，1999）、中国丽江内陆降水背景站资料（刘嘉麒等，1993）和金沙江下游攀枝花降水中无机氮含量；屏山至宜昌流域根据攀枝花和成都降水中无机氮含量；长江中游根据九江、东湖降水（唐汇娟，私人通讯）中无机氮含量和湖北省降水资料；长江下游根据大通和太湖降水（杨龙元，私人通讯）中无机氮含量。为了尽可能增加估算的可信度，把上述数据与 1985～1986 年（沈志良，1996）和 1992～1993 年（王文兴和丁国安，1997）降水无机氮数据进行比较，见表 4-26。全流域加权平均无机氮含量略高于 1985～1986 年的数据，与 1992～1993 年比较接近；金沙江流域降水中氮含量较低，与河水中比较一致。

表 4-26　长江流域降水中无机氮含量（μmol/L）

流域	1998 年			1992～1993 年			1985～1986 年		
	NH₄-N	NO₃-N	NH₄-N+ NO₃-N	NH₄-N	NO₃-N	NH₄-N+ NO₃-N	NH₄-N	NO₃-N	NH₄-N+ NO₃-N
金沙江	22.9	6.0	28.9				7.3	8.5	15.8
屏山—宜昌	76.3	4.0	80.3				94.9	15.0	109.9
中游	77.9	13.4	91.3	77.8	20.0	97.8	56.8	5.5	62.3
下游	65.2	18.1	83.3	62.4	20.1	82.5	71.8	13.5	85.3
全流域 加权平均	68.2	9.6	77.8				62.4	9.5	71.9

　　长江流域位于东南副热带季风区，春、夏季来自印度洋的西南季风和来自西太平洋副热带的东南季风活动频繁，当与北方冷空气交汇时经常产生大雨与暴雨，是长江流域水资源的主要来源。长江流域径流除高山冰雪融水补给外，大部分来自雨水补给，一般占年径流量的 70%～80%，地下水补给占 20%～30%，本节取降水补给为 75%。根据本次研究的长江口输出径流量和各子流域所占比例的多年平均，可求得各子流域的降水补给，由降水补给与降水中无机氮含量即可求出各子流域由降水输入长江的无机氮年通量，见表 4-27。其中，以 NH₄-N 为主，占 87.7%；NO₃-N 占 12.3%。根据已测得的数据，降水中 NO₂-N 含量与河水相同，大约占 DIN 的 1%，则降水中 DIN 通量为 1 090 000t/a，占长江口 DIN 输出通量的 62.3%，主要来自上游屏山至宜昌和中游，它们分别占全流域降水 DIN 的 33.1% 和 54.7%。据 20 世纪 70 年代后期估算，全世界大陆降水溶解氮中 DIN 占 64.3%、DON 占 35.7%（Meybeck，1982）。欧洲、美洲、太平洋和大西洋等地区降水中 DIN 和 DON 的含量，其平均值分别占溶解氮的 69.3% 和 30.7%（Cornell et al.，1995）。本次调查（1998 年）攀枝花、成都、九江、东湖、大通、太湖和上海地区降水中 TN 的平均含量为 115.7μmol/L，以此进行粗略估算，1998 年长江流域通过降水输入的 TN 为 1 601 950t，减去 DIN 通量，则降水输入的 TON 年通量为 514 371t，其中 DIN 占 67.9%，这与本次调查中河水的比例（61.3%）是比较一致的，表明在降水进入径流的过程中，无机氮和有机氮处于一种准平衡的状态。

表 4-27 由降水输入长江的无机氮通量

流域	径流量 /亿 m³	降水补给 /亿 m³	降水无机氮输入/(t/a)		
			NH₄-N	NO₃-N	NH₄-N+NO₃-N
金沙江	2 010.7	1 508.0	48 347	12 667	61 014
屏山—宜昌	4 223.6	3 167.7	338 374	17 739	356 113
中游	6 144.8	4 608.6	502 614	86 457	589 071
下游	807.3	605.5	55 270	15 343	70 613
全流域	13 186.4	9 889.8	944 604	132 207	1 076 811

假设降水补给中的 DIN 全部进入河水，则降水补给中的 DIN 含量与河水中的 DIN 含量之间可以用以下方程表示：

$$c(N)_1 \cdot Q_1 = c(N)_2 \cdot Q_2$$

式中，$c(N)_1$ 和 $c(N)_2$ 分别为河水和降水中的 DIN 浓度；Q_1 和 Q_2 分别为河水径流量和降水补给径流量。由此可求得 4 个流域由降水补给形成的河水中 DIN 浓度，与长江水中实际测定的枯水、丰水期 DIN 的平均浓度相比较见表 4-28。4 个流域降水补给形成的河水中的 NH₄-N+NO₃-N 含量分别占河水实测含量的大部分，成为河水中 DIN 的主要部分。

表 4-28 降水径流补给与河水实测 DIN 浓度比较

流域	降水径流补给 NH₄-N+NO₃-N/(μmol/L)	河水实测 NH₄-N+NO₃-N/(μmol/L)	(降水补给/河水)/%
金沙江	21.7	38.8	55.9
屏山—宜昌	60.2	71.9	83.7
中游	68.5	76.6	89.4
下游	62.5	75.6	82.7
全流域加权平均	58.4	69.3	84.3

（二）长江流域农业非点源氮的输入

现有文献中有关农业非点源氮均包括降水氮，本节所涉及的农业非点源氮不包括降水中的氮，仅仅指的是化肥和土壤实际流失的氮。根据《中国统计年鉴-1998》、1993 年和 1997 年《长江年鉴》等资料，长江流域耕地面积、化肥氮使用量及水土流失情况统计见表 4-29。全流域耕地面积和化肥氮年使用量以中游最多，分别占全流域的 47.1% 和 49.1%，水土流失面积上游最严重，占全流域的 60.5%，而治理面积中游最大。

表 4-29 长江流域统计表

流域	长江流域耕地 面积/万 km²	长江流域化肥氮 使用量/万 t	水土流失面积 /万 km²	治理面积 /万 km²	治理比例/%
上游	8.657	196.432	34.601	5.426	15.7
中游	10.963	307.053	20.588	8.803	42.8

流域	长江流域耕地 面积/万 km²	长江流域化肥氮 使用量/万 t	水土流失面积 /万 km²	治理面积 /万 km²	治理比例/%
下游	3.657	122.317	2.040	1.461	71.6
全流域	23.277	625.802	57.229	15.690	27.4

在下面的估算中，DIN 占 TN 的比例按太湖地区（朱兆良和文启孝，1990）和巢湖地区（阎伍玖和王心源，1998）资料的平均值 65% 计；表 4-29 列出的水土流失面积中一部分是耕地面积，一部分是非耕地面积，因缺乏资料，这里以全部水土流失面积计（耕地部分重复计算）。长江下游化肥氮和土壤流失氮以江苏太湖水系农业面源污染为依据（马立珊等，1997）。水田地表排出 TN 输出通量扣除降水和灌溉水 TN 输入通量即为水田化肥氮和土壤氮通过地表径流的实际流失量，计算结果平均 TN 流失通量为 1.4t/(km²·a)。根据降水中 TN 含量和旱地地表径流量，计算得到旱地降水 TN 通量为 0.934kg/(hm²·a)，旱地地表径流 TN 通量减去旱地降水 TN 通量即为化肥氮和土壤氮通过地表径流的实际流失量，计算结果旱地 TN 流失通量为 1.087t/(km²·a)。以此估算长江下游耕地化肥氮和土壤氮流失。下游水田面积占耕地面积的 80%，旱地占 20%，则下游耕地化肥和土壤 TN 流失为 48 908t/a，流失的 DIN 为 31 790t/a。根据鄱阳湖地区非耕地（包括森林、草地、湖滩、荒地等）氮流失资料（朱海虹和张本，1997），估算得地表径流 TN 输入通量为 0.989t/(km²·a)，降水 TN 输入通量为 0.912t/(km²·a)，因此非耕地水土流失 TN 实际通量为 0.077t/(km²·a)，根据下游水土流失面积（表 4-29）可计算得到水土流失 TN 为 1571t/a，DIN 为 1021t/a。由此可得长江下游通过化肥氮和土壤流失进入长江的 TN 为 50 479t/a，DIN 为 32 811t/a。

长江中游化肥氮和土壤氮流失以鄱阳湖地区为依据，根据鄱阳湖地区 6 个耕地（包括水田和旱地）单元小区试验地表径流 TN 输入资料（朱海虹和张本，1997），笔者计算得到地表径流 TN 输入通量为 3.281t/(km²·a)，降水 TN 输入通量为 1.225t/(km²·a)，则由地表径流输入鄱阳湖的耕地化肥和土壤流失 TN 通量为 2.056t/(km²·a)。由此估算长江中游化肥氮和土壤流失 TN 为 225 399t/a，DIN 为 146 509t/a。鄱阳湖地区非耕地水土流失 TN 通量为 0.077t/(km²·a)，根据长江中游水土流失面积（表 4-29），求得中游水土流失 TN 为 15 853t/a，DIN 为 10 304t/a。由此长江中游化肥氮和土壤流失 TN 为 241 252t/a，DIN 为 156 813t/a。

长江上游以三峡库区为依据，根据 1998 年《长江三峡工程生态与环境监测公报》，1997 年库区化肥氮流失总量为 1.19 万 t/a，耕地面积 9777km²，则耕地化肥氮流失通量 DIN 为 1.217t/(km²·a)。根据上游耕地面积（表 4-29），可计算得到上游耕地化肥氮流失 DIN 为 105 356t/a。库区土壤流失通量 TN 以 0.123t/(km²·a) 计（黄时达等，1994）。水土流失也按全部面积（表 4-29）计，则上游土壤流失 TN 为 42 559t/a，DIN 为 27 663t/a。因此，长江上游化肥氮和土壤氮流失 TN 为 147 915t/a，DIN 为 133 019t/a。

根据以上估算结果，由于长江中游耕地面积大、化肥使用量高（表 4-29），长江流域化肥氮和土壤流失氮，以中游最多，其 DIN 和 TN 分别占全流域的 48.6% 和 54.9%。

长江上、下游 DIN 流失分别占全流域的 41.2% 和 10.2%，TN 流失分别占 33.6% 和 11.5%。经估算，全流域通过地表径流化肥和土壤流失的 DIN 和 TN 分别为 322 643t/a 和 439 646t/a，占长江口输出通量的 18.5% 和 15.4%。

（三）长江流域点源污水氮的输入

根据 1998 年《中国环境年鉴》提供的资料，笔者统计计算了长江流域各省、区向长江流域排放的工业废水总量和生活污水总量（表 4-30）。长江流域各省、区向长江流域排放的工业废水量占全国工业废水量的 36.8%，其中以四川、湖南、湖北和上海最多，占全流域废水排放量的 67.8%。根据 1995 年长江流域各省、区生活污水排放量占全国污水排放总量的比例，计算得到长江流域各省、区生活污水排放总量；并按人口比例求出各省、区向长江流域排放的生活污水量，占全国生活污水量的 33.7%。其中，以上海、湖北、四川三省（直辖市）最多，占全流域的 67.4%。

表 4-30　长江流域点源排污氮的输入

流域	生活污水氮输入			工业废水氮输入			输入总量	
	污水量 /(万 t/a)	DIN /(t/a)	TN /(t/a)	废水量 /(万 t/a)	DIN /(t/a)	TN /(t/a)	DIN /(t/a)	TN /(t/a)
上游	170 326	28 472	52 135	214 630	37 365	74 713	65 828	126 848
中游	288 203	48 176	88 216	388 809	67 672	135 344	115 848	223 560
下游	179 375	29 984	54 905	231 493	40 291	80 583	70 275	135 488
全流域	637 904	106 632	195 256	834 932	145 328	290 640	251 951	485 896

有关长江流域工业废水和生活污水中氮浓度的资料并不多，笔者收集到的资料有：长江上游，沱江流域内江地区（王华东和薛纪瑜，1989），三峡库区（国家环境保护总局，1998；2000）；长江中游，1988 年武汉钢铁公司和 1998 年东湖地区周年调查（唐汇娟，私人通讯）；长江下游，巢湖流域（张之源等，1999），长江梅山段（吕恩珊，1992），太湖地区（金相灿等，1999），浙江千岛湖地区（韩伟明等，1997）和黄浦江地区（张仲南等，1987）。根据东湖和武钢生活污水与工业废水中某些形态氮含量之间的比例，笔者假设 $NH_4\text{-}N/DIN = 0.8$，$DIN/TN = 0.5$。由此计算求得长江流域生活污水中 DIN 和 TN 的平均浓度分别为 16.716mg/L 和 30.609mg/L，工业废水中二者的氮平均浓度分别为 17.405mg/L 和 34.810mg/L。

根据长江流域生活污水和工业废水排放量以及污（废）水中的氮含量，即可估算通过点源排污氮的输入量（表 4-30）：无论是生活污水氮，还是工业废水氮，均是长江中游输入量最大的；长江流域点源排污氮的输入总量中，上、中、下游分别占 26.1%、46.0% 和 27.9%，全流域分别占长江口 DIN 和 TN 输出通量的 14.4% 和 17.1%。

（四）长江流域城镇径流氮的输入

有关城镇径流氮输送的资料很少，这里仅以鄱阳湖地区（小城镇）（朱海虹和张本，1997）、武汉东湖区（大城市）和三峡库区（山区城镇）（黄时达等，1994）为依据，估算长江流域城镇径流氮的输入。

上述 3 个地区城镇径流平均 TN 通量为 0.379t/(km² · a)。参考成都市街道地表污染物 DIN/TN 值 0.623（施为光，1991）、东湖地区 DIN/TN 值 0.417（张水元等，1984），取 0.5 为平均值，则城镇径流 DIN 实际输送通量为 0.190t/(km² · a)。根据国土资源环境空间数据库最新统计的数据，粗略估算长江流域城镇面积，可进一步得到由城镇径流输入长江的 DIN 为 1292t/a、TN 为 2578t/a，分别占长江口输出通量的 0.07%和 0.09%。

（五）长江流域流动源污水氮输入

流动源排污主要是指航行在长江航道上的各类船舶生活污水排放。长江干流客运能力 4000 万人次，1999 年客运量不足 1500 万人。若长江干流客运量以 2000 万人计，加上支流客流量以 1000 万人计，共计 3000 万人，各类货船也按 3000 万人计，每人均以 3 天航程，人均生活用水量（包括厕所、厨房、洗脸水）假设为 0.123t/(人 · d)（黄时达等，1994），按这样的计算方法估算，TN 为 48.74t/a，DIN/TN 值按 0.5 计，则 DIN 输入通量为 24.37t/a，二者分别仅占长江口输出通量的 0.0017%和 0.0014%。

根据上面的估算，长江流域氮的收支见表 4-31，其表明长江和长江口氮主要来源于降水、农业非点源化肥氮和土壤氮的流失、点源工业废水和生活污水排放等，由降水输入长江的 TN 和 DIN 是长江和长江口高含量氮的主要来源。它们分别占长江口输出通量的 62.3%和 56.2%，与挪威 Bjerkreim 河流域（70%）比较接近（Kaste et al.，1997）。

表 4-31　长江流域氮的收支

氮输入、输出	DIN/(万 t/a)	(输入/输出)/%	TN/(万 t/a)	(输入/输出)/%
氮输出	174.600		284.900	
氮输入				
降水氮	108.758	62.3	160.195	56.2
点源氮	25.195	14.4	48.590	17.1
农业非点源氮	32.264	18.5	43.965	15.4
城镇径流氮	0.129	0.07	0.258	0.09
流动污染氮	0.002	0.0014	0.005	0.0017
合计	166.348	95.3	253.013	88.8

三、长江口高含量无机氮的主要控制因素

上面的结果表明长江和长江口 DIN 主要来源于降水、农业非点源化肥氮和土壤氮流失及点源工业废水和生活污水排放，分别占长江口无机氮输出通量的 62.3%、18.5%和 14.4%。其中，降水氮的输入最高。

（一）长江流域降水中的氮

1. 长江流域降水中氮的含量

近半个世纪以来，降水中氮含量已大量增加。20 世纪 80 年代中期以前，国内很少有降水氮的研究，降水氮含量历史变化的报道几乎没有，仅有一些零星的数据：根据东湖地区记载，1962～1963 年降水中无机氮含量为 31.9μmol/L（刘衢霞等，1983）；1979～1981 年为 41.8μmol/L（张水元等，1984）；1997～1998 年为 64.8μmol/L（唐汇娟，私人通讯），从 60～90 年代东湖地区降水中无机氮含量增加了 1 倍多。1985～1986 年中国南方 8 个城市（包括长江流域 5 个城市）降水中 NO_3-N 和 NH_4-N 平均含量分别为 26.0μmol/L 和 89.2μmol/L，至 1992～1993 年已达到 45.0μmol/L 和 185.1μmol/L（丁国安和王文兴，1997）。

2. 长江流域降水氮的主要来源

（1）化肥氮的气态损失

图 4-16 表示我国 1980 年以来农用化肥氮使用量的增加情况，1952 年化肥氮使用量仅为 0.06×10^6t（张夫道，1984），1962 年大约为 0.45×10^6t，至 1980 年达到 9.34×10^6t，增加了近 20 倍。1997 年我国化肥氮使用量又比 1980 年增加了 1.3 倍，为 21.72×10^6t。我国化肥生产量已居世界第一位，1996 年占世界总产量的 20% 左右。根据《中国统计年鉴-1998》、1993 年和 1997 年《长江年鉴》等资料统计，长江流域化肥氮使用量大约占全国的 29.2%，约 6.26×10^6t。许多研究者发现河水中氮浓度与氮肥使用呈明显的正相关关系（Berankova and Ungerman，1996；Smith et al.，1987；Brooker and Johnson，1984），化肥氮使用量的快速增加导致了日益加剧的环境污染。化肥氮损失主要是通过反硝化和氨挥发，在我国，水田中反硝化和氨挥发的比例大约为 60%，其中反硝化占 35%，NH_3 挥发占 25%；旱地大约为 50%（朱兆良和文启孝，1990）。化肥和土壤中的 NO_3-N 通过反硝化向大气排放 N_2 和 N_2O，一般情况下，以 N_2 为主。由反硝化进入大气的 N_2O 仅有少量能返回地表，大多数在同温层中被光化学破坏，产生 O_2 和 N_2，其中 5%～10% 变成 NO（Jenkinson，1990）。大气中的 NO 和 NO_2 等在云、气溶胶粒子、雨滴中可转化为 NO_3^-，随降水落到地面；NH_3 在大气对流层中仅能存留 6 天，大部分能返回离 NH_3 产生处相对较近的地面（Jenkinson，1990）。若长江流域氮肥的气态损失按 55% 计，则在统计年度大约有高达 3.44×10^6t 化肥氮进入大气，相当于长江年输出无机氮的 2 倍。

（2）人口增加所排放的废物及动物过程中产生的氮

人口和家畜数量的增加是氮通量进入生物圈的 3 种主要方式之一（Hessen et al.，1997）。中国人口从 1952 年的 574.82×10^6 增加至 1997 年的 1236.26×10^6，净增 1.15 倍，其中长江流域人口大约占 33.6%。人口的增加是导致大气中 NH_3 增加的一个直接原因；大气中 NH_3 的另一个重要来源是动物排泄物，也与人类对动物性蛋白需求的日益增长密切相关。根据《中国农业年鉴-1981》、《中国农业年鉴-1986》、1982 年《中国

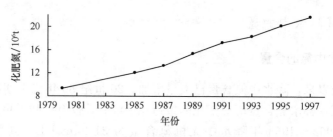

图 4-16　中国化肥氮使用量的历史变化

经济年鉴》和《中国统计年鉴-1998》的资料，全世界肉类产量，1969～1971 年平均产量为 $106.63×10^6$ t，至 1997 年达到 $215.17×10^6$ t，翻了一番多；中国猪、牛、羊肉产量 1952 年仅为 $0.034×10^6$ t，1965 年增加至 $5.51×10^6$ t，1985 年比 1965 年大约增加了 2.5 倍，1997 年中国肉类产量达 $59.15×10^6$ t，占世界总产量的 27.5%。据 Jenkinson (1990) 估计，由动物排泄产生的 NH_3 要多于土壤、植物和化肥中产生的 NH_3。长江流域降水中 NH_4-N 占 DIN 的 87.7% 也反映出上述两种来源的重要性。

（3）高温燃烧产生的氮

降水中氮的另外一个重要来源就是氮氧化物（NO_x），主要是 NO 和 NO_2。除了一部分来自大气自身，即闪电外，大部分来自于化石燃料燃烧，特别是高温燃烧。大气中的 N_2 和 O_2 直接发生反应，再由 NO_x 转化成 NO_3^-。据 Jenkinson（1990）估计，陆地上每年大约有 $48×10^6$ t 的氮以 NO 和 NO_2 形式进入大气，其中 $32×10^6$ t 来自燃烧，$8×10^6$ t 氮来自土壤-植物系统，$8×10^6$ t 氮由大气本身产生，它们在对流层中仅能存留 5 天。大气中的 NO、NO_2 较大部分通过降水返还地表，一部分通过干沉降返回。现在燃烧和工业化肥固氮与自然生物固氮已基本持平（Vitousek，1994；Galloway et al.，1995）。图 4-17 根据《中国统计年鉴-1998》展示 20 世纪 50 年代以来我国原煤和原油产量增长的速度，1965～1997 年，二者分别增加了 5.9 倍和 14.2 倍，至 1996 年，我国煤炭产量居世界第一位，原油产量居世界第五位。

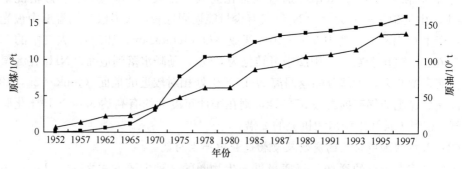

图 4-17　中国原煤、原油产量的历史变化

▲原煤；■原油

由上面分析可以看出，降水中氮含量的增加主要是由于人类活动影响造成的。例如，化肥氮使用量的大量增加、人口增加所排放的废物及动物生长过程中产生的氮、矿

石燃料的高温燃烧产生的氮等，降水氮是长江流域氮的第一大来源，但这仅仅是长江口高含量无机氮的直接原因。

3. 长江流域降水氮的去向

由大气输入陆地生态系统的氮，除降水外，还有干沉降，Warneck 估计大气中大约有 1/3 的 NH_4-N 和不到 1/2 的 NO_3-N 通过干沉降输入陆地（Jenkinson，1990）。实际上通过干沉降输入陆地的氮仅有一小部分直接进入水体，大部分还是通过农业非点源流失等途径由降水径流带入。那么是不是所有的来自降水中的氮都能进入长江？答案是否定的。氮截流既能发生在流域中，也能发生在河流中（Vorosmarty et al.，1995；Gildea et al.，1986）。氮截流与生物过程有关，与沉积过程无关（Berge et al.，1997）。在长江流域，由于长江干流和主要支流流量大（大通站平均径流 $29\ 000\text{m}^3/\text{s}$）、水体浑浊（大通站平均泥沙含量 0.533kg/m^3），DIN/PO_4-P 值高（枯水期为 196.0 ± 35.8，丰水期为 287.1 ± 34.0），浮游植物少（口门内叶绿素 a 含量为 $0.5\mu\text{g/L}$），不利于氮滞留，因此氮滞留可能主要发生在流域。在长江流域的降水总量中，大约 49% 降水形成长江径流，包括 70%～80% 的地表水和 20%～30% 的地下水，在这部分降水中本节取 75% 作为长江径流降水补给，即降水总量中仅有 36.8% 形成径流，也就是说长江流域的降水滞留高达 63.2%，其中的氮也随之被滞留。在长江流域最容易发生氮滞留的地表覆盖是森林，占全流域的 20.3%，主要集中在上游地区；草原和草地，占全流域的 41%，主要集中在青藏高原和散布在东、中部地区的丘陵和山地；耕地，占全流域的 13.7%，主要分布在平原、丘陵、盆地和长江沿岸地带。这些地区的氮主要滞留在土壤中或被植物吸收。欧洲 65 个森林样点或集水区的调查表明，当氮的沉降速率低于 $1000\text{kg/(km}^2 \cdot \text{a})$ 时，林区没有显著的氮流失发生；当氮沉降速率为 $1000\sim2500\text{kg/(km}^2 \cdot \text{a})$时，某些样点有氮流失发生；而当氮沉降速率高于 $2500\text{kg/(km}^2 \cdot \text{a})$ 时，所有的样点都有显著的氮流失发生（Dise and Wright，1995）。对于北美洲来说，当氮沉降速率为 $500\sim600\text{kg/(km}^2 \cdot \text{a})$ 即发生氮流失（Stoddard，1994）。长江流域全流域 DIN 湿沉降速率（降水）平均为 $1628\text{kg/(km}^2 \cdot \text{a})$，加上干沉降还要高一些，显然会发生氮流失。长江流域山地和高原占全流域面积的 65.6%，也有利于氮流失。特别在丰水期集中了全年降水的 70% 以上，大雨和暴雨使氮滞留难以发生。如果形成长江径流的那部分降水氮全部进入长江，那么通过降水进入长江的 DIN 也仅占全部降水氮的 36.8%，这部分 DIN 占长江口输出通量的 62.0%。由于长江流域面积太大且地形和地表类型十分复杂，要精确估算氮滞留和氮流失显然是困难的。

（二）长江口高含量无机氮的其他来源

1. 农业非点源化肥氮和土壤氮流失

很显然，农田化肥氮使用量的增加和水土流失的加剧导致化肥氮和土壤氮流失的增加，是长江口高含量无机氮的另一个重要原因。有关氮肥使用量与长江河流中氮浓度的关系已有报道，如 1971～1983 年长江重庆寸滩站枯水、丰水期 TN 年平均浓度和长江支流沱江李家湾站枯水期 TN 年平均浓度，滞后一年与四川省氮肥使用量之间均呈显著正相关关系，相关系数分别为 0.70、0.86 和 0.97（陈静生等，1998）。1962～1997 年 35 年间中国化肥氮使用量已增加了 47 倍。前面的估算表明长江流域耕地通过地表径流流失的化肥和土壤 DIN 为 0.28×10^6 t/a，占全流域化肥氮年使用量的 4.5%，占长江口 DIN 输出通量的 16.2%。根据 1987 年长江三峡工程对生态与环境影响的论证报告，长江上游曾是中国第二大林区（仅次于东北），多年来由于不合理的开发，森林覆盖率锐减，如四川省森林砍伐与更新比例约为 10：1，全省森林覆盖率由 20 世纪 50 年代的 20% 下降至 80 年代的 13%。由于森林植被遭到破坏，长江流域内土壤侵蚀和水土流失面积和强度也增大，使化肥氮和土壤氮流失增加。特别是上游地区尤为严重，每年土壤侵蚀总量达 1.80×10^9 t，其中四川省为 0.64×10^9 t，中、上游一些强度侵蚀区平均侵蚀模数达 8500t/($km^2 \cdot a$)。1957 年四川省水土流失面积仅占总面积的 16.1%，现在已大幅度地增加，如金沙江下游四川地区水土流失面积约为 1.6×10^4 km^2，占土地总面积的 60%；又如四川省水土流失面积最大的川中丘陵区，水土流失面积达 5.79×10^4 km^2，占川中丘陵区全部面积的 58.2%（侯宇光，1997）。长江上游水土流失面积已达 3.460×10^5 km^2，全流域达 5.723×10^5 km^2，占全部长江流域面积的 31.6%。如果把长江流域耕地流失的化肥和土壤 DIN 全部排入到长江年径流中去，则可以使长江水中的 DIN 浓度增加 15.4 $\mu mol/L$。由此可见，通过气态损失和农业非点源流失的化肥氮大约占长江流域年化肥氮使用量的 60%，化肥氮的损失对长江和长江口高含量无机氮起了举足轻重的作用。

2. 点源工业废水和生活污水排污氮

长江口高含量的无机氮也与点源排污氮的输入密切相关，点源排污氮的输入量又与工业废水和生活污水排放量直接有关。根据《中国统计年鉴-1992》，1990 年、1997 年和 1998 年《中国环境年鉴》资料绘出 1980 年以来中国县和县以上企业废、污水排放总量，人口和工业总产值变化曲线（图 4-18）可以看出，废、污水排放总量与人口和工业总产值几乎是同步增加，两者呈显著正相关（$r^2 = 0.783$，0.936，$p < 0.01$）。1980～1997 年人口增加 0.25 倍，工业总产值增加 21 倍，各种废、污水排放总量从 3.15×10^{10} t 增加到 3.77×10^{10} t，平均年增长 1.2%；1997 年长江流域工业废水和生活污水排放总量约为 1.47×10^{10} t，比 1985 年增加约 0.195×10^{10} t，平均年增长 1.3%，略高于全国。如果把由工业废水和生活污水排放的 DIN 全部排入到年长江径流中，则可以使长江水中 DIN 浓度增加 13.6 $\mu mol/L$。由于缺少 20 世纪 80 年代以前的资料，因此难以定量分析从 60～80 年代工业废水和生活污水排放量的变化。1962～1980 年，我国工业总产值增加了 4.6 倍，但由于环境保护意识差，废水排放量可能增加较快，废水中氮的排放也很少受限制。如长江干流沿岸 21 个主要城市，1982 年城市生活污水处理率仅为 17%，排放达标率为 36%；工业废水处理率仅为 22%，排放达标率为 48%。此外，60～80 年代我国人口增长很快，1962～1980 年人口增加了 0.47 倍，净增 3.14 亿，这就意味着生活污水排放量的增加和输入长江氮的增加。

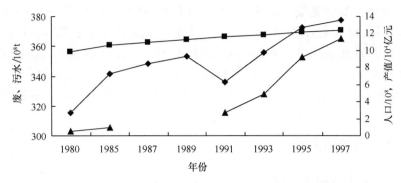

图 4-18 中国废、污水排放总量，人口和工业总产值的历史变化

◆废、污水排放总量；■人口；▲工业总产值

（本节著者：沈志良 刘 群 张淑美 苗 辉 张 平）

第四节 长江和长江口磷的主要来源和控制

长江口水域富营养化的重要特点是氮浓度过度增加，导致 N/P 营养盐比例大大偏离 Redfield 值，平均达到 40 以上，磷成为长江口水域浮游植物生长的重要限制性营养元素，对该水域有害藻华的暴发具有重要的控制作用。由于河口水域的磷营养盐对生态系统具有独特的作用和地位，所以长期以来，有关磷的来源和输送机制一直是国际上河口水域富营养化研究的重要内容之一（Glibert et al., 2008；Jickells, 2005；Sims et al., 1998）。根据前面有关内容介绍可知，磷营养盐受人类活动干扰较大，在不同的环境条件下，各种形态磷之间还存在相互转化。所以，磷营养盐沿长江的变化较为复杂，我们对其在长江流域收支方面的了解也较少。

为此，本节在前面工作的基础上，分析了长江流域磷的主要来源，定量估算了磷的输入、输出通量，初步探讨了长江和长江口磷的主要控制机制，为揭示长江口水域富营养化特征提供重要参考。

一、长江口磷的输出通量

对 2004 年 2 月、5 月、8 月、11 月长江口门处（盐度接近 0）溶解无机磷（DIP）和总磷（TP）的输出通量［河口各站磷浓度的平均值（mg/L）与长江口径流量（m^3/s）的乘积］与长江口径流量月平均值 Q 进行相关统计，可以得到如下方程式：

$DIP(kg/s) = 0.0772 + 0.2207Q$（万 m^3/s）　（$r^2 = 0.958$，$p = 0.021$，$n = 4$）

$TP(kg/s) = -0.2519 + 0.8367Q$（万 m^3/s）　（$r^2 = 0.911$，$p = 0.045$，$n = 4$）

上述方程表明长江口 DIP 和 TP 的输出通量均由径流量所控制，由该方程可求得 2004 年长江口 DIP 的输出通量为 0.65kg/s，TP 的输出通量为 1.85kg/s；它们的年输出量分别为 2.04 万 t/a 或 11.34kg/($km^2 \cdot a$）和 5.83 万 t/a 或 32.39kg/($km^2 \cdot a$）；DIP 的输出通量占 TP 的 35.0%。与 1985～1986 年的调查结果（Shen, 1993）相比较，DIP 的输出通量增加了 0.5 倍，2004 年长江口年平均径流量为 25 148m^3/s，大于

1985～1986 年的平均径流量（23 620m³/s）。但 DIP 的输出通量略小于 1997～1998 年的调查（0.74kg/s）（沈志良，2006），而 TP 的输出通量则远小于 1997～1998 年的调查（4.11kg/s），2004 年长江口年平均径流量仅是 1997～1998 年的 64%。本次调查估算的 DIP 输出通量高于 Zhang（1996）的数据 [9.08kg/(km² · a)]，但远低于 Edmond 等（1985）的结果 [21.08kg/(km² · a)，包括一部分吸附态的 DIP]，也远低于亚马孙河 DIP 的输出通量 49.60kg/(km² · a)（Edmond et al.，1985）。

二、长江流域磷的输入

（一）长江流域降水磷的输入

有关降水中磷含量的报道很少。笔者把长江流域按上、中、下游分成 3 个子流域，根据笔者测定的数据和相关文献，上游以攀枝花和成都为代表，中游以九江、东湖（张水元等，1984；唐汇娟，私人通信）和鄱阳湖地区（朱海虹和张本，1997）为代表，下游以大通、上海和太湖地区（黄文钰等，2000；张水铭等，1993；杨龙元，私人通信）为代表，各子流域降水中磷含量分别见表 4-32。由该表可以看出，上游和中游降水中 DIP 和 TP 含量比较接近，下游最高，这显然与下游经济高度发展和人口密度大有关。全流域加权平均 PO₄-P 含量占 TP 的 56.0%，溶解无机磷是降水中磷的主要存在形式。与长江水相比，降水中 PO₄-P 和 TP 的含量都比较小，尤其是 TP，比长江水小得多。颗粒磷是长江水中磷的主要存在形式（沈志良，2006）。

表 4-32　由降水输入长江的磷年通量

流域	径流量 /10⁹ m³	降水补给 /10⁹ m³	DIP /(μg/L)	TP /(μg/L)	降水磷输入	
					DIP/(t/a)	TP/(t/a)
上游	383.07	287.30	12.4	20.9	3 562.5	6 004.6
中游	390.50	292.88	10.1	19.2	2 958.1	5 623.3
下游	52.01	39.01	15.8	28.4	616.4	1 107.9
全流域	825.58	619.19	11.6*	20.7*	7 136.9	12 735.8

*加权平均。

长江流域位于东南副热带季风区，春、夏季，来自印度洋的西南季风和来自西太平洋副热带的东南季风活动频繁，当与北方冷空气交汇时经常产生大雨与暴雨，是长江流域水资源的主要来源。长江流域径流除高山冰雪融水补给外，大部分来自雨水补给，一般占年径流量的 70%～80%，本节取降水补给为 75%。根据长江口输出径流量和上、中、下游所占份额的多年平均，可求得上、中、下游的降水补给，由降水补给和降水中 PO₄-P、TP 含量，即可求出上、中、下游降水输入长江的磷年通量（表 4-32）。结果表明，长江流域通过降水输入至长江的 DIP 和 TP 通量，上、中、下游分别占全流域的 49.9%、41.4%、8.6% 和 47.1%、44.2%、8.7%，主要来自上游和中游。

（二）长江流域农业非点源磷的输入

本节所涉及的农业非点源磷不包括降水磷，仅仅指化肥和土壤实际流失的磷。根据

2003 年、1993 年《长江年鉴》和《中国统计年鉴-2003》等资料，长江流域耕地面积、化肥磷使用量及水土流失情况统计见表 4-33。全流域耕地面积和化肥磷年使用量以中游最多，分别占全流域的 44.2% 和 49.7%，水土流失面积上游最严重，占全流域的71.4%，而水土流失治理面积的比例下游最大、上游最小。

表 4-33　长江流域统计表

流域	耕地面积/万 km²	化肥磷施用量/万 t	水土流失面积/万 km²	治理面积/万 km²	治理比例/%
上游	9.192	69.598	50.772	13.456	26.5
中游	10.113	107.155	18.206	9.909	54.4
下游	3.588	33.304	2.107	1.687	80.1
全流域	22.893	210.057	71.085	25.051	35.2

以太湖水系农业面源污染为依据（郭红岩等，2004；王小治等，2004），计算获得长江下游化肥和土壤磷的流失。水田以水稻—小麦（油菜）轮作为参考，根据现场水稻实验样田的数据（郭红岩等，2004），水稻季节水田地表排出 TP 输出通量为 $0.171t/km^2$，DP 输出通量为 $0.059t/km^2$，扣除降水和灌溉水 TP 和 DP 的输入通量（$0.056t/km^2$ 和 $0.016t/km^2$），得到水田稻季化肥和土壤磷通过地表径流的实际流失量：TP 和 DP 分别为 $0.115t/km^2$ 和 $0.043t/km^2$。DIP/DP 值以 0.586 计（王小治等，2004），则稻季通过地表径流实际流失的 DIP 为 $0.025t/km^2$。根据水田麦季 TP 和 DIP 的输出通量为稻季的 41.4% 和 38.4%（王小治等，2004），麦季水田通过地表径流实际流失的 TP 和 DIP 分别为 $0.048t/km^2$ 和 $0.010t/km^2$。由此得到水田化肥和土壤通过地表径流的实际流失通量 TP 和 DIP 分别为 $0.163t/(km^2 \cdot a)$ 和 $0.035t/(km^2 \cdot a)$。旱地地表径流 TP 流失通量减去旱地降水 TP 通量，可以获得化肥和土壤磷通过地表径流的实际流失量。计算结果表明，旱地 TP 实际流失通量为 $0.056t/(km^2 \cdot a)$（郭红岩等，2004）。根据上述结果可以估算长江下游耕地化肥和土壤的磷流失。下游水田面积占耕地面积的 78.6%，旱地占 21.4%，则下游耕地化肥和土壤流失 TP 为 5026.8t/a、DIP 为 1063.8t/a。水土流失磷通量的计算也根据太湖流域非耕地资料，磷流失占旱地的9.0%（陈欣等，1999），非耕地水土流失 TP 和 DIP 通量分别为 $0.005t/(km^2 \cdot a)$ 和 $0.001t/(km^2 \cdot a)$。根据下游水土流失面积（表 4-33），可计算得到水土流失 TP 为105.4t/a，DIP 为 21.1t/a（水土流失面积中包括部分耕地面积，重复计算）。由此可得长江下游通过化肥和土壤流失进入长江的 TP 和 DIP 分别为 5132.2t/a 和 1084.9t/a。

长江中游化肥磷和土壤磷流失以鄱阳湖地区为依据，根据鄱阳湖地区 6 个耕地单元小区试验地表径流 TP 输出资料（朱海虹和张本，1997），经计算获得水田地表径流 TP 输出通量为 $0.256t/(km^2 \cdot a)$、降水 TP 输入通量为 $0.036t/(km^2 \cdot a)$。假设灌溉水 TP 输入与降水输入相当，则水田由地表径流输入鄱阳湖的化肥和土壤实际流失 TP 通量为 $0.185t/(km^2 \cdot a)$。根据 DIP/TP 值为 0.557（史志华等，2002；王小治等，2004），水田化肥和土壤实际流失 DIP 通量为 $0.103t/(km^2 \cdot a)$。鄱阳湖地区旱地地表径流 TP 流失通量为 $0.250t/(km^2 \cdot a)$，扣除降水 TP 通量，旱地 TP 实际流失通量为 0.214 $t/(km^2 \cdot a)$。DIP/TP 值以 0.101 计（王小治等，2004；史志华等，2002），旱地 DIP

实际流失通量为 0.022t/(km² · a)。根据上述结果估算长江中游耕地化肥和土壤磷流失，中游水田面积占耕地面积的 64.9%，旱地占 35.1%，则中游耕地化肥和土壤 TP、DIP 流失分别为 19 737.0t/a 和 7539.0t/a。鄱阳湖地区非耕地（包括森林、草地、湖滩、荒地等）水土流失 TP 通量，经笔者估算为 0.189t/(km² · a)，扣除降水 TP 通量，非耕地 TP 实际流失通量为 0.153t/(km² · a)。根据史志华等（2002）和刘方等（2001）非耕地的资料，DIP/TP 值为 0.031，非耕地 DIP 流失通量为 0.005t/(km² · a)。根据中游水土流失面积（表 4-33），可计算得到水土流失 TP 和 DIP 分别为 27 855.2t/a 和 910.3t/a。由此可得长江中游通过化肥和土壤流失进入长江的 TP 和 DIP 分别为 47 592.2t/a 和 8449.3t/a。

　　长江上游以三峡库区为依据，三峡库区 21 个县、市耕地地表径流 TP 输出通量为 0.232t/(km² · a)（李崇明和黄真理，2005），根据笔者测定的上游降水中 TP 含量，获得降水 TP 输入通量为 0.024t/(km² · a)，耕地 TP 实际流失通量为 0.207t/(km² · a)。耕地地表径流 DIP/TP 值取中游水田和旱地的平均值 0.329，则耕地地表径流 DIP 输出通量为 0.068t/(km² · a)。由上游的耕地面积（表 4-33），即可计算得到上游耕地流失 TP 和 DIP 分别为 19 027.4t/a 和 6250.6t/a。根据三峡库区土壤流失通量 TP 为 0.155t/(km² · a)（黄时达等，1994），扣除降水 TP 输入通量，获得上游非耕地实际水土流失 TP 通量为 0.131t/(km² · a)。取旱坡非耕地 DIP/TP 值 0.224（袁东海等，2003），计算得到水土流失 DIP 通量为 0.035t/(km² · a)。根据笔者测定的降水中 DIP 含量，可得降水 DIP 输入通量为 0.014t/(km² · a)，则非耕地实际流失的 DIP 通量为 0.021t/(km² · a)。根据上游水土流失面积（表 4-33）可计算得到水土流失 TP 为 66 511.3t/a，DIP 为 10 662.1t/a（包括部分耕地面积，重复计算）。由此可得长江上游通过化肥和土壤流失进入长江的 TP 为 85 538.7t/a，DIP 为 16 912.7t/a。

　　根据以上估算结果（表 4-34），全流域农业非点源 TP 和 DIP 流失均以上游最多，二者分别占全流域的 61.9% 和 63.9%；中游、下游 TP 分别占全流域的 34.4%、3.7%，DIP 分别占 31.9%、4.1%。上游磷流失最多主要与长江上游流域水土流失严重有关：上游水土流失面积是中、下游总和的 2.5 倍。

表 4-34　长江流域农业非点源磷流失

流域	耕地磷流失通量/(t/a)		非耕地磷流失通量/(t/a)		磷流失通量/(t/a)	
	DIP	TP	DIP	TP	DIP	TP
上游	6 250.6	19 027.4	10 662.1	66 511.3	16 912.7	85 538.7
中游	7 539.0	19 737.0	910.3	27 855.2	8 449.3	47 592.2
下游	1 063.8	5 026.8	21.1	105.4	1 084.9	5 132.2
全流域	14 853.4	43 791.2	11 593.5	94 471.9	26 446.9	138 263.1

（三）长江流域点源污水磷的输入

　　根据《中国统计年鉴-2003》、2003 年和 1993 年《长江年鉴》提供的资料，笔者统计计算了长江流域各省、区向长江流域排放的生活污水量和工业废水量（表 4-35）。有关长江流域生活污水和工业废水中磷浓度的资料并不多，笔者主要参考的生活污水资料包括：上游，三峡库区（李崇明和黄真理，2005）；中游，湖南省株洲市（李桂芳等，2001）和东湖地区（贺华中，1996）；下游，太湖地区（黄文钰等，2001；金相灿等，1999），浙江千岛湖地区（韩伟明等，1997）和上海市（胡雪峰等，2002）。工业废水资料包括：三峡库区（李崇明和黄真理，2005），太湖地区（杨龙元等，2003；黄文钰等，2001；金相灿等，1999），浙江千岛湖地区（韩伟明等，1997），上海市（胡雪峰等，2002）以及化工、印染、制革、食品化工和焦化等工业废水中的 TP 的浓度（王晓慧和李国刚，1999）。根据上述资料，长江流域各省、区向长江流域排放的生活污水和工业废水 TP 平均浓度分别为 4.706mg/L 和 3.989mg/L，该浓度实际上是处理过的污水和未处理过的污水的平均浓度。取生活污水中 DIP/TP=0.665（李桂芳等，2001；贺华中，1996）和工业废水中 DIP/TP=0.508（唐汇娟，私人通信），可进一步估算出生活污水和工业废水中 DIP 的浓度分别为 3.129mg/L 和 2.026mg/L。

表 4-35　长江流域点源排污磷的输入

流域	生活污水磷输入			工业废水磷输入			点源排污磷输入总量	
	污水量 /(万 t/a)	DIP /(t/a)	TP /(t/a)	废水量 /(万 t/a)	DIP /(t/a)	TP /(t/a)	DIP /(t/a)	TP /(t/a)
上游	191 445.8	5 990.3	9 009.4	220 441.2	4 466.1	8 793.4	10 456.5	17 802.8
中游	321 978.0	10 074.7	15 152.3	285 282.6	5 779.8	11 379.9	15 854.5	26 532.2
下游	247 624.6	7 748.2	11 653.2	216 708.5	4 390.5	8 644.5	12 138.7	20 297.7
全流域	761 048.4	23 813.2	35 814.9	722 432.3	14 636.5	28 817.8	38 449.7	64 632.7

根据长江流域生活污水和工业废水排放量以及污（废）水中的磷含量，即可得到磷的点源排污输入量（表 4-35）。结果表明，无论是生活污水磷，还是工业废水磷，均为长江中游流域输入量最大；在磷的点源排污输入总量中，上、中、下游 DIP 和 TP 分别占全流域的 27.2%、41.2%、31.6% 和 27.5%、41.1%、31.4%。

（四）长江流域城镇径流磷的输入

有关城镇径流磷输送的资料很少，这里仅以上游三峡库区 12 个区县城镇（大城市和山区城镇）（李崇明和黄真理，2005）、中游武汉东湖区（大城市）（张水元等，1984）和鄱阳湖地区（小城镇）（朱海虹和张本，1997）以及下游上海市（顾琦等，2002）和太湖地区（平原小城镇）（夏立忠等，2003）为依据，估算长江流域城镇径流磷的输入。

城镇径流磷的实际输入通量为径流中磷的通量减去降水磷的通量。上述 6 个地区城镇径流 TP 实际输送通量为 0.440t/(km² · a)。若 DIP/TP 值以 0.606 计（顾琦等，2002），则 DIN 实际输送通量为 0.267t/(km² · a)。根据国土资源环境空间数据库统计的数据粗略估算长江流域城镇面积为 6800.8km²，可得到由城镇径流输入长江的 DIP 为 1815.8t/a，TP 为 2992.4t/a。

（五）长江流域流动排污源磷的输入

　　流动排污源主要是指航行在长江航道上的各类船舶生活污水排放。根据 2003 年《长江年鉴》的统计资料，2002 年长江干线旅客吞吐量为 1520 万人次，若支流以 980 万人计，共计 2500 万人次，各类货船按 1000 万人计，每人均以 3 天航程计。人均生活用水量（包括厕所、厨房、洗脸水）按每人每天 0.123t 计，生活污水中 TP 含量为 0.43mg/L（黄时达等，1994），则长江流域流动源污水 TP 输入通量为 5.553t/a。生活污水中 DIP/TP 值仍按 0.665 计（贺华中，1996；李桂芳等，2001），则长江流域流动源污水 DIP 输入通量为 3.693t/a。

三、长江流域磷的收支

　　把上面的估算结果列于表 4-36，可以看出由长江流域输入的 DIP 和 TP 都远远高于它们在长江口的输出通量，其中长江口 DIP 的输出通量仅占长江流域输入通量的 28.3%，TP 的输出通量仅占 27.0%。这表明从流域至长江水，从上游至下游，71.7% 的 DIP 和 73.0% 的 TP 在输送过程中被转移了。Behrendt 和 Opitz（2000）总结了中欧 89 条流域面积大于 $100km^2$ 的河流，其输入通量与输出通量之比为 8.5%～140%，平均为 57.9%，大约接近一半的 TP 滞留在流域，滞留比例明显低于长江流域，这可能与长江流域土地利用主要以农业为主有关。与氮不同，磷的转移除了与生物过程有关外，还与吸附和沉积过程密切相关。因此，在天然水中，磷几乎全部以磷酸根离子的形式存在，具有强烈的亲和性，因而大部分磷总是处于颗粒态（Berge et al.，1997）。许多研究表明各种土地类型颗粒磷是农田磷输出的主要形式（王鹏等，2006；梁涛等，2003；杨金玲等，2003；单保庆等，2000；Hart et al.，2004；Carpenter et al.，1998；Sharpley et al.，1994），在长江流域农业非点源磷的输入中，DIP 仅占 TP 的 19.1%。长江流域磷来源的估算表明，36.6% 的 DIP 和 64.0%TP 来自于农业非点源磷的流失，流失的磷主要通过径流输送。长江流域山地和高原占全流域面积的 65.6%，主要分布在长江上游，在这样的地形条件下，径流形成时停留时间较短，不利于磷滞留。研究表明大量磷流失通常发生在大暴雨中（Schuman et al.，1973），作物覆盖度、坡度和雨强是影响径流量的最主要因素。覆盖度越低、坡度和降雨越大，径流量越大（Steegen et al.，2001），越有利于磷的流失。长江上游流域磷流失最严重（表 4-34），显然与上述因素有关。在中、下游流域，主要在平原、丘陵地区，如太湖、巢湖、鄱阳湖和洞庭湖地区，流域内河流沟渠系统纵横交错，形成复杂的河网生态系统，这些生态系统一方面为农业非点源流失的氮和磷进入长江提供通道，另一方面也成为滞留这些营养物质的缓冲区。磷的滞留机制包括植被、水生生物和微生物的吸收和释放、泥沙和沉积物的吸附和交换、在水柱中化学沉淀和沉降等，这些系统中磷的滞留能力控制着河流下游磷的浓度和水质（Reddy et al.，1999；Johnston，1991）。对巢湖流域的研究发现多水塘系统能有效地减少来自径流的非点源营养盐负荷（Yan et al.，1999；Yin et al.，1993），在最初的 9 个月中能持留 90% 以上的氮、磷非点源污染物（Yin et al.，1993），从而大大减少流域径流的非点源污染物的输出。毛战坡等（2003）的研究表明，溪流中的水塘型和河口型断面是污染物持留的主要区域，TP、DIP 和悬浮物的持留量分别占溪流持留量的 58％、77％和 58％。长江流域这些淡水湿地滞留非点源污染物有效地改善了长江水的水质。

表 4-36　长江流域磷的输入通量及所占的比例

磷输入、输出	DIP/(万 t/a)	比例/%	TP/(万 t/a)	比例/%
磷输入				
降水磷	0.71	9.9	1.27	5.9
生活污水磷	2.38	33.0	3.58	16.6
工业废水磷	1.46	20.3	2.88	13.3
农业非点源磷	2.65	36.6	13.83	64.0
城镇径流磷	0.018	0.25	0.030	0.14
流动污染磷	0.000 37	0.005	0.000 56	0.003
合计	7.22	100.0	21.59	100.0
磷输出	2.04		5.83	
磷输出/输入		28.3		27.0

四、长江和长江口磷的主要控制因素的分析

（一）长江和长江口磷的主要控制因素

长江流域磷收支表明（表 4-36），长江磷主要来源于农业非点源化肥和土壤磷的流失、点源生活污水和工业废水的排放等。其中，农业非点源化肥和土壤磷的流失是第一位的，其 DIP 和 TP 分别占长江流域总输入量的 36.6％和 64.0％。在点源磷排放中，生活污水中排放的磷高于工业废水，其 DIP 和 TP 分别占长江流域总输入量的 33.0％和 16.6％。从表 4-36 还可以看出，由降水输入长江的 DIP 通量占长江流域总输入量的 9.9％，而 TP 通量仅占 1.27％，表明降水不是长江和长江口磷的主要来源，这与氮有很大的不同（Shen et al.，2003）。相关研究表明，非点源的营养物质已成为水环境的最大污染源（Rozemeijer and Broers，2007；Sharpley et al.，2001；Parry，1998；Foy and Withers，1995），而来自农田的氮、磷在非点源污染中占有的比例最大（Carpenter et al.，1998；van der Molen et al.，1998；Boers，1996；Kronvang et al.，1996），其中农业非点源磷占河流中磷来源的一半以上。Kronvang 等（1996）的研究表明，农业用地为主的流域内非点源磷年发生量相当于自然流域的 4 倍。据估计，在欧洲一些国家的地表水中，农业排磷所占的污染负荷比为 24％～71％（Vighi and Chiaudani，1987）。农业非点源污染已对受纳水体产生严重影响（Sharpley et al.，2001；US Environmental Protection Agency，1996）。在我国，大部分湖泊农业非点源营养盐负荷已占受纳水体污染负荷的 50％以上（金相灿等，1990），长江流域的一些农业高产地区的湖泊富营养化已十分严重，如太湖（陈荷生，2001；Zhang et al.，2007）、巢湖（张之源等，1999；Yin et al.，1993）、滇池（段永惠等，2005）和三峡库区（李崇明和黄真理，2005）等。

（二）长江流域农业非点源磷的流失

农业非点源化肥和土壤磷的流失是长江和长江口磷的第一大来源。根据《中国统计年鉴-2004》的数据，1980～2003 年我国农田的磷肥使用量变化如图 4-19 所示。在这23 年我国农田的磷肥施用量增加了 440.6 万 t，大约增加了 1.6 倍。根据农业非点源化肥和土壤磷的流失量（表 4-36），可以计算得到，若以 DIP 流失计，磷流失量占全流域化肥磷年使用量的 1.3％；若以 TP 流失计，则占 6.6％。不同土壤条件、耕作制度和管理水平下的模拟实验和实测结果都已经证明土壤中，特别是表层土壤中的速效磷水平与径流中的各种形态的磷含量呈显著相关关系（Pote et al.，1999；Heckrath et al.，1995；Sharpley et al.，1994）。太湖流域的现场试验表明径流中溶解磷、颗粒磷和 TP 的流失量与施肥量呈极显著的正线性相关关系，相关系数 r^2 分别为 0.996、0.990 和 0.995（赵建宁等，2005）。磷肥施用量的大量增加显然是农业非点源磷流失的主要原因之一。

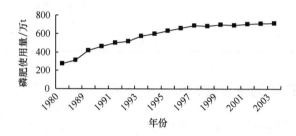

图 4-19　我国农田磷肥使用量的历史变化

水土流失面积不断增加也是磷流失的重要原因。水土流失携带的氮和磷是导致受纳水体污染的重要原因（Bardgett et al.，2001；Wit and Behreendt，1999；Mclsaac et al.，1991；Sharpley and Menzel，1987）。长江上游曾是中国第二大林区（仅次于东北），20 世纪 40 年代森林覆盖率曾达 30％～40％。多年来由于不合理的开发，森林覆盖率锐减，1957 年下降至 22％，1986 年仅为 10％（汪达等，2004）。由于森林植被遭到破坏，长江流域内土壤侵蚀和水土流失面积和强度也增大，使化肥磷和土壤磷流失增加，特别是上游地区尤为严重。根据《长江年鉴》资料，1992～2002 年，全流域水土流失面积增加了 13.86 万 km²，2002 年水土流失面积达到 71.08 万 km²，占全流域面积的 39.5％，其中上游占全流域水土流失面积的 71.4％。根据《2004 年中国水土保持公报》，长江流域多年平均土壤侵蚀总量为 23.9 亿 t，接近全国土壤侵蚀总量的一半，土壤侵蚀模数最高超过 10 000t/km²（薛惠锋和陶冶，2007），其中上游占全流域土壤侵蚀总量的 62.9％（汪达等，2004）。水土流失面积增加的直接结果之一是导致湖底淤积、河床抬高、航道变浅、湿地面积减少。如中国第一大淡水湖泊鄱阳湖面积，从1954 年的 5053km²，减少为 1999 年的 3872km²，湖面缩小 23％，容量减少 53 亿 m³；湖北省在 20 世纪 50 年代拥有天然湖泊 1066 个，面积 8528km²，有"千湖之省"的美称，90 年代只剩下 325 个，面积缩减为 2730km²。湿地面积减少与水土流失面积增加密切相关（汪达等，2004）。长江流域湿地面积的减少，除了削弱蓄洪能力外，还大大地减少了农业非点源氮和磷流失的缓冲地区，增加了长江水的污染负荷。

（三）长江流域点源磷的排放

1. 生活污水磷的排放

点源生活污水和工业废水的排放也是长江和长江口磷的主要来源，其中生活污水中排放的磷多于工业废水。

众所周知，生活污水中排放的磷直接与人口多少有关，生活污水排放量随人口的增加而增加。杨斌（1997）在洪泽湖的研究表明，生活污水排放量与受纳水体磷含量呈显著正相关（$r=0.521$，$p>0.05$）。根据《长江年鉴》的数据，1992~2002年，长江流域的人口从 39 798.88 万人增加到 42 653.42 万人（图 4-20），净增 2854.54 万人，其中城镇人口增加了 3271.85 万人，占全流域城镇人口的 30%，而农村人口减少了 417.31 万人。根据太湖流域的现场调查（黄文钰等，2000），人均每年大小便中的排磷量为 0.504kg，生活洗涤用水（包括不使用含磷洗衣粉的洗衣废水、洗菜水和淘米水以及洗涮用水等）排磷量为 0.044kg，洗衣粉排磷量 0.196kg，合计生活污水中人均排磷量为 0.744kg/a。若生活污水中的磷全部进入水体，十年来城镇点源生活污水磷增加了 24 342.6t，相当于全流域点源生活污水磷排放的 68%（表 4-35）。由于上述估算未考虑污水处理，太湖流域又是长江流域生活最富裕的地区，估算结果可能偏高。但是，很明显点源生活污水排放的磷逐年增加，表明其对长江和长江口磷的贡献越来越大。

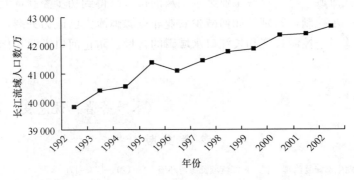

图 4-20　长江流域人口的历史变化

2. 工业废水磷的排放

工业废水中磷的排放量直接与工业废水排放量有关。图 4-21 显示了中国工业废水排放量的历史变化。与生活污水不同，工业废水排放量呈现了逐年减少的趋势。2003年比 1985 年工业废水排放量减少了 45.15 亿 t，占 2003 年排放量的 21.3%，如果工业废水中 TP 的浓度也按本节估算时采用的值计算，那么 1985~2003 年工业废水排放的 TP 减少了 18 010.3t，相当于长江流域全年工业废水排放 TP 的 62.5%。工业废水排放量的减少可能与工业结构调整和高新技术发展有关。此外，由于生态环境日益恶化，人们的环境保护意识逐渐增强，政府对环境治理的力度也不断加强，大量的污染环境严重的小、中型企业"关、停、并、转、迁"，使得工业废水排放量不断减少。

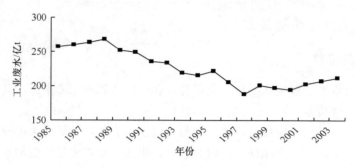

图 4-21　中国工业废水排放量的历史变化

　　工业废水中磷的排放量还与工业废水中磷的浓度密切相关。工业废水排放达标量从 1985 年的 38.2% 上升到 2003 年的 89.2%，表明排放的工业废水中磷的浓度已有很大下降。由此可见，在点源磷的排放中，工业废水中磷的排放已经得到比较有效的控制。

　　自 20 世纪 60 年代以来，欧美等发达国家由于基本实现了对污水处理厂等点源排放磷的有效治理，控制非点源磷已成为防止水环境富营养化的主要任务（Sharpley and Tunney，2000；Withers et al.，2000；Sharpley et al.，1999）。由于非点源磷污染不如点源磷那样容易确定和控制（Sharpley et al.，2001；Sharpley and Rekolainen，1997），排放的时间、途径和数量都具有不确定性（张大弟等，1997），因此给治理带来了很大的困难。在长江流域，尽管点源工业废水中磷的排放已得到初步控制，但生活污水中磷的排放还需进一步控制，特别是如何减少农业非点源磷流失已成为关键，必须要从全流域着手治理，这对于控制长江和长江口水域磷的含量、防止河口富营养化进一步加剧具有重要意义。

（本节著者：沈志良　李　峥）

参 考 文 献

陈荷生. 2001. 太湖生态修复治理工程. 长江流域资源与环境，10（2）：173～178

陈静生，高学民，夏星辉，等. 1999. 长江水系河水氮污染. 环境化学，8（4）：289～293

陈静生，夏星辉，蔡绪贻. 1998. 川贵地区长江干支流河水主要离子含量变化趋势分析. 中国环境科学，18（2）：131～135

陈欣，姜曙千，张克中，等. 1999. 红壤坡地磷素流失规律及其影响因素. 土壤侵蚀与水土保持学报，5（3）：38～41

丁国安，王文兴. 1997. 中国酸雨现状及发展趋势. 科学通报，42（2）：170～173

段水旺，章申. 1999. 中国主要河流控制站氮、磷含量变化规律初探. 地理科学，19（5）：411～416

段水旺，章申，陈喜保，等. 2000. 长江下游氮、磷含量变化及其输送量的估计. 环境科学，21（1）：53～57

段永惠，张乃明，洪波，等. 2005. 滇池流域农田土壤氮磷流失影响因素探析. 中国生态农业学报，13（2）：116～118

顾宏堪，熊孝先，刘明星，等. 1981. 长江口附近氮的地球化学 I. 长江口附近海水中的硝酸盐. 山东海洋学院学报，11（4）：37～46

顾琦，刘敏，蒋海燕. 2002. 上海市区降水径流磷的负荷空间分布. 上海环境科学，21（4）：213～215

郭红岩，王晓蓉，朱建国. 2004. 太湖一级保护区非点源磷污染的定量化研究. 应用生态学报，15（1）：136～140

国家环境保护总局. 1998. 长江三峡工程生态与环境监测公报

国家环境保护总局. 2000. 长江三峡工程生态与环境监测公报

国务院发展研究中心. 1982. 中国经济年鉴-1982. 北京：中国经济年鉴社

韩伟明，胡水景，金卫，等. 1997. 千岛湖水环境质量调查与保护对策研究. 环境科学研究，10（6）：20～25

何康，等. 1981. 中国农业年鉴-1981. 北京：农业出版社

何康，等. 1986. 中国农业年鉴-1986. 北京：农业出版社

贺华中. 1996. 东湖主要点源氮、磷负荷的动态变化. 湖泊科学，8（3）：229～234

侯宇光. 1997. 四川地区坡面土壤流失问题//刘昌明. 第六次全国水文学术会议论文集. 北京：科学出版社：
　　136～139

胡雪峰，朱琴，陈斌，等. 2002. 污水处理厂出水的环境质量和农业再利用. 农业环境保护，21（6）：530～534

黄时达，徐小清，鲁生业. 1994. 三峡工程与环境污染及人群健康. 北京：科学出版社：8～19

黄文钰，高光，舒益华，等. 2001. 太湖地区"禁磷"措施的效果及在富营养化控制中的作用. 农村生态环境，
　　17（4）：26～29

黄文钰，舒金华，高锡芸. 2000. 太湖洗衣粉排磷贡献率的研究. 贵州环保科技，6（3）：29～32

金相灿，刘鸿亮，屠清瑛. 1990. 中国湖泊富营养化. 北京：中国环境科学出版社

金相灿，叶春，颜昌宙，等. 1999. 太湖重点污染控制区综合治理方案研究. 环境科学研究，12（5）：1～5

李崇明，黄真理. 2005. 三峡水库入库污染负荷研究（1）——蓄水前污染负荷现状. 长江流域资源与环境，14（5）：
　　611～622

李桂芳，孟范平，李科林. 2001. 株洲市生活污水污染特征研究. 中南林学院学报，21（2）：23～28

梁涛，王浩，章申，等. 2003. 西苕溪流域不同土地类型下磷素随暴雨径流的迁移特征. 环境科学，24（2）：35～40

刘方，黄昌勇，何腾兵，等. 2001. 黄壤旱坡地梯化对土壤磷素流失的影响. 水土保持学报，15（4）：76～78

刘嘉麒，Keene W C，吴国平. 1993. 中国丽江内陆降水背景值研究. 中国环境科学，13（4）：246～251

刘衢霞，卢奋英，惠嘉玉. 1983. 武汉东湖湖区降水中的氮含量及其变化的研究. 海洋与湖沼，14（5）：454～459

刘新成，沈焕庭，黄清辉. 2002. 长江入河口区生源要素的浓度变化及通量估算. 海洋与湖沼，33（3）：332～340

吕恩珊. 1992. 长江梅山段的污染带研究. 中国环境科学，12（1）：29～35

马立珊，汪祖强，张水铭，等. 1997. 苏南太湖水系农业面源污染及其控制对策研究. 环境科学学报，17（1）：
　　39～47

毛战坡，单保庆，尹澄清，等. 2003. 磷在农田溪流中的动态变化. 环境科学，24（6）：1～8

秦翔，姚檀栋，王晓春，等. 1999. 希夏邦马峰北坡达索普冰川区冰、雪、河水的化学特征. 环境科学，20
　　（2）：1～6

单保庆，尹澄清，白颖，等. 2000. 小流域磷污染物非点源输出的人工降雨模拟研究. 环境科学学报，20（1）：33～37

沈焕庭. 2001. 长江河口物质通量. 北京：海洋出版社：35～36

沈志良. 1991. 三峡工程对长江口海区营养盐分布变化影响的研究. 海洋与湖沼，22（6）：540～546

沈志良. 1996. 长江口无机氮控制机制的初步研究. 海洋科学，1：61～63

沈志良. 1997. 长江干流营养盐通量的初步研究. 海洋与湖沼，28（5）：522～528

沈志良. 2004. 长江氮的输送通量. 水科学进展，15（6）：53～60

沈志良. 2006. 长江磷和硅的输送通量. 地理学报，61（7）：741～751

沈志良，刘群，张淑美. 2003. 长江无机氮的分布变化和迁移. 海洋与湖沼，34（4）：355～363

沈志良，刘群，张淑美，等. 2001. 长江和长江口高含量无机氮的主要控制因素. 海洋与湖沼，32（5）：465～473

沈志良，陆家平，刘兴俊，等. 1992. 长江口区营养盐的分布特征及三峡工程对其影响//中国科学院海洋研究所. 海
　　洋科学集刊（33）. 北京：科学出版社：109～129

施为光. 1991. 街道地表物的累积与污染特征：以成都市为例. 环境科学，12（3）：18～23

史志华，蔡崇法，丁树文，等. 2002. 基于 GIS 的汉江中下游农业面源氮磷负荷研究. 环境科学学报，22
　　（4）：473～477

汪达，汪明娜，汪丹. 2004. 论长江流域水土保持与湿地保护-水土流失与湿地消亡相关性研究. 水土保持研究，

11 (3)：146～150

王华东，薛纪瑜. 1989. 环境影响评价. 北京：高等教育出版社：172～173

王明远，赵桂久，章申. 1989. 长江碳、氮、磷、硫输送量的研究. //章申，张立成，田笠卿，等. 化学元素水环境背景值研究. 北京：测绘出版社：121～131

王鹏，高超，姚琪，等. 2006. 环太湖丘陵地区农田磷素随地表径流输出特征. 农业环境科学学报，25 (1)：165～169

王文兴，丁国安. 1997. 中国降水酸度和离子浓度的时空分布. 环境科学研究，10 (2)：1～6

王小治，曹志洪，盛海君，等. 2004. 太湖地区渗育性水稻土径流中磷组分的研究. 土壤学报，41 (2)：278～284

王晓慧，李国刚. 1999. 便携式分光光度计测定水中总磷. 中国环境监测，15 (6)：25～27

夏立忠，杨林章，吴春加，等. 2003. 太湖地区典型小城镇降雨径流 N P 负荷空间分布的研究. 农业环境科学学报，22 (3)：267～27

薛惠锋，陶冶. 2007. 我国水土流失区面临的挑战及对策研究. 水土保持研究，14 (1)：263～265

阎伍玖，王心源. 1998. 巢湖流域非点源污染初步研究. 地理科学，18 (3)：263～267

杨斌. 1997. 苏北农村主要水体氮磷污染及防治. 环境监测管理与技术，9 (3)：19～21

杨金玲，张甘霖，张华，等. 2003. 亚热带地区土地利用对磷素径流输出的影响. 农业环境科学学报，22 (1)：16～20

杨龙元，范成新，张路. 2003. 太湖典型地区工矿企业废水中主要污染物排放特征研究——以江苏溧阳市为例. 湖泊科学，15 (2)：139～146

袁东海，王兆骞，陈欣，等. 2003. 不同农作方式下红壤坡耕地土壤磷素流失特征. 应用生态学报，14 (10)：1661～1664

张大弟，张晓红，章家骐，等. 1997. 上海市郊区非点源污染综合调查评价. 上海农业学报，13 (1)：31～36

张夫道. 1984. 有机-无机肥料配合是现代施肥技术的发展方向. 土壤肥料，(1)：16～19

张水铭，马杏法，汪祖强. 1993. 农田排水中磷素对苏南太湖水系的污染. 环境科学，14 (6)：24～29

张水元，刘衢霞，黄耀桐. 1984. 武汉东湖营养物质氮、磷的主要来源. 海洋与湖沼，15 (3)：203～213

张之源，王培华，张崇岱. 1999. 巢湖营养化状况评价及水质恢复探讨. 环境科学研究，12 (5)：45～48

张仲南，高永善，李小平，等. 1987. 黄浦江水质规划和综合防治方案研究. 上海环境科学，6 (9)：2～7

赵建宁，沈其荣，冉炜. 2005. 太湖地区侧渗水稻土连续施磷处理下稻田磷的径流损失. 农村生态环境，21 (3)：29～33

中国科学院地理研究所，长江水利水电科学研究院，长江航道局规划设计研究所. 1985. 长江中、下游河道特性及其演变. 北京：科学出版社：48～57

中华人民共和国国家统计局. 1992. 中国统计年鉴-1992. 北京：中国统计出版社

中华人民共和国国家统计局. 1998. 中国统计年鉴-1998. 北京：中国统计出版社

中华人民共和国国家统计局. 2003. 中国统计年鉴-2003. 北京：中国统计出版社

朱海虹，张本. 1997. 鄱阳湖. 合肥：中国科学技术大学出版社：130～136

朱兆良，文启孝. 1990. 中国土壤氮素. 南京：江苏科学技术出版社：219，295～298

Aiexander R B, Murdoch P S, Smith R A. 1996. Streamflow-induced variations in nitrate flux in tributaries to the Atlantic coastal zone. Biogeochemistry, 33 (3)：149～177

Bardgett R D, Anderson J M, Behan-Pelletier V, et al. 2001. The influence of soil biodiversity on hydrological pathways and the transfer of materials between terrestrial and aquatic ecosystem. Ecosystems, 4：421～429

Baturin G N. 1982. Phosphorites on the Sea Floor. Translated by Vitaliano D B. Amsterdam：Elsevier：7～12

Behrendt H, Opitz D. 2000. Retention of nutrients in river systems：dependence on specific runoff and hydraulic load. Hydrobiologia, 410：111～122

Berankova D, Ungerman J. 1996. Nonpoint sources of pollution in the Morava River basin. Water Sci Technol, 33 (4/5)：127～135

Berge D, Fjeid E, Hindar A, et al. 1997. Nitrogen retention in two Norwegian watercourses of different trophic status. Ambio, 26: 282～288

Bhangu I, Whitfield P H. 1997. Seasonal and long-term variations in water quality of the Skeena river at USK, British Columbia. Water Research, 31: 2187～2194

Boers P C M. 1996. Nutrient emission from agriculture in Netherlands: causes and remedies. Water Sci Technol, 33 (4-5): 183～190

Brooker M P, Johnson P C. 1984. The behaviour of phosphate, nitrate, chloride and hardness in twelve Welsh rivers. Water Research, 18 (9): 1155～1164

Brzezinski M A. 1985. The Si : C : N ratio of marine diatoms: interspecific variability and the effect of some environmental variables. Journal of Phycology, 21: 347～357

Caraco N F, Cole J J. 1999. Human impact on nitrate export: an analysis using major world rivers. Ambio, 28: 167～170

Carpenter S R, Caraco N F, Correll D L, et al. 1998. Nonpoint pollution of surface waters with phosphorus and nitrogen. Ecological Applications, 8 (3): 559～568

Cornell S, Rendell A, Jickells T. 1995. Atmospheric inputs of dissolved organic nitrogen to the oceans. Nature, 376 (20): 243～246

Correll D L, Jordan T E, Weller D E. 2000. Beaver pond biogeochemical effects in the Maryland Coastal Plain. Biogeochemistry, 49: 217～239

Dise N B, Wright R F. 1995. Nitrogen leaching from European forests in relation to nitrogen deposition. For Ecol Mgmt, 71: 153～161

Duce R A, Liss P S, Merrill J T, et al. 1991. The atmospheric input of trace species to the world ocean. Global Biogeochem Cycles, 5: 193～259

Edmond J M, Spivack A, Grant B C, et al. 1985. Chemical dynamics of the Changjiang Estuary. Continental Shelf Research, 4: 17～36

Fisher T R, Peele E R, Ammerman J W, et al. 1992. Nutrient limitation of phytoplankton in Chesapeake Bay. Marine Ecology Progress Series, 82: 51～63

Foy R H, Withers P J A. 1995. The contribution of agricultural phosphorus to eutrophication. Proceedings No. 365 of the Fertilizer Society

Galloway J N, Schlesinger W H, Levy H, et al. 1995. Nitrogen fixation: anthropogenic enhancement environmental response. Global Biogeochem Cycles, 9: 235～252

Gildea M P, Moore B, Vorosmarty C J, et al. 1986. A global model of nutrient cycling: Ⅰ. Introduction, model structure and terrestrial mobilization of nutrients. In: Correll D. Research Perspectives. Washington, DC: Smithsonian Institution Press: 1～31

Gliberta P M, Emilio M, Sybil S. 2008. *Prorocentrum minimum* tracks anthropogenic nitrogen and phosphorus inputs on a global basis: Application of spatially explicit nutrient export models. Harmful Algae, 8 (1): 33-38

Hart R M, Quin B F, Long N M. 2004. Phosphorus runoff from agricultural land and direct fertilizer effects: a review. Journal of Environmental Quality, 33: 1954～1972

Heckrath G, Brookes P C, Poulton P R, et al. 1995. Phosphorus leaching from soils containing different phosphorus concentrations in the Broadbalk experiment. Journal of Environmental Quality, 24 (5): 904～910

Hessen D O, Henriksen A, Hindar A, et al. 1997. Human impacts on the nitrogen cycle: a global problem judged from a local perspective. Ambio, 26: 321～325

Hopkins T S, Kinder C A. 1993. LOICZ Land and Ocean Interactions in the Coast Zone, IGBP core project. NC. USA: 1～429

Howart R W, Billen G, Swaney D, et al. 1996. Regional nitrogen budgets and riverine N and P fluxes for the drainages to the North Atlantic Ocean: Natural and human influences. Biogeochemistry, 35: 75～139

Humborg C, Conley D J, Rahm L, et al. 2000. Silicon retention in river basins: far-reaching effects on biogeochemistry and aquatic food webs in coastal marine environments. Ambio, 29: 45～50

Humborg C, Sjoberg B, Green M. 2003. Nutrients land-sea fluxes in oligotrophic and pristine estuaries of the Gulf of Bothnia, Baltic Sea. Estuarine, Coastal and Shelf Science, 56: 781～793

Jarvie H P, Whitton B A, Neal C. 1998. Nitrogen and phosphorus in east coast British river: Speciation, sources and biological significance. Sci Total Environ, 210/211: 79～109

Jenkinson D S. 1990. An introduction to the global nitrogen cycle. Soil Use and Management, 6 (2): 56～61

Jickells T. 2005. External inputs as a contributor to eutrophication problems. Journal of Sea Research, 54 (1): 58-69

Johnston C A. 1991. Sediment and nutrient retention by freshwater wetlands: effects on surface water quality. Critical Reviews in Environmental Control, 21 (5-6): 491～565

Kaste ∅, Henriksen A, Hindar A. 1997. Retention of atmospherically-derived nitrogen in subcatchments of the Bjerkreim River in southwestern Norway. Ambio, 26: 296～303

Krapfenbauer A, Wriessning K. 1995. Anthropogenic environmental pollution-the share of agriculture. Bodenkultur (abstract), 46 (3): 269～283

Kronvang B, Grsbøll P, Larsen S E, et al. 1996. Diffuse nutrient losses in Denmark. Water Science and Technology, 33 (4-5): 81～88

Leeks G J L, Neal C, Jarcie H P, et al. 1997. The LOIS river monitoring network: strategy and implementation. Science of the Total Environment, 194/195: 101～109

Liu S M, Zhang J, Chen H T, et al. 2003. Nutrients in the Changjiang and its tributaries. Biogeochemistry, 62: 1～18

Mclsaac G F, Hirschi M C, Mitchell J K. 1991. Nitrogen and phosphorus in eroded sediment from corn and soybean tillage systems. Journal of Environmental Quality, 20: 663～670

Meybeck M. 1982. Carbon, nitrogen and phosphorus transport by world rivers. American Journal of Science, 282 (4): 401～450

Meybeck M. 1998. The IGBP water group: a response to a growing global concern. Global Change Newsletters, 36: 8～12

Nixon S W. 1995. Coastal eutrophication: A definition, social causes, and future concerns. Ophelia, 41: 199～220

Paerl H W. 1997. Coastal eutrophication and harmful algal blooms: Importance of atmospheric deposition and groundwater as "new" nitrogen and other nutrient sources. Limnol Oceanogr, 42 (5. part 2): 1154～1165

Parry R. 1998. Agricultural phosphorus and water quality: A US Environmental Protection Agency perspective. Journal of Environmental Quality, 27 (1): 258～261

Pote D H, Daniel T C, Nichols D J, et al. 1999. Relationship between phosphorus levels in three ultisols and phosphorus concentrations in runoff. Journal of Environmental Quality, 28 (1): 170～175

Reddy K R, Kadlec R H, Flaig E H, et al. 1999. Phosphorus retention in streams and wetlands: a review. Critical Reviews in Environmental Science and Technology, 29 (1): 83～146

Rozemeijer J C, Broers H P. 2007. The groundwater contribution to surface water contamination in a region with intensive agricultural land use (Noord-Brabant, The Netherlands). Environmental Pollution, 148: 695～706

Schuman G E, Spomer R G, Piest R F. 1973. Phosphorous loses from four agricultural watersheds on Missouri Valley Loess. Soil Sci Soc Am Proc, 37: 424～427

Sharpley A N, Chapra S C, Wedepohl R, et al. 1994. Managing agricultural phosphorus for protection of surface waters-issues and options. Journal of Environmental Quality, 23 (3): 437～451

Sharpley A N, Daniel T C, Sims J T, et al. 1999. Agricultural phosphorus and eutrophication. US Department of Agriculture — Agricultural Research Service, ARS-149 U. S. Washington, DC: Govt. Printing Office, 34

Sharpley A N, McDowell R W, Kleinman P J A. 2001. Phosphorus loss from land to water: integrating agricultural and environmental management. Plant and Soil, 237: 287～307

Sharpley A N, Menzel R G. 1987. The impact of soil and fertilizer phosphorus on the environment. Adv Agron, 41:

297～324

Sharpley A N, Rekolainen S. 1997. Phosphorus in agriculture and its environmental implications. *In*: Tunney H, Carton O T, Brookes P C, et al. Phosphorus Loss from Soil to Water. Cambridge: CAB International Press: 1～54

Sharpley A N, Tunney H. 2000. Phosphorus research strategies to meet agricultural and environmental challenges of the 21st century. J Environ Qual, 29: 176～181

Shen Z L. 1993. A study on the relationships of the nutrients near the Changjiang River estuary and the flow of the Changjiang River water. Chin J Oceanol Limnol, 11 (3): 260～267

Shen Z L. 2003. Is precipitation the dominant control factor of high content inorganic nitrogen in the Changjiang River mouth? Chin J Oceanol Limnol, 21 (4): 368～376

Shen Z L, Liu Q, Zhang S M, et al. 2003. A nitrogen budget of the Changjiang River catchment. Ambio, 32: 65～69

Sims J T, Simard R R, Joern B C. 1998. Phosphorus loss in agricultural drainage: Historical perspective and current research. Journal of Environmental Quality, 27 (2): 277-293

Smith R A, Alexander R B, Wolman M G. 1987. Water quality trends in the nation's rivers. Science, 235: 1607～1615

Steegen A, Govers G, Takken I, et al. 2001. Factors controlling sediment and phosphorous export from two Belgian agricultural catchments. J Environ Qual, 30: 1249～1258

Stoddard J L. 1994. Long term changes in watershed retention of nitrogen, Its causes and aquatic consequences. *In*: Baker L A. Environmental Chemistry of Lakes and Reservoirs. Adv Chem Ser, No. 237, American Chemical Society, Washington, DC, 223～284

Treguer P, Nelson D M, van Bennekom A J, et al. 1995. The silica balance in the world ocean: a reestimate. Science, 268: 375～379

US Environmental Protection Agency. 1996. Environmental indicators of water quality in the United States. EPA 841-R-96-002. US EPA, Office of Water (4503F), U. S. Washington, DC: Govt. Printing Office

van der Molen D T, Breeuwsma A, Boers P C M. 1998. Agricultural nutrient losses to surface water in the Netherlands: Impact, strategies, and perspectives. Journal of Environmental Quality, 27 (1): 4～11

van der Weijden C H, Middelburg J J. 1989. Hydrogeochemistry of the river Rhine: long term and seasonal variability, elemental budgets, base levels and pollution. Water Research, 23: 1247～1266

Vighi M, Chiaudani G. 1987. Eutrophication in Europe: the role of agricultural activities. *In*: Hodgson E. Rev Environ. Toxicol. Vol. 3. Amsterdam: Elsevier, 213～257

Vitousek P. 1994. Beyond global warming: ecology and global change. Ecology, 75: 1861～1876

Vorosmarty C J, Gildea M P, Moore B, et al. 1995. A global model of nutrient cycling: Ⅱ. Aquatic processing, retention and distribution of nutrients in large drainage basins, *In*: Correll D. Research Perspectives. Washington, DC: Smithsonian Institution Press: 32～56, 1023～1045

Withers P J A, Davidson I A, Foy R H. 2000. Prospects for controlling diffuse phosphorus loss to water. Environ Qual, 29: 167～175

Wit M, Behreendt H. 1999. Nitrogen and phosphorus emissions from soil to surface water in the Rhine and Elbe basin. Water Science and Technology, 39: 109～116

Yan W J, Yin C Q, Zhan G S. 1999. Nutrient budgets and biogeochemistry in all experimental agricultural watershed in South-eastern China. Biogeochemistry, 45: 1～19

Yin C Q, Zhao M, Jin W G, et al. 1993. A multi-pond system as a protective zone for the management of lakes in China. Hydrobiologia, 251: 321～329

Zhang J. 1996. Nutrient elements in large Chinese estuaries. Continental Shelf Research, 16: 1023～1045

Zhang J, Zhang Z F, Liu S M, et al. 1999. Human impacts on the large world rivers: Would the Changjiang (Yangtze River) be an illustration? Global Biogeochemical Cycle, 13 (4): 1099～1105

Zhang Z J, Zhang J Y, He R, et al. 2007. Phosphorus interception in floodwater of paddy field during the rice-growing season in TaiHu Lake Basin. Environmental Pollution, 145: 425～433

第五章　长江口水域关键过程及其对富营养化的影响

第一节　长江口最大浑浊带磷和硅迁移及其对富营养化的影响

河口最大浑浊带是一个与河口环流、潮汐动力、沉积物的侵蚀与沉积等直接联系的动态现象（沈焕庭和潘安定，2001），这个区域的最大特征就是高浓度的悬浮物质，其浓度高于河口的上游和下游（Gebhardt et al.，2005）。除了它在河口沉积过程中对泥沙的聚集与运输、拦门沙的形成与演变起着十分重要的作用外，在河口水域富营养化的形成、发展过程中也产生重要影响。河口最大浑浊带被称为陆地和海洋之间的天然"过滤器"（Gebhardt et al.，2005），其过滤效应对河口化学过程和生物过程都有明显的影响，对河口水域富营养化的形成具有显著的"缓冲作用"。因此，在国际上河口最大浑浊带的生物地球化学研究一直是科学家研究的热点，如吉伦特河口（Allen et al.，1980）、切萨皮克湾（Chesapeake Bay）沿岸河口（Fisher，1988）、圣劳伦斯河口（Hamblin，1989）、特马（Tamar）河口（Uncles and Stephens，1993）、法拉（Fly）河口（Wolanski et al.，1995）等。

最大浑浊带的悬浮物质主要来自河流并在最大浑浊带积累，它有一个比河流上游更长的逗留时间（Herman and Heip，1999）。高浓度的悬浮物质为溶解物质和颗粒物质之间的物理、化学和生物作用以及颗粒物之间的相互作用提供了理想场所（Gebhardt et al.，2005）。研究表明在最大浑浊带，与氮营养盐相比，溶解活性磷和硅更容易被悬浮颗粒物吸附和解吸（Bowes and House，2001；Lebo，1991；Froelich，1988；Fox et al.，1986；Mayer and Gloss，1980；Siever and Woodford，1973；Mackenzie and Garrels，1965）。特别是磷，它从悬浮颗粒中释放是海洋磷循环最丰富的来源之一（Froelich，1988）。Froelich（1988）估计，在全球尺度内，来源于河流的颗粒物能输送 $1.4 \times 10^{10} \sim 14 \times 10^{10}$ mol/a 活性磷到海洋，是溶解态的 $2 \sim 5$ 倍。因此，来源于河流颗粒物的活性磷作为潜在的生物可利用磷是不可忽视的。由河流输送入海的悬浮颗粒大部分被沉积在河口最大浑浊带，部分溶解物质包括磷和硅也随之发生沉降。Lisitsyn（1995）估计，全世界有 $93\% \sim 95\%$ 的悬浮颗粒和 $20\% \sim 40\%$ 的河流溶解物质被沉淀。所以，河口水域浑浊带对于改善河口和沿岸水域的富营养化环境具有重要作用。

长江是世界上第三大河流，多年平均入海流量达 29 000m³/s，年总径流量为 9282亿 m³，含沙量平均为 $0.5 \sim 1.7$kg/m³，年总输沙量约 5 亿 t，悬浮颗粒物输送量居世界第四。有关长江口最大浑浊带的形成和河口沉积物输送的研究已经引起科学家广泛的兴趣（陈沈良等，2004；沈焕庭和潘定安，2001；贺松林和孙介民，1996；Jiufa and Chen，1998；Milliman et al.，1985），然而有关最大浑浊带磷和硅的迁移及其对富营养化的影响，还未见系统报道。

2004 年 2 月、5 月、8 月和 11 月，从徐六泾下游至 122°40′E 设置 24 个调查站位

（图 5-1），按 0m、5m、10m、20m、30m 和底层采集水样，分析了盐度（S）、悬浮体（TSM）、溶解无机磷（DIP）、总磷（TP）、溶解无机硅（DISi）和叶绿素 a（Chla）等相关参数。在 5 月，以 38 号站、39 号站、40 号站、22 号站、23 号站、24 号站和 25 号站作为穿越最大浑浊带的典型断面，测定了颗粒无机磷（PIP）、颗粒总磷（TPP）、颗粒无机硅（PISi）和生物硅（BSi）；并在 22 号站和 23 号站投放沉积物捕集器，进行磷和硅沉积通量测定。沉积物捕集器为柱形多管式（张岩松等，2004；Bloesch and Burns，1980），每个捕集器携带 5 支采样管，采样管高度为 92cm，内径为 6.5cm；沉积物捕集器悬挂在离底层 3～4m 处，捕集器放置时间为 24h。测定颗粒物的滤膜在 60℃下烘干至恒重、称重，PIP 和 PISi 用 HCl 提取。用 HCl 提取的 P 是磷灰石 P，磷灰石在天然环境中能释放 P，这已经被实验室和现场实验所证实（Fox et al.，1985，1987；Smith et al.，1977，1978）；BSi 的测定参考 Treguer 和 Gueneley（1988）的方法。DIP 和 PIP 之和为总无机 P（TIP），DISi 和 PISi 之和为总无机 Si（TISi），PISi 和 BSi 之和为总颗粒硅（TPSi）。

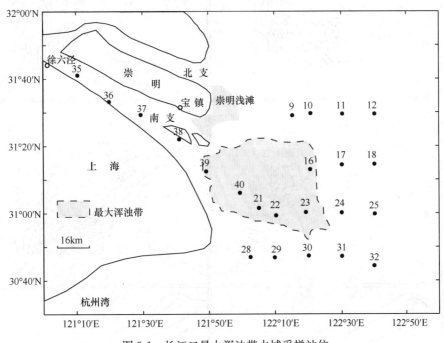

图 5-1　长江口最大浑浊带水域采样站位

虚线区域为最大浑浊带（沈焕庭和潘安定，2001）

颗粒物的沉降通量根据下式计算（张岩松等，2004）：

$$F = M/H \cdot V \tag{5-1}$$

$$F_c = M \cdot f_c/H \cdot V \tag{5-2}$$

式中，F 为颗粒物沉降通量，$g/(m^2 \cdot d)$；M 为采样管中颗粒物干重，g；V 为采样管截面积，m^2；H 表示采样时间，d；F_c 为颗粒物中某组分的沉降通量，$mg/(m^2 \cdot d)$；f_c 为颗粒物中某组分的含量，mg/g。

根据上述方法，笔者研究了长江口最大浑浊带悬浮颗粒物、溶解无机磷、总磷和溶解无机硅的分布、迁移特点，估算了最大浑浊带磷和硅的沉积通量及其质量平衡（Shen et al.，2008），探讨了最大浑浊带对长江口水域富营养化的影响。

一、长江口最大浑浊带及邻近水域 *S*、TSM、DIP、TP 和 DISi 的水平分布

（一）盐度和悬浮体

5 月长江口最大浑浊带及邻近水域 *S*、TSM、DIP、TP、DISi 和 Chla 的水平分布见图 5-2。5 月，长江从枯水期过渡到丰水期，从图 5-2a 可以看出，长江冲淡水从河口

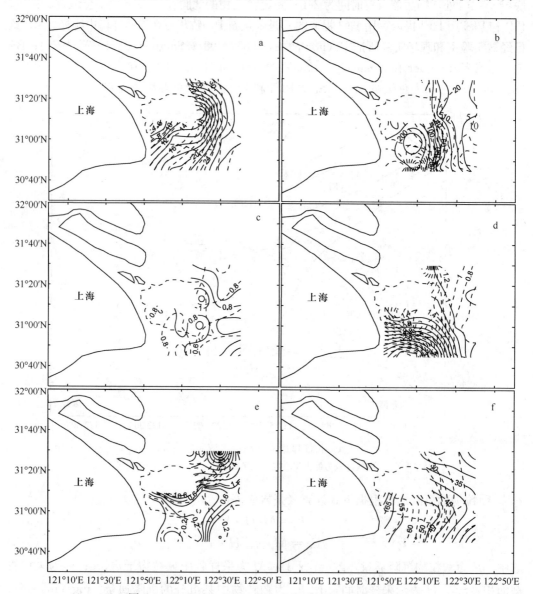

图 5-2　*S*、TSM、DIP、TP、DISi 和 Chla 的水平分布

a. *S*；b. TSM（mg/L）；c. DIP（μmol/L）；d. TP（μmol/L）；e. Chla（μg/L）；f. DISi（μmol/L）

———表层；－－－底层

向外海正东方向伸展，S 逐渐升高，等值线密集分布在最大浑浊带东部边缘至 $122°30'E$ 左右的水域，底层 S 显著大于表层，这是长江淡水和外海水混合的结果。最大浑浊带由于在河口附近，S 比较低，大部分水域表层小于 16，底层小于 20。

调查水域的表、底层 TSM 含量分别为 3.3~298.0mg/L 和 2.7~628.7mg/L，平均分别为 (76.9±95.8)mg/L 和 (122.1±163.0)mg/L，底层高于表层。高 TSM 含量主要分布在沿河口至河口东南水域，从口门外向东和东北方向含量快速下降（图 5-2b）。最大浑浊带最大水深大约为 10m，表、底层 TSM 平均含量分别为 (147.1±120.1)mg/L 和 (214.8±126.6)mg/L。高 TSM 含量分布在最大浑浊带的西部和南部，这与长江冲淡水的运移方向是一致的。从最大浑浊带南部的 21 号站、22 号站和 23 号站至最大浑浊带以东的 24 号站，表、底层 TSM 含量分别从 291.3mg/L、284.3mg/L 降至 8.0mg/L、13.3mg/L。

TSM 含量在水平方向上快速下降和底层很高含量的 TSM 表明，由长江输出的 TSM 大部分沉积在最大浑浊带，底层很高含量的 TSM，可能与沉积物再悬浮有关。早先的研究表明浑浊带的形成是由于该区积累的沉积物再悬浮和河床侵蚀（Jiufa and Chen，1998）。但是，底层最高 TSM 含量不在最大浑浊带，而是出现在最大浑浊带以南的 29 号站，高达 628.7mg/L，是表层的 3 倍，这与长江口南侧毗邻杭州湾（钱塘江口）有关（陈沈良等，2004）。杭州湾潮差很大（著名的钱塘潮所在地），潮水涨落时引起湾口海底掀起的泥沙使水中的 TSM 含量大增，其中一部分向东北侵入长江口外海区，造成那里 TSM 高含量区（杨光复等，1992）。

（二）溶解无机磷和总磷

表层 DIP 浓度最大值为 1.3μmol/L，并非出现在河口内，而是在最大浑浊带东北部的 16 号站（图 5-2c），该处透明度较低，为 0.6m，叶绿素 a 含量仅为 0.722μg/L，表明该水域受生物活动的影响较小，高的 DIP 浓度可能与悬浮体的磷释放有关。此外，较高的 DIP 浓度主要分布在口门外、调查区的中部自西北向东南水域，DIP 浓度均大于 0.8μmol/L，然后向东北和西南方向递减。最大浑浊带大部分水域 DIP 浓度都较高，那里有很高的 TSM 含量以及很低的透明度（0.5~0.8m）和 Chla 含量（0.125~0.440μg/L），与 Muylaert 和 Sabbe（1999）在西欧 Elbe、Schelde 和 Gironde 河口的研究结果相似，DIP 浓度在河口水域的这种分布模式可能与它的缓冲机制有关。

TP 浓度在表、底层的分布（图 5-2d）与 TSM 比较相似，高浓度主要分布在口门外东南水域，该水域等值线密集，表、底层最大值分别为 3.5μmol/L 和 4.5μmol/L，向东和东北方向含量降低。在最大浑浊带，较高的 TP 浓度分布在水域的西部和南部，表、底层最大值分别为 2.0μmol/L 和 3.1μmol/L，其他水域 TP 浓度都大于 1μmol/L。TP 最高浓度也不在最大浑浊带，而是出现在最大浑浊带的南边。TP 浓度分布与 TSM 较为一致，反映了悬浮颗粒物对磷吸附的影响，表明 TP 主要由颗粒磷组成，特别在 TP 高浓度区，那里，表、底层水中平均 DIP/TP 值为 0.30，远低于整个调查水域的值（0.46）。在 $122°30'E$ 以东大部分海区 TSM 含量都小于 10mg/L，此处 TP 主要由 DIP 组成，DIP/TP 值为 0.82。由于东北部水域的 Chla 含量很高（图 5-2e），所以该水域的

DIP 除了来自于长江冲淡水之外，还有部分来自于浮游生物的死亡分解。

（三）溶解无机硅

　　DISi 浓度的分布与 DIP 明显不同，河口及附近水域高，最高值出现在口门内，从河口向外海正东方向逐渐降低，浓度梯度大（图 5-2f），等值线分布与盐度非常相似，但分布趋势相反。表、底层 DISi 分布基本相似，平均浓度分别为 44.2μmol/L 和 37.0μmol/L，表层高于底层，反映出长江河水输入的影响。最大浑浊带呈现高 DISi 浓度的特征，大部分水域中表层大于 55μmol/L，底层大于 30μmol/L。

二、长江口最大浑浊带及邻近水域 TSM 和各形态的磷、硅浓度的断面变化

（一）磷浓度的断面变化

　　5 月河口至外海标准断面（38～25 号站）TSM 和各种形态的磷、硅浓度的断面变化见图 5-3。表层水 DIP、PIP 和 TPP 浓度分别为 0.48～1.2μmol/L、0.15～0.44mg/g 和 0.31～1.5mg/g。底层水 DIP、PIP 和 TPP 浓度分别在 0.50～0.78μmol/L、0.13～0.35mg/g 和 0.24～0.81mg/g 之间变化，底层变化幅度明显小于表层。从河口内的 38 号站至最大浑浊带的 23 号站，DIP 浓度并不随 S 的增加而变小，其变化明显与 PIP 和 TPP 的变化呈相反关系（图 5-3a，图 5-3b）：DIP 随 PIP 和 TPP 的浓度增加而减少；反之亦然。

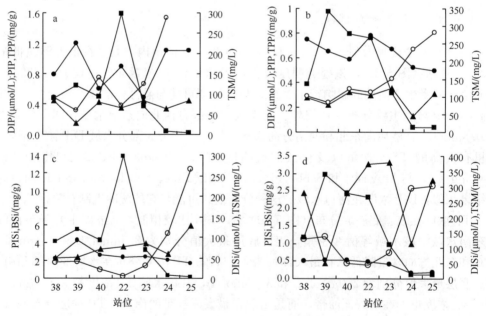

图 5-3　P、Si 和 TSM 浓度的断面变化

a，c. 表层；b，d. 底层

a，b：●DIP，▲ PIP，○TPP，■TSM；c，d：●DISi，▲PISi，○ BSi，■TSM

在最大浑浊带以东水域，TSM 含量明显减少，PIP 浓度变化很小，TPP 浓度增加，与 Edmond 等（1985）的结果一致。该变化与 BSi 浓度的变化相似（图 5-3c，图 5-3d），可能与生物颗粒有机磷的增加有关（图 5-2e）。从最大浑浊带至外海方向，透明度从 0.5m 增加至 2.8m，有利于浮游植物的生长，TPP 浓度与 Chla 含量之间呈现显著的正线性相关关系（$r=0.830$，$p=0.000\,44$）也证明了这一点。

（二）硅浓度的断面变化

硅浓度的断面变化比磷显著：表层 DISi、PISi 和 BSi 分别为 37.3～92.2μmol/L、2.3～6.0mg/g 和 0.28～12.4mg/g，底层 DISi、PISi 和 BSi 分别为 19.3～61.4μmol/L、0.43～3.3mg/g 和 0.39～2.6mg/g。最大浑浊带表、底层水中，DISi 浓度变化与吸附态 PISi 的变化基本相反（图 5-3c，图 5-3d）。在最大浑浊带以东水域，随着 S 的增加，海水透明度增加，Chla 含量也增加，生物活动的影响逐渐加大（图 5-2e）。生物活动的影响还可以从 BSi 含量的变化看出，在最大浑浊带以东水域，表、底层水 BSi 含量急剧增加，在 25 号站分别达到 12.4mg/g 和 2.6mg/g。比较 PISi 和 BSi，最大浑浊带处二者的平均浓度分别为（2.7±0.99）mg/g 和（1.0±0.58）mg/g，PISi 浓度大于 BSi；最大浑浊带以东水域二者的平均浓度分别为（3.0±2.0）mg/g 和（6.1±3.4）mg/g，PISi 浓度小于 BSi。断面分布的相关分析表明，海水透明度与 Chla 含量之间呈显著的正线性相关关系（$r=0.979$，$p=0.000\,68$），BSi 含量与 Chla 含量之间也呈显著的正线性相关关系（$r=0.827$，$p=0.000\,48$）。

三、长江口最大浑浊带及邻近水域磷和硅的迁移

（一）长江口最大浑浊带及邻近水域磷的迁移

1. 河口水域磷的混合过程

从整个调查水域 DIP 浓度与 S 的关系（图 5-4a）可以看出，它们之间呈负线性相关关系，表明 DIP 从河口向海洋的转移过程中，其浓度在很大程度上是由物理混合所控制。但是在长江口水域，浮游植物比较丰富（5 月正是浮游植物的繁殖季节），上层浮游植物摄取 DIP，一部分 DIP 因此而转移，在下层水体则发生有机体分解，营养盐再生。生物活动的影响主要发生在远离长江口的水域，如调查区的北部和东部（图 5-2e）、盐度为 25 以上的水域，如 9 号站和 11 号站，表层 Chla 含量分别高达 11.659μg/L 和 19.515μg/L。如果从河口处淡水端的 DIP 浓度平均值至盐度大于 33 的海水端 DIP 浓度平均值，画一条理论稀释线可以发现，这些数据点都在这条线的下面，DIP 明显被移出。此外，悬浮体和沉积物再悬浮对磷的吸附、释放等对 DIP 在河口的转移也有一定的影响。比较明显的如 S 为 20～25 范围内的一些数据点（如 28 号站、29 号站等），正是由于来自于杭州湾沉积物再悬浮释放 DIP，使得它们出现在理论稀释线的上方（图 5-4a）。通过解吸反应颗粒物释放 DIP 已经被很多现场观测和实验室试验所证实（Suzumura et al.，2000，2004；Chambers et al.，1995；Lebo，1991；Froelich，1988；Fox et al.，1986）。由于河口水域 DIP 浓度受诸多因素的影响，因此 DIP 浓度与 S 之间的相

关系数并不高，特别在最大浑浊带，相关性很差（图 5-4a）。这是因为最大浑浊带 Chla 含量很低，生物活动的影响较小，但 TSM 含量很高，DIP 浓度除了受长江水输入的影响外，还受到悬浮体和沉积物缓冲作用的影响。

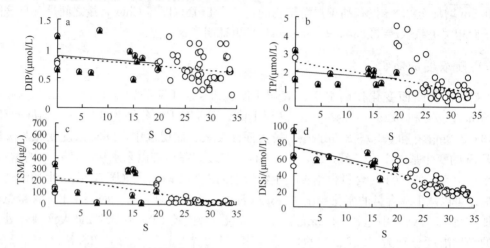

图 5-4　长江口 DIP、TP、DISi 和 TSM 与 S 的相关关系

○全部数据；▲最大浑浊带的数据；－ － － 全部数据的相关曲线；———最大浑浊带的相关曲线

a. ○DIP$=0.871-0.007S$（$r=-0.278$，$p=0.033$，$n=59$），▲DIP$=0.885-0.007S$（$r=-0.181$，$p=0.595$，$n=11$）；b. ○TP$=2.483-0.048S$（$r=-0.473$，$p=0.00016$，$n=59$），▲TP$=1.930-0.018S$（$r=-0.225$，$p=0.483$，$n=12$）；c. ○TSM$=229.807-6.794S$（$r=0.542$，$p=7.59\times10^{-6}$，$n=60$），▲TSM$=201.281-1.875S$（$r=0.752$，$p=0.102$，$n=12$）；d. ○DISi$=72.260-1.638S$（$r=-0.854$，$p=1.58\times10^{-17}$，$n=58$），▲DISi$=73.208-1.437S$（$r=-0.702$，$p=0.024$，$n=10$）

TP 浓度与 S 的关系比 DIP 好得多，它们之间呈显著的负线性相关关系（图 5-4b），表明它们的浓度主要由物理混合所决定。这是因为 TP 包括所有形态的磷：有机磷、无机磷、溶解磷和颗粒磷，它们不受生物活动的影响。但悬浮颗粒物垂直沉降，发生磷移出，以及由于风力、潮汐和海流等水动力因素影响，沉积物再悬浮，颗粒磷或从颗粒中释放的磷重新进入水体等，严重影响了 TP 浓度与 S 的相关性。例如，以上面同样的方法画一条理论稀释线，也可以发现 S 为 20～25 范围内的一些高的 TP 浓度点（28 号站，29 号站等）出现在这条线的上方，这与 DIP 的行为是一致的（图 5-4a）。

2. 悬浮体的缓冲作用

许多研究已经证实 DIP 与颗粒物质之间的相互作用是河口水域磷最重要的地球化学过程之一（Fang，2000；Conley et al.，1995；Chambers et al.，1995；Lebo，1991；Froelich，1988；Fox et al.，1986）。从图 5-3a 和图 5-3b 可以看出最大浑浊带 DIP 的浓度变化明显与 PIP 和 TPP 的变化呈相反关系，反映了悬浮体对 DIP 的吸附和释放，由于悬浮体的缓冲作用，使得海水中的 DIP 浓度保持在 0.48～1.2μmol/L（表层）和 0.59～0.78μmol/L（底层），PIP 浓度保持在 0.15～0.44mg/g（表层）和 0.22～0.35mg/g（底层）之间变化，这与早先的研究结果是一致的（沈志良等，1992）。DIP 缓冲的一般机制涉及 DIP 与颗粒磷之间的平衡（Froelich，1988），当周围的 DIP 低于或高于平衡浓度时，DIP 或者被释放，或者被吸附，直至平衡被建立（Lebo，1991）。

3. 沉积物的再悬浮和磷的行为

最大浑浊带 TSM 主要来自长江径流和沉积物的再悬浮，从 TSM 含量变化可以看出，如果把 35 号站表、底层 TSM 的平均含量 84.5mg/L 作为长江径流携带的悬浮体，那么它的下游至口门外增加的悬浮体很大部分来自于沉积物的再悬浮（图 5-4c）。底层水中 DIP、PIP 和 TPP 浓度变化显著小于表层（图 5-3a，图 5-3b），反映了底层水中悬浮体和沉积物的缓冲作用更明显，显然与底层水受沉积物的再悬浮影响更大有关，这从底层水中的 TSM 含量显著高于表层也可以看出。再悬浮的沉积物既能释放磷，也能吸附磷，水体中颗粒无机磷（PIP）的多少是悬浮体和沉积物释放与吸附磷的综合结果；它作为潜在的生物可利用磷（Bjorkman and Karl，1994），从悬浮颗粒物中释放至水体，是河口水域溶解态磷酸盐的主要来源之一（Froelich，1988）。

4. 磷的组成

PIP/TPP 值在口门内和最大浑浊带平均为 0.81±0.17，最大浑浊带以东水域为 0.22±0.12，表明在最大浑浊带，被吸附在悬浮体和沉积物上的无机磷是颗粒磷的主要形态。DIP/TP 值在最大浑浊带平均为 0.44±0.19，最大浑浊带以东水域为 0.85±0.18，最大浑浊带的 DIP/TP 值明显小于外海，表明 DIP 是外海磷的主要存在形态。TPP 对磷的贡献随离岸距离的增加而减小的现象，也发生在其他河口水域（Fang，2000）。

5. 与世界其他河口比较

在长江口水域盐度梯度内（S＜32），TPP 浓度为 0.24～2.0mg/g，平均为（0.90±0.78）mg/g，大于长江口最大浑浊带低盐区及其上游河流水域表层沉积物中磷的含量（0.44～1.10mg/g，侯立军等，2006）。这个值接近亚马孙河 TPP 浓度 [0.81mg/g（Sholkovitz et al.，1978）；1.05mg/g（Edmond et al.，1981）] 和扎伊尔河河生悬浮体中总磷含量 0.99mg/g（van Bennekom et al.，1978），略小于全球平均值 1.15～1.20mg/g（Froelich，1988；Martin and Meybeck，1979）。与其他城市化的河口比较，长江口水域 TPP 浓度低得多，如美国的 Delaware 河口（Lebo，1991）和北欧的 Ems 和 Weser 河口，它们的 TPP 含量分别为 1.24～1.55mg/g 和 2.70～8.99mg/g（Rehm，1985；Calmano，1981；Salomons and Gerritse，1981）。由于河生悬浮体中一部分吸附态磷在河口水域盐度梯度内被释放，所以，盐度梯度内的 TPP 浓度一般小于河生悬浮体中的总磷含量。Lebo（1991）发现 Delaware 河口盐度梯度内颗粒磷含量比河流中低得多。长江口水域盐度梯度内的 PIP 浓度为 0.13～0.69mg/g，平均为（0.33±0.15）mg/g，比较接近亚马孙河河口（0.34mg/g，Edmond et al.，1981）和 Ochlockonee 河口（0.31mg/g，Kaul and Froelich，1984）颗粒活性磷的浓度，大于全球平均值（0.16mg/g，Froelich，1988）。长江口水域盐度梯度内 PIP 浓度占 TPP 的 36.7％，比全球河生悬浮体中颗粒态活性磷占颗粒态总磷的比例（15％，Froelich，

1988）大得多。

（二）长江口最大浑浊带及邻近水域硅的迁移

根据相关性分析，DISi 浓度与 S 之间呈显著的负线性相关关系（图 5-4d），表明从河口至外海其浓度主要由海水稀释所控制。与 DIP 浓度和 S 的关系相比（图 5-4a），DISi 浓度与 S 的相关性更显著，数据的离散性较小，不仅在整个调查水域，而且在最大浑浊带也如此，表明其在河口水域转移过程中，受其他因素的影响较 DIP 小。尽管如此，有许多数据分布在理论稀释线的两侧，表明河口水域 DISi 具有一定的非保守性，它们一方面受生物活动的影响，另一方面也受悬浮体和沉积物的影响。其中，受生物活动的影响主要发生在盐度为 25 以上的水域，这与 DIP 是一致的。

最大浑浊带 DISi 的浓度变化也与 PISi 的变化相反（图 5-3c，图 5-3d）。从 39 号站至 23 号站，表、底层水中，随着 S 从小于 3 增加至 15.01、19.71，DISi 浓度分别从 92.2μmol/L、61.4μmol/L 下降至 52.5μmol/L、46.4μmol/L；而 PISi 浓度则分别从 2.4mg/g、0.4mg/g 增加至 3.9mg/g、3.3mg/g。与磷不同的是，DISi 浓度在最大浑浊带的变化是随着 S 的增加连续下降，其主要原因是：①海水的稀释作用；②DISi 被悬浮体或沉积物吸附。DISi 既能被悬浮体吸附，也能从悬浮体上解吸出来。笔者认为 DISi 在河口的转移过程中海水的稀释作用占主导。

从上面的分析可以看出，硅在河口水域的转移过程与磷有一定的相似处：从整个调查水域来看，它们都受海水稀释的控制，因此 DISi 与 DIP 之间呈正线性相关关系（38~25 断面，$r=0.492$，$p=0.045$）；它们也都受悬浮体和沉积物缓冲的影响，因此 PISi 与 PIP 之间呈正线性相关关系（38~25 断面，$r=0.750$，$p=0.00052$），这在最大浑浊带更明显，DISi 和 DIP 浓度分别与 PISi 和 PIP 之间呈相反变化；生物活动造成的影响主要发生在最大浑浊带以东水域。但是，从它们与 S 之间的关系以及它们在河口的分布特征可以看出，硅和磷在河口水域转移过程中，受各种物理、化学和生物因素的影响程度有较大的差异：DISi 浓度的变化更加受海水稀释控制；而 DIP 浓度则在相当程度上受悬浮体和沉积物缓冲作用的影响。

四、长江口最大浑浊带磷和硅的沉降通量

（一）最大浑浊带磷和硅的沉降通量

22 号站、23 号站的沉降颗粒物的干重及其磷和硅含量见表 5-1。可以看出，沉降颗粒物中的磷和硅含量都小于悬浮颗粒物中的含量，可能表明悬浮颗粒物在沉降过程中释放出一部分磷和硅。根据式（5-1）、式（5-2）的计算，它们的沉降通量见表 5-2。如果以 22 号站、23 号站的计算结果作为最大浑浊带的平均值，那么最大浑浊带颗粒物的沉降通量为 238.4g/(m^2·d)，颗粒物中 PIP、TPP、PISi、BSi 和 TPSi 的沉降通量分别为 28.3mg/(m^2·d)、43.1mg/(m^2·d)、79.0mg/(m^2·d)、63.0mg/(m^2·d) 和 142.0mg/(m^2·d)。其中，PIP 占 TPP 的 65.7%，表明长江口最大浑浊带沉积颗粒磷中，无机磷占优势，这与悬浮颗粒物中磷的组成是一致的。PISi 的沉降通量高于 BSi，

除了反映长江水中富含溶解无机硅外，还与最大浑浊带低的浮游植物量有关。粗略估算长江口最大浑浊带的面积大约为 $2057.9 \times 10^6 \, \mathrm{m}^2$，由此可以获得颗粒物及其磷和硅的年沉降量（表 5-2）。

表 5-1 沉降颗粒物的干重（g）及其磷和硅的含量（mg/g）

站位	TPM	PIP	TPP	PISi	BSi	TPSi
22	4.471	0.11	0.16	0.30	0.26	0.56
23	3.438	0.12		0.38	0.27	0.65

表 5-2 颗粒物 [g/(m² · d)] 及其磷和硅 [mg/(m² · d)] 的年沉降量

	TSM	PIP	TPP	PISi	BSi	TPSi
22 号站	269.5	30.9	43.1	79.6	70.1	149.7
23 号站	207.2	25.7		78.4	55.9	134.3
平均	238.4	28.3	43.1	79.0	63.0	142.0
年沉降量/t	1.79 亿	2.126 万	3.237 万	5.934 万	4.732 万	10.666 万
年再悬浮量/t	1.18 亿	1.405 万	2.140 万	3.922 万	3.128 万	7.050 万
年净沉降量/t	0.61 亿	0.721 万	1.097 万	2.012 万	1.604 万	3.616 万

（二）最大浑浊带磷和硅的净沉降通量

1. 沉积物再悬浮比率的计算方法

在风力、潮汐和海流等水动力因素的影响下，长江口最大浑浊带悬浮颗粒物经常经历悬浮、沉降和再悬浮、再沉降的周期性运动（沈焕庭和潘安定，2001）。长江口最大浑浊带的悬浮颗粒物包括两部分，一部分是由长江径流夹带的，另外是由沉积物再悬浮而来。徐六泾位于长江口南、北支的分汊节点，距口门约 140km，其悬浮颗粒物含量与大通站基本一致，且随大通站悬浮颗粒物含量的增加而增加。因此可以认为徐六泾的悬浮颗粒物含量与大通站一样，主要是径流夹带而来的，海洋动力因子的影响不明显（陈沈良等，2004）。在此假设下，笔者提出了一个估算河口沉积物再悬浮比率的简易方法。

假设徐六泾下游 35 号站的 TSM 含量为长江径流夹带的悬浮体含量本底值（绝大部分悬浮体由此入海），以它作为淡水端，至盐度大于 33 的海水端做一条理论稀释线，如果发生悬浮体沉降或沉积物再悬浮，那么这些测定的 TSM 值将出现在这条直线的下方或上方。由于生物颗粒物相对于长江输出的悬浮体含量要少得多（5 月悬浮体烧失量仅占悬浮体含量的 7.1%），这里忽略不计。那么最大浑浊带各个站位的 TSM 含量与相应盐度时这条线上 TSM 含量的差值就是各个站的再悬浮含量。再悬浮比率 R 可以由下式计算：

$$R = (\mathrm{TSM}_1 - \mathrm{TSM}_2)/\mathrm{TSM}_1 \times 100\% \tag{5-3}$$

式中，TSM_1 为最大浑浊带各个站位 TSM 含量；TSM_2 为各个站位盐度下理论稀释线上对应的悬浮体含量。

2. 最大浑浊带磷和硅的净沉降通量

　　根据 2004 年 2 月、5 月、8 月和 11 月悬浮体的调查数据，按上述方法可以计算得到最大浑浊带底层水中颗粒物的再悬浮比率为（55.7%±28.7%）～（80.5%±10.5%），年平均再悬浮比率为 66.1%。在此基础上，可计算得到最大浑浊带颗粒物及其组分磷和硅的年再悬浮量和年净沉降量（表 5-2）。结果表明，颗粒物及其组分磷和硅年沉降量中的一半以上来自于沉积物的再悬浮。在上述计算中，笔者假设水体在沉降和再悬浮过程中颗粒物的化学组分不发生变化。用同样的方法，笔者可以计算得到最大浑浊带表层水中颗粒物的再悬浮比率为（25.0%±40.6%）～（73.0%±22.2%），年平均再悬浮比率为 55.7%，表层小于底层。由此可进一步计算得到最大浑浊带表层水中颗粒物的年再悬浮量为 1.00 亿 t，PIP、TPP、PISi、BSi 和 TPSi 的年再悬浮量分别为 11 861.5t、18 064.6t、33 111.4t、26 405.3t 和 59 516.8t。上述结果进一步证明了沉积物的再悬浮是长江河口最大浑浊带形成的主要机理之一（潘定安等，1999；Jiufa and Chen，1998），大量的磷和硅随着悬浮物沉降和沉积物再悬浮对于维持河口水中溶解磷和硅的水平具有重要的生态学意义。

五、长江口最大浑浊带磷和硅的质量平衡

　　长江口最大浑浊带磷和硅的质量平衡可以用下式来表示：

$$F_{ai} + F_{ri} + F_{si} = F_d + F_{so} + F_{bo} + F_{eo} \tag{5-4}$$

式中，F_{ai} 为大气沉降输入通量，kg/s；F_{ri} 为河流输入通量，kg/s；F_{si} 为沉积物向海水扩散输入通量；F_d 为稀释扩散截留通量，kg/s；F_{so} 为沉积物输出通量，kg/s；F_{bo} 为生物输出通量；F_{eo} 为最大浑浊带向东海的输出通量，kg/s。F_{si} 由于较小又没有数据，这里不计。5 月最大浑浊带平均 Chla 含量仅为 0.287μg/L，2004 年 2 月、5 月、8 月和 11 月平均 Chla 含量为 0.776μg/L，表明磷的生物移出较小，F_{bo} 也不计。则有下式：

$$F_{ai} + F_{ri} = F_d + F_{so} + F_{eo} \tag{5-5}$$

（一）最大浑浊带磷和硅的大气输入

　　这里大气沉降仅考虑湿沉降。根据 2004 年 5 月至 2005 年 5 月长江口崇明岛西侧堡镇观测站（121°36.5′E，31°30.3′N）32 次观测结果，降水中的平均 DIP 和 DISi 含量分别为 0.51μmol/L 和 0.23μmol/L，TP 含量利用笔者早先在长江流域观测的数据 0.66μmol/L。那么磷和硅的降水通量可以按下式计算：

$$F_{ai} = C_a \cdot Q_a \cdot A \cdot f_a \tag{5-6}$$

式中，F_{ai} 为磷和硅的年平均降水通量，kg/s；C_a 为降水中磷和硅的平均含量，μmol/L；Q_a 为上海市 2005 年降雨量，mm；A 为最大浑浊带的面积，m²；f_a 为单位换算系数。由式（5-6）计算得到由降水输入最大浑浊带的 DIP、DISi 和 TP 通量（表 5-3）。结果表明，降水中 DIP 通量占 TP 的 77.3%，是磷的主要存在形态。

表 5-3 长江口最大浑浊带磷和硅的质量平衡

	河流输入		降水输入		稀释扩散截留		沉积物输出		向东海输出	
	/(kg/s)	/(万 t/a)	/(kg/s)	/(t/a)	/(kg/s)	/(万 t/a)	/(kg/s)	/(万 t/a)	/(kg/s)	/(万 t/a)
TP	1.79	5.631	0.001 7	52.8	0.57	1.802			1.22	3.834
TPP	0.98	3.094					0.35	1.097	0.63	1.996
TIP	1.05	3.326	0.001 3	40.8	0.14	0.450	0.23	0.721	0.68	2.160
DIP	0.68	2.141	0.001 3	40.8	0.14	0.450			0.54	1.696
PIP	0.38	1.185					0.23	0.721	0.14	0.464
TISi	88.89	280.326	0.000 53	16.6	49.26	155.335	0.64	2.012	39.00	122.979
DISi	84.92	267.819	0.000 53	16.6	49.26	155.335			35.67	112.486
PISi	3.97	12.507					0.64	2.012	3.33	10.495
BSi	3.13	9.874					0.51	1.604	2.62	8.269
TPSi	7.10	22.380					1.15	3.616	5.95	18.765

(二) 最大浑浊带磷和硅的河流输入

河流磷和硅的输入通量按下式计算:

$$F_{ri} = C_r \cdot Q_r \cdot f_r \tag{5-7}$$

式中,F_{ri} 为磷和硅的年平均输入通量,kg/s;C_r 为 2004 年 2 月、5 月、8 月和 11 月河口内 5 个站位(35 号站,36 号站,37 号站,38 号站,39 号站,盐度小于 3) DIP、TP 和 DISi 的平均浓度,它们分别为 0.86μmol/L、2.3μmol/L 和 120.6μmol/L;Q_r 为长江口年平均径流量,m³/s;f_r 为单位换算系数。由式(5-7)可以计算得到长江口 DIP、TP 和 DISi 的输入通量和年输入量(表 5-3)。计算结果表明,DIP 和 DISi 的输入通量高于 1985~1986 年周年调查时的数据,两者分别为 0.43kg/s 和 63.3kg/s(Shen,1993),分别是本次调查的 63% 和 75%,而长江年平均径流量则是本次调查的 94%;DISi 的输入通量低于 Edmond 等(1985)估算的值(106.5kg/s)。本次得到的 DIP 输入通量远低于亚马孙河 1982 年 12 月和 1983 年 5 月的调查结果(2.35kg/s、4.62kg/s),亚马孙河当年平均径流量分别是 $1.2 \times 10^5 m^3/s$ 和 $1.7 \times 10^5 m^3/s$(Froelich,1988;Fox et al.,1986;Edmond et al.,1981,1985),分别是长江的 4.9 倍和 6.8 倍。

用同样的方法分别计算颗粒磷和硅的输入通量,其中 C_r 为河口水中颗粒磷和硅的浓度(mg/L),由 2004 年 5 月、8 月和 11 月河口内 2 个站位(38 号和 39 号站,盐度小于 3) PIP、TPP、PISi 和 BSi(Si 仅为 5 月的数据)平均浓度(mg/g)与 2004 年 2 月、5 月、8 月和 11 月 35 号站平均 TSM 含量(长江径流夹带的悬浮体含量的本底值,mg/L)的乘积获得。由此可以计算得到长江口 PIP、TPP、PISi 和 BSi 的输入通量和年输入量(表 5-3)。长江口 PIP 的年输入量小于 DIP,前者是后者的 55.9%,是生物可利用磷中不可忽视的部分。长江口 PIP 的年输入量远小于亚马孙河 1982 年和 1983 年的调查数据(分别为 $1.7 \times 10^5 t/a$ 和 $3.1 \times 10^5 t/a$),亚马孙河 PIP 的年输入量是 DIP 的

2.3～2.1倍（Froelich，1988；Fox et al.，1986；Edmond et al.，1981，1985），远大于长江口。Ochlockonee 河 PIP 的年输入量与 DIP 之比为 0.6（Froelich，1988），接近长江口。TP 与 TPP 和 DIP 的差值即为溶解有机磷（DOP），TP 与 TPP 之差为总溶解磷（TDP），它们的输入通量和年输入量分别为 0.13kg/s、0.81kg/s 和 3957.4t、25 370.2t。

从上面的计算结果可以发现，DIP、DOP 的输入通量分别占 TDP 的 81.9%、18.1%，以 DIP 为主。DIP 占 TIP 的 64.4%，占 TP 的 38.0%，PIP 占 TIP 的 35.6%，占 TP 的 21.2%，DIP 与 PIP 之和 TIP 为总活性无机磷，占 TP 的 59.2%。TPP 的输入通量占 TP 的 54.9%，其中颗粒活性无机磷（PIP）占 TPP 的 38.3%。DISi 的输入通量占 TISi 的 95.5%，PISi 仅占 4.5%，在 TPSi 中，PISi 和 BSi 分别占 55.9% 和 44.1%，PISi 多于 BSi。长江口 PISi 的年输入量远小于 DISi，前者仅仅是后者的 3.5%，这与磷有很人的不同，表明颗粒吸附态硅远不如颗粒吸附态磷那么重要。

（三）最大浑浊带水域中磷和硅的稀释扩散通量

对 2004 年 2 月、5 月、8 月和 11 月调查区 DIP、TP 和 DISi 与盐度 S 进行相关统计，发现它们之间均呈显著的线性负相关关系：

DIP（μmol/L）$=0.942-0.009S$ 　　　　（$r=0.315$，$n=251$，$p=3.35\times10^{-7}$）

TP（μmol/L）$=2.463-0.034S$ 　　　　（$r=0.323$，$n=242$，$p=2.69\times10^{-7}$）

DISi（μmol/L）$=126.7-3.226S$ 　　　（$r=0.876$，$n=252$，$p=2.89\times10^{-81}$）

上述结果表明，它们在河口的行为主要由海水的稀释扩散所控制，一部分营养盐在稀释扩散过程中被截留在最大浑浊带。根据最大浑浊带海水端的平均盐度为 22.82，由上述方程可以计算出最大浑浊带海水端 DIP、TP 和 DISi 的浓度，分别为 0.74μmol/L、1.68μmol/L 和 53.1μmol/L。它们在淡水端三者浓度中的比例，大致可视为它们在河口输出通量中所占的比例，分别为 21%、32% 和 58% 的 DIP、TP 和 DISi 被截留在最大浑浊带。由此可以计算出最大浑浊带水域中的 DIP、TP 和 DISi 的稀释扩散通量和年截留量（表 5-3），其中以 DISi 截留通量最大。TP 通过稀释扩散被截留包括两部分，一部分是溶解磷，它们主要通过稀释扩散被截留（0.14kg/s），浓度随 S 增加而减小；另一部分是颗粒磷，它们在稀释扩散的过程中主要通过沉降而转移（表 5-3）。

（四）最大浑浊带磷和硅向东海输出

根据上面的计算结果，可进一步得到经最大浑浊带向东海输出的各种形态的磷和硅，列于表 5-3。DOP、TDP 的输出通量和年输出量分别为 0.05kg/s、0.58kg/s 和 1422.3t、18 379.3t。结果表明，DIP、DOP 输出通量分别占 TDP 的 92.3%、7.7%，以 DIP 为主。DIP 占 TIP 的 78.5%，占 TP 的 44.3%；PIP 占 TIP 的 21.5%，占 TP 的 12.1%；TIP 占 TP 的 56.4%。TPP 的输出通量占 TP 的 52.6%，其中颗粒态活性无机磷（PIP）占 TPP 的 23.3%。由最大浑浊带向东海输出的各种形态的 Si 中，DISi 的输出通量占 TISi 的 91.5%，PISi 仅占 8.5%。在 TPSi 中，PISi 和 BSi 分别占 55.9% 和 44.1%，PISi 多于 BSi。

六、长江口最大浑浊带对富营养化的影响

表 5-3 表明，来自于长江径流的磷和硅在向东海的输送过程中，被最大浑浊带截留的 PIP、DIP、TIP、DOP、TDP、TPP 和 TP 通量分别占长江口输入的 60.8%、21.0%、35.2%、64.4%、27.8%、35.5% 和 32.0%。可以看出，被最大浑浊带截留的磷中，颗粒磷所占的比例大于溶解磷。大部分颗粒吸附态的无机磷以及超过 1/3 的总颗粒磷，通过沉降被截留在最大浑浊带，充分反映了最大浑浊带的过滤器作用，这对于防止长江口水域富营养化具有潜在意义。

截留在最大浑浊带的 TISi、DISi、PISi、BSi 和 TPSi 分别占长江口输入的 56.1%、58.0%、16.1%、16.2% 和 16.2%。与磷不同的是，被最大浑浊带截留的硅中，溶解硅所占的比例明显大于颗粒硅，大部分颗粒硅被输入到东海。

硅与磷在最大浑浊带被截留的这种差异可能与它们在长江口输入时比例上的差异有关：在长江口磷和硅的输入通量中，TDP/TPP 值为 0.82/1，颗粒磷大于溶解磷；而 DISi/TPSi 值为 11.96/1，溶解硅远大于颗粒硅。此外，在最大浑浊带沉降的颗粒磷通量占长江口输入的比例远高于颗粒硅，也反映了磷比硅更加容易被悬浮体吸附。

在最大浑浊带被吸附沉降的磷和硅可以通过再悬浮释放，重新参与它们的循环。另外，值得注意的是输送到东海的颗粒磷中，一部分为潜在的生物可利用磷（指吸附在颗粒物上的磷，可通过某种途径释放出来而被生物利用），占长江口输入的 39.2%，其对长江口水域富营养化具有重要作用。

（本节著者：沈志良　周淑青）

第二节　长江口上升流区营养盐动力学及其对富营养化的影响

沿岸上升流可把营养盐从深层水体带到上层，影响浮游植物群落组成、海洋初级生产力（Blasco et al.，1980，1981；Margalef，1978a，1978b），对近海渔场、沿岸生态环境和气候特征产生重要影响（Cui and Street，2004；Oleg et al.，2003）。关于上升流区域营养盐动力学，国内外已经做了很多研究，如 Ramírez 等（2005）曾对 Alboran 西北海域上升流区进行了研究，发现春季上升流带来丰富的营养盐可以暂时缓解该海域的氮限制；Skliris 和 Djenidi（2006）研究指出，Corsican 西北海岸上升流富含硝酸盐，增强了该区域的初级生产力。中国沿岸海区也有上升流现象，尤其在东海海区：Hu（1994）曾提出夏季东海沿岸上升流存在于从沿岸到 $124°00'E$，$27°30'\sim30°30'N$ 的海域；Chen 等（2004）现场调查了东海 $26°00'\sim30°30'N$ 水域的夏季上升流，分析了上升流对初级生产力和新生产力的影响；Wang 和 Wang（2007）也研究了东海沿岸上升流的季节性变化，估算了夏季上升流对富营养区营养盐的输送通量。

近年来，我国东海海域有害藻华频发。其中，74.7% 的藻华发生在 $30°30'\sim32°00'N$、$122°15'\sim123°10'E$ 的长江口水域（徐韧等，1994），但是人们对该水域上升流现象及其营养盐动力学的认识远远少于其他东海海域（周名江等，2003；Chen et al.，2004，

1999）。实际上早在20世纪80年代初，长江口水域上升流现象便被观测到（Beardsley et al.，1983；Limeburner et al.，1983；Yu et al.，1983）：位于长江河口122°20′～123°10′E、31°00′～32°00′N区域的上升流持续存在于5～8月，夏季上升流可以为10m层以上的水域输送高浓度的磷酸盐、硝酸盐和硅酸盐（赵保仁等，1992，2001；赵保仁，1993）。许多专家通过数值模型方法，研究了夏季长江口水域上升流的动力学机制（潘玉萍和沙文钰，2004；朱建荣，2003；朱建荣等，2003）。

　　根据第三章的内容可知，长江口水域受多种水团的影响。长江冲淡水（CDW）、台湾暖流（TWC）交汇于此，对营养盐来源和分布产生直接影响。其中，长江冲淡水源于长江径流，是长江口水域营养盐的主要来源；其营养盐输送具有双向扩展的特点，如图5-5b所示，5～10月长江冲淡水主体向东北方向扩展（朱建荣，2003）。台湾暖流作为该海域营养盐的另一个重要来源（周名江等，2003），具有高盐、高营养盐、低溶解氧的特点；它起源于台湾海峡，其下层来源于稳定的黑潮次表层入侵陆架水。在夏季，台湾暖流向东北流动，穿过长江沿岸海区，可到达32.0°N，并在长江口区诱发上升流（朱建荣，2003；赵保仁，1993；赵保仁等，1992，2001；Bai and Hu，2004）。由此可见，台湾暖流对长江口水域上升流形成具有重要影响，海底地形对台湾暖流深层水的抬升是该水域上升流形成的基本动力保障（赵保仁，1993）。朱建荣等（2003）研究表明：长江口外上升流产生的动力机制主要是由长江冲淡水和海水混合引起的斜压效应和底形相互作用、台湾暖流向北流动过程沿水下河谷坡度的爬升引起的；并在对夏季长江口上升流进行了数值模拟后，验证了台湾暖流在中下层确实能穿过长江口外而向北流动。

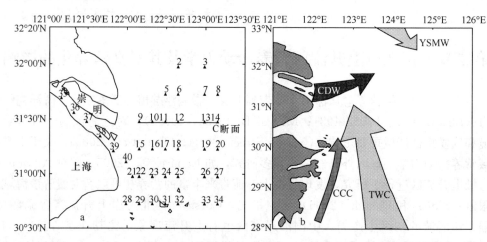

图5-5　a. 长江口采样站位；b. 5～9月长江口海区水团分布：TWC（台湾暖流）；
CDW（长江冲淡水）；YSMW（黄海混合水）；CCC（中国沿岸流）

　　尽管目前人们对长江口水域上升流的动力学机制已经有了较多的了解，但是有关长江口水域上升流区营养盐动力学及其对浮游植物的影响研究较少。特别是长江口上升流区也是该水域富营养化症状较为显著的区域，上升流对该水域富营养化的影响作用的相关研究更少。

为此，本节根据 2004 年 5 月、8 月的调查（图 5-5），研究了长江口上升流区营养盐的来源、输送等动力学特征，分析了该区域春、夏两季营养盐含量及其结构分布，探讨了上升流对叶绿素 a 分布和富营养化的影响。

一、春季上升流区营养盐动力学

在春季，长江径流量猛增，2004 年长江大通站流量从 4 月的 18 000m^3/s 增加到 6 月的 35 700m^3/s，给沿岸海区输送了大量营养物质。笔者通过温度、盐度和溶解氧三个参数确定了上升流具体区域，分别根据各相关参数的断面和平面分布，分析了上升流区营养盐动力学特征及其对浮游植物的影响。

（一）断面分布分析

位于 $31°30'N$ 的 C 断面（图 5-5），温度、盐度和溶解氧等值线都在 $122°20' \sim 123°00'E$ 海域出现明显的抬升现象：图 5-6a 中 16.5～20℃ 等温线在底层到表层之间大幅度抬升，其中 16.5℃ 等温线从底层 30m 层抬升至 10m 层，大于 19.5℃ 的等温线抬升最高处到达表层。30～33 等盐线（图 5-6b）也出现明显抬升，其中 33 等盐线从 20m 层抬升至 10m 层。2.5～4mg/L 溶解氧等值线（图 5-6c）抬升明显，4mg/L 等值线抬升至 5m 层以上。以上分析表明在 C 断面 $122°20' \sim 123°00'E$ 海域有低温、高盐、低溶解氧的上升流水团从海底向上层涌升，与赵保仁（1993）曾记录的上升流现象类似。

图 5-6a 还表明：由于长江冲淡水在春季升温速度高于海水，在淡水和海水混合层造成垂直温度梯度，从而使海水层化现象明显。通过对温跃层强度的计算发现：在上升流的作用下，上升流区温跃层被抬高了约 10m，厚度变薄，使得它上面的混合层厚度也相应变薄，由此降低了水层间的屏障作用，有利于温跃层上下的物质输送。

在上升流的影响下，C 断面 PO_4-P 等值线（图 5-6d）在 $122°20' \sim 123°00'E$ 海域出现抬升现象，该等值线抬升区域和观测到的低温水抬升区域位置相近，抬升区域中心为椭圆形闭合高值区，闭合中心 PO_4-P 浓度大于 1.05μmol/L，比抬升区域两侧海水高出 0.55μmol/L 以上。浓度大于 1μmol/L 高值区从底层 30m 抬升至大约 8m，上下跨越 22m，东西跨度为 $122°25' \sim 122°38'E$。从水团流动趋势可以判断，这么高浓度的 PO_4-P 显然是上升流从底层带上来的。

NO_3-N 和 SiO_3-Si 的断面分布（图 5-6e，图 5-6f）也表现出与 PO_4-P 类似的等值线抬升现象，区别在于 NO_3-N 和 SiO_3-Si 都表现为低值等值线抬升。如在 NO_3-N 分布图中，13μmol/L、14μmol/L、16μmol/L、18μmol/L 等值线抬升明显，主要抬升区域 NO_3-N 浓度为 13 ～ 18μmol/L；在 SiO_3-Si 分布图中，17μmol/L、18μmol/L、19μmol/L、20μmol/L 等值线抬升明显，主要抬升区域 SiO_3-Si 浓度为 17～20μmol/L。处于抬升区域西侧的水团，受长江冲淡水影响，NO_3-N 和 SiO_3-Si 浓度极高，呈现出向长江口门区递增的趋势。这说明上升流从底层带上来的 NO_3-N 和 SiO_3-Si 远低于长江冲淡水中的含量。

在营养盐结构分布图中，等值线抬升现象表明长江冲淡水和上升流水团有不同的营养盐比值（图 5-6g，图 5-6h，图 5-6i）。西侧长江冲淡水 DIN/PO_4-P 值大于 40、SiO_3-Si/

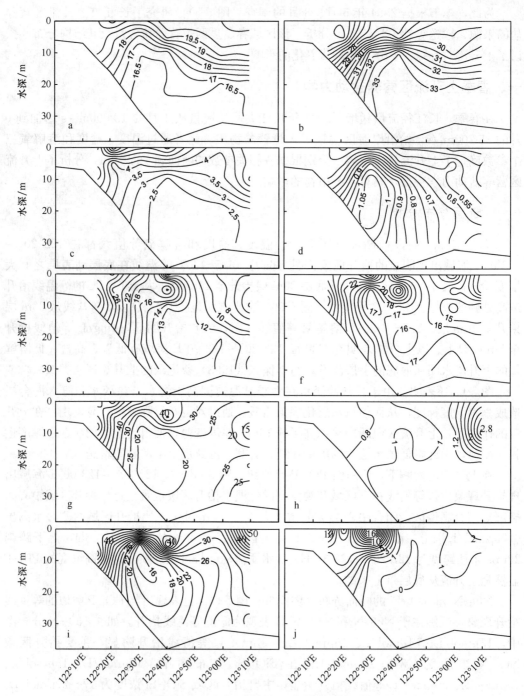

图 5-6　春季 C 断面温度、盐度、溶解氧、营养盐及其比值和叶绿素 a 分布

a. T (℃)；b. S；c. DO (mg/L)；d. PO_4-P (μmol/L)；e. NO_3-N (μmol/L)；f. SiO_3-Si (μmol/L)；

g. DIN/PO_4-P；h. SiO_3-Si/DIN；i. SiO_3-Si/PO_4-P；j. Chla (μg/L)

DIN 值小于 0.8、SiO_3-Si/PO_4-P 值大于 38。在上升流水团中，DIN/PO_4-P 值范围为小于 20～30，等值线以 20、25、30 抬升现象最为明显；SiO_3-Si/PO_4-P 值范围为小于

16～34，等值线抬升也极为明显。DIN/PO$_4$-P 和 SiO$_3$-Si/PO$_4$-P 值为 20 的等值线形状相似，且完全闭合，都从 30m 层抬升至 5～8m 层，东西跨越经度约为 122°25′～122°45′E。差异较大的 DIN/PO$_4$-P 和 SiO$_3$-Si/PO$_4$-P 值明显地将长江冲淡水和上升流水团区分开来。上升流水团中 SiO$_3$-Si/DIN 值为 1 左右，且等值线抬升不如 DIN/PO$_4$-P 和 SiO$_3$-Si/PO$_4$-P 值明显。这是由于上、下层之间 NO$_3$-N 和 SiO$_3$-Si 浓度差异较小，而 PO$_4$-P 则相反，上、下层浓度差高达 1 倍，所以，PO$_4$-P 成为影响营养盐比值分布的关键性因素，与 PO$_4$-P 相关的营养盐比值受上升流影响特别显著。

　　在该断面 122°25′～122°45′E，水深大约 5m 处，可以明显看到长江冲淡水与上升流水团交汇情况。NO$_3$-N 和 SiO$_3$-Si（图 5-6e，图 5-6f）以及 DIN/PO$_4$-P 和 SiO$_3$-Si/PO$_4$-P 值（图 5-6g，图 5-6i）断面分布显示：低 NO$_3$-N 和 SiO$_3$-Si 浓度的上升流自下向上切入水平流动的、相对高 NO$_3$-N 和 SiO$_3$-Si 浓度的长江冲淡水，将长江冲淡水切分为东西两部分。在 122°40′E 附近大约 5m 层，NO$_3$-N 和 SiO$_3$-Si 分别形成浓度大于 20μmol/L 和 21μmol/L 的等值线闭合区；DIN/PO$_4$-P 和 SiO$_3$-Si/PO$_4$-P 值则分别形成大于 40 和 38 的闭合区。

　　通过以上对 T、S、DO、营养盐浓度及结构分布的分析可见，春季上升流影响范围大约在 122°20′～123°00′E 海域，可以影响到 5m 以上的真光层。

（二）水平分布分析

　　10m 层水平分布表明：16.5～18℃的低值等温线趋于闭合（图 5-7a），最低温度比闭合区两侧温度（18.5℃）低 2℃以上；等盐线分布（图 5-7b）表明盐度从西侧长江口门区向东逐渐增加，约从 122°25′E 开始，31～32 的等盐线明显闭合，在 122°40′E、31°30′N 形成盐度高于 32 的高盐核，朱德弟等（2003）也曾观测到与此类似的高盐核；DO 分布（图 5-7c）出现椭圆形等值线闭合区，位置和等温线闭合区相近，其浓度范围为小于 2.5～3.5mg/L，溶解氧最低值比闭合区两侧（4mg/L）低 1.5mg/L 以上。综上可见，低温、高盐、低溶解氧的上升流水团主要出现在 122°20′～123°00′E、31°00′～32°00′N 海域，与 C 断面分布一致，等值线延伸趋势表明上升流还可以影响到 32°00′N 以北海区。

　　表层 PO$_4$-P 分布呈现从近岸到外海逐渐降低的趋势：长江口门区出现大面积的 PO$_4$-P 等值线高值区，含量为 0.7～1μmol/L；上升流区表层 PO$_4$-P 含量为 0.4～0.6μmol/L，没有明显的闭合现象。由此可见，长江冲淡水是表层 PO$_4$-P 分布的主要控制因素。在 10m 层，PO$_4$-P 分布（图 5-7d）出现两处明显的等值线高值闭合区：北部高值闭合区出现位置和上升流区相对应，浓度范围为 0.7～1μmol/L，中心处浓度可达 1μmol/L 以上，这比上升流区两侧海水高出许多，显然受上升流带上来的 PO$_4$-P 影响；在西南部（122°00′～122°15′E、30°45′～31°00′N 处）存在高达 1.1μmol/L 的闭合区，这可能与长江口南侧毗邻的杭州湾一部分悬浮沉积物入侵长江口外海区，造成那里高悬浮体含量（杨光复等，1992）释放 PO$_4$-P 有关（Shen et al.，2008）。在底层北部上升流区，1μmol/L PO$_4$-P 等值线明显闭合，闭合区呈椭圆形，0.8～0.9μmol/L 等值线趋于闭合，该区 PO$_4$-P 浓度均在 0.8μmol/L 以上。对比表层、10m 层、底层 PO$_4$-P 分布可

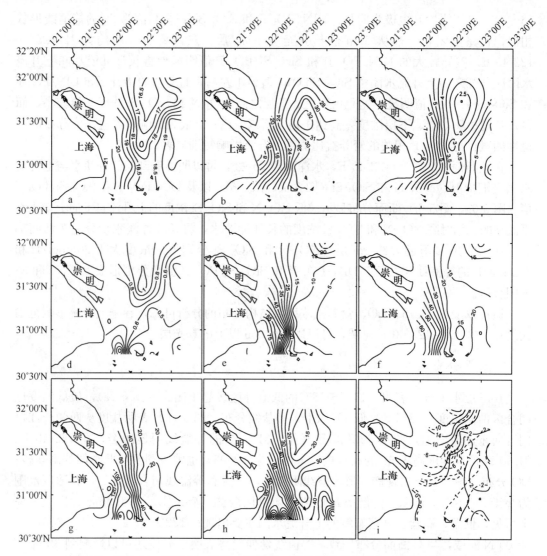

图 5-7　春季 10m 层温度、盐度、溶解氧、营养盐及其比值和叶绿素 a 平面分布

a. T (℃); b. S; c. DO (mg/L); d. PO_4-P (μmol/L); e. NO_3-N (μmol/L); f. SiO_3-Si (μmol/L);

g. DIN/PO_4-P; h. SiO_3-Si/PO_4-P; i. Chla (μg/L) (———10m 层; － － －表层)

以发现，虽然长江冲淡水和上升流水团都对上升流区 PO_4-P 分布有重要影响，但动力机制不同：高营养盐含量的长江淡水扩散，使得调查海区 PO_4-P 分布呈现从近岸到外海浓度逐渐降低的趋势；而上升流水团携带高含量 PO_4-P 从下层向上抬升，为远离长江口门的 PO_4-P 含量相对低的上升流区源源不断输入大量 PO_4-P，使得该区 PO_4-P 浓度升高。虽然上升流从底层带来的 PO_4-P 形成的高值区位于温跃层以下，但由于水团的混合作用，对上面真光层的浮游植物生长有重要影响。

在表层，NO_3-N 和 SiO_3-Si 浓度变化趋势相似，即从近岸到外海逐渐降低，这是由于长江冲淡水带入大量营养盐（沈志良等，2001；沈志良，1991），控制了这两种营养盐的表层分布。在表层上升流区，NO_3-N 和 SiO_3-Si 含量分别为 10～30μmol/L、15～

$30\mu mol/L$。在上升流影响显著的 10m 层（图 5-7e，图 5-7f）以及底层，两种营养盐含量都为 $10\sim20\mu mol/L$。对比可见，上升流区的 NO_3-N 和 SiO_3-Si 含量远低于长江口门区；而在上升流影响区域，10m 层和底层 NO_3-N 及 SiO_3-Si 含量低于表层，这种分布趋势与它们在 C 断面分布一致。可见，上升流水团从底层带上来的 NO_3-N 和 SiO_3-Si 含量相对较低。

　　10m 层营养盐结构分布表明，DIN/PO_4-P 值为 20 的等值线（图 5-7g）在上升流区呈不规则的半闭合，而 SiO_3-Si$/PO_4$-P 值为 $15\sim25$ 的等值线明显闭合（图 5-7h），表明上升流水团和周围水团不同的营养盐比值，从图中还可以看出上升流可以影响到 $32°00'$N 以北海区。在 $31°30'$N 附近，即 C 断面处，DIN/PO_4-P 的不规则半闭合区和 SiO_3-Si$/PO_4$-P 的闭合区都在 $122°20'\sim123°00'$E 出现中心低值、两侧高值的现象，这与断面分布相对应（图 5-6g，图 5-6i）。

（三）春季上升流区营养盐及其结构对叶绿素 a 分布的影响

　　C 断面叶绿素 a 分布（图 5-6j）表明：在上升流涌升区域，$1\sim6\mu g/L$ 等值线有小的抬升，这显然是受上升流水团的影响造成的。还可发现叶绿素 a 等值线高值区出现在 PO_4-P 等值线高值区的上部，而且与 NO_3-N、SiO_3-Si 低值等值线抬升位置对应较好。而在不受上升流影响的东侧海区，叶绿素 a 含量较低。从图 5-6 可见，上升流带上来的 PO_4-P 源源不断地输入真光层，使得真光层的营养盐结构发生明显变化：DIN/PO_4-P 与 SiO_3-Si$/PO_4$-P 值减小，SiO_3-Si/DIN 值增加，形成从底层 30m 至水深 $5\sim8$m 的 DIN/PO_4-P 值小于 $20\sim30$、SiO_3-Si$/PO_4$-P 值小于 $16\sim32$、SiO_3-Si/DIN 值为 1 左右的大片水域。在叶绿素 a 高值区真光层的下层，DIN/PO_4-P 值小于 20，SiO_3-Si$/PO_4$-P 值小于 18。这些比值比较接近 Redfield 值 Si/N/P＝16/16/1 （Redfield et al.，1963），有利于上层浮游植物的生长。从 5m 层至表层，叶绿素 a 浓度逐渐增高，为 $11\sim19.5\mu g/L$。

　　对比表层和 10m 层叶绿素 a 分布（图 5-7i）可见，上升流区叶绿素 a 含量较高：表层含量为 $1\sim19.5\mu g/L$，10m 层含量为 $1\sim16.6\mu g/L$，表明该区浮游植物生长旺盛。而在长江口门区，尽管营养盐含量较高，表层 PO_4-P 可达 $1\mu mol/L$，10m 层 PO_4-P 可达 $0.7\mu mol/L$（图 5-7d），该区表层 DIN/PO_4-P 与 SiO_3-Si$/PO_4$-P 值分别为 $40\sim120$ 以上和 $40\sim90$ 以上，但是，表层和 10m 层叶绿素 a 含量却小于 $1\mu g/L$，远低于上升流区。造成这种差异的原因：其一，与透明度有关，长江口门区透明度约为 0.5m，浮游植物生长受光照限制；而在上升流区，由于台湾暖流的侵入，透明度在 1.5m 以上，叶绿素 a 含量高值区透明度可达 4.9m，明显高于长江口门区。其二，与营养盐有关，除了上升流区 PO_4-P 从底层源源不断地输入外，高浓度的 NO_3-N 和 SiO_3-Si 被上升流水团稀释，使得 DIN/PO_4-P、SiO_3-Si$/PO_4$-P 和 SiO_3-Si/DIN 值与 Redfield 值比较接近，适合浮游植物的生长。

　　以上分析表明，在春季，上升流水团从底层带上来的 PO_4-P 对上升流区浮游植物生长有巨大贡献，在较好透明度下，成为春季浮游植物旺盛生长的主要动力因素。

二、夏季上升流区营养盐动力学

长江在夏季处于丰水期，径流量比春季大，仅 7 月、8 月、9 月 3 个月份的径流量占全年径流量的 40%。朱建荣（2003）通过对 2000 年 8 月长江口外现场观测和 1997 年夏季卫星遥感海表温图片分析，得出长江口外水下河谷西侧存在着上升流现象的结论。潘玉萍和沙文钰（2004）数值模拟表明：长江冲淡水流量越大，长江口外的上升流越小。张启龙和王凡（2004）分析表明，夏季长江口及其邻近海域水团交换远比春季复杂，虽然夏季台湾暖流水平分布范围和强度比春季大，但是在强大的长江冲淡水的压制下，夏季上升流现象反而不如春季明显。

（一）断面分布分析

C 断面分布表明在 $122°20'\sim123°00'$E 水域，$22\sim24.5$℃等温线（图 5-8a）抬升明显，其中 24.5℃等温线抬升最高处超过 10m 层；33、34 等盐线（图 5-8b）出现小幅度抬升，33 等盐线可抬升至 16m 层；$3\sim5$mg/L 溶解氧等值线（图 5-8c）表现出明显的抬升现象，5mg/L 等值线可以抬升至 10m 层以上。由此可见，夏季上升流区出现在 $122°20'\sim123°00'$E 海域，和春季上升流出现的位置一致。但由于长江冲淡水影响较大，上升流水团的主体只能涌升到 10m 层附近，比赵保仁等（2001）记载的 1985 年夏季上升流水团在该断面可以涌升到 5m 层的观测值稍低，可能与海流年际变化有关。因此，就 2004 年观测结果而言，夏季上升流现象不如春季明显。

从 C 断面 PO_4-P 分布（图 5-8d）可以看出，由于上升流爬升的影响，导致 PO_4-P 等值线在 $122°20'$E 以东水域出现沿坡爬升现象。在该爬升区域，PO_4-P 含量为 $1\sim1.3\mu$mol/L，比表层水体 PO_4-P 浓度 0.5μmol/L 高出很多。而 NO_3-N 和 SiO_3-Si 都在上升流区出现小幅度的低值等值线抬升现象（图 5-8e，图 5-8f），其中 NO_3-N 表现为 $10\sim30\mu$mol/L 低值等值线的抬升，而 SiO_3-Si 表现为 $30\sim60\mu$mol/L 低值等值线的抬升。综上可见：在上升流区主体位置，营养盐等值线沿坡爬升明显，这可能是由于台湾暖流沿水下河谷的强迫抬升所致（朱建荣，2003）。

（二）水平分布分析

朱建荣（2003）认为夏季水下河谷西北侧上升流水团主要是由高盐的台湾暖流沿坡爬升造成的。这种上升流爬坡现象在上面断面分布分析中已经观测到，而在水平分布中则表现为：台湾暖流在向西侧爬升过程中，引发的上升流水团前锋位置会向西入侵，从 $122°25'$E 附近向西入侵到 $122°20'$E 附近。

对比分析底层、20m 层、10m 层的水文分布可发现：在底层 $122°25'$E 以东出现了低温、低溶解氧的半闭合区和闭合区，中心温度低于 22℃，比周围海水低 3℃；溶解氧低于 2.5mg/L，比周围 5mg/L 的海水低 2.5mg/L（图 5-9a，图 5-9c）。此外，34 等盐线（图 5-9b）虽不如 T 和 DO 等值线闭合明显，也弯曲趋于闭合。20m 层等值线分布显示出低温、低溶解氧的闭合区在 20m 层仍存在，但入侵水团前锋位置比底层稍向西部偏移，可入侵到 $122°20'$E 附近，以上描述表明上升流水团在向上涌升过程中，从东

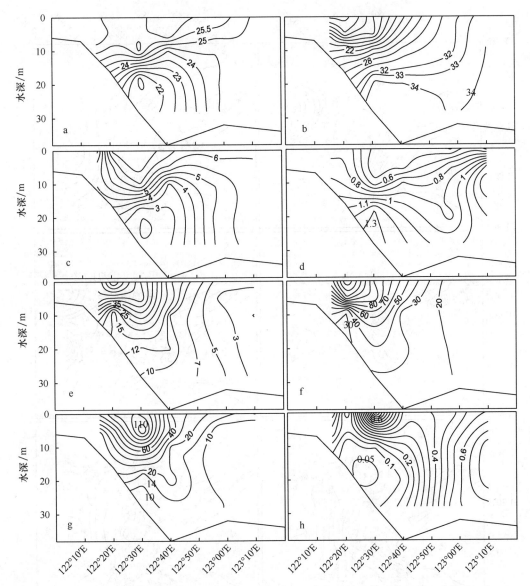

图 5-8　夏季 C 断面温度、盐度、溶解氧、营养盐及其比值和叶绿素 a 分布

a. T（℃）；b. S；c. DO（mg/L）；d. PO_4-P（μmol/L）；e. NO_3-N（μmol/L）；f. SiO_3-Si（μmol/L）；

g. DIN/PO_4-P；h. Chla（μg/L）

南侧外海向近岸侵入。此外，还可以观测到，20m 层低温区范围比底层缩小。在 10m 层，温、盐度分布没有显示出明显的闭合现象和上升流的影响，溶解氧分布出现极小的闭合区，但难以确定是否是由上升流造成的，参考 C 断面分析可见，2004 年夏季上升流爬升到 10m 层时，随着水团的混合作用，影响已经变小。

在表层，25.8～26.2℃等温线闭合（图 5-9a），由于 C 断面观测表明夏季上升流不能够直接影响到表层分布，所以不能确定这低温闭合中心一定是由上升流造成。但是根据以往多年的卫星遥感资料记载，由于夏季水团作用较复杂，上升流水团也有可能涌升

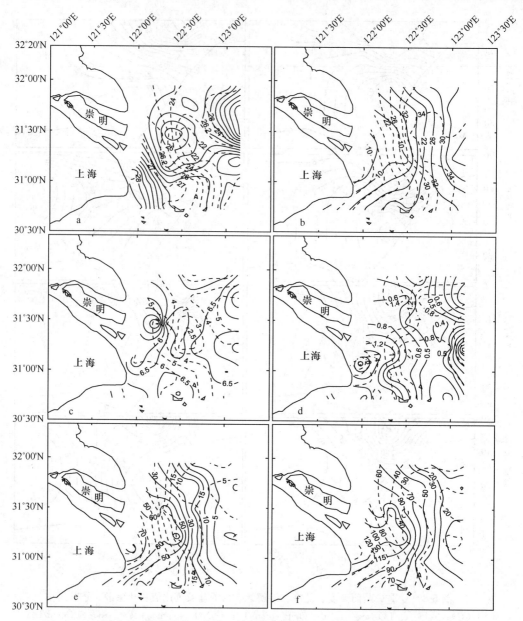

图 5-9　夏季温度、盐度、溶解氧、营养盐、叶绿素 a 平面分布

a. T（℃）；b. S；c. DO（mg/L）；d. PO_4-P（μmol/L）；e. NO_3-N（μmol/L）；f. Chla（μg/L）

a、b、c、d、e：——表层，- - - 底层；f：——表层，- - - 10m 层

到表层，形成低温闭合中心区（朱建荣，2003）。

通过以上水平分析，结合 C 断面分析可以判断出，夏季上升流水团的主体出现在底层到 10m 层的 $122°20'\sim123°00'$E、$31°15'\sim31°50'$N 海区。

在底层，PO_4-P 在长江口门外和上升流区含量都较高，上升流区 PO_4-P 含量为 $0.7\sim1.4\mu$mol/L（图 5-9d）；20m 层 PO_4-P 分布表明：在上升流区 PO_4-P 出现高值区，含量为 $0.7\sim1.2\mu$mol/L；表层 PO_4-P 分布（图 5-9d）和春季类似，呈现出从近岸到外海逐渐降低的趋势，在西南部口门外出现一个高达 1.4μmol/L 以上的高值区，这显然是由于长江淡水的流入造成的。而在上升流区表层没有明显的等值线闭合现象，这表明，由于夏季上升流受到长江冲淡水影响，海水层化加强，表层 PO_4-P 分布难以受到上升流水团影响。

表、底层，10m 层、20m 层 NO_3-N 和 SiO_3-Si 等值线都呈现出近岸高、外海低的变化趋势。由于长江冲淡水营养盐含量较高，长江口门外表层 NO_3-N 和 SiO_3-Si 浓度分别为 $60\sim75\mu$mol/L、$100\sim140\mu$mol/L，上升流区表层 NO_3-N 和 SiO_3-Si 浓度分别为 $5\sim50\mu$mol/L、$20\sim100\mu$mol/L。而上升流区 10m 层、20m 层和底层 NO_3-N 浓度分别为 $3\sim20\mu$mol/L、$3\sim10\mu$mol/L 和 $5\sim15\mu$mol/L，这三层浓度范围接近，但是和表层浓度相差较大。SiO_3-Si 分布情况和 NO_3-N 类似（表 5-4）。以上分析表明，10m 层以上 NO_3-N 和 SiO_3-Si 分布受长江冲淡水影响较为明显；而 10m 层以下，则受低 NO_3-N 和 SiO_3-Si 含量的上升流影响较显著。

表 5-4　春、夏季上升流区不同水层各种环境要素的变化范围

月份	水层	T /℃	S	DO /(mg /L)	NO_3-N /(μmol /L)	PO_4-P /(μmol /L)	SiO_3-Si /(μmol /L)	DIN/P	Si/DIN	Si/P	Chla /(μg/L)
5	0m	19.8~20.8	24~30	4~6	10~30	0.4~0.6	15~30	30~70	0.8~1.5	30~45	1~19.5
	10m	<16.5~18	24~32.5	<2.5~3.5	10~20	0.7~1.1	10~20	<20~30	0.7~1.5	<15~25	1~16.6
	20m	16.2~16.6	31~34	2~2.8	10~15	0.7~1.1	10~18	15~22	0.8~1	12~25	0.15~0.5
	底层	≤16.5	31~34	<2.5	10~20	0.8~1.1	10~20	20~30	0.7~1	10~25	0.25~0.5
8	0m	25.8~26.2	14~30	6.4~7.2	5~50	0.4~0.6	20~100	20~70	2.2~3	40~160	0.5~2.5
	10m	24~25.4	24~32	3.5~5.5	3~20	0.4~0.6	15~40	5~45	1.6~3	15~70	0.5~1
	20m	21.6~24	28~34	<2.5~4	3~10	0.7~1.2	15~30	10~20	2.3~3	20~40	0.1~0.5
	底层	22~23.5	28~34	<2.5~4	5~15	0.7~1.4	25~40	10~20	2.4~2.6	20~40	0.5

（三）夏季叶绿素 a 分布及叶绿素 a 分布的季节性差异

从 C 断面叶绿素 a 分布（图 5-8h）可以看出，上升流沿坡爬升区的上层形成叶绿素 a 含量相对较高的区域，从 10m 层到表层叶绿素 a 含量逐渐增高，表层叶绿素 a 浓度

可达 0.7μg/L 以上。但是，该区夏季叶绿素 a 含量远低于春季。夏季该区 PO_4-P 为 0.5～0.6μmol/L 以上、NO_3-N 为 20μmol/L 以上、SiO_3-Si 为 40μmol/L 以上；DIN/PO_4-P 值为 60 以上（图 5-8g），SiO_3-Si/DIN 值为 2～2.4，SiO_3-Si/PO_4-P 值为 100～160，营养盐含量和比值较高。但是夏季该区的透明度为 0.5m 左右，比春季透明度（为 1.1～4.9m）要差很多，可能是抑制上升流区浮游植物生长的主要因素。

在上升流区，10m 层和 20m 层叶绿素 a 含量分别为 0.5～1μg/L、0.1～0.5μg/L，比周围海域稍低。上升流区 20m 层 DIN/PO_4-P 值为 15～20，SiO_3-Si/DIN 值为 2.3～3，SiO_3-Si/PO_4-P 值为 40～50，看不出明显的营养盐限制。由于夏季上升流很难直接影响到 10m 层以上海区，对 10m 层以上海区营养盐结构和透明度的改善作用不大。在上升流区表层，主要受到长江冲淡水的影响。由于夏季长江冲淡水中的泥沙含量较大，夏季 10m 层以下浮游植物生长受到光照限制，叶绿素 a 含量较低。调查区 31°30′N 以北，随着透明度从 0.5m 增加到 5m 以上，叶绿素 a 含量也从 0.5μg/L 增加到 2.5μg/L。海水透明度成为影响叶绿素 a 分布的关键因素。

春、夏季上升流区各层面的温度、盐度、溶解氧、营养盐浓度和叶绿素 a 含量分布范围总结于表 5-4 中。

三、春季上升流区营养盐通量的估算及对富营养化的影响

以上分析表明，春季上升流现象最为明显，为上层海域输入了高含量的磷酸盐和相对低含量的硝酸盐和硅酸盐，从而较大程度上改善了该区的营养盐结构，促进了浮游植物的生长。然而，和长江径流相比，究竟哪种水团输入的营养盐量更高？影响更大呢？目前这方面的研究较少。本节初步估算了春季上升流的营养盐通量，并且和长江径流输送通量的历史数据进行了比较，为深入研究长江口水域富营养化形成特点和机制，提供重要参考。

（一）计算方法和结果

本节借鉴陈水土和阮五琦（1996）估算台湾海峡上升流区营养盐输送通量的方法，对长江口水域上升流区氮、磷和硅的垂直输送通量进行估算。

计算式如下：

$$P = a \cdot C \cdot W \tag{5-8}$$

式中，P 为自底层向上层输送的营养盐垂直通量，g/(m² · d)；a 为单位换算系数；C 为营养盐浓度，μmol/L；W 为上升流速度，m/s。

根据赵保仁（1993）计算出的长江口水域上升流垂直流速范围，为 $1.0×10^{-5}$～$5.0×10^{-5}$ m/s，估算出营养盐垂直输送通量范围。然后，根据受上升流影响显著的 10m 层营养盐分布，计算出上升流区域的面积，以及该区域对应的营养盐平均浓度，根据式（5-8），估算出营养盐通量（kg/s），结果列于表 5-5 中。

表 5-5　上升流区营养盐垂直通量与长江径流营养盐输入比较

营养盐	区域面积 /($10^6 m^2$)	平均浓度 /($\mu mol/L$)	流速 /($10^{-5} m/s$)	垂直输送通量 /[$mg/(m^2 \cdot d)$]	通量 /(kg/s)	长江径流* /(kg/s)
PO$_4$-P	268.53	1	1～5	26.76～133.8		
	2612.02	0.95	1～5	25.42～127.1	1.4～7.0	0.43
	1379.25	0.85	1～5	22.75～113.75		
	805.58	0.75	1～5	20.07～100.35		
SiO$_3$-Si	5065.37	14.62	1～5	354.77～1773.85	20.8～104	63.3
NO$_3$-N	5065.37	13.38	1～5	161.92～809.6	9.49～47.45	20.0
DIN	5065.37	16.42	1～5	198.71～993.55	11.65～58.25	27.9

＊资料来源于 Shen，1993。

磷酸盐的估算，根据 10m 层内不同海区的平均浓度划分为 4 个小海区；分别计算 4 个小海区的垂直输送通量后，再加权计算出 10m 层磷酸盐总输送通量为 1.4～7kg/s 或 23.91～119.57mg/($m^2 \cdot d$)。这一数值高于杨红等（2005）根据 1998 年东海调查资料估算的长江口及邻近海域上升流区磷酸盐的平均垂直通量 10.03～50.16mg/($m^2 \cdot d$)。

（二）营养盐输送通量的比较及对富营养化的影响

将以上计算结果与 Shen（1993）根据 1985 年～1986 年周年调查所得的长江输入的营养盐通量比较（表 5-5），春季上升流水团中 PO$_4$-P 输送通量远远高于长江径流输入，其低限是其径流通量的 3 倍以上，可能会成为影响该海区 PO$_4$-P 分布以及浮游植物生长的一个值得关注的因素。而 SiO$_3$-Si、NO$_3$-N 和 DIN 则相对较少，长江径流输入量分别是其低限的 3.0 倍、2.1 倍和 2.4 倍。需要指出的是，本节计算的仅仅是春季的情况，春季上升流输送的营养盐可能要高于年平均输送量。以上计算结果和前面观测到的营养盐分布特征是一致的。高 PO$_4$-P、相对低的 NO$_3$-N 和 SiO$_3$-Si 含量的上升流水团将会改变该区营养盐结构，从而对浮游植物的生长产生影响。计算结果表明，上升流输送的营养盐通量与径流输入之比为：PO$_4$-P，3.3～16.2；SiO$_3$-Si，0.33～1.6；NO$_3$-N，0.47～2.4；DIN，0.42～2.1（表 5-5）。上升流把如此多的营养盐从底层带到上层，特别是 PO$_4$-P，成为该海区营养盐的主要来源之一，对长江口水域富营养化的形成带来不可忽视的影响。

将长江口水域上升流区营养盐输送通量和其他海域上升流进行比较（表 5-6），可以看出：计算结果在同一数量级水平上。其中舟山和渔山渔场上升流区的营养盐通量相对较高；与其他沿岸上升流相比，长江口水域上升流区的营养盐通量相对较高。

表 5-6　长江口上升流区与其他沿岸上升流区的营养盐垂直通量 [mg/($m^2 \cdot d$)] 比较

营养盐	长江口	舟山和渔山渔场	台湾海峡中北部近岸	闽南-台湾浅滩渔场	浙江沿岸	粤东沿岸
PO$_4$-P	23.91～119.57	38～189	23.6	13.2		46.5
SiO$_3$-Si	354.77～1773.85	669～3348	302	264		

续表

营养盐	长江口	舟山和渔山渔场	台湾海峡中北部近岸	闽南-台湾浅滩渔场	浙江沿岸	粤东沿岸
NO₃-N	161.92~809.6	165~824	223	88.5	33.87~2 143.7	
调查年份	2004	1984	1988	1988	1981	
参考资料	本节	王桂云和臧家业（1987）	陈水土和阮五琦（1996）	吴丽云和阮五琦（1991）	雷鹏飞（1984）	韩舞鹰和马克美（1988）

资料来源：陈水土和阮五琦，1996。

（本节著者：裴绍峰　沈志良）

第三节　长江口水域浮游植物关键过程对富营养化的影响

　　浮游植物从环境中吸收营养盐以满足其自身生理代谢的需求，氮、磷作为蛋白质和核酸的重要构成元素，在细胞内大量存在，因而是浮游植物必需的大量营养元素；硅藻利用硅形成其硅质壳，部分金藻利用硅形成其硅质骨骼，硅也是某些浮游植物类群必需的大量营养元素。浮游植物死亡后，在微生物作用下发生分解，上述营养元素被重新释放到水体中。所以，浮游植物的生长消亡过程与环境中的营养盐循环密切相关。浮游植物在生长、繁殖过程中，按照一定比例吸收各种营养盐，在一个稳态生长的浮游植物群落中，这个比例趋近于 Redfield 系数。Redfield 系数指示了海水中主要营养盐、浮游植物体内主要营养盐的结构比例，通常表示为 $C/N/P/Si = 106/16/1/16$。如果水体中各种营养盐的比例发生了变化，就有潜在的不平衡吸收过程，细胞需要更多的能量以维持这种平衡。不同浮游植物种类对营养盐结构变化的适应性不同，因而营养盐结构变化可以导致浮游植物群落结构的改变。由此可见，富营养化水域高营养盐浓度，为浮游植物的过度生长提供了重要物质基础；而营养盐结构的改变，又进一步破坏了正常的浮游植物群落结构。所以，浮游植物在生物量和群落结构上的变化是评价水域富营养化的重要指标之一。

　　水体富营养化不仅促进浮游植物生物量的积累，增加藻华暴发的可能性（Glibert et al.，2005；Smayda，2005；Burkholder，2001），而且随着营养盐被浮游植物消耗，不同生物种类对营养盐的响应也会随之改变：在切萨皮克湾，春季丰富的硝酸盐促进硅藻的快速繁殖，夏季沉积物中释放的铵盐，导致了甲藻藻华的发生（Glibert et al.，1995；Malone，1992）；波罗的海具有高效的磷循环，同时耦合高效的氮吸收，水体氮磷比很低，适于固氮蓝藻的生长，蓝藻在底层大量繁殖导致底层缺氧，这促进了沉积物中磷的释放，而磷的释放利于有害藻华的发生（Carmen and Wulff，1989）。研究富营养化水域浮游植物与营养盐之间的相互关系，对深入理解该水域富营养化的形成、发展及其生态系统响应都十分重要。

　　为此，笔者基于 2004 年夏季（8 月）、秋季（11 月）、2005 年冬季（2 月）和春季

（5月）4个航次的长江口水域浮游植物现场调查（图3-34），综合分析了浮游植物群落结构、生物量数据与环境因子等相关资料；研究了浮游植物生物量与营养盐的关系、浮游植物优势物种对营养盐的响应；采用主成分分析，阐释了影响浮游植物群落结构的主要环境因子；探讨了硅/甲藻值、粒级浮游植物生物量与营养盐的关系，以期更好地理解长江口水域浮游植物关键过程对富营养化的影响。

一、长江口水域浮游植物与营养盐的关系

（一）营养盐与浮游植物生物量的关系

　　根据前几章相关内容介绍可知，由于长江径流的影响，低盐、高浑浊度和高营养盐的长江冲淡水在长江口水域形成了盐度、营养盐等一系列梯度变化：如随着盐度的升高，水体无机营养盐浓度和浊度逐渐降低。图5-10给出了2004年夏季至2005年春季长江口水域表层硝酸盐、硅酸盐和磷酸盐与盐度的关系：硝酸盐和硅酸盐具有良好的保守性，二者与盐度呈显著的负相关；由此进一步说明，硝酸盐和硅酸盐浓度沿冲淡水方向的降低主要由混合稀释作用引起，这种现象在夏季和冬季尤为明显。根据前文介绍，磷酸盐的来源和转化较为复杂。所以，图5-10显示，除冬季外，磷酸盐浓度与盐度没有明显的相关性。

　　宁修仁等（2004）认为，夏季在盐度25～30的冲淡水区，光照强度和营养盐含量取得最佳权衡，浮游植物出现生物量和生产力的锋面。图5-11给出了2004～2005年表层水体叶绿素a浓度沿盐度梯度的变化趋势：夏季，在盐度小于10的水域，叶绿素a浓度随盐度增大而升高；在盐度大于30的水域，叶绿素a浓度随盐度增大而降低；在

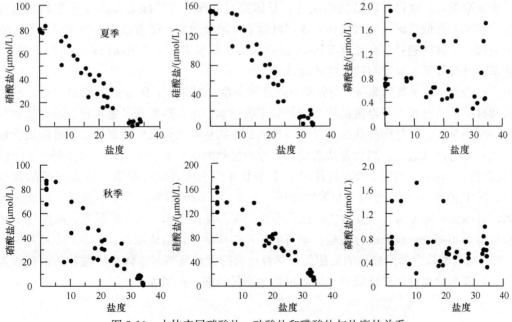

图5-10　水体表层硝酸盐、硅酸盐和磷酸盐与盐度的关系

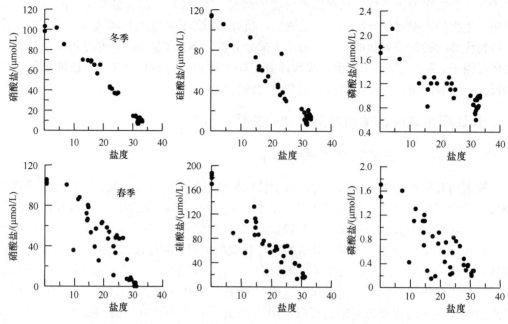

图 5-10（续）　　水体表层硝酸盐、硅酸盐和磷酸盐与盐度的关系

冲淡水区（盐度 10～30），叶绿素 a 浓度波动很大，但高值主要出现在盐度 15～20 的水域。秋季，在盐度小于 30 的水域，叶绿素 a 浓度与盐度表现出正相关的关系，并在盐度 25～30 的水域出现叶绿素 a 的高值；在盐度大于 30 的水域，叶绿素 a 浓度随盐度增大而降低。冬季，叶绿素 a 浓度高值主要出现在盐度 10～20 的水域；此区域两侧叶绿素 a 浓度与盐度没有明显的相关性，总体而言，低盐区叶绿素 a 浓度水平高于高盐区。春季，在低盐区（盐度＜10）表层叶绿素 a 浓度较低，随着盐度的增大叶绿素 a 浓度表现出升高的趋势；在盐度 25～30 的水域常暴发水华，浮游植物出现很高的生物量，水华区外叶绿素 a 浓度有较大的波动。

　　综合表层水体叶绿素 a、营养盐与盐度的关系（图 5-10，图 5-11）可以发现，硝酸盐和硅酸盐对冲淡水区浮游植物生物量分布的影响较小，磷酸盐及氮磷比、硅磷比对其影响更为重要；在外海高盐区，浮游植物的低生物量与水体较低的硝酸盐和硅酸盐含量有关；在近岸低盐区，高营养盐含量不对浮游植物的生长形成限制，后者主要受光限制（沈志良，1993）。利用 SPSS 软件对 4 个季节冲淡水区表层叶绿素 a 浓度与磷酸盐浓度、N/P 值和 Si/P 值进行了相关性分析（表 5-7），结果表明：夏季和秋季，冲淡水区表层叶绿素 a 浓度与 3 个参数之间没有明显的相关性；冬季，表层叶绿素 a 浓度与 Si/P 值呈显著正相关，较低的硅酸盐含量可能对浮游植物生长造成限制；春季，表层叶绿素 a 浓度与磷酸盐含量呈显著的负相关，浮游植物的大量繁殖对水体中磷酸盐的消耗较为明显，磷酸盐水平的降低限制了浮游植物生物量的进一步增加。

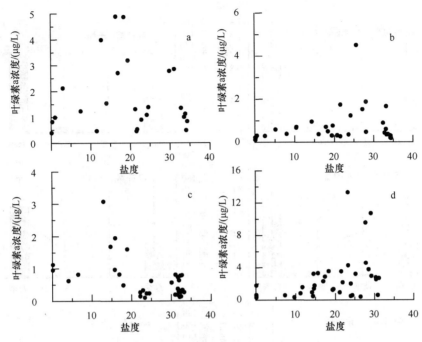

图 5-11　表层叶绿素 a 浓度与盐度的关系

a. 夏季；b. 秋季；c. 冬季；d. 春季

表 5-7　冲淡水区表层叶绿素 a 浓度与营养盐参数的相关性分析

项目		叶绿素 a 浓度/(μg/L)			
		夏季	秋季	冬季	春季
磷酸盐	Pearson 相关性系数	−0.012	−0.117	0.080	−0.607**
	显著性水平	0.968	0.643	0.786	0.001
N/P	Pearson 相关性系数	−0.006	−0.327	0.461	−0.089
	显著性水平	0.983	0.186	0.097	0.654
Si/P	Pearson 相关性系数	0.008	−0.211	0.613*	0.022
	显著性水平	0.979	0.400	0.020	0.910

* 显著性水平<0.05，** 显著性水平<0.01。

（二）营养盐与浮游植物群落结构的关系

1. 硅藻、甲藻细胞丰度和比例与营养盐季节动态变化的关系

硅藻细胞丰度与无机营养盐参数的季节变化如图 5-12 所示。春季具有最高的硅藻细胞丰度，这与水体较高的硝酸盐和硅酸盐含量以及 Si/P 值相一致；磷酸盐水平为全年最低，同时 N/P 值和 Si/P 值为全年最高，就整个调查区而言，磷对硅藻生长的限制并不显著。秋季、冬季硅藻丰度显著低于春季、夏季，主要原因是秋季的硝酸盐含量和冬季的硅酸盐含量较低，导致这两个季节硅藻的细胞丰度较低。

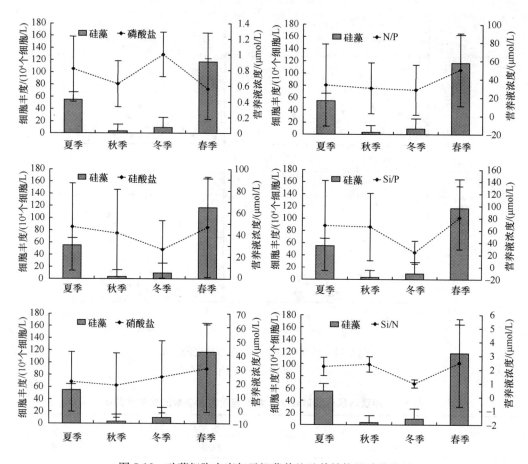

图 5-12　硅藻细胞丰度与无机营养盐及其结构的季节特征

　　甲藻细胞丰度与无机营养盐参数的季节变化如图 5-13 所示。春季甲藻的细胞丰度显著高于其他 3 个季节，而水体磷酸盐含量较低、N/P 值较高。孙军等（2004）的研究表明，米氏凯伦藻在 N/P＝80/1 的条件下具有最高的比生长速率，该藻正是近年来春季藻华发生的主要原因物种。冬季甲藻的细胞丰度最低，水体较低的硅酸盐、Si/P 值和 Si/N 值也无法解释这一现象，这可能与冬季较低的水温和较弱的太阳辐射有关。

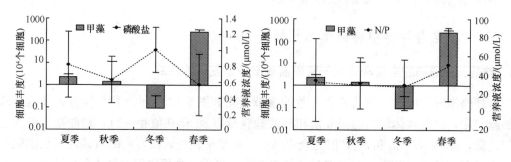

图 5-13　甲藻细胞丰度与无机营养盐及其结构的季节特征

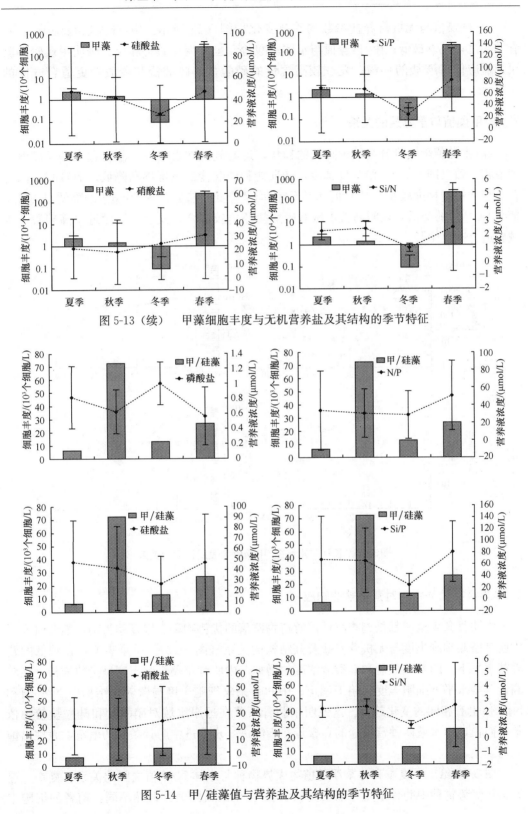

图 5-13（续）　甲藻细胞丰度与无机营养盐及其结构的季节特征

图 5-14　甲/硅藻值与营养盐及其结构的季节特征

甲/硅藻值与无机营养盐参数的季节变化如图 5-14 所示。甲/硅藻值在秋季最高，春季次之，夏季最低；甲/硅藻值与水体磷酸盐含量的变化趋势相反，表明甲藻较硅藻更能适应低磷酸盐的环境；夏季较高含量的硝酸盐、硅酸盐和磷酸盐更适合硅藻的生长。

2. 硅/甲藻值与营养盐的关系

硅/甲藻值随盐度升高呈现降低的趋势，这与硅藻在近岸、甲藻在远岸形成高值的现象相一致（图 5-15）。沿盐度梯度，硝酸盐和硅酸盐的浓度逐渐降低，而磷酸盐因为存在缓冲机制梯度较小，N/P 值和 Si/P 值均呈降低的趋势。硅/甲藻值的降低对应N/P值和 Si/P 值的降低，表明高盐水域低硝酸盐环境较适合甲藻生长，而近岸高硝酸盐水域较适合硅藻生长。

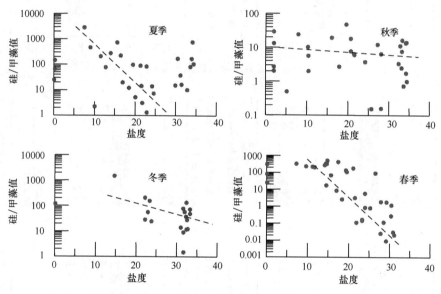

图 5-15　长江口水域硅/甲藻值与表层盐度的关系

3. 浮游植物优势物种对营养盐的响应

中肋骨条藻全年都是调查海域浮游植物群落的优势物种。以夏季为例，笔者研究了中肋骨条藻细胞丰度与无机营养盐及其结构的关系（图 5-16）。结果表明，在较低的营养盐水平下，随着硝酸盐和硅酸盐浓度的增加，中肋骨条藻细胞丰度呈指数增长，在较高营养盐水平下细胞丰度又趋于稳定；中肋骨条藻细胞丰度与营养盐结构中 N/P 值和 Si/P 值也有相同的变化趋势。这说明中肋骨条藻在远岸水域对硝酸盐和硅酸盐较为依赖，而在近岸水域两种营养盐的高含量并不能进一步促进中肋骨条藻的增殖，表现出饱和的现象。

图 5-17 给出了夏季和冬季浮游植物优势物种与水体 N/P 值之间的关系。夏季，浮游植物优势物种中肋骨条藻和细长翼鼻状藻与 N/P 值的关系截然不同：前者的细胞丰

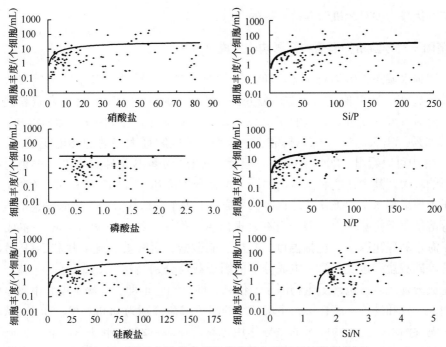

图 5-16　夏季中肋骨条藻与营养盐含量及其结构的关系

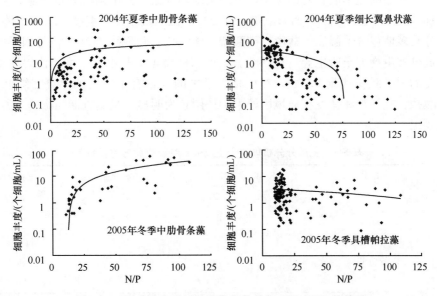

图 5-17　夏季和冬季浮游植物优势种与 DIN/SRP 的关系

度随 N/P 值的增大而升高，而后者的细胞丰度在低 N/P 值条件下较高。冬季，中肋骨条藻细胞丰度随 N/P 值变化的趋势较夏季更为明显，这与刘东艳等（2002）在实验室获得的结果有所不同；具槽帕拉藻与夏季的细长翼鼻状藻类似，细胞丰度随 N/P 值的增大而降低。上述特点与这三种优势物种的生态分布相一致，中肋骨条藻主要分布在高N/P 值的近岸水体，而细长翼鼻状藻和具槽帕拉藻多分布在低 N/P 值的外海，表明了浮游植物优势物种对无机营养盐环境的适应。

4. 环境因子对浮游植物群落特征影响的主成分分析

　　对调查水域浮游植物总细胞丰度、硅藻细胞丰度、甲藻细胞丰度和硝酸盐、硅酸盐、磷酸盐以及 N/P 值进行了主成分分析。结果发现 2004～2005 年所获资料提取 5 个主要成分后可解释变量总方差的 95% 以上，特别是前两个主要因子，累积贡献率分别达到 68.603%、71.995%、69.694% 和 78.120%，可以解释大多数的环境变量（表 5-8）。从图 5-18 中可以看出，2004 年夏季，温度、盐度、硝酸盐、硅酸盐和 N/P 值对第一主成分影响较大，其中盐度和硝酸盐的因子载荷分别高达 −0.847 和 0.923（表 5-9），这些因子主要反映海水的理化状况；第二主成分上因子载荷较大的为硝酸盐、磷酸盐和硅酸盐等溶解态无机盐，生物因子没有表现出主导作用。2004 年秋季，第一主成分主要反映了海水的理化因子，包括温度、盐度、硝酸盐、磷酸盐、硅酸盐和 N/P 值，其中硝酸盐、硅酸盐和盐度在第一主成分上的因子载荷分别高达 0.976、0.959 和 −0.838；第二主成分则更多的包含了生物因子的信息，即总细胞丰度、硅藻丰度和甲藻丰度，其中总细胞丰度和硅藻丰度在第二主成分上的因子载荷分别为 0.926 和 0.853；秋季，温度的影响逐渐增强，生物因子的主导作用也有所体现。2005 年冬季，第一主成分包含了更多的信息，理化因子有硝酸盐、磷酸盐、硅酸盐、N/P 值和盐度，生物因子有总细胞丰度和硅藻细胞丰度，对第一主成分的贡献都很大，其中硝酸盐和细胞丰度的因子载荷分别为 0.942 和 0.796；而影响第二主成分的因素则主要是温度。2005 年春季，第一主成分较多地包含了温度、盐度、硝酸盐、磷酸盐、硅酸盐和 N/P 值等因子的信息，第二主成分被生物因子所主导，包括细胞丰度、硅藻丰度和甲藻丰度，值得注意的是，甲藻丰度的因子载荷达到 0.847，在生物因子中的权重有了很大的提高。综合以上结果，硝酸盐、硅酸盐和盐度在环境因子中的作用较为明显，是调查期间影响浮游植物分布的主要因素。

表 5-8　主成分分析前 5 个主成分的特征值和方差贡献率

主成分		特征值	方差贡献率	累积贡献率
夏季	1	4.316	47.953	47.953
	2	1.859	20.650	68.603
	3	1.154	12.828	81.431
	4	0.770	8.556	89.987
	5	0.559	6.208	96.195
秋季	1	4.583	50.924	50.924
	2	1.896	21.072	71.995
	3	0.882	9.795	81.790
	4	0.866	9.617	91.407
	5	0.413	4.589	95.996

主成分		特征值	方差贡献率	累积贡献率
冬季	1	5.027	55.860	55.860
	2	1.245	13.834	69.694
	3	1.076	11.960	81.654
	4	0.901	10.006	91.660
	5	0.385	4.276	95.936
春季	1	4.488	49.869	49.869
	2	2.543	28.251	78.120
	3	1.167	12.966	91.086
	4	0.279	3.102	94.189
	5	0.230	2.554	96.742

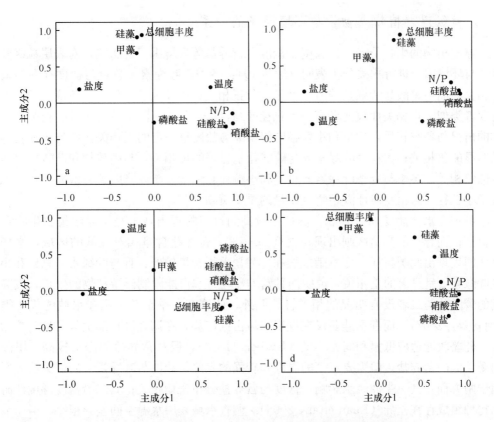

图 5-18　生物因子和环境因子主成分分析的因子载荷图

a. 夏季；b. 秋季；c. 冬季；d. 春季

表 5-9　浮游植物与环境因子主成分分析的因子载荷

变量	夏季		秋季		冬季		春季	
	PC1	PC2	PC1	PC2	PC1	PC2	PC1	PC2
盐度	−0.847	0.190	−0.838	0.151	−0.823	−0.090	−0.815	−0.022
温度	0.665	0.218	−0.744	−0.297	−0.405	0.795	0.662	0.461
总细胞丰度	−0.126	−0.267	0.270	0.926	0.796	−0.189	−0.089	0.972
硅藻	−0.183	−0.324	0.198	0.853	0.783	−0.208	0.426	0.727
甲藻	−0.189	−0.279	−0.044	0.571	−0.023	0.283	−0.430	0.847
硅酸盐	0.845	0.934	0.959	0.159	0.896	0.290	0.945	−0.055
硝酸盐	0.923	0.904	0.976	0.119	0.942	0.053	0.931	−0.139
磷酸盐	0.014	0.689	0.528	−0.262	0.683	0.579	0.828	−0.353
N/P	0.918	−0.140	0.868	0.272	0.885	−0.155	0.737	0.114

（三）粒级浮游植物生物量与环境因子的关系

浮游植物的生长受光照、温度、盐度、营养盐等环境因子的影响，对表层粒级叶绿素 a 与环境因子进行相关分析表明（表 5-10）：冬季，叶绿素 a 总量与盐度存在明显的负相关，而与硝酸盐特别是硅酸盐呈显著的正相关；小粒径叶绿素 a 与环境因子的关系与前者类似，且相关性较前者高；大粒径叶绿素 a 与各环境因子没有明显的相关性。春季的情况与冬季相反，总量和小粒径叶绿素 a 与盐度呈一定的正相关，而与 3 种营养盐呈明显的负相关；大粒径叶绿素 a 与磷酸盐呈显著的负相关，与硝酸盐和硅酸盐也呈一定的负相关。冬季与春季叶绿素 a 总量和小粒径叶绿素 a 与环境因子关系的一致性也反映了小粒径浮游植物对浮游植物生物量的重要贡献。

冬季在水体盐度 10～15、营养盐含量高的口门附近出现了表层浮游植物生物量的高值区；而春季的高值区则出现在盐度 20～30、营养盐含量相对较低的区域，水华区水体即表现出此类特征。冬季硝酸盐和硅酸盐平均含量较低，且与叶绿素 a 总量和小粒径叶绿素 a 呈显著的正相关，说明两种营养盐在冬季可能限制浮游植物的生长，较高浓度的磷酸盐与二者没有明显的相关性。此外，硅藻在冬季是整个调查水域的优势类群（何青等，2007），而春季硅藻仅在近岸水域占据优势，在调查区东部优势类群转换为甲藻；硅藻较能适应低温和弱光环境（Ryther，1956），但对营养盐的需求较高，甲藻能耐受较低的营养盐，但需要较高的温度和较强的光照。盐度与叶绿素 a 的相关性主要归因于两方面：其一受冲淡水影响，盐度与营养盐分布密切相关；其二沿盐度梯度浮游植物物种组成存在差异（Luan et al.，2006）。调查水域表层水温空间差异很小，但季节变化较大，冬季的低温可能与较弱的太阳辐射共同限制了浮游植物的生长，同时温度也能影响浮游植物群落的季节变化。

叶绿素 a 的粒级组成在冬季与盐度和硅酸盐含量有一定相关性，在春季则与温度、盐度、硝酸盐和硅酸盐含量相关（表 5-10）。冬季，近岸的优势种为小细胞的中肋骨条藻，出口门向东细胞较大的具槽帕拉藻（*Paralia sulcata*）、标志布莱克里亚藻

（*Bleakeleya notata*）和舟形藻（*Navicula* sp.）在群落中的比例增高（何青等，2007），因此口门外随盐度升高大粒径浮游植物所占比例增大；需要注意的是中肋骨条藻以群体方式生活，因此采用叶绿素 a 粒级分离方法可能会低估小粒径浮游植物的生物量（孙军等，2003）。春季，在高温、低盐、高硝酸盐和硅酸盐含量的区域大粒径浮游植物所占比例较高，这表明高营养盐环境更适合大粒径浮游植物的生长。

表 5-10　表层粒级叶绿素 a 与环境因子的 Pearson 相关系数

| | 冬季 | | | | | 春季 | | | | |
	Chl-total	Chl-Ⅰ	Chl-Ⅱ	Chl-Ⅰ%	Chl-Ⅱ%	Chl-total	Chl-Ⅰ	Chl-Ⅱ	Chl-Ⅰ%	Chl-Ⅱ%
T	−0.315	−0.251	−0.343	−0.072	0.072	−0.250	−0.258	−0.131	−0.504**	0.504**
S	−0.524**	−0.542**	−0.252	−0.376*	0.376*	0.436**	0.455**	0.317	0.467**	−0.467**
$NO_3\text{-}N$	0.520**	0.534**	0.259	0.326	−0.326	−0.511**	−0.505**	−0.438*	−0.389*	0.389*
$SiO_3\text{-}Si$	0.553**	0.577**	0.237	0.374*	−0.374*	−0.453**	−0.437*	−0.395*	−0.367*	0.367*
$PO_4\text{-}P$	0.285	0.323	0.055	0.287	−0.287	−0.510**	−0.473**	−0.511**	−0.282	0.282

注：Chl-total，叶绿素 a 总量；Chl-Ⅰ，小粒径叶绿素 a；Chl-Ⅱ，大粒径叶绿素 a；Chl-Ⅰ%，小粒径叶绿素 a 占总量的百分比；Chl-Ⅱ%，大粒径叶绿素 a 占总量的百分比；T，温度；S，盐度；$NO_3\text{-}N$，硝酸盐浓度；$SiO_3\text{-}Si$，硅酸盐浓度；$PO_4\text{-}P$，磷酸盐浓度。* $p<0.05$；** $p<0.01$。

　　除温度、盐度、营养盐外，长江口水域浮游植物生物量还受到光照、径流、潮流、悬浮体等因子的影响（沈新强和胡方西，1995），孙军等（2006）曾提出在较浅的水域光照和水团输送等物理因子比营养盐等化学因子更能影响浮游植物的粒径结构，因此在今后的工作中还需对此问题进行深入的研究。

二、长江口水域浮游生物关键过程对富营养化的影响

　　营养盐吸收和初级生产是长江口水域浮游植物影响富营养化的关键过程。浮游植物的初级生产是生态系统重要的生物过程，在本节笔者首次应用现场稀释法估算了 4 个季节长江口水域的初级生产力，报道了该水域初级生产力的季节变化（图 5-19）：研究水域初级生产力平均值，春季最高、冬季最低，二者的平均值分别为 1526.3mg C/（m² · d）、252.6mg C/（m² · d）。

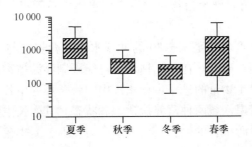

图 5-19　长江口水域初级生产力［mgC/（m² · d）］的季节变动

　　4 个季节浮游植物初级生产力的平面分布如图 5-20 所示。近岸水体混浊、真光层

较浅，初级生产力受光限制，外海水体中较低的营养盐含量同样对初级生产力形成限制；初级生产力高值区多位于 122.5°～123.0°E，这与光照与营养盐在其取得最佳的权衡有关。

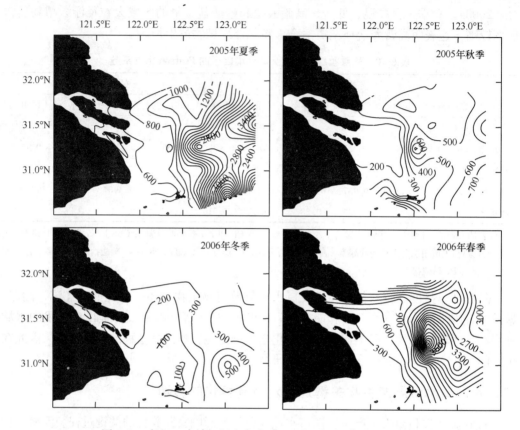

图 5-20　长江口水域初级生产力 [mgC/(m² · d)] 的平面分布

　　根据初级生产力，笔者进一步估算了浮游植物生长对表层水体中总无机氮的影响，图 5-21 显示浮游植物生产消耗无机氮占总无机氮的百分比。结果表明，春季、夏季浮游植物生长对水体总无机氮的消耗较高；秋季、冬季消耗较少，特别是冬季，在所有站位均低于 1%。总体而言，浮游植物对近岸表层水体中总无机氮的消耗较少、在远岸水域较高。

　　综上所述，长江口水域盐度 25～30 的冲淡水区，营养盐与光照取得最佳权衡，浮游植物出现生物量锋面；硅酸盐在长江枯水期可能限制浮游植物的生长，磷酸盐在春季水华期能限制浮游植物生物量的进一步积累。中肋骨条藻的生长在外海水域对硝酸盐和硅酸盐较为依赖，在近岸水域两种营养盐达饱和状态，其生长主要受光照限制。高营养盐环境更适合大粒径浮游植物的生长。初级生产力在春、夏季较高，秋冬季较低；浮游植物生长对总无机氮的消耗在近岸较少，在远岸较高。

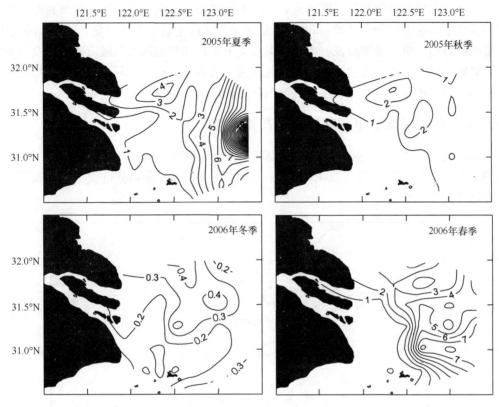

图 5-21　长江口水域浮游植物生长对总无机氮的扣押（%）

（本节著者：孙　军　宋书群　栾青杉）

第四节　湿沉降对长江口水域富营养化的影响

大气湿沉降是指自然界发生的雨、雪、雹等降水过程，具有速度快、突发性强等特点，是陆源污染物和营养物质向海洋输送的重要途径（宋宇然等，2006；刘昌岭等，2003；张国森等，2003a；Kelsy and John，2006）。各种营养元素和微量金属元素通过大气湿沉降输入海洋，对海洋初级生产力产生重要影响（Ferreira et al.，2005）。尤其是在人类活动影响较多的近岸海域，营养盐的大气输入会加剧或导致水体的富营养化，突发性、大量的营养盐大气输入会对浮游植物生长和种群结构产生重要影响，甚至会引发有害藻华。Zhang 和 Liu（1994）、Zhang 等（1999a）对黄海大气沉降研究表明，大气沉降是大陆溶解无机氮和无机磷输入到黄海西部地区的主要途径，每年通过大气入海的溶解无机氮和无机磷分别为 140 亿 t/a 和 3 亿 t/a。Chung 等（1998）的研究显示，整个黄海区域的 NH_4-N 的大气输入量超过了河流的输入量，而 NO_3-N 的大气输入量为河流输入量的 12.6%。Whital 等（2003）研究发现，美国北卡罗来纳州的纽斯河口湿沉降氮通量为 11kg/（hm^2·a），占总输入量的 50%。

　　经济的发展，城市规模不断扩大，人口不断增长，大气污染加剧，影响到降水中的营养盐含量（赵卫红和王江涛，2007）。近年来长江口水域生态环境发生了较大的变化，污染问题日趋严重，藻华频发。本节根据现场采集长江口地区大气湿沉降样品及收集的文献资料，从降水的营养盐浓度、营养盐通量、营养盐结构、年际变化、降水特点及与藻华间的关系等几方面，分析了大气湿沉降对长江口水域富营养化的影响。

一、长江口地区降水中营养盐含量及其通量

　　本研究于长江口水域的崇明岛设置固定采样点（121°36.5′E、31°32.3′N，如图5-22所示），从2004年6月至2005年5月采集大气湿沉降样品，分析长江口水域降水中营养盐含量和通量。

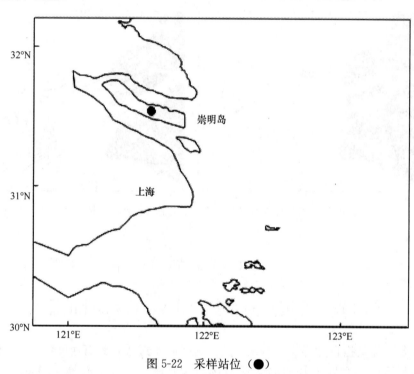

图 5-22　采样站位（●）

（一）降水中的营养盐浓度

　　以月作为统计单位，计算调查期间营养盐月平均浓度。月平均浓度采用浓度与降水量的加权平均值，其计算方法如下：

$$C = \sum_{i=1}^{n} C_i \cdot Q_i / \sum_{i=1}^{n} Q_i$$

式中，n 为该时间段内降水的次数；C_i 为第 i 次降水的离子浓度，μmol/L；Q_i 为第 i 次降水的降水量，mm。

　　图5-23为长江口地区降水中各种无机营养盐的月均浓度变化。结果表明，NO_3-N浓度在8月有一个最低值8.02μmol/L，之后迅速升高，至10月时达到一年中的最大值

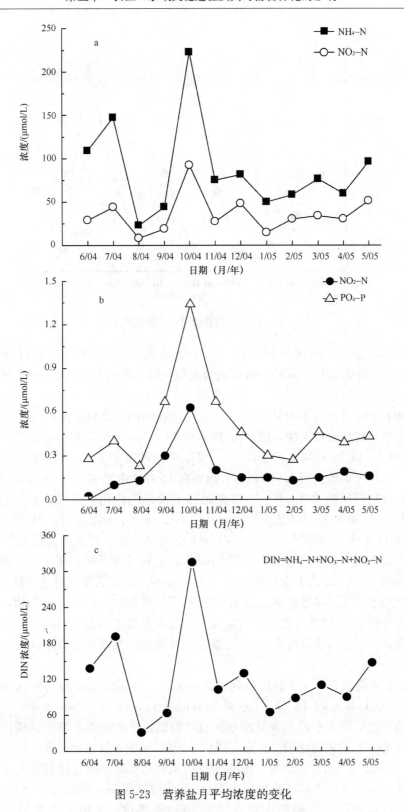

图 5-23　营养盐月平均浓度的变化

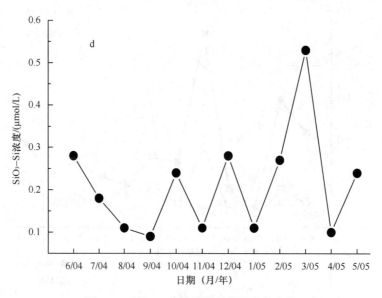

图 5-23（续）　营养盐月平均浓度的变化

92.23μmol/L，之后又迅速下降，2～4 月变化趋势比较平缓，浓度为 30.20～33.81μmol/L，变化不大，NO_3-N 浓度的最大值是最小值的 11.5 倍。NH_4-N 整体变化趋势与 NO_3-N 相类似，在 7 月有一个较高值 147.21μmol/L，8 月达到一年中的最小值 22.90μmol/L，10 月有一年中最大值，为 222.55μmol/L，之后浓度迅速降低，11 月至次年的 5 月变化趋势比较平缓，浓度为 49.80～96.17μmol/L，其最大值与最小值之间相差约 10 倍。NO_2-N 的浓度和 NO_3-N、NH_4-N 的浓度相差 2～3 个数量级，如图 5-23b 所示。NO_2-N 的最大值 0.63μmol/L 出现在 10 月，由于 NO_2-N 浓度比较低，大气湿沉降对长江口表层海水中 NO_2-N 浓度起到了稀释的作用。溶解无机氮（DIN）是 NH_4-N、NO_3-N 和 NO_2-N 的浓度总和，其中 NO_2-N 所占比例很小。崇明岛全年降水 DIN 中 71% 以 NH_4-N 形式存在，29% 以 NO_3-N 形式存在。DIN 的变化趋势与 NH_4-N 很相似，在 7 月时有一个较大值 191.31μmol/L，之后迅速下降，在 8 月达到全年最小值 31.05μmol/L，在 10 月有全年最大值 315.41μmol/L，之后浓度迅速降低，然后月平均浓度变化趋于平缓。降水中高含量的 DIN 对浮游植物的生长有重要作用，霍文毅等（2001a）在分析 1998 年 7 月胶州湾海域发生中肋骨条藻赤潮的原因时指出，藻华发生前有一场降雨，且各站表层海水 DIN 的浓度明显增高，为藻华的发生提供了必需的营养基础。

　　PO_4-P 在 8 月时有一年中的最小值 0.23μmol/L，之后迅速增加，在 10 月时达到全年最大值，为 1.34μmol/L，大约是最小值的 6 倍，如图 5-23b 所示。与 NO_3-N、NH_4-N浓度相比，降水中的 PO_4-P 浓度一直比较低，可能由于土壤中的磷肥较氮肥更难挥发，且 PO_4-P 的来源比较少。全年降水中 SiO_3-Si 的浓度均比较低，范围为 0.09～0.53μmol/L，最大值出现在 3 月。由于岩石的风化和土壤流失，使硅溶解于水中，随陆地径流输送到长江口水域，此水域中 SiO_3-Si 的浓度很高，而湿沉降中 SiO_3-Si 的浓度比较低，降水可以有效稀释水域表层的 SiO_3-Si 浓度，从而改变表层水体营养盐结构。

张国森等（2003b）对长江口地区嵊泗群岛 2000 年 5 月～2001 年 4 月的大气湿沉降样品进行了研究，降水中 NH_4-N 和 NO_3-N 的月均浓度都比 NO_2-N、PO_4-P、SiO_3-Si 浓度高，与笔者对崇明岛观测到的结果相同。嵊泗群岛的 DIN 组成在 7～10 月这段时期是 NO_3-N 的含量占优，占 DIN 的 61%～79%，其余月份是 NH_4-N 含量比较高，占 DIN 的 55%～75%，由图 5-23a 可以看出，崇明岛全年降水 DIN 组成中均是 NH_4-N 含量占优，这和张国森等对嵊泗群岛的研究结果有所不同，这也许是采样的崇明岛主要以农田为主，农业施肥在很大程度上影响着大气中无机氮的组成。

总之，崇明岛大气湿沉降中各营养盐浓度和长江口表层海水中营养盐浓度相比较，大气湿沉降会使表层海水中 NH_4-N、NO_3-N 的浓度增加，对表层海水中 NO_2-N、SiO_3-Si 的浓度起到了稀释的作用。

（二）降水的营养盐通量

1. 营养盐月湿沉降通量

崇明岛地处长江口，研究崇明岛营养盐的湿沉降通量，其结果可以近似反映长江口水域湿沉降的状况。计算公式如下：

湿沉降通量［$mmol/(m^2 \cdot 月)$］＝离子月平均加权浓度（mmol/L）×全月降水量（mm/月）。

图 5-24 反映崇明岛大气湿沉降中 DIN、PO_4-P 和 SiO_3-Si 月湿沉降通量的变化。DIN 湿沉降通量 6 月为 8.77mmol/($m^2 \cdot$ 月)，在 7 月达到全年最高值 12.89mmol/($m^2 \cdot$ 月)，之后迅速降低，8～11 月变化缓慢，湿沉降通量为 0.33～1.61mmol/($m^2 \cdot$ 月)。2004 年 12 月到次年 5 月湿沉降通量基本维持在一个较高的水平，此 6 个月湿沉降通量的平均值为 4.25mmol/($m^2 \cdot$ 月)。由图 5-24 可以看出，DIN 的湿沉降通量远远大于 PO_4-P、SiO_3-Si 的湿沉降通量，而且营养盐在夏季（6～8 月）的湿沉降通量明显高于其他季节，尤其高于秋季（9～11 月），这可能和降水量有着直接的关系。降水中的离子主要来源于大气中气溶胶颗粒和气体的溶解，夏季降水量大，对气溶胶粒子的清洗效率高，降水中离子的总量也就越多，使得夏季湿沉降通量高于其他季节。Whitall 等（2003）对美国北卡罗来纳州纽斯河口地区湿沉降的研究也表明，该地区氮沉降通量季节性变化明显，其通量最大值也出现在夏季。总之，大气传输过程不仅能使大量陆源物质进入水体，而且其通量可能接近于由河流等点污染源输送注入水体的污染物质通量，且具有突发性的特点，对水体的富营养化有重大影响（Luo et al.，2007）。

2. 营养盐年湿沉降通量

全年调查期间崇明岛地区可溶性无机氮、PO_4-P、SiO_3-Si 的湿沉降通量分别为 52.02mmol/($m^2 \cdot a$)、0.17mmol/($m^2 \cdot a$)、0.10mmol/($m^2 \cdot a$)。其中湿沉降通量最大的是 NH_4-N 为 37.29mmol/($m^2 \cdot a$)，其次是 NO_3-N 为 14.67mmol/($m^2 \cdot a$)，而

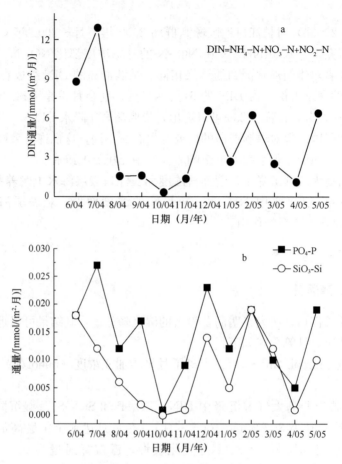

图 5-24　营养盐月湿沉降通量

NO_2-N、PO_4-P、SiO_3-Si 的湿沉降通量都很低。崇明岛大气气溶胶中主要含 NH_4-N 和 NO_3-N，推测崇明岛大气湿沉降受到了当地土壤化肥挥发和工业废气排放的影响（Cornell et al.，2001）。大气氮湿沉降不仅能够引起水体酸化（Krusehe et al.，2003），而且会加重水体富营养化，进而打破整个生态系统的平衡，影响生态系统的稳定性。由于氮的降水输入被认为是海域高含量无机氮的主要来源（沈志良等，2001），所以氮通过大气湿沉降向海洋的输送得到了广泛研究，表 5-11 是世界部分近海大气氮沉降情况。

表 5-11　世界部分近海的大气氮沉降情况

海区	湿沉降通量/［mmol/(m^2·a)］	参考文献
北大西洋沿岸	23	Galloway et al.，1996
北海南部	71	Spokes et al.，1993
特拉华湾	75	Russell et al.，1998
中国长江口	52	付敏等，2008
中国黄海沿岸	21	张金良等，2000

　　比较氮的湿沉降通量的空间变化不难发现，雨水样品中的氮含量高低受当地的经济发展水平和当地农业活动的影响，一般认为采样地点临近工业、农业发达地区，雨水中NO_3-N 和 NH_4-N 含量就偏高。

　　营养盐可以通过大气湿沉降直接输入海洋，还可以随雨水降到陆地，通过地面径流再间接输入到水域中，降水对河口水域营养输入除了直接输入和间接输入外，还通过冲刷和浸溶作用将陆地上大量的营养盐带入水体，加速水体短期富营养化。因此大气湿沉降对海洋的营养盐输入通量还应包括很大部分陆地降水再流入，而这部分以前往往都计算在河流中（赵卫红和王江涛，2007）。因此实际大气湿沉降营养盐通量应大于笔者以上计算的理论值，是长江口水域营养盐的重要来源。

二、长江口地区降水中营养盐的年际变化

　　随着经济的发展，城市规模不断扩大、人口不断增长，人类活动加剧了对大气的污染，从而也影响到降水中的营养盐含量。以上海大气湿沉降中氮为例：如图 5-25 所示，1991～1997 年，NO_3-N 和 NH_4-N 基本上呈上升的趋势，而随后有所回落，但两者之和平均在 158μmol/L，仍保持在一个较高的浓度水平，而且远远超出国家《海水水质标准》中 4 类水质标准，远大于 Seinfeld 和 Pandis（1998）采用的富营养水体中氮浓度阈值（0.2mg/L）。

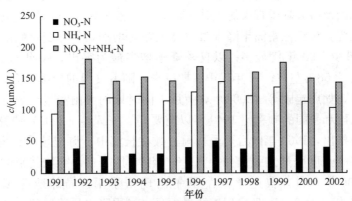

图 5-25　上海历年降水中硝酸氮和氨氮的含量变化（数据引自邓焕广等，2004）

　　从 1998～2003 年湿沉降通量变化来看（表 5-12），近几年通过湿沉降输入到上海地区湿地氮营养盐的年通量较高，且年际间变化较大：如硝态氮平均为 31.5kg/hm^2，1999 年最大达到 38.8kg/hm^2，是 2003 年的 1.5 倍；铵态氮平均 26.6kg/hm^2，最大的 1999 年达到 38.9kg/hm^2，是 2003 年的 2.0 倍；总无机氮（TIN）均在 50.0kg/hm^2 以上，平均 58.1kg/hm^2，最大年通量是最小年通量的 1.7 倍（张修峰，2006）。

表 5-12　1998～2003 年上海地区大气氮湿沉降通量（kg/hm²）

年份	NO_3-N	NH_4-N	TIN
1998	26.9	25.7	52.5
1999	38.8	38.9	77.8

续表

年份	NO$_3$-N	NH$_4$-N	TIN
2000	26.8	24.5	51.2
2001	34.3	25.5	59.9
2002	36.0	25.3	61.2
2003	26.5	19.6	46.2
平均	31.5	26.6	58.1

资料来源：张修峰，2006。

三、长江口地区湿沉降的特点及其对富营养化的作用

（一）降雨短期营养盐的输入强度

　　长江口地区常风向是北—东北风（NNE）及东—东南（ESE），全年大于 6 级大风有 41 天。年平均降水为 1030mm，年平均降雨 118 天。一般把日降水量小于 10mm 的降水定义为小雨，10～25mm 的降水定义为中雨，25～50mm 的降水定义为大雨，50～100mm 的降水为暴雨，100～200mm 的降水为大暴雨，大于 200mm 的降水为特大暴雨。长江口地区多年平均雷暴雨日数 15.4 天，年最多雷暴雨日数 22 天。降雨具有突发性，特别是暴雨及特大暴雨带来的短时间降水对生态环境的影响是不容忽视的。徐家良等（2004）认为，长江三角洲年降水量总体上略有增加，年际变化幅度较大，20 世纪 60 年代降水最少，90 年代最多；以夏季降水增多最为突出，90 年代较 60 年代增加 200mm，增幅达 58％左右；80 年代中后期以来，随着气温的持续上升，有暴雨出现日数增多的趋势。如周建康等（2003）对南京不同时期的大雨和暴雨统计表明，1950 年以后南京的大雨和暴雨的频率比 1949 年以前要高。陈辉等（2001）研究了我国长江中下游降水特征指出，1960 年以后夏季暴雨日数在长江中下游流域明显增多，洪涝灾害频发，且降水的强度明显加强。如上海 1991 年 8 月 7 日，突如其来的特大暴雨达到 44mm/h；2000 年 8 月，曾连续 4 个下午出现雷暴雨，局部地区 1h 雨量达 90～100mm；2001 年 8 月 5～10 日出现连续暴雨日，过程降水量普遍超过 280mm，部分监测站达到了 500mm 以上（杨育强，2002），创下有气象记录 128 年以来的最高。高强度的降水可在短时间内携带大量的营养盐入海。随着时间的推移，在温室效应作用下我国长江口地区的暴雨日数极有可能显著增加（徐良炎和姜允迪，2005），暴雨对于海水表层营养盐输入的短期效应会更加明显。

　　2004 年 6 月至 2005 年 5 月对长江口海域崇明岛大气湿沉降调查发现其降水主要集中在夏季和冬季，且营养盐的短期输入通量很大。分析收集到的 31 个降水样品，将每次降水中营养盐输入总通量换算成 1h 的平均输入通量。DIN 通量大于 100μmol/(m^2·h) 的样品有 8 个，其余样品的 DIN 输入通量如图 5-26a 所示，所有样品的 DIN 通量均大于 10μmol/(m^2·h)；PO$_4$-P 输入通量大于 0.35μmol/(m^2·h) 的样品有 8 个，其余样品的 PO$_4$-P 通量分布如图 5-26b 所示，所有样品的 PO$_4$-P 通量均大于 0.025μmol/(m^2·h)。

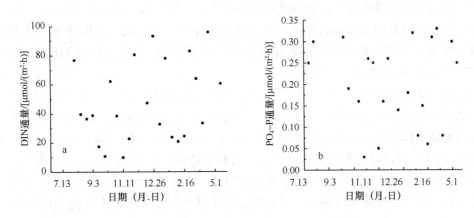

图 5-26　营养盐每小时平均输入通量

强降水持续时间相对较短，但短期输入通量很大，所有的样品 1h 输入通量均高于长江口营养盐年输入强度［DIN 为 9.5μmol/(m² · h)，PO₄-P 为 0.0084μmol/(m² · h)]（赵卫红和王江涛，2007)，强降水在短期内携带大量营养盐入海，可以刺激浮游植物的生长。从图 5-26a 可看出大气湿沉降对长江口水域氮的输入起到了很关键的作用，长期以来氮的降水输入被认为是长江口海域高含量无机氮的主要来源（沈志良等，2001)。有研究发现，在 Sargasso 海的低营养盐海区，40% 的突发性降水可以提供表层海水中每天所需的一半氮营养盐（Owens et al.，1992)。

氮在降水中的含量与氮的排放量密切相关（Bartnicki and Alcamo，1989)，随着长江口区域工业化程度的不断提高，矿物燃料大量使用，排放到大气中的 NO_x 不断增加，农业活动中化肥、家畜粪便氨态氮的挥发和含氮有机物的燃烧等，导致大气湿沉降中氮的输入通量不断增加，加重了水体富营养化。从 20 世纪 70 年代初到现在长江口无机氮入海总量逐年增加，且增长幅度较大（李茂田和程和琴，2001)。

(二) 降水中的营养盐结构

氮、磷、硅是海洋浮游生物生长繁殖所必需的营养物质，营养盐的组成结构对浮游植物的群落结构、种群竞争也能起到至关重要的作用。本研究调查期间，崇明岛降水中 N/P 值为 69.53~651.48；Si/N 值为 0.0002~0.0068；Si/P 值为 0.09~1.73。降水样品中 Si/N 值远远小于通常情况下海洋浮游植物生长所需要的 Si/N=1/1，而 N/P 值远远大于浮游植物生长所需要的 N/P=16/1，N/P 最大值超过正常比值约 40 倍。近年来，随着长江口地区人口的增长和工业的发展，氮的排放量逐年增加，由于磷酸盐的来源有限，所以大气湿沉降中 N/P 值增加很快，同时，耕作用的氮肥与磷肥施用比达 10~20 或更高，而且氮相对于磷更容易从土壤中流失，因此，降水中有很高的 N/P 值，这在一定程度上加剧了长江口及其邻近海区的富营养化。为了证明大气湿沉降对浮游植物的这种刺激作用，Zou 等（2000）通过在黄海水域现场添加雨水进行浮游植物培养实验发现，添加雨水组的叶绿素 a 含量远远高于未添加雨水的对照组。大气湿沉降中氮主要是无机形态，无机氮在短期内对浮游植物生长的作用比有机氮更为重要，因为无机氮可利用性高，降水可以刺激细菌和浮游植物的生长（Peierls and Paerl，1997）。随着全球人口的增长和工农业的发展，氮的排放量逐年增加，大气湿沉降中 N/P 值增加很快，据专家预测，到 2030 年全球氮肥的用量将突破 1.3×10^9 t（Vitousek et al.，1997），N/P 值可能会进一步增长。

崇明岛降水 DIN 中 NH_4^+ 的含量占优，这与梅雪英和张修峰（2007）对上海地区氮的湿沉降研究结果有所不同。崇明岛全年降水 DIN 中 70.9％以 NH_4^+ 形式存在，而长江口水域 DIN 中 94％～95％是以 $NO_3\text{-}N$ 的形式存在（徐韧等，1994）。Bronk 等（1994）认为，当海域中存在高浓度的硝酸盐和铵盐时，浮游植物优先摄取铵盐，只有在铵盐不能满足其生长的情况下才能摄取硝酸盐，许多藻类营养吸收动力学实验也证明了这一点。也就是说降水能够在短时间内给长江口表层海水带来丰富的 NH_4^+，使得对 NH_4^+ 有强利用能力的浮游植物迅速繁殖起来。值得注意的是，中国和日本、美国降水的化学组成有很大不同，雨水中离子总浓度以中国为最高，分别比日本和美国高 1.3 倍和 2.5 倍，且中国雨水中 NH_4^+ 的浓度特别高（黄美元等，1993），说明中国大气湿沉降中的离子浓度受陆源影响很大。

（三）降水过程的其他效应

1. pH 和盐度

2004 年 6 月～2005 年 5 月，崇明岛全年降水主要集中在夏、冬两季，如图 5-27 所示，约占总降水量的 74％，而秋季的降水量较少；降水频率也有相类似的变化。观察 pH 的季节变化（图 5-28）可以看出，pH 的季节变化趋势与降水量没有很明显的关系。降水中 H^+ 的浓度与多种离子有关，降水的酸性是 $NO_3\text{-}N$、SO_4^{2-}、NH_4^+ 和 Ca^{2+} 等离子综合作用的结果（毕木天等，1992）。Seinfeld 和 Pandis（1998）认为在洁净的大气中，降水的 pH 应该为 5.00～5.60，崇明岛全年降水 pH 为 4.38～7.20，pH 的变化范围很大，说明由人类活动产生的污染物对大气湿沉降有影响。Nagamoto 等（1990）总

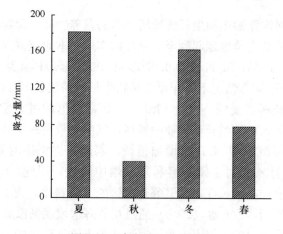

图 5-27　降水量的季节变化

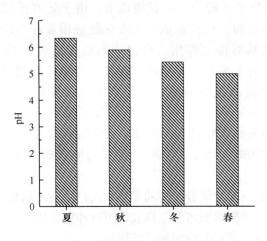

图 5-28 pH 的季节变化

结了人类活动对降水中离子含量的影响，认为离岸越近的海域大气湿沉降中离子含量越高。本研究以 pH 5.00 作为判断酸雨的标准（刘嘉麒，1996），31 个样品中酸雨频率为 16.1%。一般来说，冬季（12 月至次年 2 月）燃煤较多，NO_x 和 SO_2 等酸性气体排放量较高，最低 pH 理应出现在冬季。而本次研究中最低 pH 出现在 3 月（春季），这可能由于冬季气候干燥，空气中有大量的沙尘颗粒，其中的 $CaCO_3$ 等碱性颗粒可以中和大气中的酸性成分；再加上冬季土壤中化学肥料容易挥发，挥发的氨气是一种碱性气体，很容易中和空气中的酸性气体，使冬季降水的 pH 变高。夏季大气湿沉降样品 pH 最高，可能由于降水量大，H^+ 浓度得到了稀释。总之，降水可以影响海水表层的 pH，使得浮游植物种群之间产生激烈的竞争，对海洋生态系统造成一定的影响（Soares and Pearson，1997；Bates et al.，1990）。

大气湿沉降不仅可以影响海水的 pH，还可以影响海水的盐度。盐度也是影响藻类生长的一个重要因素，盐度太高或太低都不利于藻类的生长。王保栋（1998）研究了长江口及其邻近海域表层盐度的平面分布，在长江口藻华高发区内盐度为 30 左右。而对于长江口水域优势藻华种类——中肋骨条藻（*Skeletonema costatum*）来说，在盐度为 19.2 的咸淡混合水中最适合其生长（李金涛等，2005）。2003 年 6 月中下旬长江口外海区发生了大面积赤潮现象，叶绿素 a 的分布在近口门侧呈双峰结构，叶绿素 a 分布位置和形状与冲淡水的扩展基本一致（朱建荣等，2005）。长江口水域的强降水不但带来丰富的营养盐，还可以增加海水中的溶解氧，促进藻华生物的繁殖（王正方等，2000）。

2. 对陆地冲刷作用

降水不但对河口水体营养盐有直接的输入，还通过冲刷和浸溶作用将陆地上大量的营养盐带入水体，加速水体短期富营养化。据 Nollkaemper（1994）统计，每年由暴雨冲刷、并经径流携带入海的物质占全球陆源入海通量的 50% 以上，因此冲刷作用对水体营养盐的贡献不可忽视。

　　长江流域地形以山地丘陵为主，长期以来，由于陡坡开荒和乱砍滥伐等导致一些山丘地区水土流失加剧。长江流域的农业化肥施用量在不断增长，暴雨径流对农田氮和磷养分的损失具有很大作用，模拟降雨径流试验结果显示在 72mm/h 暴雨条件下，地表径流氮流失量与径流量成正相关；在未施用肥料的情况下，颗粒氮是氮随农田地表径流流失的主要形式，占径流中氮浓度的 96％以上；施用肥料后，径流中溶解氮浓度占总氮浓度的 35％以上（黄满湘等，2001）。而对于磷的流失，径流溶解磷中绝大部分是生物可利用性磷，随着降雨强度和径流区坡度增加，径流水土比和水土混合作用时间增加，有利于更多的溶解磷进入径流水中（黄满湘等，2003a，2003b）。

　　长江口区域工农业发达，随着经济的发展和人口的不断增加，生活污水和工业污水的日产生量不断增加。暴雨对城市污水排放管道有冲刷作用，也加速了污水的排放，使长江口水域营养盐含量在短时间内能够迅速增加。

（四）藻华与降水过程的关系

　　强降水对于海水中营养盐的组分以及比例和海水的富营养化水平有着密切关系。从已有的藻华监测数据来看，藻华发生前有时伴有强降水过程。Marchetti 等（1988）调查分析了意大利亚得里亚海在最近 100 年发生的藻华事件，发现 1975 年之后亚得里亚海西北部经常暴发藻华，藻华多出现在靠近意大利波河的近岸海域，一般发生于内陆地区大面积降雨之后的 6～9 天。龚强等（1999）根据 1998 年 8～10 月渤海海域赤潮实况与 7～10 月的有关气象要素资料分析了气象条件对藻华的诱发作用，认为 7 月大量的陆面降水对藻华形成有重要影响。1998 年在我国华南沿海 3 月出现了比较严重的藻华，孙冷和黄朝迎（1999）在分析藻华暴发的原因时发现，在福建、广东等地 2 月中旬后期出现历史同期少见的暴雨天气，并造成洪涝。霍文毅等（2001a，2001b）在分析了 1998 年 7 月胶州湾海域发生中肋骨条藻藻华的原因时指出，藻华发生前，降雨导致表层海水无机氮的浓度明显增高，诱发了藻华的发生。在美国的切萨皮克湾，也发现极端天气条件带来的淡水输入能够显著改变浮游植物现存量和分布格局（Roman et al.，2005；Yeager et al.，2005）。其他一些相关研究也发现暴发藻华的天气条件有其共性，通常藻华发生前有陆面降水过程（王朝晖等，2001；龚强等，2000；王建林等，1997；张水浸，1993）。

　　对长江口水域大气湿沉降研究时，笔者亦发现藻华发生前有时有大量的陆面降水过程（表 5-13）。2004 年 5 月 30 日在站位 122°59′E、31°40′N 处 7h 降雨 47.54mm，导致大量营养盐入海，6 月 1 日长江口水域暴发大面积藻华；2004 年 7 月 14 日崇明岛出现了大暴雨，在随后的 7 月 22 日长江口附近海域有大面积藻华发生，主要藻华生物为中肋骨条藻，等等。因此，近岸的大量降水可以导致输入长江口水域的各类营养盐负荷骤然增加，诱发藻华的暴发。

表 5-13　藻华的暴发与强降水关系示例

年份	地点	赤潮暴发前天气特征	赤潮规模	参考文献
1998	华南沿海	2 月中旬后期有暴雨	3 月出现比较严重的藻华	孙冷和黄朝迎（1999）
1998	胶州湾海域	6 月 30 日和 7 月 1 日有降雨	7 月 3 日暴发中肋骨条藻藻华	霍文毅等（2001a，2001b）
1998	深圳湾海域	4 月 26～27 日降大暴雨，日降雨量为 126mm	4 月 28 日暴发环节沟藻藻华，面积约 200km^2	王朝晖等（2001）
2003	长江口海域	8 月上旬上海局部地区先后出现三场强雷暴雨	8 月 17 日、8 月 28 日和 30 日大面积中肋骨条藻藻华暴发	上海市海洋与渔业局（2004）
2004	长江口海域	5 月 30 日长江口外海域 7h 降雨 47.54mm	6 月 1 日暴发中肋骨条藻藻华，面积约 400km^2	上海市海洋局（2005）
2004	长江口海域	7 月 14 日崇明岛出现了大暴雨，日雨量最大为 106.2mm	7 月 22 日暴发中肋骨条藻藻华	上海市海洋局（2005）
2004	长江口海域	8 月 22 日上海普降暴雨，局部有大暴雨	8 月 20～24 日暴发大面积中肋骨条藻藻华	上海市海洋局（2005）
2005	长江口海域	5 月 13～15 日长江口海域日降雨 20.91mm	5 月 24 日～6 月 1 日暴发藻华，主要为中肋骨条藻、海链藻，面积约 7000km^2	国家海洋局（2006）

（本节著者：赵卫红　付　敏）

参 考 文 献

毕木天，陈旦华，栗新，等. 1992. 广州市白云山、电视塔春季酸性降水的研究. 环境化学，11（6）：26～33

陈辉，施能，王永波. 2001. 长江中下游气候的长期变化及基本态特征. 气象科学，21（1）：44～53

陈沈良，张国安，杨世伦，等. 2004. 长江口水域悬沙浓度时空变化与泥沙再悬浮. 地理学报，59（2）：160～166

陈水土，阮五琦. 1996. 台湾海峡上升流区氮、磷、硅的化学特性及输送通量估算. 海洋学报，18（3）：36～44

邓焕广，陈振楼，姚春霞. 2004. 上海酸雨变化及对策. 云南地理环境研究，16（1）：29～32

付敏，赵卫红，王江涛，等. 2008. 大气湿沉降对长江口水域营养盐的贡献. 环境科学，29（10）：2703～2709

龚强，韩玺山，陈鹏狮. 2000. 气象卫星遥感在监测辽宁近海赤潮中的应用. 辽宁气象，3：25～26

龚强，张淑杰，韩玺山，等. 1999. 1998 年渤海赤潮发生与气象条件关系初探. 辽宁气象，2：18～21

国家海洋局. 2006-01-01. 7. 海洋赤潮. 2005 年中国海洋环境质量公报

韩舞鹰，马克美. 1988. 粤东沿岸上升流的研究. 海洋学报，10（1）：52～59

何青，孙军，栾青杉，等. 2007. 长江口及其邻近水域冬季浮游植物群集. 应用生态学报，18（11）：2559～2566

贺松林, 孙介民. 1996. 长江河口最大浑浊带的悬沙输移特征. 海洋与湖沼, 27 (1)：60～66

侯立军, 陆健健, 刘敏, 等. 2006. 长江口沙洲表层沉积物磷的赋存形态及生物有效性. 环境科学学报, 26 (3)：488～494

黄满湘, 张国梁, 张秀梅, 等. 2003a. 官厅流域农田地表径流磷流失初探. 生态环境, 2 (2)：139～144

黄满湘, 章申, 唐以剑, 等. 2001. 模拟降雨条件下农田径流中氮的流失过程. 土壤与环境, 10 (1)：6～10

黄满湘, 周成虎, 章申, 等. 2003b. 北京官厅水库流域农田地表径流生物可利用磷流失规律. 湖泊科学, 15 (3)：118～124

黄美元, 植田洋匡, 刘帅仁. 1993. 中国和日本降水化学特性的分析比较. 大气科学, 17 (1)：27～38

霍文毅, 俞志明, 邹景忠, 等. 2001b. 胶州湾中浮动弯角藻赤潮生消动态过程及其成因分析. 水产学报, 25 (3)：222～226

霍文毅, 俞志明, 邹景忠. 2001a. 胶州湾中肋骨条藻赤潮与环境因子的关系. 海洋与湖沼, 32 (5)：311～318

雷鹏飞. 1984. 浙江近海上升流速度及其营养盐通量计算. 海洋湖沼通报, 2：22～26

李金涛, 赵卫红, 杨登峰, 等. 2005. 长江口海水盐度和悬浮体对中肋骨条藻生长的影响. 海洋科学, 29 (1)：34～37

李茂田, 程和琴. 2001. 近 50 年来长江入海溶解硅通量变化及其影响. 中国环境科学, 21 (3)：193～197

刘昌岭, 任宏波, 陈洪涛, 等. 2003. 黄海及东海海域大气降水中的重金属. 海洋科学, 27 (9)：64～68

刘东艳, 孙军, 陈宗涛, 等. 2002. 不同氮磷比对中肋骨条藻生长特性的影响. 海洋湖沼通报, (2)：39～44

刘嘉麒. 1996. 降水背景值与酸雨定义研究. 中国环境监测, 12 (5)：5～9

梅雪英, 张修峰. 2007. 上海地区氮素湿沉降及其对农业生态系统的影响. 中国生态农业学报, 15 (1)：16～18

宁修仁, 史君贤, 蔡昱明, 等. 2004. 长江口和杭州湾海域生物生产力锋面及其生态学效应. 海洋学报, 26 (6)：96～106

潘定安, 沈焕庭, 茅志昌. 1999. 长江口浑浊带的形成机理与特点. 海洋学报, 21 (4)：62～69

潘玉萍, 沙文钰. 2004. 夏季闽浙沿岸上升流的数值研究. 海洋通报, 23 (3)：1～11

上海市海洋局. 2005-04-01. 4. 海洋赤潮. 2004 年上海市海洋环境质量公报

上海市海洋与渔业局. 2004-04-01. 4. 海洋赤潮. 2003 年上海市海洋环境质量公报

沈焕庭, 潘安定. 2001. 长江河口最大浑浊带. 北京：海洋出版社：1～194

沈新强, 胡方西. 1995. 长江口外水域叶绿素 a 的基本特征. 中国水产科学, 2 (1)：71～80

沈志良, 刘群, 张淑美, 等. 2001. 长江和长江口高含量无机氮的主要控制因素. 海洋与湖沼, 32 (5)：465～473

沈志良, 陆家平, 刘兴俊, 等. 1992. 长江口区营养盐的分布特征及三峡工程对其影响//中国科学院海洋研究所. 海洋科学集刊 (33). 北京：科学出版社：109～130

沈志良. 1991. 三峡工程对长江口及其附近海域营养盐分布变化影响的研究. 海洋与湖沼, 22 (6)：540～546

沈志良. 1993. 长江口海区理化环境对初级生产力的影响. 海洋湖沼通报, (1)：47～51

宋宇然, 于志刚, 陈洪涛, 等. 2006. 青岛地区大气湿沉降中营养盐的初步研究. 科技信息, 2：11～12

孙军, 刘东艳, 柴心玉, 等. 2006. 夏季莱州湾及潍河口浮游植物粒级生物量和脱镁色素的分布. 海洋与湖沼, 37 (Sup.)：348～359

孙军, 刘东艳, 陈宗涛, 等. 2004. 不同氮磷比对青岛大扁藻、新月柱鞘藻和米氏凯伦藻生长影响及其生存策略研究. 应用生态学报, 15 (11)：2122～2126

孙军, 刘东艳, 钟华, 等. 2003. 浮游植物粒级研究方法的比较. 青岛海洋大学学报, 33 (6)：917～924

孙冷, 黄朝迎. 1999. 赤潮及其影响. 灾害学, 14 (2)：51～54

王保栋. 1998. 长江冲淡水的扩展及其营养盐的输运. 黄渤海海洋, 16 (2)：41～47

王朝晖, 齐雨藻, 尹伊伟, 等. 2001. 1998 年春深圳湾环节环沟藻赤潮及其发生原因的探讨. 海洋科学, 25 (3)：47～50

王桂云, 臧家业. 1987. 东海海洋化学要素含量及其分布//国家海洋局第一海洋研究所. 黑潮调查研究论文集. 北京：海洋出版社：267～284

王建林, 黄羽庭, 林永水. 1997. 雨季营养盐输入对大鹏湾赤潮发生的影响//林永水. 近海富营养化与赤潮. 北京：

海洋出版社：75～81

王正方，张庆，吕海燕，等. 2000. 长江口溶解氧赤潮预报简易模式. 海洋学报，22（4）：125～129

吴丽云，阮五琦. 1991. 闽南-台湾浅滩渔场上升流区营养盐的研究//洪华生. 闽南-台湾浅滩渔场上升流区生态系研究. 北京：科学出版社：169～178

徐家良，柯晓新，周伟东. 2004. 长江三角洲城市地区气候变化及其影响//洪华生. 首届长三角科技论坛——气象科技发展论坛文化文集. 中国杭州. 268～277

徐良炎，姜允迪. 2005. 2004 年我国天气气候特点. 气象，31（4）：35～39

徐韧，洪君超，王桂兰，等. 1994. 长江口及其邻近海域的赤潮现象. 海洋通报，13（5）：25～29

杨光复，吴景阳，高明德，等. 1992. 三峡工程对长江口区沉积结构及地球化学特征的影响//中国科学院海洋研究所. 海洋科学集刊（33）. 北京：科学出版社：69～108

杨红，李纲，金成法. 2005. 长江口及邻近海域磷酸盐的再生和垂直通量. 上海水产大学学报，14（2）：162～167

杨育强. 2002. 区域数值模式在长江下游地区持续性暴雨预报中的作用. 气象科技，30（5）：273～277

张国森，陈洪涛，张经，等. 2003a. 东、黄海大气湿沉降中常量阴离子组分的研究. 矿物岩石地球化学通报，22（2）：159～162

张国森，陈洪涛，张经，等. 2003b. 长江口地区大气湿沉降中营养盐的初步研究. 应用生态学报，14（7）：1107～1111

张金良，于志刚，张经，等. 2000. 黄海西部大气湿沉降（降水）中各元素沉降通量的初步研究. 环境化学，19（4）：352～356

张启龙，王凡. 2004. 舟山渔场及其邻近海域水团的气候学分析. 海洋与湖沼，35（1）：48～54

张水浸. 1993. 厦门港 Eucampia zoodiacus 赤潮形成过程及其成因分析//国家海洋局第三海洋研究所. 厦门港赤潮调查研究论文集. 北京：海洋出版社：19～28

张修峰. 2006. 上海地区大气氮湿沉降及其对湿地水环境的影响. 应用生态学报，17（6）：1099～1102

张岩松，章飞军，郭学武，等. 2004. 黄海夏季水域沉降颗粒物垂直通量的研究. 海洋与湖沼，35（3）：230～237

赵保仁，乐肯堂，朱兰部. 1992. 长江口海域温、盐度分布的基本特征和上升流现象. 海洋科学集刊，33：15～26

赵保仁，任广法，曹德明，等. 2001. 长江口上升流海区的生态环境特征. 海洋与湖沼，32（3）：327～333

赵保仁. 1993. 长江口外的上升流现象. 海洋学报，15（2）：106～114

赵卫红，王江涛. 2007. 大气湿沉降对营养盐向长江口输入及水域富营养化的影响. 海洋环境科学，26（3）：208～216

周建康，黄红虎，唐运忆，等. 2003. 城市化对南京区域降水量变化的影响. 长江科学院院报，20（4）：44～46

周名江，颜天，邹景忠. 2003. 长江口邻近海域赤潮发生区基本特征初探. 应用生态学报，14（7）：1031～1038

朱德弟，潘玉球，许卫忆，等. 2003. 长江口外赤潮频发海区水文分布特征分析. 应用生态学报，14（7）：1131～1134

朱建荣，丁平兴，胡敦欣. 2003. 2000 年 8 月长江口外海区冲淡水和羽状锋的观测. 海洋与湖沼，34（3）：249～255

朱建荣，王金辉，沈焕庭，等. 2005. 2003 年 6 月中下旬长江口外海区冲淡水和赤潮的观测及分析. 科学通报，50（1）：59～65

朱建荣. 2003. 夏季长江口外水下河谷西侧上升流产生的动力机制. 科学通报，48（22）：2488～2492

Allen G P, Salomon J C, Bassoullet P, et al. 1980. Effects of tides on mixing and suspended sediment transport in macrotidal estuaries. Sedimentary Geology，26：69～90

Bai X Z, Hu D X. 2004. A numerical study on seasonal variations of the Taiwan Warm Current. Chinese Journal of Oceanology and Limnology，22：278～285

Bartnicki J, Alcamo J. 1989. Calculating nitrogen deposition in Europe. Water, Air & Soil Pollution，47（2）：101～123

Bates J W, Bell J N B, Farmer A M. 1990. Epiphyte recolonization of oaks along a gradient of air pollution in South-East England. Environmental Pollution，68（1-2）：81～99

Beardsley R C, Limeburner R, Le K T, et al. 1983. Structure of the Changjiang river plume in the East China Sea during June 1980. In：Acta Oceanologica Sinica. Proceedings of the International Symposium on Sedimentation on the Continental Shelf, with Specials Reference to the East China Sea. Hangzhou: China Ocean Press: 1: 265~284

Bjorkman K, Karl D M. 1994. Bioavailability of inorganic and organic phosphorus compounds to natural assemblages of microorganisms in Hawaiian coastal waters. Marine Ecology Progress Series, 111: 265~273

Blasco D, Estrada M, Burton J. 1980. Relationship between the phytoplankton distribution and composition and the hydrography in the northwest African upwelling region near Cabo Corbeiro. Deep-Sea Res, 27A: 799~821

Blasco D, Estrada M, Jones B H. 1981. Short time variability of phytoplankton populations in upwelling regions-the example of Northwest Africa. *In*: Richard F. Proceedings of the International Symposium on Coastal Upwelling. LA: American Geophysical Union: 339~347

Bloesch J, Burns N M. 1980. A critical review of sedimentation trap technique. Schweiz Z Hydrol, 42: 15~55

Bowes M J, House W A. 2001. Phosphorus and dissolved silicon dynamics in the River Swale catchment, UK: a mass-balance approach. Hydrological Processes, 15: 261~280

Bronk D A, Glibert P M, Ward B B. 1994. Nitrogen uptake, dissolved organic nitrogen release, and new production. Science, 265: 1843~1846

Burkholder J M. 2001. Beyond algal blooms, oxygen deficits and fish kills: Chronic, long-term impacts of nutrient pollution on aquatic ecosystems. *In*: Bendell-Young L, Gallagher P. Waters in Peril. Norwell: Kluwer Academic Publishers: 103~126

Calmano W. 1981. Potentially bioavailable phosphorus in sediments of the Weser Estuary. Environmental Technology Letter, 2: 443~448

Carman R, Wulff F. 1989. Adsorption capacity of phosphorus in Baltic Sea sediments. Estuar Coast Shelf Sci, 29: 447~456

Chambers R M, Fourqurean J W, Hollibaugh J T, et al. 1995. Importance of terrestrially-derived, particulate phosphorus to phosphorus dynamics in a west-coast estuary. Estuaries, 18: 518~526

Chen Y L L, Chen H Y, Gong G C, et al. 2004. Phytoplankton production during a summer coastal upwelling in the East China Sea. Continental Shelf Research, 24: 1321~1338

Chen Y L L, Lu H, Shiah F, et al. 1999. New production and f-ratio on the continental shelf of the East China Sea: comparisons between nitrate inputs from the subsurface Kuroshio Current and the Changjiang River. Estuarine, Coastal and Shelf Science, 48: 59~75

Chung C S, Hong G H, Kim S H, et al. 1998. Shore based observation on wet deposition of inorganic nutrients in the Korean Yellow Sea coast. The Yellow Sea, 4: 30~39

Conley D J, Smith W M, Cornwell J C, et al. 1995. Transformation of particle-bound phosphorus at the land-sea interface. Estuarine, Coastal and Shelf Science, 40: 161~176

Cornell S E, Mace K, Coeppicus S, et al. 2001. Organic nitrogen in Hawaiian rain and aerosol. Journal of Geophysical Research Atmospheres, 106: 7973~7983

Cui A, Street R. 2004. Large-eddy simulation of coastal upwelling flow. Environmental Fluid Mechanics, 4: 197~223

Dumont E, Harrison J H, Kroeze C, et al. 2005. Global distribution and sources of dissolved inorganic nitrogen export to the coastal zone: results from a spatially explicit, global model. Global Biogeochemical Cycles, 19: GB4S02, doi: 10. 1029/2005GB002488

Edmond J M, Boyle E A, Grant B, et al. 1981. The chemical mass balance in the Amazon plume. 1: The nutrients. Deep-Sea Research, 28: 1339~1374

Edmond J M, Spivack A, Grant B C, et al. 1985. Chemical dynamics of the Changjiang Estuary. Continental Shelf Research, 4: 17~36

Fang T H. 2000. Partitioning and behaviour of different forms of phosphorus in the Tanshui estuary and one of its tributaries, Northern Taiwan. Estuarine, Coastal and Shelf Science, 50: 689~701

Ferreira J G, Wolff W J, Simas T C, et al. 2005. Dose biodiversity of estuarinephytoplankton depend onhydrology?

Ecological Modelling, 187: 513~523

Fisher T R, Harding Jr L W, Stanley D W, et al. 1988. Phytoplankton, nutrients, and turbidity in the Chesapeake, Delaware, and Hudson estuaries. Estuarine, Coastal and Shelf Science, 27: 61~93

Fox L E, Lipschultz F, Kerkhof L, et al. 1987. A chemical survey of the Mississippi Estuary. Estuaries, 10: 1~12

Fox L E, Sager S L, Wofsy S C. 1985. Factors controlling the concentrations of soluble phosphorus in the Mississippi Estuary. Limnology and Oceanography, 30: 826~832

Fox L E, Sager S L, Wofsy S C. 1986. The chemical control of soluble phosphorus in the Amazon estuary. Geochimica Cosmochimica Acta, 50: 783~794

Froelich P N. 1988. Kinetic control of dissolved phosphate in natural rivers and estuaries: a primer on the phosphate buffer mechanism. Limnology and Oceanography, 33: 649~668

Galloway J N, Howarth R W, Michaels A F, et al. 1996. Nitrogen and phosphorus budgets of the North Atlantic Ocean and its watershed. Biogeochemistry, 35 (1): 3~25

Gebhardt A C, Schoster F, Gaye-Haake B, et al. 2005. The turbidity maximum zone of the Yenisei River (Siberia) and its impact on organic and inorganic proxies. Estuarine, Coastal and Shelf Science, 65: 61~73

Glibert P M, Conley D J, Fisher T R, et al. 1995. Dynamics of the 1990 winter/spring bloom in Chesapeake Bay. Mar Ecol Prog Ser, 122: 27~43

Glibert P M, Seitzinger S, Heil C A, et al. 2005. The role of eutrophication in the global proliferation of harmful algal blooms. Oceanography, 18 (2): 198~209

Hamblin P F. 1989. Observations and model of sediment transport near the turbidity maximum of the upper Saint Lawrence estuary. Journal of Geophysical Research, 94: 14 419~14 428

Herman P M J, Heip C H R. 1999. Biogeochemistry of the MAximum TURbidity Zone of Estuaries (MATURE): some conclusions. Journal of Marine Systems, 22: 89~104

Hu D. 1994. Some striking features of circulation in Huanghai Sea and East China Sea. In: Zhou D, Liang Y B, Tseng C K. Oceanology of China Seas. Dordrecht: Kluwer Academic Publishers, 1: 27~38

Jiufa L, Chen Z. 1998. Sediment resuspension and implications for turbidity maximum in the Changjiang Estuary. Marine Geology, 148: 117~124

Kaul L W, Froelich P N. 1984. Modeling estuarine nutrient geochemistry in a simple system. Geochimica Cosmochimica Acta, 48: 1417~1433

Kelsy A A, John A D. 2006. Dry and wet atmospheric deposition of nitrogen phosphorus and silicon in an agricultural region. Water, Air and Soil Pollution, 176: 351~374

Koroleff F, Grasshoff K. 1976. Determination of nutrients. In: Grasshoff K. Methods of Seawater Analysis. Weinheim: Verlag Chemie: 117~181

Krusehe A V, Camargo P B, Cerri C E, et al. 2003. Acid drain and nitrogen deposition in a subtropical watershed (Piraeicaba): Ecosystem consequences. Environmental Pollution, 121: 389~399

Lebo M E. 1991. Particle-bound phosphorus along an urbanized coastal plain estuary. Marine Chemistry, 34: 225~246

Limeburner R, Beardsley R C, Zhao J S. 1983. Water masses and circulation in the East China Sea. In: Acta Oceanologica Sinica. Proceedings of the International Symposium on Sedimentation on the Continental Shelf, with Specials Reference to the East China Sea. Hangzhou: China Ocean Press, 1: 285~294

Lisitsyn A P. 1995. The marginal filter of the ocean. Oceanology, 34: 671~682

Luan Q S, Sun J, Shen Z L, et al. 2006. Phytoplankton assemblage of Yangtze River Estuary and the Adjacent East China Sea in summer, 2004. Journal of Ocean University of China, 5 (2): 123~131

Luo L, Qin B, Yang L, et al. 2007. Total inputs of phosphorus and nitrogen by wet deposition into Lake Taihu, China. Hydrobiologia, 581: 63~70

Mackenzie F T, Garrels R M. 1965. Silicates reactivity with seawater. Science, 150: 57~58

Malone T C. 1992. Effects of water column processes on dissolved oxygen, nutrients, phytoplankton and zooplankton. In: Smith D E, Leffler M, Mackiernan G. Oxygen Dynamics in the Chesapeake Bay: A Synthesis of Research. College Park, MD: Maryland Sea Grant College Publication: 61~112

Marchetti R, Gaggino G F, Provini A. 1988. Red tides in the northwest Adriatic. Eutrophication in the Mediterranean sea: Receiving capacity and monitoring of long-term effects. Paris: UNESCO

Margalef R. 1978a. Phytoplankton communities in upwelling areas. The example of NW Africa. Oecologica. Aquatica, 3: 97~132

Margalef R. 1978b. Life-forms of phytoplankton as survival alternatives in an unstable environment. Oceanol Acta, 1: 493~509

Martin J M, Meybeck M. 1979. Elemental mass-balance of material carried by major world rivers. Marine Chemistry, 7: 173~206

Mayer L M, Gloss S P. 1980. Buffering of silica and phosphate in a turbid river. Limnology and Oceanography, 25: 12~22

Milliman J D, Shen H T, Yang Z S, et al. 1985. Transport and deposition of river sediment in the Changjiang estuary and adjacent continental shelf. Continental Shelf Research, 4: 37~45

Muylaert K, Sabbe K. 1999. Spring phytoplankton assemblages in and around the maximum turbidity zone of the estuaries of the Elbe (Germany), the Schelde (Belgium/The Netherlands) and the Gironde (France). Journal of Marine Systems, 22: 133~149

Nagamoto C, Parumgo F, Kopcewicz B, et al. 1990. Chemical analysis of rain samples collected over the Pacific Ocean. Journal of Geophysical Research, 95 (D13): 22 343~22 354

Nollkaemper A. 1994. Land-based discharges of marine debris: From local to global regulation. Marine Pollution Bulletin, 28 (11): 649~652

Oleg Z, Rafael C D, Orzo M, et al. 2003. Coastal upwelling activity on the Pacific Shelf of the Baja California Peninsula. Journal of Oceanography, 59: 489~502

Owens N J P, Galloway N J, Duce R A. 1992. Episodic atmospheric nitrogen deposition to oligotrophic oceans. Nature, 357: 397~399

Peierls B, Paerl H W. 1997. Bioavailability of atmospheric organic nitrogen deposition to coastal phytoplankton. Limnology and Oceanography, 42: 1819~1823

Ramírez T, Cortés D, Mercado J M, et al. 2005. Seasonal dynamics of inorganic nutrients and phytoplankton biomass in the NW Alboran Sea. Estuarine, Coastal and Shelf Science, 65: 654~670

Redfield A C, Ketchum B H, Richards F. 1963. The influence of organisms on the composition of seawater. In: Hill M N. The Sea. vol. 2. NY: John Wiley: 26~77

Rehm E. 1985. The distribution of phosphorus in the Weser River Estuary. Environmental Technology Letter, 6: 53~64

Roman M, Zhang X, McGilliard C, et al. 2005. Seasonal and annual variability in the spatial patterns of plankton biomass in Chesapeake Bay. Limnology and Oceanography, 50: 480~492

Russell K M, Galloway J N, Macko S A, et al. 1998. Sources of nitrogen in wet deposition to the Chesapeake Bay region. Atmospheric Environment, 32: 2453~2465

Ryther J H. 1956. Photosynthesis in the ocean as a function of light intensity. Limnology et Oceanography, (1): 61~70

Salomons W, Gerritse R G. 1981. Some observations on the occurrence of phosphorus in recent sediments from western Europe. Science of the Total Environment, 17: 37~49

Seinfeld J H, Pandis S N. 1998. Atmospheric Chemistry and Physics: from Air Pollution to Climate Change. New York: John Wiley & Sons: 10~30, 86~87

Shen Z L, Liu Q. 2009. Nutrients in the Changjiang River. Environmental Monitoring and Assessment, 153: 27~44

Shen Z L, Zhou S Q, Pei S F. 2008, Transfer and transport of phosphorus and silica in the turbidity maximum zone of the Changjiang estuary. Estuarine, Coastal and Shelf Science, 78 (3): 481~492

Shen Z L. 1993. A study on the relationships of the nutrients near the Changjiang River estuary with the flow of the Changjiang River water. Chin J Oceanol Limnol, 11 (3): 260~267

Sholkovitz E R, van Grieken R, Eisma D. 1978. The major-element composition of suspended matter in the Zaire River and estuary. Netherlands Journal of Sea Research, 12: 407~413

Siever R, Woodford N. 1973. Sorption of silica by clay minerals. Geochimica Cosmochimica Acta, 37: 1851~1880

Skliris N, Djenidi S. 2006. Plankton dynamics controlled by hydrodynamic processes near a submarine canyon off NW corsican coast: A numerical modelling study. Continental Shelf Research, 26: 1336~1358

Smayda T J. 2005. Eutrophication and phytoplankton. In: Wassmann P, Olli K. Drainage Basin Nutrient Inputs and Eutrophication: An Integrated Approach. Norway: University of Tromsø: 89~98

Smith E A, Mayfield C I, Wong P T S. 1977. Effects of phosphorus from apatite on development of freshwater communities. Journal of Fishery Research Board of Canada, 4: 2405~2409

Smith E A, Mayfield C I, Wong P T S. 1978. Naturally occurring apatite as a source of orthophosphate for growth of bacteria and algae. Microbial Ecology, 4: 105~117

Soares A, Pearson J. 1997. Short-term physiological response of mosses to atmospheric ammonium and nitrate. Water, Air and Soil Pollution, 93: 225~242

Spokes L, Jickells T D, Rendell A R, et al. 1993. High atmospheric nitrogen deposition events over the North Sea. Marine Pollution Bulletin, 26 (12): 698~703

Suzumura M, Kokubun H, Arata N. 2004. Distribution and characteristics of suspended particulate matter in a heavily eutrophic estuary, Tokyo Bay, Japan. Marine Pollution Bulletin, 49: 496~503

Suzumura M, Ueda S, Sumi E. 2000. Control of phosphate concentration through adsorption and desorption processes in groundwater and seawater mixing at sandy beaches in Tokyo Bay, Japan. Journal of Oceanography, 56: 667~673

Treguer P, Gueneley S. 1988. Biogenic silica and particulate organic matter from the Indian Sectoer of the Southern Ocean. Marine Chemistry, 23: 167~180

Uncles R J, Stephens J A. 1993. Nature of the Turbidity maximum in the Tamar estuary, U. K. Estuarine, Coastal and Shelf Science, 36: 413~431

van Bennekom A J, Berger G W, Helder W, et al. 1978. Nutrient distribution in the Zaire estuary and river plume. Nethlands Journal of Sea Research, 12: 296~323

Vitousek P M, Aber J, Howarth R W, et al. 1997. Human alteration of the global nitrogen cycle: causes and consequences. Ecological Applications, 7: 737~750

Wang B D, Wang X L. 2007. Chemical hydrography of coastal upwelling in the East China Sea. Chinese Journal of Oceanology and Limnology, 25 (1): 16~26

Whitall D, Brad H, Hans P. 2003. Importance of atmospherically deposited nitrogen to the annual nitrogen budget of the Neuse River estuary, North Carolina. Environment International, 29 (2): 393~399

Wolanski E, King B, Galloway D. 1995. Dynamics of the turbidity maximum in the Fly River estuary, Papua New Guinea. Estuarine, Coastal and Shelf Science, 40: 321~337

Yeager C L J, Harding L W, Mallonee M E. 2005. Phytoplankton production, biomass and community structure following a summer nutrient pulse in Chesapeake Bay. Aquatic Ecology, 39 (2): 135~149

Yu H H, Zheng D C, Jiang J Z. 1983. Basic Hydrographic Characteristics of the Studied Area. In: Acta Oceanologica Sinica. Proceedings of the International Symposium on Sedimentation on the Continental Shelf, with Specials Reference to the East China Sea. Hangzhou: China Ocean Press, 1: 295~305

Zhang J, Cen S Z, Yu Z G. 1999a. Factors influencing changes in rain water composition from urban versus remote regions of the Yellow Sea. J Geophys Res, 104: 1631~1644

Zhang J, Liu M G. 1994. Observation on nutrient elements and sulphate in atmospheric wet deposition over the northwest Pacific coastal oceans-Yellow Sea. Mar Chem，47：173～189

Zhang J，Zhang Z F，Liu S M，et al. 1999b. Human impacts on the large world rivers：Would the Changjiang（Yangtze）River be an illustration? Global Biogeochemical Cycles，13：1099～1105

Zou L，Chen H T，Zhang J. 2000. Experiment examination of the effects of atmospheric wet deposition on primary production in the Yellow Sea. Joural of Experimental Marine Biology and Ecology，249：111～121

第六章　长江口水域富营养化的形成机制
与生态模型

第一节　长江口水域对营养盐变化响应的敏感性分析

Cloern（2001）曾指出，由于近海生态系统对富营养化"响应"的复杂性，近海富营养化并非都表现出"信号与响应"之间的线性关系，为此，研究者在近海富营养化概念模型中增加了一项"缓冲作用"或"过滤器效应"。由于近海水域表现出不同的"缓冲作用"，其对营养盐变化响应的敏感性存在较大的差异，最终导致富营养化的形成不同。

例如，研究者比较了切萨皮克湾（Chesapeake Bay）和旧金山湾（San Francisco Bay）发现（表 6-1），两个湾的营养盐均很丰富，溶解无机氮（DIN）的平均浓度接近，旧金山湾溶解无机磷（DIP）的浓度比切萨皮克湾高出 9 倍。但是，旧金山湾并没有表现出富营养化症状，其平均生物量在 1997 年只有 2.7mg Chla/m³，初级生产力只有 20g C/(m² · a)，而切萨皮克湾的平均表层叶绿素 a 浓度为 13.6μg/L，年平均初级生产力为 400g C/(m² · a)，比旧金山湾高大约 19 倍（Malone et al.，1996）。因为初级生产力较高，并且藻类随后发生沉降，切萨皮克湾的底层水在夏季缺氧甚至无氧，导致切萨皮克湾的富营养化问题引起当地公众和研究者的广泛关注。

表 6-1　切萨皮克湾和旧金山湾的富营养化状况比较

富营养化相关指标	切萨皮克湾	旧金山湾
DIN 浓度/(μmol/L)	32.3	32.4
DIP 浓度/(μmol/L)	0.25	2.39
浮游植物生物量/(μg Chla/L)	13.6	2.7
初级生产力/[g C/(m² · a)]	400	20
底层水缺氧现象	有	无

资料来源：Cloern，2001。

对切萨皮克湾和旧金山湾的研究表明，两个湾对营养盐丰富响应的敏感性存在显著的差异，其中一个主要的机制可能是由于它们的潮差大小不同。切萨皮克湾的潮差比旧金山湾小，因此潮汐混合能相对较小，难以打破水体的盐度分层，使得切萨皮克湾对营养盐的丰富非常敏感，出现严重的富营养化症状。除切萨皮克湾外，波罗的海、黑海和北墨西哥湾等沿海区域的潮汐能均较小，而这些区域对营养盐的增加都非常敏感，富营养化程度很高。因此，研究者认为潮汐能是导致生态系统对营养盐变化响应不同的一个重要机制。

此外，光的可利用性也是重要的物理特性，导致近海对营养盐增加的敏感性存在巨大的差异。除营养盐外，浮游植物需要光能进行初级生产。在很多沿海水域中，与氮和磷等生源要素相比，光相对较少，难以满足植物的需求（Cloern，1999）。在一些河口，初级生产与光的可利用性存在显著的相关性，而不是与营养盐，因此，光的可利用性也是导致其敏感性不同的重要属性。例如，旧金山湾的悬浮体浓度和浑浊程度明显高于切萨皮克湾，浮游植物生产可利用的光较少，因此，旧金山湾对增加营养盐变化响应的敏感性较低。

从切萨皮克湾和旧金山湾这两个近海海域可以看出，营养盐浓度高不一定出现富营养化症状，因为不同海域对营养盐变化响应的敏感性不同，导致其富营养化的形成之间存在较大的差异。因此，在近海富营养化形成机制的研究中需要特别关注其对营养盐变化响应的敏感性。

受人类活动影响，近年来长江口水域的营养盐浓度不断变化，那么，随着营养盐的变化，长江口水域对营养盐变化响应的敏感性如何？其机制是什么？这些问题的回答对于揭示长江口水域富营养化的形成机制具有非常重要的意义。因此，本节主要讨论长江口水域对营养盐浓度变化的响应特点和机制。

一、长江口水域营养盐的时空分布、变化特点及其区域响应特征

为了研究长江口水域对营养盐负荷变化的响应，首先需要了解目前长江口水域营养盐的时空分布和变化特点，进而分析区域响应特征。

由于长江口水域地处咸淡水交汇处，地形、水动力等环境要素复杂多变，此外，赤潮高发区和低氧区均在长江口外海水域。因此，根据这些特征，将长江口水域分成三个区域进行分析（图6-1）。区域1：口门内，水体浑浊，盐度小于3；区域2：最大浑浊区（沈焕庭和潘定安，2001），中等盐度（<25）；区域3：外海区，水体清澈，悬浮体浓度小于10mg/L。

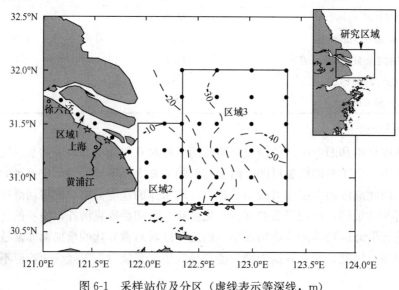

图6-1　采样站位及分区（虚线表示等深线，m）

（一）长江口水域不同区域营养盐的时空分布及其叶绿素 a 的响应特征

长江口水域表层水体营养盐和叶绿素 a 的时空分布分别如图 6-2、图 6-3 所示。2003 年 11 月至 2004 年 8 月（图 6-2），溶解无机氮和硅酸盐浓度呈现明显的季节性变化特征，特别是在区域 1。在区域 1，冬季的溶解无机氮高达 131.6μmol/L，其他季节的浓度为 80～90μmol/L，冬季浓度显著高于其他季节（$p<0.001$）；而在区域 3，溶解无机氮为 20μmol/L 左右，四季没有出现明显的差异。与溶解无机氮略有不同，3 个区域的硅酸盐在秋季和夏季的浓度均显著高于冬季和春季（$p<0.001$）。区域 2 的磷酸盐浓度在夏季为 1.2μmol/L，达到最高值（$p<0.01$），但区域 1 的磷酸盐浓度没有呈现明显的季节性变化特征（$p>0.05$），四季的浓度为 0.7～0.9μmol/L。区域 3 的磷酸盐浓度在冬季略高（$p<0.05$）。

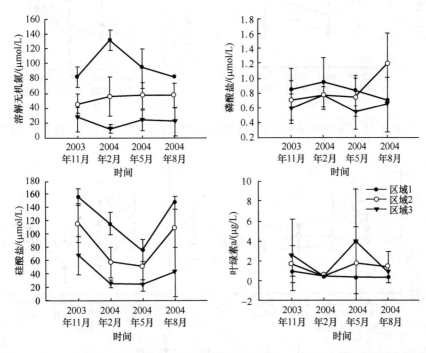

图 6-2　2003 年 11 月至 2004 年 8 月各区域营养盐和叶绿素 a（平均值±标准偏差）的季节变化

从图 6-2 可知，2003 年 11 月至 2004 年 8 月，在区域 1 和区域 2，四个季节平均叶绿素 a 浓度为 0.3～1.7μg/L，浓度较低；而区域 3 的叶绿素 a 浓度在春季显著高于冬季（$p<0.01$），平均浓度为 3.95μg/L。

2004 年 11 月至 2005 年 9 月调查期间（图 6-3），溶解无机氮和磷酸盐的变化与上一个调查年度基本一致，但硅酸盐和叶绿素 a 略有不同。2005 年 5 月区域 1 硅酸盐浓度较高，2005 年 9 月的叶绿素 a 浓度要高于 5 月。

除了营养盐浓度之外，营养盐结构对富营养化症状的表现也较为重要。研究者曾提出，适宜浮游植物生长的 Redfield 值为 Si/N/P ＝16/16/1（Redfield et al.，1963）。而对 2003 年 11 月至 2004 年 8 月溶解态营养盐结构的分析表明（图 6-4），长江口及邻近

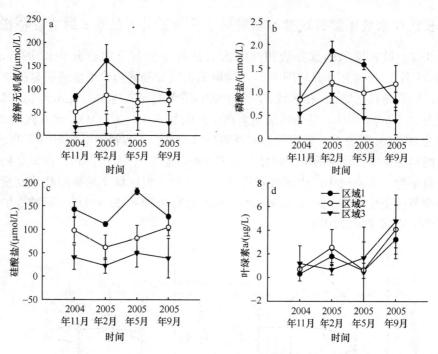

图 6-3　2004 年 11 月至 2005 年 9 月各区域营养盐和叶绿素 a（平均值±标准偏差）的季节变化

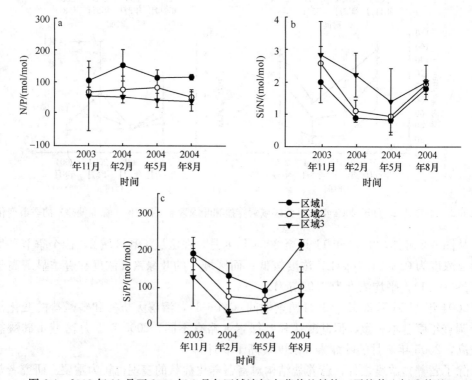

图 6-4　2003 年 11 月至 2004 年 8 月各区域溶解态营养盐结构（平均值±标准偏差）

水域的 N/P 值和 Si/P 值非常高，这是因为该水域的氮和硅相对充足。在空间分布上，近岸的 N/P 值高于外海。在区域 1，N/P 值均超过 100；而区域 3，N/P 值为 40～50。Si/N 值和 Si/P 值表现出明显且相似的季节性特征，在区域 2，Si/N 值和 Si/P 值均在秋季达到最高值，春季达到最低值。与外海相比，近岸的 Si/N 值略低，春季近岸的 Si/N 值最低，只有 0.8。与 N/P 值相似，Si/P 值近岸高于外海。由于溶解无机氮和硅酸盐呈保守性行为，浓度通常随着混合过程而降低，而磷酸盐在混合过程中浓度变化较小（钟霞芸等，1999），未出现明显的稀释扩散趋势（Edmond et al.，1985）。因此，N/P值和 Si/P 值在近岸更高。

从前面的分析可以看出，长江口区域 1 的营养盐浓度高于区域 3，基本呈现出近岸高、外海低的趋势，但是，在春季和夏季，区域 1 的叶绿素 a 浓度却低于区域 3。因此，长江口水域高营养盐区域并未出现高的浮游植物生物量。

（二）长江口水域不同区域营养盐的长期变化及其生态响应分析

1. 长江口水域不同区域营养盐长期变化特点

为了研究长江口水域对营养盐变化响应的敏感性，我们还需要了解近年来长江口水域营养盐的变化规律和特点。

根据文献报道及本研究调查资料，图 6-5 分析了近 40 年长江口水域硝酸盐和磷酸盐的变化趋势（钟霞芸等，1999；林以安等，1995；沈志良等，1992；黄尚高等，1986；顾宏堪等，1981；顾宏堪，1980；Tian et al.，1993；Edmond et al.，1985），图 6-5中的"近岸"主要指区域 1、区域 2 水域，"外海"主要指区域 3 及附近海域。

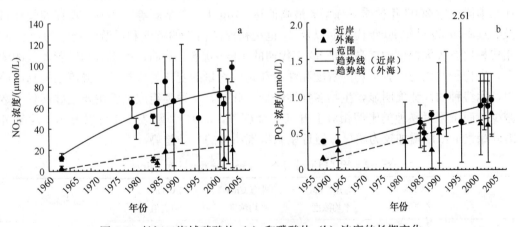

图 6-5　长江口海域硝酸盐（a）和磷酸盐（b）浓度的长期变化

从 20 世纪 60 年代至今，近岸和外海氮和磷的浓度均呈现上升趋势，近岸的硝酸盐浓度从 60 年代的 11μmol/L 增加到 21 世纪初的约 100μmol/L。近岸的硝酸盐在 20 世纪 60～80 年代呈现出快速上升趋势，进入 90 年代后，上升的趋势变缓。外海的硝酸盐浓度也呈现增加的趋势，在 1963 年夏季，外海硝酸盐的浓度只略高于检出限，而在 2003 年高达 30μmol/L。与此同时，磷酸盐浓度增加了 3～4 倍。80 年代中期，近岸磷

酸盐浓度约为 $0.8\mu mol/L$，大约是 60 年代的 2 倍。90 年代后，磷酸盐随年代增加的倍数较小，到 2004 年磷酸盐浓度约 $1\mu mol/L$。外海的磷酸盐浓度在 1963 年只有 $0.16\mu mol/L$，而在 2004 年浓度上升到 $0.8\mu mol/L$。

随着氮和磷营养盐浓度的变化，N/P 值从 20 世纪 60 年代初也出现了上升趋势。顾宏堪等（1982）发现 1963 年长江口水域的最高 N/P 值为 30～40，而本研究中区域 1 的平均 N/P 值达到 150（图 6-4）。与氮和磷的变化不同，长江径流硅酸盐的通量近 50 年降低显著，大通水文站的硅酸盐浓度在 1959～1984 年降低了 $53.3\mu mol/L$（李茂田和程和琴，2001）。特别是在 1968 年丹江口大坝建成后，硅酸盐的浓度大幅度降低。到 20 世纪末，长江流域共有 48 000 座水库（《水利辉煌 50 年》编纂委员会，1999）。研究认为，筑坝和富营养化是导致硅酸盐浓度降低的主要原因（李茂田和程和琴，2001）。很多研究表明，水库中大量的硅进入到沉积物中，导致很多河流在大坝完成后硅酸盐的浓度降低（Conley et al.，2000；Conley and Chelske，1993），河流输出硅的减少导致近海水域的营养盐结构发生变化，使得浮游植物的组成发生改变（Humborg et al.，1997）。

因此，在近 50 年中，长江口水域的氮和磷均呈现上升趋势。近岸和外海的磷酸盐浓度增加了 3～4 倍，而氮的增加幅度较大，近岸的硝酸盐增加了近 9 倍，外海的硝酸盐增加的幅度略小，总体上，近岸的营养盐增加的幅度大于外海。

2. 长江口水域不同区域对营养盐变化的生态响应

表 6-2 和表 6-3 比较了近 20 年长江口海域浮游植物生物量和溶解氧浓度的变化。2002 年春季、夏季叶绿素 a 的最高值是 1986 年的 4 倍，整个河口的叶绿素 a 平均浓度也略有升高。此外，Ning 等（1988）研究发现 1986 年秋季叶绿素 a 最高值只有 $4.9\mu g/L$，而在本研究中 2003 年秋季叶绿素 a 最高值达 $14\mu g/L$。王金辉等（2004）观察到长江口及邻近海域 20 世纪 90 年代中期以及 21 世纪初浮游植物的密度和浮游动物生物量与 80 年代相比有较大幅度的提高，是 80 年代初的 10～20 倍。然而，由于氮和磷营养盐的增多，生物种类数与浮游植物的密度和浮游动物生物量的变化趋势相反，群落结构趋向简单，优势种的优势度明显，生物多样性降低。此外，从种类组成上看主要是硅藻种类数减少，而微型甲藻种类比例相对上升（王金辉等，2004）。从表 6-2 可以看出，尽管外海叶绿素 a 浓度增加较为明显，但近岸未出现明显的上升趋势。

表 6-2 长江口海域春季、夏季叶绿素 a 浓度 $(\mu g/L)$

年份	Chla 平均浓度	近岸 Chla 平均浓度	外海 Chla 平均浓度	Chla 最高值	参考文献
1986	2.03	1.44	2.18	6	Ning et al.，1988
1997	2.62				沈新强和胡方西（1999）
2002	2.51			24.2	周伟华等，2004
2004/2005	2.34	1.5	2.8	19.5	本研究

相反，长江口水域底层水体溶解氧浓度呈现降低的趋势（表 6-3）。春季底层水体平均溶解氧浓度从 1986 年的 7.37mg/L 降低到 2004 年的 4.35mg/L，溶解氧的最低值

也从 6.02mg/L 降低到 1.74mg/L。秋季底层水体的溶解氧也呈现一定的降低趋势。李道季等（2002）研究发现，近 20 年在长江口外海的低溶解氧区，夏季溶解氧的最低值从 2.85mg/L 降低到 1mg/L。在水体中，氧的浓度与光合作用、有机质的降解和再曝气过程有关。物理过程（如水体分层）和生物过程（如有机质负荷增多）均可以导致河口缺氧、无氧的出现频率增多、强度增强（Essink，2003；Zimmerman and Canuel，2000；Turner and Rabalais，1994）。有机质负荷较高会导致细菌活动更为活跃，引起水体中的氧大量消耗（Billen et al.，1988）。有机质通常有两个来源：一是浮游植物生产产生的，如死亡的浮游植物；另一个来源就是污水排放输入的有机质（Garnier et al.，2000）。研究者认为颗粒有机碳和有机氮浓度较高是长江口外海低氧区形成的主要因素（李道季等，2002；Tian et al.，1993）。长江流域的人口密度在近 40 年成倍增加，工农业和生活污水的排放也从 20 世纪 80 年代的每年 127 亿 t 增加到 2003 年的每年 270 亿 t（王金辉等，2004）。此外，上海的黄浦江、城市污水排放口及沿岸大型企业排污口等也对该海域环境造成不同程度的危害。上海市现有 7 个污水排放系统，其中 4 个位于长江口，规模为 $4.22 \times 10^6 \, m^3/d$。上海市年污水排放量为 21.17 亿 m^3，但城市生活污水处理率仅为 53.3%（王金辉等，2004）。因此，化学需氧量在口门内局部水域高达 6.59mg/L，远远高于海水水质标准（孟伟等，2004）。

表 6-3　1986 年和 2003/2004 年长江口海域溶解氧浓度的比较（mg/L）

季节	调查年份	底层水溶解氧平均浓度	最低浓度
春季	1986	7.37	6.02
	2004	4.35	1.74
秋季	1986	7.12	4.52
	2003	6.52	3.29

注：1986 年数据来自于文献（任广法，1992）。

从上述分析中可知，虽然近岸的营养盐浓度高于外海，但是外海的叶绿素 a 更高；虽然近 50 年中近岸营养盐增加的幅度大于外海，但是外海叶绿素 a 的增加较为明显，而近岸未出现明显的上升趋势，同时，外海底层出现了大面积的低氧区。因此，长江口不同区域对营养盐负荷变化的敏感性存在差异，外海水域对营养盐负荷响应的敏感性要高于近岸。那么，是什么机制导致长江口水域不同区域对营养盐负荷富响应的敏感性不同？

二、长江口水域不同区域对营养盐负荷变化响应的敏感性分析

为了分析长江口水域对营养盐负荷变化响应的敏感性，本节将长江口水域与世界上各大河口水域的营养盐和叶绿素 a 浓度进行了比较（表 6-4）。与其他河口水域相比，长江口水域区域 1 和区域 2 的溶解无机氮和硅酸盐浓度与其他河口相当，但磷酸盐浓度较低。就营养盐浓度而言，长江口水域区域 1 和区域 2 与切萨皮克湾相近，但这两个区域的叶绿素 a 浓度却比切萨皮克湾低得多。尽管长江口水域区域 3 的营养盐浓度较低，但其叶绿素 a 浓度可以与其他河口相比〔如泰晤士（Thames）河口和萨杜（Sado）河口〕。因此，长江口水域区域 1 和区域 2 具有高营养盐、低叶绿素 a 的特点，而区域 3

则具有低营养盐、高叶绿素 a 的特点。

表 6-4　不同河口的营养盐浓度（μmol/L）和叶绿素 a 浓度（μg/L）

河口体系	营养盐			Chla 最高值	Chla 平均值	参考文献
	DIN	P[b]	Si[c]			
南美洲亚马孙河[a]（Amazon River）	16（NO₃）	0.7	144	25.5	10	DeMaster and Pope, 1996 Smith and DeMaster, 1996
欧洲多瑙河[a]（Danube River）	250	4.7	57	100	10	Humborg et al., 1997
比利时斯凯尔特河[a] （Scheldt River）	600+160 （NO₃+NH₄）	7	220	41.6	18	Cabecadas et al., 1999 Hellings et al., 1999
法国吉伦河[a]（Gironde River）	130+2 （NO₃+NH₄）	2.5	100	5	1～2	Cabecadas et al., 1999 Irigoien and Castel, 1997 Artigas, 1998
葡萄牙萨杜河（Sado River）[a]	70+5 （NO₃+NH₄）	2	180	20	5	Cabecadas et al., 1999 Lemaire et al., 2002
中国珠江[a]	115	1	223	8	1.08	Huang et al., 2003； 林以安等，2004 蔡昱明等，2002
美国切萨皮克湾[a]	135	0.9	80	32	10	Fisher et al., 1988
美国密西西比河 （Mississippi River）	170+5 （NO₃+NH₄）	3.5	100	45	5.63	Dortch and Whitledge, 1992 Liu and Dagg, 2003
英国泰晤士河（Thames River）	35	3.5	14	18	6～7	Sanders et al., 2001
长江口水域区域 1	93.3	0.8	75.7	0.35	0.27	本研究 2004 年 5 月
长江口水域区域 2	56.8	0.7	50.7	11.7	1.74	
长江口水域区域 3	22.8	0.5	22.9	19.5	3.95	

a. 河水输入端营养盐浓度；b. 磷酸盐；c. 硅酸盐。

（一）长江口水域区域 1 和区域 2 对营养盐负荷变化响应的敏感性分析

通常，营养盐是浮游植物生长的重要因素。在亚马孙河口，氮是限制性营养盐（Smith and DeMaster，1996），在密西西比河口羽状峰区，氮和硅被认为是浮游植物生长的重要限制因子（Dortch and Whitledge，1992）。很多研究表明，在长江口水域，由于 N/P 值非常高，因此浮游植物的生长是受磷酸盐限制的（王保栋，2003；蒲新明等，2001；胡明辉等，1989）。在研究海洋环境中浮游植物营养盐限制时，通常基于营养盐的化学计量比和营养盐阈值两种考虑：一种是潜在的营养盐限制，其标准为 Si/P>22 和 N/P>22 为磷限制，N/P<10 和 Si/N>1 为氮限制，Si/P<10 和 Si/N<1 为硅限制（Justić et al.，1995），但潜在的营养盐限制只能说明哪一种营养盐将首先被消耗完，不能反映浮游植物的生长是否已经受到营养盐的限制。另一种是实际的营养盐限制，该限制不但以营养盐之间的比值作为标准，还要以水体中的营养盐浓度是否低于限制浮游植

物生长的阈值作为标准。研究表明，限制浮游植物生长的营养盐阈值分别为 $SiO_3^{2-}=$ $2\mu mol/L$，$DIN=1\mu mol/L$，$PO_4^{3-}=0.1\mu mol/L$（Justić et al.，1995）。如果水体中的营养盐浓度低于该阈值，浮游植物的生长将受到实际的营养盐限制。

　　2003 年 11 月至 2004 年 8 月，在长江口水域区域 1 和区域 2，潜在的磷限制非常明显（图 6-6），但由于磷酸盐浓度较高（图 6-2），所以并不存在实际的磷限制。此外，长江口水域营养盐-盐度图表明（图 6-7），在生物量较高的春季和夏季，溶解无机氮和硅酸盐呈保守行为，而磷酸盐分布相对分散，浓度一般高于 $0.3\mu mol/L$，高于限制浮游植物生长的阈值。在区域 1 和区域 2，磷酸盐的平均浓度为 $0.6\sim1.2\mu mol/L$（图 6-2），因此，在 2003 年 11 月至 2004 年 8 月，区域 1 和区域 2 浮游植物的生长并不受营养盐的限制。

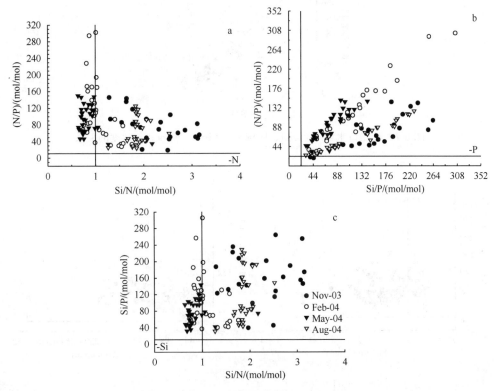

图 6-6　2003 年 11 月至 2004 年 8 月区域 1 和区域 2 潜在的营养盐限制
a. 氮限制；b. 磷限制；c. 硅限制

　　从图 6-8 可以看出，与 2003～2004 年一致，2004 年 11 月至 2005 年 9 月调查期间的四个航次中，长江口水域区域 1 和区域 2 仍存在潜在的磷限制。但在该调查期间，区域 1 和区域 2 的磷酸盐浓度仍高于限制浮游植物生长的阈值（图 6-3），即 $0.1\mu mol/L$，进一步说明区域 1 和区域 2 不存在可能的磷限制。因此，该海域浮游植物的生长不受营养盐的实际限制。

　　水体中高浑浊度是抑制长江口水域区域 1 和区域 2 浮游植物生长的重要因素之一。在切萨皮克湾和密西西比羽状峰区，悬浮物的最高浓度约为 60mg/L（Dortch and Whitledge，1992；Fisher et al.，1988），而在适宜浮游植物生长的春季和夏季，长江口水域

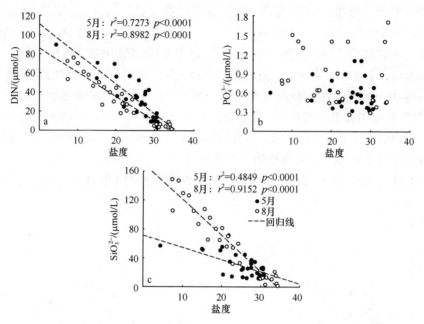

图 6-7　长江口水域（区域 1、区域 2、区域 3）营养盐与盐度的关系

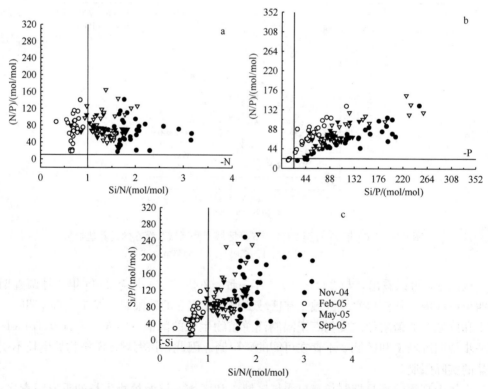

图 6-8　2004 年 11 月至 2005 年 9 月区域 1 和区域 2 潜在的营养盐限制

a. 氮限制；b. 磷限制；c. 硅限制

悬浮体浓度最高值大于 600mg/L。从区域 1 和区域 2 的悬浮体平面分布可知（图 6-9），在春季和夏季，该水域悬浮体浓度一般高于 50mg/L。因此，长江口水域区域 1 和区域 2 比切萨皮克湾和密西西比羽状峰区浑浊得多，其悬浮体浓度与吉伦河口和亚马孙河口相近（表 6-5）。研究者对吉伦河口和亚马孙河口的富营养化研究表明，悬浮体浓度过高导致这两个河口的光合作用明显受到光限制，使得这两个河口的富营养化过程受到控制（Irigoien and Castel，1997；Smith and DeMaster，1996）。与之相似，叶绿素 a 在区域 1 和区域 2 这样的浑浊区域通常小于 0.5μg/L（图 6-10），因此，高浑浊度是限制长江口水域区域 1 和区域 2 浮游植物生长的重要因素。

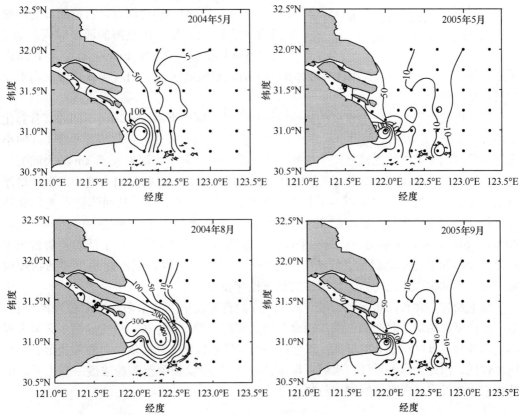

图 6-9　春季、夏季长江口及邻近水域的悬浮体浓度（mg/L）的平面分布

表 6-5　长江口、吉伦和亚马孙河口的悬浮体浓度（mg/L）

长江口区域1和区域2				吉伦河口[a]		亚马孙河口[b]	
调查时间（年.月）	悬浮体	调查时间（年.月）	悬浮体	调查时间（年.月）	悬浮体	调查时间（年.月）	悬浮体
2003.11	219	2004.11	52	1996.10	330	1989.08	
2004.02	223	2005.02	228	1998.02	180	1990.05	
2004.05	113	2005.05	84	1997.06	200	1990.05	200
2004.08	186	2005.08	150	1997.09	315	1991.11	

a. 数据来源于 Lemaire et al.，2002；b. 数据来源于 DeMaster and Pope，1996。

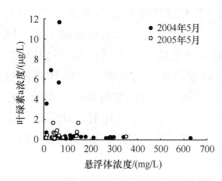

图 6-10　春季长江口区域 1 和区域 2 的
叶绿素 a 与悬浮体浓度的关系

除了高浑浊度，水体的滞留时间也是控制河口初级生产力的主要因素（Wolff，1980）。在 5 月和 8 月，长江的平均径流为 33 000m³/s 和 48 000m³/s，由于长江口的地形特点及较高的径流量，区域 1 和区域 2 的滞留时间为 4～10 天（Qi et al.，2003）。在亚马孙河和刚果河这样的大河河口，浮游植物的生长均受到表层水滞留时间的限制（DeMaster and Pope，1996；van Bennekom et al.，1978）。相比而言，吉伦河口的滞留时间为 30～80 天，切萨皮克湾的滞留时间约为 7 个月（Abril et al.，2002；Fisher et al.，1988），远远高于区域 1 和区域 2。因此，较短的滞留时间是限制区域 1 和区域 2 浮游植物生长的另一重要因素。

潮汐能是生态系统一个重要的属性，它可以使不同生态系统表现出不同的富营养化状态（Cloern，2001）。Monbet（1992）比较了 40 个河口发现，平均潮差小于 2m 的小潮河口单位浓度的溶解无机氮产生的叶绿素 a 浓度大约是平均潮差大于 2m 的大潮河口的 10 倍。Monbet（1992）指出潮汐混合降低了叶绿素 a 的浓度是因为潮汐混合使得浮游植物在透光层的滞留时间减少，同时引起细沉积物的再悬浮，从而降低了光的穿透性。长江口的平均潮差为 2.8m，区域 2 以西潮差增加，最大潮差约为 5m（Shi，2004）。相比而言，多瑙河河口是一个盐锲小潮河口，因此非常有利于浮游植物初级生产力的增加和生物量的积累（Humborg et al.，1997）。所以，潮汐能是重要的物理因素，导致不同生态系统对营养盐增多的敏感性存在差异。

综上所述，在长江口水域区域 1 和区域 2，营养盐浓度并未限制浮游植物的生长，但高浑浊度、短滞留时间和强潮汐混合等因素抑制浮游植物生长，使得这两个区域表现出高营养盐、低叶绿素 a 的特征。以上这些因素导致区域 1 和区域 2 对营养盐增加的敏感性较低，因此，尽管长江口水域近岸水体近 20 年来氮和磷营养盐浓度一直上升，但叶绿素 a 却没有出现明显的增加趋势。

（二）长江口水域区域 3 对营养盐负荷变化响应的敏感性分析

与区域 1 和区域 2 相比，长江口水域区域 3 对营养盐负荷增加的敏感性较强。就营养盐限制而言，尽管在区域 3 表现出潜在的磷限制特征（图 6-11，图 6-12），但该区域磷酸盐的浓度仍高于限制浮游植物生长的阈值（图 6-2，图 6-3），因此，在区域 3，浮游植物的生长不受可能的营养盐限制。同时，区域 3 的悬浮体浓度非常低，如 2004 年 5 月和 2005 年 9 月悬浮体浓度仅为 5.1mg/L 和 3.7mg/L，浮游植物的生长不会受到光的限制。由于长江冲淡水对区域 3 的影响有所减弱，水体在该区域的滞留时间比区域 1 和区域 2 长。此外，该区域的平均潮差较区域 1 和区域 2 小，因此，潮汐对该区域的影响减弱。更为重要的是，由于区域 3 的表层水通常由长江冲淡水覆盖，而底层是来自台湾暖流的高盐海水，因此，该区域通常出现水体分层（李道季等，2002）。分层不但限制来自大气的氧气向水体底层的输送，也会使营养盐滞留在透光层中，更有利于浮游植物利用营养盐，造成浮游植物的大量繁殖和底层水中氧的匮乏。该区域 2004 年 5 月底层水体中的溶解氧浓度只有 2.64mg/L，而区域 1 和区域 2 的溶解氧浓度分别为 10.04mg/L 和 5.65mg/L。与区域 1 和区域 2 相比，长江口水域区域 3 的浮游植物生物量更高，而溶解氧浓度较低。因此，该区域表现出低营养盐、高生物量的特点，呈现较为明显的富营养化症状，对营养盐增加的敏感性较强。

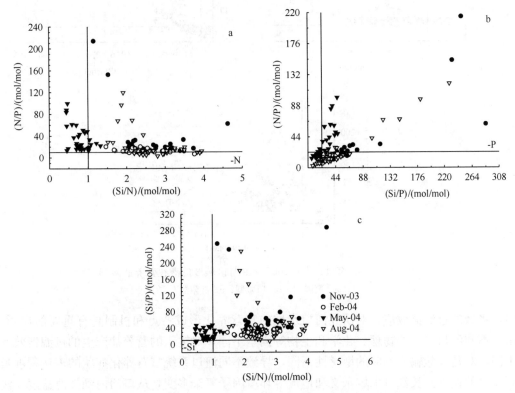

图 6-11 2003 年 11 月至 2004 年 8 月区域 3 的潜在营养盐限制

a. 氮限制；b. 磷限制；c. 硅限制

　　总体上，与世界其他河口比较，长江口水域的特点是高 DIN、高硅酸盐、低磷酸盐。口门内和浑浊区的营养盐浓度较高，但叶绿素 a 浓度低于外海。虽然口门内和浑浊区浮游植物生长存在潜在的磷限制，但由于营养盐浓度高于限制浮游植物生长的阈值，因此，该水域营养盐不存在实际的营养盐限制。而高浑浊度、较大的潮汐强度和短滞留时间等因素抑制了口门内和浑浊区浮游植物的生长。因此，口门内和浑浊区对营养盐负荷增加的响应不敏感。在外海，尽管浮游植物生长也不存在实际的营养盐限制，可是由于该区域悬浮体浓度降低、潮差减小、淡水滞留时间延长等因素均有利于浮游植物的生长，特别是在该区域水体在春季和夏季存在分层，导致浮游植物生物量增加和底层水体溶解氧不易交换。因此，外海对营养盐负荷增加的响应较为敏感，从而出现富营养化问题。

　　由此可见，营养盐在河口水域输送过程中所发生的量变、质变特点和过程，反映出

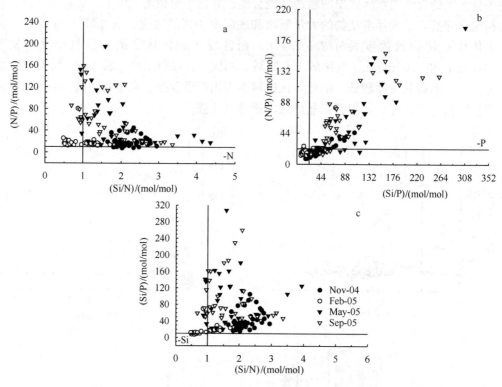

图 6-12　2004 年 11 月至 2005 年 9 月区域 3 的潜在营养盐限制

a. 氮限制；b. 磷限制；c. 硅限制

河口水域的过滤器效应，对研究河口水域的富营养化形成特点和机制具有重要的作用。由于不同河口系统的物理、化学和生物等因素不同，对输入的营养盐产生的过滤器效率不同，对营养盐输入响应的敏感性不同，导致不同河口系统富营养化症状的表达程度具有显著的差异。长江口水域水文和地形等环境因子复杂多变，从口门内到外海盐度、潮汐强度、浑浊度、营养盐结构和浓度等各理化属性存在明显的差异，也使该水域不同区域富营养化的程度、特点和症状有所不同。因此，根据长江口水域自身的特点，研究不同区域对营养盐负荷变化响应的敏感性，可以更深入了解不同因素对该水域不同区域富营养化形成的影响，对揭示长江口水域富营养化的形成机制具有重要的意义。

（本节著者：柴　超　俞志明　曹西华）

第二节　长江口水域氮稳定同位素分布特征及其环境意义

氮稳定同位素技术（^{15}N）是一种生态学研究中的传统技术，长期以来被应用于食物链中不同营养级的判定、示踪性氮营养物质的传递等方面研究。近几十年来，随着分析测试技术的发展，该技术已逐渐扩展到淡水和海水系统中溶解和颗粒态天然丰度的氮稳定同位素研究。作为一种应用领域不断扩展的技术手段，天然丰度的氮稳定同位素技术在海水体系氮的生物地球化学过程研究中具有不可替代的独特作用。例如，利用天然丰度的氮稳定同位素组成变化，反演氮的来源、判断氮的生物地球化学过程，甚至还可以作为河口海域富营养化程度的一种指示，等等。因此，利用天然丰度的氮稳定同位素技术，将能够更深入地阐释以氮增加为显著标志的近海富营养化形成的机制、特点和生态效应，揭示富营养化海域中氮循环的过程与特点，为海洋中氮的生物地球化学过程、富营养化机制和海洋生态系统演变等研究提供一些更新的信息，发挥更重要的作用。

一、基本原理与研究背景

所谓同位素是指质子数相同、中子数不同的某一化学元素的不同形式，通过质量光谱仪定量可以分析出其原子质量的微弱差别。氮有 7 种同位素（^{12}N、^{13}N、^{14}N、^{15}N、^{16}N、^{17}N、^{18}N），其中^{14}N 和^{15}N 是稳定同位素，其余为半衰期都很短的放射性核素。自然界中的氮以^{14}N为主，不同条件下形成的氮化合物中$^{15}N/^{14}N$不同，该比值在不同含氮物质中的大小通常用 $\delta^{15}N$ 表示：

$$\delta^{15}N = \left(\frac{R_{sample}}{R_{std}} - 1\right) \times 1000$$

式中，R_{sample} 和 R_{std} 分别为样品和标准的$^{15}N/^{14}N$。氮稳定同位素之间虽然没有明显的化学性质差别，但其物理化学性质因质量的不同常有微小差异，因而发生同位素分馏作用，通常用 ε（同位素分馏系数）表示：

$$\varepsilon = \delta^{15}N_{substrate} - \delta^{15}N_{product}$$

水体中的氮循环过程较为复杂，主要包括固氮作用、同化作用、矿化分解作用、硝化作用和反硝化作用等，这些作用都会导致氮稳定同位素分馏作用的发生，但是不同过程导致的分馏作用程度各不相同（图 6-13）。

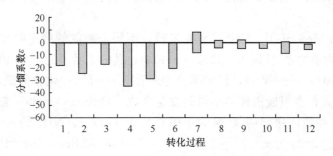

图 6-13　不同转化过程氮同位素分馏系数 ε 的变化范围（Adams and Sterner，2000；Handley et al.，1999；Pennock et al.，1996；Hoch et al.，1994；Waser et al.，1999，1998a，1998b；Wada，1980）

1~12 分别代表氮的不同转化过程：1. 同化过程（硝酸盐转化成有机氮）；2. 同化过程（亚硝酸盐转化成有机氮）；3. 同化过程（氨盐转化成有机氮）；4. 硝化反应；5. 还原作用；6. 反硝化反应；7. 固氮反应；8. 分解反应（颗粒有机氮转化成溶解有机氮）；9. 分解反应（有机氮转化成硝酸氮）；10. 分解反应（有机氮转化成氨氮）；11. 氨基酸合成反应；12. 氨挥发过程

正是由于氮稳定同位素分馏作用可以记录、反演其迁移转化过程这一特性，以及该方法在应用方面具有安全、准确和不影响自然环境等优越性，近年来氮稳定同位素技术逐渐引起了人们的重视，在海洋科学研究领域得到了越来越多的应用，主要包括以下几方面。

（一）人类活动对近海富营养化的影响

由人类活动而产生的氮化合物 $\delta^{15}N$ 值和海水中氮的 $\delta^{15}N$ 本底值不同，排放进入海洋后，导致 ^{15}N 载体（颗粒有机物、大型藻、鱼类等）的 $\delta^{15}N$ 值产生差别，该变化可以反映人为富营养化的程度（Waldron et al.，2001；McClelland and Valiela，1997）。许多学者利用这一特性，研究人类活动对近海河口海域富营养化的影响。

McClelland 和 Valiela（1997）研究发现，食物链上的 $\delta^{15}N$ 值可以作为判断海域富营养化的指示物，它在营养物质通量很小、尚未对海域的生态结构产生危害时，就可以反映海域富营养化现象。Voss 等（1997）研究也表明，生物载体的 $\delta^{15}N$ 值随着陆源排放的增加而增加；Cole 等（2004）进一步通过大型藻类 $\delta^{15}N$ 的研究，证明了水体中生物载体的 $\delta^{15}N$ 值与人类排污的相互关系，通过大型藻类 $\delta^{15}N$ 值可以反映陆源排放所占的比重。

利用典型生物 $\delta^{15}N$ 值反映人类活动对海域富营养化的影响，该方法的优点在于海洋中含氮物质 $\delta^{15}N$ 值的变化特征在海域富营养化初期就可显现出来，可以及早采取对策，对近海生态系统的保护具有重要的意义。

（二）不同来源氮化合物的 $\delta^{15}N$ 及其溯源研究

进入河口海域氮的来源很多，包括干湿沉降、工业和生活污水、城市生活垃圾、土壤流失、化肥农药等（Horrigan et al.，1990；Stevenson et al.，1981），不同来源的氮具有不同的 $\delta^{15}N$ 值，分析、确定不同来源氮化合物的 $\delta^{15}N$ 值，也是氮稳定同位素研究的重要内容。

Kendall 和 Mcdonnell（1998）研究发现，不同来源氮的稳定同位素组成不同，通常大多数陆地物质的 $\delta^{15}N$ 值为 $-12‰\sim+30‰$；其中土壤氮的 $\delta^{15}N$ 值可以在较大的范围内变化（$-10‰\sim+15‰$），但大部分为 $+2‰\sim+5‰$；化学氮肥 $\delta^{15}N$ 值通常范围为 $0\pm3‰$，其同位素组成依种类不同而发生变化。Hubner（1986）总结出了不同种类氮肥的 $\delta^{15}N$ 平均值，尿素的 $\delta^{15}N$ 为 $+0.18‰\pm1.27‰$、NH_4^+ 的 $\delta^{15}N$ 为 $-0.91‰\pm1.88‰$、NO_3^- 的 $\delta^{15}N$ 为 $+2.75‰\pm0.76‰$。Kreitler 和 Browning（1983）测定了人类和动物排泄物中氮化合物的 $\delta^{15}N$ 值，发现人类的生活排污通常具有较高的 $\delta^{15}N$ 值范围，一般为 $+10‰\sim+20‰$。

由此可见，氮化合物的 $\delta^{15}N$ 值可以反映氮的主要来源，为追溯氮源、研究氮循环过程提供重要依据。例如，Graham 等（2001）研究了英国 Forth 河口底层沉积物中有机物的 ^{13}C、^{15}N 和元素比（C/H、C/N），发现该海域沉积物主要受海洋的影响。Ahad 等（2006）研究了英国东北部河口海域的铵盐和硝酸盐的氮稳定同位素 ^{15}N 分布，发现该海域铵盐主要来源于一个污水处理场，而硝酸盐则明显受河流输入的影响。Wankel 等（2009）通过硝酸盐浓度和硝酸盐同位素组成（$\delta^{15}N$、$\delta^{18}O$）分析，发现加利福尼亚河口硝酸盐的同位素组成同时受到陆源和外海方面的影响，有显著的季节变化。

　　但是，研究进一步发现氮化合物的 $\delta^{15}N$ 值不仅受到来源的影响，而且还受到氮循环各种过程的控制，不能仅仅通过简单的保守混合模型定量判断各种氮源对 $\delta^{15}N$ 值的影响。所以，很多学者开始关注氮的生物地球化学过程对氮稳定同位素的影响，以期了解氮循环过程中的 $\delta^{15}N$ 变化特点。

（三）氮循环的生物地球化学过程研究

　　海洋中氮循环的生物地球化学过程主要包括固氮作用、同化作用、硝化作用、反硝化作用、矿化分解作用等（Herbert，1999）。由于不同的反应过程和环境因素，氮元素在不同生物地球化学过程中的同位素分馏作用也不相同。例如，生物的营养状态会影响同位素 ^{15}N 的分馏作用（Waser et al.，1999）；不同形态的氮在生物同化过程中的分馏作用也不同（俞志明等，2004）；氮稳定同位素 ^{15}N 的分馏程度也会受到光照、溶解氧等环境因素的影响（Sugimoto，2008）；等等。所以，根据氮稳定同位素 ^{15}N 的变化特点，可以更深入地反映氮循环的生物地球化学过程。

1. 硝化作用

　　长期以来，将 ^{15}N 标记的铵盐加至水样进行现场培养，测定硝化反应速率得到广泛应用，成为氮稳定同位素技术应用于硝化作用研究的一个重要方面（Drake et al.，2009）。例如，Eriksson 等（2003）在意大利威尼斯潟湖中利用该技术测定了硝化作用速率，研究了该海域硝化作用的时空变化，发现了硝化作用速率分布的区域特征。目前有关外加 ^{15}N 标记化合物测定硝化、反硝化速率的研究报道较多，但是有关硝化过程对天然丰度氮稳定同位素 ^{15}N 分馏作用影响的研究报道较少。最近，Sugimoto 等（2009）在日本 Ise 富营养化海湾研究了硝酸盐 $\delta^{15}N$ 的季节变化，通过硝酸盐 $\delta^{15}N$ 和硝酸盐浓度的关系，发现硝化作用是硝酸盐 $\delta^{15}N$ 变化的控制因子，揭示出该海域硝化作用是硝酸盐的主要来源，也是导致 Ise 海湾富营养化的重要原因。

2. 反硝化作用

　　反硝化作用是水体中氮循环的一个重要过程。Barford 等（1999）在实验室内建立一个简单的稳定反应装置，研究了反硝化过程中的氮同位素效应，发现反硝化过程中的氮稳定同位素分馏作用非常显著，可以达到 20‰～30‰。但是，与硝化过程研究相似，目前有关反硝化过程中同位素效应方面的研究较少，大部分的研究还是集中于 $\delta^{15}N$ 技术在反硝化速率测定方面的报道：例如，Wang 等（2003）利用同位素技术（^{15}N、^{18}O），测得 St. Lawrence 河口水域沉积物的反硝化速率，提出反硝化作用中的硝酸盐主要来源于硝化作用；Wang 等（2009）利用该技术研究了珠江河口海域的反硝化速率，发现相对于上覆水的硝酸盐、亚硝酸盐浓度，反硝化速率与沉积物需氧量高度相关，提出沉积物需氧量是反硝化速率的主要控制因子。

3. 微藻的同化吸收作用

　　海洋微藻的同化吸收作用是海洋中氮的生物地球化学循环最重要的环节之一。

Wada 和 Hattori（1976）、Altabet 等（1991）研究表明，在硝酸盐、铵盐丰富的海洋环境中，微藻的同化吸收作用控制着表层海水颗粒物的 $\delta^{15}N$ 值。微藻在吸收和利用硝酸盐、铵盐等营养物质时，具有明显的同位素分馏作用，氮同位素分馏系数较大，为 $-27‰\sim0‰$。Horrigan 等（1990）和 Miyajima 等（2009）分别根据微藻同化过程中的 $\delta^{15}N$ 值变化，结合保守混合方程和瑞利公式，定量估算出水体中微藻的同化吸收作用及其同位素分馏作用。俞志明等（2004）进一步研究了不同氮源对海洋微藻同化过程中 $\delta^{15}N$ 的影响，发现在藻类生长初期，颗粒有机氮的 $\delta^{15}Np$ 值相对较低，培养液中剩余的溶解态氮 $\delta^{15}N$ 值相对较高；随着氮营养盐的不断消耗，颗粒有机氮 $\delta^{15}Np$ 值逐渐升高，当溶解态氮消耗殆尽时，$\delta^{15}Np$ 值达到氮源原有的水平，充分反映出海洋微藻同化过程中 $\delta^{15}Np$ 值的变化特点。

4. 颗粒有机物矿化分解作用

水体中颗粒有机物的矿化分解作用也会影响悬浮颗粒物和溶解态硝酸盐 $\delta^{15}N$ 的分布，但是目前国际上该方面研究较少。Wu 等（2003）研究了东海 PN 断面颗粒有机物的分布，他们借助于稳定 C、N 同位素信息，利用简单的组分混合公式，评估了不同来源（陆源、台湾暖流、大洋、矿化再生）对该海域颗粒有机物的贡献。Altabet（1988）研究了大洋透光层下悬浮颗粒物 $\delta^{15}N$ 的变化特点，发现由于矿化作用该水域悬浮颗粒物的 $\delta^{15}N$ 值升高 5‰～ 10‰；进一步研究发现，海底沉积物的 $\delta^{15}N$ 值又比沉降颗粒物的 $\delta^{15}N$ 值高 3‰～5‰，反映出大洋中悬浮颗粒物在沉降和沉积过程中的矿化作用对 $\delta^{15}N$ 值的影响（Altabet，2001）。

5. 固氮作用

固氮作用是氮通量研究的重要内容，大都在大洋水域进行，氮稳定同位素技术在其中也发挥了重要作用。Bourbonnais 等（2009）研究发现，亚热带北大西洋东部水体 N/P 值较高，硝酸盐的 $\delta^{15}N$ 和 $\delta^{18}O$ 值偏离正常范围，而 DON 和 PON 的 $\delta^{15}N$ 值较低，反映出固氮作用在该海域发挥重要作用，解释了该海域低营养盐、高生产力的原因。类似的工作还包括 Evans 等（2006）在 Florida 湾西部水域关于固氮作用的研究。

国内关于海水中天然丰度氮稳定同位素 ^{15}N 的研究开展较晚，相关的研究报道也较少，针对长江口海域的更少。目前一些相关研究主要包括：长江流域颗粒态有机氮的来源和分布（吴莹等，2002；Wu et al.，2007）、长江及长江口水域表层水体中悬浮颗粒物的稳定氮同位素分布特征（宋飞等，2007）、长江口水域潮滩有机质及沉积物中有机物的来源及分布（高建华等，2007；刘敏等，2004）、长江口地区颗粒态有机物的分布及其稳定氮同位素对物源和沉积动力过程的指示意义（Zhou et al.，2006）等。近期，本文作者在颗粒态氮同位素 ^{15}N 研究的基础上（宋飞等，2007），建立了海水中溶解态硝酸盐天然丰度 ^{15}N 的分析方法（Liu et al.，2009b），分别在 2006 年 2 月、5 月、8 月、11 月对长江口水域（$30.3°\sim32.1°N$，$121.0°\sim123.5°E$，图 6-14）表层水体中（0～5m 层）溶解态和颗粒态硝酸盐氮同位素组成（$\delta^{15}N_{NO_3^-}$、$\delta^{15}Np$）进行了四个航次的调查，研究了长江口水域硝酸盐 $\delta^{15}N$ 的分布规律、主要影响因素，为深入分析长江口水域富营养化的形成机制提供了重要参考。

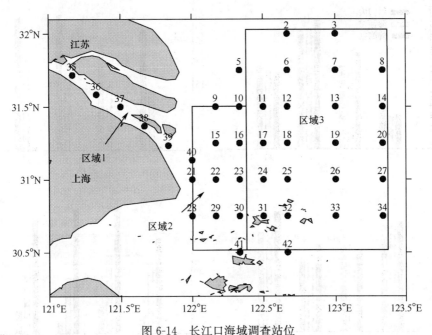

图 6-14 长江口海域调查站位

调查海域共设 40 个站位 。为便于分析研究，根据盐度和浑浊度特征，将调查海域分成三个区域进行分析。区域 1：口门内，水体浑浊，盐度小于 3；区域 2：最大浑浊带区（沈焕庭和潘定安，2001），中等盐度（小于 25）；区域 3：外海区，水体清澈，悬浮体浓度小于 10mg/L

二、长江口水域溶解态硝酸盐 $\delta^{15}N$ 的分布及其环境意义

（一）长江口水域主要环境要素季节变化情况

图 6-15 为 2006 年 2 月、5 月、8 月、11 月长江口水域口门内、最大浑浊带和外海区表层水体中主要理化参数、营养盐季节变化情况调查结果的平均值。结果表明，各区域的平均水温随季节变化明显：8 月温度最高，（28.02±1.21）℃；2 月温度最低，（8.65±1.39）℃。水体中盐度的季节变化趋势不明显，在最大浑浊带水体的盐度均小于 25，外海区水体盐度可达 25 以上。水体中溶解氧的分布也随季节发生变化，与水温的季节变化趋势相反，最高值出现在 2 月，平均可达 8.44mg/L，最低值则出现在 8 月，平均只有 5.87mg/L。硝酸盐是水体中溶解态无机氮的主要存在形式，从口门内到外海，硝酸盐具有明显的减小趋势，在 4 个航次中，其最高值出现在 5 月的口门内区域，平均可达 84.14μmol/L，最低值出现在 8 月的外海区域，平均为 7.30μmol/L。水体中的亚硝酸盐和铵盐含量均较低，其中亚硝酸盐的浓度分布范围为 0.33～3.59μmol/L，而铵盐的浓度分布范围为 1.68～11.12μmol/L，均明显低于水体中硝酸盐的浓度。长江口水域水体中叶绿素 a 的含量空间分布趋势明显，其中口门内和最大浑浊带区域水体中叶绿素 a 的含量一年四季均较低，外海区叶绿素 a 含量的季节变化较大，5 月出现最高值，平均达 3.99μg/L；2 月最低，平均只有 0.57μg/L。水体中的悬浮颗粒物（SS）浓度具有明

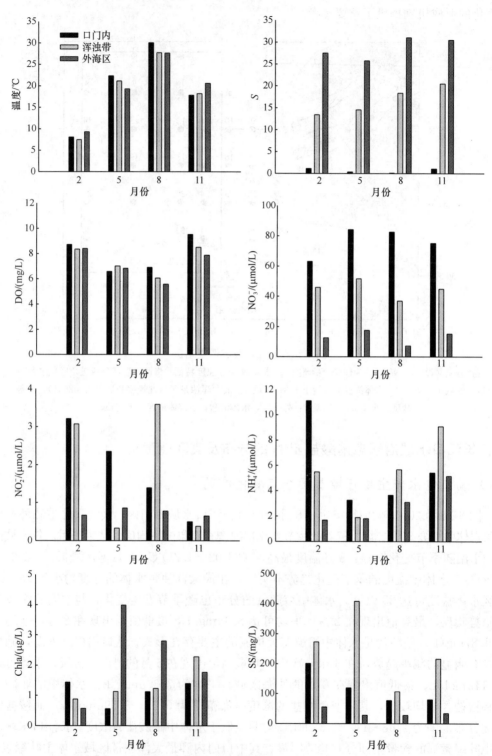

图 6-15　2006 年长江口水域表层水体中不同区域（口门内，最大浑浊带，外海）主要理化参
数和营养盐季节变化

显的空间分布趋势，其最高值出现在 5 月的最大浑浊带区域，平均为 409.16mg/L；最低值则出现在该季节的外海区域，平均只有 28.59mg/L。

（二）长江口水域表层水体中溶解态硝酸盐 $\delta^{15}N_{NO_3^-}$ 的分布

调查发现，长江口水域表层水体中溶解态硝酸盐 4 个季度的 $\delta^{15}N_{NO_3^-}$ 值分布范围为 0.4‰～6.5‰，总体平均值为 3.5‰。

与其他河口、海湾等水域相比较，长江口水域硝酸盐 $\delta^{15}N_{NO_3^-}$ 值分布范围相对较窄，比 Tyne 河口和 Scheldt 河口低，但高于芬兰东部湾海域，与台湾东北部黑潮水域硝酸盐 $\delta^{15}N_{NO_3^-}$ 值的分布范围相接近（表 6-6）。长江口水域表层水体中硝酸盐 $\delta^{15}N_{NO_3^-}$ 值在不同季节、不同区域都呈现不同的分布特点，如图 6-16、图 6-17 所示。

表 6-6　长江口水域表层水体与其他水域水体中硝酸盐 $\delta^{15}N_{NO_3^-}$ 值比较

水域	$\delta^{15}N_{NO_3^-}$ 值/‰	参考文献
英国泰恩（Tyne）河口	−1.3～10.7	Ahad et al.，2006
荷兰 Scheldt 河口	−2.2～12.7	Middleburg and Nieuwenhuize，2001
芬兰湾（Eastern gulf of Finland）	1～4.2	Kuuppo et al.，2006
台湾东北部黑潮水域	−0.5～6.1	Liu et al.，1996
墨西哥加勒比（Caribbean）海岸	3.8～7.5	Mutchler et al.，2007
长江口水域（2 月）	0.4～3.6	本节
长江口水域（5 月）	2.1～6.5	本节
长江口水域（8 月）	1.5～5.3	本节
长江口水域（11 月）	3.2～5.2	本节

2 月，表层水体中硝酸盐 $\delta^{15}N_{NO_3^-}$ 值分布范围为 0.4‰～3.6‰，平均为 2.1‰，整体分布水平在 4 个季节中最低；从离散度来看，2 月表层水体中硝酸盐 $\delta^{15}N_{NO_3^-}$ 值的离散程度较 8 月低，而高于 5 月和 11 月，相对较为分散，说明该季节可能受到较复杂的化学和生物过程的影响；此外，硝酸盐 $\delta^{15}N_{NO_3^-}$ 值在空间分布上呈现出近岸水域高、远岸水域低的趋势，其中，口门内以及近岸西北部水体中的硝酸盐 $\delta^{15}N_{NO_3^-}$ 值最高，其他水域较低，最低值出现在外海域的 27 号站附近。

5 月，表层水体中硝酸盐 $\delta^{15}N_{NO_3^-}$ 值分布范围为 2.1‰～6.5‰，平均为 4.2‰，远高于 2 月；该季节硝酸盐 $\delta^{15}N_{NO_3^-}$ 值的离散程度较低，但最大值、最小值差距较大，最大值为 4 个季节中的最高值。从空间分布上来看，分布规律不明显，$\delta^{15}N_{NO_3^-}$ 最高值分布在长江口外海北部区域，最低值出现在最大浑浊带和外海南部区域。

8 月，表层水体中硝酸盐 $\delta^{15}N_{NO_3^-}$ 值分布范围为 1.5‰～5.3‰，平均值为 3.4‰，其中未包括长江外海东部边缘站位硝酸盐 $\delta^{15}N_{NO_3^-}$ 数据。整体分布水平低于 5 月；就离散程度而言，8 月水体中硝酸盐 $\delta^{15}N_{NO_3^-}$ 值的分布在四个季节中最为分散，此季节可能受到相对复杂的径流输入或氮生物地球化学过程的影响；该季节硝酸盐 $\delta^{15}N_{NO_3^-}$ 的空间分布规律不明显，从河道向口门处延伸水体中硝酸盐 $\delta^{15}N_{NO_3^-}$ 值略有增加，而外海北

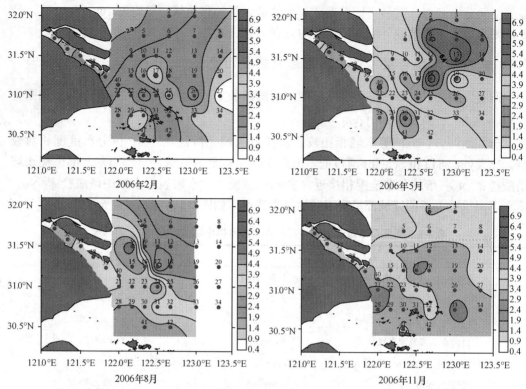

图 6-16　2006 年长江口水域不同季节表层水体硝酸盐 $\delta^{15}N_{NO_3^-}$ 值的空间分布（见彩图）

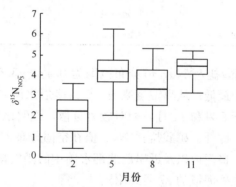

图 6-17　2006 年长江口水域表层水体中硝酸盐 $\delta^{15}N_{NO_3^-}$ 值的季节变化

图中方框中间线为所有样品中 $\delta^{15}N_{NO_3^-}$ 的平均值，上、下触须线分别为所有样品中 $\delta^{15}N_{NO_3^-}$ 的最大、最小

值，方框为去除 $\delta^{15}N_{NO_3^-}$ 值中最低、最高各 25% 的样品后，其余样品 $\delta^{15}N_{NO_3^-}$ 值的分布情况

部区域硝酸盐 $\delta^{15}N_{NO_3^-}$ 值出现一低值区，与 5 月正好相反。

11 月，表层水体中硝酸盐 $\delta^{15}N_{NO_3^-}$ 平均值为 4.4‰；在 4 个季节中最高，分布范围为 3.2‰～5.2‰，离散程度也最小，说明该季节控制硝酸盐的生物地球化学过程较单一。11 月硝酸盐 $\delta^{15}N_{NO_3^-}$ 值空间分布均匀，且规律明显，从河道向外海区域硝酸盐 $\delta^{15}N_{NO_3^-}$ 值逐渐增加。其中，最低值出现在河道的 35 号站附近，最高值则出现在口门处的 21 号站与外海区 33 号站和 17 号站附近。

（三）长江口水域表层水体中溶解态硝酸盐 $\delta^{15}N_{NO_3^-}$ 分布的环境意义

根据保守混合理论（Middleburg and Nieuwenhuize，2001；Officer，1979），结合长江口水域各区域 $\delta^{15}N_{NO_3^-}$ 离散程度变化及其与相关环境要素的关系，进一步分析了不同季节长江口水域表层水体中溶解态硝酸盐 $\delta^{15}N_{NO_3^-}$ 分布特征的环境意义。

1. 2月

2月，长江口水域表层水体中硝酸盐的浓度及其 $\delta^{15}N_{NO_3^-}$ 和盐度之间都有较好的线性关系（图 6-18），硝酸盐浓度和 $\delta^{15}N_{NO_3^-}$ 值随盐度的增大而减小。从该季节不同水域硝酸盐 $\delta^{15}N_{NO_3^-}$ 的离散程度分布情况（图 6-19）也可以看出，口门内硝酸盐 $\delta^{15}N_{NO_3^-}$ 值高于最大浑浊带和外海。这反映了在该季节口门内受长江径流输入影响明显，随着长江径流输入影响减弱，最大浑浊带和外海区硝酸盐 $\delta^{15}N_{NO_3^-}$ 值也相对降低。此外，口门内水体中硝酸盐 $\delta^{15}N_{NO_3^-}$ 值的离散程度最小，同样说明该区域硝酸盐主要受长江径流输入影响，来源单一；最大浑浊带和外海区硝酸盐 $\delta^{15}N_{NO_3^-}$ 值的离散程度则相对较大，反映出该水域硝酸盐除受径流影响外，还受一定的外部海域影响以及该水域存在相对口门内较为复杂的化学和生物过程的影响。通过对 2月长江口水域硝酸盐浓度和 $\delta^{15}N_{NO_3^-}$ 值的保守混合分析（图 6-20）表明，二者偏离保守混合的程度均较小，具有明显的保守行为，硝酸盐的氮同位素分馏作用在该季节相对较小。

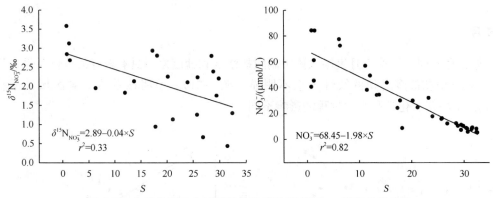

图 6-18 2月长江口水域硝酸盐浓度及其 $\delta^{15}N_{NO_3^-}$ 值和盐度关系

由于 2月硝酸盐 $\delta^{15}N_{NO_3^-}$ 存在较好的保守混合行为，参考通过径流输入的不同氮源 $\delta^{15}N$ 特征值（大气沉降 $\delta^{15}N$ 值：$-10‰\sim+9‰$；农业化肥 $\delta^{15}N$ 值：$-5‰\sim+5‰$；有机肥与污水 $\delta^{15}N$ 值：$+10‰\sim+20‰$）（Kendall and Mcdonnell，1998；Russell et al.，1998；Aravena et al.，1993；Amberger and Schimidt，1987），可以大致判别该季节通过径流输入氮的主要来源。本研究结果表明，2月表层水体中硝酸盐 $\delta^{15}N_{NO_3^-}$ 值主要分布范围为 $0.4‰\sim3.6‰$，平均为 $2.1‰$，处于大气沉降和农业化肥氮来源的特征值范围之内；考虑到 2月降水较其他季节偏少，该季节大气沉降对硝酸盐 $\delta^{15}N_{NO_3^-}$ 的影响较小。因此，研究认为长江径流输入氮的主要贡献以农业化肥为主，大气沉降次之，有机肥和污水最小。

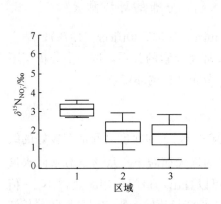

图 6-19　2 月长江口水域不同区域硝酸
盐 $\delta^{15}N_{NO_3^-}$ 值的分布

区域 1：口门内；区域 2：最大浑浊带；区域
3：外海区；图中方框中间线为所有样品中
$\delta^{15}N_{NO_3^-}$ 的平均值，上、下触须线分别为所有
样品中 $\delta^{15}N_{NO_3^-}$ 的最大、最小值，方框为去
除 $\delta^{15}N_{NO_3^-}$ 值中最低、最高各 25% 的样品后，
其余样品 $\delta^{15}N_{NO_3^-}$ 值的分布情况

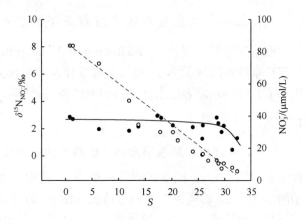

图 6-20　2 月长江口水域硝酸盐浓度和 $\delta^{15}N_{NO_3^-}$ 值的保
守混合分析

图中空心点代表硝酸盐浓度大小，实心点代表硝酸盐 $\delta^{15}N_{NO_3^-}$
值大小，虚线代表硝酸盐浓度的保守混合线，实线代表硝酸盐
$\delta^{15}N_{NO_3^-}$ 保守混合线

2. 5 月

与 2 月不同，尽管 5 月表层水体中硝酸盐浓度和盐度之间具有较好的线性关系，但
其 $\delta^{15}N_{NO_3^-}$ 值和盐度之间的线性关系不明显（图 6-21），说明该季节不同区域硝酸盐
$\delta^{15}N_{NO_3^-}$ 受物理、化学和生物过程的影响不同。

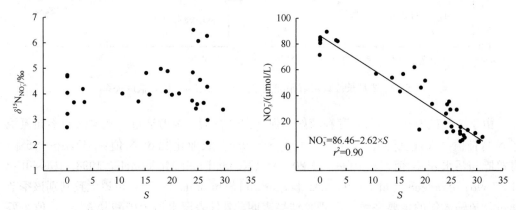

图 6-21　5 月长江口水域硝酸盐浓度及其 $\delta^{15}N_{NO_3^-}$ 值和盐度的关系

口门内，表层水体中硝酸盐 $\delta^{15}N_{NO_3^-}$ 平均值在 4 个季节中最高，其离散程度也较其他季节相对分散（图 6-22），说明该区域 $\delta^{15}N_{NO_3^-}$ 除受径流输入影响外，同时也受到其他作用的影响。本研究结果显示，口门内 36 号站、37 号站的硝酸盐 $\delta^{15}N_{NO_3^-}$ 值高于其他站点，其 COD 含量也相对较高（分别为 2.44mg/L、2.79mg/L）。经进一步调查得知，36 号站、37 号站附近分别靠近浏河及上海市西区污水排放口。其中，浏河在周围的入江支流中排水、排污量居首位，其年排水量约为 $1.2×10^9 m^3$，主要集中在 5～10 月，每年排出 COD、BOD、NH_3-N 的量约为 4.4 万 t（茅志昌等，2003）；而上海市西区排放口日排放量可达 70 万 t（陈振楼等，2000）。除此之外，黄浦江以下亦受竹园、白龙港两处污水排放口的排污影响。由此可见，陆源排污导致该季节口门内水体硝酸盐 $\delta^{15}N_{NO_3^-}$ 值偏高。

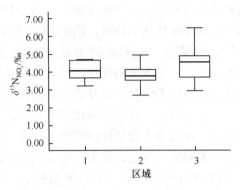

图 6-22　5 月长江口水域不同区域硝酸盐 $\delta^{15}N_{NO_3^-}$ 值的分布

区域 1：口门内；区域 2：最大浑浊带；区域 3：外海区；图中方框中间线为所有样品中 $\delta^{15}N_{NO_3^-}$ 的平均值，上、下触须线分别为所有样品中 $\delta^{15}N_{NO_3^-}$ 的最大、最小值，方框为去除 $\delta^{15}N_{NO_3^-}$ 值中最低、最高各 25% 的样品后，其余样品 $\delta^{15}N_{NO_3^-}$ 值的分布情况

最大浑浊带区域，表层水体中硝酸盐 $\delta^{15}N_{NO_3^-}$ 离散程度在整个水域中最小（图 6-22），说明该区域影响 $\delta^{15}N_{NO_3^-}$ 值变化的生物地球化学作用较为单一。受水体浑浊和低透明度的影响，5 月最大浑浊带 Chla 含量较低（平均为 $1.13\mu g/L$），生物作用影响较弱；分析该区域硝酸盐浓度和 $\delta^{15}N_{NO_3^-}$ 的保守混合情况（图 6-23）发现，硝酸盐浓度偏离保守混合的程度增加，而 $\delta^{15}N_{NO_3^-}$ 值偏离保守混合的程度减小，二者呈相反趋势。而且最大浑浊带硝酸盐 $\delta^{15}N_{NO_3^-}$ 值与 DO 呈一定的正相关（$r=0.552$），硝酸盐浓度与 DO

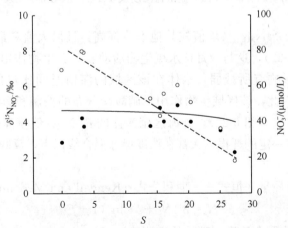

图 6-23　5 月浑浊区硝酸盐浓度和 $\delta^{15}N_{NO_3^-}$ 值的保守混合分析

图中空心点代表硝酸盐浓度大小，实心点代表硝酸盐 $\delta^{15}N_{NO_3^-}$ 值大小，虚线代表硝酸盐浓度的保守混合线，实线代表硝酸盐 $\delta^{15}N_{NO_3^-}$ 保守混合线

呈负相关（$r= -0.469$）（图 6-24），说明该季节水体中发生了硝化反应，该反应在导致硝酸盐浓度增加的同时，消耗 DO，使新生成硝酸盐的 $\delta^{15}N_{NO_3^-}$ 值相对富集^{14}N，导致 $\delta^{15}N_{NO_3^-}$ 值降低（Reinhardt et al.，2006；Sutka et al.，2004；Ostrom et al.，1997）。上述结果表明，该季节硝化作用是最大浑浊带硝酸盐生物地球化学的主要过程，因为春季水体中丰富的 DO 含量以及适宜的温度（硝化细菌生长的适宜温度是 20～30℃，低于10℃时生长缓慢）有助于硝化细菌的生长（陈庆选等，2007；Jones and Hood，1980）；同时最大浑浊带大量悬浮颗粒物的存在，有利于硝化速率的提高，促进硝化反应发生。此外，本研究还发现，最大浑浊带 NO$_3$-N/DIN 值较整个水域值更高，均在 90% 以上；而 NH$_4$-N/DIN 和 NO$_2$-N/DIN 值较小，进一步证明了硝化反应的存在，且反应进行较为充分。

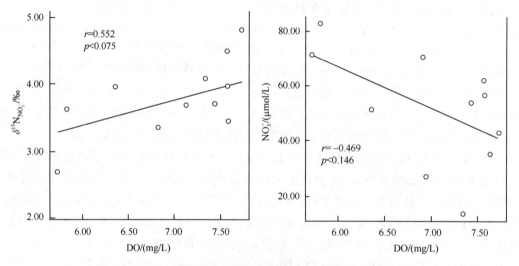

图 6-24　5 月浑浊区硝酸盐浓度及 $\delta^{15}N_{NO_3^-}$ 值与 DO 关系

外海区，硝酸盐 $\delta^{15}N_{NO_3^-}$ 平均值较其他季节都高，且最大值和最小值的差异较大，分布较为分散（图 6-22），这与 5 月该水域生物活动较强、生物作用影响有关。由于长江径流对该区域的影响有所减弱，水体在该区域的滞留时间比口门内和浑浊区较长（Qi et al.，2003），因此，该区域生物作用对硝酸盐分布的控制和影响较大。从该区域保守混合特征可以看出（图 6-25），外海区硝酸盐的 $\delta^{15}N_{NO_3^-}$ 值偏离保守混合的程度增加，硝酸盐的浓度有一定的耗损，大都在浓度保守混合线以下，反映出藻类对硝酸盐的吸收作用。

根据氮的同位素质量守恒式——瑞利公式（Kendall and Mcdonnell，1998）：
$$\delta^{15}N_s = \delta^{15}N_0 + \varepsilon \times \ln(1-f)$$
式中，N_s 表示反应物剩余浓度（硝酸盐实测值）；N_0 表示反应物初始浓度（硝酸盐理论值）；ε 为反应分馏系数；f 为硝酸盐损耗和硝酸盐理论值的比值，硝酸盐的损耗为硝酸盐实测值和理论值的差值，理论值通过硝酸盐浓度保守混合线计算而得。该公式表明，若硝酸盐的氮同位素分馏主要是由生物对硝酸盐的吸收作用引起的，则 $\delta^{15}N_{NO_3^-}$ 值与 ln（1－f）应呈线性关系。如图 6-26 所示，该区域 $\delta^{15}N_{NO_3^-}$ 值与 ln（1－f）呈负相关，$r=-0.649$，$p<0.05$。这说明 5 月外海区硝酸盐氮的同位素变化主要受生物吸收作用影响，导致氮同位素升高。

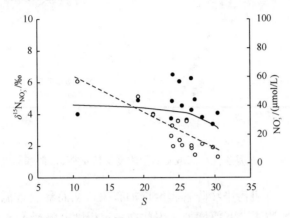

图 6-25 外海区硝酸盐浓度和 $\delta^{15}N_{NO_3^-}$ 值的保守混合分析

图中空心点代表硝酸盐浓度大小，实心点代表硝酸盐 $\delta^{15}N_{NO_3^-}$ 值大小，虚线代表
硝酸盐浓度的保守混合线，实线代表硝酸盐 $\delta^{15}N_{NO_3^-}$ 保守混合线

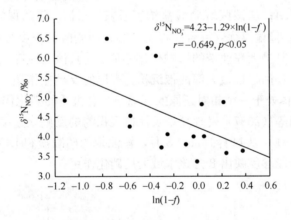

图 6-26 外海区硝酸盐氮同位素和 ln（1－f）关系

3. 8 月

与 5 月相似，8 月表层水体中硝酸盐浓度和盐度呈现明显负相关（$r=-0.933$，$p<0.001$），而硝酸盐 $\delta^{15}N_{NO_3^-}$ 值和盐度的相关性较弱（$r=0.317$），如图 6-27 所示，说明该季节长江口水域不同区域对硝酸盐分布影响的复杂性。

口门内，表层水体中硝酸盐的 $\delta^{15}N_{NO_3^-}$ 平均值低于 5 月，与 11 月相近，和硝酸盐浓度的季节变化规律基本一致（图 6-28），且离散程度较小（图 6-29 区域 1），说明与其他季节相同，8 月硝酸盐的 $\delta^{15}N_{NO_3^-}$ 值也受长江径流输入的影响。此外，8 月水体中 COD 含量相对 5 月明显下降（图 6-30），其原因除与长江径流的稀释作用有关之外，也与夏

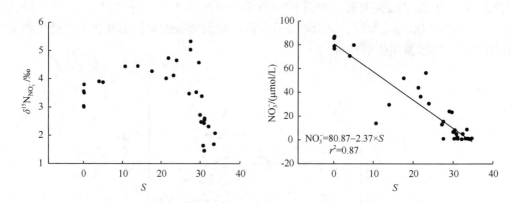

图 6-27　8 月长江口海域硝酸盐浓度及其 $\delta^{15}N_{NO_3^-}$ 值和盐度关系

季水温升高、水体中有机污染物降解程度增加有关；从而释放含低 ^{15}N 的硝酸盐进入水体，同时水体中颗粒物 $\delta^{15}Np$ 值增加，因此在一定程度上解释了 8 月口门内相对较低的硝酸盐 $\delta^{15}N_{NO_3^-}$ 值和较高的颗粒物 $\delta^{15}Np$ 值出现的原因。

　　最大浑浊带区域，表层水体中硝酸盐 $\delta^{15}N_{NO_3^-}$ 平均值在整个水域中最高，离散程度相对较小（图 6-29 区域 2），与 5 月相比，8 月浑浊区的生物作用依然较弱（Chla 含量平均只有 1.23μg/L）；从该区域硝酸盐浓度及其 $\delta^{15}N_{NO_3^-}$ 值的保守混合情况可以看出（图 6-31），$\delta^{15}N_{NO_3^-}$ 值偏离保守混合的程度增加，而硝酸盐浓度分布不规则，其保守混合行为较差。与 5 月最大浑浊带的影响作用不同，8 月该区域存在导致 $\delta^{15}N_{NO_3^-}$ 值增加的其他更强烈影响作用，如最大浑浊带沉积物表层的反硝化作用：8 月温度升高，底层 DO 含量较低，水体处于一个相对还原的环境中，有机质的硝化作用减弱，反硝化作用大大增强。王东启等（2007）发现夏季长江口沉积物的反硝化速率很高，可达 21.91～35.87μmol/(m^2·h)（以 N 计）。5～8 月，浑浊带的硝酸盐和 DO 均有消耗，而 NH$_4^+$ 含量有所增加，也能够反映出 8 月该水域的反硝化作用。

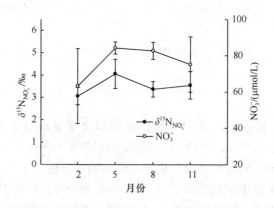

图 6-28　口门内区域 $\delta^{15}N_{NO_3^-}$ 和硝酸盐的季节变化

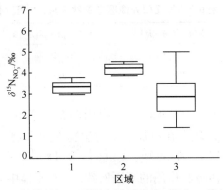

图 6-29　8 月长江口不同水域硝酸盐 $\delta^{15}N_{NO_3^-}$ 值的分布

区域 1：口门内；区域 2：最大浑浊带；区域 3：外海区；图中方框中间线为所有样品中 $\delta^{15}N_{NO_3^-}$ 的平均值，上、下触须线分别为所有样品中 $\delta^{15}N_{NO_3^-}$ 的最大、最小值，方框为去除 $\delta^{15}N_{NO_3^-}$ 值中最低、最高各 25% 的样品后，其余样品 $\delta^{15}N_{NO_3^-}$ 值的分布情况

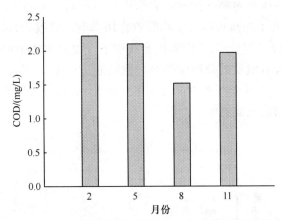

图 6-30　2006 年不同季节长江口门内水体 COD 的平均分布

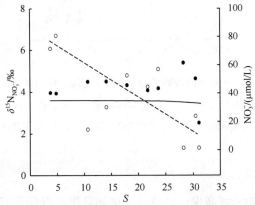

图 6-31　8 月浑浊区硝酸盐浓度和 $\delta^{15}N_{NO_3^-}$ 值的保守混合分析

图中空心点代表硝酸盐浓度大小，实心点代表硝酸盐 $\delta^{15}N_{NO_3^-}$ 值大小，虚线代表硝酸盐浓度的保守混合线，实线代表硝酸盐 $\delta^{15}N_{NO_3^-}$ 保守混合线

表 6-7　长江口外海区各参数 5 月、8 月变化

月份	$\delta^{15}N_{NO_3^-}$ /‰	NO_3^- /(μmol/L)	NH_4^+ /(μmol/L)	Chla/(μg/L)	DO/(mg/L)
5	4.43	17.64	1.80	3.99	6.85
8	2.95	7.30	3.09	2.80	5.57

外海区，硝酸盐 $\delta^{15}N_{NO_3^-}$ 平均值较口门内和最大浑浊带都低，且离散程度较大（图 6-29区域 3），说明该区域存在更加复杂的生物作用影响。与 5 月相比较，8 月外海区硝酸盐的 $\delta^{15}N_{NO_3^-}$ 值降低，硝酸盐、Chla 以及 DO 含量下降，而 NH_4^+ 浓度增加（表 6-7），这主要由于生物吸收作用的不同所致。5 月水体中大量浮游植物开始生长，硝酸盐及 Chla 含量丰富，生物对硝酸盐的吸收作用较强，硝酸盐 $\delta^{15}N_{NO_3^-}$ 值较高；到 8 月，表层海水中的硝酸盐消耗较多，且难以得到富含营养盐的底层水的补充，水体中硝酸盐含量大量减少，生物死亡分解程度增加，对硝酸盐的吸收作用减弱（Kanda et al.，2003）。相关研究表明，夏季东海区域生物对硝酸盐的吸收速率平均为 6.3mg N/(m^2·d)；与春季、秋季相比，夏季生物对硝酸盐的吸收作用相对较弱（Kanda et al.，2003）。如图 6-32 所示，该区域除几个站点可能受生物吸收作用影响，导致 $\delta^{15}N_{NO_3^-}$ 在保守混合线以上外，还有部分站点的 $\delta^{15}N_{NO_3^-}$ 值在保守混合线以下，说明水体中可能还存在生物对铵盐的吸收或者悬浮颗粒有机质的分解作用等，使硝酸盐整体 $\delta^{15}N_{NO_3^-}$ 值降低。本节后面关于该水域表层水体悬浮颗粒物 $\delta^{15}Np$ 的研究亦表明，8 月外海区水体中存在藻类吸收和悬浮颗粒有机氮分解的共同影响。

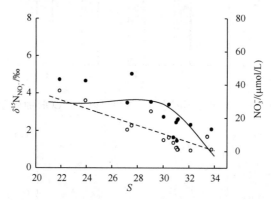

图 6-32　8 月外海区硝酸盐浓度和 $\delta^{15}N_{NO_3^-}$ 值的保守混合分析

图中空心点代表硝酸盐浓度大小，实心点代表硝酸盐 $\delta^{15}N_{NO_3^-}$ 值大小，虚线代表硝酸盐浓度的保守混合线，实线代表硝酸盐 $\delta^{15}N_{NO_3^-}$ 保守混合线保守混合分析

4. 11 月

11 月，长江径流输入量减少，硝酸盐浓度随盐度的升高而降低，呈现明显的保守混合行为（$r = -0.941$，$p < 0.001$）；而 $\delta^{15}N_{NO_3^-}$ 的变化趋势则随盐度的增加而增加（$r = 0.344$，$p < 0.05$，图 6-33），和 2 月硝酸盐 $\delta^{15}N_{NO_3^-}$ 的变化趋势相反。根据该季节不同区域硝酸盐 $\delta^{15}N_{NO_3^-}$ 离散程度分布图（图 6-34）可以看出，与其他月份相比，11 月各个区域

$\delta^{15}N_{NO_3^-}$ 离散程度均较小，说明控制各个区域硝酸盐生物地球化学过程较单一。

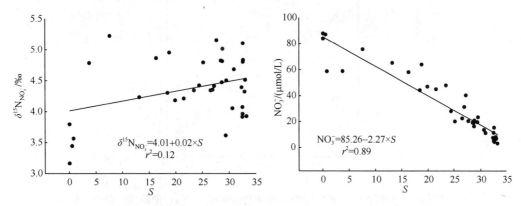

图 6-33 11 月长江口海域硝酸盐浓度及其 $\delta^{15}N_{NO_3^-}$ 值和盐度关系

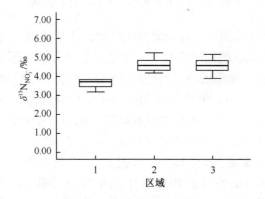

图 6-34 11 月长江口水域不同区域硝酸盐 $\delta^{15}N_{NO_3^-}$ 值的分布

区域 1：口门内；区域 2：最大浑浊带；区域 3：外海区；图中方框中间线为所有样品中 $\delta^{15}N_{NO_3^-}$ 的平

均值，上、下触须线分别为所有样品中 $\delta^{15}N_{NO_3^-}$ 的最大、最小值，方框为去除 $\delta^{15}N_{NO_3^-}$ 值中最低、最

高各 25% 的样品后，其余样品 $\delta^{15}N_{NO_3^-}$ 值的分布情况

口门内，水体中硝酸盐的氮同位素特征和其他季节一样，主要受长江径流输入的影响；$\delta^{15}N_{NO_3^-}$ 值平均为 $(3.55\pm0.26)‰$，在整个水域中最低。从河道上游至口门处，$\delta^{15}N_{NO_3^-}$ 值逐渐增加，与水体中悬浮颗粒物含量以及 COD 含量变化趋势相一致，因此推测该区域 $\delta^{15}N_{NO_3^-}$ 值可能也受到河口排污的影响。与 5 月不同，11 月较高的 COD 及铵盐含量位于 39 号站附近，其 $\delta^{15}N_{NO_3^-}$ 值也偏高；该站点靠近南区排污口，可能由于大量污水的排放，导致该点 $\delta^{15}N_{NO_3^-}$ 值高于口门内其他站点。

最大浑浊带区域，11 月硝酸盐 $\delta^{15}N_{NO_3^-}$ 平均值高于其他月份，且偏离保守混合的程度增加（图 6-35）；反硝化作用可能继续影响该区域，引起硝酸盐 $\delta^{15}N_{NO_3^-}$ 值升高。此外，该区域 NH_4^+ 以及 Chla 的含量均较高（图 6-16，NH_4^+ 平均为 $9.07\mu mol/L$，Chla 平均为 $2.28\mu g/L$），说明该区域较高的硝酸盐 $\delta^{15}N_{NO_3^-}$ 值可能与微藻的生物作用有关。

外海区，水体中硝酸盐的 $\delta^{15}N_{NO_3^-}$ 值离散程度相对较小，且偏离保守混合的程度增

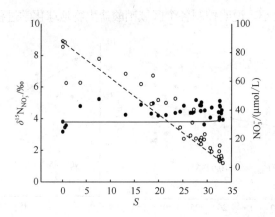

图 6-35　2006 年 11 月长江口海域硝酸盐浓度和 $\delta^{15}N_{NO_3^-}$ 值的保守混合分析

图中空心点代表硝酸盐浓度大小，实心点代表硝酸盐 $\delta^{15}N_{NO_3^-}$ 值大小，虚线代表硝酸盐浓度的保守

混合线，实线代表硝酸盐 $\delta^{15}N_{NO_3^-}$ 保守混合线

加（图 6-35），生物吸收作用对该区域的影响依然占主要地位。与其他月份相比较，11月外海区硝酸盐的 $\delta^{15}N_{NO_3^-}$ 值低于 5 月，高于 2 月和 8 月。根据硝酸盐 $\delta^{15}N_{NO_3^-}$ 值的季节变化以及前面外海区生物作用的讨论可知，5 月硝酸盐的生物吸收作用最强；11 月次之；8 月尽管 Chla 浓度较高，但生物对硝酸盐的吸收作用相对 11 月较弱；2 月最弱。Kanda 等（2003）曾对长江口外海生物吸收硝酸盐的季节变化进行了研究，结果显示：春季＞秋季＞夏季＞冬季，与本节结果相一致。

综上所述，长江口水域表层水体中硝酸盐 $\delta^{15}N_{NO_3^-}$ 具有明显的时空分布特点，反映了该水域不同区域影响硝酸盐的物理和生物地球化学作用不同。口门内，硝酸盐 $\delta^{15}N_{NO_3^-}$ 值的季节变化与硝酸盐浓度相一致，且离散程度较小，反映了长江径流输入对该区域硝酸盐的影响明显。最大浑浊带，硝酸盐 $\delta^{15}N_{NO_3^-}$ 值的分布规律不明显，保守混合行为较差，说明该区域影响硝酸盐的作用复杂：5 月主要受硝化作用的影响，硝酸盐氮同位素组成偏离保守混合减小；8 月则受反硝化作用影响较强，导致该区域硝酸盐 $\delta^{15}N_{NO_3^-}$ 偏离保守混合的程度增加；11 月除反硝化作用影响外，还受生物吸收作用的影响，硝酸盐整体 $\delta^{15}N_{NO_3^-}$ 值增加。外海区，硝酸盐 $\delta^{15}N_{NO_3^-}$ 值的季节变化明显，春季＞秋季＞夏季＞冬季，与生物对硝酸盐的吸收程度变化相一致。

三、长江口水域悬浮颗粒物 $\delta^{15}Np$ 的分布及其生物地球化学意义

（一）长江口水域表层水体中悬浮颗粒物 $\delta^{15}Np$ 的分布

2006 年长江口水域表层水体中悬浮颗粒物四个季节的 $\delta^{15}Np$ 值分布范围为 0.6‰～8.2‰，平均值为 5.3‰。由表 6-8 中数据可以看出，该结果与 2005 年长江口的调查结果相似，在文献报道值范围之内，也与国外其他一些河口的 $\delta^{15}Np$ 值水平一致。

表 6-8　长江口水域表层水体与其他水域水体中悬浮颗粒物的 $\delta^{15}\mathrm{Np}$ 值比较

水域	$\delta^{15}\mathrm{Np}/\permil$	平均值/‰	参考文献
美国 Apalachicola 湾	5.8～7.2	6.5	Cole et al.，2004
美国 Narragansett 湾	2.1～7.9	5.6	McKinney et al.，2001
墨西哥 Tijuana 河口	6～10.9	8.5	Kwak et al.，1997
苏格兰 Forth 湾	5.0～6.2		Graham et al.，2001
美国 Delaware 河口	2.3～7.5		Cifuentes et al.，1988
英国 Tay 河口	0.2～4.0		Thornton and McManus，1994
亚马孙河口	3.2～6.1		Mayer et al.，1998
长江口（2005 年 2 月）	0.1～6.3	3.7	宋飞等，2007
长江口（2005 年 5 月）	0.6～10.1	5.6	宋飞等，2007
长江口（2005 年 9 月）	2.3～7.4	4.6	宋飞等，2007
长江口（2005 年 11 月）	−1.6～9.0	4.7	宋飞等，2007
长江口（2006 年 2 月）	2.1～6.6	4.2	本节
长江口（2006 年 5 月）	1.8～7.1	5.1	本节
长江口（2006 年 8 月）	4.7～8.2	6.7	本节
长江口（2006 年 11 月）	0.6～7.4	5.2	本节

　　长江口水域表层水体中悬浮颗粒物 $\delta^{15}\mathrm{Np}$ 值在不同季节、不同区域都呈现不同的分布特点，如图 6-36、图 6-37 所示。

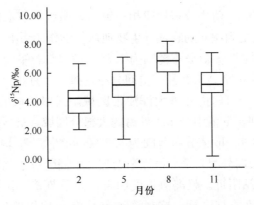

图 6-36　2006 年长江口表层水体悬浮颗粒物 $\delta^{15}\mathrm{Np}$ 值的季节变化

图中方框中间线为所有样品中 $\delta^{15}\mathrm{Np}$ 的平均值，上、下触须线分别为所有样品中 $\delta^{15}\mathrm{Np}$ 的最大、最小值，方框为去除 $\delta^{15}\mathrm{Np}$ 值中最低、最高各 25% 的样品后，其余样品 $\delta^{15}\mathrm{Np}$ 值的分布情况

　　2 月，表层水体中 $\delta^{15}\mathrm{Np}$ 值分布范围为 2.1‰～6.6‰，平均为 4.2‰。空间分布规律明显，呈现出近岸水域低、远岸水域高的趋势；$\delta^{15}\mathrm{Np}$ 高值分布在外海区域的外沿，而低值分布于口门内以及最大浑浊带附近水域。从离散程度来看，2 月 $\delta^{15}\mathrm{Np}$ 的离散程度较 5 月低，略高于 8 月和 11 月，整体分布水平在 4 个季节中最低，此规律与该季节

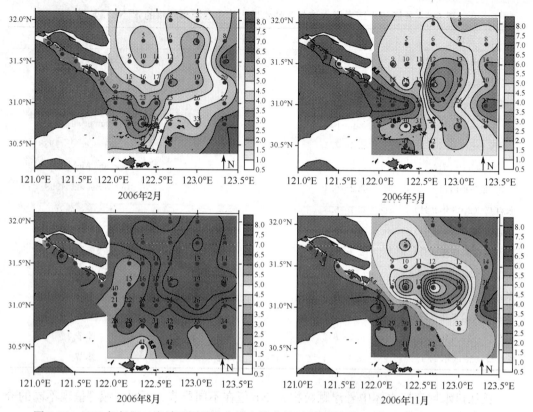

图 6-37　2006 年长江口海域不同季节表层水体中悬浮颗粒物 $\delta^{15}Np$ 值的空间分布（见彩图）

表层水体中硝酸盐 $\delta^{15}N_{NO_3^-}$ 值的分布规律相一致，说明该季节水体中悬浮颗粒物和硝酸盐的 $\delta^{15}N_{NO_3^-}$ 变化可能受到相同的物理、生物地球化学作用影响。

5 月，表层水体中 $\delta^{15}Np$ 值分布范围为 1.8‰～7.1‰，平均为 5.1‰。该季节 $\delta^{15}Np$ 的离散程度最大，整体水平高于 2 月。空间分布规律与 2 月相反，近岸水域高、远岸水域低；$\delta^{15}Np$ 高值分布于口门内和最大浑浊带区域，远岸水域的东部外沿 14 号站、27 号站附近也有高值出现，低值则分布于外海的大部分区域，最低值位于 18 号站附近。

8 月，表层水体中 $\delta^{15}Np$ 值分布范围为 4.7‰～8.2‰，平均为 6.7‰。空间分布均匀且规律明显，沿口门向外海 $\delta^{15}Np$ 值逐渐增加，最高值位于北部外海区，最低值则出现在西南部水域 41 号站附近。就离散程度而言，该季节 $\delta^{15}Np$ 的离散度最低，而整体水平最高，说明与其他季节比较，控制该季节悬浮颗粒物的生物地球化学过程较为单一。

11 月，表层水体中 $\delta^{15}Np$ 值分布范围为 0.6‰～7.4‰，平均为 5.2‰。与 5 月比较而言，二者 $\delta^{15}Np$ 值的分布水平相近，而 11 月 $\delta^{15}Np$ 的离散程度略低于 5 月。在空间分布上，口门内、最大浑浊带的西南部以及外海区东北部外沿海域表层水体中 $\delta^{15}Np$ 值较高，其他海域 $\delta^{15}Np$ 值较低；其中，最高值位于口门附近 21 号站附近，而最低值出现在外海区 16 号站、18 号站附近。

（二）长江口水域表层水体中悬浮颗粒物 $\delta^{15}Np$ 的环境意义

1. 2 月

2 月，长江口水域表层水体中悬浮颗粒物的 $\delta^{15}Np$ 平均值在 4 个季节中最低，其变化趋势和盐度相一致，从河口到外海逐渐增加（图 6-38）。这是由于该季节不同物源的贡献程度不同所致。冬季河口区生物作用较弱，悬浮颗粒物的组成主要受长江径流的陆源输入和外海海源输入影响。有研究表明，陆源有机质的 $\delta^{15}Np$ 分布多在 2.7‰ 附近（Thornton and McManus，1994；Peterson et al.，1985），而海源有机质的 $\delta^{15}Np$ 较高，平均值约为 6.5‰（Wu et al.，2003）。尽管该季节长江径流有明显降低，但陆源有机质在悬浮颗粒物中占明显优势，较低的 $\delta^{15}Np$ 值主要体现了陆源贡献的特征。从河口到外海，悬浮颗粒物中陆源有机质的影响减小，而海源的影响增大，$\delta^{15}Np$ 呈现逐渐增加的趋势，图 6-39 表示了 $\delta^{15}Np$ 值与 Chla/SS 的相互关系，二者呈明显正相关性（$r=0.543$，$p=0.003$），验证了这一结论，体现出该季节悬浮颗粒物组成受不同程度陆源和海源混合影响的特点。

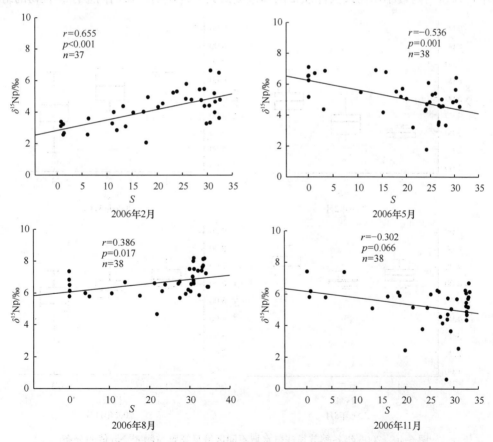

图 6-38　2006 年长江口水域表层水体中悬浮颗粒有机物的 $\delta^{15}Np$ 随盐度变化趋势

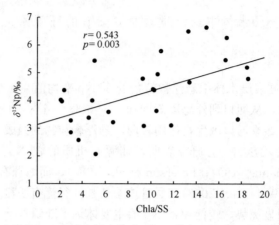

图 6-39　2 月长江口水域表层水体中 $\delta^{15}Np$ 值与 Chla/SS 之间的相互关系

　　从该季节不同水域悬浮颗粒物 $\delta^{15}Np$ 的离散程度分布情况（图 6-40）也可以看出，口门内悬浮颗粒物的 $\delta^{15}Np$ 值最低，最大浑浊带次之，外海最高。各区域的离散程度均较小，以口门内最小，而最大浑浊带的离散度最大。这说明在口门内悬浮颗粒物的组成

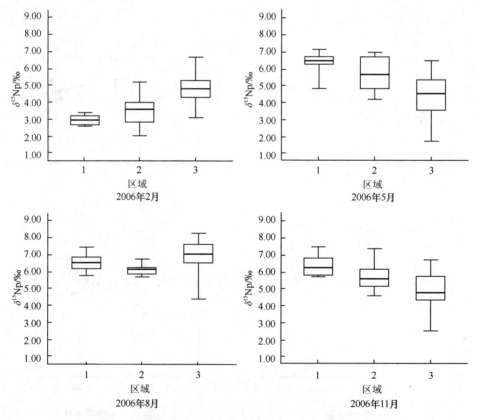

图 6-40　2006 年各季节长江口水域不同区域悬浮颗粒物 $\delta^{15}Np$ 值的分布
区域 1：口门内；区域 2：最大浑浊带；区域 3：外海区；其他图释同图 6-36

较为单一，主要来自长江径流输入；而最大浑浊带内的悬浮颗粒物组成相对较为复杂，除受径流影响外，还受一定的外部海域影响，以及该水域存在相对口门内较为复杂的化学和生物过程的影响。外海区，相对较高的 $\delta^{15}Np$ 值则体现了海源对该区域悬浮颗粒物组成的影响。

由此可见，2月长江口水域的 $\delta^{15}Np$ 值特征明显，主要反映了陆源和海源的物理混合，其生物地球化学作用相对不明显。

2. 5月

与2月相比，5月长江口水域 $\delta^{15}Np$ 值升高，与盐度之间呈明显负相关性（如图6-38所示，$r= -0.536$，$p= 0.001$），沿河口到外海，$\delta^{15}Np$ 值逐渐降低，与2月相比表现出截然相反的变化特征，说明该季节水体中悬浮颗粒物的组成除受长江径流陆源输入和海源输入影响外，也受到明显的生物地球化学过程及其他外部作用的影响。

口门内，表层水体中悬浮颗粒物的 $\delta^{15}Np$ 平均值与2月相比迅速升高，而与8月和11月相比则变化程度较小。从离散程度来看，各季节 $\delta^{15}Np$ 的离散度均较小（图6-40），说明影响悬浮颗粒物组成的过程相对较为简单，主要都是来自长江径流的陆源输入。5月长江进入丰水期，径流量明显增大，陆源输入 $\delta^{15}Np$ 值增加；同时在河口附近一些排污口的排污输入影响也加大，柴超（2006）对长江口水域相关研究表明，口门内水体有机污染严重，特别是5、8月口门附近局部水域水质已接近三类海水水质标准；污水中一般具有相对较高的 $\delta^{15}N$ 值（有机肥与污水 $\delta^{15}N$ 值：$+10‰\sim+20‰$，Kendall and Mcdonnell，1998；Aravena et al.，1993），导致该季节口门内悬浮颗粒物 $\delta^{15}Np$ 值增加。此结果与前面硝酸盐 $\delta^{15}N_{NO_3^-}$ 分布特征的论述结果相一致。因此，除长江径流输入影响外，外部排污作用对该区域 $\delta^{15}Np$ 的影响亦不可忽略。

最大浑浊带区域，表层水体中悬浮颗粒物的 $\delta^{15}Np$ 平均值和2月相比水平较高，略低于8月 $\delta^{15}Np$ 平均值，与11月 $\delta^{15}Np$ 平均值相近（图6-40）。在离散程度上，从整个水域来看，最大浑浊带区域的离散度大于口门内和外海区；就4个季节比较而言，该季节 $\delta^{15}Np$ 值的离散度也大于其他季节，说明该季节影响该区域悬浮颗粒物组成的过程较为复杂，除一部分受陆源和海源影响外，也存在生物地球化学作用的影响。5月长江径流水温升高、输入量增大，大量有机物进入河口水域，低盐度环境和颗粒表面丰富的有机质适合微生物滋生繁衍，导致最大浑浊带细菌数量较高（Shi et al.，1990）、悬浮颗粒有机质的分解作用明显（林以安等，1995）。通常，分解作用导致相对较高的 $\delta^{15}Np$ 值（Harmelin-Vivien et al.，2008），所以2～5月，最大浑浊带水体温度升高，DO含量及 Chla/SS 值下降，硝酸盐浓度增加，悬浮颗粒物的 $\delta^{15}Np$ 值相应升高（图6-41，图6-39），体现了分解作用对硝酸盐分布的影响。前面硝酸盐 $\delta^{15}N_{NO_3^-}$ 的分析结果也证明了5月最大浑浊带存在明显的硝化作用，进一步证明了该区域较强的分解作用，导致氮分馏作用较大。

外海区，表层水体中悬浮颗粒物 $\delta^{15}Np$ 平均值在整个海域中最低；与其他季节相比较，略低于8月，和2月、11月相近；从离散程度来看，$\delta^{15}Np$ 的离散度较大，分布较为分散，这与5月该水域生物活动较强、生物作用影响复杂有关。从河口到外海浮游植

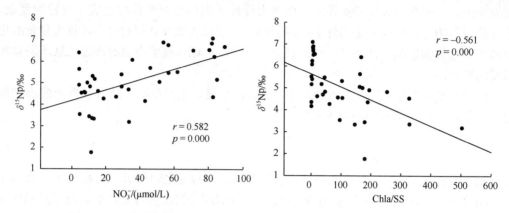

图 6-41　5 月长江口水域表层水体 δ^{15}Np 与 NO$_3^-$ 及 Chla/SS 之间的相关性

物的光合作用增强，生物量增加、硝酸盐浓度降低，导致 Chla/SS 值升高、δ^{15}Np 值降低（图 6-15，图 6-40）。反映出 5 月外海区生物的同化吸收作用对 δ^{15}Np 影响较大，悬浮颗粒有机氮的分解作用相对较弱。该结果与该区域硝酸盐 δ^{15}N$_{NO_3^-}$ 的分析结果相一致。

分析整个水域悬浮颗粒物 δ^{15}Np 与其他相关参数变化之间的相关性可以得出（图 6-41），δ^{15}Np 与硝酸盐浓度之间呈现正相关关系（$r = 0.582$，$p = 0.000$），而与 Chla/SS 之间呈明显负相关性（$r = -0.561$，$p = 0.000$）。从河口到外海，随着陆源输入硝酸盐含量的减少，微藻在悬浮颗粒物中的比重升高，径流作用减弱而生物同化作用增强，导致其悬浮颗粒物 δ^{15}Np 值降低。

3. 8 月

如图 6-38 所示，8 月悬浮颗粒物 δ^{15}Np 与盐度之间呈现一定的正相关性（$r = 0.386$，$p = 0.017$），和 2 月 δ^{15}Np 的变化趋势类似。根据该季节不同区域 δ^{15}Np 离散程度分布（图 6-40）可以看出，8 月不同区域的 δ^{15}Np 离散度均较其他季节低，其中以最大浑浊带的 δ^{15}Np 离散度最小，说明该季节控制各个区域悬浮颗粒物 δ^{15}Np 变化的生物地球化学过程相对单一。

口门内，表层水体中悬浮颗粒物的 δ^{15}Np 平均值在四个季节中处于最高水平，离散度较小，主要受长江径流的陆源输入影响。不同季节的长江径流所携带的悬浮颗粒有机氮的同位素组成不同，导致口门内水体中悬浮颗粒物的 δ^{15}Np 值不同。2006 年长江下游水体中 δ^{15}Np 的季节变化趋势为 8 月＞5 月＞11 月＞2 月（刘秀娟，2009），与河口口门内水体中的 δ^{15}Np 季节变化趋势一致，反映了长江径流输入对口门内悬浮颗粒物组成的明显影响。8 月长江进入洪季，陆源输入颗粒有机氮的 δ^{15}Np 水平增加，且来源于工业及生活污水的氮的比重相对较高，从而导致该季节悬浮颗粒物的 δ^{15}Np 值高于其他季节。

最大浑浊带区域，悬浮颗粒物 δ^{15}Np 平均值较口门和外海略低，离散度最小。与其他季节相比，8 月该区域 δ^{15}Np 平均值最高。主要是由于 8 月温度较高，有利于细菌大量生长繁衍（Shi et al.，1990），有机质降解作用较其他季节强烈，导致悬浮颗粒有机氮的分解反应和氮分馏作用较强。此外，与 5 月相比，8 月水体中的硝酸盐浓度和 DO 含量减少，而铵盐浓度增加（图 6-15），说明该季节在悬浮颗粒物的分解反应中有机质的矿化分解作用引起的氮分馏作用影响较大、硝化作用产生的影响较小。

外海区，悬浮颗粒物 $\delta^{15}Np$ 平均值在整个海域中最高，离散度相对较分散（图 6-40），和口门内及最大浑浊带相比，该区域影响悬浮颗粒态氮的生物地球化学过程更复杂。从 5 月到 8 月，水体中温度升高，硝酸盐、DO 含量以及 Chla/SS 值减小，铵盐浓度增加，悬浮颗粒物 $\delta^{15}Np$ 值升高（图 6-15，图 6-40），说明 8 月水体中存在悬浮颗粒有机氮的分解作用。此外，该季节 $\delta^{15}Np$ 与 Chla/SS 值呈负相关（$r= -0.466，p= 0.025$）、与温度呈正相关（$r= 0.415，p= 0.049$）（图 6-42）也反映了颗粒有机氮分解作用对 $\delta^{15}Np$ 的影响。除此之外，由于大部分的铵盐主要来自水体中营养盐的再生，这一过程往往导致 $\delta^{15}N_{NH_4^+}$ 较高，从而使微藻吸收后 $\delta^{15}Np$ 增大。所以，8 月外海区较高的 $\delta^{15}Np$ 值是藻类吸收作用和悬浮颗粒有机氮分解作用共同影响的结果。

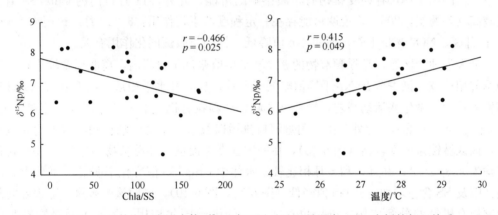

图 6-42　8 月外海区表层水体 $\delta^{15}Np$ 与 Chla/SS 以及温度（T）之间的相互关系

总之，8 月长江口水域 $\delta^{15}Np$ 的整体分布水平明显高于其他季节，这与该季节较大的陆源输入以及相对较明显的生物地球化学作用有关。$\delta^{15}Np$ 与硝酸盐浓度呈负相关（$r= -0.390，p= 0.017$），与 SS 含量之间呈一定的负相关性（$r= -0.346，p= 0.033$）（图 6-43）。从河口到外海，陆源对悬浮颗粒物组成的贡献减小，水体中硝酸盐浓度下降，微藻同化作用较 5 月降低，有机质的分解作用增强，SS 含量降低，悬浮颗粒物 $\delta^{15}Np$ 值升高。

4. 11 月

11 月表层水体中悬浮颗粒物 $\delta^{15}Np$ 在各区域的平均分布和变化趋势与 5 月类似，从口门内到外海呈逐渐降低趋势（图 6-38，图 6-40）。

口门内，水体中悬浮颗粒物 $\delta^{15}Np$ 值主要受到长江径流陆源输入的影响，平均水平与 5 月相近，略低于 8 月。该季节 $\delta^{15}Np$ 的离散度略高于其他季节（图 6-40），说明影响 $\delta^{15}Np$ 的因子相对较复杂，除径流输入的影响外，该区域也存在排污和一定程度的生

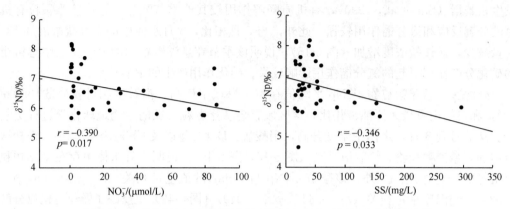

图 6-43　8 月长江口水域表层水体 $\delta^{15}Np$ 与 NO_3^- 及 SS 之间的相关性

物地球化学作用的影响。例如，5 月和 11 月水体中 COD 的含量相近（刘秀娟，2009），两季节口门内水体都存在受排污有机质影响的可能。此外，11 月口门内 Chla/SS 值相对较高（刘秀娟，2009），说明可能存在一定程度的生物作用：8～11 月，口门内 Chla/SS 值升高、NO_3^- 含量下降，而 $\delta^{15}Np$ 值降低，推测与微藻同化作用有关。

　　最大浑浊带区域，悬浮颗粒物的 $\delta^{15}Np$ 平均值略低于口门内，离散程度较小；与其他季节相比较，该季节 $\delta^{15}Np$ 平均值略低于 8 月，与 5 月水平相近（图 6-40）。11 月径流输入减少，微生物活动减弱，导致该区域悬浮颗粒有机氮的分解作用程度相对降低，$\delta^{15}Np$ 值较 8 月减小。此外，由于附近河口排污以及水体中悬浮颗粒物的营养盐释放作用，该区域铵盐浓度较高（图 6-15），在一定程度上促进了浮游植物的生长（Chla 含量平均为 $2.3\mu g/L$）；并且，和 8 月相比较，水体中 Chla/SS 值变化不明显，而 Chla、硝酸盐以及 SS 含量增加，$\delta^{15}Np$ 值降低（图 6-15，图 6-40），说明该区域除一定程度的悬浮颗粒有机氮的分解作用之外，也存在一定的微藻同化作用，降低了悬浮颗粒物的 $\delta^{15}Np$ 值。

　　外海区，悬浮颗粒物的 $\delta^{15}Np$ 平均值低于口门内和最大浑浊带，离散度相对较大。和 5 月的作用类似，外海区有机质的降解作用大大减弱，浮游植物的光合作用增强，大量浮游植物的生长，使水体中硝酸盐浓度降低，藻类的同化吸收作用影响相对明显，导致 $\delta^{15}Np$ 值偏低。与最大浑浊带相比较，水体中 Chla/SS 值升高、硝酸盐和铵盐浓度减少，$\delta^{15}Np$ 值降低，说明外海区藻类对营养盐的同化吸收作用程度较大。此外，由图 6-44 可知，$\delta^{15}Np$ 与 Chla 含量和 Chla/SS 值之间呈现一定的负相关性（$r= -0.417$，$p= 0.048$；$r= -0.447$，$p= 0.032$），同样反映了微藻同化作用对该区域悬浮颗粒有机氮的影响。

　　通过对 11 月不同区域的 $\delta^{15}Np$ 特征分析可以看出，该季节除长江径流的陆源输入对口门内水域的影响之外，微藻的同化吸收作用对悬浮颗粒物 $\delta^{15}Np$ 起到主要的影响作用，同时水体中也伴随有程度较小的颗粒物分解作用。分析整个海域悬浮颗粒物 $\delta^{15}Np$ 与其他相关参数之间的相关性发现（图 6-45），$\delta^{15}Np$ 与硝酸盐含量之间的相关性不明显，而与 Chla 含量和 Chla/SS 之间均呈明显的负相关性（$r= -0.387$，$p= 0.016$；

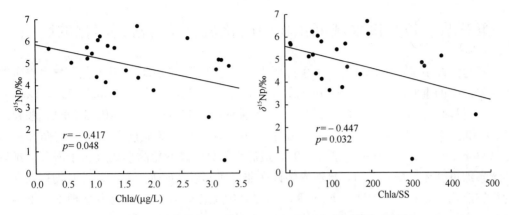

图 6-44 11 月外海区 δ^{15}Np 与 Chla 及 Chla/SS 的相互关系

$r=-0.597$，$p=0.000$），反映出微藻同化作用对该季节悬浮颗粒物 δ^{15}Np 的影响。

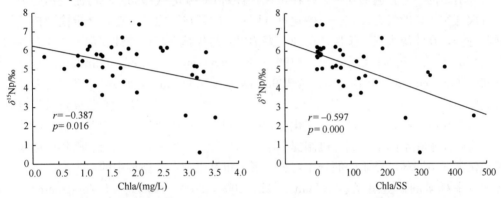

图 6-45 11 月长江口水域表层水体 δ^{15}Np 与 Chla 及 Chla/SS 之间的相关性

综上所述，长江口水域表层水体中悬浮颗粒物 δ^{15}Np 具有较宽的数值范围，为 0.6‰～8.2‰，与国外其他一些河口的 δ^{15}Np 分布水平一致。研究区域内，悬浮颗粒物 δ^{15}Np 的分布呈现明显的季节性差异，8 月最高，其次为 11 月、5 月，2 月最低，与长江入海径流的季节变化基本一致。从 δ^{15}Np 的区域分布特征可以看出，口门内、最大浑浊带和外海区域 δ^{15}Np 的分布差异较大，反映了不同的物理混合和生物地球化学作用在各区域的不同影响。口门内，δ^{15}Np 主要受长江径流输入的影响；最大浑浊带，除 11 月存在一定程度的微藻同化作用以外，各季节均存在不同程度的颗粒物分解作用；外海区，生物活动较强，5 月、11 月 δ^{15}Np 主要受微藻同化吸收作用的影响，而 8 月 δ^{15}Np 除受微藻吸收作用以外，还受到分解作用的影响，导致该季节 δ^{15}Np 平均水平高于其他季节。

（本节著者：俞志明 刘秀娟 曹西华）

第三节　长江口水域沉积物中磷化氢及其对富营养化的影响

　　磷是海洋中维持生物量的基本生源要素，也是造成近海水域富营养化、导致有害藻华频繁发生的重要因素之一（Conkright et al.，2000；Escaravage et al.，1996；Dodds，1995）。目前人们对海洋环境中磷的研究主要关注的是其溶解态（DIP、DOP）、颗粒态（PP）和总磷（TP）等，普遍认为磷在水体中是以一种"螺旋向下"的方式循环和转化（Monaghan and Ruttenkery，1999），最后大部分以磷酸盐的形式沉积于海底，难以继续参加再循环。众所周知，自然界中许多非金属元素（如碳、氮、硫等）均存在含氢的气态形式（如 CH_4、NH_3、H_2S 等）。早在 20 世纪 30 年代有研究者从理论上推测磷也具有含氢的气态形式（Archangel'skil and kopcenova，1930；Rudakov，1929），60 年代在某些特殊沉积物中也被发现（Archangcl'skil and kopcenova，1965），但它是否是磷在水环境中的一种普遍形式一直存在争议。直到 Dévai 等（1988）在污泥生物处理过程中首次证实了磷的气态形式——磷化氢（PH_3）的存在，此后，随着分析检测技术的发展和进步，在陆源大气、土壤、湿地、湖泊以及垃圾填埋场中陆续发现了该化合物的存在（Niu et al.，2004；Liu et al.，1999；Eismann et al.，1997；Glindermann et al.，1996a；Glindemann and Bergmann，1995；Dévai and Delaune，1995），有研究者甚至在对流层中检测出该化合物（Glindemann et al.，2003）。目前，磷化氢已被公认为自然界中普遍存在的一种磷的新形态，该化合物的发现是对磷生物地球化学循环过程的重要补充，为磷元素在水圈中的循环机制提出了新的思考。所以，自 20 世纪 90 年代以来，有关磷化氢在不同环境介质中的分布特征、形成机制以及在磷循环中的地位和作用等问题已被越来越多的研究者关注（Han et al.，2000，2002；Roels and Verstraete，2001；Cao et al.，2000；Jenkins et al.，2000）。

　　相对于陆地环境的研究成果，关于海洋环境中磷化氢的研究相对较少。搞清楚磷化氢在海洋环境中的含量、分布及其与环境因素的关系等问题，将会进一步完善人们对海洋中磷的生物地球化学循环过程与机理的认识，使人们更全面地了解磷在近海富营养化中的作用和地位。

一、磷化氢概述

（一）磷化氢的基本性质与分析方法

　　磷化氢是一种活泼的无色气体，剧毒，当浓度超过 2×10^{-6}（V/V）时具有微弱的大蒜气味，工业品有腐鱼样臭味。当空气中磷化氢的浓度超过 1.79％或 26.15g/m³ 时，就会发生爆炸，产生白色烟雾（P_2O_5）。磷化氢在水中的溶解度较 NH_3 小得多，17℃时每 100L 水中能溶解 26L 磷化氢。纯的磷化氢只有加热到 100℃以上才燃烧，但当磷化氢中含有二膦（P_2H_4）时，这种混合气体在氧的作用下很容易自燃，生成五氧化二磷和水。磷化氢的其他理化性质见表 6-9。

表 6-9 磷化氢的基本性质

中文名称	分子式	相对分子质量	闪点	自燃点
磷化氢、膦	PH_3	33.998	$<-50℃$	$100\sim150℃$

熔点	沸点	标准状态密度	相对密度（空气＝1）
$-133.5℃$	$-87.7℃$	1.529	1.18

作为自然环境中还原态磷的气态存在形式，磷化氢是一种类似于氨气或砷化氢气体的含磷化合物。由于自然环境中的磷化氢的含量非常低、不稳定，受样品的采集、保存、富集和检测技术等条件的限制，早期的分析方法和技术手段很难做出肯定的结论，所以，20 世纪 70 年代以前，对于磷化氢是否为自然环境中一种普遍存在的磷的形态一直存在着争议。随着现代分析方法和检测技术的不断进步，Burford 和 Bremner（1972）采用气相色谱（GC）并配以非放射性 He 离子检测器首次测定到土壤中存在的痕量磷化氢；匈牙利科学家 Dévai 等（1988）采用气相色谱/质谱（GC/MS）技术成功测定到污水处理厂污泥和浅水湖泊沉积物释放的磷化氢。Gassmann 和 Dahlke（1992）采用 GC/FPD 检测技术，通过毛细管色谱柱和低温冷阱富集技术相结合，大大提高了磷化氢检测的灵敏度，在德国汉堡港表层沉积物中检测到伴随甲烷而存在的磷化氢气体。在此基础上，后来的研究者进一步改进了磷化氢的分析方法，采用柱前两次冷阱富集配合气相色谱氮磷检测器（GC/NPD）技术，使沉积物中磷化氢的检测限降至 0.1pg，并在沉积物、生物体、湿地、土壤、垃圾填埋场、富营养化湖泊水体、大气等不同环境中陆续检测到了磷化氢，证明了磷化氢是自然环境中普遍存在的一种磷的化合物。

（二）磷化氢在自然环境中的分布

1. 磷化氢在大气环境中的分布

大气环境中的磷化氢以气体自由态的形式存在，受光照、游离自由基等因素的影响，不稳定，易于转化。目前磷化氢已被证实为大气中普遍存在的痕量气体，其浓度范围在 pg/m^3 至 ng/m^3 级（Glindemann et al.，1996a，2003；Han et al.，2000；Liu et al.，1999；Gassmann et al.，1996；Gassmann and Glindemann，1993；Gassmann and Schorn，1993），表 6-10 列出了部分大气及沼气环境中磷化氢的分布情况。

表 6-10 环境中的气体自由态磷化氢

磷化氢的源	浓度	参考文献
大气中的磷化氢		
世界各地乡村大气	$0.04\sim2.03ng/m^3$	Glindemann et al.，1996a
世界各地城市大气	$0.62\sim157ng/m^3$	
北京大气（0～300m）	$1.0\sim2.5ng/m^3$	Cao et al.，2000
德国北海上层空气	$0.041\sim0.885ng/m^3$	Gassmann et al.，1996
北大西洋 10km 高空大气	$0.39\sim2.45ng/m^3$	Glindemann et al.，2003

续表

磷化氢的源	浓度	参考文献
南极大气，阴天上午 10 点	$75.3\pm28.8ng/m^3$	Zhu et al., 2007b
南极大气，夜晚 10 点	$87.2\pm70.9ng/m^3$	
海洋上空大气	$0\sim900ng/m^3$	Zhu et al., 2007a
上海港邻近海域上空大气	$5753ng/m^3$	
太湖湖面上空大气	$0.13\sim2.85ng/m^3$	Niu et al., 2004
北京水稻田上空大气	$127\sim146ng/m^3$	Liu et al., 1999
北京水稻田释放气体	$26\sim41ng/m^3$	
北京十三陵水库上空大气	$50\sim166ng/m^3$	
北京十三陵水库释放气体	$44\sim135ng/m^3$	
沼气中的磷化氢		
污水处理厂释放的沼气	$11.6\sim382mg/m^3$	Dévai et al., 1988
动物粪便厌氧释放的气体	$0\sim8.99$ ppb*	Glindemann and Bergmann, 1995
动物粪便厌氧释放进入大气	$0\sim0.035$ ppb*	
各种厌氧环境产生的气体	$0\sim17.7$ ppb*	Glindemann et al., 1996b
北京垃圾场释放气体	$32\sim1062ng/m^3$	Liu et al., 1999
北京垃圾场上空气体	$1\sim71ng/m^3$	
污泥培养 7 天后顶空气体	$4.76\sim75.7pg/g$	Dévai et al., 1999
人排泄物释放气体	$42.3ng/m^3$	Roels et al., 2002
造纸厂消解池释放气体	$4.5ng/m^3$	
马铃薯消解池释放气体	$<4ng/m^3$	
屠宰场释放气体	$179ng/m^3$	
污水污泥释放气体	$10.2ng/m^3$	
垃圾场释放气体	$6398ng/m^3$	
比利时垃圾场释放气体	$3.2\sim32.4\mu g/m^3$	Roels and Verstraete, 2004

* 表示 ng/g。

　　Glindemann 等（1996a）的研究发现德国柏林市大气中磷化氢最大值为 $157ng/m^3$，夜晚磷化氢的浓度是白天的 10 倍；Gassmann 等（1996）在德国北海上空大气中也检测到了磷化氢，浓度为 $41\sim885pg/m^3$。Glindemann 等（2003）测定了北大西洋对流层中的磷化氢，发现在低空对流层中，晚间磷化氢的浓度在 $1ng/m^3$ 内，在被污染的地区可达 $100ng/m^3$；白天磷化氢在光诱导氧化下，其浓度远低于 pg/m^3 级；而在高层对流层（大于 10km），即使在正午时刻磷化氢的浓度也可达 $1ng/m^3$。这是由于高空氧化剂浓度以及气体温度、压力均很低，磷化氢在高空的生命周期很长。他们认为磷化氢是一种高移动性的气态磷化合物，相对于氨气、硫化氢等易被雨淋或有机溶剂冲刷的还原性气体，磷化氢受冲刷作用的影响很小。

　　我国也开展了这方面的研究工作。Liu 等（1999）发现北京地区大气中磷化氢的最高值出现在夏季的凌晨，约为 $65ng/m^3$；随后逐渐降低，到中午降为 $11ng/m^3$；春冬季节磷化氢含量相对较低，但仍表现出早晨高于中午的变化趋势。Cao 等（2000）证明了北京市大气中从地面到 300m 的监测范围内均有磷化氢存在，并认为太阳光照可导致大气中磷化氢浓度迅速降低。Niu 等（2004）对太湖水面上空大气中磷化氢的浓度进行了测定，磷化氢浓度为 $0.13\sim2.85ng/m^3$。Zhu 等（2007a）在上海邻近海域大气中检测到了浓度高达 $5753ng/m^3$ 的磷化氢，而在其他海域磷化氢的浓度为 $0\sim900ng/m^3$。在南极大气中也有磷化氢的存在，其浓度为 $(75.3\pm28.8)\ ng/m^3$（白天）和 $(87.2\pm70.9)\ ng/m^3$（夜间）（Zhu et al.，2007b）。

2. 磷化氢在固体介质中的分布

磷化氢在土壤和沉积物等固体介质中的存在形式分为自由结合态（free-volatile phosphine）和基质结合态（matrix-bound phosphine，MBP）。前者指存在于土壤或沉积物间隙中的气态形式的磷化氢，可以通过扰动或温度变化等物理过程被释放；后者通常定义为土壤或沉积物通过酸或碱消化处理而释放出的磷化氢，其中包括吸附态磷化氢、以某种形式与沉积物结合的磷化氢以及无机磷化物等。由于沉积物中自由结合态磷化氢不稳定，容易释放，所以目前的研究大多是关于土壤、湿地及沉积物中基质结合态磷化氢，其含量一般在 ng/kg（干重，下同）水平，对自由结合态的研究报道相对较少。表 6-11 总结了不同沉积环境介质中 MBP 的分布情况。

（1）磷化氢在陆地土壤、湿地中的分布

Eismann 等（1997）比较了工业地区和乡村土壤中 MBP 的含量，发现工业区土壤中 MBP 含量比较高，二者的浓度分别为 $17\sim103ng/kg$ 和 $0.8\sim2.5ng/kg$。Liu 等（1999）发现北京郊区稻田土壤中 MBP 含量随土壤深度的增加呈现降低的趋势，最高含量出现在表层或次表层，分别达到 12.6ng/kg 和 3.8ng/kg。Zhu 等（2006）在南极土壤中也检测到了 MBP，浓度为 $0.50\sim13.34ng/kg$。Glindemann 等（2005）在富含磷灰石的岩石矿物中也检测到了 MBP，浓度较高，为 $11\sim6672ng/kg$。这些结果表明 MBP 普遍存在于陆地沉积环境中。

表 6-11　沉积环境中的基质结合态磷化氢分布情况

磷化氢的源	浓度	参考文献
海洋沉积物		
德国北海表层沉积物	$0.17\sim2.11ng/dm^3$，湿重	Gassmann，1994
德国北海次表层沉积物	$0.01\sim2.43ng/dm^3$，湿重	
青岛胶州湾表层沉积物	$(60\pm35)\ ng/kg$，干重	Han et al.，2003
青岛胶州湾底层沉积物	$(271\pm28)\ ng/kg$，干重	
青岛胶州湾养殖区沉积物	$124\sim685ng/kg$，干重	Yu and Song，2003
青岛胶州湾近岸区域沉积物	$29.3\sim143.8ng/kg$，干重	Mu et al.，2005
青岛胶州湾远岸区域沉积物	$0.2\sim5.6ng/kg$，干重	

磷化氢的源	浓度	参考文献
淡水沉积物		
德国汉堡港表层沉积物	0.2～56.6ng/kg，湿重	Gassmann and Schorn，1993
德国易北河表层沉积物	47.6～221ng/dm³，湿重	Gassmann，1994
德国易北河次表层沉积物	102～826ng/dm³，湿重	
德国厄尔斯特河表层沉积物	4～1140ng/kg，干重	Glindemann et al.，2005
北京十三陵水库沉积物	2～4ng/kg，干重	Liu et al.，1999
太湖表层沉积物	5.4～919.2ng/kg，干重	Niu et al.，2004
南京五龙潭沉积物	335±85ng/kg，干重	Han et al.，2003
南极 Y2 湖沉积物	0.29～3.04ng/kg，干重	Zhu et al.，2006
土壤		
工业地区土壤	17～103ng/kg，干重	Eismann et al.，1997
乡村土壤	0.8～2.5ng/kg，干重	
北京稻田土壤	1.7～12.6ng/kg，干重	Liu et al.，1999
南极土壤	0.50～13.34ng/kg，干重	Zhu et al.，2006
岩石矿物	11～6672ng/kg，干重	Glindemann et al.，2005
污泥消解池		
美国和匈牙利污水厂污泥	8.4～204ng/kg，湿重	Dévai et al.，1999
污水污泥	2373ng/kg，干重	Roels et al.，2002
造纸厂消解池污泥	56ng/kg，干重	
啤酒废水深度处理系统污泥	8.09～66.2ng/kg，湿重	Ding et al.，2005
生物体		
牛消化道	2.9～5.1ng/kg	Gassmann and Glindemann，1993
牛排泄物	13.9ng/kg	
猪消化道	103ng/kg	
猪排泄物	964ng/kg	
人排泄物	0～162ng/kg	
鱼（鳕、欧蝶鱼）	0～69pg/条	
人排泄物	639ng/kg，干重	Roels et al.，2002
猪排泄物	1245ng/kg，干重	
屠宰场废弃物	164ng/kg，干重	
南极海洋动物粪便	2.54～14.55ng/kg，干重	Zhu et al.，2006

（2）磷化氢在污泥消解池、垃圾填埋场及生物体中的分布

已经证明，MBP 广泛存在于污水处理厂、垃圾填埋场等厌氧污泥及人畜排泄物当中。Dévai 等（1999）在美国和匈牙利的污水处理厂污泥中检测到了 8.04～204ng/kg（湿重，下同）的 MBP；Ding 等（2005）在啤酒废水深度处理系统污泥中检测到了 8.09～66.2ng/kg 的 MBP。另外，动物消化道、动物排泄物，甚至南极海洋动物粪便中也都检测到了 MBP 的存在。

（3）磷化氢在淡水和海洋沉积环境中的分布

自 Gassmann 和 Schorn（1993）在德国汉堡港表层沉积物中检测到了 MBP 的存在以来，此后陆续在德国易北河表层及次表层沉积物、北京十三陵水库沉积物、太湖表层沉积物、南京五龙潭沉积物，甚至南极 Y2 湖沉积物等淡水沉积物中检测到了 MBP 的

存在，具体的含量分布见表 6-11。

目前，关于海洋沉积物中 MBP 的调查数据也有陆续的报道。1994 年 Gassmann 在德国北海表层和次表层沉积物中都检测到 MBP，浓度分别为 $0.17\sim2.11\mathrm{ng/dm^3}$（湿重）和 $0.01\sim2.43\mathrm{ng/dm^3}$（湿重）。研究人员在我国胶州湾沉积物中发现了 MBP（Mu et al.，2005；Han et al.，2003；Yu and Song，2003），并且在养殖区沉积物中发现 MBP 浓度可达 685ng/kg（干重，下同）。本节作者现场调查了我国沿海沉积物中磷化氢的分布情况，结果显示 MBP 广泛存在于中国沿海沉积物中，其浓度为 $0.89\sim25.86\mathrm{ng/kg}$，平均浓度为 6.30ng/kg，最高和最低浓度分别出现于南海和南黄海水域。以上研究结果表明，MBP 普遍存在于海洋环境中，其在磷的海洋生物地球化学循环中的作用不容忽视（Feng et al.，2008a；2008b）。

3. 磷化氢在水体中的分布

相对于大气和固体介质，关于自然水体中磷化氢存在的报道很少。Gassmann（1994）首次测定了德国汉堡港底层淡水和北海底层海水中吸附在颗粒物上的磷化氢，并发现淡水中颗粒物上吸附态磷化氢的浓度要高于海水中的。Niu 等（2004）测定了太湖表层水、底层水和过滤湖水中的磷化氢，发现表层和底层湖水中的磷化氢相差不大，而湖水经 $0.45\mu\mathrm{m}$ 滤膜过滤后，其磷化氢浓度显著降低，推测这一结果与湖水中的悬浮颗粒物有关。湖水中的磷化氢，一部分可能以溶解态形式存在于湖水中，还有一部分以基质结合态的形式吸附于悬浮颗粒物上，未过滤湖水中的磷化氢部分会吸附在颗粒物上，而过滤湖水中的磷化氢则全部为溶解在水中的磷化氢。该研究的结果说明，水体中的磷化氢主要以基质结合态吸附于悬浮颗粒物中，少部分溶解在水中。表 6-12 给出了水环境中溶解态和颗粒吸附磷化氢的调查结果。

表 6-12　环境中的溶解态和颗粒吸附磷化氢

磷化氢的源	浓度	参考文献
德国汉堡港底层水	$0\sim0.425\mathrm{ng/dm^3}$	Gassmann，1994
德国北海底层水	$0\sim0.031\mathrm{ng/dm^3}$	
太湖表层水	$0.098\sim1.25\mathrm{ng/m^3}$	Niu et al.，2004
太湖底层水	$0.10\sim1.41\mathrm{ng/m^3}$	
太湖过滤湖水	$0.005\sim0.04\mathrm{ng/m^3}$	

二、长江口水域表层沉积物中磷化氢的分布特征

长江是我国第一、世界第三大河，也是注入西太平洋最大的河流。受人类活动影响，近几十年来长江口水域生态环境发生了较大的变化，富营养化问题日益严重。根据前几章介绍可知，长江口水域是磷限制海域，由底层向上层输送是该水域磷的重要补充途径之一。由于环境中的磷化氢可以通过次磷酸盐、亚磷酸盐等中间状态转化为磷酸盐（Frank and Rippen，1987），所以长江口水域沉积物中磷化氢对该水域富营养化的影响不容忽视。另外，Zhu 等（2007a）报道了长江口水域大气中存在高浓度的磷化氢，反

映出该水域存在一定数量的磷化氢。Morton 等（2003）曾指出，过去关于富营养化及环境中磷循环的研究主要集中在磷酸盐，而忽视了还原态磷的作用。因此，深入了解长江口水域沉积物中磷化氢的浓度、分布及其环境特征具有非常重要的意义。

（一）调查站位及样品采集

图 6-46 为本研究的调查站位图。从图中可以看出，本研究的调查区域包括两部分，河口上游和河口下游。河口上游包括站位 S1～S5，位于口门内；河口下游包括站位 S6～S11，位于口门外。其中河口上游站位 S1～S5 位于长江口南支，沿岸有黄浦江流入，带入大量的污染物。另外，沿南岸有四个排污口分布，从西向东依次为石洞口、竹园、白龙港和新禾，排污量约为 $7.3 \times 10^6 \, \mathrm{m^3/d}$。

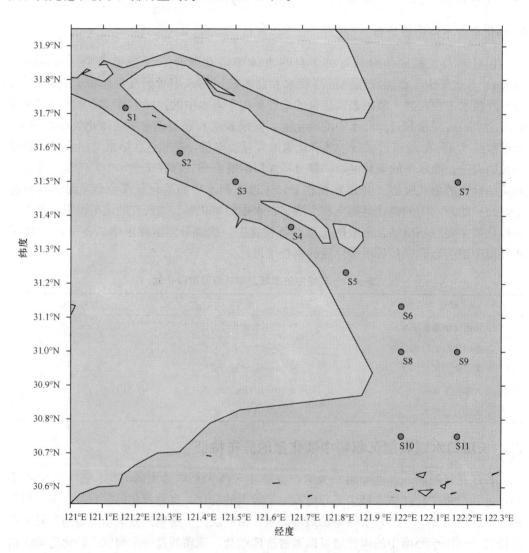

图 6-46　长江口海域调查站位图

2006 年 2 月、5 月、8 月、11 月，本节作者在长江口水域共进行了四个航次的季度调查，调查的周期涵盖了丰水期（5～10 月）和枯水期（11～4 月）。利用抓斗式采泥器采集表层沉积物样品，采集后的沉积物样品立即放入封口袋中，排气后密封，在－20℃、避光保存；根据相关方法，分别测定沉积物中的基质结合态磷化氢（MBP）、总磷（TP）、有机磷（OP）、无机磷（IP）、有机碳（OC）、总氮（TN）等。另取部分沉积物样品现场测定氧化还原电位（Eh），并分别取样测定表层海水中 Chla 和底层海水（高于海底 2m）中营养盐等。在所采集的 43 个沉积样品中，我们均检测到了 MBP，其浓度为 1.93～94.86ng/kg（干重，下同），平均浓度为 17.14ng/kg。最高和最低浓度分别存在于 11 月的 S3 站位和 5 月的 S7 站位。

（二）沉积物中磷化氢的空间分布特征

长江口水域表层沉积物中 MBP 的分布表现出显著的空间分布特征（图 6-47），口门内各站位沉积物中 MBP 的浓度普遍高于口门外，平均浓度分别为 31.34ng/kg 和 4.79ng/kg。

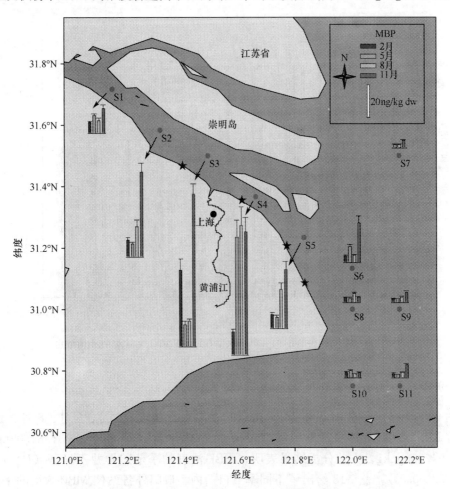

图 6-47　长江口水域表层沉积物中 MBP 的时空分布（见彩图）

★表示石洞口、竹园、白龙港和新禾等排污口

　　图 6-48 给出了不同站位沉积物中 MBP 的季节平均浓度，结果表明 S3 和 S4 站位的 MBP 浓度要显著高于其他站位，S1、S2、S5 站位 MBP 的浓度（平均值为 17.39ng/kg）低于 S3 和 S4 站位（平均值为 52.27ng/kg），但高于下游河口站位（平均值为 4.71ng/ kg）。这是因为河口上游站位地处长江河道内，上游河流及其口门内河道的沿岸排污点带来大量污染物，导致口门内沉积物污染较口门外开阔水域的沉积物更为严重，所以，口门内各站位沉积物中的 MBP 普遍高于口门外。其中，S3 和 S4 站位靠近石洞口、竹园排污口以及黄浦江口，沉积物污染最严重，其 MBP 浓度也最高。MBP 的最低浓度出现在靠近北支河口、污染相对较轻的 S7 站位。而在河口下游的各站位中，S6 站位的浓度要相对高一些，与 S6 站位靠近长江口门、受污染扩散影响有关。

　　沉积物通常被认为是磷化氢的源，MBP 的含量水平也可以作为沉积物污染状况的指示因子之一。图 6-48 也给出了各站位沉积物中 TP、OP、IP、OC 和 TN 的季节平均浓度，可以看出高浓度的 MBP 一般伴随着较高浓度的 TP、OP、IP、OC 和 TN，说明本研究区域 MBP 的空间分布特征与沉积物中其他磷组分、有机物等的分布特征相一致。

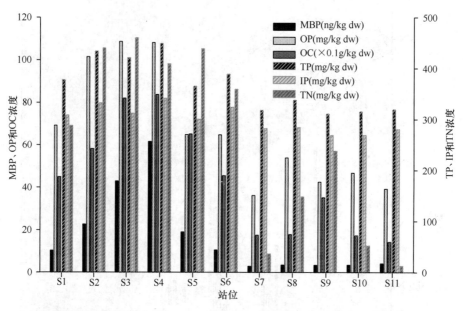

图 6-48　不同站位 MBP、OP、OC、TP、IP 和 TN 的季节平均浓度

（三）沉积物中磷化氢的季节分布特征

　　图 6-47 为各个站位沉积物 MBP 浓度的季节变化情况。2 月、5 月、8 月、11 月，各站位 MBP 浓度分别为 2.28～47.71ng/kg、1.93～73.50ng/kg、2.03～81.09ng/kg、3.17～94.86ng/kg，方差分析结果表明，MBP 浓度的季节差异并不显著（$F=1.507$，$p=0.228>0.05$）。表 6-13 给出了不同季节口门内、口门外各站位 MBP 浓度的平均值。口门内和口门外沉积物中 MBP 浓度表现出相似的季节变化特征，一般来说 8 月和 11 月要稍高于 2 月和 5 月，其中 MBP 平均浓度的季节最高值均出现在 11 月，季节最低值均

出现在 2 月。MBP 总体的季节平均浓度的高低顺序为 11 月＞8 月＞5 月＞2 月。

表 6-13 长江口水域表层沉积物中一些环境因子的季节、空间变化

环境变量	口门内				口门外			
	2月	5月	8月	11月	2月	5月	8月	11月
MBP(ng/kg,干重)	17.63	22.74	29.59	55.41	2.98	3.88	3.54	8.45
TP(mg/kg,干重)	382.2	425.8	407.5	421.4	311.0	345.6	335.3	334.9
OP(mg/kg,干重)	68.3	94.5	101.2	97.8	44.0	66.2	39.3	41.0
IP(mg/kg,干重)	313.9	331.3	306.4	323.6	267.0	279.4	296.0	293.9
OC(g/kg,干重)	5.88	5.80	7.83	7.20	2.05	2.96	2.78	2.13
TN(g/kg,干重)	0.43	0.35	0.55	0.30	0.11	0.12	0.15	0.20
Eh*(mV)	—	—	−124	−141	—	—	−59	−65
MGS(μm)	98.4	115.2	124.6	113.2	19.8	26.0	35.0	29.3

* 只在 8 月和 11 月测定了 Eh。

表 6-13 也列出了口门内和口门外沉积物中 TP、OP、IP、OC、TN 的季节平均浓度、平均粒径（MGS）和氧化还原电位（Eh）等。结果表明 TP、OP、IP、OC、TN 浓度的季节分布与 MBP 类似，表现为口门内高于口门外的特点，但季节变化不明显；而 MGS 也是口门内大于口门外；MBP 含量分布特征将受多种沉积环境因素的综合作用。

三、主要环境因子对长江口水域沉积物磷化氢的影响

（一）沉积环境对磷化氢分布的影响

如上所述，海洋沉积物一般被认为是磷化氢的源。MBP 的含量水平取决于沉积物中磷化氢的产生和存留条件，受沉积环境的影响。为此，我们进一步分析了沉积物中的主要磷成分（TP、OP、IP）、有机质（OC、TN）、氧化还原电位和粒径与沉积物中 MBP 浓度和分布之间的关系。

1. 沉积物中其他磷组分含量对 MBP 分布的影响

分析结果表明，研究水域沉积物中 TP、OP 和 IP 的浓度分别为267.8～525.2mg/kg、20.7～173.5mg/kg 和 224.0～408.1mg/kg（干重，下同），TP、OP 和 IP 的空间分布表现出与 MBP 类似的分布特征：在口门内沉积物中的浓度相对较高。图 6-49 a～c 给出了 MBP 与 TP、IP、OP 的线性相关分析结果，可以看出 TP、IP、OP 与 MBP 均存在显著的线性正相关，但 MBP 与 OP（$r=0.709$，$p=0.000$）的相关性要强于与 IP 的相关性（$r=0.551$，$p=0.000$），说明 MBP 含量与 OP 成分的关系更密切，这一结果与之前的中国沿海沉积物 MBP 调查结果相一致，也证实了 Yu 和 Song（2003）、Zhu 等（2006）对胶州湾沉积物和南极生物圈的相关结果。

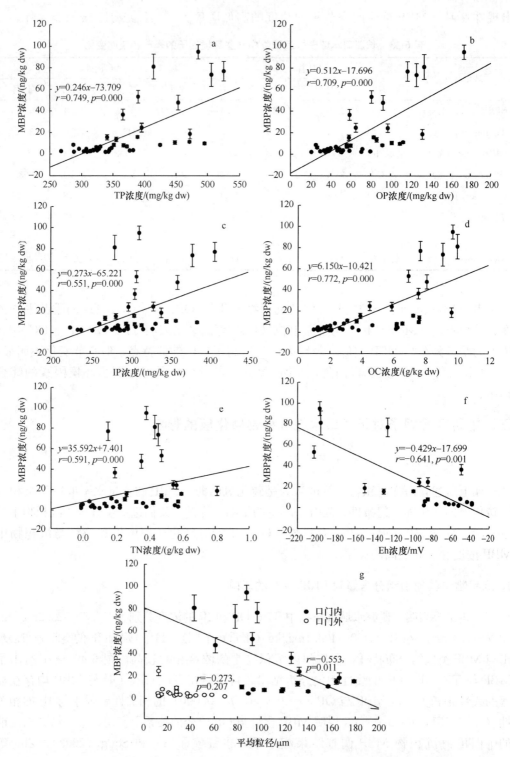

图 6-49　MBP 与 TP、OP、IP、OC、TN、Eh 及平均粒径的相关关系

r 和 p 分别表示 MBP 与其他参数之间的 Spearman 秩相关系数和显著性水平，$p<0.01$ 表示在 0.01 水平上显著相关，$p<0.05$ 表示在 0.05 水平上显著相关，$p>0.05$ 表示相关性不显著

2. 沉积物中有机碳、总氮含量对 MBP 分布的影响

　　沉积物中 OC 和 TN 的浓度分别为 $0.98\sim10.05g/kg$、$0\sim0.81g/kg$（干重，下同）。总共 43 个样品 OC 的平均浓度为 $4.44g/kg$，并表现出与 MBP 类似的分布规律，口门内站位 OC 的浓度要高于口门外站位。从图 6-49 d～e 中，可以看出 OC、TN 与 MBP 也存在着显著的线性正相关关系，这与以往的研究结果相一致（Cao et al.，2000）。与 TN 相比，OC 与 MBP 之间存在着较强的相关关系（$r=0.772$，$p=0.000$），说明 OC 在海洋沉积物 MBP 的产生过程中起着更重要的作用。

3. 沉积物氧化还原电位、平均粒径对 MBP 分布的影响

　　我们现场测定了 8 月、11 月沉积物的氧化还原电位，它对沉积物中 MBP 的浓度也有一定的影响作用。图 6-49 f 的线性相关分析结果表明，沉积物氧化还原电位与 MBP 浓度存在着显著的线性负相关（$r=-0.641$，$p=0.001$），MBP 浓度随氧化还原电位的降低而增加，说明还原环境更有利于沉积物中高浓度 MBP 的存在。而从磷化氢的还原特性上分析，还原环境更有利于磷化氢的产生及其在沉积物中的存留。另外，较低的氧化还原电位也有利于高浓度 OP 和 OC 成分的存在，研究证明这两者对磷化氢的产生均有帮助。

　　表 6-13 还给出了口门内、口门外沉积物平均粒径的平均值。结果表明，口门内站位沉积物粒径要高于口门外站位沉积物。根据以往的研究结果，小粒径沉积物更有利于高浓度 MBP 的存在：因为小粒径沉积物的比表面积较大，有更多的吸附位点，有利于磷化氢的富集；大粒径的沉积物则一般多孔，有利于磷化氢的转移和氧化。然而，在本研究中，较高的 MBP 浓度却对应着大的粒径。这说明在本研究的调查区域中，粒径并不是 MBP 浓度分布的主要控制因子。为进一步阐明粒径与 MBP 含量的关系，我们根据口门内、口门外两类站位，分别研究 MBP 含量与平均粒径的相关关系。从图 6-49 g 可以看出，如果分别分析口门内和口门外两类站位 MBP 与平均粒径的关系，可以发现 MBP 与平均粒径都存在一定的线性负相关关系，特别是口门内各站位，其沉积物中 MBP 与平均粒径的线性相关关系显著（$r=-0.553$，$p=0.011$）。该结果表明，在其他环境条件相似情况下，沉积物平均粒径与 MBP 具有相关关系。就我们整个调查区域来分析，平均粒径对 MBP 分布的作用被其他环境因子（如其他磷成分、有机质的含量等）的作用所掩盖，所以不是影响 MBP 分布的主要环境因子。

（二）水体环境对表层沉积物 MBP 分布的影响

　　上述结果表明，沉积物中 MBP 的分布和浓度与沉积物中其他形态磷、有机质含量等因素有关。很多研究已经证明沉积物中含磷有机质被氧化分解后，可向上覆水体输送、补充磷酸盐及其他形态的磷化物。与之相似，沉积物中的 MBP 也会被氧化、释放至上覆水体中，其氧化、释放程度，除了与沉积物的性质有关外，还与上覆水体的环境因素有关。

　　为了探讨沉积物中 MBP 浓度与上覆水环境之间的可能关系，进一步分析了不同季节沉积物中 MBP 浓度与上覆水的盐度、活性磷酸盐（SRP）、总磷（TP）、叶绿素 a（Chla）的含量等因子之间的相关性。如表 6-14 所示，沉积物中 MBP 浓度与上覆水中 SRP、TP

在 5 月、8 月、11 月存在着显著的线性相关关系；与 Chla 在 5 月、11 月存在着显著的线性相关关系。该结果说明，沉积物中较高的 MBP 含量一般也对应着上覆水中较高的 SRP、TP 和 Chla 浓度，二者存在着某种相关关系。分析其原因，一方面，营养物质（包括 SRP 和 TP）丰富的水体，可为较高的生物量提供物质基础，而生物死亡沉积后，又为磷化氢的产生提供了条件，所以沉积物中的 MBP 含量与 TP、OP、OC 等的含量有较好的相关性（图 6-49）；另一方面，当水体中磷酸盐含量较低时，沉积物中磷化氢的连续释放和转化有可能成为上覆水中磷补充的来源之一，对磷的循环产生重要影响。总之，本研究的结果在一定程度上说明沉积物中磷化氢的释放会影响上覆水环境。但这个过程非常复杂，至今尚无相关研究报道，要清楚了解其过程和机制还需要借助一些更先进的分析技术、方法，以及更多深入细致的研究工作。另外，从表 6-14 中的结果也可以看出沉积物中 MBP 浓度与上覆水体盐度之间存在着较好的线性负相关，表明该水域沉积物中 MBP 浓度随着上覆水盐度的降低而增加，进一步证明了长江径流是造成该水域沉积物中 MBP 浓度分布的主要原因。

表 6-14　不同季节 MBP 含量与上层水环境因子的相关关系

环境因子	2月	5月	8月	11月
SRP 与 MBP	$r=0.632, p=0.050$	$r=0.625, p=0.040$	$r=0.773, p=0.016$	$r=0.651, p=0.030$
TP 与 MBP	$r=0.455, p=0.187$	$r=0.818, p=0.002$	$r=0.676, p=0.023$	$r=0.682, p=0.038$
Chla 与 MBP	$r=0.624, p=0.054$	$r=0.852, p=0.002$	$r=0.437, p=0.179$	$r=0.743, p=0.009$
盐度 与 MBP	$r=-0.685, p=0.029$	$r=-0.720, p=0.013$	$r=-0.827, p=0.002$	$r=-0.664, p=0.026$

　　r 和 p 分别代表 MPB 与其他参数之间的 Spearman 秩相关系数和显著性水平，$p<0.01$ 表示在 0.01 水平上显著相关，$p<0.05$ 表示在 0.05 水平上显著相关，$p>0.05$ 表示相关性不显著。

四、海洋沉积物中磷化氢对长江口水域富营养化的影响

（一）与其他海域沉积物 MBP 浓度的比较

　　表 6-15 总结了国内外不同海域沉积物中 MBP 的浓度。

表 6-15　不同海洋沉积物中 MBP 的含量

样品	区域	MBP 浓度	参考文献
河口沉积物	长江口	1.93～94.86ng/kg，干重	Feng et al., 2008a
海洋沉积物	中国沿海	0.89～25.86ng/kg，干重	Feng et al., 2008b
海洋沉积物	德国北海	0.0004～0.0716nM/dm³，湿重	Gassmann, 1994
表层沉积物（10～20cm）	胶州湾	(60±35) ng/kg，干重	Han et al., 2003
底层沉积物（70～80cm）	胶州湾	(271±28) ng/kg，干重	Han et al., 2003
海洋沉积物	胶州湾养殖区	124～685ng/kg，干重	Yu and Song, 2003
海洋沉积物	胶州湾近岸水域	29.3～143.8ng/kg，干重	Mu et al., 2005
海洋沉积物	胶州湾远岸水域	0.2～5.6ng/kg，干重	Mu et al., 2005
鸟粪共生沉积物	南极 Y2 湖	0.29～3.04ng/kg，干重	Zhu et al., 2006

长江口表层沉积物中 MBP 的浓度为 $1.93\sim94.86\mathrm{ng/kg}$。该结果低于胶州湾污染严重的养殖区、近岸水域沉积物中 MBP 的含量（Han et al.，2003；Yu and Song，2003），高于胶州湾远岸水域、德国北海、中国沿海沉积物及南极鸟粪共生沉积物中 MBP 的含量（Zhu et al.，2006；Mu et al.，2005；Gassmann and Glindemann，1993），与胶州湾湾内区域 MBP 的含量接近。由此可见，长江口水域表层沉积物中 MBP 的含量相对较高，其对上覆水磷营养盐的影响不容忽视。笔者认为，沉积物中的 MBP 是沉积物中有机磷分解、转化，向上覆水输送磷营养盐的一个中间产物，该输送过程是一个连续的过程；MBP 作为该连续过程中的一个环节，处于亚稳定状态。所以，海洋沉积物中的 MBP 并不稳定，沉积物中含磷有机质浓度、细菌活性、厌氧环境及风浪引起的对沉积物的搅动等，均对沉积物中 MBP 向上覆水体的释放产生影响。另外，虽然 MBP 在沉积物中的浓度相对于水体中磷酸盐等形态的浓度低很多，但由于其仅仅是磷连续转化过程中的一环、不同形态磷转化过程的一个中间体，所以只依据 MBP 在沉积物中的浓度并不能准确反映其对上覆水磷营养盐的贡献。

总之，MBP 广泛存在于长江口表层沉积物中，并具有相对较高的浓度，应重视其对水域富营养化产生的影响。

（二）磷化氢的产生原因及其对富营养化的影响

1. 磷化氢的产生原因分析

关于磷化氢的产生，很多研究认为它是一个微生物控制的过程（Roels et al.，2005；Roels and Verstraete，2001；Cao et al.，2000；Jenkins et al.，2000）。关于磷化氢的微生物产生机制，一般有两种观点：由无机磷的微生物转化，或有机磷的微生物降解产生（Roels and Verstraete，2001；Tsubota，1959）。但是关于前一观点还存在争议（Glindemann et al.，1998；Burford and Bremner，1972），现在越来越多的人认为磷化氢是由厌氧条件下细菌降解有机磷成分而产生的（Cao et al.，2000；Jenkins et al.，2000），本研究的现场调查结果也支持了这一观点。

我们对现场调查数据进一步分析发现，较高浓度 MBP 的沉积物（特别是口门内各站位的沉积物）一般都对应着较强的还原环境，并同时是有较高含量的其他磷组分（TP、OP、IP）和有机质。换言之，环境中较高的其他磷组分浓度、较高的有机质浓度以及相应的细菌微生物有利于磷化氢的产生。

根据长江口口门内、口门外沉积物的调查可以发现，长江口水域沉积物中较高的其他磷组分浓度和较高的有机质浓度主要来源于长江径流，人类活动的影响显著。除此之外，长江口水域频繁发生藻华的影响也不容忽视。近年来长江口水域是我国近海富营养化最为严重的水域，每年从春季到秋季是藻华的多发季节。藻华消亡后，大量藻华生物死亡、沉积至海底，增加了底层的有机质含量，与温跃层等因素一起，加重了该水域缺氧区的形成，为底层磷化氢的产生营造了良好的环境条件。

2. 磷化氢对富营养化的影响

磷是我国大多数近岸海域、湖泊富营养化的主要限制因子，限制磷负荷是防止水体进一步富营养化、改善水环境的一个重要手段。要实现这一过程，需要对磷循环过程中的各种磷形态及其迁移转化过程有一个全面深入的了解。但以往研究海域及湖泊富营养化问题时，常常忽略磷化氢的存在及其在磷循环中所起的作用。

有害藻华是水域富营养化的主要症状之一。近年来一些研究表明，在许多磷限制海域藻华仍频繁发生。另外，当藻华消亡后，水体中各种营养盐浓度会逐渐恢复到藻华暴发前的水平，其中磷酸盐的恢复速度往往要快于硝酸盐和硅酸盐等（霍文毅等，2001a，2001b）。这些现象和结果表明，海洋中磷营养盐的补充速度相对较快。分析其原因，一方面可能是藻华生物死亡分解后磷酸盐的循环速度较快；另外基于磷的吸附与解吸特性，当水体中磷酸盐浓度降低后，部分吸附态磷酸盐会迅速解吸到水体中。但是，是否还存在其他的磷补充来源呢？图 6-50 为 Hanrahan 等（2005）提出的还原态磷循环简图，该图表明，沉积物中磷化氢的释放也是上层水体中磷营养盐的一个重要来源。

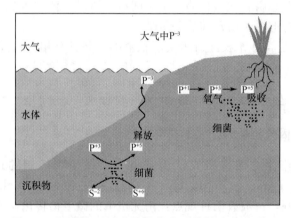

图 6-50　环境中还原态磷的存在及其被生物的利用、
转化（Hanrahan et al.，2005）

已有研究者（Zhu et al.，2007a）在长江口（上海港）水域上层大气中检测到了浓度高达 $5753ng/m^3$ 的磷化氢，如此高浓度的磷化氢除了与工业污染源排放等因素有关外，还可能与该水域对磷化氢的释放有关，说明长江口水域是磷化氢的一个源。该结论与我们发现长江口水域表层沉积物中含有较高浓度 MBP 的研究结果相一致。可以推测，沉积物所产生的大量磷化氢释放到水体中，部分被转化为其他形态的磷化物，参与磷的再循环，被生物再利用；部分释放到大气中，导致该水域大气中磷化氢含量较高。王晓蓉等（2003）在研究太湖富营养化时已证实在水华暴发季节，太湖沉积物和湖面大气中磷化氢浓度最高分别达到 $826ng/kg$ 和 $1.58ng/m^3$。

由此可见，沉积物中磷化氢的动态释放对水体中磷的补充不容忽视，对水体富营养化能够产生重要影响。但是，磷化氢作为磷的一种还原形态，由于其很容易被氧化、不稳定，在水体中的检测方法尚不完善，所以有关磷化氢的产生机制、不同形态间的转化动力学以及对水体中磷的补充机制等，还有待于进一步的深入研究。

（本节著者：宋秀贤　冯志华　俞志明）

第四节　长江口水域低氧区的形成特征和影响因素

溶解氧是海洋生态系统中重要的环境参数，是海洋中大多数生物赖以生存的物质条件，对海洋生态系统非常重要。海水中溶解氧浓度的分布、变化与温度、盐度、生物活动和水体运动等密切相关，对了解海区的生态环境状况具有重要意义。根据近海富营养化定义可知，低氧区的形成是海水富营养化的主要症状之一。低氧问题的出现常常造成底层生物量减少、本地物种消失，并导致鱼类患病率增加、生物多样性降低，最终造成生态系统结构的改变和破坏（Rabalais et al.，2001；Lenihan and Peterson，1998）。例如，近几年来国际上一些近海水域的低氧现象，明显地改变了大型底栖生物的分布和丰度，使生态系统短时间内不能恢复（Bianchi et al.，2010）。

目前，关于海水中的低氧（low dissolved oxygen）概念还没有严格的标准。顾名思义，海水中溶解氧浓度低于正常水平（饱和溶解氧值）以下均应称为低氧。通常，当水体中溶解氧含量不低于正常值的 80%，对水生生物不会产生太大的影响。当低氧现象加剧、水体中溶解氧浓度降低至影响水生生物的生存，通常称之为缺氧（hypoxia）。目前根据不同生物和环境对缺氧现象的响应，对缺氧概念的标准也有所不同。例如，一些研究表明某些鱼类在溶解氧值低于 3mg/L 时就开始有所反应，根据这一现象，有研究者将海水中缺氧的标准定为 3mg/L（Chen et al.，2007；Dai et al.，2006；Anderson and Taylor，2001）；还有一些现场调查发现，当水体中溶解氧值低于 2mg/L 的时候，鱼类等浮游动物就开始转移栖息地，底层拖网的渔获量几乎为零，因此也有人将海水中缺氧区的标准取为 2mg/L（Rabalais et al.，2002）。由此可见，从概念上讲低氧包含着缺氧，缺氧是低氧发展至危害水生生物的特殊状态。

研究表明，导致不同海域产生低氧现象的原因主要有两个：一是生物因素，例如，表层沉积物或水体底层含有大量有机物，在一定条件下发生降解作用、消耗大量氧气，导致溶解氧降低。但是，如果水体交换很好，生物降解消耗的氧气会得到快速的补充，海洋中也出现不了低氧现象。所以，生物因素并非是造成海洋低氧现象的充要条件。二是物理因素，海洋中低氧区的形成还需要物理因素的存在，例如，水体层化使底层水体难以与上层溶氧较高的水体进行交换，从而使底层溶解氧消耗后得不到有效补充，造成低氧区的形成。该层化作用包括盐度层化、温度层化等，一般在河口水域温度较高的季节，大量高温、低盐、低密度的淡水覆盖在表层，容易使底层高盐、高密度海水形成独立水团，导致层化作用，使表层氧气难以与底层交换。由此可见，海洋中低氧区的形成还与水域的地形地貌、流场、温度等物理因素有关（Wang，2009；Justić et al.，2003；Rosenberg et al.，1991）。实际上，海洋中的低氧现象是一种自然现象，早在地质年代就已经存在（Diaz and Rosenberg，1995）。但是近年来，随着近海富营养化问题的日趋严重，大量浮游植物衰亡后沉降到水底，导致底层有机质大量增加、形成低氧区的生物因素增强，造成近海水域中底层水体低氧现象越来越频繁、越来越严重（Turner et al.，2005；Rabalais et al.，2002；Diaz，2001），成为近海富营养化的主要症状之一，引起人们越来越多的关注。

　　长江是我国第一大江河，长江口水域拥有较高的生物量和丰富的生物资源（宁修仁等，2004；Zhang et al.，2007）。正如前几章所介绍的，随着周边人类活动的加剧，长江径流输入河口水域的营养盐大量增加，长江口水域已成为我国沿海富营养化最为严重的水域。作为近海富营养化主要症状的低氧现象也呈现出不断扩大和加重的趋势：大于10 000km²的低氧区域在长江口及其邻近海域被观测到，甚至有人认为长江口及其邻近海域的低氧区已经成为世界上最大的低氧区之一（Chen et al.，2007）。为此很多学者围绕长江口及其邻近海域的低氧区问题开展了大量研究，包括低氧区的分布范围（石晓勇，2006；李道季，2002；Chen et al.，2007）、有机质对低氧区的影响（Chen et al.，2007；Wei et al.，2007；Li et al.，2002）、地形地貌和台湾暖流对低氧区形成的影响（Wang，2009）以及水体温盐层化对氧气垂直输送的阻碍作用等（Wang，2009；Rabouille et al.，2008）。但是，这些研究大都针对该水域低氧区形成的某些季节进行的，有关该区域溶解氧的全年度季节变化特点、温跃层等物理因素对低氧区形成的定量影响等方面研究较少。

　　本节通过长江口及其邻近海域2003～2009年多个航次的现场调查（图6-51），包括：2003年11月至2005年8月针对该水域溶解氧全年度季节变化特点、连续8个航次的季度调查（121.0～123.5°E，30.75～32.0°N）、2007年4～5月针对海水温度分层结构的形成过程及其对底层溶解氧影响的定点连续监测调查（28.98°N、122.39°E）以及2009年5月针对海底地形对底层溶解氧分布影响的东海长江口水域大范围调查（29.0°～32.5°N，122.0°～125.0°E），研究了长江口水域底层溶解氧的季节分布特征和

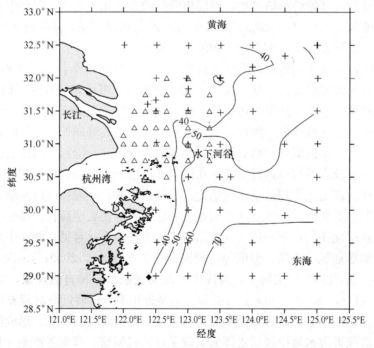

图 6-51　长江口水域采样站位

△ 2003～2005 年采样站位；+ 2009 年 5 月采样站位；◆ 2007 年 5 月连续监测站位

影响因素，定量描述了温跃层等物理因素对溶解氧垂直输送的影响，深入探讨了长江口水域低氧区的形成特征和影响因素，进一步了解了该海域富营养化形成的特点与机制。

一、长江口水域低氧区季节分布特征

2004年2月和2005年2月长江口水域底层水体溶解氧时空分布如图6-52所示。结果表明，底层水体（距离海底2m处，下同）溶解氧浓度普遍大于8mg/L，没有缺氧现象出现；从近岸到122.5°E，溶解氧浓度由10mg/L降至8～9mg/L，呈现逐步降低趋势；2004年2月在研究区域东南角的底层水体溶解氧浓度较低，达到7mg/L。由于冬季（2月）长江径流量小，台湾暖流沿着长江口水下河谷（水槽）可以入侵至河口水域，而台湾暖流携带的水体具有温度较高、溶解氧浓度较低的特点（Wang，2009），从而导致2月长江口水下河谷附近的底层水体呈现出温度较高、溶解氧浓度较低的特点：2004年2月，可以明显看到该水域底层溶解氧浓度随着水体温度的升高而降低的负相关关系（图6-53，$n=31$），充分反映出台湾暖流入侵对长江口水域底层水体溶解氧的影响。

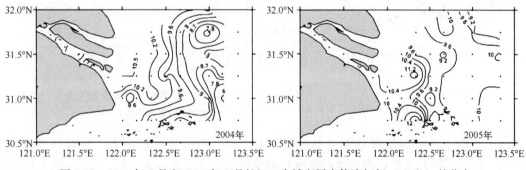

图6-52 2004年2月和2005年2月长江口水域底层水体溶解氧（mg/L）的分布

2004年5月和2005年的5月，底层溶解氧的时空分布特点如图6-54所示。与2月相比，5月底层水体溶解氧浓度明显降低，为1.74～8.87mg/L；2004年5月在32号站位观测到1.74mg/L的低值，长江口水下河谷底层溶解氧浓度明显低于周围海水浓度。在不同的年份，溶解氧浓度大小和分布范围也不一样：2004年5月的底层溶解氧浓度明显低于2005年5月，尤其是水下河谷内的溶解氧浓度低于3mg/L。比较这两年该水域的温度、叶绿素a浓度和化学需氧量（COD）（表6-16）等参数可以发现，2004年和2005年5月该水域温度、COD的数值相近，2004年5月的叶绿素a浓度较高；进一步比较这两年温度、叶绿素a和溶解氧的垂直分布（图6-55）发现，调查水域在2004年5月的温跃层比2005年5月明显；2004年5月叶绿素a浓度也高于2005年5月，尤其是在底层。所以，从低氧区形成的生物和物理两种因素来看，2004年5月均高于2005年5月，从而导致2004年5月底层溶解氧浓度较2005年5月低。另外从全年四个季节特点上看，5月长江径流流量增加、太阳辐射增强，海水容易形成温盐跃层：如图6-56所示，2005年5月27号站位和33号站位在5～23m层形成明显的温盐跃层。其中，溶解氧浓度的垂直变化趋势与温度变化相似、与盐度变化相反。在温盐跃

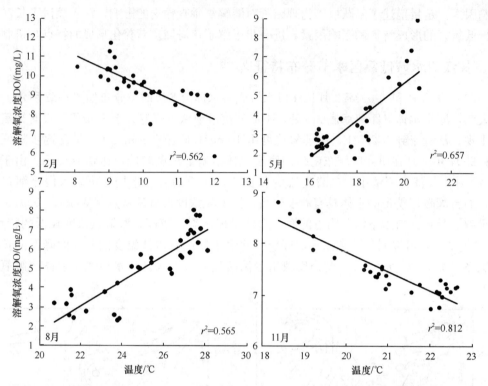

图 6-53　2004 年 2 月、5 月、8 月和 11 月长江口水域底层溶解氧与温度的关系

2 月、5 月、8 月和 11 月的样品数 $n=31$、31、34 和 31；显著水平都为 5%

层以上，海水溶解氧呈现过饱和状态（>100%）；在温盐跃层以下，其饱和度降至 60%~75%。除此之外，溶解氧的浓度与微藻的生长状态也有关，如 33 号站位 10m 层处的溶解氧和叶绿素浓度都有明显的升高，说明大量藻类的光合作用也可以导致局部溶解氧浓度的升高。5 月底层溶解氧浓度分布与温度的相关关系如图 6-53（$n=31$）所示，呈正相关关系，底层水体中溶解氧浓度随着温度的升高而升高，说明 5 月台湾暖流对该水域底层水体溶解氧影响不明显，反映出与 2 月不同的变化机制和特点。

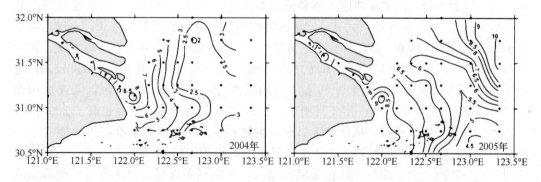

图 6-54　2004 年 5 月和 2005 年 5 月长江口水域底层溶解氧（mg/L）的分布

表 6-16　2004 年 5 月和 2005 年 5 月长江口水域温度、叶绿素 a 和 COD 的平均值比较

时间	温度/℃	叶绿素 a/(μg/L)	COD/(mg/L)
2004年5月	18.66±1.76	1.89±4.00	1.13±0.88
2005年5月	19.08±1.57	1.11±1.07	1.16±0.82

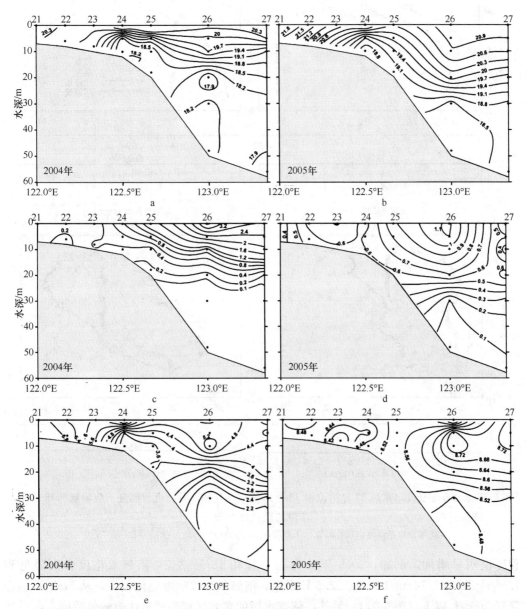

图 6-55　2004 年 5 月和 2005 年 5 月 21～27 号站断面的温度（℃）（a、b）、叶绿素 a
（μg/L）（c、d）和溶解氧（mg/L）（e、f）垂直分布图

在 2004 年 8 月和 2005 年 8 月，长江口水域底层平均溶解氧浓度比 5 月浓度更低，特别是在水下河谷内溶解氧平均浓度低于 5mg/L，低氧区的范围有明显的扩大、缺氧

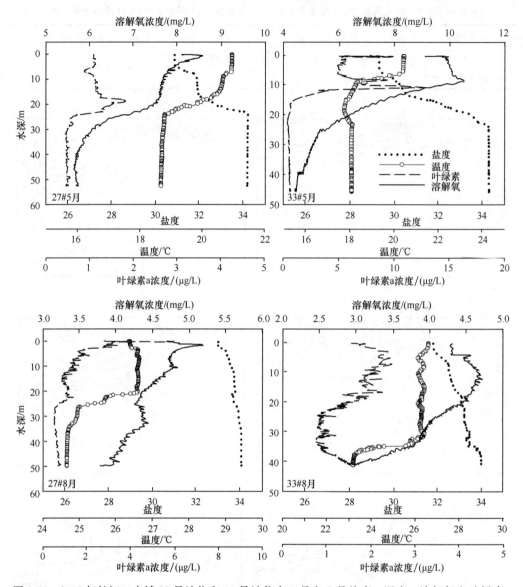

图 6-56　2005 年长江口水域 27 号站位和 33 号站位在 5 月和 8 月盐度、温度、溶解氧和叶绿素 a
浓度的垂直分布图

27 号站位经纬度：123.33°E, 31.00°N；33 号站位经纬度：123.00°E, 30.75°N

程度也明显增加。例如，2005 年 8 月在 7 号和 18 号站位，溶解氧浓度分别降低到
1.56mg/L 和 1.74mg/L；在 122.5°E 附近，溶解氧浓度梯度变化较大，从 5mg/L 迅速
降到 3mg/L 以下（图 6-57）。另外，调查水域的东北区域底层水体溶解氧浓度在冬季比
较高，而在 8 月却出现了低值区。笔者认为这主要是由于 8 月长江径流量大，给东北方
向的舌状区带来大量的有机质和营养盐，导致该区域有较高的生物量和有机质沉降、分
解，造成该区域底层水体溶解氧浓度较低。以上两年度 8 月底层水体溶解氧浓度分布特
点大体相似，只是 2005 年在调查水域的东北区域底层水体溶解氧浓度更低，降至

2mg/L以下。另外与5月相比，8月太阳辐射更强，温度跃层深度变深（图6-56），在20～40m形成明显的温跃层。与5月相同，该水域溶解氧浓度的垂直变化趋势与温度变化相似、与盐度变化相反；另外，水体中溶解氧的浓度也受微藻光合作用的影响，在10m层以上，溶解氧随着叶绿素a浓度的升高而增大。底层水体溶解氧浓度随水体温度的升高而升高，与水体温度呈正相关（图6-53，$n=34$）。通常在温度较高的季节里，冷水被认为是滞留时间较长的水体（Kasai et al.，2002；Hill et al.，1994），而缺氧区的温度较低，水体流动性减弱，滞留时间较长，这也是8月缺氧现象得以持续、缺氧区扩大的原因之一。

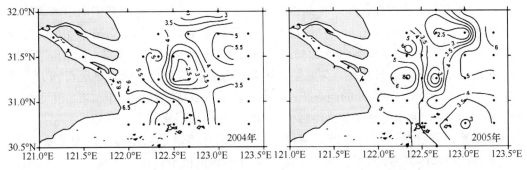

图6-57　2004年8月和2005年8月长江口水域底层溶解氧的分布

在2003年11月和2004年11月，溶解氧浓度为3～9mg/L（图6-58）；在不同的年份，分布特点也有所不同：在2003年11月，底层水体溶解氧的分布与5月相似，浓度变化范围比较大；在河口外的水下河谷内，水体中的溶解氧浓度低于4mg/L，明显低于周围水体。而在2004年11月，水体溶解氧的浓度变化比较小，为6.75～8.80mg/L。比较这两年该水域温度、叶绿素a浓度和化学需氧量（表6-17）可以看出，2003年11月、2004年11月调查水域的温度范围相似，2003年11月的叶绿素a浓度和化学需氧量浓度都比2004年11月高，这可能是导致2003年11月溶解氧浓度较低的原因之一。11月溶解氧浓度与温度的相关性与2月相似（图6-53，$n=31$），呈负相关关系：底层水体溶解氧浓度随着温度的升高而降低，说明11月该水域也能够受到台湾暖流的影响，表现出与2月相同的变化特点。

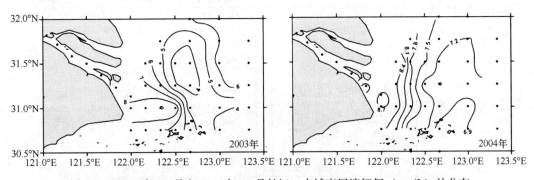

图6-58　2003年11月和2004年11月长江口水域底层溶解氧（mg/L）的分布

表 6-17　　2003 年 11 月和 2004 年 11 月长江口水域温度、叶绿素 a 浓度和 COD 的平均值比较

时间	温度/℃	叶绿素 a 浓度/(μg/L)	COD/(mg/L)
2003年11月	20.90±0.74	1.35±2.24	1.18±0.41
2004年11月	20.98±1.49	0.56±0.77	0.91±0.49

二、地形和温跃层对长江口水域低氧区的影响

(一) 地形的影响

2009 年 5 月，我们在长江口及其邻近水域（东海）进行了更大范围的溶解氧浓度分布调查，结果如图 6-59 所示。在底层水体，等盐线与等深线的分布形状相似，高盐度海水沿着水下河谷入侵，冲淡水出口门后向东北—东方向偏转。底层水体溶解氧浓度的分布由近岸向外海逐渐升高，与底层水体温度分布趋势相反，两者呈现负相关关系（图 6-60）。与 2003～2005 年的调查相比，本次调查水域范围远远大于前者，更加向外海扩展，5 月底层海水仍然受到台湾暖流的影响，导致底层水体溶解氧浓度与温度呈现负相关关系，与 2003～2005 年近岸河口水域底层水体溶解氧浓度与温度的关系相反。本次调查底层水体溶解氧浓度为 3.7～15.2mg/L，低值位于长江口水域 123.0°E 附近，达到 3.76mg/L，低值区沿着水下河谷从南向北延伸，在长江口的 32.0°N 以北区域，溶解氧浓度逐渐变高。可以观测到，底层水体溶解氧低值往往与表层的高值相对应，如在 26 号站位（123.00°E, 31.00°N），底层水体溶解氧浓度为 4.8mg/L，对应的表层溶解氧浓度达 15.2mg/L，其饱和度已达到 200%。该现象进一步证明了生物过程对水体

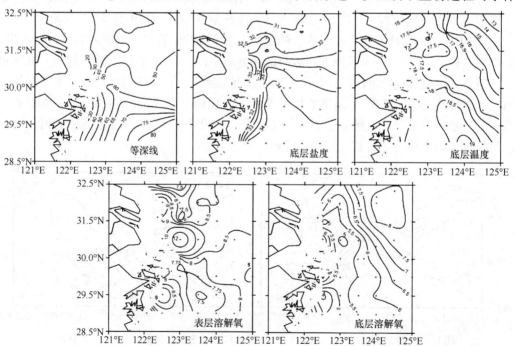

图 6-59　2009 年 5 月调查海域等深线（m）、盐度、温度（℃）和表层溶解氧（mg/L）平面分布

溶解氧的影响：在本站位调查时，遇到大规模赤潮发生，海水颜色呈明显的棕红色。由于赤潮生物的光合作用，导致表层海水溶解氧浓度大幅度升高；而死亡后的赤潮生物沉降、分解，又导致底层水体溶解氧降低。所以，生物过程是导致该站位底层水体溶解氧低值与表层水体溶解氧高值相对应的重要原因；而该水域的地形特点和物理过程（温跃层的形成）则保障了该现象的出现。

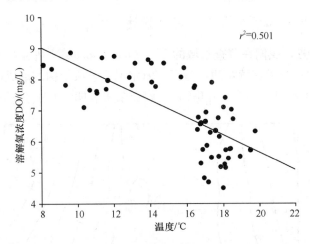

图 6-60　2009 年 5 月长江口水域底层溶解氧与温度的关系

（$n=57$，显著水平都为 5%）

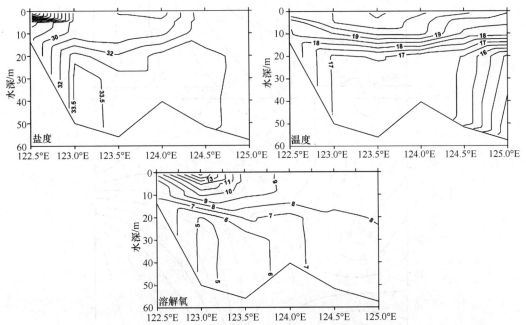

图 6-61　2009 年 5 月东海 31°N 断面盐度、温度（℃）和溶解氧浓度（mg/L）垂直分布

　　调查水域盐度、温度和溶解氧浓度的垂直分布如图 6-61 所示，在 5～20m 水层，存在明显的分层现象：盐度从 30 增加到 33、温度从 21.5℃降至 17.0℃、溶解氧浓度从 15.2mg/L 降至 4.8mg/L。在 123.5°E 附近，正好是水下河谷的上层水体温度较高，

水体层化现象比右侧的大陆架区域更加明显，溶解氧浓度在 122.5°E～123.5°E 的水下河谷内的垂直梯度也比外海的大陆架水域明显。在水下河谷内，分布着来自台湾暖流的较高盐度和温度的海水（盐度大于 33.5，温度 16.5～17.0℃），此水团的溶解氧浓度为 4.78～6.50mg/L，而周围水体溶解氧浓度在 7.00mg/L 以上，水下河谷内水体的溶解氧浓度明显低于周围水体。

（二）温跃层对低氧区形成影响的定量描述

2007 年 4～5 月，我们在调查水域的 122.39°E、28.98°N 站位对水体中溶解氧浓度随水体温度的变化进行了连续观测，考察了海水温度分层结构的形成过程以及对底层水体溶解氧浓度的影响（图 6-62，图 6-63）。调查结果表明，4 月 4～24 日，底层水体温

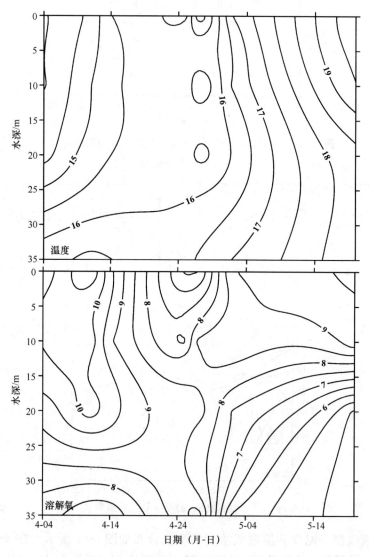

图 6-62　2007 年 4～5 月长江口水域连续观测站位的温度（℃）和溶解氧浓度
（mg/L）随时间变化（站位：122.39°E，28.98°N）

度普遍高于表层水体温度；表层水体温度随时间呈现逐渐上升趋势，导致底层和表层水体温差逐渐减小、水体温度分层现象逐渐减弱；该期间表层水体溶解氧浓度较高，为9～10mg/L，底层水体溶解氧浓度为 7～8mg/L。在 4 月 25 日、27 日，该站位的水体温度分层基本消失，底层水体溶解氧的浓度出现了明显的上升，超过了 8mg/L。5 月 2 日之后，底层和表层水体温度发生逆转，表层水体温度普遍高于底层水体，表层与底层水体温差随时间呈现逐渐增大的趋势，温度分层现象又开始出现并逐渐增强，水体温度结构也由垂直结构向水平结构改变；底层水体溶解氧浓度又降至 5.91mg/L，并持续降低，至 5 月 20 日，底层水体溶解氧浓度为 4.84mg/L。由此可见，随着水体温度结构的改变，水体溶解氧浓度，尤其是底层水体溶解氧浓度发生了变化，水体温度分层结构是底层水体低氧区形成的重要条件。所以，定量描述水体温度分层对底层水体溶解氧浓度的影响，对

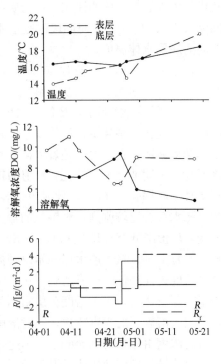

图 6-63　2007 年 4～5 月长江口水域连续观测站位的表层和底层温度、溶解氧浓度和 R 值时间变化（站位：122.39°E，28.98°N）

深入阐释底层海水低氧区的形成机制与特点具有十分重要的意义。为此，我们借鉴稳定淡水湖泊水体中溶解氧通量的相关研究方法（David and Steven，2006），根据现场连续观测资料，对该海域温度分层结构对底层溶解氧浓度的影响进行了定量研究。

根据稳定湖泊水体溶解氧的消耗速率方程，水体中溶解氧随时间的消耗速率 R〔g/（m²·d）〕可表达为（Kasai et al.，2007）

$$R = \frac{dC}{dt} \frac{V}{A}$$

式中，C 代表水体中溶解氧的浓度；V 代表底层水体低氧区的水体体积；A 代表底层水体低氧区的水体面积。在河口水域，溶解氧的垂直交换主要受到扩散的影响，受水平输送的影响较小。在研究区域表层水体和底层水体之间的盐度差大约在 2 左右，水体分层主要受到温度的影响。如果忽略盐度、密度和其他物理因素的影响，只考虑水体中温跃层对溶解氧浓度变化的影响，溶解氧在表层水体和底层水体之间的输送通量（R_f）可以看做是垂直热交换系数（ν_t，m/d）和溶解氧浓度差（$C_s - C_b$，mg/L）的函数（David and Steven，2006）：

$$R_f = \nu_t (C_s - C_b)$$

式中，ν_t 为垂直热交换系数（单位时间和距离内由于温度差造成的热交换量），其数值可根据 Chapra（1997）公式计算获得

$$\nu_t = \frac{V}{A \cdot t} \ln \frac{T_{b,i} - \overline{T}_s}{T_{b,s} - \overline{T}_s}$$

式中，V 为底层水体的体积；A 为底层水体上界面的面积；t 为溶解氧浓度变化的时间间隔（天）；$\overline{T_s}$ 为计算时间段的表层水体平均温度；$T_{b,i}$ 和 $T_{b,s}$ 分别为计算开始与结束时间的底层水体温度。

　　根据上述方程，我们对 2007 年 5 月长江口及邻近水域连续观测站位的表层和底层水体温度、溶解氧浓度以及溶解氧消耗速率 R 值随时间的变化进行了理论计算，结果如图 6-63 所示。实际上，R 值是水体中溶解氧的消耗与补充差值的结果，如果水体中溶解氧补充快、消耗少，R 值就小；反之，水体中溶解氧补充慢、消耗大，R 值就大。计算结果表明：在春季，随着太阳辐射的增强，海水表层温度升高，当底层溶解氧浓度降低时，表明消耗大于补充，R 值为正。表层与底层海水的温差从 4 月 4 日的 2.4℃ 降至 4 月 25 日的 -0.05℃，此时由于表层与底层水体温度差别小，上下水体温度比较均匀、海水混合比较剧烈，溶解氧的输送通量比较大，水体中溶解氧的补充量明显大于消耗量，R 值降低至 -1.35 g/(m² · d)，底层水体溶解氧浓度达到了 8.80mg/L。4 月 27 日至 5 月 2 日，在上层水体开始出现温度分层，溶解氧的补充受到限制，底层水体溶解氧的浓度迅速降低，R 值达到 1.71g/(m² · d)。在温跃层形成之前，R_f 值一直比较低，当温跃层形成后，由于温度分层阻挡的溶解氧输送通量达到 2.77g/(m² · d)，温跃层阻挡了大量溶解氧的垂直输送，同时溶解氧在底层也不断地被消耗，最终导致底层水体溶解氧的浓度由原来的 8.80mg/L 迅速降低至 4.84mg/L。

　　上述结果较好地描述了温度分层对溶解氧输送的影响，定量解释了温跃层对低氧区形成的作用，具有很好的参考价值。但是以上方法没有考虑其他物理作用，如水密度、上升流、风等对溶解氧垂直输送的影响，在使用的条件和范围等方面也存在一定的限制。目前有关溶解氧输送通量的研究已经越来越引起人们的重视，一些研究者提出了相关的数学模型进行模拟和计算（Peña et al.，2009），但是由于有限的数据和复杂的数学模拟，至今相关结果还不尽如人意。总之，温跃层对低氧区形成影响的定量描述仍在不断发展和深入过程中。

三、长江口水域低氧区形成特点分析

　　如上所述，物理过程和生物过程控制着海水中低氧现象的出现。通常海水中的溶解氧是处于消耗-补充的动态平衡；当溶解氧的消耗超过补充时，海水中溶解氧的浓度就会降低；当这种情况持续发生时，就会形成低氧区。

　　海洋中的溶解氧消耗过程一般受生物过程的控制。尽管生物光合作用能够对表层水体溶解氧产生一定的贡献，但是由于光限制，生物过程对底层水体溶解氧的补充作用比较小，而对底层水体溶解氧的消耗作用非常明显。我们 2003～2005 年的调查发现，冬季底层海水温度比较低，为 5～10℃，相对应的水体中溶解氧浓度较高，大于 7mg/L；春季与夏季，底层海水最高温度分别增长至 20℃ 和 28℃，底层水体溶解氧浓度的平均值也分别降至 5.32mg/L 和 4.67mg/L。底层水体溶解氧浓度的季节变化与温度变化正好相反：夏季底层水体溶解氧浓度最低、冬季底层水体溶解氧浓度最高。该现象除了反映出温度对水体溶解氧的影响之外，还反映出生物过程对底层水体溶解氧的控制作用。① 通常细菌的分解速率和生长速率随着温度的升高而增强（Shiah et al.，2000），夏季较高的水温导致细菌分解作用增强、底层有机质对水体溶解氧的消耗作用增加，所以通常夏季底层溶解氧浓度较低；②春季、夏季浮游植物生物量增加、有害藻华频发，为底层有机质提供了重要来源，也为底层水体溶解氧的消耗提供了物质条件。例如，根据作者 2005 年对长江口水域的现场调查，春季和夏季微藻细胞平均密度达到 10^7 个/L，生产力为 $1.5\sim4.5\,g\,C/(m^2 \cdot d)$；而秋季和冬季微藻细胞数量只有 10^4 个/L。研究进一步发现，春季和夏季该水域高生产力主要来自于硅藻，而硅藻沉降速率快，能够向底层水体输送大量易分解的有机质。在 2009 年 5 月 26 号站位的调查发现，由于之前该调查站位发生了赤潮，表层海水溶解氧超饱和，而底层溶解氧明显低于周围海水。该结果进一步反映出水域中浮游植物较高的生物量对底层水体低氧区形成的促进作用。除此之外，长江径流每年输入的颗粒有机碳和溶解有机碳大约分别为 $2.2\times10^9\,kg$ 和 $9\times10^8\,kg$（Wu et al.，2007）。大多数的颗粒有机碳和溶解有机碳在近海河口水域被降解，消耗溶解氧（Lansard et al.，2007；Raymond and Bauer，2001；Morse and Rowe，1999）。据 Rabouille 等（2008）估算，河口输入和本地产生的有机质分解需要消耗水体中大约 $200\,mmol/(m^2 \cdot d)$ 的溶解氧，在溶解氧补充被水体分层结构阻断的情况下，可以在几天到几星期的时间内产生低氧区。

但是，营养盐丰富、生产力较高的近海河口水域并不意味着低氧现象一定会发生（Rabouille et al.，2008），低氧区的大小与氮（流域、点源、大气沉降）或总氮的输入量也没有直接的因果关系（Breitburg et al.，2009），这还与河口水域溶解氧的补充机制和效率有关。海水中溶解氧的补充作用主要受到物理过程的控制，如水体分层结构、水体循环类型、滞留时间等，与近海河口水域地形地貌、水文特点等因素有关。

河口水域海底地形会影响到水体的循环模式和滞留时间，从而对底层水体低氧区的形成产生影响。由于风和潮汐的作用，长江口水域比较浅的区域（5～20m）搅动比较剧烈，溶解氧的垂直交换比较强，溶解氧的浓度都比较高。我们观测发现，大多数的低氧区位于长江口水域的水下河谷内，Wang（2009）对过去 50 年来长江口水域低氧区中心位置的调查也发现了类似的现象。长江口水域河谷水深 30～50m，水体受到台湾暖流的影响。在冬季，由于受温度较高、溶解氧浓度较低的台湾暖流影响，水下河谷内水体溶解氧浓度明显低于周围水体溶解氧浓度。在春季和夏季，由于长江口水域特殊的海底地形，水体温度层化作用比较强，从而影响到该水域溶解氧垂直方向的补充；从水平方向看，水下河谷阻挡了河谷内水体与周围水体的水平方向交换，减弱了水体水平方向的交换能力，使低溶解氧浓度的海水滞留时间比较长、水体比较稳定。上述因素导致长江口水域低氧区的中心位置大都发生在水下河谷区域。

另外，水体分层作用影响了溶解氧的垂直补充，促进了低氧区的出现。对于长江口水域来说，5 月由于辐射强度增加，表层水体温度升高；同时长江径流量增大，表层水体盐度较低，水体温度分层开始形成（图 6-62）。温跃层以下的底层水体温度下降 2～3℃、盐度增加 10～20。底层低温、高盐、高密度海水限制了溶解氧的垂直交换（Zhu et al.，2004），由于生物过程而导致的底层水体溶解氧消耗得不到有效地补充，溶解氧浓度急剧降低。图 6-61 表明，水下河谷上方的层化作用强于东边的大陆架水体；计算结果进一步表明，温度分层结构阻挡的溶解氧输送通量可达 $2.77\,g/(m^2 \cdot d)$（图 6-63）。

正是由于这种物理作用阻断了底层水体溶解氧的及时补充，导致了低氧区的形成和扩大。

由此可见，生物过程和物理过程的耦合作用才导致了长江口水域春夏季节低氧现象的形成和发展。

综上所述，长江口水域溶解氧的分布有着明显的季节性特征，冬季底层水体溶解氧浓度普遍大于 8mg/L，底层水体溶解氧浓度与温度的分布呈现负相关关系；春季，随着温度分层结构的出现和生物量的增加，底层水体溶解氧浓度降低，通常为 3～9mg/L，某些年份可降至 3mg/L 以下，甚至低于 2mg/L，出现缺氧区，底层水体溶解氧浓度与温度的分布呈现正相关关系；在夏季，温度继续升高，底层水体溶解氧浓度降至最低，出现大范围的缺氧区，底层水体溶解氧浓度与温度的分布呈现正相关关系；在秋季，底层水体溶解氧浓度为 5～9mg/L，在生物量较高的年份，底层水体溶解氧的浓度也会低于 5mg/L，底层水体溶解氧浓度与温度的分布呈现正相关关系。从区域上看，122.5°E 是一个明显的分界线，122.5°E 以西近岸水体深度浅，由于受到风和潮汐搅动的影响，底层水体溶解氧浓度较高；122.5°E 以东水深为 30～50m 的水下河谷，水体比较稳定，底层水体溶解氧浓度较低；在长江口水域东北角的舌状区域，受到冲淡水的影响，冬季水体交换速率快，底层水体溶解氧浓度较高，夏季冲淡水带来丰富的有机质和本地产生的有机质被分解，消耗掉部分溶解氧，使得底层水体溶解氧浓度降低。

总之，长江口水域属于季节性缺氧，尤其是春季和夏季，较大的径流量和较高的生产力为底层水体提供了大量的有机质，而该季节较高的水温有助于这些有机质在底层水体中的分解，消耗了大量的溶解氧。同时，由于长江口水域地形地貌和水文结构的特点，春季和夏季极易形成温盐跃层，阻断了水体溶解氧的及时补充，导致底层水体溶解氧浓度降低，形成低氧区。

（本节著者：俞志明　李祥安　宋秀贤）

第五节　长江口水域营养盐 LOICZ 收支模型与通量

根据第一章介绍的近海富营养化概念模型可知，人类活动导致营养盐的过度增加是当今近海富营养化形成的主要压力。如何科学描述近海水域营养盐的迁移过程、准确估算营养盐的输运通量，对揭示近海富营养化的形成机制、综合治理近海富营养化，具有十分重要的意义。所以，长期以来有关近海营养盐的迁移过程、输运通量一直是近海富营养化研究的重要议题。

国内外关于近海水域营养盐通量已有多年的研究历程，最常见的方法是根据河流入海的径流量和营养盐浓度来计算营养盐的入海通量，如沈志良（1997）对于长江径流营养盐入海通量的计算、Gouze 等（2008）对 Berre 潟湖营养盐输送通量的估算等均采用了这种方法。该方法简单明了，适合于具有固定边界的流动体系，如河流入海输出通量的计算等。但对于没有固定边界、开放性的水体，上述方法具有局限性。例如，近海开阔性的水域，水文情况复杂、营养盐来源多样，除了陆源径流，还有底层释放、大气沉降、外海环流的输送等。如何计算通过某一断面的营养盐通量、评估不同来源对近海水域营养盐的贡献，在方法学上就面临很多问题。针对该问题，1996 年国际海岸带陆海相互作用委员会提出了以收支平衡为基础的箱式模型（land-ocean interaction in the coastal zone，LOICZ 模型）来计算近海水域物质通量的方法（Gordon et al.，1996）。该方法将研究水域作为一个系统，不考虑系统内物质的实际迁移过程，仅以系统的物质输入量和输出量为依据，假设系统处于稳态，建立输入和输出之间的收支统计模型，进而可以计算出物质通过各个界面的输入或输出通量。

通过上述方法可以有效地获得近海水域碳、氮和磷等生源要素的输运通量，揭示营养盐的迁移转化过程、水域的生态环境特点以及人类活动的影响等。所以，LOICZ 模型一经提出便得到广泛的应用：Mukhopadhyay 等（2006）利用该模型定量描述了 Hooghly 河口溶解无机碳、氮、磷和硅的通量，揭示了研究水域营养盐循环特点，发现该水域红树林是一个重要的营养盐源；Yamamoto 等（2008）利用 LOICZ 模型，定量估算出 Seto Inland Sea 系统的净生产力、反硝化作用等重要参数，发现大约有 50% 的 DIN 参与反硝化作用，揭示了 Seto Inland Sea 氮转化效率较高的特点；Giordani 等（2008）则利用 LOICZ 模型计算了 17 个意大利潟湖 DIN 和磷的通量及其与系统生产力的关系；Das 等（2010）通过改进后的该模型求出了 Barataria 河口与近海之间的碳通量，定量阐述了其对墨西哥湾低氧区的影响；等等。

由此可见，LOICZ 模型有效地解决了近海水域营养盐的输运通量问题，进而帮助人们了解营养盐的主要来源、迁移规律等特点，这些结果无疑对揭示近海富营养化的形成机制具有十分重要的科学意义。

一、LOICZ 模型基本概念

LOICZ 模型是一种通用性的概念模型，它通常根据不同的研究目的，将研究对象（系统）设置成不同的箱体（box），从而计算输入、输出该箱体不同界面的物质通量，所以人们也称之为箱体模型（图 6-64）。

该模型假设研究系统处于动态平衡（稳态），根据物质的输入、输出质量守恒定律，可以得到以下公式：

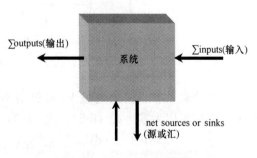

图 6-64 质量守恒示意图

$$dM/dt = \sum inputs - \sum outputs - \sum (sinks - sources) = 0 \tag{6-1}$$

式中，dM/dt 为系统内部物质的时间变化率；$\sum inputs$ 为物质各项输入通量之和；$\sum outputs$ 为物质各项输出通量之和；$\sum (sinks-sources)$ 为系统内部物质经物理、化学和生物等作用后，导致的各项消耗（汇）和释放（源）的差量和。

对于水通量和盐度而言，由于近海水域系统内几乎没有水和盐度的源或汇，可以假

设 $\sum$ [sinks－sources] ＝0。根据图 6-65 所示的水通量和盐度动态平衡，由式（6-1）可以分别得出水通量和盐度质量守恒平衡方程式：

水通量平衡方程：

$$\frac{\mathrm{d}V_{\mathrm{sys}}}{\mathrm{d}t} = V_{\mathrm{Q}} + V_{\mathrm{G}} + V_{\mathrm{O}} + V_{\mathrm{P}} - V_{\mathrm{E}} - V_{\mathrm{R}} = 0 \tag{6-2}$$

盐度平衡方程：

$$\frac{V_{\mathrm{sys}}\mathrm{d}S_{\mathrm{sys}}}{\mathrm{d}t} = V_{\mathrm{Q}}S_{\mathrm{Q}} + V_{\mathrm{G}}S_{\mathrm{G}} + V_{\mathrm{O}}S_{\mathrm{O}} + V_{\mathrm{X}}(S_{\mathrm{ocn}} - S_{\mathrm{sys}}) + V_{\mathrm{P}}S_{\mathrm{P}} - V_{\mathrm{E}}S_{\mathrm{E}} - V_{\mathrm{R}}S_{\mathrm{R}} = 0$$

$$\tag{6-3}$$

式中，V_{Q}、S_{Q} 分别表示径流输入的水通量和盐度；V_{G}、S_{G} 分别表示通过地下途径进入系统的地下水水通量和盐度；V_{O}、S_{O} 分别表示除径流、地下水和降雨之外的其他途径输入的水通量、盐度；V_{P}、S_{P} 分别表示大气降雨通量和盐度；V_{E}、S_{F} 分别表示蒸发水通量和盐度；V_{R}、S_{R} 分别表示余流水量（系统向外海的净输送量）和盐度；V_{sys}、S_{sys} 分别表示系统水体体积和盐度；S_{ocn} 表示外海海水平均盐度；V_{X} 表示维持系统盐度平衡的交换水通量。

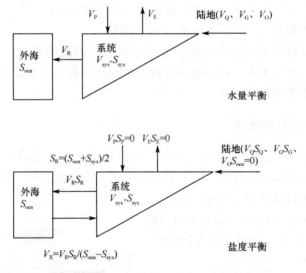

图 6-65　LOICZ 水量和盐度平衡模式图

假设地下水的输入通量 V_{G} 可忽略不计，径流和其他输入水体的盐度（S_{Q}、S_{O}、S_{P}、S_{E}）近似为零。式（6-2）、式（6-3）分别简化为

$$\frac{\mathrm{d}V_{\mathrm{sys}}}{\mathrm{d}t} = V_{\mathrm{Q}} + V_{\mathrm{O}} + V_{\mathrm{P}} - V_{\mathrm{E}} - V_{\mathrm{R}} = 0 \tag{6-4}$$

$$\frac{V_{\mathrm{sys}}\mathrm{d}S_{\mathrm{sys}}}{\mathrm{d}t} = V_{\mathrm{X}}(S_{\mathrm{ocn}} - S_{\mathrm{sys}}) - V_{\mathrm{R}}S_{\mathrm{R}} = 0 \tag{6-5}$$

根据上述水通量和盐度平衡方程，分别可以求出各个水通量参数。

对于营养盐来说，在近海河口水域系统中通常存在着内部的源或汇，在动态平衡条件下，营养盐的输入与输出的差值等于系统内营养盐的消耗和释放。根据式（6-1），营

养盐质量平衡方程式可表达为

$$\sum[\text{sinks}-\text{sources}] = \sum\text{inputs}-\sum\text{outputs} = \Delta Y \qquad (6\text{-}6)$$

式中，ΔY 为系统内部营养盐的消耗（汇）与释放（源）的差值，根据式（6-2）～式（6-5），可以求出各个水量体积，代入营养盐浓度，利用式（6-6）就可以计算营养盐的通量；通过各个分量的加和，可以计算系统内营养盐量的变化，从而反映系统内营养盐的生物地球化学过程。

由此可见，通过 LOICZ 箱式模型可以有效地解决近海河口水域营养盐通量的估算问题，阐释营养盐的迁移转化规律和过程，反映富营养化的形成特点和机制。为此，我们在 2006 年长江口水域四个季度现场调查基础上，利用 LOICZ 模型的原理与方法，求得长江口水域溶解无机氮（DIN）、溶解无机磷（DIP）和溶解硅酸盐（DSi）的输运通量，定量分析了长江口水域营养盐的不同来源，包括径流输运通量、外海输运通量和大气沉降通量；研究了营养盐在长江口水域迁移转化过程中的变化，包括 DIN、DIP 和 DSi 在不同水域中的消耗和释放特点；为深入阐释长江口水域富营养化的形成机制和特点，提供重要参考。

二、长江口水域营养盐通量 LOICZ 模型的构建

根据长江口水域盐度、悬浮物和营养盐的时空分布，以及该水域地形地貌和水文物理等特点，将长江口水域分为 4 个区域（图 6-66），分别为箱体 1（box 1：口门内区域，盐度小于 3）；箱体 2（box 2：近岸区域，$121°55'\sim122°40'$E，$30°45'\sim31°45'$N，水深 0m 至海底）；箱体 3（box 3：$122°40'\sim123°20'$E，$30°45'\sim31°45'$N，水深 0～

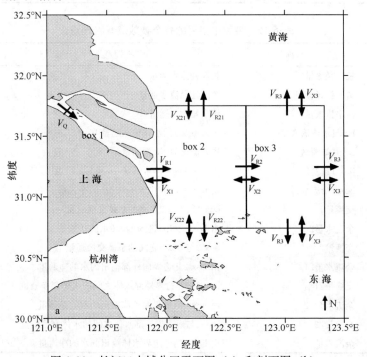

图 6-66　长江口水域分区平面图（a）和剖面图（b）

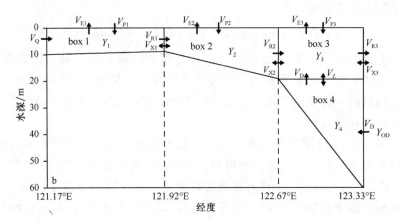

图 6-66（续）　长江口水域分区平面图（a）和剖面图（b）

20m）；箱体 4（box 4：122°40′~123°20′E，30°45′~31°45′N，水深：20m 至海底）。各个区域（箱体）水体面积、体积和高度的估算结果见表 6-18，模型中使用的各个参数及其物理意义列于表 6-19。

表 6-18　各个区域水体的面积、体积和高度估算结果

箱体	面积/km²	体积/(×10⁶m³)	深度/m
1	1 398.0	14 880.0	10.6
2	7 949.2	102 458.3	12.9
3	7 066.0	141 321.9	20.0
4	7 066.0	131 385.2	18.6

表 6-19　模型中使用的各个参数及其物理意义

参数	名称	物理意义	单位
V_{CQ}	长江径流量	长江径流水通量	m³/d
V_{HQ}	黄浦江径流量	黄浦江径流水通量	m³/d
V_{SEW}	污水排放量	污水排放水通量	m³/d
V_Q	box 1水体输入量	进入 box 1的水体输入通量 $V_Q = V_{CQ} + V_{HQ}$	m³/d
V_{P1}	box 1降雨量	进入 box 1的降雨通量	m³/d
V_{E1}	box 1蒸发量	由 box 1蒸发的水通量	m³/d
V_{R1}	box 1余流水量	由 box 1输出、进入 box 2水的净通量	m³/d
V_{X1}	交换量1	box 1与 box 2之间的水体交换通量	m³/d
V_{R2}	余流水量2	由 box 2输出、进入 box 3水的净通量	m³/d
V_{X2}	交换量2	box 2与 box 3之间的水体交换通量	m³/d
V_{R21}	余流水量21	由 box 2北边界向外部输出的水的净通量	m³/d
V_{X21}	交换量21	box 2与北边界外部水体之间的水体交换通量	m³/d
V_{R22}	余流水量22	由 box 2南边界向外部输出的水的净通量	m³/d
V_{X22}	交换量22	box 2与南边界外部水体之间的水体交换通量	m³/d
V_{R3}	余流水量3	由 box 3向外边界水体输出的水的净通量	m³/d

参数	名称	物理意义	单位
V_{X3}	交换量3	box 3与外边界水体之间的水交换通量	m^3/d
V_D	底层海水输入水量	外海底层水体向 box 4输入的水通量	m^3/d
V_Z	box 3与 box 4水体交换量	box 3与 box 4之间的水体交换通量	m^3/d

假设长江口水域各个区域水体处于动态平衡（稳态），上述各个箱体水体的盐度和箱体之间的输入、输出以及水交换等平衡水量可分别采用以下平衡模式计算：径流与 box 1、box 1 与 box 2 之间采用"单层系统"模式计算；box 2 与 box 3、box 3 与 box 4 以及 box 3、box 4 与外海之间采用"双层系统"模式计算（详见 http://nest.su.se/mnode/，下载日期2011.01.02）。

根据稳态平衡公式（6-4），box 1 的余流水量（V_{R1}）与长江径流（V_{CQ}）、黄浦江径流（V_{HQ}）、污水排放量（V_{SEW}）和净的沉降量（$V_{P1}-V_{E1}$）的关系，可表示为

$$V_{R1} = V_{CQ} + V_{HQ} + V_{SEW} + V_{P1} - V_{E1} \tag{6-7}$$

根据 Knudsen 公式（盐度采用‰），保持 box 1 和 box 2 之间盐度平衡的水交换量（V_{X1}）：

$$V_{X1} = S_{R1}V_{R1}/(S_2 - S_1) \tag{6-8}$$

式中，S_{R1} 表示余流水体的平均盐度，由于 box 1 中水体的盐度比较小，并且长江径流水量大，水体交换量少，可以认为 $S_{R1}=S_1$。

由于长江冲淡水的扩散路径比较复杂，受到多重因素的影响，在冬季主要向南扩散，春季和夏季转向东或西北方向（孙湘平，2006）。因此，假定余流水量 V_{R21} 和 V_{R22} 与 V_{R2} 成一定的比例。根据稳态平衡式（6-4），box 2 的水量平衡表示为来自 box 2 东向的余流水量（V_{R2}）与北向的余流水量（V_{R21}）、南向的余流水量（V_{R22}）、box 1 的余流水量（V_{R1}）、降雨量与蒸发量的差值（$V_{P2}-V_{E2}$）的关系：

$$V_{R2} = V_{R1} + V_{P2} - V_{E2} - V_{R21} - V_{R22} \tag{6-9}$$

$$V_{R21} = \alpha V_{R2} \tag{6-10}$$

$$V_{R22} = \beta V_{R2} \tag{6-11}$$

要计算 box 2 与北边界、南边界和东边界相对开放水域之间的水体交换，首先要计算出比例因子 α、β 值。受径流的影响，河口水域盐度变化明显，不同水域盐度的变化可反映出河口水域之间的水体交换特点。为此，我们提出了利用不同盐度水体的覆盖面积来估算比例因子 α、β 值的方法，根据 2006 年 2 月、5 月、8 月、11 月现场调查的盐度数据，作 Surfer 盐度等值线图；分别从 6 号站和 32 号站（该站位分别处于 box 2 的东北角和东南角）画两条垂直于盐度为 10 的直线，将 Surfer 图中盐度 10~20 所包围的面积（如果 20 等盐线不能与陆地相交，做平行线延伸至陆地）分为三部分（图 6-67），A_E：东面部分面积；A_N：北面部分面积；A_S：南面部分面积。假设 V_{R2}、V_{R21} 和 V_{R22} 的比例（$V_{R2}:V_{R21}:V_{R22}$）与 A_E、A_N 和 A_S 的比例相同，即 $V_{R2}:V_{R21}:V_{R22}=A_E:A_N:A_S=1:\alpha:\beta$，从而分别求得 2006 年 2 月、5 月、8 月、11 月的 α、β 值。

根据图 6-66 可知，余流水量 V_{R1}、V_{R2}、V_{R21}、V_{R22} 和水交换通量 V_{X1}、V_{X2}、V_{X21}、

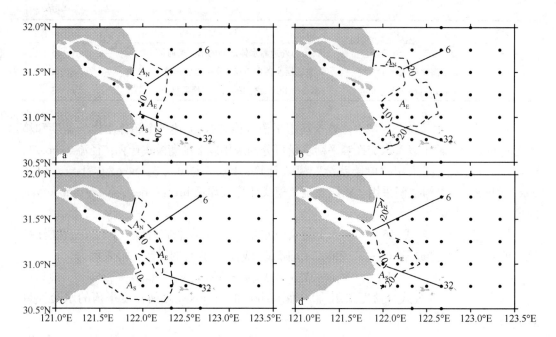

图 6-67　长江口水域 2006 年不同季节近岸区域 box 2 的余留水量比例图

a、b、c、d 分别表示 2 月、5 月、8 月和 11 月，虚线代表等盐线（AE：AN：AS = 1：α：β）

V_{X22} 控制着 box 2 的盐度平衡。假设系统内各水体交换量 V_{X2}、V_{X21}、V_{X22} 之间的比例与系统内余流水量的比例相同，根据 Knudsen 公式：

$$V_{R2}S_{R2} + V_{R21}S_{R21} + V_{R22}S_{R22} + V_{R1}S_{R1}$$

$$= V_{X2}(S_3 - S_2) + V_{X21}(S_{21} - S_2) + V_{X22}(S_{22} - S_2) + V_{X1}(S_2 - S_1) \quad (6\text{-}12)$$

代入式（6-8），式（6-12）可简化为

$$V_{R2}S_{R2} + V_{R21}S_{R21} + V_{R22}S_{R22} = V_{X2}(S_3 - S_2) + V_{X21}(S_{21} - S_2) + V_{X22}(S_{22} - S_2)$$

$$(6\text{-}13)$$

式中，$S_{R2} = (S_2 + S_3)/2$，$S_{R21} = (S_2 + S_{21})/2$，$S_{R22} = (S_2 + S_{22})/2$，$V_{X21} = \alpha V_{X2}$，$V_{X22} = \beta V_{X2}$。

在 box 3 中，水体呈现较为明显的分层现象，与外边界水体之间的水交换量 V_{X3} 相对外边界水通过底层的输入（V_D）较小。所以，V_D 被认为是外边界水进入 box 3 的主要交换水体，V_{X3} 可以忽略。因此，根据稳态平衡式（6-4），box 3 的余流水量 V_{R3} 与 V_{R2}、底层水输送量 V_D、大气净沉降（$V_{P3} - V_{E3}$）的关系可以表示为

$$V_{R3} = V_{R2} + V_D + V_{P3} - V_{E3} \quad (6\text{-}14)$$

同理，余流水量 V_{R2}、V_{R3} 和垂直输送水量 V_D、垂直交换水量 V_Z 以及水平交换水量 V_{X2} 控制着 box 3 的盐度平衡：

$$V_{R2}S_{R2} + V_D S_4 + V_Z(S_4 - S_3) = V_{X2}(S_3 - S_2) + V_{R3}S_{R3} \quad (6\text{-}15)$$

外海底层水体输送量（V_D）和垂直交换量（V_Z）保持着 box 4 的盐度平衡：

$$V_D S_{OD} = V_D S_4 + V_Z(S_4 - S_3) \quad (6\text{-}16)$$

式中，S_{OD} 为外海底层水体的平均盐度；S_{OS} 为外海上层水体的平均盐度，其中 $S_{R3} = (S_3 + S_{OS})/2$。

各个箱体水交换时间（τ）可由下式计算求得

$$\tau = V_{sys}/(V_X + |V_R|) \tag{6-17}$$

式中，V_{sys} 为各个箱体的体积；V_X 为各箱体交换水量；$|V_R|$ 为各箱体余流水量的绝对值。

对于营养盐通量，根据营养盐质量平衡方程式（6-6）：

$$\Delta F = \sum inputs - \sum outputs \tag{6-18}$$

其中，营养盐输入通量（inputs）和输出通量（outputs）可分别根据水通量（V）和营养盐浓度（Y）计算求得

$$F = VY \tag{6-19}$$

ΔF 为正，表明该箱体中存在营养盐的吸收，ΔF 为负，表明该箱体中存在营养盐的释放。

降水、蒸发、污水排放、大气沉降等相关参数分别参考 Zhang 等（2007）、刘成等（2003）和毕言锋（2006）等的结果，详见表 6-20。

表 6-20 其他相关参数

参数	数值	参考文献
蒸发量/（mm/d）	1.571（2月和5月） 1.068（8月和11月）	Zhang et al., 2007
降雨量/（mm/d）	0.974（2月和5月） 4.870（8月和11月）	Zhang et al., 2007
污水排放/（m³/d）	2×10^6	刘成等，2003
溶解无机氮的大气沉降 /[mol/（m² · d）]	3.11×10^{-4}（2月和5月） 1.84×10^{-4}（8月和11月）	毕言锋，2006
溶解无机磷的大气沉降 /[mol/（m² · d）]	4.71×10^{-7}（2月和5月） 3.14×10^{-7}（8月和11月）	毕言锋，2006
溶解无机硅的大气沉降 /[mol/（m² · d）]	2.67×10^{-6}（2月和5月） 7.38×10^{-6}（8月和11月）	毕言锋，2006

根据以上参数和公式，可以分别计算出各个箱体之间的水体交换量，获得溶解无机氮、无机磷和硅酸盐在各个区域的输入、输出通量，消耗、释放通量，以及各个箱体水交换时间等，具体结果分别如图 6-68 至图 6-71 所示。

三、各参数通量计算结果

（一）水通量

如图 6-68 所示，不同季节各箱体的水通量表现出以下特点。

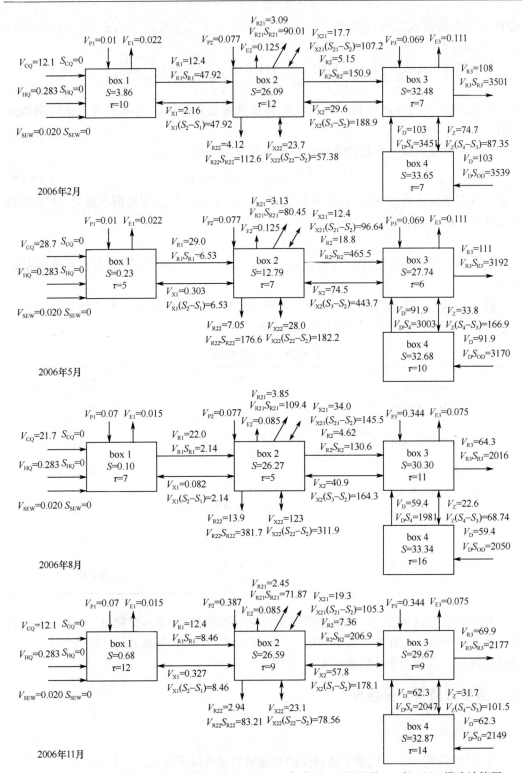

图 6-68　长江口水域 2006 年不同季节的水通量（$10^8 \, \mathrm{m^3/d}$）和盐通量（$10^8 \, \mathrm{kg/d}$）模式计算图

1. 2 月

长江径流水量为 $1.21 \times 10^9 \, \text{m}^3/\text{d}$，黄浦江径流水量为 $2.83 \times 10^7 \, \text{m}^3/\text{d}$。由此可见，进入 box 1 的长江径流量是黄浦江的 43 倍，是 box 1 水体输入的主要来源。box 1 水体输入量减去蒸发量的余流水量 V_{R1} 为 $1.24 \times 10^9 \, \text{m}^3/\text{d}$；保持 box 1 水体盐度平衡的交换水量 V_{X1} 为 $2.16 \times 10^8 \, \text{m}^3/\text{d}$，box 1 与 box 2 之间的水体交换量比较小。当冲淡水通过 box 2 向外扩散，box 2 与 box 3 之间的余流水量 V_{R2} 为 $5.15 \times 10^8 \, \text{m}^3/\text{d}$，交换水量 V_{X2} 为 $2.96 \times 10^9 \, \text{m}^3/\text{d}$。box 2 与北面水体之间的余流水量 V_{R21} 为 $3.09 \times 10^8 \, \text{m}^3/\text{d}$，交换水量 V_{X21} 为 $1.77 \times 10^9 \, \text{m}^3/\text{d}$；box 2 与南面水体之间的余流水量 V_{R22} 为 $4.12 \times 10^8 \, \text{m}^3/\text{d}$，交换水量 V_{X22} 为 $2.37 \times 10^9 \, \text{m}^3/\text{d}$；box 3 与 box 4 之间的垂直输送量 V_D 为 $1.03 \times 10^{10} \, \text{m}^3/\text{d}$，垂直交换量 V_Z 为 $7.47 \times 10^9 \, \text{m}^3/\text{d}$。上述结果表明，box 2、box 3、box 4 与外面水体的水体交换量明显大于余流量。在 box 4 中，底层高盐海水的流入量为 $1.03 \times 10^{10} \, \text{m}^3/\text{d}$，明显大于径流带来的水量。box 1~4 中的水交换时间（τ）分别为 10d、12d、7d 和 7d，近岸水体的水交换时间较长、外海时间较短，这可能与该季节长江径流量（V_Q）较小、外海水流量（V_D）相对较大有关。

2. 5 月

随着降雨的增多，长江径流水量明显增加，达到 $2.87 \times 10^9 \, \text{m}^3/\text{d}$，box 2 的盐度减小，box 1 与 box 2 之间的余流水量增加，而交换水量相应减小。box 3 的盐度也相应降低，box 2 与 box 3 之间的余流水量和交换水量都分别增长到 $1.88 \times 10^9 \, \text{m}^3/\text{d}$ 和 $7.45 \times 10^9 \, \text{m}^3/\text{d}$。box 4 输送到上层 box 3 的水体量 V_D 减小至 $9.19 \times 10^9 \, \text{m}^3/\text{d}$。box 1、box 2 和 box 3 水体的水交换时间分别减小至为 5d、7d 和 6d，底层 box 4 水体的水交换时间增加到 10d，呈现出近岸水交换时间短、外海水交换时间长的特点。

3. 8 月

与往年不同，2006 年 8 月长江径流量已经开始下降，降至 $2.17 \times 10^9 \, \text{m}^3/\text{d}$，box 1 与 box 2 之间的余流水量相比 5 月下降至 $2.20 \times 10^9 \, \text{m}^3/\text{d}$，交换量也相应减少。box 2、box 3 和 box 4 的盐度相比 5 月均有所增加。box 2 与 box 3 之间的余流水量和交换水量都分别降低至 $4.62 \times 10^8 \, \text{m}^3/\text{d}$、$4.09 \times 10^9 \, \text{m}^3/\text{d}$。底层输送到上层的水体量减小至 $5.94 \times 10^9 \, \text{m}^3/\text{d}$。4 个不同水域 box 1、box 2、box 3 和 box 4 中水体的水交换时间分别为 7d、5d、11d 和 16d。

4. 11 月

随着降雨的减少，长江径流水量明显降低，达到 $1.21 \times 10^9 \, \text{m}^3/\text{d}$。box 2 的盐度与 8 月相近，box 1 与 box 2 之间的余流水量降低，而交换水量相应增加。box 3 的盐度也与 8 月相近，box 2 与 box 3 之间的余流水量和交换水量都分别增加到 $7.36 \times 10^8 \, \text{m}^3/\text{d}$ 和 $5.78 \times 10^9 \, \text{m}^3/\text{d}$。box 4 输送到上层 box 3 的水体量 V_D 增加到 $6.23 \times 10^9 \, \text{m}^3/\text{d}$。4 个不同水域 box 1、box 2、box 3 和 box 4 中水体的水交换时间分别为 12d、9d、9d 和 14d。

　　比较以上 4 个季节水通量的计算结果可见，长江径流水量存在明显的季节差异，5 月和 8 月的径流输入明显地高于 2 月和 11 月，年平均水体输入量（V_Q 和 V_{SEW}）为 $1.24\times10^9\sim2.90\times10^9\,m^3/d$，其中大约 99% 来自长江径流。降雨也存在季节差异，83% 的降雨发生在 8 月和 11 月，三个水域（box 1、box 2、box 3）年平均值分别为 $4.09\times10^6\,m^3/d$、$2.32\times10^7\,m^3/d$ 和 $2.06\times10^7\,m^3/d$；净的余流水量（V_R）与交换水量随着径流输入和外海水体盐度的变化而改变。每个区域的水交换时间在不同的月份也是不同的，尤其是底层水体 box 4，在夏季达到 16d，明显地高于其他季节，有利于低氧区的形成。

（二）溶解无机氮通量

　　各个箱体不同季度溶解无机氮通量（DIN）的计算结果如图 6-69 所示。

1. 2 月

　　长江径流带来的 DIN 通量为 $9.71\times10^7\,mol/d$、黄浦江为 $3.47\times10^6\,mol/d$，是 box 1 DIN 输入的主要来源，分别占总输入量的 96.3% 和 3.6%。除此之外，污水排放和大气沉降对 box 1 的 DIN 输入量分别为 $1.91\times10^5\,mol/d$ 和 $4.40\times10^4\,mol/d$。在外海区域 box 4 中，底层高盐海水带来的 DIN 流入量达到 $1.04\times10^8\,mol/d$，甚至略高于陆源 DIN 的输入量。从 box 1 中释放的 DIN 通量为 $3.64\times10^7\,mol/d$，box 2 中消耗的量为 $6.78\times10^7\,mol/d$；box 3 中释放的量为 $3.82\times10^6\,mol/d$，box 4 中消耗的量为 $2.40\times10^7\,mol/d$。各个箱体中 DIN 的释放与消耗不尽相同，表明各个箱体中溶解无机氮的源和汇的情况不同，在 box 3 对 DIN 的释放占主要地位；而在 box 2 和 box 4 中，DIN 的消耗、吸收大于释放。

2. 5 月

　　长江径流带来的 DIN 通量明显增加，达到 $2.16\times10^8\,mol/d$。box 1 与 box 2 之间的余流 DIN 通量增加到 $2.07\times10^8\,mol/d$，而交换量减小到 $9.96\times10^5\,mol/d$。与 2 月 box 2 以消耗 DIN 为主不同，5 月 box 2 转为以释放 DIN 为主，释放 DIN 通量达 $1.49\times10^8\,mol/d$；box 2 与 box 3 之间的余流量和交换量分别增长到 $4.60\times10^7\,mol/d$ 和 $2.07\times10^8\,mol/d$。box 3 中大气沉降的 DIN 通量仅为 $1.30\times10^5\,mol/d$；由于 5 月生物活动增强，box 3 由 2 月对 DIN 的释放转变为消耗，其消耗 DIN 的量为 $2.25\times10^8\,mol/d$。底层输送到上层的 DIN 通量为 $9.53\times10^7\,mol/d$，与 2 月相近，但是外海向 box 4 的输送量减小至 $7.10\times10^7\,mol/d$。由于上层和底层水体 DIN 浓度相近，通过水体交换上层向底层输送的 DIN 通量减小，box 4 在 5 月向水体释放的 DIN 通量为 $2.36\times10^7\,mol/d$。

3. 8 月

　　伴随着长江径流量的下降，长江径流 DIN 的输入量降至 $1.79\times10^8\,mol/d$，box 2 中向水体释放的 DIN 通量降至 $4.55\times10^7\,mol/d$，box 3 中消耗 DIN 的量为 $1.64\times10^8\,mol/d$，box 4 释放的 DIN 通量为 $5.89\times10^6\,mol/d$，底层通过 V_D 输送到上层的 DIN

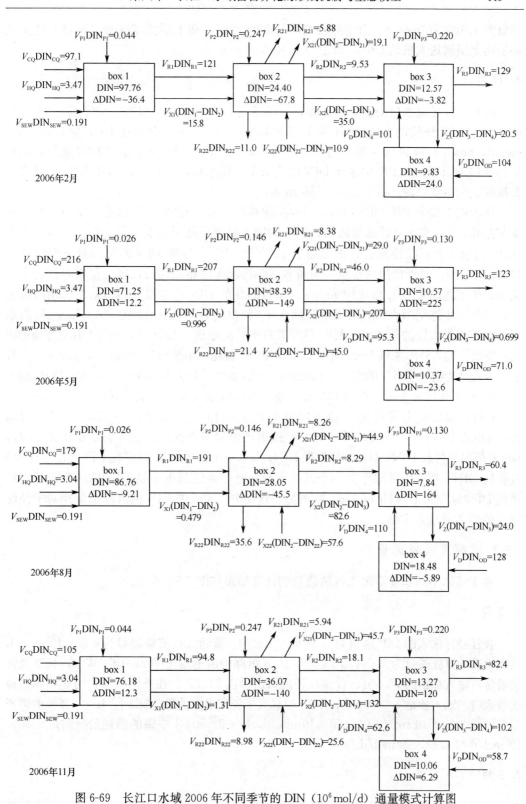

图 6-69　长江口水域 2006 年不同季节的 DIN（10^6 mol/d）通量模式计算图

通量为 1.10×10^8 mol/d。由于底层水体 DIN 浓度高，而上层浓度降低，通过水体交换底层向上层输送大量的 DIN，通量为 2.40×10^7 mol/d。

4. 11 月

随着长江径流水量的进一步下降，长江径流 DIN 的输入量也进一步降至 1.05×10^8 mol/d，box 2 释放的 DIN 通量为 1.40×10^8 mol/d，box 3 中消耗 DIN 为 1.20×10^8 mol/d，box 4 释放的 DIN 通量为 6.29×10^6 mol/d，底层输送到上层的 DIN 通量降低至 6.26×10^7 mol/d。由于底层水体 DIN 浓度低于上层水体浓度，上层水体 DIN 通过水体交换向底层输送，输送量为 1.02×10^7 mol/d。

比较以上四个季度 DIN 通量的计算结果可见，长江径流 DIN 输送通量存在明显的季节差异：5 月和 8 月径流量较大，DIN 的输入量明显高于其他月份。例如，与 2 月相比，5 月和 8 月长江径流量分别增加了 137% 和 79%，导致 DIN 的输入量分别增长了 122% 和 84%。对于口门内水域，与黄浦江和污水排放相比，长江径流是营养盐的主要来源，年平均通量为 1.49×10^8 mol/d，而黄浦江的 DIN 输送量只占 box 1 总输入量的 2%~3%。上述结果表明，从近岸区域 box 2 流出的 DIN 量为 1.16×10^6 t/a，为外海水域的藻类提供大量的营养盐，其中 77% 来自于径流输送，其余 23% 来自于其他方面的输送和释放。输入外海区域 box 3 中 48% 的 DIN 被消耗，年平均为 17.9 mmol/(m^2·d)，具有营养盐"生物过滤器"的作用 (Roubeix et al., 2008; Humborg et al., 2003; Dettmann, 2001)。从全年尺度上看，外海高盐海水输入底层区域 box 4 的 DIN 通量为 12.81 mmol/(m^2·d)；底层向上层的垂直输送通量为 8.86~15.55 mmol/(m^2·d)，年平均值为 3.04 mmol/(m^2·d)，与 Pei 等 (2009) 报道的数值范围接近。在 5 月、8 月和 11 月，box 2 都向外释放 DIN，box 3 都消耗 DIN；box 4 在 2 月和 11 月消耗 DIN，在 5 月和 8 月释放 DIN。把 4 个区域作为一个系统来看，整个系统基本上是 DIN 的一个汇，平均消耗 DIN 量为 5.47×10^7 mol/d。在外海 box 3 中，大气中 DIN 的沉降通量相对于径流 DIN 的输入通量非常小。

（三）溶解无机磷通量

各个箱体不同季度溶解无机磷通量的计算结果如图 6-70 所示。

1. 2 月

长江径流输入的 DIP 通量为 5.88×10^5 mol/d，黄浦江径流磷通量为 1.88×10^5 mol/d，污水中磷的排放通量为 3.0×10^3 mol/d，大气沉降中磷通量为 70 mol/d。其中，长江径流磷通量占输入总量的 75.5%、黄浦江径流磷通量占 24.1%。在外海区域，由底层高盐海水带来磷的输入通量 3.96×10^6 mol/d，明显大于径流带来的量。box 1、box 3 释放的磷通量分别是 2.64×10^5 mol/d 和 5.58×10^5 mol/d，box 2、box 4 中磷的消耗量分别是 5.30×10^5 mol/d 和 1.77×10^4 mol/d。

2. 5 月

长江径流带来的溶解无机磷明显增加，达到 2.40×10^6 mol/d。box 1 与 box 2 之间的

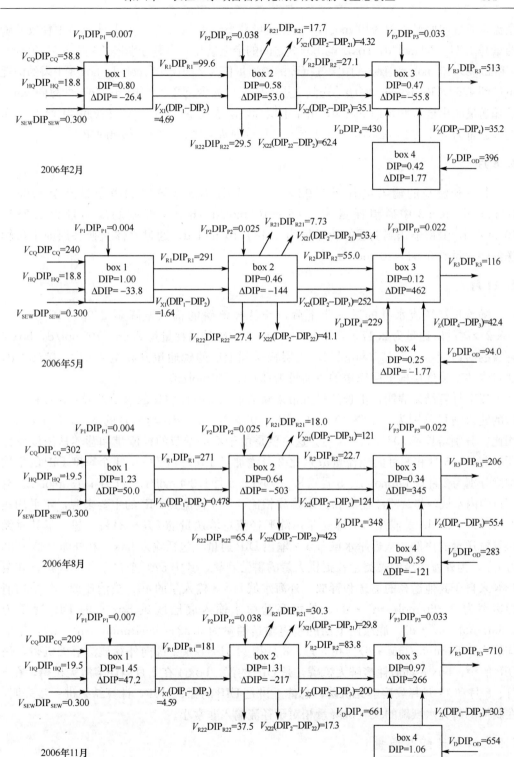

图 6-70 长江口水域 2006 年不同季节的溶解无机磷（10^4 mol/d）通量模式计算图

余流磷通量增加到 2.91×10^6 mol/d，而交换量减小到 1.64×10^4 mol/d。box 2 中释放的磷通量是 1.44×10^6 mol/d，box 2 与 box 3 之间的余流量和交换量分别增长到 5.50×10^5 mol/d 和 2.52×10^6 mol/d。box 3 中大气沉降的磷通量仅为 2.20×10^2 mol/d，box 3 中磷的消耗量达到 4.62×10^6 mol/d。底层输送到上层的磷通量减少至 2.29×10^6 mol/d，外海向 box 4 的输送量减小至 9.40×10^5 mol/d，由于上层和底层浓度差，通过水体交换底层向上层输送的磷通量为 4.24×10^5 mol/d，box 4 在 5 月释放的磷通量为 1.77×10^6 mol/d。

3. 8 月

长江径流磷的输入量升至 3.02×10^6 mol/d，box 2 释放的磷通量升至 5.03×10^6 mol/d，box 3 中磷消耗量为 3.45×10^6 mol/d，box 4 释放的磷通量为 1.21×10^6 mol/d，底层输送到上层的磷通量为 3.48×10^6 mol/d，通过水体交换底层向上层输送的磷通量为 5.54×10^5 mol/d。

4. 11 月

随着长江径流水量的进一步下降，长江径流磷的输入量降至 2.09×10^6 mol/d，box 2 释放的磷通量为 2.17×10^6 mol/d，box 3 中磷的消耗量是 2.66×10^6 mol/d，box 4 释放的磷通量为 3.77×10^5 mol/d，底层输送到上层的磷通量升高至 6.61×10^6 mol/d，通过水体交换底层向上层输送的磷通量为 3.03×10^5 mol/d。

以上计算结果表明，由长江径流带来磷的输入量存在明显的季节差异：5 月和 8 月磷的输入通量分别为 2.40×10^6 mol/d 和 3.02×10^6 mol/d；与 2 月的 5.88×10^5 mol/d 相比，分别增长了 308% 和 414%。这主要是由于不同季节的径流量和营养盐浓度变化所引起的：5 月和 8 月的径流量分别比 2 月增加了 137% 和 79%，4 个季度 DIP 的平均浓度分别为 2 月 0.49μmol/L、5 月 0.83μmol/L、8 月 1.39μmol/L、11 月 1.73μmol/L。对于口门内水域，与黄浦江径流和污水排放相比，长江径流是 DIP 的主要来源，年平均达 2.02×10^6 mol/d；黄浦江 DIP 输送量占陆源径流总输送量的 6%～24%，超过了其对无机氮输送量的比例。从近岸水域 box 2 输出 DIP 通量（包括输入 box 3 和外海）达 4.88 万 t/a，为外海水域的藻类生长提供大量的磷营养盐，其中 57% 来自于径流输送，其余 43% 来自于其他途径的输送和释放。外海水域 box 3 输入量的 40% 被消耗掉，年平均消耗速率为 0.36mmol/($m^2 \cdot$ d)。外海高盐海水输入底层区域 box 4 的 DIP 通量为 0.50mmol/($m^2 \cdot$ d)，底层向上层的垂直输送通量为 0.32～0.94mmol/($m^2 \cdot$ d)，年平均值为 0.59mmol/($m^2 \cdot$ d)。在 5 月、8 月和 11 月，box 2 都向外释放溶解无机磷，是 DIP 的源；box 3 都消耗溶解无机磷，是 DIP 的汇。box 4 在 2 月消耗溶解无机磷，在 5 月、8 月和 11 月释放溶解无机磷，总体上讲是 DIP 的源。另外，计算结果进一步表明，在我们的研究水域磷的大气沉降量相对于径流输入非常小。

（四）溶解硅酸盐通量

各个箱体不同季度溶解硅酸盐输送量的计算结果如图 6-71 所示。

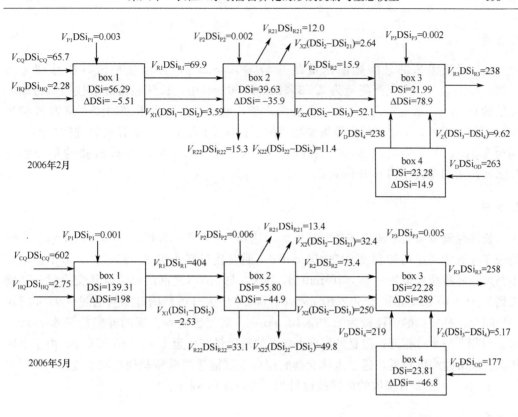

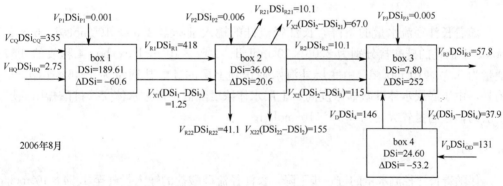

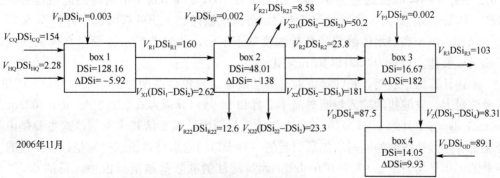

图 6-71　长江口水域 2006 年不同季节的溶解硅酸盐（10^6 mol/d）通量模式计算图

1. 2 月

　　长江径流带来的硅酸盐输送量是 6.57×10^7 mol/d，黄浦江径流硅酸盐通量为 2.28×10^6 mol/d，大气沉降量为 3.73×10^2 mol/d。其中，长江径流硅酸盐通量占输入总量的 96.6%、黄浦江占 3.4%。在外海水域，底层高盐海水带来的流入量为 2.63×10^8 mol/d，明显大于陆源径流带来硅酸盐的量。box 1 和 box 2 中释放的硅酸盐通量分别为 5.51×10^6 mol/d、3.59×10^7 mol/d；box 3 和 box 4 中消耗硅酸盐的量分别为 7.89×10^7 mol/d、1.49×10^7 mol/d。

2. 5 月

　　长江径流带来的溶解硅酸盐明显增加，达到 6.02×10^8 mol/d。box 1 与 box 2 之间的余流硅酸盐通量增加到 4.04×10^8 mol/d，而交换量减小到 2.53×10^6 mol/d。box 2 中释放的硅酸盐通量为 4.49×10^7 mol/d，box 2 与 box 3 之间的余流量和交换量分别增长到 7.34×10^7 mol/d 和 2.50×10^8 mol/d。box 3 中大气沉降的硅酸盐通量仅为 5.22×10^3 mol/d，硅酸盐的消耗量为 2.89×10^8 mol/d。底层输送到上层的硅酸盐量为 2.19×10^8 mol/d，与 2 月相近；但是外海向 box 4 的输送量减小至 1.77×10^8 mol/d。由于上层和底层硅酸盐浓度相近，通过水体交换底层向上层输送的硅酸盐通量减小至 5.17×10^6 mol/d，box 4 在 5 月释放的硅酸盐通量为 4.68×10^7 mol/d。

3. 8 月

　　随着长江径流水量的下降，长江径流硅的输入量降至 3.55×10^8 mol/d。box 2 和 box 3 中消耗的硅酸盐分别为 2.06×10^7 mol/d、2.52×10^8 mol/d；box 4 释放的硅酸盐通量为 5.32×10^7 mol/d；由底层外海水输送到上层的硅酸盐通量为 1.46×10^8 mol/d。另外，由于底层水体硅酸盐浓度高、上层水体浓度降低，通过水体交换硅酸盐由底层向上层的输送通量较大，为 3.79×10^7 mol/d。

4. 11 月

　　伴随着长江径流水量的进一步下降，长江径流硅酸盐的输入量降至 1.54×10^8 mol/d。box 2 中释放的硅酸盐通量为 1.38×10^8 mol/d，box 3 和 box 4 中消耗的硅酸盐分别为 1.82×10^8 mol/d、9.93×10^6 mol/d；由底层外海水输送到上层的硅酸盐量降低至 8.75×10^7 mol/d。由于底层水体溶解硅酸盐浓度低于上层，此时上层水体通过水体交换向底层输送硅酸盐，通量为 8.31×10^6 mol/d。

　　上述计算结果表明，长江径流对硅酸盐的输送量也存在明显的季节差异。5 月和 8 月径流量大，硅酸盐的输入量明显高于 2 月和 11 月，分别为 6.02×10^8 mol/d 和 3.55×10^8 mol/d；与 2 月的 6.57×10^7 mol/d 相比，分别增长 8.2 倍和 4.4 倍，这主要是由于径流量和硅酸盐浓度的同时增加所引起的。对于口门内水域，长江径流是硅营养盐的主要来源，年平均通量 2.97×10^8 mol/d，而黄浦江的硅酸盐通量只占输入量的 0.5% ~ 3.4%。从近岸水域 box 2 输出的硅酸盐通量为 3.22×10^6 t/a，为外海水域的藻类提供大量的硅酸盐，其中 85% 来自于径流输送，其余 15% 来自于其他输送和释放。输进外海水域 box 3 中硅酸盐的 55% 被消耗掉，年平均消耗量为 28.4mmol/(m² · d)。外海高盐海水输入底层水域 box 4 硅酸盐的通量为 12.81mmol/(m² · d)，底层向上层的垂直输送通量为 12.38～33.80mmol/(m² · d)，年平均值为 24.46mmol/(m² · d)。在 2 月、5 月和 11 月，box 2 都向外释放溶解硅酸盐，box 3 在 4 个月份都消耗溶解硅酸盐，box 4 在 2 月和 11 月消耗溶解硅酸盐，在 5 月和 8 月释放溶解硅酸盐。在长江口研究水域中，大气的沉降量相对于径流输入非常小。如果把 4 个箱体作为一个系统来看，整个系统基本上是溶解硅酸盐的一个汇，年平均消耗溶解硅酸盐为 1.64×10^8 mol/d。

四、长江口水域不同区域营养盐输送特征分析

近海河口水域营养盐的迁移转化过程在时间和空间上都是复杂多变的（McKee et al.，2004），尤其是在长江口这种水文环境十分复杂的河口水域，还存在最大浑浊带、冲淡水转向等特点（Kim et al.，2009；Gu，1985），准确获得各种营养盐在河口水域的输送和转化通量是比较困难的。基于 LOICZ 模型的营养盐通量计算方法是在 Knudsen（1900）和 Officer（1979）方法基础上发展起来的，尽管该方法是一种目前国际上通用的近海水域物质通量计算方法，但是要准确客观地反映长江口水域营养盐的输送通量，还必须针对长江口水域的特点做相应的模型和实验设计。为此，笔者分别在口门、最大浑浊带、外海和底层划分了 4 个箱体（box），以反映长江口水域不同区域特点：长江径流、最大浑浊带、外海上层水、外海底层水。同时，根据长江冲淡水的转向特征，笔者分别采用系数 α 和 β 来计算各个方向上的水分量；并且在长江口研究水域尽量设置较多的调查站位、采集充足的观测数据，以提高模型计算的准确性。计算结果表明，笔者的上述设计基本是合理的，营养盐在长江口水域不同区域表现出不同的输运和转化特征。

（一）营养盐在口门附近水域的输运特征分析

根据前面对各箱体之间的水量交换计算结果可以发现，由于 box 1 内的盐度比较低，并且 box 1 和 box 2 之间的盐度差比较大，所以 box 1 和 box 2 之间的水交换量比较小、水输送量比较大；而口门外 box 2、box 3 与开放水域之间的水交换量相对比较大。计算结果表明，径流对长江口水域营养盐的年平均输送量（通过 box 1 长江径流进水断面）分别为 1.53×10^8 mol DIN/d、2.22×10^6 mol DIP/d 和 2.97×10^8 mol DISi/d。口门附近水域营养盐的输送量比较大，营养盐在各个箱体之间以及箱体与外海之间的传输、释放和消耗过程复杂。以上结果与历史数据相比（表 6-21），2006 年度 4 个月份的 DIN 平均输送通量高于 20 世纪 80 年代前的 DIN 年平均输送通量，与近年来的数据接近；但是比 1998 年 DIN 的输送通量明显降低，这主要是由于 1998 年长江特大洪水导致营养盐通量升高的缘故。磷酸盐的输出通量比往年数据都高，笔者认为一方面是由于黄浦江对河口水域磷酸盐的贡献较高，达到了总输出量的 8.7%；另一方面是由于 2006 年 8 月和 11 月长江径流磷酸盐浓度偏高，分别为 1.39μmol/L 和 1.73μmol/L。硅酸盐的输出量与 1963～1998 年多年平均量相比略微减小，一般来说城市排污、农业面源污

染等对水体中硅酸盐的影响比较小，但是大型水利工程的建设会导致泥沙量的降低，对长江径流硅酸盐通量产生影响。所以，笔者认为硅酸盐输出量的降低可能与三峡大坝的建设有关，与 Zhou 等（2008）的观点一致。

（二）营养盐在浑浊带水域的输送特征分析

营养盐在 box 2 中的消耗、释放过程比较复杂，主要是由于该箱体反映了长江口最大浑浊带水域的特征。该水域浑浊度高，透光度通常小于 1m，大大限制了浮游植物的生长；但是该水域又受长江径流的影响大，营养盐浓度较高。因此，该水域呈现高营养盐、低生物量的特点，导致在不同季节表现出不同的营养盐变化特征。

表 6-21　长江口输入的营养盐通量

营养盐/(mol/d)	1985~1986年数据[a]	1963~1998年22年平均数据[b]	1955~1985年多年平均数据[c]	1955~1985年流量大的年平均数据[d]	1997年12月至1998年10月年平均数据[e]	1997年~2001年(1月和6月)平均数据[f]	本节
DIN (10^8)	1.53	0.62	1.22	1.42	3.42	1.90	1.53
PO_4-P (10^5)	13.3	5.03	4.66	6.04	20.6	9.3	22.2
DSi (10^8)	2.17	3.10	2.34	0.72		2.57	2.97

a. 沈志良，1991；b. 刘新成等，2002；c. Li et al.，2007；d. Li et al.，2007；e. Shen and Liu，2009；f. Liu et al.，2009a。

在 2 月，大约有 6.78×10^7 mol DIN/d 和 5.30×10^5 mol DIP/d 被消耗掉，分别占输入 box 2 的 46% 和 32%，表现为 DIN、DIP 的一个汇。而在 5 月、8 月、11 月，近岸区域 box 2 又表现为释放 DIN 和 DIP，其平均释放（净输出）量分别占 box 2 输出 DIN、DIP 总量的 40% 和 51%。笔者认为这主要是由于 2 月长江径流较小，水体的水交换时间比较长，泥沙悬浮物对生物生长的影响降低，导致该水域叶绿素和生物量比其他区域高、营养盐的消耗作用比较明显（Nedwell et al.，1999）；而其他季节长江径流较大，水交换时间较短、水体浑浊度较高，该水域对浮游植物生长的抑制作用增强、对营养盐的消耗作用降低。例如，该水域 DIN 的保守混合曲线结果表明（图 6-72），在 2 月实际的保守混合曲线位于理论稀释曲线（在口门内和外海作直线）的下方，说明 box 2 在该季节是 DIN 的一个汇，以消耗营养盐为主；在 5 月、8 月和 11 月正好相反，实际的保守混合曲线位于理论稀释曲线（在口门内和外海作直线）的上方，与模式的计算结果相符合，证明该水域在 5 月、8 月和 11 月向外释放 DIN，表现为 DIN 的源。

DIP 在 box 2 中的分布呈现非保守混合的特点（图 6-73），表明 DIP 在该水域的生物地球化学过程更为复杂。这主要是由于与硝酸盐不同，DIP 和悬浮颗粒物之间具有较强的相互作用（Gao et al.，2008；Fang，2000；Conley et al.，1995；Chambers et al.，1995），悬浮颗粒物可以吸附水体中大量的 DIP。而另外，在长江径流输送的总磷化物中，有机磷占 67%。根据相关研究表明，大约有 35% 的有机颗粒物在河口水域被氧化（Lansard et al.，2009；Leithold and Blair，2001），成为该水域 DIP 的又一个重要来源。由此可见，这种复杂的生物地球化学过程导致 DIP 的保守混合曲线呈现出离散的特点。

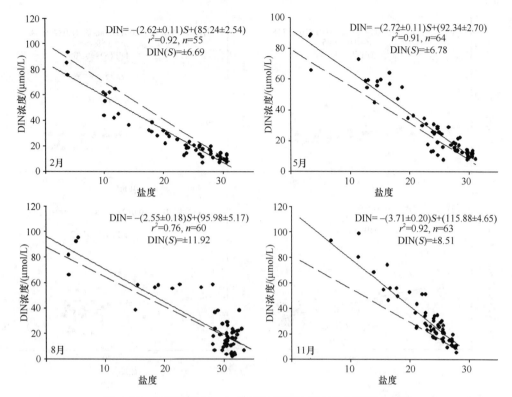

图 6-72　近岸区域 box 2 中 DIN 的理论保守和实际混合曲线

实线表示实际相关线，虚线表示由口门内浓度和外海浓度直接相连构建的理论稀释线；DIN（S）表示由盐度计算 DIN 的标准误差；n 表示样品数

对于硅酸盐而言，由于该水域含有大量泥沙悬浮颗粒物，在大部分季节里 box 2 都释放溶解硅酸盐，是溶解硅酸盐的主要来源。研究发现 8 月该水域对硅酸盐的消耗作用大于释放作用，这可能与硅藻生长有关。

（三）营养盐在外海水域的输送特征分析

根据前面的计算结果，外海上层水域 box 3 是营养盐的"捕捉器"。在该水域内，悬浮体浓度比较低、透光度较好、营养盐浓度较高，导致该水域微藻大量繁殖。大约有 17.9mmol DIN/(m^2·d)、0.36mmol DIP/(m^2·d) 和 28.36mmol DSi/(m^2·d) 在该水域被消耗掉，其中 DIP 的消耗量与 Zhang 等（2007）报道的东海 DIP 消耗量 0.31mmol/(m^2·d)接近。假设藻类吸收 C/P 按照 Redfield 比值106∶1（摩尔比），根据该水域 DIP 通量，估算出 2006 年 4 个季节的净生产力（NEP）分别是－8.36mmol C/(m^2·d)、69mmol C/(m^2·d)、52mmol C/(m^2·d) 和40mmol C/(m^2·d)，平均值为 38.15mmol C/(m^2·d)，与 Gong 等（2003）用 [14]C 方法测得的该海域生产力结果 35mmol C/(m^2·d) 非常接近，说明上述模型的合理性。

进一步分析 box 3 的营养盐通量可以发现，box 3 水域内所消耗的营养盐主要来源于近岸区 box 2 和下层水体 box 4 的输送。在 5 月和 8 月，下层水体向上层水体输送 DIP 的 30％来自于底层释放，表明底层释放 DIP 对上层磷营养盐的补充起到重要作用。

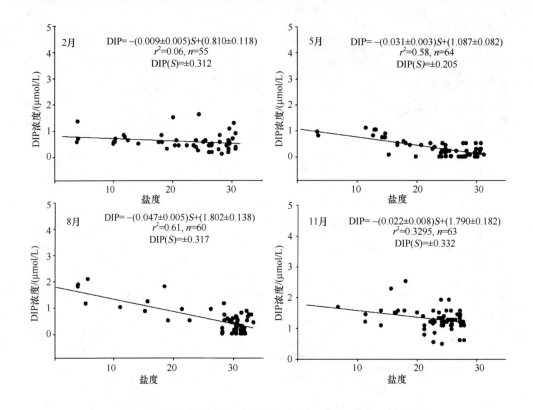

图 6-73　近岸区域 box 2 中 DIP 与盐度关系图

DIP（S）表示由盐度计算 DIP 的标准误差；n 表示样品数

其中，来自于外海下层海水的 DIP 输送量超过了径流 DIP 的输送量，是长江口水域重要的 DIP 来源。在不同的季节，外海下层水域对 DIN 的调节作用并不相同，在秋冬季节，box 4 扮演着"汇"的角色；春季和夏季，向外释放 DIN，具有"源"的作用。相比 DIP，径流输送的 DIN 明显大于外海水体的输送量。

综上所述，笔者在 LOICZ 模型的基础上，建立了适用于长江口水域的营养盐通量计算的模型，得到了长江口水域 DIN、DIP 和溶解硅酸盐从河口口门内到外海水域的输运通量，包括径流的营养盐输送量、外海水体的营养盐输送量、大气沉降量、近岸水域营养盐释放量和外海高生产力海区营养盐消耗量、底层营养盐的释放量等，为深入了解长江口水域的富营养化特征、阐明富营养化的关键过程提供了重要科学依据。但是 LOICZ 模式的应用是在动态平衡（稳态）假设条件下成立的，并不是动态模拟，与实际有一定差距。所以，上述模型计算结果仅仅是一种估算，要进一步提高其准确性，还应多考虑水动力学和生物地球化学等过程的影响。

（本节著者：俞志明　李祥安　宋秀贤）

第六节　长江口水域富营养化生态模型

从理论上讲，海洋生态动力模型可以定量描述发生在海洋环境中的生物地球化学过程，目前已成为海洋生态系统研究的重要手段之一。我国这方面的研究起步较晚，积累不多。特别是长江口水域具有重要的地理位置，其富营养化已成为该水域的重要环境问题。因此，研究长江口水域富营养化的生态动力学模型，不仅有助于从生态动力学角度探讨该水域的环境演变特征，而且是富营养化研究多学科交叉的需要，将对进一步阐释长江口水域富营养化的形成机制具有十分重要的科学和现实意义。

国际上，美国和欧洲在生态动力学模型研究方面起步较早。Chen 等（2002）在 POM（princeton ocean model）流模式的基础上建立了物理-生物耦合模式，在氮营养盐充足的条件下，模式中仅考虑了营养盐硅和磷对初级生产力的限制作用，没有考虑氮营养盐对生态系统的影响，避免了复杂的铵盐动力过程（Fasham et al.，1990）；Ji 等（2002）基于 POM 流模式，耦合了生态模式 NPZBD 模型（nutrients phytoplankton zooplankton bacteria detritus），对美国的密歇根湖做了三维悬浮物对生态系统的研究，得出了悬浮物对生态系统影响的两个途径；McGillicuddy（2005）对美国缅因湾亚历山大藻（*Alexandrium fundyense*）生长的季节变化情况，利用物理和生物耦合模式进行了研究，采用在季节性平均流的基础上耦合种群动力学过程的方法，同时考虑了藻类胞囊的萌芽、成长、营养盐限制等过程，得到了和观测资料定量吻合的结果。

在我国，魏皓等（2001）考虑渤海氮、磷营养盐的浓度，对渤海生态系统进行了较为细致的研究；刘浩和尹宝树（2006）在 POM 流模式和 NPZD 生态模型的基础上，成功建立了我国渤海物理-生态耦合模型。近些年来，在长江口及其邻近海区生态动力学研究方面，我国学者也开展了一些探讨。朱建荣（2004）研究了动力过程对叶绿素的分布特征的影响，得出长江口外海区表层的羽状锋区和台湾暖流的温跃层是浮游植物暴发的两个源，并进一步指出长江径流入海携带大量营养盐和台湾暖流的远距离平流作用是产生长江口外海区赤潮暴发的主要原因；乔方利等（2000）建立了长江口海域六分量（N、P、Si、硅藻、鞭毛藻、有机碎屑）藻华生态动力学模型，并用海上实测数据进行了检验。以上学者所付出的努力为近年来我国的生态动力学研究打下良好的基础。

长江口的水动力环境和生态动力过程非常复杂，不仅长江径流量、营养盐浓度和组分的变化会直接决定长江口营养盐与浮游植物之间的生态动力特性，而且长江携沙浓度的变化也会通过改变河口水域的透光性而改变浮游植物的生长过程。另外，长江口还是一个开放的海域，直接与黄海和东海相邻。夏季在南风作用下，台湾海峡暖流进一步向北伸入，黑潮分支也可穿越东海大陆架侵入长江口，这些高温高盐的海水不可避免地引起长江口水域温度、盐度的变化；而冬季北风作用下的黄海沿岸流也会深入到长江口引起温度、盐度的变化。因此，该区环流、冲淡水、上升流、跃层、锋面及最大浑浊带等动力过程及变化都会对该区营养盐的输送、变化、分布等产生重要影响，进而影响局地的生态动力过程。

第三章第一节详细介绍了长江口水域水动力的特点，建立了该水域水动力模式。本节在此基础上，与前几章所阐述的该水域化学、生物学结果相结合，研究了长江口水域营养盐输送动力学模型和该水域富营养化物理-化学-生物耦合模型（生态模型），以期更好地了解长江口水域富营养化过程的动力机制，阐释化学过程、生物过程以及水动力等对该水域富营养化的影响，更综合、系统和全面地认识长江口水域富营养生态动力学过程。

一、长江口水域营养盐输送动力学模型

笔者以 2004 年 11 月的硝酸盐资料为代表，构建了长江口水域营养盐输送动力学模型，研究了长江径流携带的营养盐在长江口水域的水动力环境下作为保守物质的扩散特征，分析了主要动力过程对该水域营养盐迁移、分布的影响。

（一）营养盐输送动力学模型

营养盐水动力模型采用三维斜压 POM 模式，营养盐扩散过程的控制方程为（sigma 坐标下）

$$\frac{\partial\,ND}{\partial\,t}+\frac{\partial\,NUD}{\partial\,x}+\frac{\partial\,NVD}{\partial\,y}+\frac{\partial\,N\omega}{\partial\,\sigma}=\frac{\partial}{\partial\,\sigma}\Big[\frac{K_H}{D}\frac{\partial\,N}{\partial\,\sigma}\Big]+F_N+N_{\text{riv}}$$

式中，N 表示营养盐；N_{riv} 为长江径流输入的营养盐，此处硝酸盐浓度为现场调查值。开边界处的流速采用 Flather 辐射边界条件（Marchesiello and Alexander，2001）：$u_n = u_c + u_T + \sqrt{g/H}\,(\eta - \eta_T)$；$u_n$ 为深度平均的流速；u_c 为边界的环流速度（此处主要是指台湾暖流、长江径流等引起的流速值）；u_T 为潮流速度；n 为开边界处的法向；η 为海面起伏；η_T 为开边界处的潮位，在此处考虑了 4 个主要分潮 K_1、O_1、M_2、S_2，$\eta_T = \sum f_i H_i \cos[\omega_i \cdot t + (v+u)_i - g_i]$，$f_i$ 为交点因子，u 为订正角；v 为格林尼治初始相位；ω_i 为角频率；g_i，H_i 为迟角和振幅；下标 i 表示分潮。潮汐的计算从 2004 年开始。开边界上内模式营养盐的扩散边界条件采用 Orlanski（1976）的辐射边界条件，海面的营养盐通量取为零。长江径流量采用多年大通站的平均径流量资料，海面风场采用 2004 年的 NCEP 风场，时间分辨率为 6h。长江径流的输入与 Kourafalou 等（1996）和 Kourafalou（2001）的方法一致，即将河流视为点源，并假设径流动量在动量方程中的贡献可以忽略不计，径流只是释放在顶层，并且在该层保持不变，其他层为零，将河口当成点源处理，这样，河流冲淡水径直排放到点源网格点上的 sigma 顶层并引起水位的变化，具体公式如下：$\dfrac{\mathrm{d}\eta}{\mathrm{d}t}=\dfrac{Q\,(t)}{\Delta x\Delta y\Delta\sigma}$。其中，$\eta$ 为水位，Δx 和 Δy 为单位网格的长度和宽度，$\Delta\sigma$ 为 sigma 顶层的厚度，$Q(t)$ 为随时间变化的河流径流量，也是该模型唯一需要输入的参数。初始和边界条件的温盐分布和本书的水动力分析部分相同。营养盐的点源取在长江口的 120.9°E 的西边界上，如图 6-74 所示的小黑点的位置。

（二）营养盐输送动力试验

2004 年 11 月的实测资料表明，在长江口外存在一个叶绿素 a 浓度的高值区（图 6-75）。为了弄清楚该叶绿素 a 浓度高值区硝酸盐的来源，笔者进行了两个数值试验：①只考虑长江径流的营养盐输入；②同时考虑开边界和长江径流的营养盐输入。

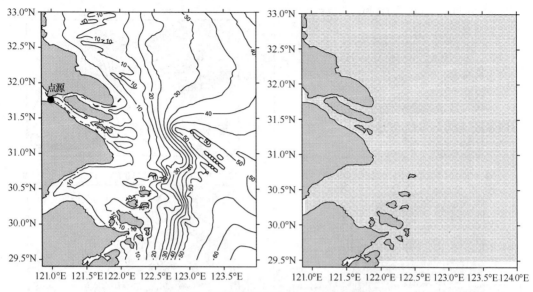

图 6-74　计算区域水深（m）和计算网格

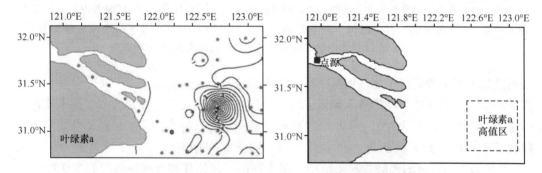

图 6-75　秋季实测叶绿素 a 浓度分布和其高值区位置示意图

　　试验一，只考虑长江口径流作为营养盐的输入。模式在稳定的潮流和环流场的基础上运行 1 个月，得到稳定的硝酸盐浓度分布（图 6-76a）。从模拟结果可以看到，122.0°E 以西的区域，模式模拟的硝酸盐分布和实测资料分布一致；该区域的浓度主要集中在 80μmol/L 以上，其浓度分布以长江口口门为中心向外逐渐降低，其向东北方向的扩展明显大于向东南方向的扩展。然而 122.5°E 以东区域，硝酸盐的浓度小于 5μmol/L，这和观测到的 122.5°E 以东区域存在 20～30μmol/L 的硝酸盐大面积分布具有很大差异，这种差别在 31.4°N 以南、122.5°E 以东区域尤为明显。为了研究导致这个差别的原因，我们设计了试验二。

　　试验二，为了验证边界硝酸盐的输入对该区域硝酸盐分布的影响，在开边界上给定 2004 年 11 月观测到的硝酸盐浓度，与此同时也给定在长江口径流硝酸盐的输入。模式在稳定的潮流和环流场的基础上运行 1 个月，得到长江口径流和边界硝酸盐输入共同作用下的稳定的硝酸盐浓度分布（图 6-76b）。模式结果表明，与试验一相比，边界硝酸盐的输入使硝酸盐等值线分布更加符合实测的硝酸盐浓度分布（图 6-76d）。模拟结果

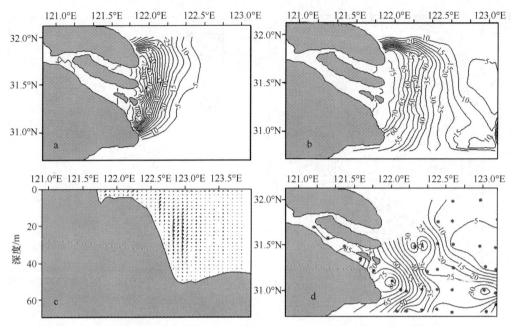

图 6-76　只有长江径流作为营养盐的输入时，硝酸盐（μmol/L）的分布（a）；同时考虑长江口径流营养盐输入和开边界上的营养盐输入时，硝酸盐的分布（b）；31.3°N 断面的流速矢量图（c）；2004 年 11 月实测硝酸盐分布（d）（圆点代表观测位置）

准确模拟出了实测资料东北区域低硝酸盐浓度的分布特征。对比图 6-76a 可以看出，长江径流输入的硝酸盐平流扩散不到该区域，故该区域的硝酸盐主要是台湾暖流平流输运带来的（硝酸盐浓度约为 10μmol/L）。该处硝酸盐浓度低的原因在于长江口外强羽状峰限制了长江径流营养盐的进一步向东运移。模式结果同时模拟出了存在以 31.0°N、122.8°E 为中心区域的硝酸盐封闭结构（图 6-76b）。该特征和观测资料得到的硝酸盐封闭结构（图 6-76d）吻合，从这个角度也表明了模式模拟的准确性。模式同时输出了 31.3°N 断面的垂向流速矢量图（图 6-76c），该垂向流速矢量图表明此处存在着上升流。垂向速度包括潮致上升流、台湾暖流、长江冲淡水和风这 4 个传统意义上的上升流诱发因子诱发的上升流；该处的垂向速度根据水平和垂向的尺度之比进行了放大。此外垂向速度经过潮流的调和分析剔除了潮流的影响，保留了潮致上升流。可以认为，是上升流的存在导致了该处存在硝酸盐的封闭结构，但是模式模拟的中心区硝酸盐浓度明显偏低即小于 10μmol/L，而实测资料表明该处的硝酸盐浓度大于 30μmol/L（图 6-76b，图 6-76d）。

　　试验二没有考虑生物过程对氮的消耗，所以，叶绿素 a 高值区的硝酸盐浓度应比实测值更大。试验二的结果是因为模式中没有考虑海底营养盐的输入，在模式中设定海底的营养盐通量为零，这就导致上升流无法把海底营养盐输入到上层水体，从而使上层硝酸盐的浓度偏低。此外硝酸盐的浓度偏低很多，也说明了上升流的营养盐输入的重要性。此时模式结果反映的硝酸盐的分布主要源于开边界沿岸流、台湾暖流等输入的营养盐，因为试验一表明长江口径流的营养盐输入对该区域影响很小。表 6-22 给出了两个数值试验中叶绿素高值区硝酸盐的计算量，可以看出试验二计算的硝酸盐量远大于试验一的计算结果，即南部海域沿岸流、台湾暖流（或黑潮）的陆架入侵的营养盐输入及底部通过上升流的输入远大于长江径流的输入。根据试验一、二模拟得到的结果和航次观测值，可以推算出上升流导致硝酸盐输入为 $10\mu\text{mol/L}$ 左右。

表 6-22　叶绿素高值区实测和数值试验计算的硝酸盐量

数值试验	硝酸盐量/mol
径流输入（试验一）	0.1×10^8
径流和开边界输入（试验二）	4.5×10^8
值航次观测	7.9×10^8

由此可见，上述营养盐输送动力学模型模拟的硝酸盐分布趋势与实测结果基本吻合：高浓度值主要集中在口门附近，随着冲淡水的减弱逐渐降低；大部分模拟得到的浓度值与实测值接近等，说明该营养盐输送动力学模型合理，基本可以反映在该区域水动力环境下的营养盐输运特征。另外，数值试验进一步分析了长江口南部海域沿岸流、台湾暖流（或黑潮）的陆架入侵以及上升流所带来的营养盐对长江口水域富营养化的贡献，为我们更全面认识长江口水域营养盐的来源提供了重要的启示。

但是营养盐的实际分布除了与水动力有关外，还与生物、化学等过程有关，特别是对于长江口这种极为复杂的河口生态系统来讲，最大浑浊带、高生物量均会影响营养盐的实际分布。所以，要数值模拟长江口水域富营养化的实际情况，必须考虑其物理-化学-生物各个过程之间的耦合。

二、长江口水域富营养化生态模型

上述长江口水域营养盐输送动力学模拟研究表明，输送动力学模型只能反映调查水域营养盐的输送特点，难以揭示其实际分布与转化特征，这是由于营养盐在迁移过程中还伴随着化学转化、生物吸收等过程，只有将这些过程耦合起来研究，才能真正反映该水域富营养化形成的机制和特征。所以，物理-化学-生物耦合模型是揭示长江口水域富营养化特征、机制等方面的重要手段。

为此，笔者根据长江口水域的现场调查，将 2004～2006 年长江口海区（$121.2°$～$123.3°\text{E}$，$31.8°$～$32.0°\text{N}$）40 个站位的生态要素现场观测资料经过内插和外推拓展到（$120.9°$～$124°\text{E}$，$29.5°$～$33.0°\text{N}$）区域，并以此作为生态动力学研究的初值、边值条件，建立了基于 POM 三维斜压海洋动力和 NPZD 生物化学模型的富营养化生态模型。

（一）生态模型基本表达

动力模型采用国际通用的 POM 海流模型；生态模式采用 NPZD 模式，其主要控制方程如下。

浮游植物（P）为

$$\left(\frac{\text{d}}{\text{d}t}+\text{Sink}_\text{P}-\text{diff}\right)\cdot P=(\text{Grow}-R_\text{esp}-\text{Mort})\cdot P-\text{Uptake}\cdot Z$$

式中，方程左边 $\dfrac{\text{d}}{\text{d}t}-\text{diff}=\dfrac{\partial}{\partial t}+\vec{V}\cdot\nabla-\nabla\cdot(k\nabla)$ 为局地变化项、平流项及扩散项，

$$\nabla = \frac{\partial}{\partial x}i + \frac{\partial}{\partial y}j + \frac{\partial}{\partial z}k; \text{Sink}_P = W_{sP}\frac{\partial}{\partial z} \text{ 为浮游植物沉降项。}$$

方程右边为生物源函数，且分别为

浮游植物生长：

$$\text{Grow} \cdot P = g_{pm} \cdot g(T) \cdot \min\left[\min\left(\frac{N_i}{N_i + K_i}\right), f(I)\right] \cdot P$$

式中，g_{pm} 为浮游植物最大生长率；$g(T)$ 为温度控制函数，按 Q_{10} 法则 $g(T) = Q_{10P}^{(T-10)/10}$；$\min\left(\frac{N_i}{N_i + K_i}\right)$ 为营养盐限制函数；$f(I)$ 为光限制函数，$f(I) = I/I_0 \cdot e^{(1-I/I_0)}$，$I_0$ 为最优光强，I 为瞬时光强，$I = I_s \cdot e^{-kz}$。

浮游植物呼吸：

$$R_{esp} \cdot P = g_P \cdot g(T) \cdot P$$

式中，g_P 为浮游植物在 0℃时的呼吸率；$g(T)$ 为温度控制函数，$g(T) = e^{r_1 \cdot T}$。

浮游植物死亡：

$$\text{Mort} \cdot P = d_P \cdot g(T) \cdot P/(P + \alpha) \cdot P$$

式中，d_P 为浮游植物在 0℃时的死亡率；$g(T) = e^{r_2 \cdot T}$ 为温度控制函数；系数 $P/(P + \alpha)$ 中 P 是叶绿素 a 的浓度；α 为常数。

浮游植物摄食：

$$\text{Uptake} \cdot Z = G \cdot e^{r_3 \cdot T} \cdot (1 - e^{-\lambda \cdot P}) \cdot Z$$

式中，G 为浮游植物在 0℃时的捕食率；$g(T) = e^{r_3 \cdot P}$ 为温度控制函数；λ 为 Ivlev 捕食常数。

浮游动物（Z）：

$$\left(\frac{d}{dt} - \text{diff}\right) \cdot Z = (\text{Grow} - \text{Excr} - \text{Mort}) \cdot Z$$

浮游动物生成：

$$\text{Grow} \cdot Z = a \cdot \text{Uptake} \cdot Z$$

浮游动物排泄：

$$\text{Excr} \cdot Z = a \cdot g \cdot \text{Uptake} \cdot Z$$

浮游动物死亡：

$$\text{Mort} \cdot Z = d_Z \cdot h(T) \cdot Z/(Z + \beta) \cdot Z$$

式中，d_Z 为浮游动物在 10℃时的死亡率；$h(T)$ 为温度控制函数，$h(T) = Q_{10Z}^{(T-10)/10}$；系数 $Z/(Z + \beta)$ 是对浮游动物死亡的修正。

营养盐 N（氮、磷）：

$$\left(\frac{d}{dt} - \text{diff}\right) \cdot N = -(\text{Grow} - \text{Resp}) \cdot P + \text{Excr} \cdot Z + \text{Remi} \cdot D + \text{Riv} + \text{Atm} + \text{Bot}$$

式中，$\text{Remi} \cdot D = e \cdot D$ 为碎屑的再矿化部分，e 为再矿化率；Riv 为海流输入；Atm 为大气沉降，$\text{Atm} = \text{dep/depth}$，dep 为沉降量，depth 为局地水深；Bot 为海底溶出，$\text{Bot} = \text{dis/depth}$，dis 为溶出量。

碎屑：

$$\left(\frac{\mathrm{d}}{\mathrm{d}t} + \mathrm{Sink_D} - \mathrm{diff}\right) \cdot D = \mathrm{Mort} \cdot P + \mathrm{Mort} \cdot Z + (\mathrm{Uptake} - \mathrm{Grow}) \cdot Z - \mathrm{Remi} \cdot D$$

式中，$\mathrm{Sink_D} = W_{sD}\dfrac{\partial}{\partial z}$，$W_{sD}$ 为沉降速率。

在计算过程中，将上述方程组各状态变量的单位统一为 mg C/L，转换关系分别是

1mg Chla＝36.5mg C

1.0012mmol P＝lg C

12.277mmol N＝lg C

1mg Zooplankton（wet weight）＝0.08mg C

该生态模型的基本框架如图 6-77 所示。

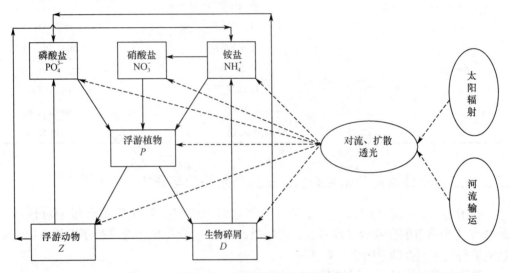

图 6-77　生态模型基本框架图

（二）模型中的参数与取值

根据以往的研究结果，并且经过对模式的调整和试验，最后对模式中参数的取值列入表 6-23。

表 6-23　模式中涉及的参数及取值

参数	取值	参数描述	单位
W_{sP}	0.173	浮游植物沉降速度	m/d
W_{sD}	0.432	碎屑沉降速度	m/d
g_{pm}	2	浮游植物最大生长率	1/d
Q_{10p}	2.08	生长温度依赖系数	1/d
Q_{10z}	3.1	摄食温度依赖系数	1/d
k_s	0.06	DIP 半饱和常数	mmol P/m³
k_n	1.0	DIN 半饱和常数	mmol N/m³
I_o	70	最优光强	W/m²
g_p	0.036	0℃浮游植物的呼吸率	1/d
d_p	0.1	浮游植物死亡率	1/d

续表

参数	取值	参数描述	单位
d_z	0.05	浮游动物死亡率	1/d
g_m	0.15	浮游动物摄食率	1/d
r_1	0.07	植物呼吸温度依赖系数	1/d
r_3	0.04	摄食温度依赖系数	1/d
λ	0.2	Ivlev 摄食常数	1/μmolN
a	0.7	浮游动物同化率	1/μmolN
g	4/7	排泄同化率	1/μmolN
e	0.05	有机碎屑的再矿化率	1/d
dep	124.2	N 大气沉降	mmol N/(m² · a)
disP	5	P 海底溶出	mg P/(m² · d)
disN	50	N 海底溶出	mg N/(m² · d)
g_c	36.5	C/Chla 值	g C/Chla
g_p	1.0012	P/C 值	mmol P/gC
g_n	12.277	N/C 值	mmol N/gC

三、长江口水域富营养化生态模型模拟结果检验与分析

利用上一节中建立的长江口水域富营养化的物理-化学-生物耦合模型对该水域 2004 年 4 个季节的营养盐（磷酸盐、硝酸盐、铵盐）、浮游植物等进行了数值模拟，模拟结果与实际调查结果吻合良好。

具体的模拟结果与分析如下。

（一）营养盐与浮游植物表层分布模拟结果与分析

1. 冬季生态要素的表层分布特征

长江口水域 2 月磷酸盐、硝酸盐、铵盐和叶绿素 a 表层分布模拟结果与实测资料的对比如图 6-78 至图 6-81 所示。由该模型模拟得到磷酸盐的分布与实际分布情况基本吻合，高值区出现在口门内河道及调查水域的西南角，在 31.0°N/122.3°E 处均出现一个 0.4μmol/L 左右的低值区，大部分水域浓度分布在 0.5～0.7μmol/L；硝酸盐模拟分布图改变了仅考虑水动力输运时口门北部形成浓度骤减的锋面现象，与实际调查情况更加吻合，口门处硝酸盐浓度为 85～35μmol/L，随着远离岸线呈递减趋势，并在 31.5°N/122.7°E 处出现一个小于 5μmol/L 的低值区；铵盐模拟结果与实际分布较吻合，浓度分布基本呈现由河口至外海逐渐降低的趋势，其主要浓度分布在 30～6μmol/L；叶绿素 a 浓度分布模拟图与实际分布图十分吻合，大部分水域叶绿素 a 浓度为 0.2～0.5μg/L，并分别在 31.2°N/122.2°E、31.0°N/122.9°E 处形成一个 1μg/L 左右的高值区。

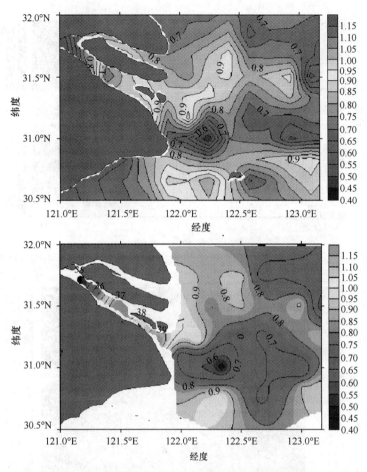

图 6-78 长江口及其邻近海区 2 月表层磷酸盐（μmol/L）分布（见彩图）

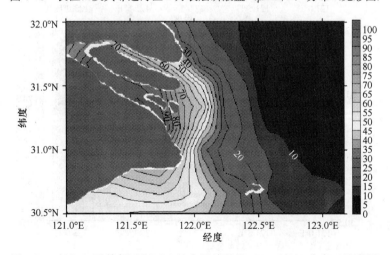

图 6-79 长江口及其邻近海区 2 月表层硝酸盐（μmol/L）分布（见彩图）

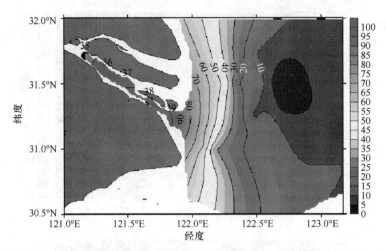

图 6-79（续） 长江口及其邻近海区 2 月表层硝酸盐（$\mu mol/L$）分布（见彩图）

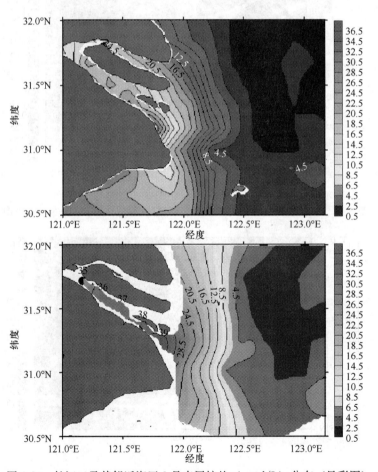

图 6-80 长江口及其邻近海区 2 月表层铵盐（$\mu mol/L$）分布（见彩图）

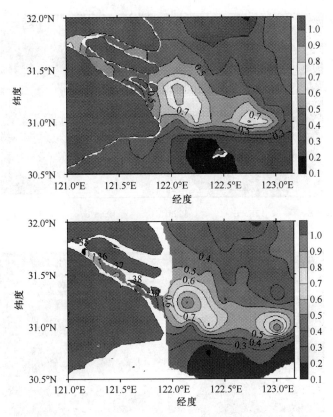

图 6-81　长江口及其邻近海区 2 月表层浮游植物（叶绿素 a）（μg/L）分布（见彩图）

2. 春季生态要素的表层分布特征

　　长江口水域 5 月磷酸盐、硝酸盐、铵盐和叶绿素 a 表层分布模拟结果与实测资料的对比如图 6-82 至图 6-85 所示。由该模型模拟得到该水域磷酸盐浓度分布在 0.4～0.9μmol/L，分别在 31.2°N/121.7°E（口门处）、31.2°N/122.3°E 处形成一个 1μmol/L 左右的高值区，基本反映出实际分布特征；该水域大部分硝酸盐浓度模拟分布在 15～85μmol/L，与 2 月相似，改变了仅考虑水动力输运时口门北部形成浓度骤减的锋面现象，与实际分布情况较为吻合；该水域铵盐模拟分布的高浓度区主要集中在河道及靠近口门附近的水域，浓度大于 4μmol/L，并分别在 30.8°N/123.1°E、31.3°N/122.8°E、32.0°N/122.9°E 出现一个 3～4μmol/L 的高值区，基本符合实际分布特征；叶绿素 a 浓度模拟也与实际情况相吻合，在调查水域的北部形成了一个大于 10μg/L 的高值区（32.0°N，122.7°E）。

3. 夏季生态要素的表层分布特征

　　长江口水域 8 月磷酸盐、硝酸盐、铵盐和叶绿素 a 表层分布模拟结果与实测资料的对比如图 6-86 至图 6-89 所示。由该模型模拟得到该水域磷酸盐浓度大都分布在 0.5～1.0μmol/L，在口门处（31.2°N/121.9°E）有一 1.5μmol/L 左右的高值区，

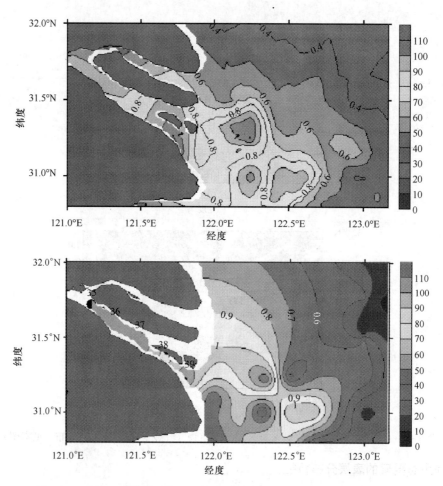

图 6-82　长江口及其邻近海区 5 月表层磷酸盐（μmol/L）分布（见彩图）

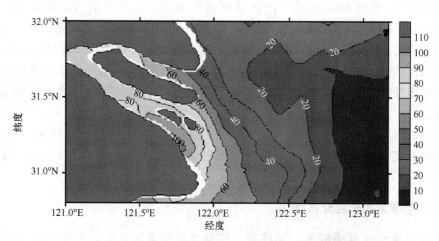

图 6-83　长江口及其邻近海区 5 月表层硝酸盐（μmol/L）分布（见彩图）

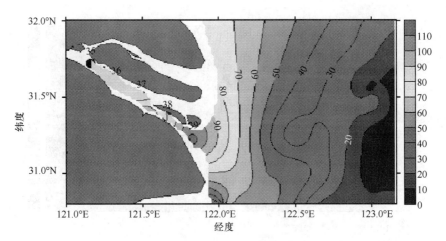

图 6-83（续）　长江口及其邻近海区 5 月表层硝酸盐（μmol/L）分布（见彩图）

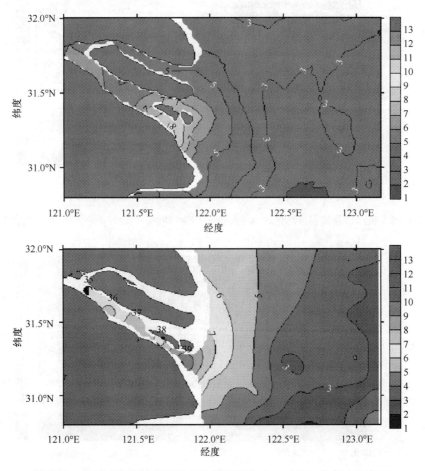

图 6-84　长江口及其邻近海区 5 月表层铵盐（μmol/L）分布（见彩图）

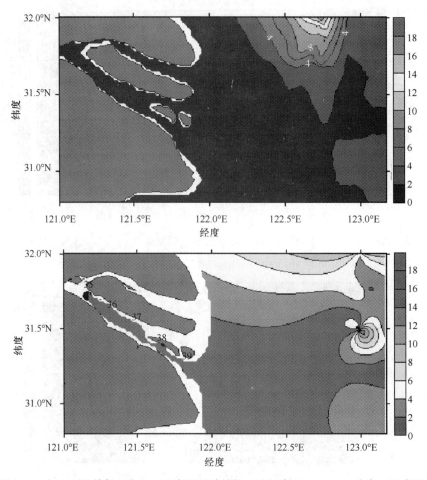

图 6-85　长江口及其邻近海区 5 月表层浮游植物（叶绿素 a）（μg/L）分布（见彩图）

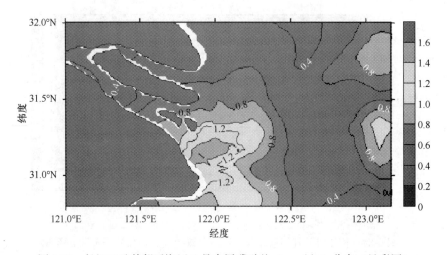

图 6-86　长江口及其邻近海区 8 月表层磷酸盐（μmol/L）分布（见彩图）

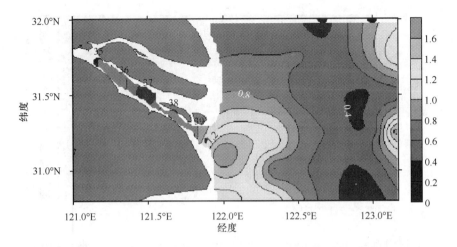

图 6-86（续） 长江口及其邻近海区 8 月表层磷酸盐（μmol/L）分布（见彩图）

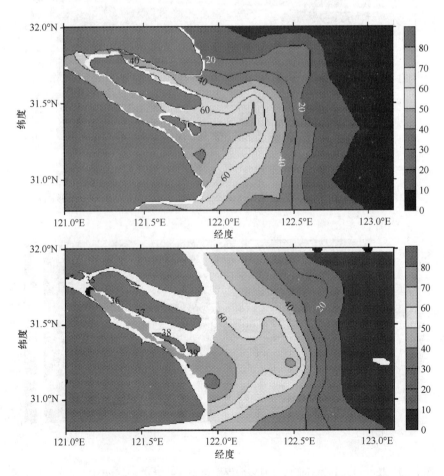

图 6-87 长江口及其邻近海区 8 月表层硝酸盐（μmol/L）分布（见彩图）

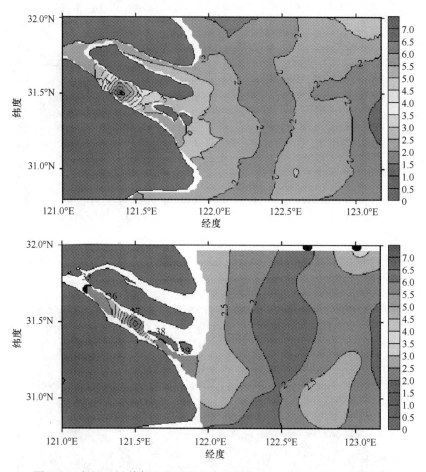

图 6-88　长江口及其邻近海区 8 月表层铵盐（μmol/L）分布（见彩图）

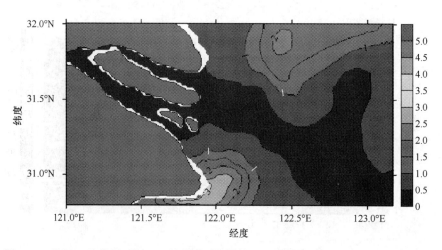

图 6-89　长江口及其邻近海区 8 月表层浮游植物（叶绿素 a）（μg/L）分布（见彩图）

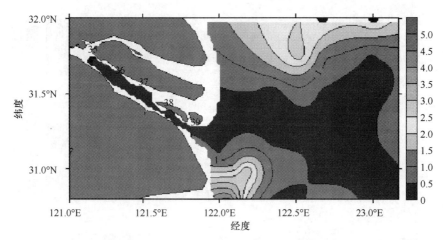

图 6-89（续）　长江口及其邻近海区 8 月表层浮游植物（叶绿素 a）（μg/L）分布（见彩图）

在远海处也出现了两个大于 1μmol/L 的高值区，与实际分布情况非常接近；硝酸盐的模拟分布结果总体上也能够反映实际情况，但数值偏低，并且没有能够反映出实际分布在 31.2～31.5°N/121.2～122.5°E 有一高值区这一特点；该水域铵盐的模拟结果为 1.5～3.0μmol/L，在河道处有一大于 5μmol/L 的高值区，并在 31.0°N/122.7°E、32.0°N/123.1°E 等处也出现了一个 3μmol/L 左右的高值区，与实际情况相符；叶绿素模拟结果也与实际分布情况相同，分布在 0.4～2.4μg/L，在口门的南部水域有一大于 3μg/L 的高值区，在调查水域的北部有一大于 2μg/L 的高值区。

4. 秋季生态要素的表层分布特征

长江口水域 11 月份磷酸盐、硝酸盐、铵盐和叶绿素 a 表层分布模拟结果与实测资料的对比如图 6-90 至图 6-93 所示。磷酸盐的模拟结果与实际分布相似，大部分水域浓度为 0.5～0.9μmol/L，在 31.8°N/122.6°E 出现一个小于 0.3μmol/L 的低值区，河口附近的磷酸盐浓度略高；硝酸盐的模拟分布特征也与实际相似，高浓度出现在河道内，为 70～80μmol/L，口门外水域硝酸盐模拟分布态势与实际分布相同，有一个大于 70μmol/L 的高值区，但是与现场调查的位置略有差异；铵盐的模拟结果与实际情况相同，大部分水域铵盐浓度为 2～3μmol/L，河道内的铵盐浓度略高，在调查水域北部（30.7°N，122.7°E）有一个大于 4μmol/L 的高值区；叶绿素的模拟结果偏高，在口门外（31.3°N，122.5°E）也有一个大于 6μg/L 的高值区，但与现场调查出现的位置（31.3°N，122.7°E）略有差异。

由以上营养盐、叶绿素模拟结果与实际调查结果之间的比较可知，该富营养化物理-化学-生物耦合模型基本能够反映该水域营养盐、叶绿素的实际情况，数值范围、浓度分布特点等均与实际调查相吻合，验证了该模型的合理性和适应性。

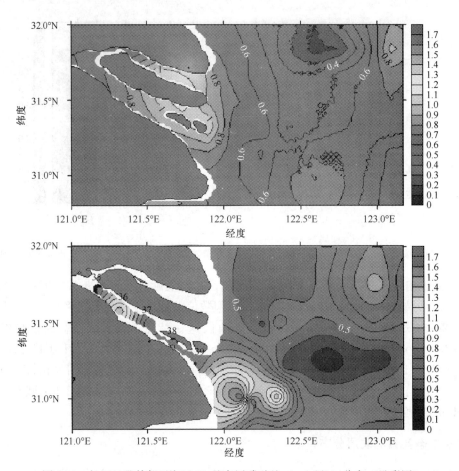

图 6-90　长江口及其邻近海区 11 月表层磷酸盐（μmol/L）分布（见彩图）

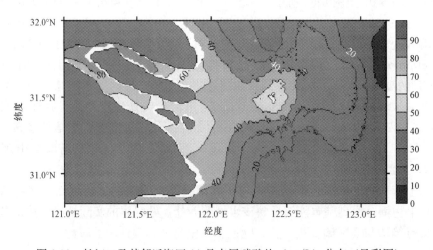

图 6-91　长江口及其邻近海区 11 月表层硝酸盐（μg/L）分布（见彩图）

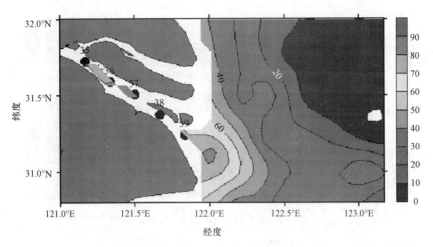

图 6-91（续）　长江口及其邻近海区 11 月表层硝酸盐（μg/L）分布（见彩图）

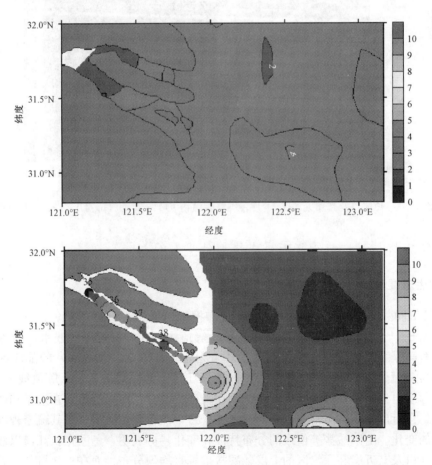

图 6-92　长江口及其邻近海区 11 月表层铵盐（μmol/L）分布（见彩图）

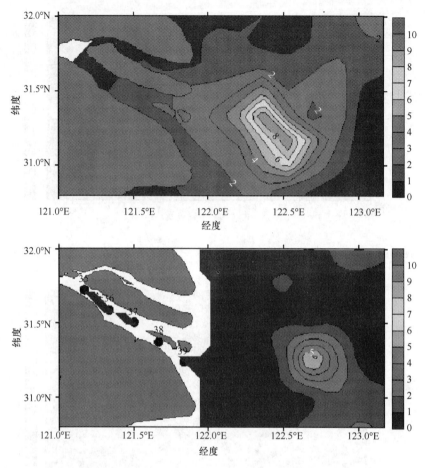

图 6-93　长江口及其邻近海区 11 月表层浮游植物（叶绿素 a）（μg/L）分布（见彩图）

（二）营养盐与浮游植物断面分布模拟结果与分析

1. 冬季生态要素的断面分布特征

　　2 月不同断面营养盐、叶绿素 a 垂直分布模拟结果如图 6-94 所示。

　　由图 6-94 可以看出：各纬度断面磷酸盐等值线分布，在近岸和浅水区及深水区的上层与海面呈垂直分布，而在长江口（31.5°N）及其以南（31.0°N）的陡坡区和外海的底层与海面呈有不同倾角的弧形分布。在长江口以北（32.0°N）其等值线分布稀疏，且密集程度自近岸至外海没有太大变化。在长江口及其以南，等值线在近岸和陡坡区分布密集，自近岸至陡坡由密变疏继而又由疏变密，而自陡坡区至外海其疏密程度似乎没有太大的变化。由磷酸盐等值线的分布特征和变化趋势表明，冬季在长江口以北的浅水区和长江口及其近岸和深水区的上层磷酸盐呈垂直均匀分布，而在长江口及其以南陡坡及外海的底部出现分层。在长江口及其以南的近岸和陡坡区其浓度变化显著，其余区域变化均较缓慢。长江口外陡坡至外海的深水区，陡坡附近的底层浓度低于上层，上层为 0.65，底层为 0.53。而外海底层的浓度却高于上层，上层为 0.39，底层为 0.45。

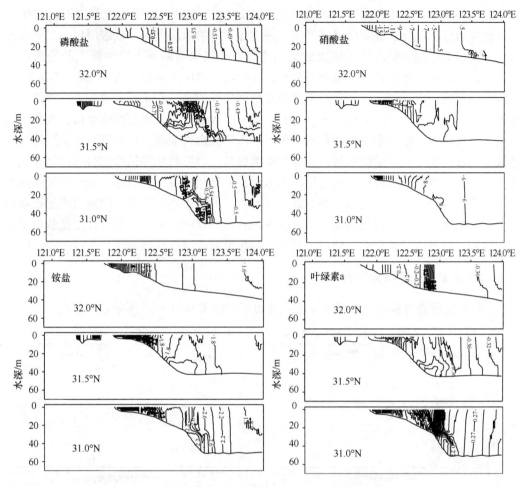

图 6-94　2 月不同断面营养盐、叶绿素 a 垂直分布模拟图

　　各纬度断面硝酸盐等值线分布，除了长江口以北（32.0°N）的外海和长江口
（31.5°N）及其以南（31.0°N）的陡坡区等值线的垂直分布程度较小外，整个水域硝酸
盐等值线均与海面呈垂直分布。就整个水域而言，其等值线自近岸至外海逐渐由密变
疏，特别是在长江口以北的外海变得尤为稀疏。硝酸盐等值线的分布特征和变化趋势表
明，冬季除了长江口以北的外海和长江口及其以南的陡坡区硝酸盐的垂直均匀分布程度
较小外，整个水域的硝酸盐均呈垂直均匀分布。

　　各纬度断面铵盐等值线与硝酸盐大致相同，即除了长江口以北的外海（32.0°N）
和长江口（31.5°N）及其以南（31.0°N）的陡坡区等值线的垂直分布程度较小外，铵
盐等值线均与海面呈垂直分布。就整个水域而言，其等值线分布在近岸密集，外海稀
疏，且自近岸至外海逐渐由密变疏。由铵盐等值线的分布特征和变化趋势表明，除了长
江口以北的外海和长江口及其以南的陡坡区铵盐的垂直均匀分布程度较小外，冬季整个
海区的铵盐也呈垂直均匀分布。

　　各纬度断面浮游植物等值线分布，在长江口以北（32.0°N）近岸与海面呈垂直分

布，而至外海垂直分布程度逐渐减弱。在长江口（31.5°N）崇明岛南部河道内等值线呈垂直均匀分布，近岸近表层呈其两端上翘中部下凹的弧形分布，近表层以下呈垂直分布，而在近岸以远的陡坡区上层大致为垂直分布，底层为两端下垂中部上凸的弧形分布，外海自表层至底层几乎又呈垂直分布。在长江口以南近岸呈垂直分布，至陡坡区其垂直分布程度逐渐减弱，而到外海垂直分布程度逐渐增强。在长江口以北近岸等值线分布稀疏，自近岸至近岸以远逐渐由疏变密，近岸以远至外海又逐渐由密变疏。在长江口断面其等值线在近岸分布密集，而自近岸至外海逐渐由密变疏。在长江口以南陡坡区等值线分布较密集，而近岸分布稀疏，外海更为稀疏。浮游植物等值线的分布特征和变化趋势表明，冬季在长江口以北的近岸浅水区浮游植物呈垂直均匀分布，至外海随水深的增大其垂直均匀分布程度逐渐减弱。在长江口近岸的近表层和陡坡区的底层浮游植物出现分层，其余区域大致以垂直均匀分布为主。长江口以南的近岸和外海浮游植物呈垂直均匀分布，而自近岸和外海至陡坡区其垂直均匀分布程度逐渐减弱。

2. 春季生态要素的断面分布特征

　　5 月不同断面营养盐、叶绿素 a 垂直分布模拟结果如图 6-95 所示。

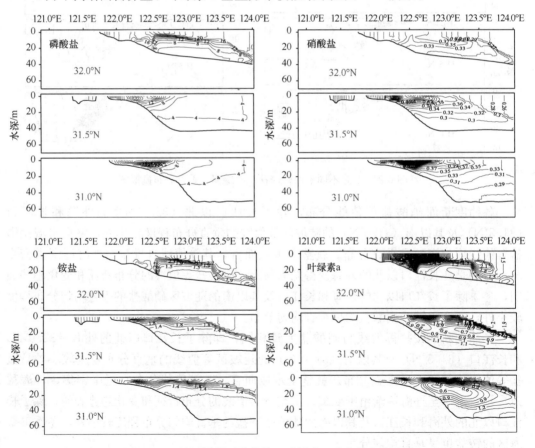

图 6-95　5 月不同断面营养盐、叶绿素 a 垂直分布模拟图

由图 6-95 可以看出，各纬度断面磷酸盐等值线分布，除了长江口及其以北近岸浅水区与海面呈垂直分布外，长江口（31.5°N）及其以北（32.0°N）的近岸以远至外海和长江口以南（32.0°N）的所有区域的等值线分布均呈两端都朝向近岸，或两端都朝向海面，或一端朝向近岸，另一端朝向外海，而中部凸向海底或外海的弧形分布。在长江口及其以北其弧形等值线在外海的次表层以上又与海面呈垂直分布。在长江口以北等值线分布稀疏，且疏密程度自近岸至外海和表层至底层并没有没有太大变化。在长江口及其以南等值线在近岸以远的近表层分布密集。由磷酸盐等值线的分布特征和变化趋势表明，春季在长江口以北、长江口近岸浅水区和外海深水区的上层磷酸盐呈垂直均匀分布，而其他区域出现较强的分层。春季在长江口及其以南的远岸的近表层其浓度的变化显著，其他区域变化均较缓慢。

各纬度断面硝酸盐等值线分布，在长江口以北（32.0°N）自近岸至外海呈两端分别在近岸和外海下垂中部微微上凸的弧形分布。长江口（31.5°N）近岸呈垂直分布，至远岸变为两端朝向近岸中部凸向外海的弧形分布，其中近岸以远的近表层为两端上翘中部下凹的弧形分布，这种弧形等值线随水深增加逐渐变为两端分别朝向近岸和海面而中部微微外凸的弧形分布。在长江口以南（31.0°N）等值线与海面呈有一定倾角的斜线分布。春季整个水域硝酸盐等值线在长江口以北（32.0°N）近岸至外海的近表层分布密集，并自近表层至表层和底层逐渐由密变疏，且在外海和底层变得尤为稀疏。硝酸盐等值线的分布特征和变化趋势表明，春季除了长江口及其以北近岸和外海的次表层硝酸盐呈垂直均匀分布外，其余水域均出现较强的分层。其中长江口以北近岸至外海的近表层形成一条较强的弧形浓度带。长江口及其以南近岸及其近岸以远浓度变化显著。外海和底层变化缓慢，且大致呈水平均匀分布。

各纬度断面铵盐等值线分布，在近岸和外海的表层至次表层呈垂直均匀分布，自近岸稍远至外海呈两端分别在近岸和外海下垂中部微微上凸的弧形分布。春季整个水域铵盐等值线在近岸和外海的表层至次表层及底层分布稀疏，近岸以远至外海的表层和近表层分布密集，且由表层和近表层至近岸和外海及底层逐渐由密变疏，外海的表层至次表层和底层变得尤为稀疏。铵盐等值线的分布特征和变化趋势表明，春季整个研究水域铵盐在近岸和外海的表层至次表层呈垂直均匀分布，其他水域大致呈水平均匀分布，这种分布特征，使得自远岸至外海形成两端分别在近岸和外海下垂中部微微上凸其垂向浓度变化显著的弧形浓度带。自浓度带至近岸、外海和底层浓度逐渐变低，特别是底层浓度的垂直变化非常缓慢，几乎呈均匀分布。

各纬度断面浮游植物等值线分布，在长江口以北（32.0°N）近岸与海面呈垂直分布，远岸的次表层以上呈两端在近岸和外海上翘中部下凹的弧形分布，次表层以下呈两端在近岸和外海下垂中部上凸的弧形分布，外海下垂的一端在外海的底层逐渐上翘，至次表层以上又与海面呈垂直分布。在长江口（31.5°N）崇明岛南部河道内和近岸等值线与海面呈垂直均匀分布，近岸稍远的上层呈一端在近岸下垂另一端在外海上翘的弧形分布，远岸的近表层以上有两个两端上翘朝中间下凹的半椭圆形分布，其中外海的半椭圆形的等值线在外海的一端逐渐下沉，然后上翘与海面呈垂直分布，近表层以下呈椭圆形分布。在长江口以南浮游植物等值线分布与长江口断面大致相似，近岸稍远上层呈一端在近岸下垂另一端在外海上翘的弧形分布，近岸以远的近表层以上也有两个两端朝向海面中间下凹的半椭圆形分布，近表层以下也呈椭圆形分布。在长江口以北近岸以远的次表层以上等值线分布密集，近岸和外海的近表层至次表层以及底层分布稀疏。在长江口及其以南近岸以远的近表层逐渐过渡到外海的近底层等值线分布较密集，其他区域特别是长江口崇明岛南部河道内和长江口以南外海的次表层以上分布尤为稀疏。浮游植物等值线的分布特征和变化趋势表明，春季研究水域近岸及近岸以远的近表层至外海的近底层以上浮游植物呈垂直均匀分布，自近岸至外海随着垂直均匀程度的减弱，水平均匀程度的增强，形成一条浓度变化显著的浓度带，在浓度带以上浮游植物几乎呈垂直均匀分布，浓度带以下浮游植物大致呈水平均匀分布。

3. 夏季生态要素的断面分布特征

8月不同断面营养盐、叶绿素 a 垂直分布模拟结果如图 6-96 所示。

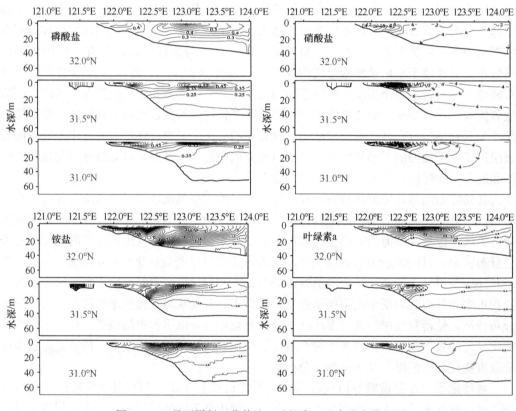

图 6-96　8 月不同断面营养盐、叶绿素 a 垂直分布模拟图

由图 6-96 可以看出：各纬度断面磷酸盐等值线分布，在长江口以北（32.0°N）近岸和外海的次表层以上，呈其长轴与海面平行的近似半椭圆形分布，外海的次表层以下也呈长轴与海面平行的近似半椭圆形分布。长江口（31.5°N）崇明岛南部河道等值线呈垂直分布，至近岸逐渐变为两端朝向近岸、中部凸向外海的弧形分布，外海的近表层以上呈其长轴与海面平行的近似椭圆形分布，近表层以下呈两端下垂中间微微上凸的弧

形分布。长江口以南（31.0°N）近岸等值线分布与长江口近岸相似，外海近表层呈两端微微上翘中间微微下凹的弧形分布，近表层以下呈两端微微下垂中部微微上凸的弧形分布。在长江口以北其等值线分布稀疏，且疏密集程度自近岸至外海和表层至底层并没有太大变化。夏季整个水域的磷酸盐等值线在近岸及表层分布密集。磷酸盐等值线的分布特征和变化趋势表明，春季除长江口近岸浅水区磷酸盐呈垂直均匀分布外，而其他水域自近岸至外海逐渐由垂直均匀分布变为水平均匀分布。长江口及其以南近表层及表层浓度的垂直变化非常显著。

各纬度断面硝酸盐等值线分布，除了长江口崇明岛南部河道内与海面呈垂直均匀分布外，长江口以北（32.0°N）近岸呈两端分别在海面和海底朝向近岸中部凸向外海的弧形分布，至外海变为一端在近岸下垂，另一端在外海上翘的弧形分布。夏季整个海区硝酸盐等值线在近岸表层分布密集，并自近岸至外海和表层至底层逐渐由密变疏，在外海的底层变得尤为稀疏。硝酸盐等值线的分布特征和变化趋势表明，夏季除了长江口崇明岛南部河道内硝酸盐呈垂直均匀分布外，其余水域其垂直均匀程度减弱而水平均匀程度增强，特别是长江口及其以南近岸硝酸盐的垂直变化和水平变化都非常显著。自近岸至外海其垂直变化和水平变化都迅速减弱，在长江口以南外海几乎呈均匀分布。

各纬度断面铵盐等值线分布，在长江口以北近岸的次表层以上等值线呈两端上翘中间下凹的弧形分布，次表层以下呈两端朝向近岸和海底而中部凸向海面和外海的弧形分布。在近岸以远近表层以上又呈两端上翘中部下凹的弧形分布，近表层以下为一端在近岸下垂，另一端在外海上翘的弧形分布。长江口崇明岛南部河道内等值线与海面呈垂直分布，近岸至外海呈一端在近岸下垂，另一端在外海上翘的弧形分布。长江口以南近岸等值线呈两端上翘中间下凹的弧形分布，近岸以远至外海的近表层以上呈两端上翘中部下凹的弧形分布，近表层以下为一端在近岸下垂，另一端在外海上翘的弧形分布。夏季整个水域铵盐等值线分布在近岸和近岸以远的次表层以上分布密集。铵盐等值线的分布特征和变化趋势表明，除了长江口崇明岛南部河道内铵盐呈垂直分布外，其他区域均出现剧烈的分层，与垂直方向相比，水平方向浓度变化较缓慢。

各纬度断面浮游植物等值线分布，在长江口以北（32.0°N）近岸及其以远次表层以上，呈其两端分别在近岸和外海上翘而中部下凹的弧形分布，至次表层以下变为两端分别在近岸和外海下垂中部上凸的弧形分布。在长江口（31.5°N）崇明岛南部河道内等值线与海面呈垂直分布，近岸近表层呈两端上翘中部下凹的弧形分布，这种弧形等值线随水深的变化至海底逐渐变为两端分别在海面和海底朝向近岸的弧形分布。外海以远的近表层也呈两端上翘中部下凹的弧形分布，近表层以下自近岸至外海由圆形逐渐变为两端分别在海面和海底朝向近岸的弧形分布再变为大致与海面呈平行分布。在长江口以南（31.0°N）等值线在近岸呈其两端分别在海面和海底朝向近岸中部微微外凸的弧形分布，至外海中部的外凸程度逐渐增大，在陡坡至外海变为一端在近岸上翘然后下凹再上翘至外海又逐渐变为与海面平行。夏季浮游植物等值线在近岸及其以远的表层至次表层分布密集，在长江口及其以南的底层变得尤为稀疏。浮游植物等值线的分布特征和变化趋势表明，夏季除长江口南部河道内浮游植物呈垂直均匀分布外，其他水域近岸至外海的垂直均匀分布程度逐渐减弱，在外海几乎变为水平均匀分布。

4. 秋季生态要素的断面分布特征

11月不同断面营养盐、叶绿素 a 垂直分布模拟结果如图 6-97 所示。

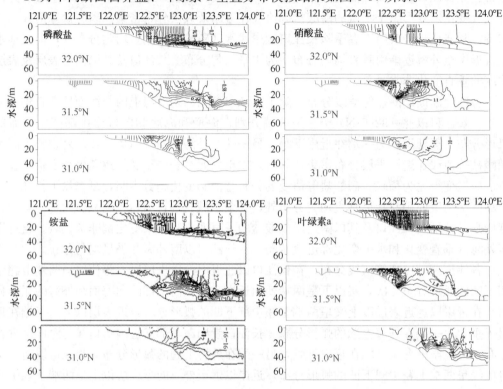

图 6-97　11 月不同断面营养盐、叶绿素 a 垂直分布模拟图

由图 6-97 可以看出：各纬度断面磷酸盐等值线分布，在近岸与海面呈垂直分布。在长江口以北（32.0°N）近岸以远至外海的表层至次表层与海面呈垂直分布，而次表层以下则与海面呈水平分布。长江口（31.5°N）及其以南（31.0°N）近岸以远至外海的次表层以上等值线大致与海面呈垂直分布，而次表层以下呈不规则的弧形分布。在长江口以北（32.0°N）近岸以远其等值线分布密集，特别是次表层以下水平分布等值线更为密集，密集程度自近岸以远至近岸和外海逐渐由密变疏，外海底层以上变得尤为稀疏。而在长江口及其以南等值线在近岸至陡坡区尤其长江口以南的陡坡区分布密集，外海分布稀疏，长江口以南外海分布尤为稀疏。磷酸盐等值线的分布特征和变化趋势表明，秋季研究水域磷酸盐在近岸呈垂直均匀分布，远岸垂直均匀分布程度逐渐减弱，在长江口以北外海的次表层以上磷酸盐呈垂直均匀分布，近底层呈水平均匀分布且形成浓度变化显著的层结。在长江口陡坡至外海的次表层以上磷酸盐呈垂直均匀分布，在次表层以下的陡坡至外海形成浓度变化较显著的浓度带。而在长江口以南的陡坡区其浓度变化非常显著且大致呈垂直均匀分布，次表层以下浓度带的强度大大减弱，外海的浓度变化非常缓慢。

各纬度断面硝酸盐等值线分布，在长江口以北（32.0°N）近岸及近岸以远与海面

呈垂直分布，近岸以远至外海的次表层以上与海面呈垂直分布，而次表层以下自远岸至
外海逐渐变为与海面平行且一端下垂的弧形分布。长江口（31.5°N）及其以南（31.0°N）
近岸呈垂直均匀分布，近岸以远至外海逐渐变为不规则的弧形分布。秋季硝酸盐等值线
在长江口近岸分布密集，且自近岸至外海由密变疏。长江口以北分布较密集，自陡坡至
近岸和外海逐渐由密变疏。硝酸盐等值线的分布特征和变化趋势表明，秋季在长江口以
北近岸及远岸硝酸盐呈垂直均匀分布，远岸至外海次表层以上呈垂直均匀分布，次表层
以下出现分层。长江口及其以南近岸呈垂直均匀分布，远岸至外海其垂直均匀分布程度
逐渐减弱。

　　各纬度断面铵盐等值线分布，长江口以北（32.0°N）近岸呈弧形分布，近岸以远
与海面呈垂直分布，近岸以远至外海的次表层以上与海面呈垂直分布，而次表层以下自
近岸以远至外海逐渐变为与海面平行且外海一端下垂的弧形分布。长江口（31.5°N）
及其以南（31.0°N）近岸呈垂直均匀分布，近岸以远至外海逐渐变为不规则的弧形分
布，陡坡至外海的近底层等值线大致与海面呈平行分布。铵盐等值线的分布特征和变化
趋势表明，秋季长江口以北（32.0°N）在近岸铵盐出现非常弱的层化现象，近岸以远
呈垂直均匀分布，而近岸以远至外海的近底层形成浓度剧烈变化且呈水平均匀分布的层
结，层结以上和以下铵盐大致呈垂直均匀分布。长江口近岸铵盐呈垂直均匀分布，其中
崇明岛南部河道内浓度变化显著，陡坡至外海的次表层以下形成垂直变化显著的浓度
带，在浓度带以上和以下浓度呈垂直均匀分布，其中陡坡区浓度带以上浓度的水平变化
剧烈。长江口以南铵盐在近岸呈垂直均匀分布，近岸稍远的表层出现层化，近岸以远至
外海的次表层以下形成浓度垂直变化较显著的浓度带，浓度带以上和以下其浓度大致呈
垂直均匀分布。

　　各纬度断面浮游植物等值线分布，长江口以北（32.0°N）近岸呈表层朝向近岸底
层下垂的弧形分布，远岸变为与海面呈垂直分布。近岸以远至外海的次表层以上与海面
呈垂直分布，而次表层以下自远岸至外海逐渐变为与海面平行且外海一端下垂的弧形分
布。长江口（31.5°N）及其以南（31.0°N）近岸呈垂直均匀分布，近岸以远至外海逐
渐变为不规则的弧形分布，陡坡至外海的次表层以下呈两端下垂中间上凸的弧形分布，
在长江口以南的次表层等值线大致与海面呈平行分布，次表层以上和以下大致与海面呈
垂直分布。等值线在长江口（31.5°N）及其以北（32.0°N）远岸分布密集，自远岸至
近岸和外海逐渐由密变疏，外海的次表层以上变得尤为稀疏。长江口以南陡坡至外海的
次表层等值线分布密集，自陡坡至近岸和外海的次表层以上和以下分布稀疏。由浮游植
物等值线的分布特征和变化趋势表明，秋季长江口以北近岸浮游植物出现较弱的层化现
象，近岸以远呈垂直均匀分布且浓度变化显著，近岸以远的次表层以上呈垂直分布且浓
度变化非常缓慢，次表层以下大致呈水平均匀分布。长江口及其以南近岸浮游植物呈垂
直均匀分布，远岸至外海出现较强的层化，其中长江口远岸浓度的水平变化和长江口以
南陡坡至外海的次表层浓度带浓度的垂直变化显著。其他区域浓度变化缓慢，特别是长
江口的外海浓度变化更为缓慢。

　　综上所述，笔者运用动力学模型（POM）与生物化学模型（NPZD）建立了长江口
水域富营养化物理-化学-生物耦合模型（生态模型），并对模拟结果与现场实际调查进

行了对比和检验，结果表明该富营养化生态模型基本符合现场实际情况，说明了该模型的合理性，为进一步深入揭示长江口水域富营养化的形成及生态系统动力学机制奠定了基础。

（本节著者：尹宝树　杨德周　刘兴泉　冯兴如）

参 考 文 献

毕言锋. 2006. 中国东部沿海的大气营养盐干、湿沉降及其对海洋初级生产力的影响. 青岛：中国海洋大学博士学位论文

蔡昱明，宁修仁，刘子琳. 2002. 珠江口初级生产力和新生产力的研究. 海洋学报，24（3）：101-111

柴超. 2006. 长江口水域富营养化现状与特征研究. 北京：中国科学院研究生院博士学位论文

陈庆选，李志荣，张振家. 2007. 温度对两种固定化硝化菌硝化反应的影响. 水资源保护，23（1）：80-83

陈振楼，许世远，柳林，等. 2000. 上海滨岸潮滩沉积物重金属元素的空间分布与累积. 地理学报，55（6）：641-651

高建华，汪亚平，潘少明，等. 2007. 长江口外海域沉积物中有机物的来源及分布. 地理学报，62（9）：981-991

顾宏堪，马锡年，沈万仁，等. 1982. 长江口附近氮的地球化学Ⅱ. 长江口附近海水中的亚硝酸盐及氨. 山东海洋学院学报，12（2）：31-38

顾宏堪，熊孝先，刘明星，等. 1981. 长江口附近氮的地球化学Ⅰ. 长江口附近海水中的硝酸盐. 山东海洋学院学报，11（4）：37-46

顾宏堪. 1980. 黄海溶解氧垂直分布的最大值. 海洋学报，2（2）：70-80

胡明辉，杨逸萍，徐春林，等. 1989. 长江口浮游植物生长的磷酸盐限制. 海洋学报，11：439-443

黄尚高，杨嘉东，暨卫东. 1986. 长江口水体活性硅、氮、磷含量的时空变化及相互关系. 台湾海峡，5（2）：114-123

霍文毅，俞志明，邹景忠，等. 2001a. 胶州湾中浮动弯角藻赤潮生消动态过程及其成因分析. 水产学报，25（3）：222-226

霍文毅，俞志明，邹景忠，等. 2001b. 胶州湾中肋骨条藻与环境因子的关系. 海洋与湖沼，32（3）：311-318

李道季，张经，黄大吉，等. 2002. 长江口外氧的亏损. 中国科学（D辑），32（8）：686-694

李茂田，程和琴. 2001. 近50年来长江入海溶解硅通量变化及其影响. 中国环境科学，21（3）：193-197

林以安，苏纪兰，扈传昱，等. 2004. 珠江口夏季水体中的氮和磷. 海洋学报，26（5）：63-73

林以安，唐仁友，李炎，等. 1995. 长江口生源元素的生物地球化学特征与絮凝沉降的关系. 海洋学报，17（5）：65-72

刘成，王兆印，何耘，等. 2003. 上海污水排放口水域水质和底质分析. 中国水利水电科学研究院学报，4：275-280

刘浩，尹宝树. 2006. 辽东湾氮、磷和COD环境容量的数值计算. 海洋通报，25（2）：46-54

刘敏，侯立军，许世远，等. 2004. 长江口潮滩有机质来源的C、N稳定同位素示踪. 地理学报，59（6）：918-926

刘新成，沈焕庭，黄清辉. 2002. 长江入河口区生源要素的浓度变化及通量估算. 海洋与湖沼，33（5）：332-340

刘秀娟. 2009. 长江口海域氮的同位素特征及其环境意义. 北京：中国科学院研究生院博士学位论文

茅志昌，沈焕庭，陈景山. 2003. 浏河排污对罗泾河段南岸浅水区水质的影响. 海洋湖沼通报，（2）：37-40

孟伟，秦延文，郑丙辉，等. 2004. 长江口水体中氮、磷含量及其化学耗氧量的分析. 环境科学，25（6）：65-68

宁修仁，史君贤，蔡昱明，等. 2004. 长江口和杭州湾海域生物生产力锋面及其生态学效应. 海洋学报，26（6）：96～106

蒲新明，吴玉霖，张永山. 2001. 长江口区浮游植物营养限制因子的研究Ⅱ. 春季的营养限制情况，23（3）：57-65

乔方利，袁业立，朱明远，等. 2000. 长江口海域赤潮生态动力学模型及赤潮控制因子研究. 海洋与湖沼，31（1）：93-100

任广法. 1992. 长江口及其邻近海域溶解氧的分布变化. 海洋科学集刊，33：139-151

沈焕庭，潘定安. 2001. 长江河口最大浑浊带. 北京：科学出版社：39

沈新强，胡方西. 1995. 长江口外水域叶绿素 a 分布的基本特征. 中国水产科学，2（1）：71-80

沈志良，陆家平，刘兴俊，等. 1992. 长江口区营养盐的分布特征及三峡工程对其影响. 海洋科学集刊，33：109-129

沈志良. 1991. 三峡工程对长江口海区营养盐分布变化影响的研究. 海洋与湖沼，22（6）：540-546

沈志良. 1997. 长江干流营养盐通量的初步研究. 海洋与湖沼，28（5）：522-527

石晓勇，陆茸，张传松，等. 2006. 长江口邻近海域溶解氧分布特征及主要影响因素. 中国海洋大学学报，36（2）：287-290

《水利辉煌 50 年》编纂委员会. 1999. 水利辉煌 50 年. 北京：水利水电出版社：285

宋飞，宋秀贤，俞志明. 2007. 长江口海域表层水体颗粒有机物 $\delta^{15}N$ 的分布特征. 海洋与湖沼，38（6）：521-527

孙湘平. 2006. 中国近海区域海洋. 北京：海洋出版社：376

王保栋. 2003. 黄海和东海营养盐分布及其对浮游植物的限制. 应用生态学报，14（7）：1122-1126

王东启，陈振楼，许世远，等. 2007. 长江口潮滩沉积物反硝化作用及其时空变化特征. 中国科学（B 辑：化学），37（6）：604-611

王金辉，黄秀清，刘阿成，等. 2004. 长江口及邻近水域的生物多样性变化趋势分析. 海洋通报，23（1）：32-39

王晓蓉，丁丽丽，牛晓君，等. 2003. 磷化氢在湖泊磷生物地球化学循环中的作用. 环境化学，22（5）：485-489

魏皓，赵亮，武建平. 2001. 浮游植物动力学模型及其在海域富营养化研究中的应用. 地球科学进展，16（2）：220-225

吴莹，张经，张再峰，等. 2002. 长江悬浮颗粒物中稳定碳、氮同位素的季节分布. 海洋与湖沼，33（5）：547-552

俞志明，Waser N A D，Harrison P J. 2004. 不同氮源对海洋微藻氮同位素分馏作用的影响. 海洋与湖沼，35（6）：524-529

钟霞芸，杨鸿山，赵立清，等. 1999. 长江口水域氮、磷的变化及其影响. 中国水产科学，6（5）：6-9

周伟华，袁翔城，霍文毅，等. 2004. 长江口邻域叶绿素 a 和初级生产力的分布. 海洋学报，26（3）：143-150

朱建荣. 2004. 长江口外海区叶绿素 a 浓度分布及其动力成因分析. 中国科学（D 辑：地球科学），34（8）：757-762

Abril G，Nogueira M，Etcheber H，et al. 2002. Behaviour of organic carbon in nine contrasting european estuaries. Estuarine，Coastal and Shelf Science，54：241-262

Adams T S，Sterner R W. 2000. The effect of dietary nitrogen content on trophic level ^{15}N enrichment. Limnology and Oceanography，45（3）：601-607

Ahad J M E，Ganeshram R S，Spencer R G M，et al. 2006. Evaluating the sources and fate of anthropogenic dissolved inorganic nitrogen (DIN) in two contrasting North Sea estuaries. Science of the Total Environment，372（1）：317-333

Altabet M A，Deuser W G，Honjo S，et al. 1991. Seasonal and depth-related changes in the source of sinking particles in the North Atlantic. Nature，354：136-139

Altabet M A. 1988. Variations in nitrogen isotopic composition between sinking and suspended particles：Implications for nitrogen cycling and particle transformation in the open ocean. Deep Sea Research Part A. Oceanographic Research Papers，35（4）：535-554

Altabet M A. 2001. Nitrogen isotopic evidence for micronutrient control of fractional NO_3 utilization in the equatorial Pacific. Limnology and Oceanography，46（2）：368-380

Amberger A，Schimidt H L. 1987. Naturliche isotopengehalte von nitratals indikatoren fur dessen herkunft. Geochimica et Cosmochimica Acta，51（2）：2699-2705

Anderson T H，Taylor G T. 2001. Nutrient pulse, plankton blooms, and seasonal hypoxia in western Long Island Sound. Estuaries，24（2）：228-243

Aravena R，Evans M L，Cherry J A. 1993. Stable isotopes of oxygen and nitrogen in source identification of nitrate from septic systems. Ground Water，31（2）：180-186

Archangel'skil A D，Kopcenova E V. 1930. Note on organic substances, phosphorus and vanadium deposits in the

Black Sea. Isv Akad Nauk SSSR: 205-215 (in Russian)

Archangel'skil A D, Kopcenova E V. 1965. Phosphine in Black Sea sediments. *In*: Pietsch E H. Gmelins Handbuch der anorganischen Chemie-Phosphor 16 (A). Verlag Chemie Gmb H, Weinheim: 145 (in German)

Artigas L F. 1998. Seasonal variability in microplanktonic biomasses in the Gironde dilution plume (Bay of Biscay): relative importance of bacteria. Oceanologica Acta, 21 (4): 563-580

Barford C C, Montoya J P, Altabet M A, et al. 1999. Steady-state nitrogen isotope effects of N_2 and N_2O production in *Paracoccus denitrificans*. Applied and Environmental Microbiology, 65 (3): 989-994

Bianchi T S, DiMarco S F, Cowan Jr H J, et al. 2010. The science of hypoxia in the Northern Gulf of Mexico: A review. Science of the Total Environment, 408: 1471-1484

Billen G, Lancelot C, Becker E D, et al. 1988. Modelling microbial processes (phyto-and bacterioplankton) in the Schelde Estuary. Hydrobiological Bulletin, 22: 43-55

Bourbonnais A, Lehmann M F, Waniek J J. 2009. Nitrate isotope anomalies reflect N_2 fixation in the Azores Front region (subtropical NE Atlantic). Journal of Geophysical Research-Oceans, 114, CO3003, doi: 10. 1029/2007JC004617,2009

Breitburg D L, Hondorp D W, Davias L A, et al. 2009. Hypoxia, nitrogen, and fisheries: integrating effects across local and global landscapes. Annual Review of Marine Science, 329-349

Burford J R, Bremner J M. 1972. Is phosphate reduced to phosphine in waterlogged soils? Soil Biology and Biochemistry, 4: 489-495

Cabecadas G, Nogueira M, Brogueira M J. 1999. Nutrient dynamics and productivity in three European estuaries. Marine Pollution Bulletin, 38: 1092-1096

Cao H F, Liu J A, Zhuang Y H, et al. 2000. Emission sources of atmospheric phosphine and simulation of phosphine formation. Science in China (Series B), 43 (2): 162-168

Chambers R M, Fourqurean J W, Hollibaugh J T, et al. 1995. Importance of terrestrially-derived, particulate phosphorus to phosphorus dynamics in a west coast estuary. Estuaries and Coasts, 18: 518-526

Chapra S C. 1997. Surface Water Quality Modeling. New York (USA): The McGraw-Hill: 844

Chen C C, Gong G C, Shiah F K. 2007. Hypoxia in the East China Sea: One of the largest coastal low-oxygen areas in the world. Marine Environmental Research, 64: 399-408

Chen C S, Ji R B, Schwab D J, et al. 2002. A model study of the coupled biological and physical dynamics in Lake Michigan. Ecological Modeling, 152: 145-168

Cifuentes L A, Sharp J H, Fogel M L. 1988. Stable carbon and nitrogen isotope biogeochemistry in the Delaware estuary. Limnology and Oceanography, 33 (5): 1102-1105

Cloern J E. 1999. The relative importance of light and nutrient limitation of phytoplankton growth: a simple index of coastal ecosystem sensitivity to nutrient enrichment. Aquatic Ecology, 33 (1): 3-15

Cloern J E. 2001. Our evolving conceptual model of the coastal eutrophication problem. Marine Ecology-Progress Series, 210: 223-253

Cole M L, Valiela I, Kroeger K D, et al. 2004. Assessment of a $\delta^{15}N$ isotopic method to indicate anthropogenic eutrophication in aquatic ecosystems. Journal of Environmental Quality, 33: 124-132

Conkright M E, Gregg W W, Levitus S. 2000. Seasonal cycle of phosphate in the open ocean. Deep-Sea Research I, 47: 159-175

Conley D J, Chelske C L, Stoermer E F. 1993. Modification of the biogeochemical cycle of silica with eutrophication. Marine Ecology-Progress Series, 101: 179-192

Conley D J, Smith W M, Cornwell J C, et al. 1995. Transformation of particle-bound phosphorus at the land-sea interface. Estuarine, Coastal and Shelf Science, 40: 161-176

Conley D J, Stalnacke P, Pitkänen H, et al. 2000. The transport and retention of dissolved silicate by rivers in Sweden and Finland. Limnology and Oceanography, 45: 1850-1853

Dai M H, Guo X H, Zhai W D. et al. 2006. Oxygen depletion in the upper reach of the Pearl River estuary during a winter drought. Marine Chemistry, 102: 159-169

Das A, Justić D, Swenson E. 2010. Modeling estuarine-shelf exchanges in a deltaic estuary: Implications for coastal carbon budgets and hypoxia. Ecological Modelling, 221: 978-985

David A M, Steven W E. 2006. Long-term changes in the areal hypolimnetic oxygen deficit (AHOD) of Onondaga Lake: Evidence of sediment feedback. Limnology and Oceanography, 51: 702-714

DeMaster D J, Pope R H. 1996. Nutrient dynamics in Amazon waters: results from AMASSEDS. Continental Shelf Research, 16: 263-289

Dettmann E H. 2001. Effect of water residence time on annual export and denitrification of nitrogen in estuaries: a model analysis. Estuaries, 24: 481-490

Diaz R J, Rosenberg R. 1995. Marine benthic hypoxia: a review of its ecological effects and the behavioural responses of benthic macrofauna. Oceanography and Marine Biology—An Annual Review, 33: 245-303

Diaz R J. 2001. Overview of hypoxia around the world. Journal of Environmental Quality, 30 (2), 275-281

Ding L L, Wang X R, Zhu Y X, et al. 2005. Effect of pH on phosphine production and the fate of phosphorus during anaerobic process with granular sludge. Chemosphere, 59: 49-54

Dodds W K. 1995. Availability, uptake and regeneration of phosphate in mesocosms with varied levels of P-deficiency. Hydrobiologia, 297 (1): 1-9

Dortch Q, Whitledge T E. 1992. Does nitrogen or silicon limit phytoplankton production in the Mississippi River plume and nearby regions? Continental Shelf Research, 12: 1293-1309

Drake D C, Peterson B J, Galván K A, et al. 2009. Salt marsh ecosystem biogeochemical responses to nutrient enrichment: a paired N-15 tracer study. Ecology, 90 (9): 2535-2546

Dévai I, Delaune R D, Dévai G, et al. 1999. Phosphine production potential of various wastewater and sewage sludge sources. Analytical Letters, 32 (7): 1447-1457

Dévai I, Delaune R D. 1995. Evidence for phosphine production and emission from Louisiana and Florida marsh soils. Org Geochem, 23 (3): 277-279

Dévai I, Felföldy L, Wittner I, et al. 1988. Detection of phosphine: new aspects of phosphorus cycle in the hydrosphere. Nature, 333: 343-345

Edmond J M, Spivack A, Grant B C, et al. 1985. Chemical dynamics of the Changjiang estuary. Continental Shelf Research, 4: 17-36

Eismann F, Glindemann D, Bergmann A, et al. 1997. Soils as source and sink of phosphine. Chemosphere, 35 (3): 523-533

Eriksson P G, Svensson J M. Carrer G M. 2003. Temporal changes and spatial variation of soil oxygen consumption, nitrification and denitrification rates in a tidal salt marsh of the Lagoon of Venice, Italy. Estuarine Coastal and Shelf Science, 58 (4): 861-871

Escaravage V, Prins T C, Smaal A C, et al. 1996. The response of phytoplankton communities to phosphorus input reduction in mesocosm experiments. Journal of Experimental Marine Biology and Ecology, 198: 55-79

Essink K. 2003. Response of an estuarine ecosystem to reduced organic waste discharge. Aquatic Ecology, 37: 65-76

Evans S L, Anderson W T, Jochem F J. 2006. Spatial variability in Florida Bay particulate organic matter composition: combining flow cytometry with stable isotope analyses. Hydrobiologia, 569: 151-165

Fang T H. 2000. Partitioning and behaviour of different forms of phosphorus in the Tanshui estuary and one of its tributaries, Northern Taiwan. Estuarine, Coastal and Shelf Science, 50: 689-701

Fasham M J R, Duklow H W, Mckelvie S M. 1990. A nitrogen-based model of plankton dynamics in the oceanic mixed layer. J Mar Res, 48: 591-639

Feng Z H, Song X X, Yu Z M. 2008a. Seasonal and spatial distribution of matrix-bound phosphine and its relationship with the environment in the Changjiang River Estuary, China, Marine Pollution Bulletin, 56: 1630-1636

Feng Z H, Song X X, Yu Z M. 2008b. Distribution characteristics of matrix-bound phosphine along the coast of China and possible environmental controls. Chemosphere, 73 (4): 519-525

Fisher T R, Harding L W, Stanley D W, et al. 1988. Phytoplankton, nutrients and turbidity in the Chesapeake, Delaware, and Hudson estuaries. Estuarine, Coastal and Shelf Science, 27: 61-93

Frank R, Rippen G. 1987. Verhalten von phosphine in der atmosphere. Lebensmitteltechnik, 17: 409-411

Gao L, Li D J, Ding P X. 2008. Variation of nutrients in response to the highly dynamic suspended particulate matter in the Changjiang (Yangtze River) plume. Continental Shelf Research, 28: 2393-2403

Garnier J, Billen G, Palfner L. 2000. Understanding the oxygen budget and related ecological processes in the river Mosel: the RIVERSTRAHLER approach. Hydrobiologia, 410: 151-166

Gassmann G, Dahlke S. 1992. Flame-photometric detection of nitrous oxide in addition to phosphine. Journal of Chromatography, 598: 313-315

Gassmann G, Glindemann D. 1993. Phosphine (PH_3) in the biosphere. Angew Chem Int Ed Engl, 32: 761-763

Gassmann G, Schorn F. 1993. Phosphine from harbor surface sediments. Naturwissenschaften, 80: 78-80

Gassmann G, Van Beusekom J E, Glindemann D. 1996. Offshore atmospheric phosphine. Naturwissenschaften, 83: 129-131

Gassmann G. 1994. Phosphine in the fluvial and marine hydrosphere. Mar Chem, 45: 197-205

Giordani G, Austoni M, Zaldívar M J, et al. 2008. Modelling ecosystem functions and properties at different time and spatial scales in shallow coastal lagoons: An application of the LOICZ biogeochemical model. Estuarine, Coastal and Shelf Science, 77: 264-277

Glindemann D, Bergmann A, Stottmeister U, et al. 1996a. Phosphine in the lower terrestrial troposphere. Naturwissenschaften, 83: 131-133

Glindemann D, Edwards M, Kuschk P. 2003. Phosphine gas in the upper troposphere. Atmosphere Environment, 37: 2429-2433

Glindemann D, Edwards M, Morgenstern P. 2005. Phosphine from rocks: mechanically driven phosphate reduction? Environ Sci Technol, 39: 8295-8299

Glindemann D, Eismann F, Bergmann A, et al. 1998. Phosphine by bio-corrosion of phosphide-rich iron. Environ Sci Pollut Res, 5: 71-74

Glindemann D, Stottmeister U, Bergmann A. 1996b. Free phosphine from the anaerobic biosphere. Environ Sci Pollut Res, 3: 17-19

Glindemann D, Bergmann A. 1995. Spontaneous emission of phosphine from animal slurry treatment processing. Zbl Hyg, 198: 49-56

Gong G C, Wen Y H, Wang B W, et al. 2003. Seasonal variation of chlorophyll a concentration, primary production and environmental conditions in the subtropical East China Sea. Deep-Sea Research II, 50: 1219-1236

Gordon Jr D C, Boudreau P R, Mann K H, et al. 1996. LOICZ biogeochemical modelling guidelines. LOICZ Reports & Studies, 5: 1-96

Gouze E, Raimbault P, Garcia N, et al. 2008. Nutrient and suspended matter discharge by tributaries into the Berre Lagoon (France): The contribution of flood events to the matter budget. C R Geoscience, 340: 233-244

Graham M C, Eaves M A, Farmer J G, et al. 2001. A study of carbon and nitrogen stable isotope and elemental ratios as potential indicators of sources and fate of organic matter in sediments of the Forth Estuary, Scotland. Estuary, Coastal and Shelf Science, 52 (3): 375-380

Gu Y H. 1985. A study on the cause of the path turning of the Changjiang River diluted water. Oceanologia Et Limnologia Sinica, 16: 354-363

Handley L L, Austin A T, Robinson D, et al. 1999. The ^{15}N natural abundance $\delta^{15}N$ of ecosystem samples reflects measures of water availability. Australian Journal of Plant Physiology, 26: 185-199

Hanrahan G, Salmassi T M, Khachikian C S, et al. 2005. Reduced inorganic phosphorus in the natural environment:

significance, speciation and determination. Talanta, 66: 435-444

Han S H, Wang Z J, Zhuang Y H, et al. 2003. Phosphine in various matrixes. J. Environ. Sci-China, 15: 339-341

Han S H, Zhuang Y H, Liu J A, et al. 2000. Phosphorus cycling through phosphine in paddy fields. The Science of the Total Environment, 258: 195-203

Han S H, Zhuang Y H, Zhang H X, et al. 2002. Phosphine and methane generation by the addition of organic compounds containing carbon-phosphorus bonds into incubated soil. Chemosphere, 49: 651-656

Harmelin-Vivien M, Loizeau V, Mellon C, et al. 2008. Comparison of C and N stable isotope ratios between surface particulate organic matter and microphytoplankton in the Gulf of Lions (NW Mediterranean). Continental Shelf Research, 28 (15): 1911-1919

Hellings L, Dehairs F, Tackx M, et al. 1999. Origin and fate of organic carbon in the freshwater part of the Scheldt Estuary as traced by stable carbon isotope composition. Biogeochemistry, 47: 167-186

Herbert R A. 1999. Nitrogen cycling in coastal marine ecosystems. FEMS Microbiology Reviews, 23 (5): 563-590

Hill A E, Durazo R, Smeed D A. 1994. Observations of a cyclonic gyre in the western Irish Sea. Continental Shelf Research, 14: 479-490

Hoch M P, Fogel M L, Kirchman D L. 1994. Isotope fractionation during ammonium uptake by marine microbial assemblages. Geomicrobiology Journal, 12 (2): 113-127

Horrigan S G, Montoya J P, Nevins J L, et al. 1990. Natural isotopic composition of dissolved inorganic nitrogen in the Chesapeake bay. Estuarine, Coastal and Shelf Science, 30 (4): 393-410

Huang X P, Huang L M, Yue W Z. 2003. The characteristics of nutrients and eutrophication in the Pearl River estuary, South China. Marine Pollution Bulletin, 47: 30-36

Hubner H. 1986. Isotope effects of nitrogen in the soli and biosphere. In: Fritz P, Fontes J C. Handbook of Environmental Isotope Geochemistry, vol. 2b. The Terrestrial Environment. Amsterdam: Elsevier Science Publisher: 361-425

Humborg C, Danielsson A, Sjoberg B, et al. 2003. Nutrient land-sea fluxes in oligotrophic and pristine estuaries of the Gulf of Bothnia, Baltic Sea. Estuarine, Coastal and Shelf Science, 56: 781-793

Humborg C, Ittekkot V, Cociasu A, et al. 1997. Effect of Danube River dam on Black Sea biogeochemistry and ecosystem structure. Nature, 386: 385-388

Irigoien X, Castel J. 1997. Light limitation and distribution of chlorophyll pigments in a highly turbid estuary: the Gironde (SW France). Estuarine, Coastal and Shelf Science, 44: 507-517

Jenkins R O, Morris T A, Craig P J, et al. 2000. Phosphine generation by mixed- and monoseptic-cultures of anaerobic bacteria. The Science of the total Environment, 250: 73-81

Ji R B, Chen C S, Budd J W, et al. 2002. Influences of suspended sediments on the ecosystem in Lake Michigan: a 3-D coupled bio-physical modeling experiment. Ecological Modelling, 152: 169-190

Jones R D, Hood M A. 1980. Effect of temperature, pH, salinity and inorganic nitrogen on the rate of ammonium oxidation by nitrifiers isolated from wetland. Environments Microb Ecol, 6 (4): 339-347

Justić D, Rabalais N N, Turner R E, et al. 1995. Changes in nutrient structure of river-dominated coastal waters: stoichiometric nutrient balance and its consequences. Estuarine, Coastal and Shelf Science, 40: 339-356

Justić D, Rabalais N N, Turner R E. 2003. Simulated responses of the Gulf of Mexico hypoxia to variations in climate and anthropogenic nutrient loading. Journal of Marine Systems, 42: 115-126

Kanda J, Itoh T, Ishikawa D, et al. 2003. Environmental control of nitrate uptake in the East China Sea. Deep-Sea Research Ⅱ, 50 (2): 403-422

Kasai A, Yamada T, Takeda H. 2007. Flow structure and hypoxia in Hiuchi-nada, Seto Inland Sea, Japan. Estuarine, Coastal and Shelf Science, 71: 210-217

Kasai A, Fujiwara T, Simpson J H, et al. 2002. Circulation and cold dome in a gulf-type ROFI. Continental Shelf Research, 22: 1579-1590

Kendall C, Mcdonnell J J. 1998. Isotope Tracers in Catchment Hydrology. Amsterdam: Elsevier Science B. V. : 519-576

Kim H C, Yamaguch H, Yoo S, et al. 2009. Distribution of Changjiang diluted water detected by satellite chlorophyll-a and its interannual variation during 1998-2007. Journal of Oceanography, 65: 129-135

Knudsen M. 1900. Ein hydrographischer Lehrsatz. Annalen der Hydrographie und Maritimen Meteorologie, 28: 316-320

Kourafalou V H, Oey L Y, Wang J D. 1996. The fate of river discharge on the continental shelf: 1. Modeling the river plume and inner shelf coastal current. Journal of Geophysical Research, 101 (C2): 3415-3434

Kourafalou V H. 2001. River plume development in semi-enclosed Mediterranean regions: North Adriatic Sea and northwestern Aegean Sea. Journal of Marine Systems, 30: 181-205

Kreitler C W, Browning L A. 1983. Nitrogen-isotope analysis of groundwater nitrate in carbonate aquifers: natural sources versus human pollution. Journal of Hydrology, 61 (1-3): 285-301

Kuuppo P, Tamminen T, Voss M, et al. 2006. Nitrogen discharges to the eastern Gulf of Finland, the Baltic Sea: elemental flows, stable isotope signatures, and their estuarine modification. Journal of Marine Systems, 63 (3-4): 191-208

Kwak T J, Zedler J B. 1997. Food web analysis of southern California coastal wetlands using multiple stable isotopes. Oecologia, 110 (2): 262-277

Lansard B, Rabouille C, Denis L, et al. 2007. In situ oxygen uptakes by coastal sediments under the influence of the Rhône River (NW Mediterranean Sea). Continental Shelf Research, 28: 1501-1510

Lansard B, Rabouille C, Denis L, et al. 2009. Benthic remineralization at the land-ocean interface: A case study of the Rhône River (NW Mediterranean Sea). Estuarine, Coastal and Shelf Science, 81 (4): 544-554

Leithold E L, Blair N E. 2001. Watershed control on the carbon loading of marine sedimentary particles. Geochimica et Cosmochimica Acta, 65: 2231-2240

Lemaire E, Abril G, Wit R D, et al. 2002. Distribution of phytoplankton pigments in nine European estuaries and implications for an estuarine typology. Biogeochemistry, 59 (1-2): 5-23

Lenihan H S, Peterson C H. 1998. How habitat degradation through fishery disturbance enhances impacts of hypoxia on oyster reefs. Ecol Appl, 8: 128-140

Li D J, Zhang J, Huang D J, et al. 2002. Oxygen depletion off the Changjiang (Yangtze River) Estuary. Science in China (series D), 45 (12): 1137-1136

Li M T, Xu K Q, Wantanabe M, et al. 2007. Long-term variations in dissolved silicate, nitrogen, and phosphorus flux from the Yangtze River into the East China Sea and impacts on estuarine ecosystem. Estuarine, Coastal and Shelf Science, 71: 3-12

Liu H B, Dagg M. 2003. Interactions between nutrients, phytoplankton growth, and micro- and mesozooplankton grazing in the plume of the Mississippi River. Marine Ecology-Progress Series, 258: 31-42

Liu J A, Cao H F, Zhuang Y H, et al. 1999. Phosphine in the urban air of Beijing and its possible sources. Water, Air, Soil Pollution, 116: 597-604

Liu K K, Su M J, Hsueh C R, et al. 1996. The nitrogen isotopic composition of nitrate in the Kuroshio Water northeast of Taiwan: evidence for nitrogen fixation as a source of isotopically light nitrate. Marine Chemistry, 54 (3-4): 273-292

Liu S M, Hong G H, Zhang J, et al. 2009a. Nutrient budgets for large Chinese estuaries. Biogeosciences, 6: 2245-2263

Liu X J, Yu Z M, Song X X, et al. 2009b. Pretreatment method for nitrogen isotopic analysis of nitrate in seawater. Chinese Journal of Analytical Chemistry, 37 (5): 643-647

Malone T C, Conley D J, Fisher T R, et al. 1996. Scales of nutrient-limited phytoplankton productivity in Chesapeake Bay. Estuaries, 19: 371-385

Marchesiello J C M, Alexander S. 2001. Open boundary conditions for long-term integration of regional oceanic models. Ocean Modeling, 3: 1-20

Mayer L M, Keil R G, Macko S A, et al. 1998. Importance of suspended particulate in riverine delivery of bioavailable nitrogen to coastal zones. Global Biogeochemical Cycles, 12 (4): 573-579

McClelland J W, Valiela I. 1997. Nitrogens-stable signature in estuarine food webs: A record of increasing urbanization in coastal watersheds. Limnology and Oceanography, 42 (5): 930-937

McGillicuddy D J Jr. 2005. Mechanisms regulating large-scale seasonal fluctuations in *Alexandrium fundyense* populations in the Gulf of Maine: Results from a physical-biological mode. Deep-Sea Research ii, 52: 2698-2714

McKee B A, Allerb R C, Allisona M A, et al. 2004. Transport and transformation of dissolved and particulate materials on continental margins influenced by major rivers: benthic boundary layer and seabed processes. Continental Shelf Research, 24: 899-926

McKinney R A, Nelson W G, Wigand C, et al. 2001. Ribbed mussel nitrogen isotope signatures reflect nitrogen sources in coastal salt marshes. Ecological Applications, 11 (1): 203-214

Middleburg J J, Nieuwenhuize J. 2001. Nitrogen isotope tracing of dissolved inorganic nitrogen behaviour in tidal estuaries. Estuarine, Coastal and Shelf Science, 53 (3): 385-391

Miyajima T, Yoshimizu C, Tsuboi Y, et al. 2009. Longitudinal distribution of nitrate δ^{15}N and δ^{18}O in two contrasting tropical rivers: implications for instream nitrogen cycling. Biogeochemistry, 95 (2-3): 243-260

Monaghan E J, Ruttenkery K C. 1999. Dissolved organic phosphorus in the coastal ocean: Reassessment of available methods and seasonal phosphorus profiles from the Eel River Shelf, Limnol. Oceanogr, 44 (7): 1702-1714

Monbet Y. 1992. Control of phytoplankton biomass in estuaries: a comparative analysis of micro-tidal and macrotidal estuaries. Estuaries, 15: 563-571

Morse J W, Rowe G T. 1999. Benthic biogeochemistry beneath the Mississippi river plume. Estuaries, 22: 206-214

Morton S C, Glindemann D, Edwards M A. 2003. Phosphates, phosphites, and phosphides in environmental samples. Environ Sci Technol, 37: 1169-1174

Mukhopadhyay S K, Biswas H, De T K, et al. 2006. Fluxes of nutrients from the tropical River Hooghly at the land-ocean boundary of Sundarbans, NE Coast of Bay of Bengal, India. Journal of Marine Systems, 62: 9-21

Mu Q L, Song X X, Yu Z M. 2005. Matrix-bound phosphine distribution characteristics in the sediments of Jiaozhou Bay, China. Environ. Sci-China, 26: 135-138

Mutchler T, Dunton K H, Townsend-Small A, et al. 2007. Isotopic and elemental indicators of nutrient sources and status of coastal habitats in the Caribbean Sea, Yucatan Peninsula, Mexico. Estuarine, Coastal, and Shelf Science, 74 (3): 449-457

Nedwell D B, Jickells T D, Trimmer M, et al. 1999. Nutrients in estuaries. Advances in Ecological Research, 29: 43-92

Ning X R, Vaulot D, Liu Z S, et al. 1988. Standing stock and production of phytoplankton in the estuary of the Changjiang (Yangtse River) and the adjacent East China Sea. Marine Ecology-Progress Series, 49: 141-150

Niu X J, Geng J J, Wang X R, et al. 2004. Temporal and spatial distributions of phosphine in Taihu Lake, China. Science of the total Environment, 323: 169-178

Officer C B. 1979. Discussion on the behaviour of nonconservative dissolved constituents in estuaries. Estuarine, Coastal, and Shelf Science, 9 (1): 91-94

Orlanski I. 1976. A simple boundary condition for unbounded hyperbolic flows. Journal of Computational Physics, 21: 251-269

Ostrom N E, Macko S A, Deibel D, et al. 1997. Seasonal variation in the stable carbon and nitrogen isotope biogeochemistry of a coastal cold ocean environment. Geochim Cosmochim Acta, 61 (14): 2929-2942

Peña M A, Katsev S, Oguz T, et al. 2009. Modeling dissolved oxygen dynamics and coastal hypoxia: a review. Biogeosciences Discuss, 6: 9195-9256

Pei S F, Shen Z L, Laws E A. 2009. Nutrient dynamics in the upwelling area of Changjiang (Yangtze River) estuary. Journal of Costal Research, 25: 569-580

Pennock J R, Velinsky D J, Ludlam J M, et al. 1996. Isotopic fractionation of ammonium and nitrate during uptake by *Skeletonema costatum*: implications for ^{15}N dynamics under bloom conditions. Limnology and Oceanography, 41 (3): 451-459

Peterson B J, Howarth R W, Garritt R H. 1985. Multiple stable isotopes used to trace the flow of organic matter in estuarine food webs. Science, 227: 1361-1363

Qi D M, Shen H T, Zhu J R. 2003. Flushing time of the Yangtze Estuary by discharge: a model study. Journal of Hydrodynamics Series B, 15 (3): 63-71

Rabalais N N, Turner R E, Wiseman W J. 2002. Gulf of Mexico Hypoxia, A. K. A. "the dead zone". Annual review of Ecological Systems, 33: 235-263

Rabalais N N, Turner R E. 2001. Coastal hypoxia: consequences for living resources and ecosystems. Washington, DC: American Geophysical Union: 241-267

Rabouille C, Conley D J, Dai M H, et al. 2008. Comparisons of hypoxia among four river dominated ocean margins: the Changjiang (Yangtze), Mississippi, Pearl, and Rhône rivers. Continental Shelf Research, 28: 1527-1537

Raymond P A, Bauer J E. 2001. Use of ^{14}C and ^{13}C natural abundances for evaluating riverine, estuarine, and coastal DOC and POC sources and cycling: a review and synthesis. Organic Geochemistry, 32: 469-485

Redfield A C, Ketchum B H, Richards F A. 1963. The influence of organism on the composition of seawater. *In*: Hill M N. The Sea. Vol. 2. New York: John Wiley: 26-77

Reinhardt M, Muller B, Gacher R, et al. 2006. Nitrogen removal in a small constructed wetland: an isotope mass balance approach. Environmental Science & Technology, 40 (10): 3313-3319

Roels J, Huyghe G, Verstraete W. 2005. Microbially mediated phosphine emission. The Science of the Total Environment, 338: 253-265

Roels J, Van L H, Verstraete W. 2002. Determination of phosphine in biogas and sludge at ppt-levels with gas chromatography-thermionic specific detection. Journal of Chromatography A, 952: 229-237

Roels J, Verstraete W. 2001. Biological formation of volatile phosphorus compounds. Bioresource Technology, 79: 243-250

Roels J, Verstraete W. 2004. Occurrence and origin of phosphine in landfill gas. The Science of the total Environment, 327: 185-196

Rosenberg R, Hellman B, Johansson B. 1991. Hypoxic tolerance of marine benthic fauna. Marine Ecology Progress Series, 79: 127-131

Roubeix V, Rousseau V, Lancelot C. 2008. Diatom succession and silicon removal from freshwater in mixing zones: From experiment to modeling. Estuarine, Coastal and Shelf Science, 78: 14-26

Rudakov K I. 1929. Die Teduktion der mineralischen Phosphate auf biologischem Wege, 2. Mitteilung. Zentralbl Bakteriol Parastenkd II, 79: 229-2458

Russell K A, Galloway J N, Macko S A, et al. 1998. Source of nitrogen in wet deposition in the Chesapeake Bay region. Atmospheric Environment, 32 (14-15): 2453-2465

Sanders R, Jickells T, Mills D. 2001. Nutrients and chlorophyll at two sites in the Thames plume and southern North Sea. Journal of Sea Research, 46: 13-28

Shen Z L, Liu Q. 2009. Nutrients in the Changjiang River. Environmental Monitoring and Assessment, 153: 27-44

Shiah F K, Gong G C, Chen T Y, et al. 2000. Temperature dependence of bacterial specific growth rates on the continental shelf of the East China Sea and its potential application in estimating bacterial production. Aquatic Microbial Ecology, 22: 155-162

Shi J X, Courties C, Chen Z Y. et al. 1990. Measurements of bacteria and ATP in the Changjiang Estuary and the adjacent East China Sea. *In*: Yu G H, Martin J M, Zhou J Y. Biogeochemical Study of the Changjiang Estuary. Beijing：China Ocean Press：131-135

Shi Z. 2004. Behavior of fine suspended sediment at the North passage of the Changjiang Estuary. China Journal of Hydrology，293：180-190

Smith W O，DeMaster D J. 1996. Phytoplankton biomass and productivity in the Amazon River plume：correlation with seasonal river discharge. Continental Shelf Research，16：291-319

Stevenson J C，Boynton W R，Kemp W M，et al. 1981. Nitrogen Cycling in Brackish Submerged Macrophytic Communities. Estuaries，4 (3)：301-301

Sugimoto R，Kasai A，Miyajima T，et al. 2009. Controlling factors of seasonal variation in the nitrogen isotope ratio of nitrate in a eutrophic coastal environment. Estuarine Coastal and Shelf Science，85 (2)：231-240

Sugimoto R. 2008. Nitrogen isotopic discrimination by water column nitrification in a shallow coastal environment. Journal of Oceanography，64：39-48

Sutka R L，Ostrom N E，Ostrom P H，et al. 2004. Stable nitrogen isotope dynamics of dissolved nitrate in a transect from the North Pacific Subtropical Gyre to the Eastern Tropical North Pacific. Geochimica et Cosmochimica Acta，68 (3)：517-527

Thornton S F，McManus J. 1994. Application of organic carbon and nitrogen stable isotope and C/N ratios as source indicators of organic matter provenance in estuarine systems：evidence from the Tay estuary，Scotland. Estuarine，Coastal and Shelf Science，38 (3)：219-233

Tian R C，Hu F X，Martin J M. 1993. Summer nutrient fronts in the Changjiang (Yangtze River) Estuary. Estuarine，Coastal and Shelf Science，37：27- 41

Tsubota G. 1959. Phosphate reduction in the paddy field. Soil Plant Food，5：10-15

Turner R E，Rabalais N N，Swenson E M，et al. 2005. Summer hypoxia in the northern Gulf of Mexico and its prediction from 1978 to 1995. Maine Environmental Research，59：65-77

Turner R E，Rabalais N N. 1994. Changes in Mississippi River water quality this century-implications for coastal food webs. Bioscience，41：140-147

van Bennekom A J，Berger G W，Helder W，et al. 1978. Nutrients distributions in the Zaire estuary and river plume. Netherlands Journal of Sea Research，12：296-323

Voss M，Nausch G，Montoya J P. 1997. Nitrogen stable isotope dynamics in the central Baltic Sea：influence of deep-water renewal on the N-cycle changes. Marine Ecology-Progress Series，158：11-21

Wada E，Hattori A. 1976. Natural abundance of ^{15}N in particulate organic matter in the North Pacific Ocean. Geochim Cosmochim Acta，40 (2)：249-251

Wada E. 1980. Nitrogen isotope fractionation and its significance in biogeochemical processes occurring in marine environments. In：Goldberg E D，Horibe Y，Saruhashi K. Isotope Marine Chemistry. Tokyo：Uchida Rokakuho：375-398.

Waldron S，Tatner P，Jack I，et al. 2001. The impact of sewage discharge in a marine embayment：a stable isotope reconnaissance. Estuarine，Coastal and Shelf Science，52 (1)：111-115

Wang B D. 2009. Hydromorphological mechanisms leading to hypoxia off the Changjiang estuary. Marine Environmental Research，67：53-58

Wang F H，Juniper S K，Pelegrí S P，et al. 2003. Denitrification in sediments of the Laurentian Trough，St. Lawrence Estuary，Quebec，Canada. Estuarine，Coastal and Shelf Science，57 (3)：515-522

Wang H，Zhou H Y，Peng X T，et al. 2009. Denitrification in Qi' ao Island coastal zone，the Zhujiang Estuary in China. Acta Oceanologica Sinica，28 (1)：37-46

Wankel S D，Kendall C，Paytan A. 2009. Using nitrate dual isotopic composition (delta N-15 and delta O-18) as a tool for exploring sources and cycling of nitrate in an estuarine system：Elkhorn Slough，California. Journal of Geophysical Research-Biogeosciences，114，G01011，doi：10. 1029/2008JG000729 [2010-12-27]

Waser N A，Yu Z M，Yin K D，et al. 1999. Nitrogen isotopic fractionation during a simulated diatom spring bloom：

importance of N-starvation in controlling fractionation. Marine Ecology Progress Series, 179: 291-296

Waser N A D, Harrison P J, Nielsen B, et al. 1998a. Nitrogen isotope fractionation during the uptake and assimilation of nitrate, nitrite, ammonium and urea by a marine diatom. Limnol Oceanogr, 43 (2): 215-224

Waser N A D, Yin K D, Yu Z M, et al. 1998b. Nitrogen isotope fractionation during the uptake and assimilation of nitrate, nitrite, ammonium and urea by marine diatoms and coccolithophores under various conditions of N availability. Marine Ecology Progress Series, 169: 29-41

Wei H, He Y, Li Q, et al. 2007. Summer hypoxia adjacent to the Changjiang Estuary. Journal of Marine Systems, 69: 292-303

Wolff W J. 1980. Biotic aspects of the chemistry of estuaries. In: Olausson E, Cato I. Chemistry and Biogeochemistry of Estuaries. New York: John Wiley and Sons: 263-295

Wu Y, Dittmar T, Ludwichowski K U, et al. 2007. Tracing suspended organic nitrogen from the Yangtze River catchments into the East China Sea. Marine Chemistry, 107 (3): 367-377

Wu Y, Zhang J, Li D J, et al. 2003. Isotope variability of particulate organic matter at the PN section in the East China Sea. Biogeochemistry, 65 (1): 31-49

Wu Y, Zhang J, Liu S M, et al. 2007. Sources and distribution of carbon within the Yangtze River system. Estuarine, Coastal and Shelf Science, 71: 13-25

Yamamoto T, Hiraga N, Takeshita K, et al. 2008. An estimation of net ecosystem metabolism and net denitrification of the Seto Inland Sea, Japan. Ecological Modeling, 215: 55-68

Yu Z M, Song X X, Huo W Y, et al. 2001. Blooming of Skeletonema costatum in relationship to environmental factors in Jiaozhou Bay, China. The Yellow Sea, 7 (2): 1-7

Yu Z M, Song X X. 2003. Matrix-bound phosphine: a new form of phosphorus found in sediment of Jiaozhou Bay. Chin Sci Bull (Chinese Science Bulletin), 48 (1): 31-35

Zhang J, Liu S M, Ren J L, et al. 2007. Nutrient gradients from the eutrophic Changjiang (Yangtze River) Estuary to the oligotrophic Kuroshio waters and re-evaluation of budgets for the East China Sea Shelf. Progress in Oceanography, 74: 449-478

Zhou J L, Wu Y, Zhang J, et al. 2006. Carbon and nitrogen composition and stable isotope as potential indicators of source and fate of organic matter in the salt marsh of the Changjiang Estuary, China. Chemosphere, 65: 310-317

Zhou M J, Shen Z L, Yu R C. 2008. Responses of a coastal phytoplankton community to increased nutrient input from the Changjiang (Yangtze) River. Continental Shelf Research, 28: 1483-1489

Zhu J, Chen C, Ding P, et al. 2004. Does the Taiwan warm current exist in winter? Geophysical Research Letters, 31: L12302, doi: 10. 1029/2004GL019997 [2010-12-27]

Zhu R B, Glindemann D, Kong D M, et al. 2007a. Phosphine in the marine atmosphere along a hemispheric course from China to Antarctica. Atmos Environ, 41: 1567-1573

Zhu R B, Kong D M, Sun L G, et al. 2007b. The first determination of atmospheric phosphine in Antarctica. Chin Sci Bull, 52: 131-135

Zhu R B, Sun L G, Kong D M, et al. 2006. Matrix-bound phosphine in Antarctic biosphere. Chemosphere, 64: 1429-1435

Zimmerman A R, Canuel E A. 2000. A geochemical record of eutrophication and anoxia in Chesapeake Bay sediments: anthropogenic influence on organic matter composition. Marine Chemistry, 69: 117-137

第七章　长江口水域富营养化的控制方法与对策

第一节　河口富营养化的控制原理与方法

氮、磷浓度升高及其引起的水体富营养化和藻华频发是我国河口水域面临的最严重生态环境问题之一。水体富营养化防治的关键是控制浮游植物的过度繁殖和生长。目前国际上通常从两种途径来控制水体富营养化，一是通过降低水体营养盐的浓度及负荷来限制浮游植物的生长；二是通过生态恢复手段构建合理的水生食物网来控制浮游植物数量。

一、营养盐管理与控制

从富营养化成因来分析，氮、磷负荷增加是引起水体富营养化的最根本原因。因此，控制水体富营养化的关键是降低水体氮、磷浓度。河口水域处于淡水与海水的过渡带，水体中的营养物质主要来自于河流、海水及大气沉降的输入。其中，淡水河流的输入是最主要的途径。因此，控制营养盐负荷必须从全流域的角度对营养盐排放进行综合管理，包括控制农业面源污染和工业点源污染。

（一）农业面源污染的控制与管理

农业面源污染是由大范围分散污染造成的，主要包括农田、林地和草地的营养盐流失，农田径流和固体废弃物的淋溶污染等（全为民等，2002；Sims et al.，1999）。近年来，尽管人们对农业面源污染识别和治理能力越来越强，但农田养分的投入、土壤养分的积累及流失量却在不断增加，农业面源污染所占的比例越来越大，逐渐成为水体富营养化最主要的污染源之一。其主要原因：①作物种植面积在流域总面积中占有较大比例；②土壤、气候和水文等都促使营养物质从土地向水体转移；③化学肥料施用量越来越大。据报道，美国的面源污染约占污染物总量的2/3，其中农业面源污染贡献率达到75％左右。在美国环境保护署（EPA）呈送国会的报告中提到：农业面源污染是河流和湖泊污染物的主要来源之一，从而阻碍《清洁水法》(Clean Water Act) 中水质目标的实现 (Daniel et al.，1998)。在地表水中，农业生态系统营养物质的流失是水体中硝酸盐氮的主要来源，是水体中磷的第二大来源（高超和张桃林，1999）。

农业面源污染无法采取集中治理的方法加以解决，但可以根据其污染特点采取针对性的措施减轻其危害。水体富营养化中的农业面源污染可以采用"控源节流"方法进行治理（全为民和严力蛟，2002）。"控源"即科学施肥，也就是平衡农田中的营养物质，使其输入（化肥、粪肥、种子、降水等）与输出（作物、水土流失等）基本平衡，减少土壤中营养物质的积累量；"节流"即对水土流失进行控制，减少营养物质流失量。除了以上两个方面外，还必须对流域进行全面规划，科学管理，从而达到综合治理农业面源污染的目标。

农业面源污染源的管理是指控制肥料施用数量、减少土壤营养物质积累量、调节饲料中的营养成分比例、提高营养物质利用的效率。作物种植和动物饲养是大农业中最重要的两大产业；在发展中国家，种植业在农业中占据较大比例，其治理核心是搞好土壤营养物质的管理、平衡营养物质的投入和产出，减少其流失量。而在发达国家，畜牧业在农业中占据较大的比例，因此饲料和动物粪便中营养物质的管理才是防治农业面源污染的关键。

1. 动物饲料的营养管理

在许多地区由于人们对水体富营养化的关注，磷通常被作为优先管理因子，一旦饲料和化肥中的磷超出农作物收获所带走的磷，就会产生磷素流失（Cooke，1994）。在许多地区都存在这种状况，尤其是那些家畜饲养业在农业经济中扮演重要角色的地区。如美国东北部许多农场在奶牛饲养中通过集中放牧减少外界磷输入的数量（Daniel et al.，1998）。同时，随着环保意识的逐步增强，家禽饲料中磷的吸收调节也逐渐成为关注的焦点。动物饲料中大多数磷是以植酸磷的形态存在，而对于单胃动物来说，植酸磷不能被利用，大多数磷随粪便排出体外，并通过地表径流途径输入河口水体中。向动物饲料中添加酶制剂（植酸酶）可以增加磷的吸收效率，减少磷的流失。国外还有学者选育出一种玉米突变体，它减少了玉米籽粒中植酸磷的水平，低植酸的玉米会导致更高的磷吸收效率，从而减少了动物粪便中磷的含量（Ertl et al.，1998）。

动物饲养中产生的有机肥也是一种营养价值很高的肥料，在某些地区有机肥的大量施用也是造成水体富营养化的重要原因之一。有机肥施用及管理应该十分小心，施用的时间和数量应科学决策，以免造成有机肥中营养盐的大量流失。Gustafson 等（1998）在瑞典北部的砂质土壤进行田间实验发现，化肥和有机肥混合施用反而使营养盐流失量增大。有机肥添加剂的使用可以显著增加它的营养价值，同时降低对水体造成的危害。如在粪肥中添加熟石灰或明矾能够显著降低氨的挥发量和磷的溶解能力。同时，用明矾处理过的动物有机肥中淋溶径流中可溶性磷的浓度显然低于对照处理，可能的原因是添加剂增加了有机肥的 N/P 值，使其更接近于作物氮和磷的吸收比（3：1）。因此，根据作物对氮的需求量来施用有机肥可减少土壤中磷的过量积累，从而降低土壤中磷的流失量（Daniel et al.，1998）。

2. 土壤的营养管理

土壤的营养管理涉及两个过程，即施肥前测试土壤中氮、磷营养物质的背景值和农学上考虑作物所需的氮、磷的量，以此决定氮、磷营养的施用量和施用方法。另外，土壤营养的有效管理还涉及许多因子，如化肥和有机肥的施用时间和方法等。这些措施都可以减少氮、磷营养物质在地表径流中的暴露程度、增加作物的营养吸收量和作物产量，从而间接减少农田养分的流失量（Correll，1998）。

据鲁如坤等（2000）对我国南方六省农田营养平衡现状评价时发现，六省农田氮、磷平衡均处于盈余状态，一般当农田氨氮平衡盈余超过 20%、磷超过 150%、钾超过

50%时，即分别可能引起氮、磷和钾对环境的潜在威胁。其中福建和广东两省氮盈余达到 185%、磷盈余超过 300%、钾盈余达到 80%；而从全国来说，我国农田氨氮投入过大，大部分盈余氮进入了水体。农田土壤磷积累也十分严重，这对地表水构成潜在威胁。因此，推广平衡施肥技术势在必行。目前主要采用的施肥措施有：叶面施肥、分次施肥、湿润施肥、测土配方施肥、化肥深施、秋季施肥、飞机施肥、施液态肥和定点施肥，可有效地提高化肥利用率，减少化肥施用量，降低养分流失的风险性；据在苏南太湖流域研究发现，分次施肥能促进水稻对土壤氮素的吸收，当施氨量相同时，水稻对氮的利用率随施用次数的增加而提高（马立珊等，1997）。

3. 水土流失综合治理

化肥施用量的增加及土地利用方式改变是导致流域氮、磷输出增加的主要原因（Zammit et al.，2005；Gustafson et al.，2000）。其中，水土流失是流域氮、磷输出的重要方式。为了减少由于土壤侵蚀和地表径流所产生的氮、磷流失量，目前采取的主要水土保持耕作法，包括保护性耕作、作物残茬管理、缓冲带、边缘区、梯田、等高耕作、覆盖作物和小水库等。Gustafson 等（2000）试验表明：冬季种植作物或覆盖作物可以使本年内硝态氮流失量下降 75%，在后续几年内硝态氮流失量也大约降低 50%。研究结果表明，不同的土地利用方式对农田土壤营养的分布和平衡有着显著的影响，对土地资源进行优化配置，可以提高水土保持能力，并减少养分流失。Zammit 等（2005）利用大尺度流域模型模拟了澳大利亚 Swan 河流域土地利用方式改变对氮、磷输出量的影响。结果发现，如果将全流域的农业土地全部退耕还林，将会使氮、磷营养流失量分别减少 85% 和 50%。

（二）点源污染的控制和管理

点源污染是指通过离散的固定源排放到环境中的污染物。工业和商业点源污染主要指由生产过程中原材料和废弃物所产生的有毒有害溶剂、石油类副产品、有机物和重金属等。农业上点源污染包括动物饲养场以及农药和化肥的加工、处理和包装场所等。城市点源污染包括污水处理厂、垃圾填埋场和汽车维修场等。地表水中最常见的点源污染是温排水、微生物（如细菌、病毒）和营养盐。

对点源污染的治理主要是通过建设污水处理厂。实验证明，传统的二级处理并不能有效去除工业废水和生活污水中的氮。将生物去氮（biological N removal）与一级和二级处理相结合，氮去除率可达到 87%（Whitall et al.，2004）。

（三）大气氮沉降的控制和管理

大气的干、湿沉降是大气化学研究的重要内容，对陆地和海洋生态系统有着极其重要的影响。大气的干沉降是气溶胶粒子的沉降过程，气溶胶是一多相体系，其化学成分相当复杂，而且随地理位置、天气条件的变化而改变。大气湿沉降是自然界发生的雨、雪和冰雹等降水过程，它通过雨除作用和雨刷作用将大气中的污染物质带回到地面（赵卫红和王江涛，2007；石金辉等，2006）。

对于海洋生态系统来说，大气湿沉降是其营养元素的一个重要来源，由于降水中含有浮游植物生长所必需的氮、磷、硅等营养元素和铁、锰等微量金属元素，并具有突发性的特点，因此局部降水可能造成表层海水的暂时富营养化，从而导致藻华的发生（赵卫红和王江涛，2007；石金辉等，2006）。如 Zhang 和 Liu（1994）、Zhang 等（1999）研究表明：大气湿沉降是大陆溶解无机氮和无机磷输入到黄海西部海域的主要途径，每年通过大气湿沉降进入海洋的溶解无机氮和无机磷分别为 1.4×10^{10} t/a 及 3×10^{8} t/a。如果只考虑大气湿沉降和河流输入，其中 58% 的溶解无机氮和 75% 的溶解无机磷是通过大气湿沉降输入的。Whitall 等（2003）研究发现，美国北卡罗来纳州的 Neuse 河口湿沉降氮通量为 11kg/(hm^2·a)，占总输入量的 50%，快速的富营养化改变了水体中微生物和藻类群落组成（如有害藻华的发生），并导致水体缺氧和鱼类死亡等。赵卫红和王江涛（2007）的研究发现，长江口湿沉降的营养盐年输入通量远小于河流，但短期输入通量很大，一次 2h 强降雨输入总无机氮（TIN）11.67mmol/m^2、PO$_4^{3-}$-P 0.027mmol/m^2，分别是年降水 TIN 和 PO$_4^{3-}$-P 平均输入强度的 1200 多倍和 3200 多倍。

大气氮沉降是许多滨海生态系统中氮的重要来源。据在美国东海岸的 4 个河口研究发现，排向空气中的氮氧化物主要来自于火电厂化学燃料的燃烧、汽车尾气及农业施肥及家禽养殖等。美国为了降低汽车尾气的排放，除制定了燃烧效率标准外，还制定了最大氮氧化物排放标准；如美国环境保护署规定：重量小于 2700kg 汽车的尾气排放量不得超过 0.4g/km（Whitall et al.，2004）。我国为了控制大气污染，制定了各行业大气污染物浓度排放标准，并采取污染物总量控制方案，如采用脱硫脱硝工艺处理火电厂燃煤尾气；特别自《京都议定书》2005 年生效以来，倡导低碳经济成为我国经济社会可持续发展及转变经济发展方式的重大战略选择，如目前正积极推广新能源、环保型、小排量汽车，以减少汽车尾气排放量；大力发展利用可再生能源如风能、水能、核能和生物能等，以减少大气污染物排放总量。

（四）海水养殖业污染的控制与管理

人类对食物的需求导致了海水养殖业的迅速发展。目前，海水网箱养殖系统作为一种高密度、高投饵的人工养殖生态系统，具有物质输入量大、产品产出量高等特点。然而，养殖过程产生的残饵和排泄物进入水体后，会以有机或无机物的溶解态及颗粒态存在。这些残饵和排泄物使海水中氮、磷含量升高，进而导致水体富营养化发生（胡文佳等，2007）。如王福表（2002）研究表明，养殖过程中 85% 的污染物来自养殖业本身，即"自身污染"，污染物来源所占的比例分别为过剩饵料占 35%、排泄物占 50%、生活垃圾占 5%、其他污染物占 10%。Funge 和 Briggs（1998）对精养虾池中的物质平衡进行了研究，发现养殖过程中只有 10% 的氮和 7% 的磷被利用，其他的养分都以各种形式进入海洋环境。

治理海水养殖污染的对策有物理、化学和生物的方法。与理化方法相比，生物修复方法具有安全、高效、无残留等特点。另外，生物修复方法不但可以治理环境污染，而且可以对受损生态系统进行修复。目前，对海水养殖环境进行生物修复的主要方法有微生物修复，大型海藻修复和贝、藻综合修复等。

微生物修复主要利用某些特定微生物的菌种去除水体污染物质、净化水质，目前国内外常用的有水质净化菌剂和光合细菌等。但总体来说，这方面的研究报道较少，应用范围也比较小，仅在小范围的养殖水域试验取得了成功，今后应继续筛选具有更强修复能力的微生物菌种，并探索其修复技术（胡文佳等，2007；李秋芬和袁有宪，2000；Quan et al.，2006）。

大型海藻用作生物净化器，主要是降低养殖水体的营养盐负荷，从而达到清洁生产的目的。目前国内外广泛利用大型海藻来修复养殖水域的污染，常用的大型海藻有海带、紫菜、裙带菜、江蓠、麒麟菜、石莼等，这些藻类能够充分利用水体的氮、磷营养盐，加快有机污染物的降解，并改善水质（夏立群等，2005；杨宇峰和费修绠，2003；Fei，2004）。

近年来，有研究开发了一种包括沉淀-贝类过滤-藻类吸收的综合方法对养殖废水进行处理（图7-1）。试验证明，该系统可以去除88％的总悬浮固体、72％的总氮、86％的总磷、24％的氨态氮、70％的硝态氮和65％的活性磷酸盐（Jones et al.，2001）。付晚涛等（2006）研究还发现，繁茂膜海绵（*Hymeniacidon perleve*）对滤食养殖水体中生物残饵和排泄物等颗粒污染物具有显著效果，可以减轻过剩饵料对养殖区的污染。

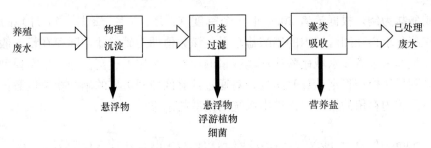

图7-1　养殖废水的沉淀-贝类过滤-藻类吸收综合处理方法

随着现代养殖业的发展，高精度的养殖模式不仅造成养殖对象品质下降，而且也造成养殖水体环境恶化、养殖环境污染加重，严重影响着水产养殖业的可持续发展。正是在这一背景下，"生态养殖"的概念应运而生，它指根据不同养殖生物间的共生互补原理，利用自然界物质循环系统，在一定的养殖空间和区域内，通过相应的技术和管理措施，使不同生物在同一环境中共同生长，是一种保持生态平衡、提高养殖效益的养殖模式。

（五）长江口水域营养盐宏观调控与总量控制

我们已知长江径流输入大量营养盐是长江口水域富营养化形成的重要原因，若能科学、准确地了解长江口水域营养盐的环境容量，对该水域的营养盐输入进行有效地宏观控制，可以有效地防止该水域富营养化的形成和发展。所以，建立正确的长江口水域营养盐环境容量模型、准确提出长江径流营养盐允许阈值、建立相应的预警预测系统，对长江口水域富营养化的防控具有十分重要的意义。

1. 长江口水域营养盐的环境容量模型

营养盐的环境容量是指目标海域在达到某一标准（如几类海水）时所能容纳的最大营养盐的量。考虑到海域自身的净化作用（包括生物过程、化学过程以及物理扩散、潮流输运等稀释过程），目标海域对某一种营养盐的环境容量远高于根据某一标准求得的营养盐实际存在量。所以，营养盐环境容量求算的最大难点是估算海域自身净化作用所能够消耗的营养盐的量。鉴于此，以往很多环境容量模型不考虑海域自身的净化作用，常常导致估算结果偏低。

海洋生态模型的建立解决了生态系统中各个过程的量化问题。所以，从理论上讲，建立合适的富营养化耦合模型，根据目标水域营养盐控制标准，可以量化营养盐迁移-转化各个过程，估算出海域自身的净化作用，从而更科学、准确地获得目标水域营养盐的环境容量。为此，笔者在第六章介绍的长江口水域富营养化生态模型基础上，对计算过程、程序设计、参数优化等进行了修改，进一步估算了长江口水域生物过程、化学过程以及潮流作用等产生的"海域自身净化作用"，探索了长江口水域营养盐环境容量的计算方法。

以硝酸盐为例，根据笔者 2004 年 4 个季度（2 月、5 月、8 月、11 月）的观测资料，首先积分求得观测区域内的硝酸盐总量，该数值即为硝酸盐实际存在量。假设以该实际存在量作为求算该水域硝酸盐环境容量的标准，利用上述富营养化生态模型，在从开始计算到最后模型稳定计算时间内，对通过计算区域开边界的硝酸盐通量数值积分加上稳定后系统内存留的量，得出进出系统的硝酸盐总量

$$\text{Sum}(\text{NO}_3^-) = \int_{t_0}^{t_c} \oiint N(x,y,z,t) \vec{V}(x,y,z,t) \cdot \vec{\mathrm{d}s}\,\mathrm{d}t + \oiiint_V N(x,y,z,t_0)\mathrm{d}v$$

式中，$N(x,y,z,t)$ 为硝酸盐的浓度；t_0 为模式的初始时间；t_c 为生态模式稳定需要的时间；$\vec{V}(x,y,z,t)$ 为边界处的流速；$\text{Sum}(\text{NO}_3^-)$ 为计算区域内进出的硝酸盐总量。估算过程如图 7-2 所示。

根据上述方法，分别以 2004 年 4 个季度实际调查资料为基础（假设该实测值为该水域硝酸盐浓度的控制标准），求得长江口水域硝酸盐环境容量列入表 7-1。

表 7-1　以实测值为控制标准的硝酸盐环境容量

项目	2月	5月	8月	11月
调查区域内硝酸盐实际存在量（控制标准）	7.40×10^9 mol 0.336mg/L	5.78×10^9 mol 0.266mg/L	4.28×10^9 mol 0.196mg/L	4.56×10^9 mol 0.210mg/L
由模型估算的硝酸盐环境容量/mol	12.40×10^9	8.78×10^9	7.28×10^9	7.56×10^9
（实际存在量/环境容量）/%	60	66	59	70

注：计算区域内的水体体积为 3.04×10^{11} m³。

根据该方法求得的长江口水域硝酸盐环境容量平均值为 8.76×10^9 mol，现存量与

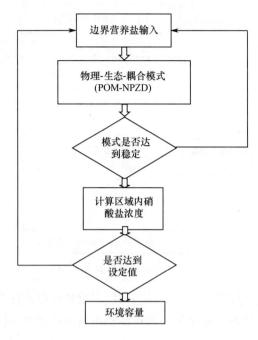

图 7-2　环境容量计算流程图

环境容量的比值一直稳定在 59%～70%，平均可达 64%。该结果表明，该水域生物、化学等过程对硝酸盐的净化作用可达传统环境容量模型计算结果的 30%～40%，该方法可以更科学和准确地反映目标海域对营养盐的环境容量。

2. 长江径流营养盐允许阈值估算原理与方法

　　从理论上讲，长江径流的总量控制实际上是在所要求海水标准下，能够达到目标水域最大环境容量的径流输入量。所以，利用上述原理和模型，同样可以估算出在长江口水域某一标准要求下长江径流的营养盐最大输入浓度。

　　仍以硝酸盐为例，以 2004 年度长江口及邻近水域的现场调查资料为基础，根据图 7-3 所示的计算过程，估算了在实际调查时的长江径流流速条件下，达到表 7-1 海水标准时的长江径流硝酸盐浓度（表 7-2）。

表 7-2　以河口水域现存量为标准的长江径流最大允许硝酸盐输入浓度

项目	2月	5月	8月	11月
调查区域内硝酸盐实际存在量（假设标准）/mol	7.40×10^9	5.78×10^9	4.28×10^9	4.56×10^9
由模型估算的硝酸盐环境容量/mol	12.40×10^9	8.78×10^9	7.28×10^9	7.56×10^9
长江径流最大允许硝酸盐输入浓度/(mmol/m³)	88.0	80.1	81.2	100.1

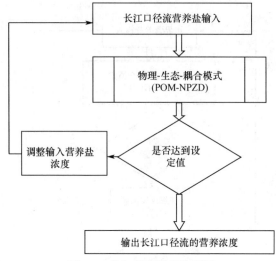

图 7-3　长江径流计算流程图

　　由此可见，利用上述模型与方法，我们可以根据长江口水域营养盐的环境容量准确地计算出长江径流营养盐的允许阈值，为长江径流营养盐宏观调控提供科学依据。

二、生态恢复方法

　　生态恢复（ecological restoration）是指通过人为措施将受损或退化生态系统复原到合适的生物完整性水平或接近于历史状况（Weinstein，2008；Weinstein and Reed，2005）。目前，国际上河口生态恢复工程主要集中于河口生境的恢复，包括沉水水生植被、盐沼湿地、潮滩湿地和牡蛎礁等（Weinstein，2008）。河口生态恢复的目标是重建河口生态系统的重要生境、恢复重要经济或观赏鱼类种群、维持较高生物多样性及生物完整性，使河口生态系统处于健康水平。Weinstein 和 Reed（2005）根据河口区人口密度、人类干扰的强度（人类足迹）、所提供产品和服务的可靠性及河口自组织和动态变化等特征，把河口划分为 3 种类型：城市工业型河口（urban-industrial estuary）、生产型河口（production estuary）和保护型河口（conservation estuary）。不同类型的河口应执行相应的生态恢复目标和管理措施（表 7-3）。

表 7-3　基于沿岸区人口密度确定的退化河口生态系统的恢复目标和管理重点

河口类型	保护型河口	生产型河口	城市工业型河口
人类利用特征	人口密度很低；人类对生态系统没有造成干扰或破坏	人口密度中等；人类可持续地利用水生生物	人口密度很高；人类对河口空间的高强度利用，如航道、港口、海洋运输和能源生产等
生态特征	自然生态过程占优势	高强度的商业捕捞或养殖	生境和生物多样性的丧失是不可逆转的
恢复目标	生物完整性，生物多样性；鱼类和贝类种群	观赏和经济鱼类种群	生态系统健康；现存生境的保护和复原；生态系统产品和服务的可靠性

续表

河口类型	保护型河口	生产型河口	城市工业型河口
管理重点	牡蛎恢复；可持续的牡蛎渔业和养殖；可持续的观赏渔业；上游点源污染控制降低污染物输入通量；控制河口污水排放	发展贝类和鱼类养殖；可持续的观赏游钓渔业；游艇和生态旅游；降低营养盐	通过点源污染控制提高水质和沉积物质量；管理适应于人口增长的物种
基于生态系统的管理重点	生态管理领域；海洋保护区	生态、商业管理领域	商业管理领域

资料来源：Weinstein and Reed, 2005。

　　具体来说，河口富营养化生态修复的主要目的体现在两个方面：①提高盐沼植物、沉水水生植被等初级生产者的现存量，与浮游植物竞争利用水体中的无机营养盐，抑制浮游植物的生长；②提高双壳类软体动物（如牡蛎）的数量，通过其强大的滤食功能降低水体中浮游植物的丰度，从而抑制河口富营养化及藻华发生。

（一）湿地对水体氮、磷的净化作用

　　湿地是陆地和水体的过渡带，它能够容纳高负荷的有机和无机化学污染物，如氮、磷等。进入湿地系统中的氮主要以有机氮和氨氮的形态存在，在湿地系统内，植物通过植株-根系将光合作用产生的氧输送至湿地床，使系统内部原有的缺氧和厌氧环境转变为好氧微环境，为微生物的硝化和反硝化作用创造了良好条件。水中的有机氮先被异养微生物（氨化细菌）转化为氨氮，而后硝化细菌在好氧环境下将氨氮转化为亚硝态氮和硝态氮；最后通过反硝化微生物的脱氧作用以及植物根系的吸收作用将无机氮从水中去除。人工湿地对磷的去除作用包括介质的吸收和过滤、植物吸收、微生物去除等过程。无机磷的吸收和过滤去除作用因湿地床的填料不同而存在差异。植物生长过程中通过同化作用将无机磷变成植物体的组成部分，最后通过收割去除（陈秀荣和周琪，2005）。

　　近年来，由于人工湿地在建造过程中投资低廉，处理污水的过程中管理简单，基本上不需要运转费用，并可增加绿化面积，起到美化环境和净化大气污染的作用，为某些特定的生物物种提供固定的栖息地，所以这种技术在美国、德国、英国等国家发展很快，并且得到政府的大力支持。目前，自然湿地和人工湿地主要用来处理来自小城镇的二级处理水。通常，湿地的去氮效率比去磷效率高，这主要是由于氮、磷循环过程存在较大的差异，但是许多湿地还是能够有效地截留水体中的磷（全为民和严力蛟，2002）。

　　另外，目前正在实验开发用于去除农业面源污染中氮、磷的处理系统有美国的植被过滤带（vegetated filter strip）（表7-4）、新西兰的水边休闲地（retirement of riparian zone）、英国的缓冲区（buffer zone）、中国的多水塘系统和匈牙利的 Kis-Palaton 工程（全为民和严力蛟，2002）。

表 7-4　沿岸缓冲区对磷的滞留效率

资料来源	缓冲区宽度 /m	缓冲区坡度 /m	分析项目	单位	减少的幅度		
					入口	出口	%
Doyle et al.，1977	1.5	—	可溶性磷	kg/hm²	0.077	0.071	8
	4.0	—	可溶性磷	kg/hm²	0.077	0.029	62
Thompson et al.，1978	12.0	4	总磷	mg/L	10.7	7.0	44
	37.0	4	总磷	mg/L	10.7	3.2	70
			沉积物磷	kg/hm²	18.24	1.04	94
Young et al.，1980	27.0	4	沉积物磷	kg/hm²	7.49	0.28	96
			可溶性磷	kg/hm²	9.45	2.25	76
Ewards et al.，1983	30.0	2	总磷	kg/hm²	55	28	49
	30.0	2	总磷	kg/hm²	28	15	47
Magette et al.，1989	9.2	—	总磷	kg/hm²	13.7	7.7	44

　　滨海湿地对氮、磷营养盐具有较强的净化功能，其机理包括潮滩沉积物对营养盐的吸附作用、湿地植物对营养物质的吸收同化作用、潮滩沉积物中微生物分解作用和吸收作用（丁峰元等，2005；Andrew and Irving，1998）。许多研究指出，滨海湿地（包括盐沼、潮滩）是河口水体中氮、磷的有效存储库，尤其是盐沼植物的生长加快了悬浮颗粒物的沉积作用，并氧化了根际环境，使更多氮、磷养分累积于盐沼湿地沉积物中（Quan et al.，2010；Coelho et al.，2004）。例如，丁峰元等（2005）研究了长江口南汇潮滩湿地对污水的净化效果，发现潮滩湿地对 TN 和 TP 的去除率分别达到 94.1％和77.8％，其中植物收获对氮、磷去除率的贡献很低。王军等（2006）估算了长江口滨海湿地无机氮交换总通量，结果表明长江口滨海湿地在春季向水体释放无机氮，是水体无机氮的释放源，释放量约为 1.33 万 t；而夏季、秋季和冬季分别净化无机氮量为 4.36万 t、6.81 万 t 和 2.24 万 t，全年总体表现为净化水体中无机氮，是水体无机氮的吸收汇，净化量约为 12.1 万 t。对比长江口无机氮年均通量，滨海湿地对长江口水体中无机氮的年均净化率达 23.0％，可见滨海湿地有效地缓解了长江口水体富营养化。

（二）大型海藻对富营养化水体的净化作用

1. 大型海藻对养殖水体的净化作用

　　大型海藻是河口生态系统中另一类初级生产者，与浮游植物相比，它具有生长周期长、生物量大和易于收获等特点，并对水体氮、磷营养盐有较强的吸收和富集能力，因此常用于养殖水域的富营养化治理。有研究证实，大型海藻能竞争吸收水体中氮、磷营养盐，有些种类还能分泌某些化学物质抑制浮游植物的生长。目前，国内外许多研究将大型海藻与水生动物进行混养，形成生态位互补。一方面大型海藻能够充分利用水生动物代谢排泄的养分，另一方面大型海藻光合作用产生的氧气氧化了底质环境，有利于鱼虾类的生长（胡文佳等，2007）。

　　目前国内外常用于水体修复的大型经济藻类有：海带、紫菜、裙带菜、江蓠、麒麟菜、石莼等（表 7-5）（夏立群等，2005；杨宇峰和费修绠，2003；Fei，2004）。与浮游植物不同，大型藻类不仅能够大量吸收水体中的营养盐，而且还可以通过收获的方式将营养盐从水体中输出。另外，许多研究结果表明，在富营养化水体中，大型海藻对营养盐的吸收远远超过其自身所需，并将大量氮、磷养分贮存于生物组织中，如江蓠组织中的氮含量能达到其干重的 2%。因此，大型海藻已成为水体富营养化的指示生物，并用于富营养化水体的生物修复（林贞贤等，2006）。

表 7-5　用作水体富营养化修复实验的大型海藻

实验目的	大型海藻种类
对水体氮、磷的净化效果	蛎菜（*Ulva conglobata*）、草叶马尾藻（*Sargassum graminifolium*）、菊花江蓠（*Gracilaria lichenoides*）
对赤潮微藻的生长抑制	条浒苔（*Enteromorpha clathrata*）、细基江蓠（*Gracilaria tenuistipitata*）、龙须菜（*Gracilaria lemaneiformis*）、孔石莼（*Ulva pertusa*）、真江蓠（*Gracilaria verrucosa*）

　　所以，大型海藻对鱼类养殖水体的调控途径主要是吸收水体中的无机营养盐、在生态功能上互相补充，构成一种复合式的养殖系统，其中鱼和细菌的代谢消耗水体 DO，降低 pH，释放无机营养盐；大型海藻则进行光合作用，吸收利用水体无机营养盐，产生氧气，提高水体 pH。因而鱼类系统中因饵料输入、鱼体代谢造成的营养负荷，可以通过大型藻类的吸收得到减缓（林贞贤等，2006；罗勇胜等，2006；胡海燕等，2003）。国内外许多研究通过栽培大型海藻成功地修复了富营养化养殖海域。Schuenhoff 等（2003）将石莼和鱼类进行混养，发现石莼可以大量吸收水中的氮，降低氨对鱼类的毒害作用，并提高水体溶解氧含量。与单一养殖相比，大型海藻可增加养殖体系的可持续性，降低养殖自身污染对近海环境的负面影响。大型海藻在改善养殖环境的同时，通过生物产出也取得一定的经济效益。

　　我国是世界上第一大水产养殖大国，养殖产量约占世界总产量的 70%。经过近 30多年的发展，高密度水体养殖技术已日渐成熟，但也带来了一系列环境和健康问题。当前，养殖自身污染和水产品药物残留等问题严重制约着我国水产养殖可持续发展。自从20 世纪 90 年代开始，我国学者通过大规模养殖海藻对富营养化养殖区进行原位修复。例如，王焕明（1994）对细基江蓠繁枝变种与纹缟虾虎鱼、脊尾白虾、中国对虾、刀额新对虾、中型新对虾、锯缘青蟹、马氏珠母贝等多种养殖动物进行了共养实验，结果表明混养江蓠可以吸收鱼虾贝类的代谢废物，改善养殖水质，稳定水体 pH，提高单位养殖水域的经济效益。费修绠从 1997 年开始在广东汕头、福建连江等中国东南沿海移栽江蓠，成功地修复了养殖水体。徐永健等（2004，2007）利用龙须菜和菊花江蓠修复了网箱养殖区富营养化水体，使海水中的无机氮、无机磷的含量大大减少，溶解氧上升，优化了养殖水体（表 7-6）。

表 7-6　大型海藻在综合海水养殖系统中的应用

大型海藻种类	养殖类型	实验时间/月	应用系统
角叉菜 Chondrus/石莼 Ulva	实验室/水池	3～6	贝、藻
石莼 U. lactuca	实验室规模	12	养殖废水、
石莼 U. lactuca	实验室/水池	12	鱼、贝、藻
江蓠 Gracilaria	水箱	12	鱼、藻
石莼 U. lactuca	循环水	>12	鱼、藻
石莼 U. lactuca	100m³	>12	鱼、藻
卡帕藻 Kappaphycus alvarezii	实验室和现场	3～6	鱼、藻
江蓠 Gracilariales	开放式/网箱	1～3	鱼、藻
石莼 U. lactuca	实验室/水族箱	12	鱼、鲍鱼、藻
江蓠 Gracilariopsis	池塘/水族箱	1～3	鱼、藻
紫菜 Porphyra	开放式/网箱	>12	鱼、藻
红皮藻 Palmaria	实验室规模	3～6	鲍鱼、藻
石莼 U. lactuca/江蓠 G. conferta	实验室/水族箱(3.3m²)	12	鱼、贝、藻
江蓠 Gracilaria	实验室	6～12	鱼、贝、海胆、藻
江蓠 G. pavispora	两阶段混养	>1	虾、藻
帚状江蓠 G. edulis	试验室规模	<1	虾、贝、藻
龙须菜 G. lemaneiformis	实验室	3～6	鱼、藻
红皮藻 P. mollis	实验室规模	1	鲍鱼、藻
龙须菜 G. lemaneiformis	现场	>12	贝、藻

资料来源：毛玉泽等，2005。

2. 海藻场对近海富营养化的防控作用

除了上述人工养殖大型海藻对水体富营养化进行控制外，海洋中的一些天然海藻场也对水域生态环境具有重要的调控作用。海洋中的天然海藻场通常是指水深大约在 20m 以内，海草或海藻群落生长茂盛的场所。由于具有较高的初级生产力和异质性的生境结构，海藻场通常是多种经济鱼虾蟹类的重要栖息地，同时它在维持生态系统稳定和净化水体等方面发挥着重要的功能。但近几十年来，受近海富营养化、底拖网作业等影响，世界天然海藻场面积锐减（于沛民等，2007），如在美国 Waquoit 湾，氮负荷增加已导致蔓草（Zostera marina）数量显著下降，而浮游藻类成为绝对优势的初级生产者（McClelland and Valiela，1998）。Cardoso 等（2004）研究发现富营养化导致葡萄牙 Mondego 河口海藻床退化、腐食性的底栖多毛类增加、生物多样性降低。所以，修复天然海藻场、建设人工藻场是改善水生生态系统结构、控制天然水体富营养化重要途径之一。

20 世纪 90 年代中期以来，许多沿海国家开始通过投放人工藻礁来修复和重建近岸的海藻场。试验结果表明，这些人工藻体为海洋藻类提供生长繁殖场所，也吸引了鱼虾贝类等水生动物到藻场来索饵繁育，优化海底环境，保护、增殖渔业资源和提高渔获物产量（于沛民等，2007）。如在西班牙的东南海岸，多达 48% 的海底藻床被破坏，藻类幼体密度仅为 10 株/m^2，通过放置人工礁体，经过 6 年的恢复，海底藻场藻类幼体达到 60 株/m^2。日本学者于 1978~1991 年，通过在礁石及沙滩斜坡上修建阶梯式人工藻床，通过自然藻床的扩张和周期性的移栽马尾藻逐渐进行濑户内海的生态恢复。最近广东省政府拟用 10 年时间，在广东沿海地区兴建 100 座人工鱼礁（也称海底森林公园）。2005 年山东省在全国率先启动了渔业资源修复行动计划，其中人工藻场和人工鱼礁建设项目被列为重点和关键技术研究（李美真等，2007）。

　　传统使用的人工藻礁材料主要有石材、木材、钢材、混凝土等，目前这些材料仍被大量使用。但考虑到环保的因素，在近年的人工藻礁建设中，用废弃物（粉煤灰、贝壳、硫磺固化物和人工合成材料）作为礁体的材料，逐渐成为一个趋势（于沛民等，2007）。从藻礁形状来看，20 世纪 70 年代前人工藻礁的建设是粗放式的，即直接向海中投放废旧船只、石块作为大型海藻的附着基。近年来人工藻礁的设计逐渐向精细化、集约化方向发展，其设计有几个趋势：表面凹凸，表面和内部多孔结构，礁体内部材料添加肥料和藻类生长所需营养物质，目的是让藻类易于在其表面附着，附着后可以健康迅速生长（于沛民等，2007）。

　　根据大型海藻的生理生态特点和海洋底质状况，在富营养化水域人工投放适宜海藻附着的各种基质，建设人工藻场，是一种改善近海生态环境的有效方法。人工藻场的建设，是近海生态修复技术的关键一环，涉及物理、化学、生物甚至经济管理层面，需要很多科学技术的整合。我国水域面积广阔，海藻种类丰富，人工藻场的建设发展前景广阔（李美真等，2007）。

（三）滤食性动物对富营养水体的净化作用

　　自从 20 世纪 80 年代以来，生物调控技术逐渐应用于水体富营养化治理与控制。人们探讨了食物链上层生物的变化对下层生物、初级生产力及水质的影响，即下行效应（top-down effect），利用水生动物来净化富营养化水体（全为民等，2003）。由于这些上层生物大都是游泳型生物，该技术在近海开放性水体中的应用较少，目前这些技术大都应用在淡水湖泊的富营养化治理。

1. 利用鲢、鳙等滤食性鱼类控制浮游植物的过度增长

　　鲢、鳙是典型的食浮游生物性鱼类。由于滤取食物的鳃耙形状、结构、排列致密程度不同，鲢主要以浮游植物为食，鳙主要捕食浮游动物。据测算，100t 的鲢和鳙，一年就能消耗 55 000t 蓝藻，而且它们能通过自身的代谢活动，将有害的蓝藻毒素转化成无害物质，并以动物蛋白形式被捕捞出水体，从而脱离该水体的能量循环圈（马贵华等，2004）。Stewart 等（1998）研究了热带湖中藻华的控制机制，认为利用拦栅，通过放养罗非鱼、鲢、鳙可以清除水华，并认为控制水体富营养化的能力以鲢最为合适，鳙次之。

2. 利用浮游动物控制浮游植物的过度增长

在水体中，许多温和性鱼类都以浮游动物为食，而浮游动物又以浮游植物为食，因而可通过放养凶猛鱼类以减少食用浮游动物的鱼类种群，进而利用浮游动物来遏制藻类，改善水质。其途径是在水体中每年投放一定数量的食鱼类鱼种。当以浮游动物为食的小型杂鱼数量显著减少后，浮游动物的生物量就会增加，从而使作为其饵料的浮游植物量、细菌和悬浮有机碎屑等减少，整个水体的透明度随之提高，氧气平衡的水深分布状况得到改善，这一技术通常被称作生物操纵（王国祥等，2002）。其工艺流程为放养凶猛鱼类→抑制野杂鱼→增加浮游动物生物量→减少浮游植物等现存量→提高水体透明度→增加水体自净能力。Scheffer 等（2000）通过建立水溞-藻类模型，详细研究了鱼类、水溞、藻类三者之间的关系。他指出，当浮游动物—水溞被鱼类过度利用时，减缓了浮游动物对浮游植物的摄食压力，浮游植物上升；当浮游动物被鱼类利用不足时，浮游植物受浮游动物控制。芬兰的 Vesijarvi 湖自 1976 年就削减了 90％以上的磷负荷量，但 10 年之后蓝藻水华仍有增无减；在对以大型浮游动物为食的河鲈鱼进行了高强度的捕捞后，提高了大型浮游动物的数量，成功地控制了蓝藻水华。Drenner 和 Hambright（1999）把鱼类调控分为 5 种类型，即放养食鱼性鱼类、放养食鱼性鱼类＋捕捞部分鱼类、捕捞部分鱼类、减少鱼类数量和鱼类数量减少然后重新放养。根据水质改善状况，如透明度增加和叶绿素含量下降等来评价 5 个调控措施的成功比率。总体来说，61％的调控措施在提高水质方面是成功的，放养食鱼性鱼类可导致食浮游动物的鱼类数量下降、摄食藻类的浮游动物数量上升，从而达到控制浮游藻类、改善水质的目标。

3. 利用双壳类软体动物滤食浮游植物

双壳类为滤食性种类，其食物为浮游植物、细菌、腐屑和小型浮游动物。双壳类的滤食能力极强，可使水体浮游生物量大为减少，从而增加水体透明度，提高水体的自净能力。与以上两种方法不同，双壳类软体动物运动能力较差，可以应用于近海开放性水体，所以是目前河口、海湾等近海水域富营养化治理的重要方法之一。

许多研究表明，双壳类软体动物能大量滤食河口水体中悬浮颗粒物和浮游植物，提高水体透明度。在具有丰富双壳类软体动物（牡蛎、蛤和贻贝）的河口水域中，双壳类的滤食作用是控制浮游植物生产和水体透明度的主要因子。以美国切萨皮克湾为例：1880～1900 年，该湾生长着大量的牡蛎，能够在 3～6 天将切萨皮克湾整个水体完全过滤一遍；而到 2000 年，牡蛎种群数量下降，将整个海湾水体过滤一遍至少需几年时间，这也成为切萨皮克湾水体富营养化日益加重的原因之一（Rothschild et al.，1994）。很多研究结果已经证明，双壳类软体动物对河口富营养化水体有巨大的净化功能（全为民等，2006b），在牡蛎、蛤和贻贝等丰富的水域中，藻华发生频率很低。所以，近年来国内外许多学者通过增加双壳类软体动物的数量来修复河口富营养化水体，取得较好的效果。

（四）微生物对富营养化水体的修复作用

微生物修复技术主要是指利用微生物降解环境污染物、减少或最终消除环境污染的受控或自发过程，其包括两个方面：一是通过人为增菌、筛选、驯化的方法，将菌种投放到被污染环境中进行原位生物修复（*in-situ* bioremediation）；二是将污染物集中起来进行异位生物修复（*ex-situ* bioremediation）。前者主要应用于水域、耕地的环境修复，后者主要应用于工业和生活废水的处理（李秋芬和袁有宪，2000；Tomes，1994；Hicks，1993）。20 世纪 80 年代末至 90 年代初美国环境保护署在阿拉斯加石油泄露导致海滩严重污染的生物修复项目中，利用微生物修复技术，短时间内消除了污染，修复了环境，是微生物修复技术成功应用的开端，同时开创了微生物修复在治理海洋污染环境中的应用（Tomes，1994；Hicks，1993）。

目前，微生物修复技术在水产养殖中已得到广泛的研究和应用，大多集中于利用微生物降解原理处理海水养殖废水，进行环境修复（郑天凌等，2001；李秋芬和袁有宪，2000；Tomes，1994；Hicks，1993）。其中，在水产养殖上应用最广泛的是光合细菌及其微生物制剂。光合细菌以水中的有机物作为自身繁殖的营养源，从而迅速分解利用水中的氨态氮、亚硝酸、硫化氢等有害物质（刘双江等，1995）。这些技术目前主要应用在小面积的养殖水体和工厂化循环水养殖系统等，对近海开放性水域富营养化的治理还难以使用。

（本节著者：全为民 陈亚瞿 俞志明 杨德周 施利燕）

第二节 人工牡蛎礁对长江口生态系统的修复功能

牡蛎是一种海洋底栖动物，生长于咸淡水交汇的温带河口水域。牡蛎能大量聚集生长，形成大面积的牡蛎礁。牡蛎礁是一种特殊的海洋生境，它在生物多样性保护、净化水体、维持生态系统结构和促进渔业生产等方面均具有十分重要的功能（Dame，2005；Breitburg et al.，2000）。同时，双壳类软体动物牡蛎通常在其软组织中累积高浓度的重金属和有机污染物，因此它常作为环境污染的指示生物。在我国，牡蛎肉味鲜美，主要被食用，是我国目前产量最大的经济贝类。相对来讲，人们对牡蛎在生态环境方面的功能和作用还没有充分的认识。目前，自然牡蛎礁数量很少，仅有零星的报道，并呈减少趋势（全为民等，2007b，2006b）。为此，本节围绕牡蛎礁的生态功能、人工牡蛎礁的恢复技术等内容，阐述了长江口人工牡蛎礁对河口生态环境的修复功能，重点评估了长江口牡蛎种群对河口富营养化水体的净化作用，为我国退化河口生态系统的恢复与治理提供参考。

一、牡蛎礁的生态功能

在许多河口生态系统中，牡蛎礁扮演着十分重要的生态功能，主要包括三个方面：①水体净化功能，作为滤食性底栖动物，牡蛎能有效降低河口水体中的悬浮物、营养盐及藻类（Dame and Libes 1993；Dame et al.，1989），并能在其软组织中累积大量的重金属离子（Maria et al.，2005；Lim et al.，1995）；②栖息地功能，牡蛎礁是具有较高生物多样性的海洋生境，它为许多底栖动物和鱼类提供了良好的栖息与摄食场所（Ulanowicz and Tuttle，1992）；③能量耦合功能，牡蛎能将水体中大量颗粒物输入沉积物表面，支持着底栖碎屑生产（Gerritsen et al.，1997；Jφrgensen et al.，1986）。

（一）水体净化功能

作为滤食性动物，牡蛎能大量去除河口水体中悬浮颗粒物、浮游植物和碎屑物，提高水体的透明度，从而增加水生生态系统初级生产力（底栖硅藻、水草和浮游植物）（Dame et al.，2000；1992；1989；1984；Dame and Libes，1993）。

许多研究表明，在具有较多双壳类软体动物（如牡蛎、蛤和贻贝等）的河口水域中，双壳类的滤食作用是控制浮游植物生产和水体透明度的主要因子。一个成年牡蛎滤水速度约为 9.5L/h，野外实验也证实，潮沟内的牡蛎床能将水体中 75% 的叶绿素 a 滤食掉（Nelson et al.，2004）。Gerritsen 等（1997）根据切萨皮克湾双壳类软体动物的现存量、滤食率和河口水动力学系数，组建了一个双壳类软体动物（包括牡蛎）滤食作用的机理模型。模型预测结果表明：在切萨皮克湾上游低盐度水域中，双壳类软体动物能滤食掉 50% 浮游植物；而在中盐度的水域，双壳类软体动物丰度较低，仅能滤食 10% 浮游植物。研究结果还表明，在大型河口中，利用双壳类软体动物来净化水体，主要受到河口水深和宽度的限制。

近几十年来，河口富营养化问题越来越严重，大多数研究认为这主要是由于水体氮、磷浓度升高而引起的。但也有证据表明，河口富营养化问题与双壳类底栖动物（主要是牡蛎）生物量降低有关（下行效应），牡蛎的大量收获是导致切萨皮克湾富营养化的主要原因（Jackson et al.，2001）。如在 19 世纪末和 20 世纪初，巨大的牡蛎种群每 3 天就能将整个切萨皮克湾水体过滤一次。因此，恢复牡蛎种群数量是控制河口富营养化的重要措施（Gerritsen et al.，1997）。

另外，作为双壳类软体动物，牡蛎能在其软组织累积高浓度的污染物，尤其对重金属有很高的生物富集能力（表 7-7）。可见，牡蛎对于降低水体重金属污染有重要效果（Maria et al.，2005；Lim et al.，1995）。

表 7-7　世界主要河口湾牡蛎体内重金属的含量（mg/kg 干重）

地点	物种*	Cu	Zn	Pb	Cd
美国切萨皮克湾	cv	6～50	450～900	0.06～0.13	0.28～1.7
日本 Hiroshima 湾	cg	28	148	0.42	0.01
新西兰 Manuka 港	cg	35.6～243.8	194～829.2	—	—
泰国 Upper 湾	cc	20～37.2	114.2～209.6	—	0.42～0.76
香港 Deep 湾	cg	44～254	440～662	0.10～0.4	0.4～1.1
英国 Helford	cg	54.6	328	—	1.20
美国 Biscayne	cv	18	440	0.06	0.07
长江口	cs	89.3～178.2	204.6～387.7	0.55～2.96	0.86～2.23

* cg. 太平洋牡蛎（*Crassostrea gigas*）；cv. 东岸牡蛎（*Crassostrea virginica*）；cs. 巨牡蛎（*Crassostrea* sp.）；cc. 僧帽牡蛎（*Saccostrea cucullata*）。

资料来源：全为民等，2007b。

（二）栖息地功能

在温带河口区，牡蛎礁具有较高的生态服务价值。与热带海洋中的珊瑚礁相似，牡蛎礁也构造了一个空间异质性的三维生物结构，为许多重要的底栖无脊椎动物、鱼类和游泳甲壳动物提供了栖息地和避难所（Dame et al.，2000），是具有较高生物多样性的海洋生境。在美国切萨皮克湾存在一个以牡蛎为中心、包括多种营养水平鱼类的食物网结构，牡蛎礁上定居性游泳动物有：豹蟾鱼（*Opsanus tau*）、无鳞虾虎鱼（*Gobiosoma bosc*）和斑纹粘鱼（*Chasmodes bosquianus*）等；暂时性游泳动物有：南方羊鲷（*Archosargus probatocephalus*）、草虾（*Palaemonetes pugio*）和白虾（*Penaeus setiferus*）、美国南方鲆（*Paralichthys lethostigma*）、鲶鱼（*Mycteroperca microlepis*）和凤尾鱼（*Anchoa mitchilli*）等；礁体上底栖动物有螺类、贻贝、泥蟹、绿磁蟹、鼓虾和小型甲壳动物等。许多重要的肉食性鱼类也是牡蛎礁系统的重要组成部分，包括条纹石斑鱼（*Meiacanthus grammistes*），竹荚鱼（*Pomatomus saltatrix*）和犬牙石首鱼（*Cynoscion regalis*）等。远洋的长须鲸（*Balaenoptera physalus*）也把牡蛎礁作为取食和育幼场所。因此，描述牡蛎礁生态系统的鱼类群落组成是评估牡蛎礁栖息地价值的直接方法。

（三）能量耦合功能

双壳类软体动物是所谓的"双壳动物泵"（bivalve pump），能将水体中的大量颗粒物（有机物和无机物）输入到沉积物表面，驱动着底栖碎屑食物链，却抑制着浮游食物链，对控制滨海水体的富营养化具有重要作用。大量研究表明（图7-4），双壳类软体动物能大量滤食水体-沉积物界面处的颗粒物，在消化过程中，它们通常同化具有高营养价值的颗粒有机物，而将其他低营养价值的食物（颗粒无机物和难降解碎屑物）以"假粪便"（oseudofaeces）形式沉降于表层沉积物中，成为河口底栖动物的重要饵料，增强了水体-沉积物之间的能量耦合关系。

当然，除了上述三个功能以外，牡蛎礁在稳定海岸线与底质、促进营养物质循环等方面均具有十分重要的功能（Dame et al.，2000；Hargis and Haven，1999）。牡蛎礁是许多河口生态系统的重要组成分，维持着较高生物生产力和生物多样性，具有复杂的食物网结构与较高的能量传输和转换效率，并促进河口水体中无机营养盐进入水生食物网的生物循环过程，使更多的营养元素富集于较高营养级的水生动物（如鱼类）组织（Grabowski and Powers，2004；Meyer

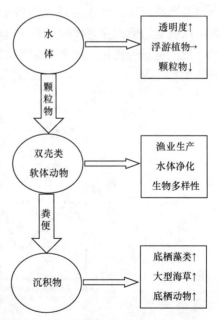

图 7-4　牡蛎在生态系统中的耦合作用
（全为民等，2006b）

and Townsend，2000)，最后通过人类的捕捞收获输出河口生态系统，因此牡蛎礁的恢复与重建是河口富营养化治理的重要途径之一。

二、牡蛎礁恢复

由于人类对资源的过度利用和生态环境的污染，近几十年来世界温带河口在海洋学和生态学上发生了巨大的变化。如沉积作用和水体浑浊度的增加、低氧现象加剧和扩大、海草和优势滤食性动物丰度的下降及生境丧失等（Jackson et al.，2001)。因此，温带河口被视为退化最严重的海洋生态系统（Jackson et al.，2001)。其中，牡蛎礁生境的破坏和丧失对温带河口生态系统造成严重的影响，如生态系统的结构从底栖初级生产为主转变为以浮游植物初级生产为主，导致温带河口水体富营养化加重、有毒有害藻华频发、水母暴发、低氧区面积增大及鱼类死亡等。长期的研究结果表明，河口区底栖性双壳类软体动物丰度下降（使滤食性动物对浮游植物的下行控制作用减弱）是导致河口水域富营养化的主要原因之一。

（一）牡蛎礁数量下降的原因

牡蛎礁数量下降主要有以下原因：①过度采捕，以切萨皮克湾为例，据历史资料记载，1887 年东岸牡蛎收获量达到 55 000t，1950 年收获量为 13 586t，2004 年收获量仅为 39.6 t，过度采捕同时也严重破坏了牡蛎礁生境（图 7-5)（Rothschild et al.，1994)；②病害影响，过去 40 年，两种原生动物寄生虫（MSX 和 Dermo）使切萨皮克湾东岸牡蛎数量迅速下降，现在数量仅为历史水平的 1%，为此，美国曾考虑引进其他种类牡蛎，以恢复切萨皮克湾牡蛎种群（Coen and Luckenbach，2000)；③环境污染，河口水域环境质量日趋恶化，严重影响牡蛎的生长繁殖；④其他原因，如生境破坏、人为干扰和气候变化等。

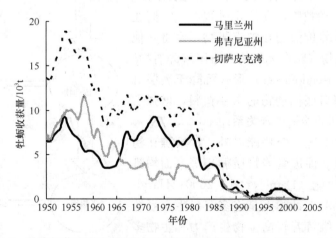

图 7-5　美国切萨皮克湾东岸牡蛎收获量的长期变化（全为民等，2006b)

（二）牡蛎礁的恢复

由于上述原因，世界各地自然牡蛎礁数量急剧下降，严重破坏了河口水域生态系统的结构与功能，近岸海域富营养化问题越来越严重（Jackson et al.，2001）。为此，世界各地陆续开展了一些牡蛎礁的恢复项目，尤其是美国在大西洋沿岸及墨西哥湾实施了一系列牡蛎礁恢复项目（Breitburg et al.，2000）：如 1993～2003 年，弗吉尼亚州通过"牡蛎遗产"（oyster heritage）项目在滨海共建造了 69 个牡蛎礁，每个礁体面积为 1acre（英亩）①；2001～2004 年，南卡罗来纳州在东海岸 28 个地点建造了98 个牡蛎礁，使用了大约 250t 牡蛎壳；2000～2005 年牡蛎恢复协作组（Oyster Recovery Partnership）在切萨皮克湾的 82个点共计投放了 5 亿多个牡蛎蚝卵（图 7-6）。

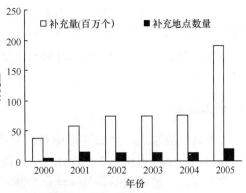

图 7-6　2000～2005 年切萨皮克湾东岸牡蛎种群补充量（全为民等，2006b）

目前，牡蛎礁恢复的目标并不是为了维持牡蛎的可持续收获利用，恢复过去的牡蛎工业，而是为了修复生态系统的结构与功能、保护生物多样性、净化水体和维持可持续的渔业生产，特别是为河口鱼类提供理想的栖息生境（Luckenbach and Coen，2003；O'Beirn et al.，2000）。近十年来，美国对牡蛎礁恢复技术的研究也越来越重视，如美国大气与海洋管理局（NOAA）切萨皮克湾办公室对牡蛎礁恢复的资助经费也呈快速增长趋势：1995 年的资助金额仅为 2 万美元，2004 年用于资助牡蛎礁恢复研究的经费达到 400 多万美元。同时，牡蛎礁恢复是一项十分复杂的系统工程（Dame，2005），需要大量的人力物力，如在美国恢复 1acre 的牡蛎礁，约需要 38 万美元和 3000m³ 的牡蛎壳，许多州都成立了专门进行牡蛎礁恢复的组织，他们除申请联邦政府的财政资助以外，更多地通过宣传活动，使广大民众了解牡蛎礁的生态服务功能与价值，接受社会各界的捐助，组织义务者参与牡蛎礁恢复活动，使社会和公众认识到恢复牡蛎礁的重要性。牡蛎礁恢复已成为改善河口生态环境和提高生态系统健康的重要技术手段。

（三）牡蛎礁的恢复方法

牡蛎是喜欢生长于硬底质上的底栖动物，建造适合于牡蛎幼体生长的栖息生境是牡蛎礁恢复的关键。牡蛎礁恢复通常按以下步骤进行（全为民等，2006b；Luckenbach and Coen，2003；Hargis and Haven，1999）。

1. 地点选择

地点选择需要考虑以下因素：①现在或过去有牡蛎分布的记载；②盐度、水流和沉

---

① 1acre＝0.404 686hm²，后同。

积速度；③硬底质（软泥是不适合牡蛎生长的）；④坡度（陡度上牡蛎很难生长）；⑤人为干扰情况。

2. 底物准备

在牡蛎礁的恢复过程中，通常使用牡蛎壳来构造礁体，牡蛎壳数量成为制约牡蛎礁恢复的重要因子。在美国许多州，通过宣传鼓励民众循环利用牡蛎壳，将废弃的牡蛎壳上交给有关部门或组织，作为牡蛎礁恢复的底物。其他可替代的底物还包括粉煤灰、混凝土结构的材料等。

3. 礁体建造

将牡蛎壳装入一个圆柱形塑料网袋中，每袋装 23L 牡蛎壳，每个礁体由 100 袋并排而成，每个地点构建 3 个礁体（全为民等，2006b）。考虑到牡蛎的繁殖时间，牡蛎礁的建造时间一般在夏季。具体地点为潮间带，在低潮时进行构建。许多研究表明牡蛎礁的大小、形状与空间布局对恢复成败有着重要的影响。

4. 补充牡蛎种苗

礁体建成以后，自然牡蛎幼体通常会补充到新建的牡蛎礁上。但在许多河口，由于牡蛎幼体补充量较低，一般需要另外添加一些人工培育牡蛎幼体于礁体上，来提高礁体上牡蛎的种群发育（O'Beirn et al.，2000；Osman et al.，1989）。

5. 跟踪监测

礁体建好以后，通常经过 2～3 年的时间，牡蛎礁才能发育成为一个具有自然功能的生态系统。期间，需要在不同时空尺度上，对牡蛎的生长情况、附近水质和礁体上的生物群落进行系统的跟踪监测，最后才能确定牡蛎礁恢复是否成功（Hunter et al.，1995）。

三、长江口生态系统修复工程——牡蛎礁的构建

长江口是我国第一大河口，每年长江径流输入大量养分，使河口地区具有丰富的初级生产力，成为许多重要洄游鱼类的必经通道与经济鱼类的产卵场和索饵场，口外形成我国著名的长江口渔场和舟山渔场。但近几十年来，由于环境污染、过度捕捞和大型工程建设，河口生态系统面临全面退化，具体表现在渔业产量持续下降、底栖动物生物量降低、基础饵料生物量减少、生物多样性降低、富营养化日趋严重等（陈亚瞿等，2007a，2005，2003；陈亚瞿，2005，2003）。

（一）人工牡蛎礁的构建

为了修复河口生态系统、弥补大型工程建设对河口生态系统的破坏和影响，笔者先后进行了四次大规模的生态修复工程（图 7-7）。其中，2002 年和 2004 年在长江口南北导堤及其附近水域进行了巨牡蛎的增殖放流（图 7-8），并已取得初步成效（陈亚瞿，

2005，2003；陈亚瞿等，2005，2003）。

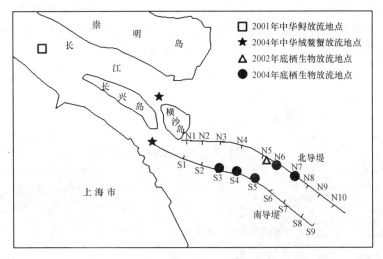

图 7-7 长江口生态修复工程示意图

图 7-8 长江口导堤人工牡蛎礁恢复工程（见彩图）

（二）牡蛎礁恢复效果评估

长江口是牡蛎的天然分布区，但自然种群数量较少。长江口导堤的建设提供了适合牡蛎固着生长的混凝土结构，我们在此构造了面积约 14.5km² 人工牡蛎礁体，大大节约了牡蛎礁恢复的费用成本（图 7-9）。为检验该人工牡蛎礁恢复的效果，笔者分别于 2004 年 4 月（第二次放流期）、2004 年 9 月、2005 年 6 月和 2007 年 8 月对长江口导堤及附近水域的牡蛎种群及生态系统进行了跟踪监测。

图 7-9　长江口导堤牡蛎礁（见彩图）

1. 巨牡蛎种群数量增长

图 7-10 显示了巨牡蛎种群数量的动态增长情况。2004～2005 年巨牡蛎密度和生物量均呈指数增长；然后，巨牡蛎的密度有所下降，而生物量却保持稳定，表明巨牡蛎个

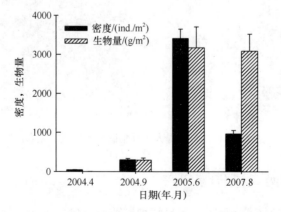

图 7-10　长江口导堤巨牡蛎种群的增长情况（Quan et al.，2009）

体大小呈增长趋势，2007 年 8 月巨牡蛎平均密度和生物量分别达到 962ind. /m² 和 3087g/m²。

2. 水环境净化功能

表 7-8 列出了长江口导堤巨牡蛎体内 6 种重金属的含量，平均含量大小顺序为Zn＞Cu＞Pb＞As＞Cd＞Hg，各站点巨牡蛎体内重金属含量差异不大（全为民等，2007b）。

表 7-8　巨牡蛎体内重金属的含量（mg/kg 鲜肉重）

站点	潮间带	Cu	Zn	Pb	Cd	Hg	As
S5	低	147.4	319.5	1.35	1.17	0.001	1.32
S5	中	147.3	378.0	2.81	1.24	0.002	1.81
S5	高	134.0	387.7	2.50	1.42	0.001	2.96
N6	低	144.1	359.3	1.32	1.43	0.001	1.43
N6	中	140.4	311.0	1.41	1.46	0.001	1.48
N6	高	89.3	204.6	0.55	0.86	0.000	0.73
N6	低	158.0	377.9	17.19	2.23	0.001	2.16
N6	低	178.2	341.4	1.19	1.54	0.001	2.42
S6	中	117.9	317.8	2.55	1.81	0.001	2.29
S8	低	152.1	332.6	3.95	1.34	0.001	2.19
平均		141.36	332.9	3.48	1.45	0.001	1.88

资料来源：全为民等，2007b。

巨牡蛎对 6 种重金属的生物富集系数见表 7-9。各种重金属的 BCF（bioconcentration factor，生物富集系数）之间差异较大，其变化范围为 $10^2 \sim 10^4$，其中 Cu、Zn 和 Cd 的 BCF 较大，而 Hg 的 BCF 最小。BSAF（biota-sediment accumulation factor，生物-沉积物富集系数）结果表明，牡蛎体内 Cu、Zn、Cd 和 As 的含量分别是沉积物的 27 倍、23 倍、17 倍和 11 倍，但其体内的 Pb 和 Hg 含量相对于沉积物并未表现出富集。综合分析来看，巨牡蛎对 Cu、Zn 和 Cd 的富集能力较强，6 种重金属平均富集能力的大小顺序为：Cu＞Zn＞Cd＞As＞Pb＞Hg。

表 7-9　牡蛎对重金属的生物富集系数（±标准误差）

	Cu	Zn	Pb	Cd	Hg	As
BCF/10³	14.28±2.41	12.75±2.02	0.56±0.79	14.51±3.71	0.09±0.04	0.59±0.20
BSAF	26.78±4.53	23.24±3.69	1.04±1.47	16.62±4.25	0.41±0.17	11.91±4.11

资料来源：全为民等，2007b。

据 2005 年的监测结果，长江口导堤巨牡蛎的鲜肉重量约为 17.5 万 t（全为民等，2007b）。基于巨牡蛎鲜肉的现存量，计算出了长江口导堤巨牡蛎对营养盐和重金属的累积量（表 7-10）。据调查，长江口南北导堤巨牡蛎种群呈快速增长趋势，年生长率约为 0.2，因此每年长江口导堤巨牡蛎种群从水体中吸收的营养盐和重金属量约为总累积量的 20%，一部分累积于活的牡蛎体内，一部分由死亡的巨牡蛎被鱼类摄食以后，通过食物链传递作用富集于高营养级的水生动物（鱼类和甲壳动物）体内（表 7-10）。

表 7-10 长江口导堤巨牡蛎对氮、磷和重金属的累积量

项目	牡蛎体内的平均浓度/(mg/kg FW)	累积量/kg	年去除量/kg
N	8.36×10^3	1462×10^3	292.4×10^3
P	0.57×10^3	100×10^3	20×10^3
Cu	141.4	24 745	4.94×10^3
Zn	332.9	58 257	11.64×10^3
Pb	3.48	609	121.8
Cd	1.45	254	50.8
As	1.88	329	65.8
Hg	0.001	0.18	0.036

资料来源：全为民等，2007b。

根据氮、磷营养盐的年去除量，笔者计算了巨牡蛎对长江口富营养化水体的净化效果。结果表明：长江口导堤巨牡蛎每年相当于富集了 3.6 亿 m^3 水中的无机氮和 5.7 亿 m^3 水中的无机磷，此人工牡蛎礁每年去除的氮约相当于长江口无机氮年均通量的 0.6‰。另外，根据高露姣等（2006）的测定结果，一个牡蛎的平均滤水率为 1.5L/h，则长江口导堤巨牡蛎种群的年滤水量达到 3300 亿 m^3，约占大通站径流量的 37%。

3. 人工牡蛎礁对长江口水生生态系统的修复作用

跟踪研究表明（Quan et al.，2009），长江口人工构建牡蛎礁系统发挥了重要的栖息地功能，牡蛎礁上大型底栖动物物种数呈快速增长，2004 年 4 月仅发现 2 种大型底栖动物，2005 年 6 月发现 17 种大型底栖动物，至 2007 年 8 月达到 26 种。与 2005 年监测结果相比，甲壳动物、环节动物和鱼类的物种数均有所增加，而软体动物的物种数量基本维持不变。

自从恢复工程开展以来，长江口人工构建牡蛎礁上大型底栖动物的总密度和总生物量也呈快速的增长趋势（图 7-11），至 2007 年 8 月其密度和生物量分别达到 396 ind./m^2 和 29.65g/m^2。该人工牡蛎礁系统中大型底栖动物群落的优势种为日本刺沙蚕、双齿围沙蚕、齿纹蜒螺和中间拟宾螺等，这些底栖生物成为许多河口重要经济鱼类的优质饵料，从而支持了河口水域的渔业生产（Quan et al.，2009）。

另外，长江口导堤牡蛎礁系统约栖息有 40 多种游泳动物。其中，具有重要经济价值的物种有：日本鳗鲡、刀鲚、凤鲚、中国花鲈、鲛、黄姑鱼、黄鳍东方鲀、皮氏叫姑鱼、中华绒螯蟹、锯缘青蟹、葛氏长臂虾、脊尾白虾和安氏白虾等。因此，长江口导堤牡蛎礁系统已成为许多河口重要经济鱼类的栖息、避难和繁殖场所。

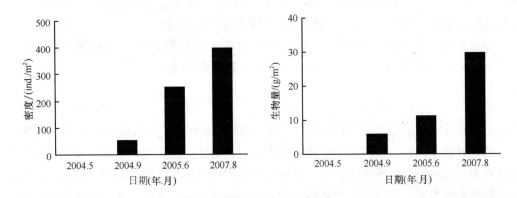

图 7-11　长江口人工构建牡蛎礁上大型底栖动物的总密度和总生物量的动态变化（Quan et al., 2009）

4. 生态服务价值

长江口南北导堤巨牡蛎的生态服务价值主要包括以下两个方面：①环境效益价值，主要是指牡蛎对环境污染物（营养盐和重金属）的吸收和去除所产生的效益价值，可通过替代市场技术来估算；②栖息地价值，指牡蛎礁体为许多经济和珍稀濒危水生动物提供了良好的栖息生境所产生的生态服务价值，通过间接方式来评估。

（1）环境效益价值

牡蛎能大量滤食水体中悬浮颗粒有机物（POM），从而将水体中的营养盐（N、P）和重金属累积于体内。根据专家评估法，生态系统去除重金属的环境效益价值约占其总环境效益价值的 40%（童春富等，2002）。因此，计算公式为

$$E_t = E_n + E_{hm} = 1.67 \times E_n = 1.67 \times \max\{T_j/N_j\%\} \times P_j$$

式中，E_t 为净化水体的总价值，元/a；E_n 为净化 N、P 的环境效益价值，元/a；E_{hm} 为去除重金属的环境效益价值，元/a；T_j 为去除 N、P 的总量（按巨牡蛎 N 和 P 总累积量的 20% 计算）；$N_j\%$ 为合流污水中的 TN、TP 含量，采用我国城市中等浓度污水中 TN 和 TP 浓度，分别为 40mg/L 和 6mg/L（邵志刚，2001；郑兴灿，2000），$\max\{T_j/N_j\%\}$ 指净化合流污水的总量，t；P_j 为污水处理厂的处理成本，按 0.26 元/t 计算（童春富等，2002）。

经上述公式计算，巨牡蛎净化合流污水的总量约为 731 万 t/a，相当于一个日处理能力约 2 万 t、投资规模约为 3000 万元的大型城市污水处理厂，巨牡蛎礁生态系统的环境效益价值约为 317 万元/a。

（2）栖息地价值

据近 4 年来的监测结果显示，通过巨牡蛎试验性增殖活动，长江口导堤及附近水域底栖动物种类和生物量都有显著的提高，表明该生态系统已明显得到修复和改善，逐步将航道工程中的南北导堤建成一个长达 147km、面积约达 14.5km² 的人工鱼礁，此人工牡蛎礁已成为经济水生动物和珍稀鱼类的重要产卵场和栖息地。根据 Peterson 等（2003）的研究结果，每 10m² 的牡蛎礁可以将渔业资源的产量提高 2.6kg/a，则长江口

深水航道导堤人工牡蛎礁每年可以增加 676t 渔获物，按单价 50 元/kg，因此可以估计长江口南北导堤牡蛎礁生态系统的栖息地价值约为 3380 万元/a。

综合上述计算结果，长江口南北导堤巨牡蛎生态系统的环境效益价值约为 317 万元/a、栖息地价值约为3380 万元/a，合计生态服务价值约为 3697 万元/a（全为民等，2007b）。

综上所述，本研究结合大型河口海岸工程，建立了我国第一个人工牡蛎礁系统，已将航道工程中的南北导堤逐步建成一个长达147km、面积约达 14.5km² 的人工牡蛎礁生态系统，开创了国内大规模构建牡蛎礁的先河，这对我国退化河口生态系统的恢复与管理具有重大的科学价值和现实意义。研究结果表明：牡蛎礁恢复工程极大地增长了长江口牡蛎种群的数量，提高了大型底栖动物的密度和生物量，增加了河口区水生生物的多样性，改善了长江口水生生态系统结构与功能，促使更多的氮、磷营养盐进入水生食物网，表明长江口牡蛎礁恢复工程在净化长江口水体、控制水体富营养化及修复水生生态系统的结构等方面发挥了显著作用。

（本节著者：陈亚瞿　全为民　施利燕）

第三节　长江口湿地在水体富营养化治理中的作用

河口湿地是一类独特的生态系统，在海洋、陆地界面间可形成一个重要的污染物屏障，在维护自然生态平衡、保护生物多样性以及净化环境等方面具有重要的生态功能。由于河口湿地的生物地球化学过程对区域物质循环、能量流动和湿地的生物生产过程具有重要的影响作用，所以有关营养盐、重金属等在湿地中的迁移、转化和循环机制等方面的研究一直被人们关注。特别是近年来在人类活动的影响下，近海富营养化日益严重，有关湿地对营养盐、重金属迁移转化过程的影响以及湿地在水体富营养化过程中的作用，更加成为研究的热点。

如前几章所述，长江口是我国近海富营养化最为严重的水域，营养盐和重金属污染问题突出。同时，长江口区又具有丰富的湿地资源，所以近年来很多学者围绕长江口湿地开展了相关研究，主要包括氮、磷的赋存形态（高效江等，2002；侯立军等，2001；刘敏等，2000）、重金属在根际的富集（毕春娟等，2003；陈振楼等，2000；许世远等，1997）、营养盐在沉积物-水体界面的交换（刘敏等，2001）等。这些研究从不同侧面反映了湿地对一些污染物迁移、转化的影响，但是有关河口湿地盐沼植物-沉积物系统中营养盐、重金属的分布、累积及其对水体富营养化的控制作用等综合性研究相对较少。为了更深入了解湿地生态系统在河口水域富营养化形成与发展中的作用，我们以长江口典型自然湿地——崇明东滩为基地，选择该区域 3 种常见盐沼植物，系统研究了这些盐沼植物对氮、磷及重金属元素的吸收与富集能力，分析了氮、磷养分及重金属元素在长江口湿地沉积物中富集特征及其主要影响因素，评估了长江口湿地对营养盐和重金属的吸收、滞留和净化能力，为长江口水域富营养化防治提供科学依据。

一、长江口湿地的分布及特征

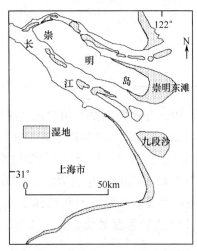

图 7-12　上海市长江口区湿地的分布

长江口湿地是我国重要的湿地资源，主要包括崇明、长兴、横沙、南汇边滩和九段沙湿地（图 7-12）。据 2004～2005 年的测量结果（表 7-11），－5.0m 线（参照吴淞标准高程，下同）以上滩涂湿地总面积达 2535km²，0m 线以上保持在710km²；与 20 世纪 80 年代的测量结果相比，长江口滩涂面积总体保持不变，但这不包括近 20 年来上海市对 0m 以上滩地圈围面积 443km²。若将圈围面积计算在内，则 1982～2004 年长江口 0m 以上滩涂湿地约增加了 500km²，年均增加23km²。尽管长江口区潮滩湿地历经圈围，但湿地面积总体上维持稳定。近几十年来，崇明东滩、九段沙、南汇边滩和横沙浅滩是淤涨速度最快的几个滩涂湿地（黄华梅等，2005）。

表 7-11　近 20 多年来长江口滩涂湿地的变化

分布区域	1982～1983年滩涂面积/km²		2004～2005年滩涂面积/km²	
	＞0m	0～－5.0m	＞0m	0～－5.0m
南汇边滩	129	432	38.7	427.9
九段沙	70	231	144	263
横沙东滩	60	399	112	366
崇明东滩	235	525	206	482
崇明北滩	50	157	95	105
江心沙洲	70	190	114	181
总计	614	1934	710	1825

注：基面为理论深度基准面。

崇明东滩是长江口淤涨速度最快的滩涂湿地之一。随着滩涂的淤涨，海堤不断向海修筑。1983～2003 年，崇明东滩东面 0m 线共计外涨 4125m，年均 206m；北面共外涨760m，年均 38m；南面共外涨 2600m，年均 130m。表 7-12 列出了 1983～2003 年崇明东滩各等高线外涨距离。结果表明，1983～1990 年的平均外涨速率十分平稳，与1990～2001 年相差不大。2001 年后，高潮滩（＞3.0m）淤涨速度变缓，至＋2.0m 以下滩涂外涨明显。

表 7-12　1983～2003 年崇明东滩各等高线年均外涨距离

时期	等高线					
	+3.5m	+3.0m	+2.0m	+1.0m	0m	−2.0m
1983～1990年	239	239	211	—	—	—
1990～2001年	256	256	330	—	—	—
2001～2003年	25	—	262	338	1033	1100

1954 年的特大洪水切割铜沙浅滩，使九段沙成为南港南槽和北槽之间的独立沙体。表 7-13 显示了 1958 年以来九段沙 0m、−2.0m 和 −5.0m 以上的湿地面积。自 1958～2006 年，九段沙 −5.0m 以上湿地增加了 134.2km²，年均增加 2.80km²；−2.0m 以上增加了 124.4km²，年均增加 2.59km²；0m 以上增加了 92.0km²，年均增加 1.92km²。这反映九段沙湿地的面积总体上在不断淤涨扩大，而淤涨速度随水深的增加而变缓，0m 以上滩涂淤涨最快、0～−2.0m 次之、−2.0～−5.0m 淤涨最慢。

表 7-13　九段沙湿地面积变化

年份	0m 以上滩涂面积/km²	−2.0m 以浅水域/km²	−5.0m 以浅水域/km²
1958	38.2	105.6	208.0
1961	39.6	107.7	215.3
1965	37.3	104.9	267.3
1971	53.2	128.0	278.9
1973	53.8	128.4	261.7
1978	67.4	178.1	272.5
1980	68.2	167.5	275.2
1985	70.9	188.7	297.5
1989	80.6	197.4	317.9
1995	114.6	211.1	320.0
1997	99.0	203.4	369.8
1999	111.6	217.5	341.2
2000	97.1	224.1	361.5
2002	112.0	217.1	342.0
2004	127.3	224.8	348.0
2005	127.4	220.0	334.2
2006	130.2	230.0	342.2

二、盐沼植物对营养盐和重金属的吸收与滞留

近几十年来，随着城市化的发展和人类活动的加剧，河口盐沼湿地接纳了大量的污染物，包括营养盐和重金属等，成为污染物的沉积库。湿地对污染物吸纳能力取决于多

种因子，如盐度、pH、氧化还原电位、有机物含量、沉积物粒径及植被数量和种类等（Fitzgerald et al.，2003；Burke et al.，2000）。许多研究证实，大多数盐沼植物通过其根系的活动，能有效从受污染的沉积物中吸收营养盐和重金属，并将部分营养成分和污染物分配到植物地上部分的组织中，从而改变了营养盐和污染物在湿地内迁移与转化的过程（Weis and Weis，2004；Fitzgerald et al.，2003；Burke et al.，2000）。因此，盐沼植物的生长有可能使湿地成为污染物的源。盐沼植物对营养盐与重金属的吸收与滞留具有较大的时空变化，主要取决于植物种类、年龄、生长期、季节、土壤性质和盐度等（Weis and Weis，2004；Cacador et al.，2000；Fitzgerald et al.，2003）。

维管植物是盐沼湿地中的重要生物类群之一，在盐沼湿地营养元素的生物地球化学过程中扮演着十分重要的角色（Weis and Weis，2004；Weis et al.，2002）。当盐沼湿地沉积物中积累较高浓度的营养盐和重金属时，维管植物的根系能够吸收这些物质，并将其分配到植物地上的组织中（Windham et al.，2003；Windham and Lathrop，1999）。通常认为，维管植物能够降低潮流速度，导致悬浮颗粒有机物沉降，并在其生物组织内滞留大量的营养物质和重金属，从而降低了营养盐和重金属向河口水体的输出通量（Windham et al.，2003；Cacador et al.，2000；Windham and Lathrop，1999；Daehler and Strong，1996）。因此，盐沼湿地是营养盐和重金属的有效存储库，能够缓解近海水域的富营养状况（Coelho et al.，2004；Zhang et al.，2001；Romero et al.，1999）。

（一）植物体内营养盐和重金属的分布与累积

图 7-13 显示了 3 种盐沼植物地上和地下部分 TN 和 TP 的含量（全为民等，2007a）。对于 TN，海三棱藨草地上部分 TN 含量显著高于芦苇和互花米草，而后两者之间无显著差异；地下部分却正好相反：芦苇和互花米草地下部分 TN 含量均高于海三棱藨草的地下部分；除海三棱藨草地上部分 TN 显著高于地下部分以外（$p<0.01$），其他两种植物 TN 在地上和地下部分之间的分配却无显著性差异（$p>0.05$）。对于

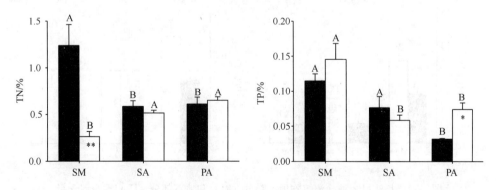

图 7-13　长江口 3 种盐沼植物地上部分（■）和地下部分（□）TN 和 TP 含量

误差棒表示标准误（$n=6$），大写和小写字母分别表示在 0.01 和 0.05 水平上不同植物间具有显著性差异，** 和 * 分别表示在 0.01 和 0.05 水平上植物地上和地下部分之间具有显著性差异。SM. 海三棱藨草（*Scirpus mariqueter*）；SA. 互花米草（*Spartina alterniflora*）；PA. 芦苇（*Phragmites australis*）

TP，海三棱藨草在 3 种盐沼植物中的含量是最高的；根据地上部分 TP 的多重比较，发现海三棱藨草和互花米草没有显著性差异（$p > 0.05$），两者均显著高于芦苇（$p < 0.01$）；对于地下部分，海三棱藨草显著高于互花米草和芦苇（$p < 0.01$），而后两者却无显著性差异（$p > 0.05$）。通过对同种植物不同部分 TP 含量的比较，海三棱藨草和互花米草均无显著性差异（$p > 0.05$），而芦苇地下部分 TP 含量显著高于地上部分（$p < 0.05$）。

图 7-14 为重金属（Cu、Zn、Pb 和 Cd）在植物体内的分布情况。从地上部分 4 种重金属的含量分布来看，Cu、Pb 和 Cd 表现出相同的规律，即海三棱藨草显著高于互花米草和芦苇（$p < 0.05$），而后两者间无显著性差异（$p > 0.05$）；3 种植物中，芦苇地上部分的 Zn 含量是最低，显著低于海三棱藨草和互花米草（$p < 0.01$），后两者无显著性差异（$p > 0.05$）。对于地下部分，3 种植物之间 Cu 和 Cd 的含量均无显著性差异（$p > 0.05$），而 Zn 和 Pb 却表现出相同的规律，即海三棱藨草显著高于互花米草和芦苇（$p < 0.05$），后两者差异不显著（$p > 0.05$）。总体来说，海三棱藨草体内的重金属高于其他两种盐沼植物。除植物地上部分 Zn 以外，芦苇和互花米草体内的重金属含量差异不显著（$p > 0.05$）。通过比较重金属在植物体内的分配模式，发现所有植物地下部分重金属的平均含量均高于地上部分，其中芦苇和海三棱藨草的地下部分 Zn 含量显著高于地上部分（$p < 0.01$）。

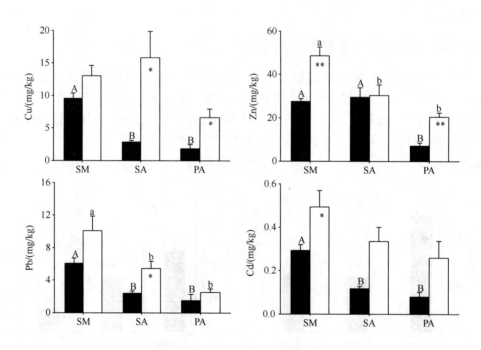

图 7-14　长江口 3 种盐沼植物地上部分（■）和地下部分（□）重金属含量

图中各符号含义见图 7-13

图 7-15 显示了 3 种盐沼植物地上部分对 TN 和 TP 的吸收能力。通过比较发现，互花米草与芦苇对 TN 的吸收能力未达到极显著（$0.01 < p < 0.05$），但显著大于海三棱

蘸草（$p<0.01$）；互花米草对 TP 的吸收能力显著大于芦苇和海三棱蘸草（$p<0.01$），而后两者间的差异并不显著（$p>0.05$）。

图 7-16 显示 3 种盐沼植物地上部分对重金属的吸收能力。海三棱蘸草和芦苇对重金属的吸收能力无显著性差异。互花米草地上部分对 Cu 的吸收能力最强，显著高于芦苇（$p<0.01$），但与海三棱蘸草无显著性差异（$p>0.05$）。互花米草对 Zn 的吸收能力显著大于海三棱蘸草和芦苇（$p<0.01$）。互花米草对 Pb 和 Cd 的吸收能力极显著大于芦苇和海三棱蘸草（$p<0.05$）。

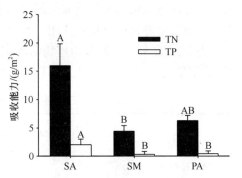

图 7-15　长江口 3 种盐沼植物地上部分对 TN 和 TP 的吸收能力（g/m^2）

图中各符号含义见图 7-13

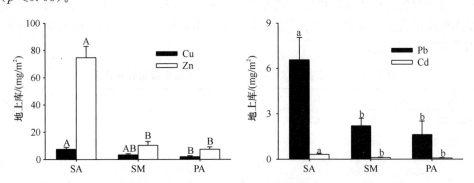

图 7-16　长江口 3 种盐沼植物地上部分对重金属的吸收能力（mg/m^2）

图中各符号含义见图 7-13

（二）盐沼植物对营养盐和重金属的净化作用

互花米草凭借其单位面积较高的地上部分生物量，对 TN 和 TP 具有较高的吸收能力，其地上部分吸收的 TN 量分别是芦苇和海三棱蘸草的 2.2 倍和 3.6 倍，TP 吸收量分别是芦苇和海三棱蘸草的 5.0 倍和 6.1 倍。从净化功能上考虑，无疑是通过收获互花米草对环境中营养盐的去除效果最佳。3 种盐沼植物对 TP 的富集系数明显大于 TN（表 7-14），可见盐沼植物对磷的净化与累积效率更高。根据长江口水域营养盐的组成与结

表 7-14　盐沼植物地上部分对 TN、TP 的吸收能力（g/m^2）和富集系数（t）

植物	吸收能力		富集系数	
	TN	TP	TN	TP
互花米草	15.97	2.01	19.97	57.45
海三棱蘸草	4.41	0.33	5.51	9.34
芦苇	7.28	0.41	7.85	11.74

注：富集系数＝植物地上部分 TN 量/（1000×长江口水体中无机营养盐的平均含量），无机氮取 0.80mg/L，无机磷为 0.035mg/L，意指 $1m^2$ 植物可完全吸收多少吨海水中的无机营养盐。

构，磷是浮游植物生长的重要限制性因子。因此，通过收获互花米草去除磷，对控制长江口水域富营养化应有重要作用。

表 7-15 显示了 3 种盐沼植物对不同重金属元素的富集系数。总体来说，盐沼植物对 Zn 富集能力最强，Cu 次之，Pb 的富集系数最小。

表 7-15　三种盐沼植物地上部分对重金属的富集系数 (t)

植物	Cu	Zn	Pb	Cd
互花米草	1.29	2.43	0.57	1.29
海三棱藨草	0.32	0.31	0.12	0.23
芦苇	0.22	0.32	0.10	0.20

表 7-16 显示了长江口 3 种优势盐沼植物地上部分对氮、磷和重金属的总累积量。3 种盐沼植物对氮、磷的总累积量分别为 1593.88t 和 146.59t。其中，互花米草对各元素的总累积量最大、芦苇次之、海三棱藨草最少。除氮外，互花米草对磷及重金属的累积量均是芦苇累积量的两倍多。

表 7-16　长江口盐沼维管植物对氮、磷及重金属的总累积量 (t)

植物	面积/hm²	N	P	Cu	Zn	Pb	Cd
互花米草	4 148.28	662.48	83.38	0.50	3.10	0.37	0.02
海三棱藨草	5 703.03	251.50	18.82	0.17	0.54	0.11	0.01
芦苇	10 827.46	679.90	44.39	0.22	1.06	0.16	0.01
合计	20 678.77	1 593.88	146.59	0.89	4.70	0.64	0.04

尽管盐沼植物是氮、磷营养盐及重金属的暂时储存库，但盐沼植物的地上组织对氮、磷的吸收大多发生在春季和夏季，而此时正值长江口水域富营养化最为严重的阶段。因此，盐沼维管植物的生长能够暂时将水体或沉积物中可利用性的无机养分滞留于植物体内，从而有效降低水体中无机营养盐的浓度水平。而且在长江口地区，每年秋冬季节大规模的芦苇收割也能将大量的氮、磷营养元素输出长江口生态系统，如氮、磷输出量分别约为 679.90t 和 44.39t。未被收获的盐沼维管植物地上组织在秋、冬季节也枯萎腐烂，经微生物分解作用成为动物消费者可以利用的有机碎屑物，再经过底栖动物和游泳动物捕食作用，从而将大量的养分传输到河口水生食物网中，最后经人类收获利用而输出长江口区。

三、湿地沉积物对营养盐和重金属的累积与滞留作用

图 7-17 显示了不同湿地植物带沉积物中 TN 和 TP 的分布情况（全为民等，2008，2006a；Quan et al.，2009）。从该图可以看出，TN 和 TP 在不同湿地植物带沉积物中的分布规律显然不同：随着湿地由海向陆方向上高程的增加，不同湿地植物带沉积物中 TN 平均含量呈逐步上升的趋势，即芦苇带＞互花米草带＞海三棱藨草带＞光滩；统计分析结果显示，芦苇带沉积物中 TN 含量极显著高于其他 3 个样点（$p < 0.01$），后 3 个

样点无显著性差异（$p > 0.05$）。而不同湿地植物带沉积物中 TP 的分布并没有表现出明显的变化，各样点的 TP 含量基本保持在 0.06％左右。通过对沉积物不同深度层中 TN 和 TP 含量的比较，发现随着沉积物深度的增加，总的来说，TN 和 TP 含量逐步降低，但是统计分析结果表明这种变化并不显著（$p > 0.05$）。

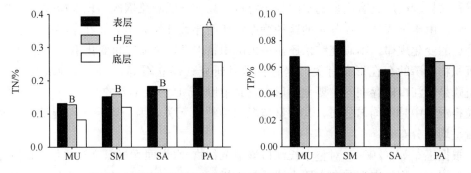

图 7-17　长江口湿地沉积物中 TN 和 TP 含量的空间变异

MU. 光滩；SM. 海三棱藨草带；SA. 互花米草带；PA. 芦苇带

图 7-18 显示了长江口湿地不同植物带沉积物中重金属的分布情况。与 TN 相似，4 种重金属在不同湿地植物带沉积物中的分布与累积呈现出相同的规律：随着高程的增加，由海洋向陆地，沉积物中重金属的含量逐步增加，至芦苇带达到最大值，即芦苇带＞互花米草带＞海三棱藨草带＞光滩；统计分析结果表明，除 Cd 外，其他 3 种重金属均表现为芦苇带显著高于其他 3 个潮带（$p < 0.01$）。通过对不同深度层中重金属的

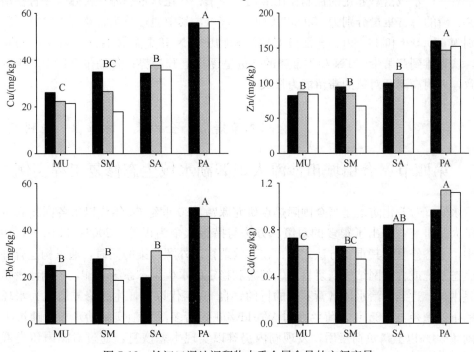

图 7-18　长江口湿地沉积物中重金属含量的空间变异

图中各符号含义见图 7-17

含量比较，总体来说，随着深度的增加，重金属含量逐步降低，但互花米草带并未表现这种变化规律。

许多研究证实，沉积物粒径可以影响营养盐和重金属的分布与累积（康勤书等，2003；钱嫦萍等，2002；Zhang et al.，2002）。根据刘清玉等（2003）的研究，崇明东滩沉积物粒度组成具有明显的空间分布特点，高-中-低潮滩依次出现细粉砂、中粉砂和粗粉砂。由于沉积物粒径分布的这种特点，从而导致 TN 和重金属在东滩湿地呈现出逐步降低的变化规律。本研究结果还显示出沉积物中 TP 含量空间变化不大，这可能与湿地沉积物中磷的存在形态有关。据有关学者研究（侯立军等，2001；刘敏等，2001），无机磷是长江口磷存在的主要化学形态，其中以 Ca-P 为最主要的形式，由于 Ca-P 在不同粒径颗粒中是呈均匀分布，其含量与沉积物粒径无关，因而崇明东滩湿地沉积物 TP 含量呈均匀分布。

根据王军等（2006）对整个长江口湿地沉积物 水界面无机氮交换通量的研究结果，长江口湿地沉积物在春季向上覆水体释放无机氮，是水体无机氮的释放源，释放量约为 1.33 万 t；在夏季、秋季和冬季表现为吸收水体中无机氮，是水体无机氮的吸收汇，净化无机氮量分别可达 4.36 万 t、6.81 万 t 和 2.24 万 t 左右；全年总体表现为吸收水体中无机氮，净化量约为 12.1 万 t。由此可见长江口湿地在控制长江口水域富营养化中的重要作用。

综上所述，长江口崇明东滩湿地的研究表明，互花米草地上部分对营养盐和重金属的吸收、富集能力均大于芦苇和海三棱藨草，对磷的去除效果较显著，种植、收获互花米草对河口水域富营养化的控制作用最佳。芦苇、互花米草、海三棱藨草 3 种盐沼植物对氮、磷的总富集量分别为 1593.88t 和 146.59t，其中通过芦苇收获可去除氮、磷总量分别为 679.90t 和 44.39t。长江口湿地沉积物中 TN 和重金属的分布表现出相同的特点，从光滩到芦苇带，TN 和重金属的含量呈逐步上升趋势；各潮带 TP 含量比较均匀一致，表明高潮区对氮的滞留能力最大。

（本节著者：全为民　陈亚瞿　施利燕）

第四节　金山城市沙滩人工潟湖水域生态修复工程实例

水体富营养化防治是当今国际热点研究课题，20 世纪 60 年代以来各国先后对其进行了大量研究，提出了很多的对策、方法与措施（全为民等，2003；Hosper，1998）。其中，生态修复是其重要方法之一：在有效地控制外源污染的同时，通过构建合理的水生生态系统或食物网结构恢复自然、健康和稳定的水生生态系统功能，控制浮游植物的旺盛生长，达到防治水体富营养化的目的。自 80 年代以来，生态修复已成为水环境治理的重要途径：1985 年，荷兰在对 Worldwijd 等诸多浅湖泊实施治理中，通过工程措施削减 50％以上磷负荷量后，发现湖内仍难以实现生态恢复，通过对湖内鱼类群体数量和种类组成的调控，成功实现了对水体富营养化的控制（Hosper，1998）；芬兰的 Vesijarvi 湖自 1976 年就削减了 90％以上磷负荷量，但 10 年之后蓝藻水华仍有增无减，随即对以大型浮游动物为食的河鲈鱼进行了高强度的捕捞，提高了大型浮游动物的数量，通过浮游动物对藻类的捕食压力成功地控制了蓝藻水华（李文朝，1995）。然而，这些技术大都通过调控单一水生动物来达到控制水体富营养化的目的。另外，这些技术也大都应用于内陆淡水湖泊水体，而对于河流、海湾和人工潟湖等水体富营养化的生态修复，需要探索一些更加综合性的方法和技术。

一、生态修复工程背景

金山城市沙滩人工潟湖水域地处杭州湾北岸，为防止海岸遭到进一步的冲刷，并充分发挥生活岸线的功能，有关部门在上海市金山区投资建设了金山城市沙滩项目。该项目在原有一线海堤外建设了全长约 3.16km 的新海堤，对圈围的水域进行综合开发利用，形成了一个面积约为 $1.5km^2$、封闭性的人工潟湖水体。

该人工潟湖地处杭州湾北岸，水体营养盐含量十分丰富，适宜的光照条件促进了浮游植物的快速生长。因此，春季和夏季该水域经常发生藻华。据 2006 年 8 月的监测结果表明，金山城市沙滩人工潟湖水域浮游植物的数量和生物量明显高于杭州湾水体。该人工潟湖水生生态系统主要存在以下问题：无机氮和无机磷浓度较高，超过《中华人民共和国海水水质标准》（GB3097—1997）的 IV 类海水；初级生产者构成单一；浮游动物、底栖动物和游泳动物的物种丰度、生物量和生物多样性均较低，群落结构不稳定；鱼类功能群组成以肉食性鱼类为主等。因此，该人工潟湖的生态修复工程首先要解决水体富营养化问题，防止藻华的发生，恢复正常的生态系统结构。

受有关部门委托，笔者承担了金山城市沙滩人工潟湖水域生态修复工程。笔者根据本章前几节有关富营养化的控制原理，历经 3 年，通过科学投放、养殖一定量的鱼、虾、贝和大型海藻，构建起健康的水生生态系统，提高氮、磷元素在系统内循环的比率，使更多营养盐累积于食物链消费者体内，改善了水质，从上行效应（营养盐）和下行效应（食物链）抑制了浮游植物的过度生长，有效解决了该人工潟湖的富营养化问题。

二、生态修复措施

（一）大型海藻养殖（江蓠大规模栽培）

江蓠（*Gracilaria verrucosa*）属红藻门真红藻纲杉藻目江蓠科。江蓠藻体呈圆柱形、线形分枝、分枝互生、偏生，其基部稍有缢缩（鉴定不同品种的特征）。每株基部为小盘状固着器，主枝较分枝粗，直径一般 0.5～1.5mm，大的可达 4mm，株高 10～50cm，高的可达 1m，人工养殖较自然生长的更高。藻枝肥厚多汁易折断。颜色红褐、紫褐色，有时带绿或黄，干后变为暗褐色，藻枝收缩。

上海曾在 20 世纪 80 年代底和 90 年代初从福建引进过江蓠栽培，但未获得成功。为此，笔者首先于 2006 年 3～6 月多次在金山外海进行小型江蓠栽培试验，经过数月的探索和实践，最终获得外海栽培实验的成功，进而提出了金山城市沙滩人工潟湖大规模栽培江蓠的实施方案。

　　福建是我国江蓠栽培的主要区域，江蓠引种栽培一般在 9 月，浙江为 4 月，上海最佳引种栽培时间应该在 4～5 月。但由于该工程延迟到 7 月开始，已失去了最佳引种和栽培时机。为此，笔者在 2006 年 8 月初进行江蓠引种栽培；2006 年 8 月中下旬完成首次引种 3.2t 江蓠苗种，2006 年 10 月中旬第二次引种 2.5t 江蓠苗种，2007 年 4 月下旬完成第三次江蓠引种栽培。本研究采用两种养殖方式，①吊挂养殖：将江蓠苗种夹在绳子上吊养（图 7-19）；②网袋养殖：为了防止腔肠动物水螅体附着在江蓠表面上造成藻体死亡，采用网袋养殖方法，每个网袋长 10m，宽为 0.5m。由于秋冬季人工潟湖水体透明度较高，为避免强光直射对江蓠生长造成的负面影响，将江蓠移到避阴处（桥下）养殖。

图 7-19　江蓠吊挂养殖（见彩图）

　　实验结果表明，江蓠最佳生长温度为 20～25℃，江蓠生长最快的月份是 2007 年 9～11 月（15～25℃），其次为 2007 年 3～5 月（15～25℃），低温（＜15℃）和高温（＞25℃）均不利于江蓠的生长。从生长速度来看，第一周生长最快，每千克江蓠可以增加 190g，相对生长率为 19%。第 2～3 周，由于温度下降，江蓠生长缓慢，相对生长率分别只有 9.5% 和 8.9%（图 7-20，图 7-21）。

图 7-20　浅水区江蓠群落（左）和生长旺盛的江蓠（右）（见彩图）

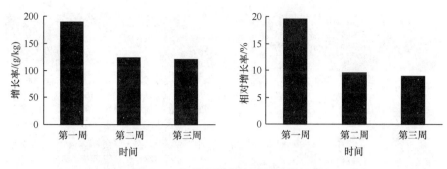

图 7-21　江蓠周增长率及相对增长率

另外，对第三次引种江蓠（2007 年 5 月）的生长情况进行了连续 20 天的监测。结果表明，生长最快的一组江蓠可从 50g 增长至 85g，相对生长率为 70%，增长率为 48.67%，表明随着 5 月气温的回升（平均气温 27℃），城市沙滩人工潟湖水域中栽培的江蓠生长速率显著提高，这对江蓠吸收水体中氮、磷的能力也有显著的促进作用。经统计，2007 年江蓠的净生产量为 6t，引种栽培的江蓠可从人工潟湖水体吸收 240kg 氮和 18kg 磷。

（二）人工湿地的构建

2007 年通过移栽高等植物构建了金山城市沙滩人工湿地生态景观，并评估了其对水质的净化效果。根据本地区盐沼植物对盐度的适应性，本研究选择海三棱藨草为该人工湿地的移栽种，该种比芦苇具有更高的耐盐能力。2007 年 5～6 月进行了大规模海三棱藨草移栽试验，分别从崇明、本地和南汇滩涂湿地挖取约 32 万棵海三棱藨草小苗，移栽到城市沙滩人工潟湖沿岸人工湿地中，种植面积达 1000m² （图 7-22，图 7-23）。

图 7-22　茂盛生长的芦苇群落（见彩图）

（三）食物网调控

鱼、虾、蟹是水生生态系统重要组成部分，一些鱼、虾、蟹类（如鲻、鲛和脊尾白虾等）主要摄食水体中的藻类、有机碎屑和动物尸体等，可以显著改善水质，防止水体

图 7-23　移植的海三棱藨草（见彩图）

富营养化；而肉食性鱼类（如大黄鱼、黑鲷）主要摄食水体中小型鱼、虾和蟹类，防止它们过度繁殖，从而降低浮游动物对藻类的滤食作用，对于维持水体生物多样性具有十分重要的作用。

1. 水生食物网结构的本底监测

笔者于 2006 年 8 月对该人工潟湖水域内的游泳动物群落进行了监测，共记录到游泳动物 23 种，其中鱼类 14 种，甲壳动物 9 种（虾类 3 种、蟹类 6 种）。分析发现，游泳动物群落的优势种为斑尾刺虾虎鱼、纹缟虾虎鱼和髭缟虾虎鱼，这些鱼类均为肉食性鱼类，主要摄食底栖性虾类和端足类；而在人工潟湖生态系统内，居于食物网底层的低营养级的水生生物（如鲛、棱鲛、凤鲚和虾类）数量均较少。胃含物分析结果表明，几种肉食性鱼类的摄食率较低。另外，本研究还对底栖动物群落进行了监测，结果显示人工潟湖水域大型底栖动物群落种组成较单一、栖息密度和生物量均较低。上述监测结果表明：①该人工潟湖水域食物网结构不合理，肉食性鱼类、尤其是低值肉食性的虾虎鱼类过多，在整个生态系统中占据了统治地位；②滤食性鱼类仍处于弱势地位，对整个生态系统的生物操纵和调控作用不明显；③底栖动物群落组成简单、密度和生物量较低；④生态系统能量转换效率较低。

2. 水生食物网调控

为了维持水体生物多样性，使该人工潟湖形成鱼、虾、蟹、贝、藻互补共生的良性系统，经逐步筛选，笔者选择了长江口和杭州湾水域的土著物种大黄鱼、黑鲷、鲻、鲛、脊尾白虾和刀额新对虾等为主要放养种类。另外，为了修复底栖生态，提高软体动物对水体藻类的滤食作用，笔者在金山城市沙滩人工潟湖水域放养了牡蛎、四角蛤蜊、菲律宾蛤仔、泥蚶和辣螺等物种。

笔者对上述鱼、虾、贝实施增殖放流，具体物种、规格、数量、食性以及生态功能等见表 7-17。其中，鲻、鲛主要分布于水体的中上层；大黄鱼、黑鲷主要分布于水体的中下层；刀额新对虾和三疣梭子蟹主要分布于水体底层。由此可见，该人工潟湖的水生食物网得到了多层次的改善，其生态系统的结构与功能也得到了全面的修复（图 7-24，表 7-17）。

图 7-24　鱼、虾、贝、沙蚕等放养（见彩图）

表 7-17　金山城市沙滩水域生态修复补充的物种及其生态功能

物种	规格	数量	食性	生态功能
鱼类				
大黄鱼	15cm	7万尾	肉食性鱼类	调控食物网
黑鲷	7cm	1万尾	肉食性鱼类	调控食物网
鲻	2cm	11万尾	碎屑食性	取食碎屑、能量转换
鲅	2cm	11万尾	碎屑食性	取食碎屑、能量转换
虾、蟹类				
脊尾白虾	0.5~5cm	700kg	杂食性	取食碎屑、能量转换
刀额新对虾	0.6~0.8cm	170万尾	杂食性	取食碎屑、能量转换
三疣梭子蟹	Ⅱ期仔蟹	4kg	杂食性	取食碎屑、能量转换
贝类				
褶牡蛎	各种规格	4000kg	滤食性	滤食浮游植物
四角蛤蜊	1~2cm	1000kg	滤食性	滤食浮游植物
菲律宾蛤仔	1cm	50万粒	滤食性	滤食浮游植物
泥蚶	1cm	2000kg	滤食性	滤食浮游植物
缢蛏	0.5~0.8cm	1000kg	滤食性	滤食浮游植物
辣螺	5mm	1000kg	滤食性	滤食浮游植物
多毛类				
日本刺沙蚕	5cm	100kg	碎屑食性	取食碎屑,作为饵料

3. 对水体的净化作用

(1) 双壳类软体动物对水体的净化作用

双壳类软体动物为滤食性消费者,它通过滤食水体中的悬浮颗粒有机物来获取自身生长所需的营养物质。这类动物的滤食性作用能有效去除水体悬浮物、改善水质,并能控制浮游植物的大量生长。因此,双壳类软体动物是水生生态系统的重要组成成分,尤其在水质净化方面起着十分重要的功能。其净化水质的作用与滤水量有关,通常滤水量越大、净化作用越强。

双壳类动物的滤水量可以用下式计算:

$$V = \sum_1^n (s_i \cdot r_i)$$

式中,V 为滤水总量;s 为双壳类动物的现存量(以干重表示);r 为滤水率,i 为第 i 种双壳类软体动物。

滤水率是指单位时间滤食性贝类过滤水的总体积。根据笔者前期研究的结果,牡蛎的平均滤水率约为 0.80L/(h·g 干重),焦氏篮蛤和其他贝类的滤水率参照有关贝类的测定结果(张继红和方建光,2005),取值为 0.36L/(h·g 干重)。根据双壳类软体动物的现存量,据此计算了几种双壳类软体动物的滤水量(表 7-18),合计滤水总量为

$3.29 \times 10^5 \, \text{m}^3 / \text{d}$，则双壳类软体动物将整个人工潟湖水体完全滤食 1 次约需 23d。

表 7-18 各种双壳类软体动物的滤水总量

物种	现存量/g DW	滤水率/[L/(h·g DW)]	滤水总量/(m³/d)
焦氏篮蛤	37×10^6	0.36	319.7×10^3
牡蛎	0.3×10^6	0.80	5.8×10^3
其他贝类	0.4×10^6	0.36	3.5×10^3
合计			329×10^3

表 7-19 列出了该人工潟湖双壳类软体动物对氮、磷的总累积量：氮为 1.6t，磷为 0.1t。与水体中的无机态营养盐总量相比，双壳类软体动物累积的总氮量约是水体无机氮总量的 50%；而磷约是水体无机磷总量 3 倍。由此可见，双壳类动物对于降低该水体营养盐、净化水质发挥重要的作用。

表 7-19 双壳类软体动物对氮、磷的总累积量

元素	现存量/g DW	平均浓度/%	总累积量/t
氮	37.7×10^6	4.2	1.6
磷	37.7×10^6	0.3	0.1

（2）鱼类和甲壳动物对氮、磷的吸收与滞留作用

表 7-20 列出了该潟湖不同鱼类和甲壳动物对氮、磷的总累积量。其中氮为 485kg，磷为 81kg。与双壳类软体动物累积量相比，鱼类累积的总氮量远小于双壳类动物的累积量，而鱼类对磷的累积量接近于双壳类的累积量，可见鱼类对磷的累积与滞留效果较好。

表 7-20 人工潟湖水域内鱼类和甲壳动物对氮、磷的累积量

物种	资源量/kg	组织内元素含量(鲜重)		总累积量/kg	
		N	P	N	P
斑尾刺虾虎鱼	4 783	3.0%	0.5%	143.49	23.92
纹缟虾虎鱼	709	3.0%	0.5%	21.27	3.55
髭虾虎鱼	120	3.0%	0.5%	3.60	0.60
鲻梭鱼类	3 752	3.0%	0.5%	112.56	18.76
大黄鱼	3 600	3.0%	0.5%	108.00	18.00
甲壳类	1 759	3.0%	0.5%	52.77	8.80
其他	1 433	3.0%	0.5%	42.99	7.17
合计	16 156			485.00	81.00

图 7-25 显示了人工潟湖内各生物类群对氮、磷的累积总量。结果表明，生态系统系统中的大量氮、磷被转移至生物体内。其中，双壳类对氮的积累量高于大型藻类和鱼类；但所有生物体内均累积了相当部分的磷，是造成水体中磷浓度显著降低的重要原因。这表明生物群落对净化人工潟湖水质起着重要作用，尤其对水体中磷的去除作用能

够显著降低水体的富营养化水平。

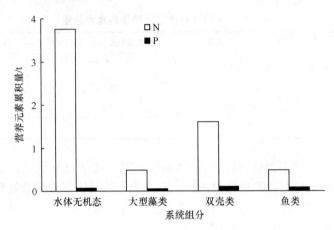

图 7-25　生态系统各生物类群对氮、磷的累积总量

三、生态修复工程的实施效果

(一) 水质改善

通过生态修复工程，水体中大多数污染物（无机氮、无机磷、Cu、Zn、Pb、Cd、挥发酚和石油类）的浓度呈现出明显的降低趋势。目前这些水质指标的浓度保持稳定，维持在很低的浓度水平，无机磷已接近"耗尽"，成为浮游植物生长的限制因子。水域内水质有了明显改善，由原来的Ⅲ～Ⅴ类水质，提升到Ⅱ类水质。其中硝酸盐氮、亚硝酸盐氮、无机氮、无机磷、总磷、重金属（Cu、Zn、Pb、Cd）浓度下降尤为明显（图 7-26）。

(二) 生态系统结构优化与改善

1. 生态系统初级生产力

初级生产者是整个生态系统的能量基础。实施生态修复工程后，水体透明度增加，许多大型海藻和附着性藻类开始生长，由于江蓠等物种的引入，初级生产者的物种多样性明显增加，主要包括：浮游植物、附着性藻类、芦苇、浒苔及江蓠等，初级生产力也有所提高。笔者比较了生态修复工程实施前后（用该人工潟湖外的杭州湾水体作为修复前的对照）该人工潟湖水域内浮游植物丰度和生物量的变化，发现浮游植物丰度有显著增加，但总生物量变化不大（图 7-27）。

另外，金山城市沙滩人工潟湖围堤建成以后，工程内水域与杭州湾水体分离，形成了一个封闭性的人工潟湖生态系统。由于泥沙沉降作用，人工潟湖水体透明度增加，为大型藻类的生长提供了一个合适的环境。从 2006 年 9 月开始，在人工潟湖沿岸的堤坡和湖底上开始形成浒苔自然群落（图 7-28）。从 2007 年 1～6 月监测结果来看，大型藻类浒苔在 4 月达到其生长的高峰，其最大生物量达到 2200g FW/m²，折合成干重为 440g/m²。以整个水域的 1% 作为其分布面积，则整个人工潟湖水域内大型藻类的生物

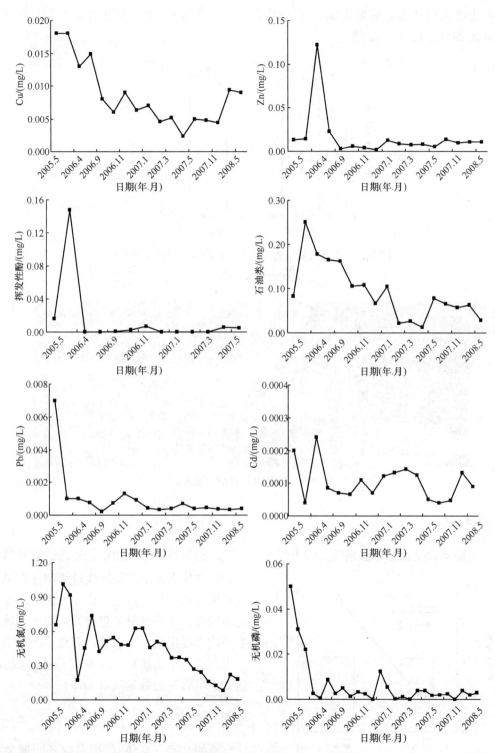

图 7-26　金山城市沙滩人工潟湖水域水质变化趋势

2006 年 3 月和 4 月为施工期；2006 年 8 月至 2007 年 5 月期间实施生态修复工程；2007 年 5 月后为生态修复效果评估期

量可达到 7.6t 干重，鲜重为 33t。经估算，自然形成的浒苔群落每年可从该人工潟湖水域吸收 240kg 氮和 33kg 磷。

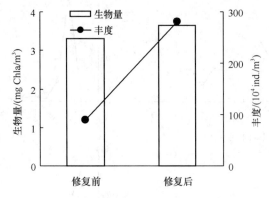

图 7-27　生态修复工程前后人工潟湖水域浮游植物丰度
和生物量的比较

图 7-28　浒苔自然群落（见彩图）

2. 浮游动物

浮游动物是水生生态系统关键类群之一，同时也是许多鱼类和甲壳动物的重要饵料生物，在生态系统的物质能量流动过程中扮演着重要角色。通过生态修复工程实施前后比较发现，生态修复工程将人工潟湖水域浮游动物丰度提高了 2.5 倍，而总生物量变化不大，表明生态修复工程增加了生态系统内鱼类饵料资源的数量（图 7-29）。

3. 底栖动物

底栖动物在水体-底栖系统之间能量耦合中扮演着重要角色，同时也是净化水体的关键生物类群。工程水域底栖动物的主要优

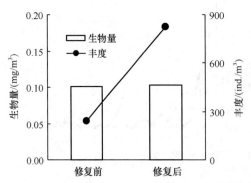

图 7-29　生态修复工程前后人工潟湖水域浮游
动物丰度和生物量的比较

势种为焦氏篮蛤、加州齿吻沙蚕、豆形拳蟹、近江牡蛎和河蚬等，其中焦氏篮蛤的种群数量较大。与修复前相比，实施生态修复工程后不仅大型底栖动物的生物多样性显著增加，而且人工潟湖水域内底栖动物的栖息密度和生物量比修复前分别增加了 15 倍和 35 倍，底栖动物群落以双壳类软体动物为主，较好地改善了该人工潟湖的底栖生态结构（图 7-30）。

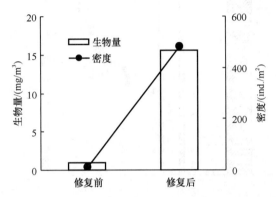

图 7-30　生态修复工程前后人工潟湖水域底栖动物
密度和生物量的比较

4. 水生食物网结构

（1）水生食物网营养基础的改变

图 7-31 显示修复后金山城市沙滩人工潟湖水域中 19 种水生生物的稳定 C 同位素比值（Quan et al.，2010）。除鲅以外，其他 18 种消费者的 δ^{13}C 值均介于浮游植物（POM）和附着性藻类（EPA）的 δ^{13}C 值之间，可见这两类初级生产者是消费者的重要有机碳源。依据各种消费者的取食类型和 δ^{13}C 值，可以把 19 种消费者划分为下列三种类型。①以浮游植物为主要碳源：主要以焦氏篮蛤和近江牡蛎为代表，它们的 δ^{13}C 值十分接近于浮游植物的 δ^{13}C 值。另外，浮游动物的 δ^{13}C 值也接近于浮游植物，它的主要食物也是浮游植物；②以附着性藻类为主要碳源：包括鲅、大黄鱼、脊尾白虾和葛氏长臂虾等，它们的 δ^{13}C 值比较接近于附着性藻类的 δ^{13}C 值，因此认为这几种消费者主要同化来自于附着性藻类的有机碳；③混合碳源：其他 12 种消费者的 δ^{13}C 值均介于浮游植物和附着性藻类的 δ^{13}C 值之间，可见这些消费者主要同化来自于浮游植物、附着性藻类和浒苔的混合碳源。而在修复前，人工潟湖水域的主要初级生产者是浮游植物，而大型藻类和附着性藻类在此水域内比较少见。因此，人工生态修复工程增加了附着性藻类和大型藻类对人工潟湖水生食物网的能量贡献（Quan et al.，2010）。

（2）水生食物网营养结构和碳流途径的优化

图 7-32 显示了 19 种初级消费者（8 种鱼类和 11 种大型无脊椎动物）稳定氮同位素值的排序。在 8 种鱼类中，有 7 种鱼类属于次级消费者（肉食性），仅 1 种鱼类（鲅）为初级消费者；而在 11 种大型无脊椎动物中，2 种（虾蛄和加州齿吻沙蚕）为真正意义上的次级消费者，其他 9 种可划分为初级消费者。依据 δ^{15}N 值，可以把这 9 种大型

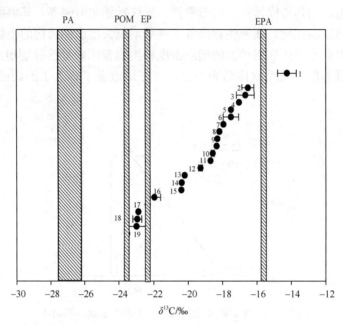

图 7-31　人工潟湖水域初级生产者和消费者的稳定 C 同位素比值（Quan et al.，2010）

误差棒表示标准误差；各简写及数字的含义如下：PA. 芦苇；POM. 颗粒有机物（代表浮游植物）；EP. 浒苔；
EPA. 附着性藻类。各数字分别表示：1. 鲛；2. 大黄鱼；3. 脊尾白虾；4. 葛氏长臂虾；5. 豆形拳蟹；6. 斑尾刺虾
虎鱼；7. 纹缩虾虎鱼；8. 窄体舌鳎；9. 中华绒螯蟹；10. 鲻；11. 虾蛄；12. 刀鲚；13. 锯缘青蟹；14. 加州齿吻沙
蚕；15. 钩虾；16. 斑鰶；17. 浮游动物；18. 焦氏篮蛤；19. 近江牡蛎

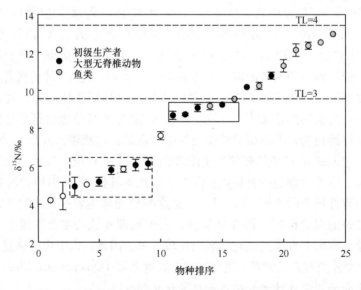

图 7-32　基于 $\delta^{15}N$ 值估算的无脊椎动物和鱼类的营养级（Quan et al.，2010）

误差棒表示标准误差；虚线框代表滤食性或草食性消费者，实线框代表杂食性消费者；TL 为营养级

　　无脊椎动物划分为两种食性类群：一类为滤食性或草食性，包括焦氏篮蛤、近江牡蛎、
钩虾、豆形拳蟹和浮游动物等；另一类为杂食性消费者，包括梭、脊尾白虾、葛氏长臂

虾、锯缘青蟹和中华绒螯蟹等。

人工潟湖水生食物网基本可划分 3 个营养层次，即初级生产者、初级消费者和次级消费者，没有三级消费者。初级消费者基本可划分两类：一类为植食或滤食性动物，另一类为杂食性消费者。从能流的强度来看，浮游植物和附着性藻类是整个食物网的能量基础，而杂食性动物（脊尾白虾、葛氏长臂虾和梭等）在水生食物网的能流传输过程中扮演着十分重要的角色（图 7-33）。斑尾刺虾虎鱼是水生食物网中最重要的顶级消费者，它对低营养级消费者的掠夺式捕食作用会显著降低水生食物网的稳定性。

与修复前相比，修复后的人工潟湖水生生态系统内初级消费者的种类和数量有明显增加，肉食性鱼类不再占绝对优势，水生食物网营养结构更加合理，并提高了水生生态系统的能量转换效率。

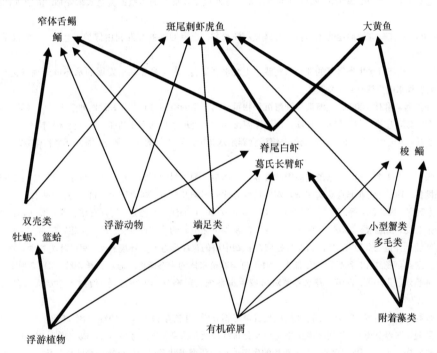

图 7-33　金山城市沙滩人工潟湖水域简化的水生食物网
图中粗箭头表示更强的能流

综上所述，金山城市沙滩人工潟湖生态修复工程，构筑了鱼、虾、蟹、贝、藻互补共生的水生态系统，降低了水体氮、磷营养元素的浓度，提高了水生动物对浮游植物的摄食比率，有效地控制了该水域富营养化问题。实施结果表明：大量的氮、磷被富集于有机生物体内，其中双壳类对氮、磷的富集与滞留效果较好，尤其对去除水体中的磷起着十分重要的作用。另外，生态修复工程的实施增加了水域内的生物多样性，提高了浮游动物和底栖动物的丰度，优化了水生生物群落结构，改善了水生食物网结构和碳流途径，是人工修复近海富营养化水域的成功实例。

（本节著者：陈亚瞿　全为民　施利燕）

参 考 文 献

毕春娟，陈振楼，许世远，等. 2003. 长江口潮滩植物根际重金属的分布与累积. 矿物岩石地球化学通报，22（1）：38-41

陈秀荣，周琪. 2005. 人工湿地脱氮除磷特性研究. 环境污染与防治，27（7）：526-529

陈亚瞿，金镠，谈泽炜. 2003. 长江口生态系统生物修复工程二——底栖动物的增殖放流//韦鹤平，汪松年，洪浩. 海峡两岸水资源与水环境保护论坛. 西安：陕西人民出版社：241-245

陈亚瞿，李春鞠，徐兆礼，等. 2005. 长江口生态修复//汪松年. 上海市水生态修复的调查研究. 上海：上海科学技术出版社：129-134

陈亚瞿，全为民，施利燕，等. 2007a. 长江口水生生态修复措施//中国海洋学会和中国海洋湖沼学会海岸河口分会. 第十届中国河口海岸学术研讨会论文集. 北京：海洋出版社：222-228

陈亚瞿，施利燕，全为民. 2007b. 长江口生态修复工程底栖动物群落的增殖放流及效果评估. 渔业现代化，（2）：35-39

陈亚瞿. 2003. 长江口滨海湿地的生态特征及修复//汪松年. 上海湿地的开发利用保护. 上海：上海科学技术出版社：115-121

陈亚瞿. 2005. 长江口水生态修复的理论与实践//上海水利学会. 人与自然和谐发展的水环境治理理论与实践. 北京：中国水利水电出版社：302-306

陈振楼，许世远，柳林. 2000. 上海滨岸潮滩沉积物重金属元素的空间分布与累积. 地理学报，55（6）：641-651

丁峰元，左本荣，庄平，等. 2005. 长江口南汇潮滩湿地污水处理系统的净化功能. 环境科学与技术，28（3）：3-5

付晚涛，张卫，金美芳，等. 2006. 繁茂膜海绵滤食养殖水体中过剩饵料的初步研究. 海洋环境科学，2006，25（3）：29-32

付晚涛，张卫，金美芳. 2007. 繁茂膜海绵滤食养殖水体中过剩饵料的研究. 海洋环境科学，35（3）：29-32

高超，张桃林. 1999. 农业非点源磷污染对水体富营养化的影响及对策. 湖泊科学，11（4）：369-375

高露姣，沈盎绿，韩金娣，等. 2006. 巨牡蛎（Crassostrea sp.）的滤水率测定. 海洋环境科学，25（4）：62-65

高效江，张念礼，陈振楼. 2002. 上海滨岸潮滩水沉积物中无机氮的季节性变化. 地理学报，57（4）：407-412

侯立军，刘敏，许世远. 2001. 长江口岸带柱状沉积物中磷的存在形态及其环境意义. 海洋环境科学，20（2）：8-13

胡海燕，卢继武，杨红生. 2003. 大型藻类对海水鱼类养殖水体的生态调控. 海洋科学，27（2）：19-21

胡文佳，杨圣云，朱小明. 2007. 海水养殖对海域生态系统的影响及其生物修复. 厦门大学学报（自然科学版），46（1）：197-202

黄华梅，张利权，高占国. 2005. 上海滩涂植被资源遥感分析. 生态学报，25（10）：2686-2693

康勤书，吴莹，张经. 2003. 崇明东滩湿地重金属分布特征及其污染状况. 海洋学报，25（增刊2）：1-7

李美真，詹冬梅，丁刚，等. 2007. 人工藻场的生态作用、研究现状及可行性分析. 渔业现代化，（1）：20-22

李秋芬，袁有宪. 2000. 海水养殖环境生物修复技术研究展望. 中国水产科学，7（2）：90-92

李文朝. 1995. 富营养化浅水湖泊的生物调控//陈晓峰，戴小峰，胡涛. 生态环境研究和可持续发展. 北京：中国环境科学出版社

林贞贤，汝少国，杨宇峰. 2007. 大型海藻对富营养化海湾生物修复的研究进展. 海洋湖沼通报，（4）：128-134

刘敏，侯立军，许世远，等. 2001. 河口滨岸潮滩沉积物-水界面N、P的扩散通量. 海洋环境科学，20（3）：19-23

刘敏，陆敏，许世远，等. 2000. 长江河口及其上海岸带水体沉积物中磷的存在形态. 地学前缘，7（增刊）：94-98

刘清玉，戴雪荣，何小勤. 2003. 崇明东滩表层沉积物的粒度空间分布特征. 上海地质，4：5-8

刘双江，孙燕，岑远华. 1995. 采用光合细菌控制水体中亚硝酸盐的研究. 环境科学，16（6）：21-23

鲁如坤，时正元，施建平. 2000. 我国南方6省农田养分平衡现状评价和动态变化研究. 中国农业科学，33（2）：63-67

罗勇胜，张道波，李卓佳. 2007. 有益菌与大型藻类净化集约化养殖废水的展望. 海洋湖沼通报，（2）：111-116

马贵华，李达，丁庆秋. 2004. 内陆天然水域生物调控措施的研究进展. 水利渔业，24（1）：44-46

马立珊，汪祖强，张水铭，等. 1997. 苏南太湖水系农业面源污染及其控制对策研究. 环境科学学报，17（1）：39-47

毛玉泽，杨红生，王如才. 2005. 大型藻类在综合海水养殖系统中的生物修复作用. 中国水产科学，12（2）：225-231

钱嫦萍，陈振楼，毕春娟，等. 2002. 潮滩沉积物重金属生物地球化学研究进展. 环境科学研究，15（5）：49-52

全为民，韩金娣，平先隐，等. 2008. 长江口湿地沉积物中的氮、磷及重金属. 海洋科学，32（6）：89-93

全为民，李春鞠，韩金娣，等. 2006a. 长江口湿地营养盐与重金属的分布、迁移与累积研究. 生态学报，26（10）：3324-3331

全为民，沈盎绿，钱蓓蕾，等. 2007a. 长江口盐沼植物对营养盐和重金属的吸收、分布与滞留研究. 海洋环境科学，26（1）：14-18

全为民，沈剑峰，董妹勤，等. 2002. 杭嘉湖平原农业面源污染及其治理措施. 农业环境与发展，19（2）：22-24

全为民，沈新强，罗民波，等. 2006b. 河口地区牡蛎礁的生态功能及恢复措施. 生态学杂志，25（10）：1234-1239

全为民，沈新强，严力蛟. 2003. 富营养化水体生物净化的研究进展. 应用生态学报，14（11）：2057-2061

全为民，严力蛟. 2002. 农业面源污染对水体富营养化的影响及其防治措施. 生态学报，22（3）：291-299

全为民，张锦平，平先隐，等. 2007b. 巨牡蛎（Crassostrea sp.）对河口环境的净化功能及其生态服务价值评估. 应用生态学报，18（4）：871-876

邵志刚. 2001. 上海市合流污水处理方法研究（中型）. 中国市政工程，Z1：13-16

石金辉，高会旺，张经. 2006. 大气有机氮沉降及其对海洋生态系统的影响. 地球科学进展，21（7）：721-729

童春富，陆健健，何文珊. 2002. 湿地功能及生态经济价值评估研究. 生态经济，（11）：31-33

王福表. 2002. 网箱养殖水污染及治理对策. 海洋科学，26（7）：24-26

王国祥，成小英，濮培民. 2002. 湖泊藻型富营养化控制技术、理论及应用. 湖泊科学，14（3）：273-282

王国祥，濮培民，黄宜凯. 1998. 太湖反硝化、硝化、亚硝化及氨化细菌分布及其作用. 应用与环境生物学报，5（2）：190-194

王焕明. 1994. 藻虾混养的研究：江蓠与新对虾、青蟹在鱼塘中混养的试验. 海洋湖沼通报，（3）：52-59

王军，陈振楼，王东启，等. 2006. 长江口湿地沉积物-水界面无机氮交换总通量量算系统研究. 环境科学研究，19（4）：1-7

夏立群，张红莲，简纪常，等. 2005. 植物修复技术在近海污染治理中的研究与应用. 水资源保护，21（1）：32-35

徐永建，钱鲁闽，焦念志. 2004. 江蓠作为富营养化指示生物及修复生物的氮营养特性. 中国水产科学，11（3）：276-280

徐永健，韦玮，钱鲁闽. 2007. 菊花江蓠对陆基围隔高密度对虾养殖的污染净化与水质调控. 中国水产科学，14（3）：430-435

许世远，陶静，陈振楼，等. 1997. 上海潮滩沉积物重金属的动力学累积特征. 海洋与湖沼，28（5）：509-515

杨宇峰，费修绠. 2003. 大型海藻对富营养化海水养殖区生物修复的研究与展望. 青岛海洋大学学报，33（1）：53-57

于沛民，张秀梅，张沛东，等. 2007. 人工藻礁设计与投放的研究进展. 海洋科学，31（5）：80-84

张继红，方建光. 2005. 海洋双壳贝类滤水率测定方法概述. 海洋水产研究，26（1）：86-93

赵卫红，王江涛. 2007. 大气湿沉降对营养盐向长江口输入及水域富营养化的影响. 海洋环境科学，26（3）：208-210

郑天凌，庄铁城，蔡立哲，等. 2001. 微生物在海洋污染环境中的生物修复作用. 厦门大学学报（自然科学版），4（2）：524-534

郑兴灿. 2000. 城市污水生物除磷脱氮工艺方案的选择. 给水排水，26（5）：1-4

Andrew H B, Irving A M. 1998. Effects of salinity and water level on coastal marshes: an experimental test of disturbance as a catalyst for vegetation change. Aquatic Botany, 61: 255-268

Breitburg D L, Coen L D, Luckenbach M W, et al. 2000. Oyster reef restoration: convergence of harvest and conservation strategies. Journal of Shellfish Research, 19: 371-377

Burke D J, Weis J S, Weis P. 2000. Release of metals by the leaves of the salt marsh grasses Spartina alterniflora and Phragmites australis. Estuarine, Coastal and Shelf Science, 51: 153-159

Cacador I，Vale C，Catarino F. 2000. Seasonal variation of Zn，Pb，Cu and Cd concentrations in the root-sediment system of *Spartina maritime* and *Halimione portulacoides* from Tagus estuary salt marshes. Marine Environmental Research，49：279-290

Cardoso P G，Pardal M A，Lilleb A I，et al. 2004. Dynamic changes in seagrass assemblages under eutrophication and implications for recovery. Journal of Experimental Marine Biology and Ecology，32（2）：233-248

Coelho J P，Flindt M R，Jensen H S，et al. 2004. Phosphorus speciation and availability in intertidal sediments of a temperate estuary：relation to eutrophication and annual P-fluxes. Estuarine，Coastal and Shelf Science，61：583-590

Coen L D，Luckenbach M W. 2000. Developing success criteria and goals for evaluating oyster reef restoration：ecological function or resource exploitation? Ecological Engineering，15：323-343

Cooke L G. 1994. Nutrient transformations in a natural wetland receiving sewage effluent and the implicationfor waste treatment. Water Science and Technology，29：209-227

Cooper S R，Brush G S. 1993. A 2,500-year history of anoxia and eutrophication in Chesapeake Bay. Estuaries，16：617-626

Correll D L. 1998. The role of phosphorus in the eutrophication of receiving waters：a symposium review. Journal of Environment Quality，27：261-270

Daehler C C，Strong D R. 1996. Status，prediction and prevention of introduced cordgrass *Spartina* spp. invasions in Pacific estuaries，USA. Biological Conservation，78：51-58

Dame R D，Bushek D，Allen D，et al. 2000. The experimental analysis of tidal creeks dominated by oyster reefs：the premanipulation year. Journal of Shellfish Research，19：361-369

Dame R D，Libes S. 1993. Oyster reefs and nutrient retention in tidal creeks. Journal of Experimental Marine Biology and Ecology，171：251-258

Dame R D，Spurrier J D，Wolaver T G. 1989. Carbon，nitrogen and phosphorus processing by an oyster reef. Marine Ecology Progress Series，54：249-256

Dame R D，Spurrier J D，Zingmark R G. 1992. *In situ* metabolism of an oyster reef. Journal of Experimental Marine Biology and Ecology，164：147-159

Dame R D，Zingmark R G，Haskin E. 1984. Oyster reefs as processors of estuarine materials. Journal of Experimental Marine Biology and Ecology，83：239-247

Dame R D. 2005. Oyster reef restoration：a complex systems problem. Journal of Shellfish Research，24：320-331

Daniel T C，Richard M A，Deanna L O，et al. 1998. Non-point sources. Water Environment Research，70：895-906

Doyle R C，Stanton G C，Wolf D C. 1977. Effectiveness of forest and grass buffer strip in improving the water quality of manure polluted runoff. St. Joseph，MI：American Society of Agricultural Engineers. ASAE Paper No. 77-2501

Drenner R W，Hambright K D. 1999. Biomanipulation of fish assemblages as a lake restoration technique. Archive of Für Hydrobiology，146：129-165

Edwards W M，Owens L B，White R K. 1983. Managing runoff from a small，paved，beef feedlot. Journal of Environmental Quality，12：281-286

Ertl D S，Young K A，Rahoy V. 1998. Plant genetic approaches to phosphorus management in agricultural production. Journal of Environment Quality，27：299-304

Fei X G. 2004. Solving the coastal eutrophication problem by large scale seaweed cultivation. Hydrobiologia，512（123）：145-151

Fitzgerald E J，Caffrey J M，Nesaratnam S T，et al. 2003. Copper and lead concentrations in salt marsh plants on the Suir Estuary，Ireland. Environmental Pollution，123：67-74

Funge S，Briggs M R P. 1998. Nutrient budgets in intensive shrimp ponds：implications for sustainability. Aquaculture，164（18）：177-133

Gerritsen J, Holland A F, Irvine D E. 1997. Suspension-feeding bivalves and the fate of primary production: an estuarine model applied to the Chesapeake Bay. Estuaries, 17: 403-416

Grabowski J H, Powers S P. 2004. Habitat complexity mitigates trophic transfer on oyster reefs. Marine Ecology Progress Series, 277: 291-295

Gustafson A, Fleischer S, Joelsson A. 1998. Decreased leaching and increased retention potential co-operative measures to reduce diffuse nitrogen load on a watershed level. Water Science and Technology, 38: 181-189

Gustafson A, Fleischer S, Joelsson A. 2000. A catchment-oriented and cost-effective policy for water protection. Ecological Engineering, 14: 419-427

Hargis W J, Haven D S. 1999. Chesapeake oyster reefs, their importance, destruction and guidelines for restoring them. In: Luckenbach M W, Mann R, Wesson J A. Oyster Reef Habitat Restoration: a Synopsis and Synthesis of Approaches. Gloucester Point: VIMS Press

Hicks B N. 1993. Bioremediation: A natural solution. Pollution Engineering, 25 (2): 30-33

Hosper H S. 1998. Stable states, buffers and switches: an ecosystem approaches to the restoration and management of shallow lakes in the Netherlands. Water Sciences and Technology, 37 (3): 151-164

Hunter C L, Stephenson M D, Tjeerdema R S. 1995. Contaminants in oysters in Kaneohe Bay, Hawaii. Marine Pollution Bulletin, 30: 646-654

Jackson J B C, Kirby M X, Berger W H, et al. 2001. Historical overfishing and the recent collapse of coastal ecosystems. Science, 293: 629-637

Jones A B, Dennison W C, Preston N P. 2001. Integrated treatment of shrimp effluent by sedimentation, oyster filtration and macroalgal absorption: a laboratory scale study. Aquaculture, 193: 155-178

Jφrgensen C B, Famme P, Kristensen H S, et al. 1986. The bivalve pump. Marine Ecology Progress Series, 34: 69-77

Lim P E, Lee C K, Din Z. 1995. Accumulation of heavy metals by cultured oysters from Merbok estuary, Malaysia. Marine Pollution Bulletin, 31: 420-423

Luckenbach M W, Coen L D. 2003. Oyster reef habitat restoration: a review of restoration approaches and an agenda for the future. Journal of Shellfish Research, 22: 341-350

Magette W L, Brinsfield R B, et al. 1989. Nutrient and sediment removal by vegetated filter strips. Transactions of the ASAE, 32 (2): 663-667

Maria C R, Mauro F R, Joao P M, et al. 2005. Bioaccumulation and depuration of Zn and Cd in mangrove oysters (Crassostrea rhizophorae, Guilding, 1828) transplanted to and from a contaminated tropical coastal lagoon. Marine Environmental Research, 59: 277-285

McClelland J W, Valiela I. 1998. Changes in food web structure under the influence of increased anthropogenic nitrogen inputs to estuaries. Marine Ecology Progress Series, 168: 259-271

Meyer D L, Townsend E C. 2000. Faunal utilization of created intertidal eastern oyster (Crassostrea virginica) reefs in the southeastern United States. Estuaries, 23: 34-45

Nelson K A, Leonard L A, Posey M H, et al. 2004. Using transplanted oyster (Crassostrea virginica) beds to improve water quality in small tidal creeks: a pilot study. Journal of Experimental Marine Biology and Ecology, 298: 347-368

O'Beirn F X, Luckenbach M W, Nestlerode J A, et al. 2000. Toward design criteria in constructed oyster reefs: oyster recruitment as a function of substrate type and tidal height. Journal of Shellfish Research, 19: 387-395

Osman R W, Whitlatch R B, Zajac R N. 1989. Effects of resident species on recruitment into a community: larval settlement versus post-settlement mortality in the oyster Crassostrea virginica. Marine Ecology Progress Series, 54: 61-73

Peterson C H, Grabowski J H, Powers S P. 2003. Estimated enhancement of fish production resulting from restoring oyster reef habitat: Quantitative valuation. Marine Ecology Progress Series, 264: 249-264

Quan W M, Shen X Q, Gan J L, et al. 2006. Isolation of denitrifying bacteria in sea sediment and simulated experiment of removing nitrate from seawater. Marine Science Bulletin, 8 (1): 46-52

Quan W M, Shi L Y, Chen Y Q. 2010. Stable isotopes in aquaticfood web of an artificial lagoon in the Hangzhou Bay, China. Chinese Journal of Oceanology and Limnology, 28: 489-497

Quan W M, Shi L Y, Han J D, et al. 2010. Spatial and temporal distributions of nitrogen, phosphorus and heavy metals in the intertidal sediment of the Changjiang River Estuary in China. Acta Oceanology Sinica, 29: 108-115

Quan W M, Zhu J X, Ni Y, et al. 2009. Faunal utilization of constructed intertidal oyster (*Crassostrea rivularis*) reef in the Yangtze River estuary, China. Ecological Engineering, 35: 1466-1475

Romero J A, Comin F A, Garcia C. 1999. Restored wetlands as filters to remove nitrogen. Chemosphere, 39: 323-332

Rothschild B J, Ault J S, Goulletquer P, et al. 1994. Decline of the Chesapeake Bay oyster population: a century of habitat destruction and overfishing. Marine Ecology Progress Series, 111: 29-39

Scheffer M, Rinaldl S, Kuznetsov Y A. 2000. Effects of fish on plankton dynamics: a theoretical analysis. Canadian Journal of Fisheries and Aquatic Sciences, 57: 1208-1219

Schuenhoff M, Shpigel I, Lupatsch A, et al. 2003. A semi-recirculating, integrated system for the culture of fish and seaweed. Aquaculture, 221: 167-181

Simas T C, Ferreira J G. 2007. Nutrients enrichment and the role of salt marshes, in the Tagus estuary (Portugal). Estuarine, Coastal and Shelf Science, 85: 393-407

Sims J T, Goggin N, McDermott J. 1999. Nutrient management for water quality protection: integrating research into environmental policy. Water Science and Technology, 39: 291-298

Stewart T W, Wirier J G, Lowe R L. 1998. An experimental analysis of crayfish (*Orconectes rusticus*) effects on a Dreissena-dominateel benthic macroinvertebrate community in western lake Erie. Canadian Journal of Fisheries and Aquatic Sciences, 55: 1040-1050

Thompson D B, Loudon T L, Gerrish JB. 1978. Winter and Spring Runoff from Manure Application Plots. American Society of Agricultural Engineers, Paper No. 78-2032

Tomes A E. 1994. The basics of bioremediation. Pollution Engineering, 26 (6): 46-47

Ulanowicz R E, Tuttle J H. 1992. The trophic consequences of oyster stock rehabilitation in Chesapeake Bay. Estuaries, 15: 298-306

Weinstein M P, Reed D J. 2005. Sustainable coastal development: the dual mandate and a recommendation for 'commerce managed areas'. Restoration Ecology, 13: 174-182

Weinstein M P. 2008. Ecological restoration and estuarine management: placing people in the coastal landscape. Journal of Applied Ecology, 45: 296-304

Weis J S, Weis P. 2004. Metal uptake, transport and release by wetland plants: implication for phytoremediation and restoration. Environment International, 30: 685-700

Weis P, Windham L, Burke D J, et al. 2002. Release into the environment of metals by two vascular salt marsh plants. Marine Environmental Research, 54: 325-329

Whitall D, Castro M, Driscoll C. 2004. Evaluation of management strategies for reducing nitrogen loadings to four US estuaries. Science of the Total Environment, 333: 25-36

Whitall D, Hendrickson B, Paerl H W. 2003. Importance of atmospherically deposited nitrogen to the annual nitrogen budget of the Neuse River estuary, North Carolina. Environment International, 29: 393-399

Windham L, Lathrop R G. 1999. Effects of *Phragmites australis* (common reed) on aboveground biomass and soil properties in brackish tidal marsh of the Mullica River, New Jersey. Estuaries, 22: 927-935

Windham L, Weis J S, Weis P. 2003. Uptake and distribution of metals in two dominant salt marsh macrophytes, *Spartina alterniflora* (cordgrass) and *Phragmites australis* (common reed). Estuarine, Coastal and Shelf Science, 56: 63-72

Young R A, Huntrods T, Anderson W. 1980. Effectiveness of vegetated buffer strips in controlling pollution from feedlot runoff. Journal of Environmental Quality, 9: 483-487

Zammit C, Sivapalan M, Kelsey P, et al. 2005. Modelling the effects of land use change modifications to control nutrient loads from an agricultural catchment in western Australia. Ecological Modelling, 187: 60-70

Zhang C S, Wang L J, Li G S, et al. 2002. Grain size effect on multi-element concentrations in sediments from the intertidal flats of Bohai Bay, China. Applied Geochemistry, 17: 59-68

Zhang J, Chen S Z, Yu Z G, et al. 1999. Factors influencing changes in rainwater composition from urban versus rewrote region of the Yellow Sea. Journal of Geophysics Research, 104: 1631-1644

Zhang J, Liu M G. 1994. Observations on nutrient dements and sulphate in atmospheric wet deposition over the north-west Pacific coastal oceans-Yellow Sea. Marine Chemistry, 47: 173-189

Zhang W, Yu L, Hutchinson S M, et al. 2001. China's Yangtze Estuary: I. Geomorphic influence on heavy metal accumulation in intertidal sediments. Geomorphology, 41: 195-205

彩　　图

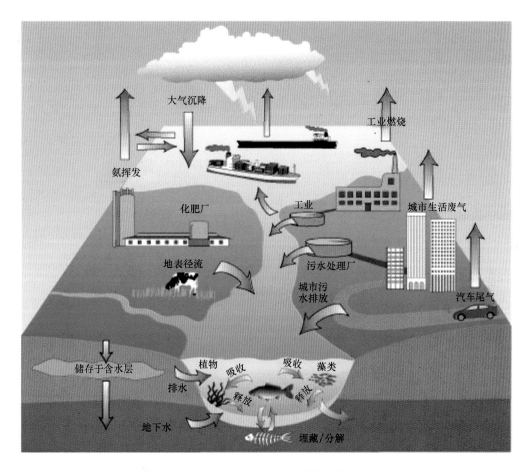

彩图 1-1　人类活动与沿海水域营养盐循环的关系

图片来源：http://www.sccwrp.org/ResearchAreas/Nutrients/NutrientCyclingInEstuaries/BackgroundNutrientCycle.aspx

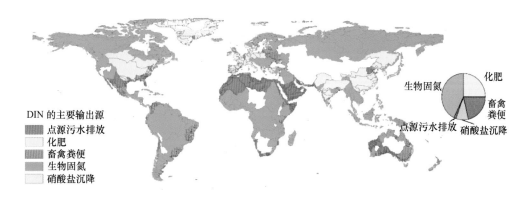

彩图 1-6　全球近海氮的主要来源分布及比例（IOC Secretariat，2008）

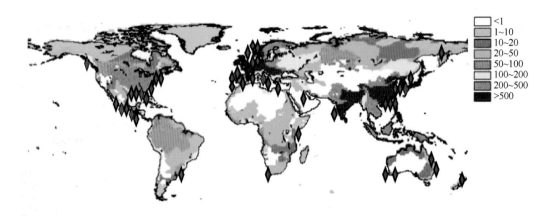

彩图 1-7　全球微型原甲藻水华与氮排放量（IOC Secretariat，2008）

氮排放量单位：kg N/(km²流域·a)

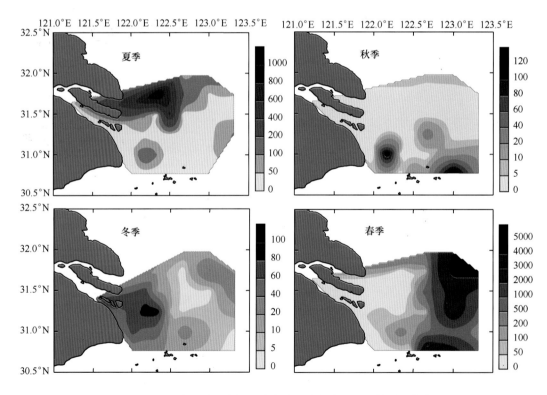

彩图 2-19　表层浮游植物细胞丰度（个细胞/mL）的平面分布

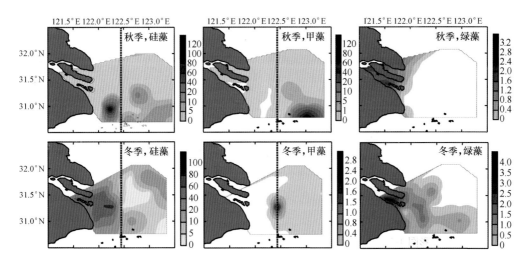

彩图 2-20　秋、冬季硅藻、甲藻和绿藻细胞丰度（个细胞/mL）的平面分布

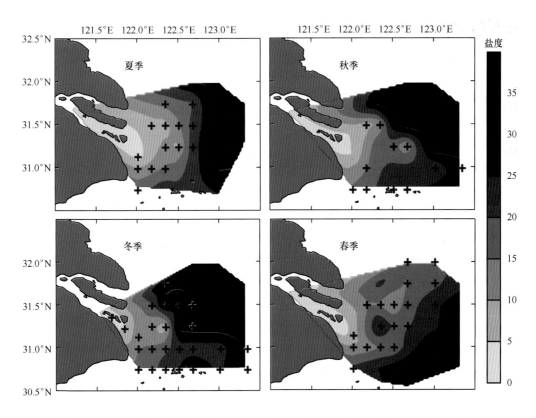

彩图 2-21　表层盐度分布及中肋骨条藻优势分布区（✚代表中肋骨条藻占优势的站位）

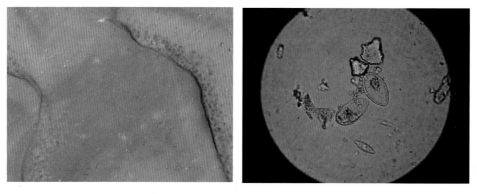

彩图 2-22　潮滩上生长的底栖微藻（左图）和鲛的胃含物镜检图（右图）（全为民摄于 2005 年）

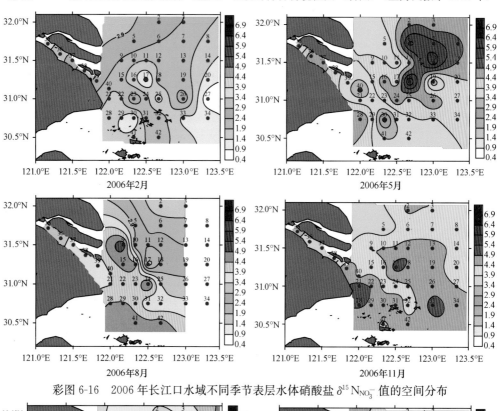

彩图 6-16　2006 年长江口水域不同季节表层水体硝酸盐 $\delta^{15}N_{NO_3^-}$ 值的空间分布

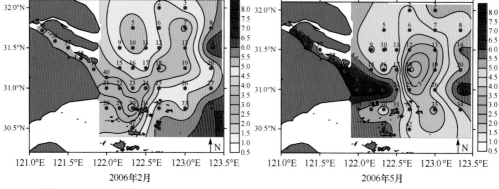

彩图 6-37　2006 年长江口海域不同季节表层水体中悬浮颗粒物 $\delta^{15}N_p$ 值的空间分布

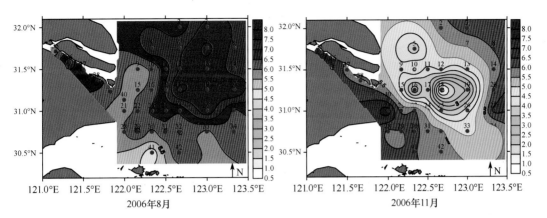

彩图 6-37（续） 2006 年长江口海域不同季节表层水体中悬浮颗粒物 $\delta^{15}N_p$ 值的空间分布

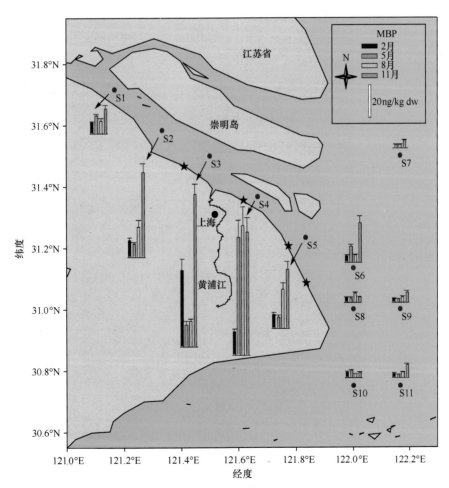

彩图 6-47 长江口水域表层沉积物中 MBP 的时空分布

★表示石洞口、竹园、白龙港和新禾等排污口

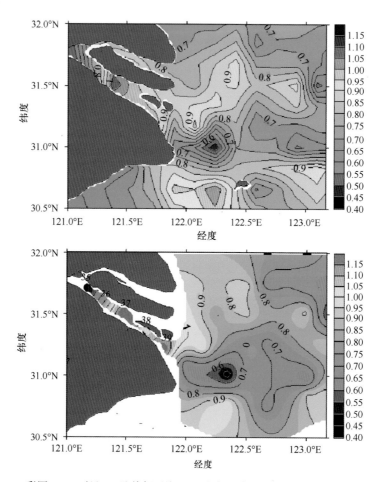

彩图 6-78　长江口及其邻近海区 2 月表层磷酸盐（μmol/L）分布

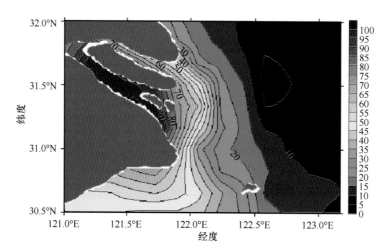

彩图 6-79　长江口及其邻近海区 2 月表层硝酸盐（μmol/L）分布

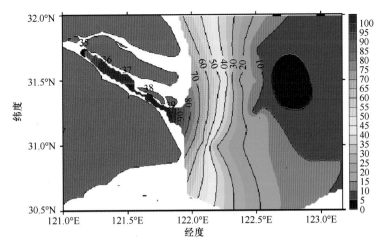

彩图 6-79（续） 长江口及其邻近海区 2 月表层硝酸盐（μmol/L）分布

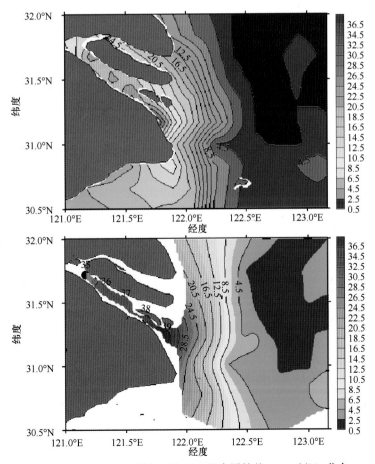

彩图 6-80 长江口及其邻近海区 2 月表层铵盐（μmol/L）分布

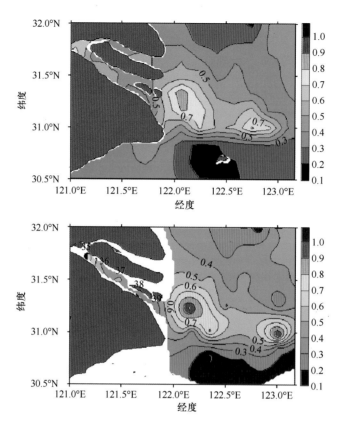

彩图 6-81　长江口及其邻近海区 2 月表层浮游植物（叶绿素 a）（μg/L）分布

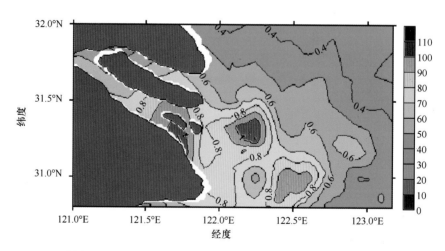

彩图 6-82　长江口及其邻近海区 5 月表层磷酸盐（μmol/L）分布

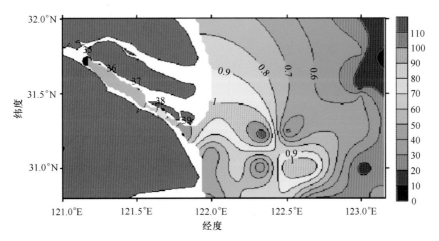

彩图 6-82（续） 长江口及其邻近海区 5 月表层磷酸盐（μmol/L）分布

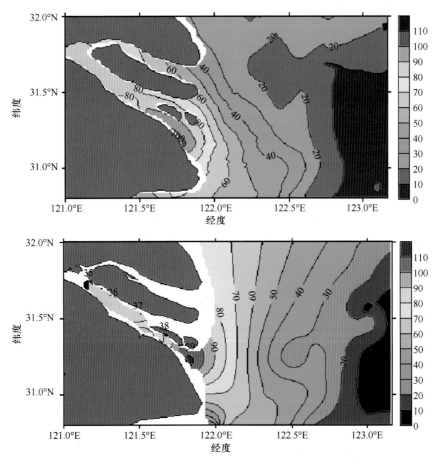

彩图 6-83 长江口及其邻近海区 5 月表层硝酸盐（μmol/L）分布

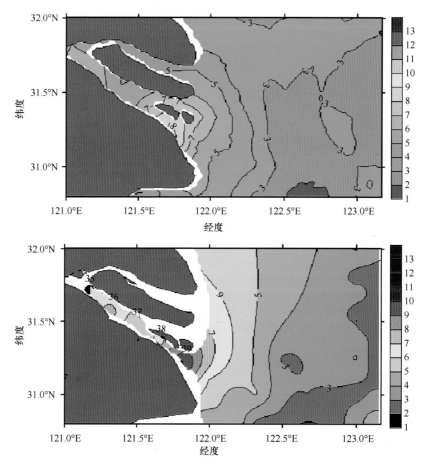

彩图 6-84　长江口及其邻近海区 5 月表层铵盐（μmol/L）分布

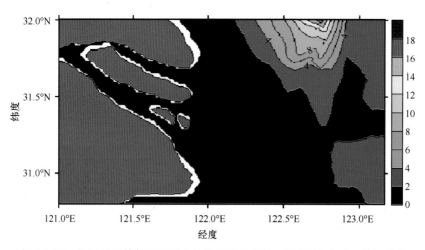

彩图 6-85　长江口及其邻近海区 5 月表层浮游植物（叶绿素 a）（μg/L）分布

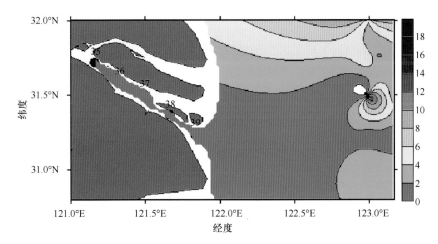

彩图 6-85（续） 长江口及其邻近海区 5 月表层浮游植物（叶绿素 a）（μg/L）分布

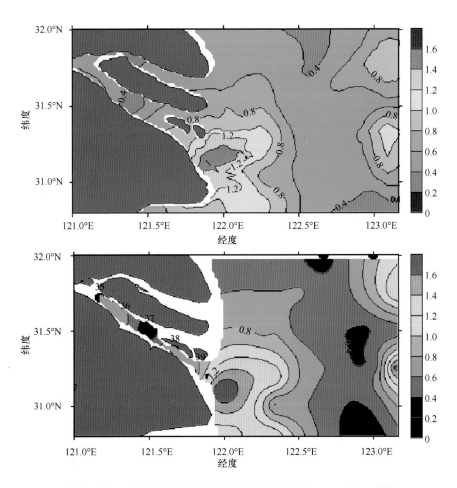

彩图 6-86 长江口及其邻近海区 8 月表层磷酸盐（μmol/L）分布

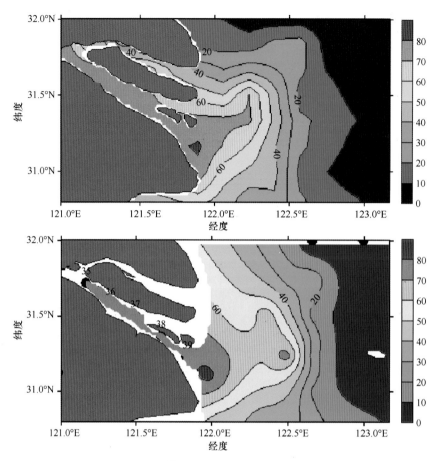

彩图 6-87　长江口及其邻近海区 8 月表层硝酸盐（μmol/L）分布

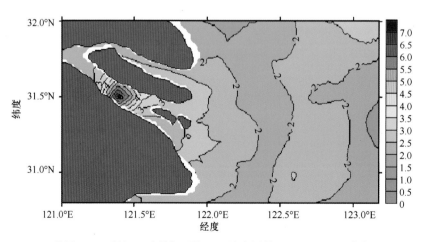

彩图 6-88　长江口及其邻近海区 8 月表层铵盐（μmol/L）分布

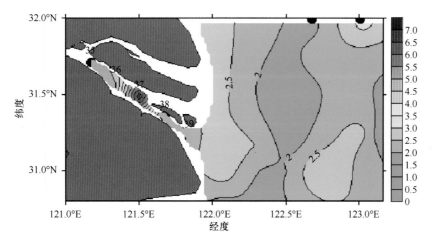

彩图 6-88（续） 长江口及其邻近海区 8 月表层铵盐（μmol/L）分布

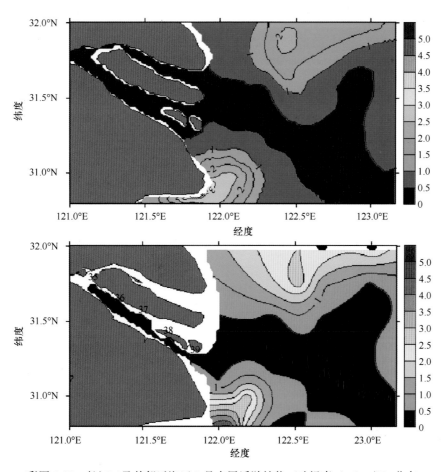

彩图 6-89 长江口及其邻近海区 8 月表层浮游植物（叶绿素 a）（μg/L）分布

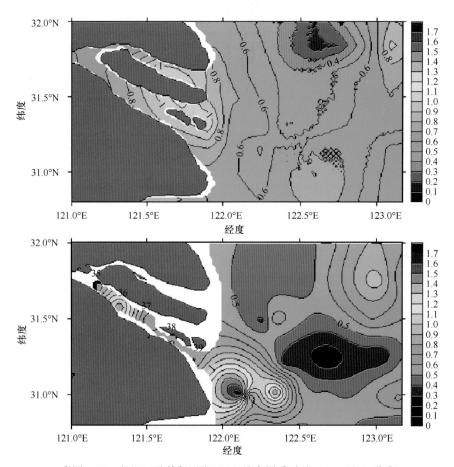

彩图 6-90　长江口及其邻近海区 11 月表层磷酸盐（μmol/L）分布

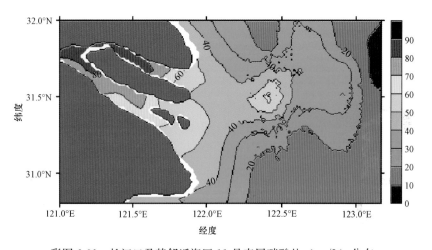

彩图 6-91　长江口及其邻近海区 11 月表层硝酸盐（μg/L）分布

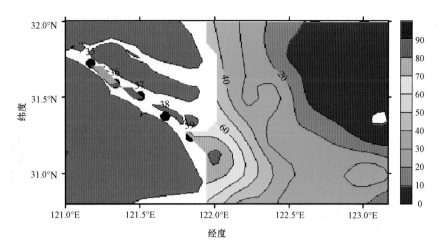

彩图 6-91（续） 长江口及其邻近海区 11 月表层硝酸盐（μg/L）分布

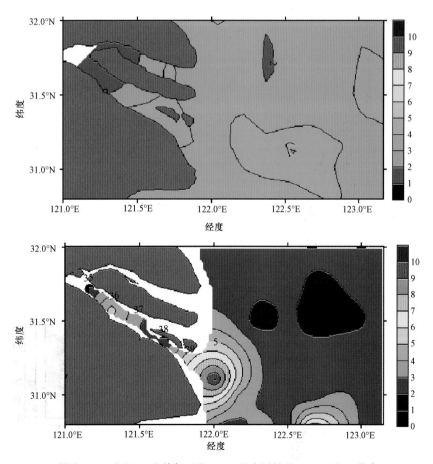

彩图 6-92 长江口及其邻近海区 11 月表层铵盐（μmol/L）分布

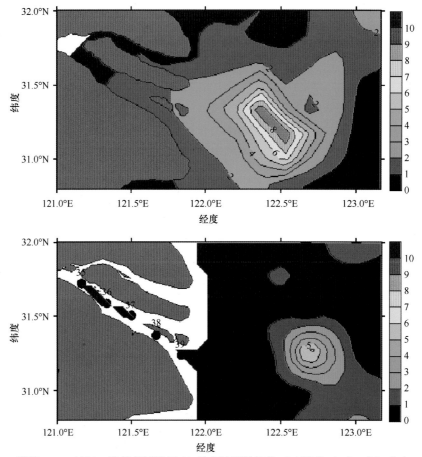

彩图 6-93　长江口及其邻近海区 11 月表层浮游植物（叶绿素 a）（μg/L）分布

彩图 7-8　长江口导堤人工牡蛎礁恢复工程

彩图 7-9　长江口导堤牡蛎礁

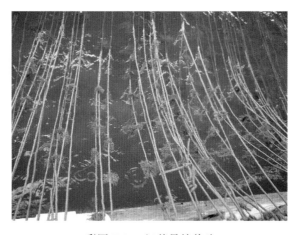

彩图 7-19　江蓠吊挂养殖

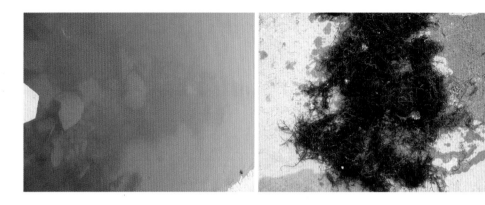

彩图 7-20　浅水区江蓠群落（左）和生长旺盛的江蓠（右）

彩图 7-22　茂盛生长的芦苇群落

彩图 7-23　移植的海三棱藨草

彩图 7-24　鱼、虾、贝、沙蚕等放养

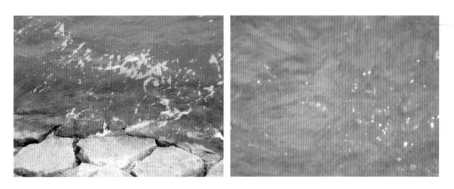

彩图 7-28　浒苔自然群落